tenWeLt
atastROpHe

OZEAN
DES
ABENDS

essanuk

flugherz

die donnernden inseln

das merkantilische
imperium

jaguarinseln

salamar

die eherne Liga

ajuna

das archipel
von coleopa

GOLF VON
ikariLLia

meer
des schLafes

beLabadangbarad

ELN unter
N WOGEN

euLykien

Bernhard Hennen
Der Wahrträumer

Bernhard Hennen

Der Wahrträumer

Erster Roman des Zyklus
Die Gezeitenwelt

Herausgegeben von
Bernhard Hennen

Piper
München Zürich

Dies Buch ist jener Frau gewidmet, die mir in einer Sommernacht
vor fünf Jahren eine Tür in ein neues Leben öffnete.

www.gezeitenwelt.de

ISBN 3-492-70051-9
© Piper Verlag GmbH, München 2002
Innenillustrationen: Caryad 2002
Vorsatzkarten: Franz Vohwinkel 2002
Satz: Satz für Satz. Barbara Reischmann, Leutkirch
Druck und Bindung: Pustet, Regensburg
Printed in Germany

www.piper.de

LETUM NON OMNIA FINIT,
LURIDAQUE EVICTOS
EFFUGIT UMBRA ROGOS
(Properz, Elegiae 4, 7, 1)

(Der Tod beendet nicht alles:
fahl aus des Grabes Gewalt
ringt sich der Schatten empor.)

*D*ie Geschichte jener Walfänge=
rin mit Namen Alessandra
begann an einem Spätsommerabend im
458. Jahr der Abwesenheit Gottes. Und
sie begann mit einem Blutbad ...
Doch ich greife voraus. Die Ereignisse,
von denen zu berichten ich als meine
Pflicht erachte, nahmen ihren Anfang
lange vor meiner Geburt. Es ist nicht Ei=
telkeit, die mich veranlaßt, in dieser
Chronik Zeugnis abzulegen, noch der
Wunsch, meinen Namen den kom=
menden Generationen zu überliefern. Es
ist allein Sorge, die mich zwingt, diese
Zeilen zu verfassen. Zu schnell kommt
das Vergessen über jene Ereignisse, die
vor noch gar nicht allzulanger Zeit ge=
schahen. So wird Wichtiges ungewiß
wie die Erinnerung an einen lange zu=
rückliegenden Traum, und Banales
bleibt klar im Gedächtnis, als wäre es erst
gestern geschehen. So kann ich mich noch
gut an das erste Paar Schuhe erinnern,
das mir meine Mutter einst aus weichem
Leder geschnitten hat, doch verblaßt
dafür jener Tag, der das Schicksal einer
ganzen Welt bestimmte, immer mehr im
Buch meiner Gedanken.
Und nicht mir allein ergeht es so ... Im=
mer absonderlicher werden die Ge=
schichten jener, die es eigentlich besser
wissen sollten. Jener, die einst dabei ge=
wesen sind! Und bin ich auch die letzte
der Vier, so gibt es doch noch Hunderte,
die Zeugen unserer Taten waren. Rede
ich aber mit ihnen, dann erscheint mir
ihre Erinnerung so unbefleckt von jenen
längst vergangenen Tagen wie dieses
jungfräuliche Pergament, das nun vor
mir liegt.
Zu Zeiten, als man sich noch besser er=
innerte, stritten viele Gelehrte darüber,
wann die Ereignisse, die das Gesicht der
ganzen Welt verändern sollten, ihren
Anfang nahmen. Jeder von ihnen wußte
ernstzunehmende Gründe für seine
Thesis vorzuweisen, und ich fühle mich
nicht berufen, in diesem Disput zu ent=
scheiden. Gewiß ist, daß die Verände=
rung in jenen Tagen begann, als sich der
Weiße Wanderer am nächtlichen Fir=
mament zeigte. Doch wo lag die Wur=
zel für das zukünftige Geschehen?
Wenn ich meine Chronik mit der Ge=
schichte jener Waljägerin aus Nantala
beginne, dann tue ich es nur deshalb, weil
ich – so wie sie – unweit des Kaps der
Türme aufgewachsen bin. Auch die
anderen Gelehrten sollen in meiner
Chronik zu Wort kommen. So möge
letztlich die Weisheit späterer Leser
entscheiden, ob dies tatsächlich der Be=
ginn ist ...«
SCHWESTER DOLORES,
CHRONIK EINER VERLORENEN
ZEIT, BD. 1, NIEDERGELEGT ZU
CANTAMO IM 539. JAHR DER
ABWESENHEIT GOTTES

7

Das Geschenk des Meers

Das Kap der Türme, am 13. Tag des Hitzemondes,
im 458. Jahr der Abwesenheit Gottes

Mit Beginn der Dämmerung zeigte sich der schneeweiße neue Stern am abendlichen Himmel. Alessandra streckte den Arm aus und peilte über den Rand ihres Daumens. Kein Zweifel: Der *Weiße Wanderer* war wieder ein wenig gewachsen. Ihr Daumen reichte nicht mehr aus, um das Gestirn mit dem Lichtschweif gänzlich zu verdecken.

Seit dieser Stern vor zehn Tagen zum ersten Mal am nächtlichen Firmament erschienen war, schwatzten die Alten gern über den neuen Gast am Himmel, den sie den *Weißen Wanderer* oder das *Eisauge* nannten. Sie ergingen sich in allerlei düsteren Orakelsprüchen über diesen Fremdling zwischen den Sternen.

Die Harpunierin lächelte spöttisch. Wie dumm, sich vor einer Erscheinung zu fürchten, die sich in so weiter Entfernung befand, daß sie hinter einer ausgestreckten Hand verschwand! Die Alten neigten dazu, über alles Neue schlecht zu reden. Wahrscheinlich lag es daran, daß sie keine Zähne mehr hatten. Wem das Fleisch von der Schwiegertochter vorgekaut werden mußte, der hatte allen Grund, von einem neuen Tag eher neues Übel als etwas Gutes zu erwarten.

So ende ich niemals, dachte Alessandra grimmig. Es bestand auch keine allzu große Gefahr, als Walfängerin alt und hinfällig zu werden. Lange bevor sie zur stumpfsinnig brabbelnden Greisin einschnurrte, hätte ein Norga sie zwischen den mächtigen Kiefern zerfleischt.

Alessandra hatte ihr zwanzigstes Jahr noch nicht vollendet, war von hohem, geradem Wuchs und schon jetzt so stark, daß sie ihre Wallanze weiter und treffsicherer schleudern konnte als die meisten anderen Harpuniere in Nantala.

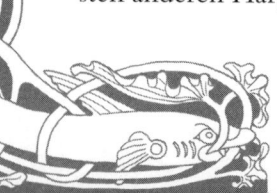

Heute war ihr der Abwesende Gott wohl gesonnen. Bevor die Sonne wieder aufginge, wäre sie eine der reichsten Frauen im Dorf, und den anderen würde es leid tun, sie nicht mit in ihre Boote genommen zu haben.

Seit dem Unglück ihrer Eltern vor sechs Jahren mochte niemand sie in seinem Jagdboot haben. Abergläubisches und hartherziges Fischerpack!

Alessandra reckte trotzig das Kinn, eine Geste, die in den letzten Jahren charakteristisch für sie geworden war. Sie war fest entschlossen, sich ihren Platz in der Welt zu erstreiten, gleichgültig, was die anderen von ihr dachten. Spott machte ihr nichts mehr aus. Flachbrüstig, wie sie war, mit breiten Schultern und schmalen Hüften, wurde sie von den Burschen aus dem Dorf gehässig das Mannweib genannt, und keiner von ihnen hatte ihr bisher begehrliche Blicke zugeworfen. Sie stellten lieber den einfältigen Töchtern des Bootsbaumeisters Jacomo nach. Die hatten langes goldenes Haar, dralle Brüste, gaben keine Widerworte und würden vor allem eine stattliche Mitgift mit in die Ehe bringen. Alessandras Haar hingegen war schwarz und strähnig vom Salz. Außerdem war sie bettelarm, und als sei das noch nicht genug, munkelte man, ein Fluch liege auf ihrer Sippe. Abgesehen von ihrem Onkel Pietro galt sie als die Letzte ihrer Familie. Alle anderen waren auf dem Meer geblieben. Dies schienen keine guten Voraussetzungen, um in einem Fischerdorf beliebt zu sein.

Auch Alessandras Gesicht entsprach nicht den üblichen Schönheitsvorstellungen. Es fehlte ihm die vornehme Blässe jener Mädchen, die kaum das Haus verließen. Sie war braungebrannt – abgesehen von der dünnen weißen Narbe, die ihre linke Augenbraue teilte –, denn von Kindesbeinen an hatte sie sich stets in der Nähe des Wassers aufgehalten. Hohe Wangenknochen und eine hohe Stirn machten ihr Gesicht lang und schmal. Ein Eindruck, der durch ihre dünnen, wenig ausgeprägten Lippen noch unterstrichen wurde. Vielleicht hätte ihr Gesicht asketisch, ja sogar abweisend gewirkt, wären da nicht die sanften graugrünen Augen gewesen, die an die Farbe des Meers an einem bewölkten Sommertag erinnerten. Allen Schicksalsschlägen zum Trotz spiegelten sich darin noch immer die Neugier und die Unschuld einer kindlichen Seele.

»Alessandra!« Orlandos Stimme klang schrill wie Möwengeschrei. »Komm rasch! Von hier oben kannst du sie sehen!«

Der alte Klippenwächter war den breiten, halb unter Geröll und Flugsand verschwundenen Weg ein ganzes Stück vorausgeeilt und hatte bereits den Kamm der schroffen Felswand erreicht, die sich hoch über das Kap der Türme erhob. Fast zwei Wegstunden vom Fischerdorf Nantala entfernt lag dieser verlassene Ort, den nur die Möwen und Orlando besuchten.

»Sieh sie dir an! Sind sie nicht prächtig? Wir sind reich, Alessandra!« Der Alte deutete auf die drei riesigen schwarzweißen Körper, die hilflos tief drunten am steinigen Strand lagen. »Norgawale, nicht wahr?«

Die Walfängerin nickte stumm. Es war unmöglich, die großen schwarzweißen Raubwale mit irgendeinem anderen Meerestier zu verwechseln. Sie musterte den Strand, suchte mit zusammengekniffenen Augen auf dem fleckigen Kies nach jener dünnen Linie aus zersplitterten Muscheln und vertrocknetem Tang, die den höchsten Stand des Wassers markierte. »Wie lange liegen sie schon hier?«

»Sie sind gestern mitten in der Nacht mit der Flut gekommen. Sie haben gequietscht wie Schweine am Spieß. Davon bin ich wach geworden. Ich hab sie von den Klippen aus beobachtet. Die Norgas haben sich den Strand hinaufgeschoben, als würden sie vor etwas flüchten.« Mit seiner breiten Zunge strich sich Orlando kurz über die rissigen Lippen. »Draußen auf See war aber nichts zu sehen.«

Alessandra betrachtete das dunkle Meer. Ein Stück voraus zeichneten sich die *Türme* in der Gischt ab, denen das Kap seinen Namen verdankte: Kleine, fast kubisch geformte Riffe erstreckten sich in weitem Bogen vor der engen Bucht, die von himmelhohen Klippen aus graublauem Fels gesäumt wurde.

»Ich sehe den Walen oft zu, wenn sie weit draußen vorbeiziehen«, sagte Orlando. »Aber nie ist einer auch nur in die Nähe der *Türme* gekommen. Was mag sie erschreckt haben?«

»Nichts«, entgegnete Alessandra entschieden. »Dort draußen in der See gibt es nichts, was ein Norga fürchten müßte. Sie zerreißen sogar die großen Kraken, die manchmal aus den Abgründen der See heraufsteigen.«

»Nein, nein, da draußen geschieht etwas!« beharrte der Alte. »Warum sonst sollten sie ins flache Wasser gekommen sein? Kein Wal schwämme ohne Grund hierher!«

»Vielleicht sind sie ja verrückt geworden«, erwiderte Alessandra, mehr, um etwas zu sagen, als weil sie wirklich davon überzeugt war.

Schrilles Gelächter ertönte vom Himmel, fast als wäre der Abwesende Gott plötzlich zurückgekehrt, um sie für diesen widersinnigen Gedanken zu verspotten. Hoch über ihnen schwebte eine Rotkopfmöwe. Mit weit ausgebreiteten, leicht zitternden Schwingen schien sie in der Luft zu verharren und balancierte auf dem Wind, der stetig vom Meer her wehte.

Erneut stieß der große Vogel einen Schrei wie Hohngelächter aus, dann winkelte er die schneeweißen Flügel an und segelte in weitem Bogen zum Strand herab.

»Wo einer dieser verdammten Rotköpfe auftaucht, sind es bald noch mehr!« fluchte Orlando. »Komm, Alessandra, erledigen wir unser Geschäft. Die Wale sind ein Geschenk Gottes an uns. So einfach ist die Erklärung, warum es sie an den Strand verschlagen hat!«

Voll widerstreitender Gefühle folgte die Harpunierin dem Alten, vorbei an seiner windschiefen Hütte, die im Schatten eines abgestorbenen Baums dicht hinter den Kamm des Steilhangs kauerte. Norgas hatten ihr einst die Eltern genommen und das beste Fangboot des Dorfes zerstört. Die Überlebenden hatten ihrem Vater damals die Schuld an dem Unglück gegeben. Er war der Steuermann gewesen. Angeblich hatte er den Strom feiner Luftblasen übersehen, der einen auftauchenden Wal ankündigt, kurz bevor er durch die Wasseroberfläche stößt.

Alessandras Finger schlossen sich fester um den hölzernen Schaft ihrer Harpune. Die Eltern würde sie nie mehr zurückgewinnen, wohl aber das Ansehen und den Reichtum, den ihre

Familie einst besessen hatte. Heute gab ihr das Meer zumindest einen Teil dessen wieder, was es ihr einst genommen hatte. Und wer mochte es wissen – vielleicht war sogar jener Wal, der vor sechs Jahren das Boot ihrer Eltern zerstört hatte, unter den gestrandeten Jägern?

Einen Herzschlag lang blickte sie zu dem *Eisauge* hinauf, das seine helle Spur in den Himmel schnitt. Es hatte ihr Glück gebracht! Dann beeilte sie sich, Orlando einzuholen.

Von der Klippe aus führte ein aus dem Fels geschlagener breiter Weg in weiten Kehren den steilen Abhang hinab. Das Weggefälle war so gering, daß hier selbst Ochsenkarren fahren konnten. Niemand im Dorf wußte noch, wer solchen Aufwand getrieben hatte, um zum schmalen Kiesstreifen einer einsamen Bucht zu gelangen. Etliche Dörfer, die landeinwärts in den Bergen lagen, waren nicht so leicht zu erreichen wie dieser menschenleere Strand, der allein Orlando gehörte.

Der Alte befand sich schon zwei Wegkehren tiefer als sie, als er innehielt, um sich mit einem kurzen Blick zu überzeugen, daß sie ihm auch wirklich folgte. Es schien, als verliehen ihm die sterbenden Wale dort unten noch einmal die Kräfte seiner Jugend. Er war so aufgeregt wie ein Junge, der in den Klippen verborgen ein Nest der seltenen Kronenadler aufgespürt hat, deren Federn man nachsagt, sie seien mächtige Glücksbringer und könnten sogar den Bösen Blick bannen.

Orlando war schon sehr alt. Solange sich Alessandra erinnern konnte, hatte er hier oben auf der Klippe gelebt, und doch nannten die meisten im Dorf ihn abschätzig den Fremden. Er hatte ein spitzes Gesicht, gerahmt von einem tabakfleckigen Stoppelbart und einem dichten schlohweißen Haarschopf. Seine großen dunklen Augen wirkten gehetzt, und sein Blick vermochte selten länger als einen Herzschlag lang an einem Ort zu verweilen. Das Alter hatte Orlando gebeugt, und sein Rücken war krumm wie eine Sichelklinge, so daß er der Harpunierin kaum bis zur Brust reichte. Doch im Gegensatz zu den übrigen Alten, die Alessandra kannte, benutzte er keinen Krückstock.

Jahrein, jahraus trug er ein blassblaues Hemd, an dem die

Hälfte der Knöpfe fehlte und aus dem üppiges Brusthaar hervorquoll; dazu eine wadenlange Hose, die schon so oft gewaschen und geflickt worden war, daß man ihre ursprüngliche Farbe unmöglich erraten konnte. Schuhe verachtete Orlando ebenso wie eine Kopfbedeckung, und Alessandra konnte sich erinnern, ihn selbst im kalten Winterregen barfuß gesehen zu haben.

Das auffälligste Merkmal des Alten war jedoch jene Axt, die stets von dem geteerten Tauende herabhing, das er als Gürtel benutzte. Wohin immer er ging, nahm er sie mit, und Orte, die man mit einer Waffe nicht betreten durfte – so wie den Hain der Stehenden Steine oder die große Versammlungshalle im Dorf –, mied er. Es handelte sich um eine kleine, einhändig zu führende Holzfälleraxt, deren Blatt er schon so oft nachgeschliffen hatte, daß es unnatürlich kurz wirkte. Der unterarmlange Griff war mit Lederstreifen umwickelt, die der Schweiß des Alten über Jahre hinweg dunkel gefärbt hatte.

Die Aufregung schien seinen Schritten Flügel zu verleihen. Erst an der letzten Wegkehre vor dem Strand holte Alessandra ihn wieder ein.

»Warum hast du ausgerechnet mich gerufen, um die Norgas zu töten? Ich bin die jüngste und am wenigsten erfahrene Harpunierin im Dorf.«

Orlando hielt inne und drehte sich zu ihr um. »Du warst die erste, der ich über den Weg lief. Und deine Beine sind jung... Ich wollte keine Zeit verlieren. Das Meer hat mir die Norgas geschenkt. Vielleicht nimmt es sie uns auch wieder...« Seine dunklen Augen hatten einen harten Ausdruck angenommen, während er sprach. Es war ihm ernst!

»Du kennst die Gesetze der Küstenfahrer?« fragte Alessandra.

»Wenn ich die Norgas töte, habe ich Anspruch auf die Beinaugen und den dritten Teil von allem, was die Wale dir einbringen. Warum hast du sie nicht selbst erschlagen, wenn du solche Sorge hast, sie könnten zurück ins Meer entkommen? Dann hättest du nur mit den Flensern, die die Wale zerlegen, und den Ölsiedern teilen müssen. Das hätte dich lediglich den zehnten Teil der Beute gekostet.«

Der Alte strich über die Axt an dem behelfsmäßigen Gürtel. »Und es hätte mich ein Bein oder einen Arm kosten können. Mit meiner *Kleinen* müßte ich viel zu nahe an die Biester heran.« Orlando bedachte sie mit einem zahnlückigen Grinsen. »Das ist deine Aufgabe. Verdien dir den dritten Teil!«

Alessandra kniff trotzig die Lippen zusammen und reckte das Kinn. Zweifelte Orlando an ihr? Mit vierzehn hatte sie ihren ersten Wal harpuniert. Doch nach dem Unfall ihrer Eltern nahm man sie nicht mehr mit aufs Meer hinaus. Deshalb war sie allein zu den Riffen vor der Küste geschwommen und hatte auf Tümmler und Schwertfische gelauert, die manchmal nahe an die Klippen herankamen. Einmal, als sie wochenlang kein Jagdglück gehabt hatte, war sie sogar zu der flachen Insel geschwommen, die weit draußen vor dem Kap der Türme lag, und hatte einen der großen Seeelefantenbullen erlegt. Die Prämie für seine langen elfenbeinernen Stoßzähne hatte sie damals über den Winter gebracht. Wenn Orlando glaubte, es mangle ihr an Mut oder Entschlossenheit, um ein paar gestrandete Norgas zu erlegen, dann hatte er sich getäuscht!

Kies knirschte unter ihren Stiefeln, als sie das kurze Stück zum Ufer hinabging. Die Wale lagen ganz still. Einer der beiden kleineren stieß ein Schnauben aus, das wie ein langer Seufzer klang.

Alessandra war nahe genug heran, um zu erkennen, daß die Augen der Tiere ganz mit blutigem Schleim verklebt waren. Sie konnten sie nicht kommen sehen. Prüfend wog sie die schwere Harpune in den Händen. Da sie heute nicht zu jagen vorgehabt hatte, war ihre Jagd- und Schutzwaffe schon in der Frühe von der langen Fangleine befreit worden. Geduldig hatte Alessandra den schwierigen Knoten gelöst. Verglichen mit den riesigen Tieren, erschien ihr die Waffe nun lächerlich klein. Und doch würden sich die Norgas nicht gegen sie wehren können, wenn sie es nur richtig anstellte. Sie durfte lediglich den Kiefern mit den handlangen Zähnen nicht zu nahe kommen.

Vorsichtig pirschte sie sich seitlich an den kleinsten der Wale heran. Verräterisch knirschte der Kies. Wie gut konnten die Norgas wohl hören? Selbst der kleinste der drei Raubwale maß vom

Kopf bis zur Schwanzspitze mehr als vierzehn Schritt. Ein Hieb mit seiner Schwanzflosse hätte mühelos ein Walfangboot zerschmettert. Doch hier nutzte ihm diese schreckliche Waffe ebensowenig wie die gewaltigen Kiefer. An Land war der Räuber wehrlos, jedenfalls solange sich die Harpunierin seitlich von ihm hielt. Alessandra hob die Harpune mit beiden Händen. Sie würde ihm den funkelnden Stahl seitlich in den Rücken stoßen, dort hinein, wo das kleine Blasloch saß. An dieser Stelle liefen mehrere große Adern zusammen; so hatte es ihr einst ihre Mutter beigebracht. Wenn man die Stelle genau traf, konnte man selbst dem größten Wal eine tödliche Wunde beibringen. Verfehlte man aber sein Ziel, war die Harpune wenig mehr als ein Spielzeug. Alessandra erinnerte sich an Geschichten über Wale, die ein Dutzend und mehr Lanzen im Rücken stecken hatten und immer noch ungestüm die Jagdboote angriffen.

Die Harpunierin biß die Zähne zusammen und stieß zu. Fast ohne auf Widerstand zu stoßen, glitt die widerhakenbesetzte Spitze der Waffe durch die Speckschwarten des Wals. Hilflos peitschte er mit der Schwanzflosse auf den Kies. Im selben Augenblick, da ihn die Waffe traf, stießen die beiden anderen Norgas glucksende tiefe Laute aus.

Eine Fontäne aus Blut schoß aus dem Blasloch und besudelte Alessandra, die sich mit aller Kraft bemühte, die Harpune aus dem Körper des Tiers zu ziehen.

Vom Meer her erklang ein unheimlicher, langgezogener Heulton voller Traurigkeit.

»Da draußen sind noch mehr Norgas!« schrie Orlando und wich bis an den Fuß der Steilklippe zurück.

Blut rann Alessandra in Augen und Mund. Fahrig wischte sie sich mit dem Ärmel übers Gesicht. Ihre Hände zitterten vor Anstrengung. Das Walblut schmeckte bitter und metallisch. Mit einem Ruck löste sich schließlich die Waffe. Faseriges Fleisch haftete an den Widerhaken.

»Herr, vergib mir«, murmelte sie die rituelle Abbitte an den Abwesenden Gott. »Ich tötete dein Geschöpf ohne Zorn, und ich verspreche dir, daß nichts von ihm vergeudet sein soll.«

Die blutige Fontäne, die dem Wal aus dem Rücken schoß, wurde mit jedem pfeifenden Atemzug flacher. Während sie vorsichtig die halb geöffneten Kiefer des Tiers mied, zog sich Alessandra zurück. Es dauerte eine ganze Weile, bis mehr als vierzig Tonnen Fleisch hinnahmen, daß das Leben sie verlassen hatte.

Die drei Wale lagen dicht nebeneinander auf dem Strand, der größte von ihnen in der Mitte. Die beiden anderen hatten sich so dicht an das Leittier gedrängt, als wollten sie es mit ihren Leibern schützen. Wer immer sich ihm also nähern wollte, geriet in Reichweite seiner Reißzähne oder der gewaltigen Schwanzflosse.

Mit angehaltenem Atem zog sich die Harpunierin ein Stück zurück und schlug dann einen weiten Bogen, um seitlich an den noch lebenden kleineren Wal heranzukommen. Obwohl seine Augen mit zähflüssigem Schleim überzogen waren, hatte sie das beunruhigende Gefühl, daß der alte Wal jede ihrer Bewegungen wahrnahm.

Als sie seine Flanke erreicht hatte, begann seine Seitenflosse zu zucken, und er stieß einen Laut aus, der an ein menschliches Stöhnen erinnerte. Wenn ich die Tiere töte, befreie ich sie von ihren Qualen, dachte Alessandra. Sie gehen hier am Strand ohnehin jämmerlich zugrunde.

Die Walfängerin hob ihre Waffe und stieß erneut mit aller Kraft zu. Wieder hatte sie zielsicher den stark durchbluteten Bereich hinter dem Blasloch getroffen. Noch einmal wiederholte sich das grausige Schauspiel der Blutfontäne.

Mit einer geschickten Drehung befreite Alessandra die Wallanze aus dem Fleisch und trat dem dritten Norga gegenüber. Sie fühlte sich wie ein Metzger und nicht wie eine Jägerin. Dann dachte sie an das viele Geld, das ihr die Beute bringen würde.

Sie blinzelte. Erneut war ihr Blut in die Augen gelaufen. Das Meer hatte den roten Sonnenball schon fast ganz verschluckt, und auf dunklen Schwingen näherte sich von Osten her die Nacht. Böiger Wind trieb Wellen gegen den Strand. Ein dunkler Strom aus Blut vermischte sich mit dem Wasser, und der schmale Gischtkranz zwischen Land und Meer färbte sich rot.

Der letzte der drei Norgas mußte mehr als hundert Jahre alt sein. Nie zuvor hatte Alessandra einen so großen Raubwal gesehen. Sein langgezogener Kopf war von tiefen Narben übersät, die an manchen Stellen ein so dichtes Geflecht bildeten, daß sie wie die verschlungenen Glyphen einer unbekannten alten Schrift wirkten.

Das Blut seiner sterbenden Brüder war auch über den alten Wal gespritzt und lief ihm in zähflüssigen Schlieren vom Rücken herab, wobei es sich in den Verkrustungen der Narben sammelte. Besonders deutlich traten diese auf der langgezogenen weißen Blesse hinter dem rechten Auge hervor. Es waren die runden Male der Saugnäpfe riesiger Oktopoden, mit denen der Wal einst gekämpft hatte, und die breiten, kantigen Schnitte der Schnäbel dieser vielarmigen Ungeheuer. Etwas seitlich im Rücken des Norgas steckten zwei abgebrochene Harpunen.

Ob der Wal auch schon Menschen angegriffen hat? schoß es Alessandra durch den Kopf. Bei seiner Größe könnte er sogar den schweren Küstengaleeren der Kriegsmarine oder den dickbauchigen Fangschiffen aus den großen Häfen gefährlich werden, die sich weit aufs Meer hinauswagen, um den großen Walherden nachzustellen.

Der alte Norga tat einen schwerfälligen Atemzug. Das Gewicht seiner dicken Speckschwarten preßte auf die Lungen. Hier an Land, wo der Auftrieb des Wassers seinen Körper nicht mehr stützen konnte, würde ihn das eigene Gewicht langsam ersticken.

Der Wal blinzelte, und der Schleimfilm auf seinem Auge zerriß. Er sah Alessandra an. Es war mehr als nur der Blick eines Tiers. Er verstand sie und schien ihr mit seinem Auge, dunkel wie die tiefsten Abgründe des Ozeans, unmittelbar ins Herz zu schauen. Sein Blick hatte etwas Zwingendes, und so absurd dieser Gedanke auch war: Alessandra hatte das Gefühl, daß der alte Wal auf den Strand geschwommen war, weil er von ihr harpuniert werden wollte.

Sie sprang vor und stieß ihre Lanze in das Auge des Jägers. Das unheimliche Band zerriß, das einige Herzschläge lang zwischen ihr und dem Norga bestanden hatte. Tief drang der Stahl in sein Gehirn und trennte den Tierleib vom Leben.

Alessandra taumelte zurück, strauchelte und fiel in den Kies. Ihre Hände zitterten und wollten nicht zur Ruhe kommen. »Herr, vergib mir«, stammelte sie die Liturgie der Waljäger. »Ich tötete dein Geschöpf ohne Zorn, und ich verspreche dir, daß nichts von ihm vergeudet sein soll.«

Hinter sich hörte sie Schritte. Eine Hand legte sich ihr auf die Schulter. »Das hast du gut gemacht, Mädchen«, erklang die wohltönende dunkle Stimme Orlandos. »Deine Mutter wäre stolz auf dich gewesen.«

Alessandra antwortete nicht. Obwohl es ein warmer Sommerabend war, fror sie. Blutverkrustet klebten ihr die Kleider wie eine zweite Haut am Leib.

»Du siehst aus wie ein Neugeborenes, das man gerade aus dem Mutterleib geholt hat«, scherzte Orlando.

Er blieb eine ganze Zeit hinter ihr stehen und teilte mit ihr das Schweigen. Als er schließlich begriff, daß sie nicht reden wollte, zog er die Hand zurück. »Ich gehe ins Dorf und hole die Flenser und die Ölkocher. Am besten zerlegen wir die Norgas gleich hier unten am Strand.« Knirschend entfernten sich seine Schritte über den Kies.

Ungelenk mit den Flügeln schlagend, landete eine Rotkopfmöwe auf dem Rücken des kleinsten Wals und hüpfte zu der Stelle, wo Alessandras Harpune eine klaffende Wunde gerissen hatte. Prüfend blickte der Vogel in Alessandras Richtung, dann verschwand sein rotfaltiger häßlicher Kopf fast gänzlich in der blutigen Öffnung.

Krächzend landeten noch zwei weitere gierige Aasräuber bei den Walkadavern.

Alessandra warf einen flachen Stein nach ihnen, doch er verfehlte sein Ziel.

Schon kreisten neue Möwen hoch über den Steilklippen. Nicht mehr lange, und der schmale Strandstreifen würde von Rotköpfen nur so wimmeln.

Müde stemmte sich Alessandra hoch. »Weg mit euch!«

Die erste Möwe, die auf dem Walrücken gelandet war, blickte erschrocken auf. Ein faseriger Fleischfetzen hing ihr aus dem Schnabel.

Alessandra bückte sich und hob eine Handvoll Steine auf. Als ahnte die Möwe, was nun käme, hüpfte sie eilig davon. Auch die anderen Räuber zogen sich vorerst ein Stück den Strand hinab zurück.

»Ich habe zu oft gehungert, um jetzt mit euch zu teilen!« rief die Jägerin wütend. »Keine Unze Fleisch werdet ihr mir stehlen!« Dort, wo sie eben noch am Strand gesessen hatte, landete eine weitere Rotkopfmöwe. Alessandra wußte: Solange sie dicht bei den Walen stand, solange sie schrie und ab und zu mit Steinen warf, würden die gierigen Räuber Abstand halten.

Sie zog das lange gekrümmte Messer aus der Lederscheide an ihrem Gürtel und drehte sich zu den Walen um. Mit kräftigen Schnitten kerbte sie ihr Zeichen in die Stirn des großen Norgas. Von ferne sah es aus wie ein Kreuz. Bei genauerem Hinsehen war ein stilisiertes Jagdboot zu erkennen, das zwischen den Kiefern eines senkrecht aus dem Wasser hervorstoßenden Norgas zertrümmert wurde.

Unter den aufmerksamen Blicken der immer größer werden-den Möwenschar schnitt sie das Zeichen auch in die Haut der kleineren Wale. Jeder Harpunier kennzeichnete seine Beute mit einem solchen Symbol. Danach entwand sie ihre Lanze dem Schädel des alten Tiers.

»Seht ihr das, ihr Gesindel?« schrie Alessandra die Möwen an. »Dies ist mein Gut! Und wer immer etwas davon stiehlt, soll ver-flucht sein. Ich werde euch . . .« Sie biß sich auf die Lippen. Was tat sie da? Sie gebärdete sich ja wie eine Wahnsinnige. Es gab kei-nen Grund, sich so aufzuregen. Es waren doch nur Möwen.

Mit der Linken kramte sie in einer der Taschen ihrer engen Hose, bis sie einen Brocken Kautabak fand. Zufrieden grunzend biß sie ein Stück von der zähen Masse ab und ging dann in die Hocke. Der Tabak brannte angenehm auf der Zunge. Sie streckte die Arme von sich und betrachtete ihre Hände. Sie zitterten nicht mehr. Lässig pickte sie einige runde Kiesel auf. Sollten die

Möwen nur kommen. Diesmal würde sie die frechen Räuber nicht verfehlen.

Alessandra lehnte sich mit dem Rücken an den Kadaver des alten Norgas und betrachtete das *Eisauge* am Nachthimmel. Es hatte ihr Glück gebracht. Sie war eine reiche Frau.

Die verlorene Zunge

In der Ziegenklamm, nahe dem Fischerdorf Nantala, am 15. Tag des Hitzemondes, im 458. Jahr der Abwesenheit Gottes

Ein breiter Streifen Sonnenlicht fiel senkrecht in die tiefe Schlucht. Wasser glitzerte auf den schroffen Felswänden, und ein winziger Regenbogen schwebte über der Gischtwolke des kleinen Wasserfalls am Ende der Schlucht.

Alessandra liebte es, zu dieser Tageszeit in die Ziegenklamm zu kommen. Sie streifte das Hemd über die nassen Schultern und betrachtete den Regenbogen. Er war stets nur für wenige Augenblicke zur Mittagszeit zu sehen.

So vieles hatte sich in den letzten zwei Tagen verändert. Eigentlich hatte sie Nantala, ihr kleines Fischerdorf, verlassen wollen. Doch plötzlich war es, als sei ein Makel von ihr gewichen.

Seit sie die Wale erlegt hatte, grüßte sie jeder. Der Fluch, der auf ihrer Familie lastete, schien vergessen. Gestern nacht hatte ihr sogar Rocco, der Sohn des Böttchers, nachgepfiffen.

Sie fühlte sich in den engen Gassen der schmutzigweiß verputzten Häuschen wieder heimisch, ja geborgen. Sie kannte hier jeden Winkel, jede Bucht und jeden Fischgrund im Umkreis vieler Meilen, und an diesen klaren Sommertagen erschien ihr das Meer in dem flachen Hafen von Nantala blauer und freundlicher als irgendwo sonst. Gestern abend hatte ihr Guillamo, der Älteste, sogar einen Platz im *oktagon* angeboten, dem Rat der bedeutendsten Bürger des Dorfes. Hier wurden alle wichtigen Fragen entschieden, die die Geschicke Nantalas betrafen. Nicht einmal ihre Mutter hatte man damals ins *oktagon* eingeladen, obwohl sie eine geachtete Harpunierin gewesen war.

Alessandra streifte sich die Hose über, zog sich die Stiefel an und schüttelte übermütig ihr strähniges, nasses Haar. Sie sollte beim Schiffsbaumeister ein schlankes Jagdboot in Auftrag geben! Im Geist sah sie sich im Bug des Bootes stehen, das durch die

Wellenkämme einer aufgewühlten Wintersee schnitt, angetrieben von den sechs besten Ruderern des Dorfes.

Sie griff nach ihrer Harpune, die an einem Felsen lehnte. Seit vorgestern belächelte niemand mehr ihre Marotte, die Wallanze überallhin mitzunehmen. Pfeifend kletterte sie den Ziegenpfad hinauf, der aus der Klamm zu dem steilen Hügel mit den Agavenfeldern hinter dem Dorf führte. Lange bevor sie die Hügelkuppe erreichte, hörte sie schon das mahlende Geräusch der eisenbeschlagenen schweren Räder. Sie blieb am Wegrand stehen und sah nach Norden.

Guillamos Fuhrwerk näherte sich gemächlich. Schon von weitem war es an den safrangelben Bändern zu erkennen, die in Mähnen und Schweife der beiden schweren Kaltblüter geflochten waren, die den Lastkarren zogen. Auf der Pritsche waren sechs große Fässer festgezurrt. Jedes einzelne von ihnen faßte mehr als dreihundert Liter Öl.

Auf dem Kutschbock saßen Guillamo und sein bulliger Sohn Tormo. Während Tormo mit ausdrucksloser Miene die Zügel hielt, hatte sein Vater den Kopf in den Nacken gelegt und trank mit großen Schlucken aus einer Weinflasche. Als Guillamo die Flasche absetzte, erkannte er Alessandra und winkte ihr mit seinem löchrigen Strohhut zu. Dann nahm er Tormo die Peitsche ab und ließ sie über den Köpfen der Kaltblüter knallen. Doch trotz der wilden Flüche des Alten wurde das schwere Fuhrwerk immer langsamer, während es sich den steilen Hügel hinaufmühte. Als es schließlich die Kuppe erreicht hatte, troff den beiden Stuten weißer Schaum vom Maul.

»Gott, Mädchen!« japste der Alte aufgeregt. »Dreiundsechzig Fässer feinstes Norga-Öl haben die Sieder schon aus dem Tran gekocht, und sie haben den größten Wal noch nicht einmal angerührt!« Guillamo war kahl und sein Gesicht von Falten durchzogen, die der Seewind und die Sorgen in sein grobporiges Antlitz geschnitten hatten. Früher einmal war er Steuermann eines Jagdbootes gewesen, doch das war schon lange her. »Wenn ich nicht meine Roxana hätte, würde ich mir wahrhaftig überlegen, dir den Hof zu machen. Du bist die beste Partie im Dorf, und verdammich hübsch bist du obendrein!« Er starrte unverhohlen auf ihre Brustwarzen, die sich durch das feuchte Hemd deutlich abzeichneten. Dann brach er in schallendes Gelächter aus. »Brauchst nicht blaß zu werden, Mädchen. War nur ein Scherz.« Er versetzte Tormo einen Stoß mit dem Ellbogen. »Wenn du nicht so stumm wie ein Fisch wärst, könntest du der kleinen Alessandra den Hof machen. Bist ein stattlicher Kerl! Wenn du nur deine Zunge nicht verschluckt hättest, Junge.«

Tormo vermied es, in Alessandras Richtung zu blicken, und starrte stur auf die Hinterteile der beiden Stuten. Die Harpunierin mochte den jungen Mann. Er gehörte zu den wenigen, die sie in den letzten Jahren nicht verspottet hatten. Im Gegenteil, auch er war stets ein beliebtes Ziel derber Späße der Dorfjugend gewesen.

Alessandra konnte sich noch gut an jene Zeiten erinnern, als Tormo ein ganz gewöhnlicher Junge gewesen war. An einem Winterabend, zum Fest der Götzenschlacht, hatte er sie in einen Bootsschuppen gezogen. Der Sturmwind hatte an den Dachschindeln gerüttelt, und der ganze Schuppen war erfüllt gewesen vom Duft nach Teer und frisch geschnittenem Holz. Im Licht einer kleinen Tranlampe hatte er die Hose heruntergelassen und ihr seine *Harpune* gezeigt. Alessandra schmunzelte. Sie war damals sehr beeindruckt gewesen.

Im selben Winter hatte Tormo ein rätselhaftes Fieber gepackt. Er war der einzige in Nantala gewesen, der daran erkrankt war. In seinen Fieberträumen hatte er so geschrien, daß man es im ganzen Dorf hörte. Unheimliche Dinge hatte er gerufen: von einem Tag, da alles Wasser aus dem Hafen weichen und da eine zweite Sonne am Himmel stehen werde. Nach der ersten Nacht schon war seine Stimme so heiser gewesen, daß sie sich anhörte, als spräche ein alter Mann durch den Mund des Jungen. Im Dorf hatte helle Aufregung geherrscht. Niemand vermochte Tormo aus seinem unheimlichen Schlaf zu wecken, um ihn zum Schweigen zu bringen. Man hatte auch versucht, den Jungen zu knebeln. Doch was immer man unternahm, nach ein oder zwei Stunden hatten sich die Knebel gelöst.

Über das weitere Geschehen gab es zwei unterschiedliche Geschichten im Dorf. Guillamo behauptete, ein vermummter Kerl sei ins Haus gekommen und habe Tormo die Zunge herausgeschnitten. Doch er konnte niemanden im Dorf benennen, der diese blutige Tat begangen haben sollte. In dieser Zeit hatte man auch weit und breit keinen Fremden an der Küste gesehen. Die meisten glaubten deshalb, der Alte selbst habe seinen Sohn verstümmelt, um ihn endlich zum Schweigen zu bringen.

Es wurde Frühling, bis Tormo von dem Fieber genas. Von da an ging er allen aus dem Weg. Er arbeitete für zwei. Doch lachen sah man ihn nie mehr. Mit den Jahren war er stark geworden wie ein Stier, und man verspottete ihn nur dann, wenn er nicht in Hörweite war.

»Steig auf den Karren, Alessandra! Du sollst im Triumph im Dorf einziehen. Durch dich füllen sich unsere Taschen! Wenn die Flenser mit den Walen fertig sind, dann feiern wir ein Fest, wie es Nantala lange nicht mehr gesehen hat!« Er grinste breit. »Ich habe bei Philippo schon fünf Hammel bestellt. Und jetzt herauf mit dir auf den Karren! Los, Tormo, sei unserer Heldin behilflich!«

Der Junge streckte ihr die Hand hin. Noch immer vermied er es, sie anzuschauen.

Alessandra wünschte sich, sie wäre ein bißchen länger unten in der Klamm geblieben. Die ganze Sache war ihr unangenehm. Aber sie konnte dem Ältesten den Wunsch nicht abschlagen – nicht bevor er dafür gesorgt hatte, daß man sie ins *oktagon* aufnahm. Also griff sie nach Tormos Hand, die sich schwielig und schweißnaß anfühlte. Mit einem kräftigen Ruck zog er sie auf den Kutschbock.

»Vorwärts, ihr lahmen Schindmähren!« Guillamo ließ die Peitsche über die Köpfe der beiden Stuten hinweg knallen. Alessandra verlor das Gleichgewicht und stürzte Tormo in die Arme.

Der Älteste brach in kackerndes Gelächter aus. »Laßt euch nicht stören, ihr beiden Turteltäubchen. Ich wußte doch, daß du was für unsere Heldin übrig hast, Kleiner, so wie du immer Löcher in die Luft starrst, wenn sie in der Nähe ist. Sag nur, wenn's nicht so ist, Junge!« Wieder brach er in wieherndes Gelächter aus.

Alessandra hatte sich inzwischen aufgerappelt und war auf die Pritsche geklettert. »Laß ihn in Ruhe, Guillamo!«

»Warum? Er ist mein Sohn. Ich will ihn doch nur gut verheiratet wissen. Laß einem alten Mann ein bißchen Spaß. Weißt du, daran, daß er still ist, gewöhnt man sich schnell. Quatscht wenigstens kein dummes Zeug. Manchmal wünschte ich, seine Mutter hätte ihre Zunge verschluckt und nicht er. Du solltest mal sehen, was er unter der Hose trägt. Ich sag dir, mein Kleiner braucht sich nicht zu verstecken. Der ist bestens ausgerüstet. Stimmt's, Tormo?«

Tormo hielt die Zügel fest umklammert und starrte auf den Feldweg vor sich.

»Nun, dann schweigen wir eben . . .« Guillamo setzte die Weinflasche an die Lippen und nahm einen tiefen Schluck.

Der Weg zum Dorf war so holprig, daß sich Alessandra mit der Linken auf Tormos Schulter stützen mußte, wenn sie nicht bei jedem Schlagloch das Gleichgewicht verlieren wollte. Sie spürte, wie seine Muskeln unter dem Hemd arbeiteten, wenn er an den Zügeln zog oder die Kaltblüter mit einem kehligen Grunzen dazu brachte, in der Wegspur zu bleiben.

Wäre dieses Fieber nicht gewesen, dann wäre Tormo sicher längst ein Bootsführer geworden. Vielleicht sollte sie ihn in ihre Mannschaft aufnehmen, wenn sie erst einmal ein eigenes Jagdboot besaß. Viele waren der Meinung, er sei nicht ganz richtig im Kopf. Die anderen fänden es wahrscheinlich nicht gut, mit so einem rudern zu müssen. Besser wohl, sie überdachte die Sache noch einmal.

Alessandras Blick wanderte zu dem dünnen Lederriemen, den sich Tormo anstelle eines Rings durch das durchstoßene Ohrläppchen gezogen hatte. Das untere Ende des Riemens verschwand unter seinem Hemd. Über Tormos rechtem Brustmuskel zeichnete sich eine Beule unter dem groben Stoff ab. Es hieß, er habe immer eine kleine Maus bei sich. Angeblich hatte er das andere Ende des Riemens an ihrem Schwanz festgeknotet. Verrückt! Nein, es wäre nicht gut, einen solchen Kerl mit ins Boot zu nehmen. Auch wenn sie Tormo mochte.

Als sie den Rand des Dorfes erreichten, begann Guillamo wieder ausgelassen zu rufen. »Dreiundsechzig Fässer! Und wir haben noch einen ganzen Norga zu zerlegen. Einen riesigen alten Bullen! Feiert unsere Heldin!«

Alessandra war das Geschrei peinlich. Sie hielt den Blick gesenkt und wünschte sich zum Wasserfall in der verborgenen Klamm zurück.

»He, ihr Nichtsnutze! Laßt gefälligst unsere junge Heldin hochleben!«

Aus den Augenwinkeln sah Alessandra eine Gruppe von Frauen beieinanderstehen und aufgeregt miteinander tuscheln. Nur ein dunkelhaariges kleines Mädchen blickte zu ihr auf und winkte.

»Bei den unflätigen Götzen vom Rand der Welt, was ist denn in euch gefahren, ihr dummen Weiber? Man sollte euch alle ...«

Tormo zog an den Zügeln und brachte die schwere Kutsche zum Stehen. Sie hatten den Marktplatz im Herzen des Dörfchens erreicht, und mitten auf dem Platz befand sich ein Trupp Fremder. Es waren drei Waffenknechte, gekleidet in geschlitzte bunte Wämser, und zwei schwarzgewandete Lakaien. Der Anführer der Truppe aber war ein hochgewachsener Mann in weißer Soutane. Ihn schmückten eine purpurgefärbte Bauchbinde und ein breitkrempiger Hut aus gleichfarbenem Stoff. Die Insignien eines Gesandten des *princeps* von Monte Flora!

Cosimo, der Böttcher und sein Sohn Rocco kamen zum Wagen herübergelaufen. »Hochwürden ist ein *collector*. Wir sind vom *princeps* auserwählt worden. Nur drei Dörfern ist diese Ehre zuteil geworden.«

Guillamo nickte zufrieden. »Unser Schicksal steht unter einem guten Stern. Erst die Norgas – und jetzt gehören wir zu den Auserwählten des *princeps*.« Er strich sich die ausgefranste Hose glatt und schwang sich für sein Alter erstaunlich behende vom Wagen. »Wir werden heute abend eine große Versammlung einberufen. Rocco, lauf zum Strand und sammle weiße Kiesel. Bei Gott, man kommt nicht mehr zur Ruhe. Laß uns den Pfaffen zur

Schenke bringen. Schauen wir nach, ob Rosalita 'nen Becher schales Bier für ihn übrig hat.«

Alessandra musterte den weißgewandeten Kirchenmann mißtrauisch. Ein *collector* – es war lange her, daß der *princeps* einen ähnlich wichtigen Geistlichen in ihr Dorf geschickt hatte.

Tormo zupfte sie am Ärmel und stieß einen rauhen Laut aus. Er deutete auf den Priester und schüttelte heftig den Kopf. Dann zeigte er auf Alessandra und in Richtung der Berge. Mit Mittelfinger und Zeigefinger machte er eine Geste, die wohl soviel wie ›laufen‹ bedeuten sollte.

Die Harpunierin runzelte die Stirn. »Was meinst du? Ich soll in die Berge gehen? Du weißt doch, daß niemand das Dorf verlassen darf, wenn ein *collector* zugegen ist. Ich würde den Abwesenden Gott beleidigen, und das, nachdem er mir gerade ein so reiches Geschenk gemacht hat.« Sie stieg vom Wagen und sah zu den Söldnern herüber. Die Krieger trugen stattliche Pluderhosen mit grellroten Schamkapseln. Einer der Männer grinste sie frech an, und Alessandra blickte herausfordernd zurück. Dann grinste auch sie. Es war schon mehr vonnöten, als aufgebauschter Stoff, um sie zu beeindrucken. Aber vielleicht würde sie dem Kerl heute abend in der Versammlungshalle noch eine Gelegenheit geben ...

Zufrieden schritt sie auf das nahe den Bootsschuppen stehende bescheidene Häuschen zu, das sie gemeinsam mit ihrem Onkel Pietro bewohnte.

Der schwarze Kiesel

Im Fischerdorf Nantala, am 15. Tag des Hitzemondes,
im 458. Jahr der Abwesenheit Gottes

Mit Einbruch der Dämmerung verließ Alessandra das Haus. In aller Ruhe schlenderte sie an der Lagerhalle der Harpuniere entlang und dachte dabei an ihr Vermögen an Walöl, das dort lagerte. Für die Zukunft ständen ihr alle Wege offen! Der Name Paresi bekäme wieder einen guten Klang in Nantala.

Das helle Geläut von *pater* Tomasos Bronzeglocke schreckte sie aus ihren Gedanken auf, und sie beeilte sich, zum Gemeindehaus zu kommen. Ihr Onkel Pietro war wie stets darauf bedacht gewesen, nicht unangenehm aufzufallen, und schon vor einer Weile brav vorausgegangen. Ob er seine duckmäuserische Art ablegen würde, jetzt, da ihre Familie in Nantala wieder etwas bedeutete?

Alle sollten sich im großen Gemeindehaus am Hafen versammeln, um dem Ritual des *collectors* beizuwohnen. Sogar die Arbeiten in der Bucht der Türme waren unterbrochen worden, noch bevor die Flenser den letzten Norga völlig zerlegt hatten. Verärgert dachte Alessandra daran, daß die Rotkopfmöwen nun doch noch zu ihrem Festmahl kämen.

Der Nordwind trug den feuchten Atem des Meeres in das Dorf. Es roch nach Salz und Seetang. Am Nachmittag hatte Alessandra den Auftrag für ein Jagdboot erteilt und mit Jacomo, dem erfahrensten Bootsbaumeister des Dorfes, erste Einzelheiten durchgesprochen. Zehn Fässer mit Tran hatte sie angezahlt und deutlich gemacht, daß er bei seiner Arbeit nur die besten Hölzer verwenden durfte. Ihr Boot sollte an der ganzen Küste nicht seinesgleichen haben!

Als sie den Marktplatz am Hafen erreichte, standen die Portale des Gemeindehauses noch weit offen. Gelbes Licht fiel aus den schmalen Fenstern. Eine Mutter mit einem kleinen Kind auf

28

dem Arm lief quer über den Platz, in Sorge, zu spät zu kommen. In der Tür standen Tomaso, der Priester des Dorfes und Guillamo, der sich nun auf einen Stock aus Walbein stützte.

»Du bist spät!« grummelte der Älteste streng, während Tomaso der Harpunierin freundlich auf die Schulter klopfte. Der dickliche Priester war in eine Kutte aus speckigem weißem Filz gekleidet, und dicke Schweißperlen standen ihm auf der Stirn. Durch das Licht der vielen Tranlampen war es an diesem ohnehin schwülen Sommerabend drückend heiß im langen Saal des Gemeindehauses.

Alessandra war von der Menge der Menschen überwältigt. Lange war es hier nicht mehr so voll gewesen. Alle Einwohner Nantalas hatten sich versammelt. Selbst die gebrechlichen und kranken! Die Ziegenhirten aus den Bergen hatten ihre Herden, die Bergbauern ihre einsamen Gehöfte verlassen. Ein *collector* war seit mehr als einer Generation nicht mehr im Dorf gewesen, und es bedeutete eine außerordentliche Ehre für die Gemeinde Nantala, vom *princeps* von Monte Flora endlich wieder auserwählt worden zu sein.

Leises Murmeln lief durch die Reihen der Versammelten. »Wir sind vollzählig«, ertönte die unverwechselbare Stimme Guillamos. Gemeinsam mit *pater* Tomaso schloß er die schweren Torflügel der Halle. Als letzter war der Klippenwächter Orlando eingetroffen. Der alte Mann wirkte eingeschüchtert, ja regelrecht verängstigt. Es war das erste Mal, daß Alessandra ihn ohne seine Axt sah. Er drängte sich eng an die Wand gleich neben dem Eingang und verschwand hinter dem hünenhaften Tormo.

Nantala war ein kleines, aber kein armes Dorf. Vor Jahren war das Gotteshaus, das auf einer schmalen Klippe gestanden hatte, während eines Erdbebens ins Meer abgerutscht. Damals hatte man vorübergehend die Versammlungshalle des Dorfes zur Kirche gemacht. Was zunächst als Notlösung gedacht gewesen war, hatte sich schließlich als dauerhafte Einrichtung erwiesen. Daran hatte gewiß auch *pater* Tomaso wesentlichen Anteil, denn indem er weltliche Feste mit kirchlichen Veranstaltungen verknüpfte, war die Bedeutung der Halle für das Dorf noch mehr gestiegen.

29

Man hatte die Festhalle in den Jahren mit allerlei sakralem Schmuck versehen. So war ein großer Teil der Südwand mit handgroßen Elfenbeinplatten versehen. Jede Platte trug den Namen eines Dorfbewohners, der auf See geblieben war. In Halterungen an der Wand waren kupferne Tranlampen angebracht, und es gehörte zu den Aufgaben *pater* Tomasos, dafür zu sorgen, daß ihr Licht niemals erlosch.

Die Halle war gut zwanzig Schritt lang, und ihre Wände bestanden aus dickem, weiß verputztem Mauerwerk. Die hohe gewölbte Decke wurde von Balken getragen, die man aus den Kieferknochen von Walen geschnitten hatte. Sie waren mit Schnitzereien geschmückt, die Jagdszenen auf hoher See oder Flenser und Transieder zeigten, die erlegte Wale weiterverarbeiteten. Hin und wieder gab es auch Darstellungen mit den Eingeborenen der nördlich gelegenen Jaguarinseln, die im Ruf standen, ausgezeichnete Ruderer und Harpuniere zu sein.

Am Ende des Gemeindesaales erhob sich ein kleines Podest, das von einem Geländer umgeben war. Auch diese Bühne, von der aus Tomaso zu seiner Gemeinde sprach, hatte man aus Walknochen gefertigt.

Durch hohe, schmale Fenster fielen tagsüber breite Bänder von Licht in die Halle. Jetzt hatte man sämtliche Tranlampen entzündet, die von der gewölbten Decke hingen. Damit das Öl weniger übel roch, war es mit Duftstoffen aus den dunklen Bergen von Ekim P'Par versetzt worden, mit Essenzen, denen man nachsagte, sie würden auf besondere Weise den Geist jedes Gläubigen für die Worte seines Priesters öffnen.

Gewöhnlich war die Halle mit zwei langen Reihen von Tischen ausgestattet, doch für den heutigen Abend hatte man die schweren Rotholzplatten von den Böcken genommen und an die Nordwand gelehnt, um für die Dorfbewohner Platz zu schaffen. Alessandra schätzte, daß sich mehr als dreihundert Menschen versammelt hatten.

Auf dem Podest am Ende der Halle stand der *collector*, flankiert von den Söldnern, die seine Eskorte bildeten. Der Priester aus Monte Flora war ein hochgewachsener, hagerer Mann mit einem länglichen Gesicht. Er schien kaum älter als vierzig Jahre zu sein, doch zeugten die grauen Schläfen von der schweren Last des Amtes. Seine weiße Soutane zeigte weder Stickereien noch sonstigen Schmuck, sondern war aus einfachem Stoff genäht und mit Beinknöpfen versehen. Die purpurne Bauchbinde und der breitkrempige Hut aus purpurnem Stoff dienten keiner eitlen Zurschaustellung, sondern waren die Insignien eines Gesandten des *princeps* von Monte Flora. Allgemein war den Priestern des Abwesenden Gottes eine Bescheidenheit zu eigen, die an Selbstauslöschung grenzte.

Wann immer sie irgendwo als Gast einkehrten, bestanden sie darauf, mit dem schlechtesten Essen bewirtet zu werden und den ungemütlichsten Schlafplatz im Haus zu erhalten. Bei aller Bescheidenheit achteten sie jedoch stets auf ein makelloses Äußeres. Sie waren immer glatt rasiert, hielten das Haupthaar kurz geschoren und achteten sorgfältig darauf, daß auf ihren weißen Soutanen kein einziges Stäubchen zu sehen war. Wenn der Priester auf dem Podest mit kostbarem Purpur prunkte, dann nur deshalb, weil er vom *princeps* zu einer besonderen Mission auserwählt war.

Der Fremde runzelte abfällig die Stirn. Sein Blick ruhte auf *pater* Tomaso. Alessandra konnte sich nicht erinnern, den dicken Dorfpriester jemals in einem so sauberen Ordensgewand gesehen zu haben, wie es der *collector* trug, der nun in frommer Geste die Arme ausbreitete.

Die Dorfbewohner schätzten Tomaso dafür, daß er ein einfacher Mann war, der sich nicht scheute, in seinen Predigten deftige Metaphern zu benutzen, die den Gläubigen lange im Gedächtnis haften blieben. Er war ein Mann, der zupacken konnte, wenn die Fischer einen so reichen Fang an Land brachten, daß jede Hand im Dorf gebraucht wurde. Er stand wie ein guter Hirte mitten im Leben seiner Herde und war bekannt dafür, die Streitereien auf dem Fischmarkt gelegentlich unter Einsatz einer gußeisernen Pfanne zu schlichten, bevor er den Streithähnen mit frommen Worten den Kopf zurechtrückte.

»Liebe Brüder und Schwestern«, sprach der *collector* mit dunkler und eindringlicher Stimme. »Ein neuer Stern stört die seit Jahrhunderten fest gefügte Ordnung am Firmament. Als Aionar, der Abwesende Gott, uns verließ, übergab er uns seine Schöpfung zu treuen Händen. In den Sternen verschlüsselt schenkte er uns seine Weisheit. So bietet sich der Nachthimmel dem Kundigen wie ein offenes Buch dar, in dem die Gedanken Aionars geschrieben stehen. Doch dieses Buch ist nun bedroht durch die bleiche Fackel, die über den nächtlichen Himmel zieht. Und so hat der *princeps* Bernaldino in seiner Weisheit beschlossen, daß drei Gläubige in Endgültiger Askese die Gnade des Abwesenden Gottes erwirken sollen, damit er das eisglänzende Mahnmal vom Himmel nimmt und seine Priester wieder im Sternenbuch lesen können, um seinen Willen zu deuten. Eines der drei Lose fiel dabei auf Nantala ...«

Tormo schob sich neben Alessandra und zupfte sie aufgeregt am Ärmel. Dunkle Schweißflecken zeichneten sich auf seinem Hemd ab. Er wirkte verstört und deutete immer wieder zur Tür.

Alessandra schüttelte unwillig den Kopf. »Jetzt nicht!«

Der Duft von frisch geschnittenem Holz und von Teer haftete dem Hünen an. Er mußte am Nachmittag in einem der Bootsschuppen gewesen sein. Die Walfängerin dachte an die Winternacht vor langer Zeit.

Tormo stieß aufgeregt ein kehliges Glucksen aus und wies erneut mit heftigen Gesten auf die Tür. Unter seinem Hemdkragen kroch die Maus hervor, die er stets bei sich trug. Sie zuckte mit der Nasenspitze, so als wolle auch sie Alessandra eine geheime Botschaft übermitteln.

»Schweig, wenn der *collector* spricht, du hirnloser Tölpel«, zischte Cosimo, der ganz in ihrer Nähe stand.

»Nun möge das Schicksal entscheiden«, erklang die samtene Stimme des *collectors*, »wem die Gunst zuteil werden wird, seinen Namen auf ewig im Buch der Asketen geschrieben zu wissen, so daß er dem Volk und seinen Priestern noch in hundert Generationen wohlbekannt sein wird.«

Ein großer, mit einem Tuch verhüllter Korb wurde auf das Podest gehoben. »Es möge ein jeder von euch nun vor mich treten und in diesen Korb greifen, um einen Stein herauszunehmen und ihn dann für alle sichtbar in die Höhe zu halten. Den Anfang werden diejenigen Männer und Frauen machen, die im besten Alter stehen. Und um diesem festlichen Augenblick die nötige Würde zu verleihen, wollen wir nun alle gemeinsam den Choral von der Nacht der Sternensaat anstimmen. *Pater* Tomaso erweist uns die Ehre, den Part des Vorsingers zu übernehmen.«

Der Dorfpriester zupfte aufgeregt an seiner Kutte und räusperte sich. Auf seinen Wangen zeichneten sich dunkelrote Flecken ab, als er mit rauher Stimme zu singen begann. Gleichzeitig trat Rocco, der Sohn des Böttchers, als erster an den Korb und griff unter das Tuch. Nur einen Herzschlag lang tastete er über die Steine, dann schnellte seine Hand hoch, und jeder im Saal erkannte den schneeweißen Kiesel, den er gezogen hatte. Enttäuscht, nicht der Auserwählte zu sein, legte Rocco den Stein dem *collector* vor die Füße.

Wieder zupfte Tormo Alessandra am Hemd. Er schnitt Grimassen und blickte gleichzeitig ängstlich zu Cosimo hinüber.

»Was willst du denn?« flüsterte die Harpunierin.

Die Lippen des Hünen bebten. Er öffnete den Mund. Fingerdick zeichneten sich die Adern an seinem kräftigen Hals ab. Es war, als versuchten seine Lippen die Laute zu formen, die seine Zunge nicht mehr zu bilden vermochte. Doch Alessandra verstand ihn nicht. Hilflos hob sie die Schultern. Da packte Tormo sie beim Handgelenk und zwängte sich vor ihren Platz in der Warteschlange der jungen Leute.

»Was soll das?« zischte sie wütend und erntete die erbosten Blicke der Umstehenden, die brav den Choral sangen.

»Laß den Narren!« grollte Cosimo. »Oder glaubst du, Gott schert sich darum, in welcher Reihenfolge wir vor den Korb treten? Wem die Ehre zuteil wird, den schwarzen Kiesel zu ziehen, der steht doch schon von Anbeginn der Zeiten fest.«

Langsam schob sich die Reihe vorwärts. Der Choral verstummte. Es war drückend heiß. Irgendwo in der zusammengepferchten Menge wimmerte ein Kind.

Wieder ging es ein paar Schritte vorwärts. Alessandra blickte zu den Deckenbalken aus Walkiefern hinauf. Sie stand jetzt unter dem geschnitzten Bild eines Wals, der ein Boot in der Mitte entzweibrach. Immer wieder war sie in den letzten Jahren hier gewesen. Hatte genau an dieser Stelle gestanden und *pater* Tomaso gefragt, warum ihre Eltern nicht wiedergekommen waren. Hatte gefragt, was sie getan hatte, daß Gott ihr so sehr zürnte. Er hatte die Frage nie beantworten können.

Wieder ging es ein paar Schritt weiter. Alessandra stand jetzt unter dem Bild, das die Seelen der Ertrunkenen zeigte, die tief im Meer mit den Delphinen tanzten.

»Ihn nicht!« erklang die befehlsgewohnte Stimme des *collectors*.

»Aber er ist mein Sohn. Er ist . . .«

»Man sieht ihm doch an, daß er schwach im Geiste ist. Die erste Wahl haben die Jungen und Gesunden.«

»Du hast den *pater* gehört, Tormo. Tritt zur Seite! Du wirst später deinen Stein bekommen.«

Der Hüne gab einen gurgelnden Laut von sich. Trotzig streckte er die Hand nach dem Korb aus.

»Sei nicht so dickköpfig, du Trottel!« Guillamo versetzte seinem Sohn eine schallende Ohrfeige, doch Tormo zuckte nicht mit der Wimper.

Alessandra preßte in hilfloser Wut die Lippen zusammen. So oft hatte sie schon mit ansehen müssen, wie Tormo geschlagen wurde. Und immer ließ der Riese es stumm über sich ergehen. In diesem Augenblick schwor sie sich, ihn in ihre Bootsmannschaft aufzunehmen, ganz gleich, was man im Dorf dazu sagen würde. Er mußte weg von seinem Vater. Weg von diesem Dorf, wo man nur über ihn lachte.

Guillamo riß seinem Sohn mit einem Ruck den dünnen Lederriemen vom Ohr. Zuckend und fiepend hing die Maus in der Luft. Die Hand des Ältesten schloß sich um das Tier. »Geh, oder ich zerquetsche das kleine Miststück vor deinen Augen, du hirnloses Stück Fleisch!«

Tormo wimmerte leise. Hilflos streckte er die Hand aus.

»Geh!« schrie der Vater. »Geh und warte an der Tür, bis man dich ruft!«

Der Hüne ließ den Kopf sinken. Seine Schultern bebten. Er drehte sich um. Einen Herzschlag lang begegneten seine blauen Augen Alessandras Blick. Wenn nur dieser Priester nicht hier wäre, dachte sie verbittert. Nie wieder wollte sie zusehen, wie Guillamo seinen Sohn demütigte.

Jetzt war sie an der Reihe. Zornig griff sie in den Korb. Ihre Hand war schweißverklebt. Kurz glitten ihre Finger über die Steine. Dann schlossen sie sich um einen runden Kiesel. Ihre Hand zuckte unter dem Tuch hervor, und wütend knallte sie den Stein auf das hölzerne Podest.

Guillamo funkelte sie böse an. Dann änderte sich plötzlich sein Blick. »Du?« Fassungslos starrte er auf den Stein zu Füßen des *collectors*.

Jetzt erst betrachtete auch Alessandra den Kiesel. Er war von tiefem Schwarz. Eine feine rote Ader durchzog ihn, gabelte sich zur Spitze hin dreifach und ähnelte so ein wenig einem Fischspeer. Doch abgesehen davon war der Stein völlig unscheinbar. Ein Kiesel wie tausend andere am Strand.

»Aionar, der Abwesende Gott, hat uns seinen Willen offenbart«, verkündete der fremde Priester mit getragener Stimme. »Diesem jungen Weib ist es bestimmt, mit Gottes Hilfe den Nachthimmel von seinem Makel zu säubern.«

Alessandra hatte das Gefühl, daß ihr Herzschlag für einen Augenblick aussetzte. Sie hatte gewußt, daß der Abwesende Gott sein Augenmerk auf sie gerichtet hatte. Seit dem Abend vor zwei Tagen, als sie die Wale harpuniert hatte. Der Gedanke, die Aufmerksamkeit Gottes zu genießen, machte ihr angst. Sie war doch völlig unbedeutend.

Sie drehte sich um und blickte zu der Tür am anderen Ende des Saals. Alle Dörfler starrten sie an.

»Wer ist dieses Mädchen?« hörte sie den *collector* leise fragen.

»Alessandra Paresi«, antwortete Guillamo. »Sie ist die reichste Frau des Dorfes, seit sie vor zwei Tagen ganz allein drei Norgawale harpunierte.«

»Alessandra Paresi«, wiederholte der Priester abschätzend.

»Doch, der Name hat Klang. Er ist würdig, in das Buch der Asketen aufgenommen zu werden, auch wenn dieses Mädchen eher einem Mannweib von den Jaguarinseln gleicht als einem richtigen Weib. Bezüglich dieses Makels werden wir noch Abhilfe schaffen ...« Nachdenklich strich er sich über das Kinn, dann schnippte er mit den Fingern, und einer seiner Lakaien trat vor. »Sorg dafür, daß die Pferde gesattelt werden.«

»Ihr wollt doch nicht etwa schon gehen!« rief Guillamo entsetzt. »Ich habe bereits ein Lager für Euch und Euer Gefolge bereiten lassen. Es ist doch schon dunkel.«

»Wir haben keine Wahl. Ich muß in zwei Tagen zurück in Monte Flora sein. Der *princeps* Bernaldino erwartet die Auserwählte. Wir werden reiten, solange der Mond am Himmel steht. Ich hoffe, du kannst reiten.«

Alessandra brauchte einen Augenblick, bis sie begriff, daß der *collector* sie angesprochen hatte. »Ich ... ich bin schon auf einem Esel geritten.«

»Gütiger ...« Der Priester verdrehte die Augen. »Nun, zur Not werden wir dich auf dem Pferd festbinden. Dir bleibt eine halbe Stunde, um Abschied zu nehmen. Vergeude die Zeit nicht! Du bist fortan eine Auserwählte, und jeder deiner Atemzüge ist kostbar.«

»Fu«

Auf dem Marktplatz von Nantala,
nur wenig später

Alessandra klammerte sich am Sattelknauf fest. Das Pferd, das man ihr überlassen hatte, war entschieden ruhiger als sie selbst. Obwohl ringsherum große Aufregung herrschte und das ganze Dorf auf den Beinen war, tänzelte es nicht einmal. Rocco, der Sohn des Böttchers, steckte ihr Blumen zu. »Meine Gedanken sind bei dir!« rief er, und seine Augen leuchteten dabei vor Begeisterung.

»Vorwärts!« Der *collector* hob den Arm und wies auf die Berge. Langsam setzte sich der kleine Reitertrupp in Bewegung. Kinder liefen vor ihnen her und streuten wilde Feldblumen und Farnzweiglein auf den Weg.

»Halt, noch nicht!« Guillamo kämpfte sich durch das Gedränge. »Das mußt du noch mitnehmen!« Er hielt einen Beutel aus dunkelrotem Leder hoch.

»Was...«

Der Älteste drückte ihr den Beutel in die Hand. »Die Beinaugen der Norgas. Der Preis der Harpunierin. Die Flenser haben sie heute herausgeschnitten. Nimm sie mit! Kein anderer hat ein Anrecht darauf.«

Alessandra schluckte, unfähig zu antworten. Eine solche Geste hätte sie von Guillamo niemals erwartet.

»Mach unserem Dorf Ehre!« Seine gichtkrummen Finger drückten ihre Hände. »Du bist eine Auserwählte. Ich...« Die Stimme brach ihm.

»Los jetzt!« rief der *collector* verärgert. »Uns läuft schon die Zeit davon.«

Einer der Söldner griff nach den Zügeln von Alessandras Stute. Die Harpunierin kämpfte einen kurzen Anfall von Panik nieder, als sich ihr Pferd ruckend in Bewegung setzte. So fest umklammerte sie den Sattelknauf, daß sie einen Krampf in der rechten Hand bekam. Sie biß die Zähne zusammen. Bloß nicht stürzen! Verfluchte Pferde! Sie war ein Mensch, dessen Beine mit dem Boden Berührung haben mußten. Selbst wenn sie nur über die Planken eines Bootes stolperten, das donnernd durch die Wellen der aufgewühlten See schnitt. Aber ein Pferd ... Zwei Ellen Luft zwischen dem Erdboden und ihren Sohlen, nein, das war nichts für sie.

Die Gruppe hatte den Rand des Dorfes erreicht. Aus dem Schatten der Silberpappeln am Ufer des kleinen Bachs, der von der Ziegenklamm herabkam, trat eine hünenhafte Gestalt.

»Tormo mit dem Mäusehirn!« riefen die Kinder, die noch immer neben den Pferden einherliefen, doch der Hüne störte sich nicht daran. Mit drei langen Schritten war er neben Alessandra.

Die Walfängerin sah aus den Augenwinkeln, wie der Söldner, der neben ihr ritt, nach seinem Kurzschwert tastete.

»Was willst du, Tormo?«

Der Hüne deutete hinab auf das Meer, stieß röchelnde Laute aus und griff sich an den Hals.

»Ich verstehe dich nicht.«

Tormo griff nach ihren Händen auf dem Sattelknauf. Sein Atem ging keuchend, als er versuchte, mit den Pferden Schritt zu halten. Immer wieder stieß er einen Laut hervor, der wie *Fu* klang. Schließlich blickte er nur noch hilflos zu ihr auf.

»Sag dem Irren, er soll gehen«, herrschte einer der Söldner Alessandra an. »Sonst machen wir deinem Freund Beine!«

Tormo griff in sein Hemd und zog die winzige Maus hervor, die er dort verborgen hielt. Ängstlich krallte sich die kleine Kreatur an seinem Mittelfinger fest, als der Hüne die Hand zu Alessandra ausstreckte.

Der Söldner brach in schallendes Gelächter aus. »Ich kenne etliche Drecksäcke, die Flöhe und Wanzen haben, aber dieser verrückte Riese übertrifft sie alle. Der hat wohl ein ganzes Mäusenest in seinem Brusthaar versteckt!«

Hilflos versuchten Tormos Lippen Worte zu formen. Tränen

standen ihm in den Augen. Alles, was er stammeln konnte, war: »Fu … Fu … Fu!«

Alessandra griff nach der Maus. Sie wußte nicht, was sie mit dem kleinen Nager anstellen sollte, doch sie war entschlossen, diesem unwürdigen Spektakel ein Ende zu bereiten. Das Tierchen fühlte sich warm an. Es zitterte, als sich ihre Hand um den pelzigen kleinen Körper schloß. Ganz schwach spürte sie seinen rasenden Herzschlag.

Tormo stieß einen gellenden Schrei aus. Einen Laut, in dem sowohl Verbitterung als auch Erleichterung mitschwangen.

Alessandras Stute scheute bei dem unerwarteten Geräusch. Fast stürzte die Harpunierin aus dem Sattel, und ihre Hände krallten sich in die Mähne, während sie spürte, wie die Maus im Ärmel ihres Hemdes hochkroch.

Tormos Schritte wurden schwerfälliger. Er konnte nicht mehr länger mit den Pferden mithalten. Seine Hand glitt vom Sattelknauf. Taumelnd blieb er zurück.

Die Maske

Nahe dem Monte Alba, am 16. Tag des Hitzemondes,
im 458. Jahr der Abwesenheit Gottes

Sie waren die ganze Nacht hindurch geritten. Als Alessandra aus dem Sattel stieg, fühlte sie sich wie geprügelt. Ihre Oberschenkel waren auf den Innenseiten so wund, daß ihr das nässende, geschundene Fleisch am Stoff der engen Hosenbeine klebte.

Schwer stützte sie sich auf den Schaft der Harpune, die sie wie eine Krücke benutzte.

Ein paar Schritt neben dem Weg floß ein schmaler Bach. Die Söldner und einer der Lakaien des *collectors* waren hinübergegangen, um ihre Wasserflaschen zu füllen.

Der *pater* jedoch saß immer noch auf seinem prächtigen Hengst. Er hielt den Rücken so gerade, als hätte man ihm einen Besenstiel unter die Soutane geschoben, und blickte zum Himmel hinauf. Der beschwerliche Ritt scheint ihm nicht das mindeste ausgemacht zu haben, dachte Alessandra ärgerlich. Auch wenn der Gedanke kindisch war, wünschte sie insgeheim, daß dieser unnahbare Priester sich genauso wund gescheuert hätte wie sie. Doch selbst wenn es so gewesen wäre, hätte er es sich wahrscheinlich nicht anmerken lassen. Trotzig reckte die Harpunierin das Kinn. Sie war eine Auserwählte des Abwesenden Gottes. Eine Märtyrerin, deren Namen bis ans Ende aller Zeiten nicht erlöschen würde. Sie sollte sich dieser Ehre als würdig erweisen!

Sie biß die Zähne zusammen und ging mit steifen Schritten zum Bach hinunter, um zu trinken. Als sie niederkniete und sich der Stoff der Hose über den Wunden spannte, hatte sie das Gefühl, als risse man ihr mit glühenden Zangen die Haut von den Schenkeln. Tränen schossen ihr in die Augen, doch kein Schmerzenslaut kam ihr über die Lippen. Aus den Augenwinkeln konnte sie sehen, wie der bärtige Söldner sie beobachtete.

Alessandra tauchte die Hände in das eisige Wasser. Die Kälte vertrieb einen Herzschlag lang ihre Pein.

»Sie wird nicht trinken!«, erklang die durchdringende Stimme des *collectors* hinter ihr.

Trotzig führte sie die flache Hand an die Lippen, als jemand von hinten ihren Arm packte und schmerzhaft verdrehte.

»Wer bist du, dich über die Gebote *pater* Franciscos einfach hinwegzusetzen, Fischerin?« Dem bärtigen Söldner brannten Zornesflecken auf den Wangen.

Mit einem Ruck befreite Alessandra ihren Arm. »Und wer bist du, Hand an eine Auserwählte des Abwesenden Gottes zu legen? Möge der Heilige Guelfo dir dein Gemächt auf die Größe einer Rosine schrumpfen lassen, du Lump!«

»Dies ist nicht die Sprache, die sich für eine künftige Märtyrerin geziemt, Fischerin!« Der *collector* hatte sich aus dem Sattel geschwungen und kam auf sie zu.

»Ich bin eine Harpunierin!« entgegnete Alessandra wütend. Sie spürte eine pelzige Berührung und zuckte zusammen. Tormos Maus war ihr unter dem Kragen hervorgekrochen. »Ich bin eine Auserwählte! Eine Heilige!«

»Du irrst, Kind!« Die Stimme des *paters* klang jetzt milde. Er hatte sie fast erreicht, doch auch wenn seine Stimme einschmeichelnd klang, war sein Blick wie Eis. »Es mangelt dir an Bußfertigkeit. Nicht Trotz und Stolz sind die Attribute einer Auserwählten zur Endgültigen Askese. Es sind Demut und der Wille zur Selbstverleugnung. Sieh das Zeichen, das uns Aionar, der Abwesende Gott, gesandt hat, du störrisches Kind!«

Er packte sie beim Kinn und riß ihren Kopf hoch, so daß sie den verblassenden Mond sah. Zwei Handbreit daneben stand der neue Stern am Himmel. Er wirkte jetzt im Vergleich fast so groß wie eine Kastanie in der Hand.

»Die Fackel am Himmel mahnt uns, von Hoffart und Völlerei abzulassen. Und sie ist uns nahe ... Näher, als ihr alle glaubt.«

Der Priester stand so dicht vor Alessandra, daß sie seinen säuerlichen Atem roch. »Du wirst schon jetzt mit dem Fasten beginnen. Und da du ein störrisches Kind bist, werde ich dir helfen, diese schwere Bürde zu tragen. Carlos! Bring die Maske und das Werkzeug!«

Einer der Lakaien lief zu den Packtieren hinüber und löste ein großes Bündel vom Sattel.

»Hochwürden, haltet Ihr diese Entscheidung für richtig? Die Hitze ... Sie wird es nicht aushalten«, wandte vorsichtig der bärtige Söldner ein.

Der *collector* maß Alessandra mit Blicken. »Doch, sie wird es aushalten. Sie ist störrisch und muß Demut und Bescheidenheit lernen, bis wir Monte Flora erreichen. Und sie soll schon jetzt mit dem Fasten beginnen. Unsere Zeit ist kürzer bemessen, als der *princeps* erwartet hat.«

»Sie darf nicht trinken«, beharrte der Söldner. »Bei allem gebührenden Respekt, Hochwürden, aber das wird sie nicht durchstehen. Nicht wenn sie ...«

»Schweig!« Der *collector* schnitt dem Söldling mit einer herrischen Geste das Wort ab. »Wer bist du, mich zu lehren, was richtig ist und was falsch?«

Der Lakai war inzwischen mit dem Bündel zu ihnen zurück gekehrt. Als er es aufschnürte, kam eine versilberte Gesichtsmaske zum Vorschein. Die Züge waren glatt, alterslos und von unbestimmtem Geschlecht. Dieses Gesicht war etwas rundlicher als Alessandras Gesicht. Es hatte volle Lippen und eine edel geschwungene Nase, in die sogar Nasenlöcher eingearbeitet waren. Die Lippen hingegen waren geschlossen. Zwei weitere spitzovale Löcher waren für die Augen ausgespart. Die Brauen hatte man aus poliertem Messing auf das Silber aufgearbeitet. Das Gesicht wurde gerahmt von locker fallenden Locken, die ein geduldiger Schmied Strähne für Strähne aus Messing getrieben hatte. Die Maske mußte ein Vermögen wert sein!

Es gab noch eine zweite Hälfte, die einen goldbehaarten Hinterkopf zeigte. Am Halsstück und zwischen den goldenen Locken gab es je zwei Ösen, durch die offensichtlich metallene Stifte geführt werden konnten.

»Diese Maske wird dir helfen, dem Gebot des Fastens zu folgen, Mädchen.« Die Stimme des *collectors* klang auf einmal fast freundschaftlich.»Und sie läßt dich engelsgleich erscheinen, so wie es sich für eine Auserwählte zur Endgültigen Askese geziemt. Du mußt dir also keine Sorgen mehr machen, daß jemand über dein grobes Fischerinnengesicht lacht, wenn wir in Monte Flora einreiten.«

Vorsichtig tastete Alessandra über das kühle Metall der Maske. »Was muß ich tun, um die Endgültige Askese zu erlangen? Ich weiß, ich werde mein Leben hingeben ... Aber auf welche Weise? *Pater* Tomaso hat nie darüber gesprochen, wie die Märtyrer sterben.«

Francisco schnaubte abfällig.»Dorfpriester! Knie nieder, Mädchen, und laß dich von Carlos darauf vorbereiten, die Maske anzulegen. Derweil werde ich dir erzählen, wie du zur Endgültigen Askese gelangst. Doch unterbrich mich nicht mit Fragen. Unsere Zeit ist knapp bemessen.«

Eingeschüchtert und auch ein wenig widerwillig fügte sich Alessandra in die Worte des *collectors*. Carlos stutzte ihr zunächst die Haare, damit die beiden Hälften des Maskenhelms besser um ihren Kopf paßten.

Währenddessen erzählte der Priester ihr ohne beschönigende Worte, daß sie der Tod durch Verdursten erwartete. Das freiwillige Selbstopfer sei die größte Tat, die ein Mensch vollbringen könne. Eine Tat, die selbst in den unendlichen Fernen des Himmels die Aufmerksamkeit Aionars erwecken werde. Alle drei Auserwählten sollten auf den Sternenhof im Palast des *princeps* von Monte Flora gebracht werden, wo sie, umgeben von Wasserspielen, ihr tödliches Fasten vollenden sollten. Sie würden niederknien und, den Maskenhelm zum Himmel gerichtet, immer wieder eine einzige Bitte wiederholen:»Herr erbarme dich und lösche den Makel vom Himmel, auf daß wir lesen können dein Mirakel der Sterne.«

Carlos trug Alessandra eine fettige Paste auf Hals und Gesicht auf und murmelte leise, das müsse geschehen, damit der Maskenhelm sie nicht wundscheuere. Dann preßte er ihr die Maske auf das Gesicht. Im ersten Augenblick fühlte sie sich angenehm kühl an. Sie schien wie für sie gemacht.

»Halt sie eng an dein Gesicht gedrückt, damit ich die andere Hälfte ansetzen kann.« Carlos' Stimme klang sanft.

Alessandra tat wie ihr geheißen. Ihre Wimpern wurden gegen die Augenlider gedrückt. Blinzelnd versuchte sie durch die Sehschlitze der Maske zu blicken. Ihr Gesichtsfeld war deutlich kleiner geworden.

Mit einem metallischen Knirschen schoben sich die Hälften des Helms aneinander. Jetzt spürte Alessandra die beklemmende Enge der Maske. Jemand griff nach ihrem Kopf und drückte beide Hälften des Helms gegeneinander. Etwas wurde gesprochen. Sie konnte es nicht richtig verstehen. Das Metall über den Ohren dämpfte alle Geräusche. Auch das leise Plätschern des Gebirgsbachs, neben dem sie kniete, war plötzlich verstummt. Dann kam der Schlag. Etwas traf seitlich den Helm. Ein metallisches Kreischen stach ihr wie ein Dolch in die Ohren. Sie bäumte sich auf und wurde sogleich mit Gewalt wieder in die kniende Haltung zurückgedrückt. Noch jemand griff nach ihrem Kopf. Ein zweiter Schlag traf den Helm!

Alessandra wurde übel. Die Maske drückte jetzt auf ihre Lippen. Sie versuchte den Mund aufzureißen, um zu atmen, doch dadurch sog sich das Metall nur noch fester an ihr Gesicht. Ihre Hände tasteten nach dem Ansatz des Maskenhelms am Hals. Sie versuchte ihn vom Kopf zu reißen, bevor sie erstickte. Doch ihre Finger fanden keinen Halt. Zu eng lag das Metall um den Hals.

»Du mußt durch die Nase atmen, Mädchen!« schrie Carlos. Alessandra konnte sehen, wie der Lakai wild gestikulierend auf sie einredete, doch seine Worte drangen nur gedämpft durch das dichte Metall.

Ihre Lungen stachen, als hätten sich dort Seeigel eingenistet. Sie spürte, wie ihr Herz schlug, als wolle es jeden Augenblick zerspringen.

»Atme durch die Nase!« drang es wieder gedämpft durch den Helm. Noch immer dröhnten Alessandras Ohren von den Schlägen, die den Helm getroffen hatten. Stoßartig sog sie die Luft durch die Nase. Grelle Lichtpunkte tanzten ihr vor den Augen. Ihr war schwindlig. Die drei Söldner, die sie niedergehalten hatten, traten zurück. Eine Hand legte sich auf ihre Schulter. Jemand redete auf sie ein, leise und beruhigend. Sie konnte die Worte nicht verstehen, nur den Tonfall.

Ihr Atem beruhigte sich. »Hörst du mich?« Der Mann hinter ihr hatte die Stimme erhoben. Es mußte der *collector* sein.

»Jo!« Der Helm verzerrte ihre Stimme.

»Du mußt ganz ruhig atmen«, erklärte die Stimme des Priesters. »Und immer durch die Nase, hörst du?«

Sie nickte.

»Wir werden dich jetzt in einen weißen Talar kleiden. Du sollst prächtig aussehen, wenn man dich in den Bergdörfern sieht. Erinnere dich, Alessandra Paresi, du bist etwas ganz Besonderes. Du bist eine Auserwählte!«

Aus den Augenwinkeln nahm Alessandra eine Bewegung wahr. Jemand langte schon nach der Wallanze, die neben ihr am Boden lag.

»Nä!« hallte ihre verzerrte Stimme im Innern des Maskenhelms. Hastig griff sie nach dem Schaft der Harpune und war mit einem Satz auf den Beinen.

»Du brauchst jetzt keinen Fischspeer mehr, Mädchen«, redete der *collector* auf sie ein. »Leg ihn nieder.«

Fischspeer! Woher kam dieser Priester eigentlich? Jedes Kind kannte den Unterschied zwischen einer Harpune und einem dreigezackten Fischspeer. Allen Heiligen, die sie von den Beinbildchen aus dem Gemeindesaal kannte, waren besondere Gegenstände zugeordnet, damit man sie besser erkennen konnte. So hielt Myriander der Seefahrer eine schlanke Galeere in Händen, Malachias ein Schwert und einen langhaarigen abgetrennten Heidenkopf und die heilige Sarmantha, die erste Vertreterin Aionars auf Erden, zwei Locken Gottes. Sie, Alessandra Paresi, würde man später an der Harpune erkennen können!

»If wehrde maine Harpune beheltenﬂ« protestierte sie laut. Doch der bärtige Krieger ließ sich von ihrem Widerspruch nicht beeindrucken. Als er nach ihr greifen wollte, sprang sie behende zur Seite und versetzte ihm einen Stoß mit dem stumpfen Ende der Wallanze, der ihn aus dem Gleichgewicht brachte.

45

»Genug, dummes Kind!« dröhnte die Stimme des *collectors*. »Leg den Speer fort und füg dich!«

Alessandra wich noch weiter zurück. Sie stand jetzt in dem schnellfließenden Gebirgsbach. »If wehrde thun, ws immer Ihr befehlt, awer last mier die Lanze.«

Pater Francisco winkte den Waffenknechten. »Bringt das störrische Geschöpf zu seinem Pferd und nehmt ihm dieses lächerliche Spielzeug ab. Versetzt ihr eine ordentliche Tracht Prügel, damit sie begreift, daß man mir nicht widerspricht. Aber achtet darauf, daß sie keine sichtbaren Verletzungen davonträgt.«

Die drei Söldner tauschten Blicke. Dann zogen sie ihre Kurzschwerter.

Alessandra versuchte sie so gut wie möglich durch die Sehschlitze im Helm im Blick zu behalten. Sie fürchtete sich nicht. Wer ganz allein mitten in einer Seeelefantenherde den Leitbullen harpuniert hatte, der lief nicht gleich davon, wenn drei ungewaschene Halsabschneider ihre Klingen zogen. Solange sie im Bach bliebe, wäre sie ihnen gegenüber sogar im Vorteil, denn sie war ein ganzes Leben lang daran gewöhnt, auf schlüpfrigem Grund sicheren Halt zu finden.

»Wirf deinen Speer weg, und alles wird gut!« rief ihr der Bärtige beruhigend zu.

»Nä!« Sechs Jahre lang hatte sie mit dieser Waffe ihren Lebensunterhalt verdient und sich nur selten mehr als einen Handgriff weit davon entfernt. Das Schicksal hatte sie binnen drei Tagen zu einer reichen Frau gemacht und ihr dann alles wieder genommen. Ihr Leben war verwirkt; in nicht einmal einer Woche wäre sie schon tot. Die Wallanze würde es dann noch immer geben. Mochten die Priester auch ihren Namen in irgendwelche Bücher schreiben – für alle, die sie einmal gesehen hatten, wäre diese Lanze eine viel greifbarere Erinnerung. Man sollte sie zurück ins Dorf schicken, wenn sie tot war. Vielleicht konnte man sich ja darauf einigen. Alessandra sah im Geist schon vor sich, wie die Lanze einen Ehrenplatz über dem Podest erhielt, von dem aus Bruder Tomaso zu predigen pflegte.

In diesem Augenblick sprang einer der drei Söldner vor, um

ihr mit einem wuchtigen Hieb nach dem stählernen Blatt der Harpune die Waffe aus der Hand zu prellen. Mit einer leichten Drehung der Wallanze wich sie dem Angriff aus, ließ den Schaft um die rechte Hand wirbeln und versetzte dem Söldner einen wuchtigen Schlag auf den Arm. Sie wollte keinen der Männer ernsthaft verletzen, war aber wild entschlossen, sie sich vom Leib zu halten.

Fluchend versuchten die beiden, auf den glatten Steinen des Bachs einen festen Stand zu finden, während der dritte benommen auf die Beine kam.

Mit einem tief gezielten Schlag riß sie den ersten Angreifer von den Beinen und tauchte unter einem Hieb des Bärtigen hinweg. Doch der fing den fehlgegangen Angriff ab und traf sie mit der Breitseite seines Katzbalgers am Oberarm. Sie taumelte und wäre fast von dem dritten Krieger übermannt worden, hätte sie ihn nicht im letzten Augenblick mit einem Stich zurückgetrieben, der ihm das weite Wams zerriß.

Dieser verfluchte Maskenhelm! Alessandra drehte wie ein aufgeregter Vogel den Kopf hin und her und versuchte vergeblich, alle drei Söldner zugleich im Blick zu behalten. Diese hatten jetzt einen Halbkreis gebildet und wollten sie offensichtlich zum Ufer zurücktreiben.

Alessandra hielt das stumpfe Ende der Harpune auf die Söldner gerichtet und hoffte immer noch, sie würden von sich aus den Kampf aufgeben. Statt dessen hob der Bärtige einen schweren Stein aus dem Wasser. Seine beiden Kameraden folgten auf der Stelle dem Beispiel.

Unsicher wich Alessandra zurück. Schon flog ihr der erste Stein entgegen. Sie duckte sich und wich noch weiter zurück. Ein zweiter Stein traf sie an der Schulter. Etwas griff von hinten nach ihrer Harpune. Sie geriet aus dem Gleichgewicht, stürzte, und die Waffe wurde ihr mit einem Ruck aus den Händen gerissen. Wasser drang durch die Augen- und Nasenlöcher in den Helm.

Wild mit den Armen um sich schlagend, kam sie wieder auf die Füße. Die drei Söldner hatten sich nicht von der Stelle gerührt. Wie gebannt starrten sie an ihr vorbei. Etwas schien hinter ihr ... Oder war es nur eine Finte? Alessandra tastete nach der Wallanze, die hinter ihr liegen mußte. Dabei ließ sie die Söldner nicht aus den Augen.

Wasser war ihr in die Ohren gedrungen. Außer dem eigenen keuchenden Atem hörte sie nichts mehr. Sie sah, wie die Lippen des Bärtigen sich bewegten. Sie mußte ihre Harpune finden. Hastig blickte sie über die Schulter zurück. Hinter ihr lag der *collector* am Ufer. Ein immer größer werdender Blutfleck breitete sich auf seiner schneeweißen Soutane aus. Er hatte nach ihrer Lanze gegriffen, und als sie überraschend losgelassen hatte, hatte er sich die Spitze der Waffe in den Leib gerammt.

Alessandra begriff, daß sie nie mehr eine Heilige sein würde. Sie sprang ans Ufer. Die Harpune hatte den *collector* dicht unter dem Rippenbogen getroffen. Sie hatte einen Priester getötet!

In blinder Panik beugte sie sich über den Toten, griff nach dem Schaft der Harpune und befreite sie mit leicht drehenden Bewegungen aus der Wunde, wie sie es immer tat, wenn sie Robben erlegt hatte.

Carlos und der andere Lakai standen bei den Pferden und starrten sie an. Sie lief auf die beiden Männer zu. Ohne Widerstand zu leisten, ließ sich Carlos die Zügel vom großen Hengst des *collectors* aus der Hand nehmen.

Das Tier blähte erregt die Nüstern, als es das Blut roch, das von der Spitze der Harpune troff. Alessandra griff nach dem Sattelhorn und zog sich ungelenk hinauf. Sie mußte fort! Das war ihr einziger Gedanke. Das Pferd scheute. Einer der Söldner stürzte herbei und wollte nach dem Zaumzeug greifen, zog es dann aber doch vor, den trommelnden Hufen auszuweichen.

Alessandra klammerte sich mit der Linken an der Mähne fest, während der Hengst in halsbrecherischer Eile auf dem steilen Bergpfad davonpreschte, über den sie heraufgekommen waren. Es war nur ein Unfall, wiederholte Alessandra immer wieder in Gedanken. Nur ein Unfall, dich trifft keine Schuld.

Ein Schatten wie von einer Libelle huschte dicht an ihrem Kopf vorbei. Sie wandte sich im Sattel um. Sie hatte die Söldner schon mehr als hundert Schritt hinter sich gelassen.

Der Bärtige hielt einen fast mannshohen Bogen in der Hand. Mit einer anmutigen Bewegung, schnell, aber ohne Eile zog er einen Pfeil aus dem Köcher, der von seinem Sattel hing, legte ihn auf die Sehne, hob die Waffe und zielte.

Unterdessen waren die beiden anderen Krieger aufgesessen, um sie zu verfolgen. Alessandra drückte das Gesicht mit der Maske in die dichte Mähne des Hengstes. Sie wartete auf den tödlichen Stich, der sie zwischen den Schulterblättern treffen mußte. Wind, der an der steilen Bergwand herabstrich, fuhr ihr durch die nassen Kleider und spielte mit der Mähne des Hengstes.

Sie spürte etwas wie einen Ruck. Ein Zittern durchlief den großen Schimmel. Er stieß ein schrilles Wiehern aus und brach seitlich aus. Die Hinterbeine knickten ihm ein. Er riß den Kopf hoch und fand noch einmal einen festen Stand. Sein fein gewölbter Nacken schlug gegen Alessandras Gesichtsmaske. Sie warf sich zurück und klammerte sich zugleich verzweifelt an der Mähne fest.

Ein dunkel gefiederter Pfeil ragte aus der Kuppe des Hengstes; er war mehr als zwei Hand tief eingedrungen. Wieder spürte Alessandra, wie ein Zittern den Körper des Tiers durchlief. Sein Schweif peitschte wild, als wolle es lästige Pferdebremsen vertreiben. Dann knickten ihm erneut die Hinterbeine ein. In verzweifeltem Kampf warf der Hengst sich halb herum und stürzte über die Böschung des steilen Bergwegs hinunter. Alessandra wurde aus dem Sattel geschleudert und schlug auf federnder Erde auf. Ihre Rechte hielt noch immer krampfhaft die Harpune fest. Sie rollte den Hang hinab. Rasend schnell wechselten vor ihren Augen Himmelfetzen, die von dunklen Ästen gerahmt wurden, mit dem gelblichen Laub, das den Hang bedeckte. Erdklumpen verklebten eine der Augenöffnungen des Helms und machten sie halb blind. Erstickend drang säuerlicher Modergeruch unter die Maske.

Alessandra überschlug sich unzählige Male. Sie streifte einen Baumstamm, und der Aufprall trieb ihr die Luft aus den Lungen. Der Helm dröhnte von dem ängstlichen Hecheln, mit dem sie um Atem rang. Etwas schlug ihr hart gegen das Knie. Undeutlich nahm sie Felsbrocken wahr, die aus einer dicken Schicht faulenden Laubs ragten.

Glühende Lichter tanzten ihr vor den Augen. Ihr Sturz wurde aufgefangen. Sie prallte gegen etwas Großes. Ihr linker Arm schien zu zerbrechen. Ein stechender Schmerz pochte bis zur Schulter hinauf. Ihre Rechte griff ins Leere! Die Wallanze mußte ihrer Hand entrissen worden sein, ohne daß sie es bemerkt hatte.

Wieder brandete ihr eine Schmerzwelle durch den linken Arm. Blinzelnd blickte sie durch das weit ausladende Geäst einer Korkeiche zum Himmel hinauf. Alles drehte sich, obwohl sie längst stillag. Übelkeit stieg in ihr auf. Sie schloß die Augen. Wenn sie sich erbrechen müßte, würde das ihren Tod bedeuten. In dem engen Maskenhelm würde sie an ihrem Erbrochenen ersticken. Sie biß die Zähne zusammen und versuchte an etwas Schönes zu denken. An die hellen Sommernachmittage, als sie, ein kleines Mädchen, im Jagdboot ihrer Eltern mitgefahren war. Sie erinnerte sich an den frischen Seewind auf dem Gesicht und an den Duft nach Holz und Teer in dem Bootsschuppen.

Ihr Atem ging etwas ruhiger. Ihr Herzschlag verlangsamte sich. Der stechende Schmerz im linken Arm war zu einem regelmäßigen, dumpfen Pochen geworden. Doch noch immer wagte sie die Augen nicht aufzuschlagen. Sie lag völlig verdreht am Boden. Ihr Körper lastete auf dem schmerzenden Arm, der Kopf war weit in den Nacken gestreckt. Der rechte Arm lag ihr quer über der Brust. Die Finger berührten den Griff des gekrümmten Messers am Gürtel.

Alessandra wagte es nicht, sich zu bewegen. Vielleicht konnte sie es auch gar nicht mehr ... Ihre Schmerzen waren im Augenblick erträglich, doch die kleinste Bewegung würde sie erneut aufflammen lassen, so als bliese man in ein Feuer, das zu glühenden Scheiten zusammengesunken war. Sie wollte die Augen nicht öffnen. Die Dunkelheit vermittelte ihr ein Gefühl der Sicherheit. Sie erinnerte sich, wie sie als kleines Kind geglaubt hatte, niemand sähe sie, wenn sie die Augen schlösse. Deshalb hatte sie beim Versteckspiel immer verloren.

Sie schlug die Augen auf. Ein Gesicht beugte sich über sie. Es war einer der drei Söldner. Er war so nahe, daß sie die hellbraunen Sprenkel im Blau seiner Augen erkennen konnte. Seine Lippen verzogen sich zu einem höhnischen Grinsen. »Sie lebt!« rief er. Sein Atem roch nach Zwiebeln.

Alessandras Gedanken überschlugen sich. Sie hatte einen Priester ermordet. Das war ein todeswürdiges Verbrechen. Niemand würde fragen, wie es geschehen war. Sie hatte sich vor Gott versündigt. Wenn sie ihre Seele von dieser Sünde befreien wollte, dann durfte sie noch nicht sterben! Sie mußte etwas Großes vollbringen. Ihren Glauben unter Beweis stellen.

Ihre Fingerspitzen tasteten nach dem Dolch. Ihre Hand schloß sich um den Griff. Mit einer schnellen Aufwärtsbewegung riß sie die Waffe aus der Scheide und zog die Klinge über die vorgereckte Kehle des Söldners.

Ungläubig griff sich der Krieger an den Hals. Dunkles Blut quoll ihm zwischen den Fingern hervor und tropfte auf Alessandras Maske. Er öffnete den Mund, als wolle er etwas sagen. Blutiger Schaum perlte ihm von den Lippen.

»Roberto?«

Alessandra versetzte dem Söldner einen Stoß, der ihn zur Seite rollte, und richtete sich auf. Nur zwei Schritt entfernt steckte ihre Harpune im weichen Boden.

Der zweite Söldner stand noch ein ganzes Stück weiter oben. Mit ausgestreckten Armen mühte er sich den steilen Hang herunter. In der Linken hielt er seinen Katzbalger.

»If derf nich stebben«, murmelte die Harpunierin halblaut. Ihr linker Arm hing verdreht und nutzlos herab. Sie mußte weiterleben, um ihre Sünden zu sühnen. Mit zwei Schritten war sie bei der Wallanze. Bei jeder Bewegung schoß ihr ein brennender Schmerz durch den Arm. »If derf nich stebben!«

Ihre Rechte schloß sich um den Schaft der Harpune. Mit einem Ruck riß sie die Waffe aus dem Boden, spannte den Körper und hob den Arm. Ein Ziel über Wasser zu treffen war viel leichter. Da mußte sie keine Lichtbrechung berücksichtigen. Die Harpune nagelte den zweiten Söldner an eine große Korkeiche.

Mit fahriger Hand wischte sie sich über die Maske, um den

Schmutz zu entfernen. Jetzt konnte sie wieder mit beiden Augen sehen. Ich habe schlecht gezielt, dachte sie beiläufig, als sie den Hang hinaufstapfte. Die Wallanze saß drei Handbreit höher, als sie beabsichtigt hatte.

Als sie den Baum erreichte, übermannte die Übelkeit sie erneut. Erst jetzt wurde ihr bewußt, was sie getan hatte. Sie starrte in die leblosen Augen des Mannes, der gegen den Baum lehnte. Nie zuvor hatte sie eine Waffe gegen einen Menschen gerichtet. Das Töten war so leicht gewesen. Viel leichter als das Jagen. Ein Kloß bildete sich in ihrem Hals.

Sie durfte sich nicht erbrechen! Als sie nach der Lanze griff, schloß sie die Augen. Das Meer! Sie mußte an etwas anderes denken. Ihr rechter Arm spannte sich.

Das Meer und die Rotkopfmöwen mit ihren lachenden Schreien. Dort hatte sie ihr Leben verbracht. Dorthin mußte sie zurückkehren. *Pater* Tomaso könnte ihr raten, was zu tun war. Sie mußte büßen. Sie hatte das alles nicht gewollt.

Mit einer Drehung löste sie die Wallanze. Alessandra blickte zum Rand der Böschung hinauf. Wo war der dritte Söldner? Hatte der Bärtige sich darauf verlassen, daß zwei Krieger genug waren, um ein aufsässiges Mädchen einzufangen?

Sie mußte fort. Wie lange würde es dauern, bis der dritte Krieger sich aufmachte, um nach seinen Kameraden zu suchen? Wenn er sie fände, beginge er gewiß nicht den Fehler, ihr zu nahe zu kommen. Mit dem Bogen würde er sie niederstrecken wie ein flüchtendes Reh.

Sie spürte eine Bewegung an der Brust und zuckte zusammen. Kleine Krallen gruben sich in ihr Fleisch. Sie tastete nach dem nassen Hemd. Die Maus! Sie hatte den Sturz überlebt. Sie würde sie zu Tormo zurückbringen.

Alessandra begann zu laufen. Im weichen Boden hinterließ sie eine tiefe Spur. Es wäre leicht, ihr zu folgen. Glühender Schmerz pochte in ihrem Arm. Sie reckte das Kinn und dachte an das glitzernde Meer.

Das Schwert des Imperiums

Acht Meilen nördlich des Kaps der Türme, am 17. Tag
des Hitzemondes, im 458. Jahr der Abwesenheit Gottes

Arcimbaldo da Gona stützte sich schwer auf die Reling des gewaltigen Kriegsschiffes *Invictus* und blickte nach Süden. Zwei dünne weiße Rauchfäden zogen über den blauen Himmel, doch das Licht, tausendmal heller als der Morgenstern, war vom Firmament verschwunden. Die Himmelserscheinungen der letzten Tage hatten viele seiner Offiziere beunruhigt, doch er sah darin ein gutes Omen für den bevorstehenden Angriff. Aionar, der Abwesende Gott, schrieb ihm eine Grußbotschaft an den Himmel! So war es und nicht anders!

Was sollten sie auch zu fürchten haben? Stolz blickte er über das lange, schmale Deck des Flaggschiffs. Die *Invictus* war die mächtigste Galeere der merkantilischen Flotte. Drei Reihen Ruder trieben den Giganten vorwärts.

Die *Invictus* war eine Decemreme. Ein solches Schiff zu bauen, dauerte fast ein Jahr, und es im Einsatz mit allem Nötigen zu versorgen, war eine Herausforderung für jeden Hafenmeister. Doch dafür waren Decemremen Waffen, denen nichts zu widerstehen vermochte. Nicht einmal die schwerfälligen großen Segler der Kataueken! Decemremen waren lange, schlanke Schiffe, angetrieben von sechshundert Rudern. Bestückt mit sieben doppelt mannshohen Kampftürmen, in denen zwölf Geschütze untergebracht waren, brauchten die *Invictus* und ihre Schwesterschiffe keinen Gegner zu fürchten. Sein Blick wanderte über die gewaltige Flotte, die durch die See pflügte. Tausende Ruder wühlten das Wasser auf und hinterließen lange Gischtspuren hinter den Rümpfen der Schlachtschiffe. Nie zuvor hatte es eine solche Flotte gegeben!

Der unterarmlange Stab aus Elfenbein und Gold, den Arcimbaldo seit Tagen kaum aus den Händen gelegt hatte, kratzte leise über das polierte Holz der Reling. Es war der Stab des *praefectus classis*, des Oberkommandierenden der Kriegsflotte des merkantilischen Imperiums.

Voller Stolz dachte Arcimbaldo an jenen Nachmittag in Maganta, als er vor drei Wochen von den versammelten *mercatoren* zum Oberbefehlshaber aller Seekräfte berufen worden war. Zwanzig Jahre lang hatte er auf diesen Augenblick hingearbeitet. Er hatte zweimal Frauen geheiratet, für die er nichts empfand, und sein Vermögen für Geschenke an einflußreiche *mercatoren* verschleudert, um diese Position zu erreichen. Seinen Sohn Octavio hatte er mit eigener Hand wegen Feigheit vor dem Feind gerichtet, um sich einen Ruf als unbeugsamer Verfechter der alten Tugenden des Imperiums zu schaffen. Ein bitteres Lächeln zuckte um Arcimbaldos schmale Lippen. Auf diese Weise war ihm der Tunichtgut wenigstens ein einziges Mal in seinem Leben nützlich gewesen.

Arcimbaldo war ein stämmiger, mittelgroßer Mann in leicht vorgerücktem Alter. Sein Haar war eisgrau und immer noch so dicht wie bei einem jungen Mann, was ihn insgeheim mit Stolz erfüllte. Das auffallendste Merkmal in seinem breiten, flächigen Gesicht bildeten die ausgeprägten, buschigen Augenbrauen, die über der Nasenwurzel zusammengewachsen waren. Die vielen Jahre auf See hatten seine Haut gebräunt. Die Mundwinkel und Augen waren mit einem Gespinst von Falten umgeben, die zeigten, daß der *praefectus classis* kein Mann war, der häufig lachte. Für ihn war der Kampf um die Macht niemals ein amüsantes Spiel gewesen, und niemand, der Arcimbaldo sah, wäre im entferntesten auf den Gedanken gekommen, daß er ein Mann war, mit dem zu spaßen war.

Obwohl noch keine kriegerischen Auseinandersetzungen zu erwarten waren, stand Arcimbaldo in voller Kampfausrüstung auf dem Achterdeck. Er trug einen geschwärzten Küraß, den das silberne Bild des Heiligen Malachias schmückte, jenes verdienstreichen Mannes, der während des Götzenkrieges Belabadangbarad missionierte und damit mehr Land in das alte Reich eingliederte als irgendein anderer Feldherr. Arcimbaldo verehrte diesen kriegerischen Heiligen seit frühester Jugend und war entschlossen, ihn zu übertreffen.

Unter der Brustplatte trug der *praefectus classis* ein leichtes weißes Wams mit geschlitzten Ärmeln, dazu eine weit gebauschte rote Hose und kniehohe Stiefel aus feinstem Wildleder. Um die Hüften hatte er eine breite purpurne Schärpe gewickelt, die mit goldenen Troddeln geschmückt war, dem Kennzeichen eines Oberkommandierenden. Zusätzlich war er mit einem abgetragenen braunen Wehrgehänge gegürtet, von dem ein schmuckloses Stoßrapier hing, das ihm bereits in etlichen Kämpfen gute Dienste geleistet hatte.

Der *praefectus classis* entstammte einer der großen Kaufmannsfamilien des Imperiums. Seit dreihundertvierundsechzig Jahren gehörte seine Sippe zu den *mercatoren*, dem großen Rat, der von Maganta aus das Schicksal des Reiches lenkte. Nur Handelshäuser, die nachweislich einen Gewinn von zehntausend Goldstücken im Jahr erwirtschafteten, durften einen *mercator* stellen. Das Haus da Gona gehörte zu den wenigen Familien, die seit ihrer ersten Benennung ohne Unterbrechung im Rat der *mercatoren* geblieben waren. Heute besaß seine Familie Handelsniederlassungen im ganzen Imperium, und Arcimbaldo gehörte der *camera secreta* an, dem Inneren Zirkel der *camera magna*. Seine Sippe konnte nur noch expandieren, wenn das Imperium einen Krieg führte.

Selbstzufrieden stand der *praefectus classis* an der Reling, und sein Blick glitt über die Flotte, die weit aufgefächert die Jaguarinseln passierte. Seine Flotte! Die *mercatoren* hatten ihm die mächtigste Waffe in die Hände gelegt, die es auf Ajuna gab. Und ganz allein er entschied nun, wie sie zu führen war.

Zwei Jahre lang hatten die *mercatoren* in ihren Versammlungen gegen die Naomit gewettert, ein Eingeborenenvolk an der Ostküste von Esanuk, das mehrere imperiale Handelsposten niedergebrannt hatte. Man hatte eine Strafexpedition ausgeschickt, die spurlos verschwand, was den Zorn gegen die Barbaren noch mehr anfachte.

Doch die Aufregung über die Naomit war nur Spiegelfechterei gewesen, eine von langer Hand vorbereitete Kriegslist der *camera secreta*. Immer wieder hatte sie durch Winkelzüge erreicht, daß man bei den Versammlungen der *mercatoren* über ein Flottenunternehmen gegen die Naomit beriet.

Vor vier Wochen hatte man dann Depeschen an die großen Kriegshäfen des Reiches verschickt, die jeden *praefectus navigius* davon überzeugten, daß allein seine Schiffe für den Einsatz gegen die Naomit ausgewählt worden seien. Die Flottenkommandeure erhielten Befehl, sich mit ihren Verbänden bis zum 15. Tag des Hitzemondes dreißig Meilen östlich des Kaps der Türme einzufinden und ihre Vorkehrungen dazu unter strengster Geheimhaltung zu treffen. Dies alles hatte man eingefädelt, um die Spitzel der Ehernen Liga zu täuschen. Was wirklich geschehen sollte, wußte selbst die Mehrzahl der *mercatoren* nicht.

Die *praefecten* der einzelnen Flottillen waren im guten Glauben aufgebrochen, daß ihnen allein die Ehre zuteil würde, den Naomit Respekt vor dem Imperium beizubringen. Doch die *camera secreta*, der nur die Patriarchen der zwölf einflußreichsten Mercatorenfamilien angehörten, hatte in Wahrheit längst ein anderes Ziel für den Angriff vorgesehen: die Eherne Liga, den einzigen ernstzunehmenden Rivalen des Imperiums im Kampf um die Macht auf Ajuna. Dazu waren die zweihundertsiebenunddreißig Kriegsgaleeren aller Klassen und die fünfhundertzwölf Transporter und Versorgungsschiffe aufgeboten worden, die nun die Jaguarinseln passierten und Kurs auf die Stadtstaaten und Fürstentümer nahmen, die sich in der Ehernen Liga zusammengeschlossen hatten. An Bord der Schiffe befanden sich mehr als dreißigtausend Seesoldaten sowie über achtzigtausend Ruderer und Matrosen.

Sie würden wie ein Feuersturm über die Liga herfallen. Er, Arcimbaldo da Gona, würde den hochmütigen Fürsten dieses Bündnisses zeigen, was es hieß, gegen die Handelsgesetze des Imperiums zu verstoßen. Sein erstes Ziel war Andhakleia, die Königsstadt von Kurjameos. Dort hatte die Rebellion gegen das Imperium einst ihren Anfang genommen, und hier würde er damit beginnen, das Übel auszubrennen.

Der *prafectus classis* malte sich aus, wie er Mahatargos III., den Herrscher von Kurjameos, mit den mächtigen goldenen Ketten, die er aus der Ratskirche Magantas mitgenommen hatte, an die Kais von Andhakleia fesseln ließe. Seit den Tagen der Fleischwerdung Aionars hatte man sie nicht mehr benutzt, um Könige hinzurichten.

Neben diesem Rebellenschurken Mahatargos würden in Ketten seine sämtlichen Weiber, Kinder, Satrapen und Würdenträger stehen. Und wenn die Flut käme, dann würde das steigende Wasser sie alle ertränken.

Es hieß, Mahatargos sei ein hochgewachsener Mann. Das war gut so! So bliebe ihm Zeit, um zuzusehen, wie seine Weiber und seine Brut ertränken. Er sähe sein Königreich untergehen ... Arcimbaldo lächelte selbstgefällig über das Wortspiel. Nach zweihundert Jahren des langsamen Zerfalls würde dieser Krieg endlich wieder die Vormacht des merkantilischen Imperiums herstellen!

Andhakleia mußte fallen, noch bevor der Monsun einsetzte. Der Hafen war groß genug, um die Invasionsflotte aufzunehmen. Man würde dort die Regenmonde über vor Anker bleiben und das umliegende Land befrieden. Bis zum Schwemmond sollten auch die Landtruppen, die von Norden her in Kurjameos einfielen, zur Königsstadt durchgebrochen sein. Dann würden Armee und Flotte gemeinsam nach Süden vorstoßen, um die übrigen Staaten der Liga zu zerschmettern.

Arcimbaldo blickte zum Himmel. Ein dünner Rauchfaden schnitt durch das Blau. Wieder eine Sternschnuppe. Ein gutes Omen! Vielleicht würde die Armee ihr Ziel nicht rechtzeitig erreichen. Dann würde die Flotte ohne die Armee aufbrechen und den Ruhm für sich allein ernten. Wenn der Feldzug beendet wäre, würde man ihm einen Ehrennamen verleihen. Er wußte schon jetzt, welchen Titel er fordern würde. *Der Städtezerstörer!* Das klang ehrfurchtgebietend!

Während der Regenmonde würden sich die Dschungelstraßen in Schlammbäche verwandeln, und gewiß würden einige unbelehrbare Satrapen, die ihrem König auch über den Tod hinaus die Treue hielten, verbissenen Widerstand leisten. Die Armee würde es schwer haben, sich in zwei Monden bis nach Andhakleia durchzukämpfen. Doch die Landstreitkräfte spielten in den Plänen der *camera secreta* eine untergeordnete Rolle, denn das Schwert des Imperiums war seine Flotte!

Schmunzelnd dachte Arcimbaldo an seinen jüngsten Bruder Joacino. Der Tor hatte sich stets zu begreifen geweigert, welche Bedeutung der Flotte zukam. Als einziger in der ganzen Familie hatte er eine Laufbahn im Heer angestrebt. Dies bedauerte er jetzt gewiß. Zur Stunde marschierte er wahrscheinlich irgendwo neben den Kolonnen der Safran-*turmae* nach Süden und schluckte den Staub, den Tausende von Füßen aufgewirbelt hatten. Sich zum Heer zu melden – welch absurder Einfall!

Der *praefectus* wandte sich dem bärtigen *trierarchen* zu, der schräg hinter ihm stand und das mehr als hundert Schritt lange Deck der Decemreme mit seinen sieben Kampftürmen wachsam im Blick behielt.

Arcimbaldo deutete mit seinem Kommandostab zum südlichen Horizont. »Ich sehe das Kap der Türme. Wir müssen den Kurs korrigieren.«

Der *trierarch* nickte knapp und bellte einen Befehl. Signalflaggen wurden am Fahnenmast im Heck aufgezogen. Boten liefen vom Achterdeck zu den befehlshabenden Offizieren auf den beiden Ruderdecks. Wenige Augenblicke später änderte sich der Rhythmus der mächtigen Kesselpauken im Schiffsrumpf. Die Ruder auf der Steuerbordseite der riesigen Galeere glitten aus dem Wasser und verharrten bewegungslos, während die Rudermannschaften backbord weiter im langsamen Rhythmus der Pauken arbeiteten. Der schwere Rumpf des Schiffes schwenkte auf nordwestlichen Kurs.

Arcimbaldo beobachtete kritisch, wie die übrigen Decemremen und die kleineren Kampfschiffe das Manöver vollzogen und sich die gewaltige Armada aus der Sichtweite der Küste wegbewegte. Eine leichte Brise machte die drückende Hitze des Nachmittags erträglich und strich nun erfrischend längs über das Deck des Flaggschiffs.

»Würdest du dem nichtswürdigen Sohn des Mo Zi bitte den Gazellenschweif reichen, Dudong?« Der Kataueke vollzog eine Geste sorgsam einstudierter Arroganz in Richtung seines Leibdieners. »Die strengen Ausdünstungen der ajunäischen Seeleute beleidigen meine Nase und stören mich in der Ausübung meines Amtes.«

Arcimbaldos breite, behaarte Hände schlossen sich fester um den Ehrenstab. Er wünschte, der parfümierte katauekische Höfling hätte niemals seinen Fuß auf das Flaggschiff gesetzt, doch dieser nach süßlichen Blütenessenzen duftende Blutsäufer hatte darauf bestanden, an der Seite des *praefectus classis* zu sein. Sein hochnäsiger *Gast* war ein wichtiger Gesandter vom Hof des Kaisers von Katau, der die Ausrüstung der merkantilischen Kriegsflotte mitfinanziert hatte.

Die Kataueken waren ein seltsames, kleinwüchsiges Volk, das auf einem Kontinent jenseits des Ozeans des Abends lebte. Kein Ajunäer, den Arcimbaldo kannte, hatte jemals das Land der Kataueken mit eigenen Augen gesehen. *Reich der Tugend* nannten sie es stolz. Unzählige Gerüchte waren über dieses unbekannte Land im Umlauf. Man mußte Tuwua nur ansehen, um den Geschichten über den sagenhaften Reichtum der Kataueken zu glauben. Er trug einen langen roten Seidenmantel, auf den in schillernden Farben ein Fisch aufgestickt war. Das Gewand allein war soviel wert wie ein kleines Segelboot. Und dieser gelbhäutige Wicht besaß etliche dieser Kleidungsstücke.

Arcimbaldo wäre es niemals eingefallen, soviel Gold für Garderobe zu verschwenden. Gewiß, man mußte sich seinem Stand entsprechend kleiden, doch ein solcher Aufwand ...

Jedes Jahr nach dem Fest der Segel erreichten die Kataueken mit ihren Handelsflotten das merkantilische Imperium. Sie kamen in großen Schiffen, die sie bunt bemalt hatten und die hoch wie Türme aus dem Wasser ragten. Die Vordersteven waren mit geschnitzten Vogelköpfen geschmückt. Zwei große Ausleger stabilisierten die flachgehenden Schiffe, und ihre Segel öffneten sich wie Fächer zu beiden Seiten des Decks. Doch nicht die verrückten Schiffe waren das eigentliche Geheimnis dieses Volkes.

Es waren die merkwürdigen Glasplatten, die ihre Nautiker benutzten. Mit deren Hilfe verloren die Segler niemals die Richtung auf den endlosen Wasserwüsten des Ozeans, und es hieß, daß sie über Tausende von Meilen ohne die geringste Hilfe durch Sterne oder Landmarken ihren Zielhafen zu finden vermochten. Im übrigen waren die Kataueken Verbündete im Kampf gegen die Eherne Liga, und deshalb verhielt sich Arcimbaldo dem kleinen Nautiker gegenüber freundlich, der sich immer wieder aufführte, als sei dies seine Kommandobrücke.

Bisher hatte der Gesandte vorgegeben, der *lingua dei*, der Sprache der Gebildeten und der Priesterschaft in Ajuna, nicht mächtig zu sein. Mit seiner Bemerkung über den Gestank, der nun einmal zu den Galeeren gehörte wie ihre Ruder, bewies er allen Offizieren auf der Brücke, daß er sehr wohl verstand, was um ihn herum gesprochen wurde.

»Ich hoffe, die Umstände der Reise sind dem ehrenwerten *Herrn der zweiten Kammer der Nautik*, Tuwua näng Düeng, nicht allzu unangenehm.« Arcimbaldo hatte sein ganzes Leben unter verschlagenen Handelsherren und ehrgeizigen Seeoffizieren verbracht, und so war seiner Stimme nicht anzumerken, daß er den katauekischen Kammerherrn am liebsten hochkant über Bord geworfen hätte.

»Man hatte mich gewarnt, daß allen Schiffe von Euch Langnasen der Atem selten geleerter Latrinen anhafte. Auch erscheint es mir wie ein Einfall während eines Traumpfeifenrauschs, ein Schiff von der Kraft von tausend Männern antreiben zu lassen, statt den Wind einzufangen und mit ihm zu reisen.« Der Kammerherr wedelte mit dem Schweif aus parfümiertem Gazellenhaar, und ein geradezu übelkeiterregender süßlicher Duft stieg Arcimbaldo in die Nase. Die Parfüme der Kataueken waren berüchtigt.

Der *praefectus* sah aus den Augenwinkeln, wie sich die Halsmuskeln des *trierarchen* spannten. Der Mann entstammte keiner der großen Familien und hatte offensichtlich nicht von klein auf gelernt, sich zu beherrschen. Die Kataueken waren Handelspartner, die über unschätzbare Reichtümer verfügten. Einen ihrer

Würdenträger zu beleidigen, hätte geheißen, den eigenen Ruin zu besiegeln. »In diesen Gewässern gibt es unberechenbare Strömungen und plötzliche Flauten. Es ist besser, das Schicksal eines Schiffs nicht allein dem Wind anzuvertrauen. Im übrigen wird eine Decemreme durch die Kraft von eintausendsechshundert Männern angetrieben. Des weiteren befinden sich achthundert Seesoldaten an Bord. Unsere Flotte gebietet über sieben dieser Schiffe, doch unser Schiff, die *Invictus,* ist das mächtigste. Trotzdem hat keines dieser Schiffe einen Tiefgang von mehr als drei Schritt. Ein nicht zu unterschätzender Vorzug, wenn man in so trügerischen Gewässern wie den Jaguarinseln navigiert.« Arcimbaldo sprach in beiläufigem Plauderton. Er ließ sich von diesem aufgeblasenen katauekischen Wichtigtuer doch nicht aus der Fassung bringen! »Ich fürchte, für die großen Nauken Eurer Flotten sind dies sehr gefährliche Gewässer.«

Tuwua hielt den Blick auf die merkwürdige Glasplatte gerichtet, die vor ihm auf einem Pult lag. Sein Volk benutzte diese Platten, um zu navigieren, und machte ein großes Getue darum. Arcimbaldo schmunzelte. Genaugenommen machten Katauekken um alles, was sie taten, ein großes Aufheben.

»Der ehrenwerte *praefectus classis* möge mir meine Schweigsamkeit vergeben, doch es ist mir nicht gestattet, mit freier Zunge von jenen Schiffen zu sprechen, die es erlauben, auch weitab der Küsten zu fahren und die Ozeane des Morgens und des Abends zu überqueren. Doch da der *Herr der tausendzweihundertdreiundzwanzig Kammern,* der *Gebieter im Land der Tugend,* mit väterlichem Wohlwollen dem Bündnis mit den *mercatoren* des Imperiums gegenübersteht, erlaube ich mir anzumerken, daß den *Herren der zweiten und dritten Kammer der Nautik* selbstverständlich Strömungen, Wassertiefen und der Gezeitenhub zwischen den Jaguarinseln bekannt sind.« Tuwua sah mit abwesendem Blick von seiner Glasplatte auf. Er schien etwas am nördlichen Horizont zu suchen. »Ungefähr sieben Meilen in diese Richtung liegt ein Eiland, das von einem einzelnen Berg beherrscht wird, der ein wenig an einen Hundskopf erinnert. Hält man von dort aus auf das Auge im Bild der Tanzenden Schlange zu, so befindet man sich in einer tiefen Fahrrinne mit einer nach Westen führenden günstigen Strömung.«

Arcimbaldos Hände umklammerten erneut den Kommandostab. *Das Bild der Schlange*, albernes Gerede! Aber wer, zum Henker, hatte den Kataueken das Geheimnis der Myriander-Passage verraten? Sie war eine der wenigen Fahrrinnen in diesem korallenverseuchten Gewässer, in der Großschiffe wie die Nauken der Kataueken auch bei Ebbe noch sicher navigieren konnten.

»Den nautischen Fähigkeiten Eures Volkes steht man im Imperium mit größter Bewunderung und Wißbegier gegenüber«, heuchelte Arcimbaldo.

Tuwua antwortete nicht, sondern blickte mit höchster Konzentration auf die Glasplatte, die vor ihm auf dem Pult lag.

Von einem nahem Felsriff stiegen jählings Dutzende von Rotkopfmöwen auf und segelten mit schrillem Geschrei über die *Invictus* hinweg.

Der *praefectus classis* drehte sich um und blickte zum Signalmast. Die bunten Flaggen hingen schlaff herab. Es war jetzt vollkommen windstill. Was mochte die Möwen bei dieser Flaute aufgeschreckt haben?

Von der Klippe des Riffs lösten sich einige kopfgroße Felsbrocken und stürzten in die See. Arcimbaldo spürte, wie sich sein Magen zusammenzog. Hier stimmte etwas nicht! Keines seiner Schiffe war so nahe an die Klippe geraten, daß es durch das herabstürzende Gestein bedroht worden wäre. Und doch ...

Mit fahriger Geste wischte sich der *praefectus classis* den Schweiß von der Stirn. »Verfluchte Hitze«, murmelte er halblaut vor sich hin.

Auch die übrigen Offiziere auf dem Achterdeck waren zur Reling hinübergeeilt, um zu sehen, was da vorging.

»Ein leichtes Beben«, kommentierte ein junger *capitano* der Seesoldaten. »So etwas gibt es hier öfter. Auf See sind wir vor den Auswirkungen solcher Beben sicher.«

»Haltet mehr Abstand zu dem Riff!« herrschte Arcimbaldo den *trierarchen* an. Plötzlich lag eine Spannung in der Luft wie kurz vor einem Gewitter. Doch der Himmel war völlig wolkenlos. Selbst die Möwen waren verschwunden. Sie waren nach Süden in Richtung des Kaps der Türme geflogen.

»Bei allen Heiligen, was ist das?«

»Was?« Arcimbaldos Stimme klang schrill. Er mußte sich wieder in die Gewalt bekommen! Er trat mit steifem Schritt zu den Offizieren an die Reling.

»Dort, *praefectus*!« Der junge *capitano* deutete mit ausgestrecktem Arm zu dem Riff hinüber. »Seht nur die Wasserlinie …«

Arcimbaldo kniff die Augen zusammen. Das Riff lag fast hundert Schritt entfernt. Doch selbst auf diese Distanz war zu erkennen, wie sich die Wasserlinie zurückzog. Schneller, als es selbst für die launischen Gezeiten zwischen diesen Inseln üblich war. Viel schneller!

Fast zwei Ellen weit war das muschelverkrustete dunkle Gestein am Fuß des Riffs schon freigelegt.

Nun eilten auch entlang des gestreckten Hauptdecks Offiziere und Mannschaften an die Reling, um das seltsame und rätselhafte Schauspiel zu betrachten.

»Habt Ihr Euren Frieden mit Eurem entrückten Gott gemacht?« fragte der Kataueke mit einer Stimme, der diesmal jeder ironische Unterton fehlte. »Seht doch nur dort in Richtung des Sonnenuntergangs!«

Arcimbaldo hob den Kopf und schwor sich, diesen Irren beim ersten Seegefecht unter die Verluste zu buchen. Dann erstarrte der *praefectus*. Über dem gesamten westlichen Horizont war eine dünne weiße Linie zu erkennen. Einige Herzschläge lang weigerte sich sein Verstand, die einzig plausible Erklärung für dieses Phänomen anzunehmen. Er hatte ein ganzes Leben auf See verbracht, doch so etwas hatte er noch nie gesehen. Seine Hände begannen zu zittern. Der Kommandostab entglitt seinen Fingern und stürzte in die türkisfarbene See.

»Beidrehen!« Arcimbaldos Stimme war nur noch ein unverständliches Krächzen. »Beidrehen! Richtet den Bug nach Westen aus!« Nur wenn sie diese Welle mit dem Bug voraus nahmen, bestand eine kleine Hoffnung, daß die zerbrechlichen

Schiffe nicht zerschmettert würden. Wie hoch die Sturmwelle wohl sein mochte?

Überall an Bord brach offener Tumult auf. Einige Offiziere, die noch nicht begriffen hatten, was auf sie zukam, schlugen mit ihren Knotenstöcken auf die Mannschaften ein. Ein Seemann sprang blindlings über Bord, prallte auf mehrere der Ruder und wurde von den großen Ruderblättern schließlich unter Wasser gedrückt.

Die Wasserlinie am Riff war jetzt um mehr als einen Schritt gesunken. Doch Arcimbaldo beachtete sie nicht. Sein Blick wurde von dem Schauspiel am westlichen Horizont gefesselt. Die dünne weiße Linie war noch keinen Finger breit. Doch das würde sich bald ändern. Was von dort auf sie zukam, war eine Welle, so übermächtig, wie sie Arcimbaldo in dreißig Jahren auf See noch niemals gesehen hatte!

Weitab von jeder Küste, auf den weiten Ebenen Esanuks, lebte das Volk der Salhin Hült, der Windwande= rer, freie Jäger, die mit den Herden der Speerna= sen zogen und die Geister achteten. Aus ihrem Volk wurde Seruun Zuudet geboren, was in der Spra= che Ajunas der Wach= träumer heißt. Fünf Jahre schon war er von Gurwan Nudet, was Drei Augen bedeutet, in den Lehren der Geistertän= zer unterwiesen worden. Doch Seruun war ein zurückhaltender Junge, und noch nie hatte er aus eigener Kraft die Geister gerufen. Er glaubte, er müsse noch viele Jahre an der Seite von Gurwan Nudet wandern, um die Weisheit der Ahnen zu verstehen. Doch der Tag, an dem die Himmels= faust herabfuhr, sollte ihn mit den Geistern verbin= den. Es war der Beginn einer langen Jagd, von der man noch heute in Ehr= furcht an den Feuern der Windwanderer spricht.«

SCHWESTER DOLORES, CHRONIK EINER VERLORENEN ZEIT, BD. 1, NIEDER= GELEGT ZU CAN= TAMO, IM 539. JAHR DER ABWESENHEIT GOTTES

Das Sternenwunder

*Nahe der Höhle Wolfzahns, am Tag der Himmelsfaust,
im Jahr der Sturmreiter*

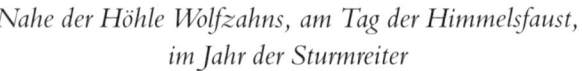

Das Land stieg leicht hügelig vom großen Fluß her an. Hier und
dort durchbrachen breite rote Felskanten die Grasnarbe. Seruun
blickte zurück und sog das wunderbare Bild in sich auf. Der Fluß
war gesäumt von hohen Pappeln, die sich sanft im Wind wiegten. Auf den Hügeln wurden sie von bleichstämmigen Birken
abgelöst. Rotgolden glänzende Birkensamen tanzten in der Luft
und streichelten Seruuns Gesicht. Zwischen den Bäumen weidete die Herde. So weit sein Auge reichte, sah er die Speernasen.
Wie wandernde Felsen zogen sie durch den lichten Wald. Hin
und wieder hörte er das Krachen von Holz, wenn ein übermü-
tiger junger Bulle eine der Birken niederdrückte, um an die frischen Triebe in der Baumkrone zu gelangen. Die Speernasen
waren so groß, daß sie selbst einen Krieger zu Pferd noch über-
ragten. Sie hatten Beine wie Baumstämme und ein dichtes rot-
braunes Fell. Über ihren Nüstern wuchs ein Horn aus ihrem
Haupt, das so lang war wie ein Speer und an seinem Ansatz
so dick wie der Oberschenkel eines kräftigen Mannes. Hatte ein
Jungtier das erste Jahr überstanden, dann gab es in den Ebenen
keinen Räuber mehr, den es fürchten mußte – außer vielleicht
ein großes Rudel Schneelöwen oder einen der heimtückischen
Flußwürger.

Seruun fühlte Stolz in sich aufsteigen, als er auf die zahllosen
Speernasen hinabblickte, die sich durch den lichten Wald schoben. Die Salhin Hült, die Windwanderer, hüteten die größte
Herde, die durch die Ebenen zog, ganz gleich, was die Grasfal-
ken und die verrückten Reiter vom Volk der Pferdeherren auch
behaupten mochten. Nach dem Schrecken am Morgen hatten
sich die Tiere wieder beruhigt.

»Träum nicht, Seruun! Wir haben es eilig. Bald kommt die

Stunde, da die Schatten vergehen, und wir haben es immer noch nicht gefunden«, drängte der alte Mann.

»Wenn du mir sagst, was wir suchen, wäre ich dir eine größere Hilfe, Gurwan Nudet.«

»Einen Nachtaugenblattbusch, du nutzloser Büffelfloh! Er steht allein auf einer Hügelkuppe.«

Seruun seufzte und schwieg. Seit dem Morgen benahm sich Gurwan Nudet seltsam. Der Alte war der Geistertänzer der Windwanderer. Zu seinen Aufgaben gehörte es, den Zug der Speernasen zu deuten und in wolkenverhangenen Nächten den Stimmen der Ahnen zu lauschen. Eines Tages würde Seruun diese Aufgabe erfüllen, doch bis dahin würde noch viele Male der Eisatem über das Land ziehen.

»Komm schon, Seruun!« drängte der Alte. »Nicht mehr lange, und das Tagauge wird die Schatten fressen.« Der Geistertänzer musterte das Firmament. Bevor das goldene Tagauge dem Blutsee entstieg, war das zweite Nachtauge, das die Finsternis geboren hatte, fast halb so groß wie das ältere Himmelsauge gewesen. Die Himmelserscheinung hatte die Herde unruhig gemacht. Keiner aus dem Volk der Windwanderer hatte in der letzten Nacht ein Auge zugetan. Unablässig waren sie zwischen den Speernasen umhergewandert, um die Leittiere zu beruhigen und nach den trächtigen Kühen zu sehen. Es hatte sieben Fehlgeburten gegeben.

Als Seruun den alten Geistertänzer erreichte, erstarb der leichte Wind. Es war so warm, daß die Glut des Tagauges die Luft zu schmelzen schien. Nicht weit entfernt zerfloß sie über einem flachen Felsen zu flimmernden Streifen, und wenn man hindurchblickte, wurden die Bäume auf der anderen Seite des Tals zu bewegten grünen Schemen.

»Was glaubst du, wovon träumt der Wind, wenn er schläft?« fragte Gurwan Nudet so beiläufig, als frage er nach einem Schlauch vergorener Stutenmilch.

Seruun verdrehte die Augen und seufzte. Er haßte diese Fragen. Ganz gleich, was er darauf antwortete, er machte sich immer zum Narren. Gurwan Nudet war groß darin, solche Fragen zu stellen. Vielleicht mußte man, so wie er, mit den Geistern der Ahnen getanzt haben, um von den verwehenden Träumen des Windes zu wissen.

»Nun, Seruun, was glaubst du?«

»Vielleicht träumt er ja von Grasfeder.«

Gurwan Nudet lachte. »Ich wollte nicht wissen, wovon *du* träumst, mein junger Freund. Aber wer weiß ...« Er zuckte mit den Schultern, und sein Rücken knackte. »Sie ist ein hübsches Mädchen, und der Wind liebt die schönen Dinge. Doch lassen wir das. Dort drüben steht der Nachtaugenbusch, den ich gesucht habe.« Er deutete auf einen verkrüppelten kleinen Busch, der halb verborgen zwischen zwei Felsblöcken wuchs. »Wir müssen ein wenig aufpassen, Seruun. Folge mir und bleib genau in meiner Spur.«

Der Alte entfernte sich von dem Busch mit den silbergrünen Blättern und ging auf eine breite Grasnarbe auf der nördlichen Seite der Hügelkuppe zu. Dabei setzte er jeden Schritt so vorsichtig, als wäre er auf der Pirsch nach einem Wolfsrudel. Seruun grinste. Es wirkte schon ein wenig lächerlich, wie der Alte vorsichtig durch das Gras schlich, obwohl doch – abgesehen von einigen scheuen Erdhörnchen – auf dem ganzen Hügel kein lebendes Wesen zu sehen war. Ob er sich vor Grasschlangen fürchtete?

Plötzlich riß Gurwan Nudet die Arme hoch. »Hier!« Er kniete nieder und zerrte an den Halmen.

Als Seruun den Alten erreicht hatte, sah er, daß der Geistertänzer neben einem Felsenloch kniete, das sich halb unter wucherndem Gras verbarg. Drückte man die Grasbüschel aber zur Seite, bemerkte man eine nahezu runde Öffnung, die merkwürdig regelmäßig wirkte. Sie war nicht groß. Mit ausgestreckten Armen konnte Seruun sie zur Hälfte umfassen.

Gurwan Nudet blickte zum Himmel und stieß einen schnaubenden Laut aus. »Steh nicht herum und glotz wie eine schwachsichtige Hirschkuh! Hilf mir lieber, das Gras von den Rändern dieses Lochs zu reißen.«

»Aber warum?«

Statt zu antworten, bedachte ihn Gurwan Nudet mit einem Blick, der keinen weiteren Widerspruch duldete.

Es war leichte Arbeit, und sie brauchten nicht lange dafür, dennoch ging der Atem des Geistertänzers pfeifend und unregelmäßig, als sie fertig waren. Wieder blickte Gurwan Nudet auf zum Himmel.

Er hatte Seruun nie gesagt, wie oft er den Eisatem schon hatte vorüberziehen sehen. Und bislang hatte sich Seruun auch keine Gedanken darüber gemacht, wieviel Zeit ihnen noch blieb, bevor er der Geistertänzer der Salhin Hült, der Windwanderer, sein würde. Zum allerersten Mal gewahrte der Junge, daß sein Lehrmeister ein alter Mann war. Gurwan Nudets Gesicht war von tiefen Furchen durchzogen, Spuren, wie sie ein Leben im Wind des Graslands und unter dem strahlenden Schein des Tagauges hinterließ.

Stöhnend kam der Alte auf die Beine. »Sieh mich nicht so an, Junge! Mein Tag des Seelenflugs ist noch lange nicht gekommen, nicht bevor ...«

Erstaunlich behende kletterte Gurwan Nudet die schroffe Nordseite des Hügels hinab, bis er den halb vermoderten und von Efeuranken überwucherten Stamm einer Birke erreichte, die der Sturm entwurzelt hatte. Mit einer Hast, die Seruun von seinem Lehrmeister sonst nicht kannte, zerrte der Alte die Ranken zur Seite, bis eine dunkle Höhlenöffnung zum Vorschein kam.

Der Geistertänzer lächelte zufrieden und dreht sich halb zu Seruun um. »Dieser Ort ist nur uns bestimmt. Choniin Schüd, Wolfszahn, erschuf ihn, als der lange Eisatem zu Ende ging und das Volk der Salhin Hült die Spinnenmänner besiegte. An diesen Tagen waren die Geistertänzer voller Macht. Sie wurden eins mit den alten Leitbullen und berieten mit ihnen über die Wanderwege der Herden. Es muß eine herrliche Zeit gewesen sein ... Bürgediin Hamart, Falkennase, der mir all sein Wissen schenkte, hat oft davon erzählt. Doch auch er kannte die Geschichten nur von Gebrochener Speer, der sie ...« Gurwan Nudet lachte. »Das Geschwätz alter Männer! Aber wisse, Seruun, es gab Tage, da waren wir Geistertänzer voller Macht. Es muß aufregend gewesen sein, eins mit den Speernasen zu werden. Horn gegen Zahn mit den Wölfen zu kämpfen, die Nüstern voll vom Duft des saftigen Grases und der brünstigen Kühe. Und ihre Kraft! Ihr wildes Herz schlagen zu fühlen und über die weiten Ebenen zu laufen. Stundenlang ... Doch komm jetzt!« Er duckte sich unter den Efeuranken hindurch und verschwand in dem schmalen Höhleneingang.

Seruun hatte einwenden wollen, daß sie auch heute noch den Tanz der Speernasen tanzten, bevor die große Wanderung begann, doch er hatte das Gefühl, daß ihm der Alte ohnehin nicht zugehört hätte.

Bei den ersten tastenden Schritten wies ihm noch grünes Zwielicht den Weg. Flüchtig erkannte er Malereien an den Wänden. Sie zeigten Reiter auf starken Pferden, die über die Ebene jagten, und einen großen Mann, der neben einem weißen Speernasenbullen stand.

Seruun konnte die Bilder in dem schwachen Licht kaum erkennen. Zudem war ein Teil der Farben rissig geworden und vom Felsen abgebröckelt. Wirklich gut waren nur die schwarzen Striche zu sehen, die man wohl mit dem Ruß halbverbrannter Äste ausgeführt hatte. Auf einem der Bilder schien es, als würde eine Speernasenherde über ein weites Wasser wandern. Sie wurde von einem großen weißen Speernasenbullen angeführt. Das mußte Mösönchin sein, der Schutzgeist der Herden. Der Junge lächelte. Speernasen, die auf dem Wasser gingen! Diese Geschichte war zu unglaubwürdig; deshalb erzählte man sie sich wohl auch nicht mehr. Ganz im Gegensatz zum Gerede über die Spinnenmänner, die während des langen Eisatems von Norden her auf die weite Ebene gekommen waren. Diese unheimliche Geschichte war immer wieder zu hören, wenn der Schnee das weite Grasland verschlang und man die langen Nächte über beisammensaß und redete.

Plötzlich wurde Seruun des süßlichen Geruchs des Todes gewahr, der die Höhle durchtränkte wie die Dunkelheit, die hier niemals vom Glanz des Tagauges vertrieben wurde. Vorsichtig tastete er sich weiter. Vor sich hörte er die leise Stimme Gurwan Nudets. Der Geistertänzer summte das Lied des Seelenflugs!

Seruun tastete nach dem Steinmesser an seinem Gürtel. Er wollte Gurwan Nudet etwas zurufen, wollte fragen, was es dort vorn in der Höhle gebe, doch er wußte, daß er das Lied des Seelenflugs auf keinen Fall unterbrechen durfte. So verharrte er reglos, und erst als die Stimme des Alten verklang, wagte er sich tiefer hinein in die Dunkelheit.

Während er die Finger der rechten Hand über die Höhlenwand gleiten ließ, tastete er sich weiter voran, bis er einen breiten, gleißenden Lichtstrahl entdeckte, der wie ein Dolchstoß durch die Finsternis schnitt. Blinzelnd spähte er in eine weite Höhle. Nur wenige Schritt entfernt stand Gurwan Nudet. Der Leichengestank war hier so beklemmend, daß Seruun nur noch durch den Mund atmete. Dicke Fliegen umschwirrten Gurwan Nudet. Wenn sie durch den Lichtstrahl schossen, der durch eine runde Spalte in der Felsendecke herabstach, glänzten ihre Flügel golden auf.

Dort, wo das Licht auf den Höhlenboden traf, war eine Büffelhaut über einen Felsen gebreitet. Die Haut war mit dunklen Blutspritzern besudelt und halb von dem Stein gerutscht, den sie einmal bedeckt hatte. Neben dem Felsen lag der Kadaver eines Büffelkalbs.

Gurwan Nudet kniete nieder, um etwas Unförmiges in die Brust des toten Tieres zurückzubetten, die er mit seinem langen Stahlmesser geöffnet hatte. Empört über die Störung, stob eine Wolke von Fliegen auf.

»Welch sinnloser Tod«, murrte der Alte. »Sein furchtsames Herz tötete es. Es starb aus Angst vor einem Erdhörnchen.«

Seruun starrte den Geistertänzer ehrfürchtig an, und für einen Moment vergaß er sogar den Gestank in der Höhle. »Hast du mit dem Geist des Kalbs gesprochen, bevor du seine Seele endlich fliegen ließest?«

Gurwan Nudet lächelte, und die Falten in seinem Gesicht vertieften sich. »Nein. Man muß den Geistern ein weites Stück entgegenkommen. Du weißt doch: Um mit den Geistern zu sprechen, braucht man Haut von einem Knochenpilz und Samen vom Löwenzahn.«

»Aber du sagtest doch, ein Erdhörnchen habe das Büffelkalb getötet ... Wie kann ein Büffel aus Angst vor einem Erdhörnchen sterben?«

»Ich sagte, sein furchtsames Herz tötete es. Junge, wann lernst du endlich, deine Augen und deine Ohren zu benutzen?« grummelte der Geistertänzer. »In Zeiten, da die Stimmen der Geister so schwach sind, müssen wir alle unsere Sinne schärfen. Als Choniin Schüd lebte, brauchte man keinen Knochenpilz, um mit den Geistern zu tanzen. Sie kamen, auch wenn man sie gar nicht um sich haben wollte. Heute aber muß man auf die kleinsten Zeichen achten, um zu sehen, was anderen verborgen bleibt. Die anderen dürfen nicht merken, wie schwer es uns fällt, den Willen der Geister zu deuten. Wir müssen klüger sein als sie, um noch als Geistertänzer anerkannt zu sein.« Er lächelte. »Manchmal genügt es auch, ein paar verrückte Dinge zu tun, die kein anderer Mensch versteht. So etwas erwartet man von den Männern, die mit den Geistern des Landes und den Geistern der Ahnen Umgang pflegen.«

Gurwan Nudet stützte sich schwer auf den Stein, der halb mit der Büffelhaut bedeckt war. Dann deutete er zu dem Loch in der Höhlendecke. »Du erinnerst dich an das Gras dort oben. Es war zu sehen, daß dort in den letzten Tagen kein Tier geweidet hat. Wenn du aber das Büffelkalb betrachtest, dann erkennst du aus seinem Zustand und der Art, wie die Maden in seinen Körper eingedrungen sind, daß es keinesfalls länger als vier Tage hier liegt. Wir halten uns seit sieben Tagen in diesen Weidegründen auf, und wir wissen von unseren Jägern, daß sich keine Wölfe oder Langmähnen in der Nähe herumtreiben. Es gibt also keine Räuber, vor denen das Kalb geflohen wäre. Geflohen ist es aber, denn es hat offensichtlich nicht bei der Felsspalte geweidet, und wäre es einfach nur hier entlanggetrottet, dann hätte es die Gefahr wahrscheinlich rechtzeitig erkannt.« Der Alte setzte ein triumphierendes Lächeln auf, und sein Gesicht verwandelte sich in ein Geflecht tiefer Falten. »Erinnerst du dich an die Erdhörnchen, die wir gesehen haben, Seruun? Erst dreimal hat sich das Nachtauge seit der Geburt des Kalbs geschlossen. Es war also

noch jung und unerfahren. Vielleicht ist es in eine Erdhörnchen-
höhle getreten, und das Männchen ist verzweifelt keckernd
hervorgesprungen, um den vermeintlichen Räuber von den Jungen abzulenken. Einen alten Büffel hätte das kaum beeindruckt.
Das Kalb aber hat sich erschrocken und ist blindlings davonge-
stürmt. So hat sein furchtsames Herz es getötet.«

Seruun dachte über die Geschichte nach. »Könnte es nicht
auch so sein, daß das Kalb einfach den Hügel hinaufgetollt ist,
um die Kraft seiner Beine zu erproben oder weil es mit anderen
Jungtieren spielte?«

Gurwan Nudet schmunzelte. »Natürlich könnte es so gewesen
sein. Aber es hört sich besser an, wenn du voll dunkler Bedeutung sagst, sein furchtsames Herz habe es getötet. Vergiß nicht,
wir sind Geistertänzer, und es gehört sich für uns, daß wir den
anderen geheimnisvoll erscheinen. Wir sind vom Wissen der Alten durchdrungen, teilen die Geheimnisse des Windes und verstehen das Flüstern in den Blättern der Bäume. So sieht man die
Geistertänzer. Die Fähigkeit, unserem Volk zu helfen, liegt in
seinem Glauben an uns. Vergiß das nie, Seruun. Dies ist die
wichtigste aller Lehren. Die Kraft liegt im Glauben!«

Mit einem ärgerlichen Wedeln verscheuchte der Alte eine
Fliege, die sich an seinen Mundwinkel gesetzt hatte. »Und jetzt
bring den Kadaver des Kalbs fort! Es besudelt diesen heiligen
Ort.« Er blickte besorgt zu dem Felsspalt in der Decke hinauf.
»Beeil dich! Die Zeit drängt, wenn du das Wunder Wolfzahns
noch sehen willst.«

Mit angehaltenem Atem machte sich Seruun an dem toten
Kalb zu schaffen. Es war zu schwer, als daß er es hätte tragen
können. Er packte es bei den Hinterbeinen und zerrte es über
den unebenen Höhlenboden. Eine Wolke von Fliegen stob in
die Luft, als er den Kadaver mit einem Ruck bewegte. Dicke
weiße Maden fielen aus dem aufgerissenen Maul.

Seruun versuchte, nur durch den Mund zu atmen, doch noch
bevor er den Höhlenausgang erreichte, hatte er das Gefühl, daß
sich ein schleimiger dicker Film in seinem Mund und auf der
Zunge bildete. Es fühlte sich ein wenig so an, wie wenn er

Milchbrei gegessen hätte. Nur daß sein Mund von süßlichem, brackigem Fäulnisgeschmack erfüllt war.

Obwohl die Hinterläufe des Kalbs kaum Muskelfleisch aufwiesen, trat durch die Kraft, mit der er die Beine umklammert hielt, eine klebrige Flüssigkeit unter der Haut des Kadavers hervor. Als er ihn endlich ins Freie geschafft hatte, zerrte Seruun ihn noch ein ganzes Stück vom Höhleneingang fort und ließ ihn an der Hügelflanke liegen. Dort würden ihn die Raben bald finden.

Der Junge spuckte sich auf die Hände und wischte sie im Gras sauber. Er konnte den klebrigen braunen Saft abwischen, doch der Gestank blieb weiterhin an den Händen haften. Verärgert schnupperte er an seinem Hemd aus hellem Hirschleder. Ob sich der Gestank auch dort festgesetzt hatte?

Sobald Gurwan die Höhle wieder verlassen hätte, würde er sich von dem Alten trennen und hinunter zum Fluß laufen, um ein langes Bad zu nehmen. Es war schon ein ... Seruun stutze. Irgend etwas stimmte nicht. Er hob den Kopf und blickte sich um. Es war noch immer windstill, doch nicht das verwirrte ihn. Das Zirpen der Grillen hatte aufgehört. Kein Geräusch war ringsherum zu hören.

Aus der sumpfigen Flußschleife im Süden erhoben sich Enten in die Luft. Kleinere Vögel folgten ihnen. Ob dort ein Räuber durch das hohe Gras pirschte? Oder eine Gruppe von Jungen, die einen buntgefiederten Vogel erlegen wollten?

Seruun spürte, wie ihm ein Schauer über den Rücken lief. Er sollte schnell zu Gurwan zurückkehren!

Als Seruun den Eingang der Höhle betrat, hörte er hinter sich ein leises Klackern. Ein Steinchen hatte sich vom Hang gelöst und fiel hinter ihm zu Boden.

Der Junge beschleunigte seine Schritte. Ein verirrter Lichtstrahl traf auf eine der Höhlenwände. Deutlich sah er einen Spinnenmann. Ein riesiges Ungeheuer mit viel zu vielen Armen und so groß wie ein Mann, der auf einem Pferd saß. Seruun hatte das aberwitzige Gefühl, daß ihn der Spinnenmann anstarrte.

Dünner Rauch zog durch den Gang. Er duftet nach Harz und Feuerblättern. Als Seruun den großen Raum betrat, beugte sich

Gurwan über eine flache Tonschale, in der er Räucherwerk entzündet hatte.

Obwohl der Junge sich in seinen dünnen Lederschuhen fast lautlos bewegte, hatte der Geistertänzer ihn gehört. »Nun wirst du Zeuge von Wolfzahns Wunder.« Der Alte richtete sich auf und zog mit einem Ruck die Büffelhaut vom Felsblock neben sich. Darunter kamen fünf Kristalle zum Vorschein, die wie Finger aus einem roten Stein hervorstachen. Sie waren so klar wie Quellwasser. Das Licht, das von der Höhlendecke herabfiel, brach sich in strahlenden Kaskaden auf den Kristallen. Jetzt leuchteten überall an den rußgeschwärzten Wänden der Höhle weitere kleine Kristallsplitter auf.

Seruun wagte kaum zu atmen, so sehr war er vom Zauber des Geistertänzers beeindruckt.

»Dies hat Wolfszahn in den Jahren des verlorenen Himmels geschaffen«, erklärte der Alte. »Sieh es dir genau an. Bemerkst du etwas? Kannst du es sehen?«

Der Junge starrte zur Decke hinauf. Hunderte von kleinen Kristallen leuchteten dort. Doch sie schienen ohne Plan über der Fläche verteilt zu sein.

Gurwan Nudet deutete auf eine Gruppe von Kristallen drei Handbreit neben dem Spalt. »Erkennst du das Bild des Schwans?«

Jetzt, da der Alte ihm den Weg des Erkennens gewiesen hatte, ordneten sich die zwölf Kristalle für Seruun zu einem erkennbaren Muster. Drei Splitter für den langen Hals, einer für den Kopf und acht Splitter, die zwei weit ausgebreitete Flügel zeigten. Es war das Sternbild des Schwans, das während der Zeit des Eisatems nahe dem Zenit des Himmels stand. Nun erkannte er ein Stück weiter auch den Wolfskopf mit seinen spitzen Ohren und das Bild des Jägers. Die Kristalle an der Höhlendecke waren das genaue Abbild des Sternenhimmels zur Zeit des Eisatems.

Seruun wandte den Kopf. Immer wieder entdeckte er vertraute Bilder: das laufende Kind, das Rehkitz und den Maulwurf, der nur knapp über dem Horizont stand.

Dann verblaßten die Kristallsterne plötzlich. Der Lichtstrahl, der von der Höhlendecke herabgefallen war und die Kristalle auf dem roten Stein getroffen hatte, war weitergewandert, und das Wunder der Sterne verging.

Ein leises Knacken erklang. Staub rieselte von der Decke.

»Die Höhle stammt aus den Jahren des verlorenen Himmels. Die Zeit des Mösön Amisgal, des Eisatems, wurde mit jedem Jahr länger, und der Himmel war verschwunden. Man sah das goldene Tagauge nur noch als matten Fleck hinter den Wolken, und die Sterne waren gänzlich verschwunden. Der Himmel zeigte sich wie an einem diesigen Tag des Mösön Amisgal. Und das selbst im Sommer! Choniin Schüd, Wolfszahn, war während der Zeit des Frostatems vor einem schlimmen Sturm in diese Höhle geflohen. Tagelang war er hier gefangen und konnte nicht hinaus. Er litt schlimmen Hunger und sehnte sich nach der Weite des sternenbedeckten Himmelszeltes. Er schlief viel. Und eines Morgens, als er erwachte, hatte sich die Höhle verändert. Die Kristalle waren da und erstrahlten in klarem Licht, obwohl das Tagauge immer noch hinter Wolken verborgen war. Sie schenkten Choniin Schüd die Kraft, in der Höhle zu überleben. Es heißt, die Geister der Ahnen hätten ihm seinen Wunsch erfüllt und das Wunder erschaffen. Doch als das Tagauge zurückkehrte, wurde der Zauber schwächer, und so erstrahlen die Sterne in dieser Höhle nur noch an einigen Tagen in der Zeit der größten Hitze. Dies Wunder, Seruun, ist ein streng gehütetes Geheimnis, von dem nur wir Geistertänzer wissen. Bewahre es in deinem Herzen, bis der Tag des Seelenflugs kommt, und wisse, die Geister der Alten sind um uns. Sie wachen über uns, auch wenn wir nur noch selten mit ihnen sprechen können.«

»Aber warum ist das so? Warum haben die Stimmen der Alten uns verlassen? Warum kann ich das Lied des Windes nicht mehr deuten?« fragte Seruun und sah dabei noch immer zur Decke hinauf, in der Hoffnung, der Glanz der Sterne kehre vielleicht noch einmal zurück.

»Ich weiß es nicht«, entgegnete Gurwan Nudet. »Vielleicht sprechen die Geister nur in besonders schweren Zeiten zu uns. Vielleicht ist es auch so ...« Der Boden der Höhle erzitterte.

Ein tiefes Grollen war zu hören, das mehr im Bauch als in den Ohren nachklang. Staub rieselte von der weiten Höhlendecke. Klackernd fielen kleine Steine herab.

»Lauf, Seruun!« Die Stimme des Alten überschlug sich. Verängstigt starrte der Junge nach oben. Der Spalt hoch über ihm war breiter geworden. Der Boden zitterte jetzt so stark, daß Seruun die Arme ausbreitete, um das Gleichgewicht zu behalten. Es war fast so, als ob er auf einem wilden Pferd säße, das ihn mit aller Kraft abzuwerfen versuchte.

Ein schwerer Schlag traf ihn im Gesicht. Gurwan hatte ihm eine schallende Ohrfeige versetzt. »Lauf, Junge!«

Seruun fühlte sich wie in einem Traum. Daß der Felsen unter seinen Füßen tanzte, war doch unmöglich. Benommen folgte er Gurwan, der ihn an seinem Lederhemd gepackt hatte und in den schmalen Gang zerrte, der aus der Höhle hinausführte. Die Steine, die auf den Boden der Höhle gestürzt waren, kamen nicht zur Ruhe. Sie hüpften auf und nieder, wirbelten Staub auf und schlugen knirschend aneinander.

Vor ihnen bildete sich ein breiter Riß. Ein Teil des Höhlenbodens sackte weg und verschwand in der Dunkelheit. Jetzt lösten sich auch schwerere Steine von der Decke und stürzten herab. Ein Felsbrocken, breit wie drei Männer, krachte vor dem Höhlengang zu Boden und versperrte ihn fast vollständig. Die Luft war voller Staub, und das Atmen fiel schwer. Ein Stein schrammte an Seruuns Schulter vorbei. Er warf sich gegen die Höhlenwand und suchte dort Schutz vor den herabprasselden Gesteinsstücken. Doch als er sich anlehnte, fühlte es sich an, als hätte ihn ein kräftiger Krieger fest mit beiden Händen gepackt, um ihn durchzuschütteln. Nichts, was fest sein sollte, gab noch Halt! Die Welt war auf den Kopf gestellt.

Der alte Geistertänzer hatte ihn losgelassen und war im wirbelnden Staub verschwunden. »Gurwan!« schrie der Junge. »Gurwan ...« Staub kitzelte seinen Rachen. Der Ruf vergurgelte zu einem Hustenkrampf. Das Atmen fiel immer schwerer. Es war, als hätten sich ihm zwei mächtige Fäuste auf die Brust gelegt, um sie einzudrücken.

»Gurwan!« Das Grollen der Erde war so plötzlich verstummt, wie es entstanden war. Noch immer stürzten Felsbrocken knirschend in die Höhle herab. Doch wenigstens zitterte der Boden nicht mehr. Seruuns Herz schlug wie eine Trommel. Vorsichtig tastete er sich zwischen den Felsen hindurch zurück zur großen Höhle. Der Spalt in der Decke war zu einem klaffenden Loch geworden. Breite Lichtbahnen fielen von oben durch den rotgolden glänzenden Staub.

Gurwan lag auf dem Boden. Ein mächtiger Felsbrocken hatte ihm die Beine zerschmettert und ihn halb eingeklemmt. Überall auf dem Boden war Blut zu sehen. Seine Lippen bebten. Als Seruun neben ihm niederkniete, hörte er, daß der Alte das Lied des Seelenflugs sang.

Der Junge griff nach seiner Hand. Sie war kalt. Der Alte drehte sacht den Kopf. Eines seiner Augen war voller Blut. »Nimm mein ... Messer.«

Seruun tastete ungelenk nach Gurwans Gürtel. Das Messer hatte eine lange Klinge aus Stahl. Es war soviel wert wie zwei gute Pferde. Man konnte damit sogar Feuer aus Steinen schlagen! Die Klinge steckte in einer Scheide aus speckigem dunklem Leder. Eine zerzauste blonde Haarsträhne hing vom Griff herab. Angeblich hatte Gurwan in seiner Jugend gegen die Tömör Hümuüs, die Eisenmänner, gekämpft und einem von ihnen die kostbare Waffe abgenommen.

»Wirst du ... meine Seele aus dem ... Knochenkäfig ... befreien? Sie bereitet sich zum Flug.«

»Ich hole Hilfe!« Seruun wollte aufspringen, doch die Finger des Alten krampften sich um seine Hand.

»Keine Hilfe ... Zu spät.« Ein Lächeln zuckte ihm über die Lippen. »Ein guter Platz ... für den Seelenflug. Wolfzahns Höhle. Ich ... werde mit ihm tanzen.«

Seruuns Blick streifte durch die Höhle. Stumm rief er die Geister der Alten um Hilfe an. Sie durften Gurwan noch nicht gehen lassen! Nicht so schnell! Er war noch längst nicht bereit, seinen Platz als Geistertänzer der Windwanderer einzunehmen.

Ein großer Felsbrocken hatte den fünffingrigen Kristall zerschmettert, der den Zauber der Höhle zum Leben erweckt hatte. Nie wieder würde Wolfzahns Sternenhimmel leuchten.

»Warum haben die Geister das getan?« fragte Seruun eher sich selbst als den Alten. »Warum? Wir haben sie geehrt. Wir haben die Herde gehütet, und sie ist groß geworden ...«

»Die Himmelsfaust ...« Gurwans Stimme war nur noch ein leises Röcheln. »Sie ist ... herabgefahren. Der Eisatem ... Spinnenmänner ... Du wirst die Salhin Hült führen. Die Herde ist in Gefahr. Finde das ... weite Tal. Das ist deine Bestimmung, Seruun ... Du mußt über das Wasser ...«

Der Junge beugte sich hinab. Die Stimme des Alten war kaum noch zu verstehen. Als er das Ohr dicht über dessen Lippen brachte, spürte er, wie Gurwan der Atem ausging.

»Die Geister kommen ... aus dem Licht ... Sie fliegen. Laß meine Seele ...«

Seruun verharrte noch lange über den Alten gebeugt. Kein warmer Atem berührte sein Ohr und seine Wange. Er konnte nicht weinen. Es war, als drücke ihm etwas die Kehle zu. Sein eigener Atem ging stoßweise.

Von einem Felsbrocken starrte ihn das grobe Gesicht eines Spinnenmanns an. Lange Zähne wuchsen ihm aus dem Mund. Seine Augen starrten bedrohlich.

Der Staub in der Höhle hatte sich gesenkt, als Seruun endlich die Kraft fand, sich zu erheben. Das Felsstück mit dem Spinnenmann drehte er um, so daß die Fratze zum Höhlenboden zeigte. Sie sollte den Frieden des alten Geistertänzers nicht stören.

Durch das vergrößerte Loch in der Höhlendecke entdeckte Seruun weiße Wolken am Himmel. Dunkel malten sich ziehende Wildgänse vor dem Licht des Sommerhimmels ab.

Seruun zog das Messer und stimmte das Lied des Seelenflugs an. Er beugte sich über den Alten. Er würde seine Seele aus dem Knochenkäfig befreien, so wie Gurwan es gewünscht hatte, und sie dem blauen Himmel entgegenstrecken, damit sie zu den Ahnen aufflöge.

Der letzte Hügel

*In den Bergen eine Meile südlich von Nantala, am 17. Tag
des Hitzemondes, im 458. Jahr der Abwesenheit Gottes*

Alessandra lehnte sich erschöpft gegen eine Kiefer. Die Luft
flirrte vor Hitze. Ihr war schwindlig. Seit fast zwei Tagen hatte
sie nichts mehr getrunken. Ihre Zunge war so geschwollen, daß
sie den Mund völlig ausfüllte und gegen den Gaumen drückte.

Immer wieder hatte sie versucht, sich von dem Maskenhelm
zu befreien. Sie würde verdursten oder an einem Hitzschlag sterben, wenn sie ihn nicht bald loswürde. Doch jeder Versuch, die
Verschlüsse seitlich am Helm mit Steinen aufzuschlagen, war
mißglückt. Sie hatte damit lediglich erreicht, daß der Maskenhelm eine Beule abbekommen hatte, die ihr schmerzhaft auf die
Schläfe drückte.

Die Walfängerin stieß sich von der Kiefer ab und taumelte
einen Feldweg entlang, in dem die Räder zahlloser Karren tiefe
Furchen hinterlassen hatten. Es war der Weg, der vom Dorf zum
Kap der Türme führte. Sie blinzelte. Die Augen brannten ihr. Sie
hatte so starke Kopfschmerzen, daß ihr Lichtpunkte vor den Augen tanzten.

Alessandra stieß gegen einen großen Stein, der aus dem unbe-
festigten Weg hervorstand, taumelte, stürzte und fiel auf die
Knie. Der gebrochene Arm pendelte ihr gegen die Brust. Eine
Welle von Schmerz pulste zur Schulter herauf. Dann wurde ihr
schwarz vor Augen, und alle Kraft schien sie zu verlassen.

Sie durfte nicht ohnmächtig werden! Verzweifelt kauerte sie
auf dem Weg. Warum fuhr hier heute kein Wagen? Warum kam
niemand hier entlang und half ihr? Hatte sich denn die ganze
Welt von ihr abgewandt? Sie war unschuldig. Sie hatte den *collector* nicht töten wollen!

Alessandra stemmte sich mit Hilfe der Wallanze wieder hoch.
Noch zweihundert Schritt bis zum Kamm des nächsten Hügels!

Von dort aus könnte sie das Dorf sehen. Man würde sie vielleicht bemerken und heraufkommen, um ihr zu helfen. Schwer auf die Harpune gestützt, schleppte sie sich weiter. Sie zählte die Schritte. Sie wollte an nichts anderes denken als an die Hügelkuppe, und doch schlich sich wieder die beharrliche fragende Stimme in ihre Gedanken: Würde man ihr im Dorf helfen? Gewiß schickte man umgehend einen Reiter nach Monte Flora. Ohne Zweifel würde man sie dorthin ausliefern. Obwohl ... Vielleicht würde man die Sache auch unter sich erledigen. Wenn man ihr den Helm nicht abnähme, dann würde sie den nächsten Morgen nicht mehr erleben. Vielleicht würde man sie auch einfach totprügeln wie einen räudigen Hund, der sich ins Dorf geschlichen hatte und um Fischabfälle bettelte. Sie hatte dem Dorf Schande bereitet. Guillamo würde gewiß dafür stimmen, sie gleich umzubringen. Wenn man den Priestern diese Arbeit abnähme, wären sie vielleicht gnädiger gestimmt. Würde, wäre, hätte! Sich mit diesen Gedanken zu quälen, half nichts. Sie blickte zur Hügelkuppe hinauf, der sie sich nur unendlich langsam näherte.

Vielleicht sollte sie sich besser bis zur Dämmerung in dem Agavenfeld hier am Hügel verstecken. Doch nein, sie würde den Abend nicht mehr erleben, wenn sie nicht aus der Sonne herauskäme und jemanden fände, der ihr die Maske abnähme, damit sie endlich etwas trinken könnte.

Sie mußte es bis zu *pater* Tomaso schaffen. Er würde nicht dulden, daß man ihr etwas antat. Oder doch? Sie hatte sich vor Gott versündigt. Wie konnte sie da auf das Mitleid eines Priesters hoffen?

Sterben würde sie auch dann, wenn sie hier auf dem Hügel blieb. Wenn die Dorfbewohner sie töteten, mochten sie aus ihrem Ende wenigstens einen Nutzen ziehen.

Sie vernahm ein Geräusch und blickte auf. Wenige Schritt vor ihr brach ein verängstigtes Reh aus dem Agavenfeld. Es stürmte über den Weg auf sie zu.

Wildhunde! dachte Alessandra. Sie kamen oft nahe an das

Dorf heran. Gespannt lauschte sie. Jeden Augenblick mußte das Kläffen der Meute zu hören sein. Ob die Hunde von der Verfolgung des Rehs ablassen würden, um statt dessen über sie herzufallen? Weglaufen konnte sie nicht. Sie wäre eine leichte Beute. Verfluchter Helm! Sie konnte nichts hören!

Wie gebannt starrte Alessandra auf die Stelle, wo das Reh zwischen den Agaven hervorgebrochen war. Doch nichts rührte sich. Die Hitze flirrte über den breitblättrigen Gewächsen mit den heimtückischen Dornen. Die Fischer nutzten die zähen Fasern der Blätter, um Taue und Netze herzustellen.

Noch immer rührte sich nichts. Es war windstill. Kein Vogel zeigte sich am Himmel, und nicht der geringste Laut war zu hören. Die Welt schien zu erstarren.

Dann traf sie der Schlag. Plötzlich und völlig unerwartet. Es riß ihr den Boden unter den Füßen weg. Sie schlug der Länge nach hin. Schmerz pulste durch den gebrochenen Arm. Sie schrie. Eine Woge aus Dunkelheit raste auf sie zu. Der Schmerz . . .

Alessandra spürte, wie der Boden unter ihr erzitterte. Ein tiefes Grollen stieg aus dem Herzen der Erde empor. Der gebrochene Arm verstärkte das Gefühl des Zitterns. Welle um Welle brandete der Schmerz zur Schulter herauf, bis jede Empfindung erlosch.

Die Lust des Greisen
*Im Haus des Guillamo im Fischerdorf Nantala,
nur wenige Minuten zuvor*

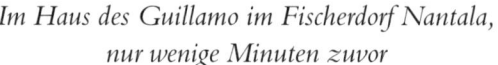

»Ich hab schon Fische gesehen, die hübscher waren als du alte Vettel!« Guillamo war wütend. Er hatte für Roxana einen alten Schuppen am Dorfrand gepachtet. Er mußte das nicht tun!

»Du kannst mich doch nicht einfach verstoßen!« Die Stimme seiner Frau überschlug sich. Sie stand vor der großen gemauerten Herdstelle in ihrer Küche.

»Sieh dir das alles noch einmal an«, höhnte der Älteste. »Heute ist der letzte Tag, an dem ich deinen Anblick in meinem Haus ertragen muß. Und untersteh dich, hier irgend etwas zu zerschlagen!« Er zog den Gürtel von seiner Hose und legte ihn vor sich auf den gedeckten Küchentisch. »Zur Not prügle ich dich aus dem Haus, wenn du noch weiter herumplärrst.«

»Bitte, Guillamo!« Roxana kniete nieder. »Bitte! Das kannst du doch nicht tun. Nach all den Jahren! Ich war dir immer eine treue Frau . . . Wenn du eine andere ins Haus nehmen willst . . . gut, das verstehe ich. Aber verstoß mich nicht. Dir schmeckte doch immer mein Essen. Ich koche für euch beide. So ein junges Ding weiß doch gar nicht, wie man einen Haushalt führt . . .«

Lästiges Weib! Er hatte viel zu viele Jahre an sie vergeudet. Heute morgen war er bei *pater* Tomaso gewesen und hatte das Ehegelöbnis aufgelöst. Es war einfach gewesen. Eine Frau, die keine Kinder mehr gebären konnte, durfte man jederzeit verstoßen, um sich ein anderes Weib zu nehmen. Und wer hätte je von einem Weib mit einundfünfzig Sommern gehört, das noch Kinder bekam?

Als einzige Bedingung mußte man nachweisen, im Zweifelsfall reich genug zu sein, um zwei Frauen zu versorgen und der Kirche eine angemessene Spende zukommen zu lassen. Er hatte dem *pater* eines der Walölfässer überlassen, die er für Alessandra verwaltete.

Eigentlich hätten sie Alessandras Onkel Pietro zugestanden, doch das *oktagon* hatte diesen Säufer schon vor Jahren entmündigt. So lag es allein an ihm, die Güter des Mädchens zu verwalten. Er hatte schon lange ein Auge auf Ira geworfen, die Tochter der Schankwirtin. Mit ihrer Mutter war er schnell handelseinig geworden. Rosalita hatte sich noch nie Argumenten widersetzt, die mit einer entsprechenden Summe untermauert wurden und noch mehr Geld in Aussicht stellten.

»Sie ist doch noch fast ein Kind!« keifte Roxana und kämpfte sich von den Knien hoch.

Guillamo betrachtete sie voller Ekel. Es war immer dasselbe mit ihr. Wenn sie mit Betteln nicht weiterkam, dann schrie sie, daß man es im ganzen Dorf hörte.

»Wie kannst du so etwas tun, du liederlicher Lump?«

»Sie ist im besten Alter, im Gegensatz zu dir, Knochensack«, entgegnete Guillamo kühl. »Pack deine Sachen! Und wenn du gehst, dann nimm deinen schwachsinnigen Sohn mit! Der kommt sonst noch auf falsche Gedanken, wenn eine junge Frau im Haus lebt.« Der Alte bedachte Tormo mit einem abfälligen Blick. Jahre um Jahre hatte er diesen nichtsnutzigen Tropf durchgefüttert. Jetzt stand er stumm hinter seiner Mutter. Außer für grobe Arbeiten war er zu nichts zu gebrauchen. Jeder im Dorf lachte über ihn.

»Ich werde im Dorf erzählen, was du mit Tormo gemacht hast, als er das Fieber hatte.«

Roxanas Gesicht war zu einer wütenden Grimasse verzerrt. Früher hatte Guillamo ihr Temperament geliebt. Es hatte ihr gut gestanden, wenn sie schimpfte und auf ihn einschlagen wollte. Und es hatte Spaß gemacht, sie danach zu nehmen. Aber jetzt ...

»Jeder im Dorf wird sich fragen, warum du sieben Jahre lang geschwiegen hast. Immerhin bist du doch Tormos *liebende* Mutter! Weißt du, was geschehen wird, wenn du jetzt herumläufst und Geschichten über mich erzählst? Jetzt, da ich dich verstoßen habe, um ein jüngeres Weib zu nehmen? Keiner wird dir glauben. Und du weißt ja, wie man Verleumdungen bestraft.«

»Das tätest du nicht ...«, stammelte sie fassungslos.

85

»Das *oktagon* würde gewiß zustimmen«, fuhr Guillamo ungerührt fort. »Wenn du ihren Ältesten beleidigst, dann beleidigst du den ganzen Rat. Du kämst an den Pranger. Und solltest du die Verleumdungen danach noch einmal wiederholen, dann risse man dir die Zunge heraus.« Er lachte und blickte zu seinem mißratenen Sohn hinüber. »Ein schönes Paar gäbt ihr beiden ab, so ohne Zungen. Hm, Tormo, erzähl deiner Mutter doch einmal, wie das ist, wenn man die Zunge herausgerissen bekommt.«

Guillamo lachte und wollte nach dem Weinkrug vor sich auf dem Tisch greifen, hielt aber erschrocken mitten in der Bewegung inne. Der Krug bewegte sich zitternd auf die Tischkante zu. Gleichzeitig begannen die Zinnteller zu klappern, die Roxana über der Tür aufgehängt hatte. Pfannen und Schöpflöffel, die an Haken neben der Wand am Kamin hingen, schlugen klirrend aneinander, und aus dem Dachgebälk drang ein beunruhigendes Knirschen.

Guillamo sprang auf, so daß der Stuhl, auf dem er gesessen hatte, über den Boden polterte. »Hinaus! Wir ...« Mit infernalischem Getöse barst der Deckenbalken. Strohbündel, Dachsparren und Ziegel prasselten wie Hagel in die Küche herab. Mit einem Satz war Guillamo unter dem Tisch.

Tormo beugte sich schützend über seine Mutter und zerrte sie zur Tür hinaus. Dieser undankbare Mistkerl! dachte Guillamo. Ihm, seinem Vater, sollte er hinaushelfen! So ein verfluchtes Unglück! Er würde seine Hochzeit verschieben müssen. Auf der anderen Seite ... Er hatte gestern erst einen größeren Posten Bauholz gekauft. Das könnte er jetzt vermutlich mit gutem Gewinn weiterverkaufen.

»Tormo! Hol deinen Vater hier heraus!« Wenn dem Jungen die Dachsparren in den Rücken schlügen, sollte ihm das nicht viel ausmachen. Er hatte ein breites Kreuz und war Prügel gewohnt. Er hingegen konnte es sich nicht leisten, etwas abzubekommen. Seine Knochen waren empfindlich geworden ...

»Tormo, mein Junge, komm schon!« Ängstlich spähte er unter dem Tisch hervor. Die Rückwand der Küche war bereits halb eingestürzt.

Guillamo verdrehte den Kopf, um besser nach oben sehen zu können. Die Erde zitterte jetzt nicht mehr so stark. Es fielen nur noch vereinzelt Schindeln von der Decke. Vorsichtig kroch Guillamo ein Stück unter dem Tisch hervor. Jetzt sah er den schweren Dachbalken. Der wippte bedenklich auf dem halb eingestürzten Giebel. Mörtel bröckelte zwischen den Mauersteinen hervor, die den Balken noch hielten. Wenn er stürzte, würde er den Rest des in höchstem Maße beschädigten Daches mit sich reißen.

Guillamo blickte zu Tür. Sie lag genau unterhalb des Giebels. »Tormo, lieber Junge! Komm, hol deinen alten Vater hier heraus.« Er wagte es nicht, einfach loszulaufen. Obgleich ... Wenn er es schaffte, sich durch das enge Fenster zu zwängen, das sich an der Längswand befand ... Ein ohrenbetäubendes Krachen beendete seine Fluchtgedanken. Wie eine ängstliche Maus in ihr Loch, so fuhr Guillamo unter den Tisch zurück. Es war mehr ein Reflex als eine bewußte Handlung. Im selben Augenblick wurde ihm bewußt, welchen Fehler er begangen hatte. Der Eßtisch stand in der Mitte des Raumes, genau unter dem Deckenbalken.

Mit mörderischer Wucht schlug der Balken auf der Platte auf. Guillamo rollte sich zur Seite und stieß gegen die Tischbeine. Die große Eichenplatte zersplitterte. Eine Hälfte schlug ihm gegen die Brust. Er hörte ein sprödes, knackendes Geräusch. Ein betäubender Schmerz breitete sich in seiner Brust aus und raubte ihm den Atem. Dann rutschte der Balken nach und nagelte ihn am Boden fest.

Ohne Hoffnung unternahm Guillamo einen halbherzigen Versuch, den Dachbalken zur Seite zu bewegen. Es war aussichtslos. Jeder Atemzug versetzte ihm einen scharfen Stich in die linke Seite. Wahrscheinlich hatte er sich eine Rippe gebrochen.

»Tormo, Junge ...« Guillamos Stimme hatte kaum noch Kraft. Auch das Rufen schmerzte. Eine einzelne Dachpfanne schlug neben ihm auf dem Boden auf. Ziegelsplitter trafen ihn im Gesicht. Er blinzelte. Feiner Staub war ihm in die Augen geraten.

Plötzlich ragte ein Schatten über ihm auf. »Tormo?«

Es mußte sein Sohn sein. Niemand sonst im Dorf war so groß

und breitschultrig. Welch ein Harpunier hätte sein Junge werden können! Wäre nur damals die Sache mit dem Fieber nicht gewesen. Warum hatte es nur ihn befallen, seinen Jungen?

Guillamo blinzelte sich den Staub aus den Augen. Ja, es war Tormo, der Verblödete!

»Los, Junge ... der Balken.«

Tormo stand einfach nur breitbeinig über ihm, die Arme vor der Brust verschränkt.

»Bist du mir böse, Junge? Hol mich hier heraus, dann können wir über alles reden.« Sein Atem ging pfeifend. Die Stiche in der linken Seite wurden schlimmer. »Komm, du kannst den Balken heben. Ich weiß es ... Niemand im Dorf ist so stark wie du.«

Tormo griff sich an das ausgerissene Ohrläppchen. Er rieb es zwischen Daumen und Zeigefinger, bis die Kruste abbröckelte und ein hellroter Blutstropfen hervortrat.

Was tut dieser Verrückte? dachte Guillamo. War es wegen der Maus? Warum hatte ihn der Abwesende nur mit einem solchen Sohn gestraft?

Endlich beugte sich Tormo vor. Er stellte sich über den Balken. Seine großen Hände umklammerten das gesplitterte Holz. Guillamo beobachtete, wie sich die gewaltigen Muskeln seines Sohnes spannten. Dicke Adern traten an seinem Hals hervor. Endlich bewegte sich der Balken!

Guillamo konnte ein wenig freier atmen, doch noch immer brannte der Schmerz in der linken Brusthälfte. Auch sein Arm war wie taub. Er konnte ihn nicht mehr bewegen. Doch das käme schon wieder in Ordnung. Hauptsache, er würde erst einmal befreit.

Tormo hielt noch immer den Balken umklammert. Mit einer ungelenken Bewegung der Füße trat er die Tischplatte zur Seite, die über Guillamos Brust lag und die Wucht des herabstürzenden Balkens abgebremst hatte.

»Vorsicht, Junge ... Ich krieche unter dem Balken hindurch. Nur einen Augenblick noch.«

Tormo setzte ihm den Fuß auf den linken Arm und drückte ihn gegen den Boden.

»Vorsicht, du Tölpel, du ...«

Der Junge schüttelte den Kopf. Ihm standen Tränen in den Augen. Wie rührend! Er hatte Angst um ihn! »Ich komme frei ... Es wird alles wieder gut. Wir sind doch eine Familie.« Wieder schüttelte der Hüne den Kopf. Er schluchzte. Seine Tränen tropften Guillamo ins Gesicht. Verrückt! Vollkommen verrückt war dieser ...

Mit tödlicher Wucht schlug ihm der Deckenbalken auf die Brust. Fassungslos starrte Guillamo seinen Sohn an. Er versuchte zu atmen. Etwas Warmes lief ihm den Rücken hinab. Er spürte keine Schmerzen mehr. Nur das Atmen wurde immer beschwerlicher. Keuchend rang er um Luft. Die Lungen schienen mit jedem Atemzug kleiner zu werden. Er hechelte wie ein Hund. Doch das nutzte nichts. Es war, als hätte sich eine riesige Faust um seine Brust geschlossen, um das Leben aus ihm herauszupressen. Ganz so, wie er hin und wieder Tormos Mäuse zerquetscht hatte, um den Jungen zu bestrafen.

Guillamo streckte den Kopf hoch und riß den Mund so weit auf, wie es ihm nur möglich war. Doch er konnte nicht mehr atmen. Er preßte sich an den Balken. Kämpfte wild mit dem Tod. Doch was er auch tat, er konnte nicht mehr einatmen. Die Kräfte verließen ihn. Er sank zurück und starrte mit weit aufgerissenen Augen zum Himmel hinauf.

Tormo stand noch immer über ihn gebeugt und weinte.

Flut
Auf dem Agavenhügel südlich von Nantala,
wenig später

Alessandra erwachte mit stechenden Kopfschmerzen. Sie waren wie beständige Meeresbrandung, der Schmerz wurde stärker, ebbte einen Herzschlag lang ab und kam dann noch heftiger als zuvor zurück.

Etwas zupfte an ihrer Schulter. Auch dort klopfte ein beständiger dumpfer Schmerz. Ob sie Wundbrand bekommen hatte?

Wieder das Zupfen an der schmerzenden Schulter.

»Joh.« Sie hatte Angst davor, die Augen zu öffnen. Gern hätte sie es noch etwas hinausgezögert. Die Schmerzen waren jetzt schon schlimm genug. Sie wußte, daß das Licht ihr nicht guttäte.

Wieder das Zupfen. Energisch, schmerzhaft. Sie mußte auch an der Schulter verletzt sein.

»Joh!« Sie drehte sich um, blinzelte und blickte in die gelben Augen einer Rotkopfmöve. Etwas Blutiges hing ihr aus dem Schnabel. Ein Stoffetzen ihrer Jacke!

»Verdemmtes Vieh!« Die Möve hüpfte ein Stückchen fort, ließ ihr Opfer aber nicht aus den Augen.

»If bin nuch keen Aas!« Alessandra setzte sich ruckartig auf. Jetzt traf sie blendend das Sonnenlicht im Gesicht. Sie schloß die Augen. Sie hatte es gewußt. Es fühlte sich an, als wolle ihr Kopf von innen heraus zerplatzen. Sie mußte von diesem Hügel fortkommen und aus der Sonne heraus.

Stöhnend stand sie auf. Es war nur noch ein kleines Stück bis zur Hügelkuppe. Vielleicht sah man sie dort vom Dorf aus. Ganz gleich, was man mit ihr anstellen mochte, nichts konnte schlimmer sein als diese bohrenden Kopfschmerzen.

Schwer auf die Harpune gestützt, schleppte sie sich Schritt um Schritt vorwärts. Nur hin und wieder öffnete sie die Augen für ein kurzes Blinzeln, um sich das nächste Stück Weg einzuprägen.

Sie hatte Angst, erneut zu straucheln. Wenn sie noch einmal ohnmächtig würde und in der Hitze liegenbliebe, würde sie nicht mehr erwachen.

Endlich sah sie für einen kurzen Augenblick das Meer. Noch zehn Schritte. Wieder stach ihr das Licht in die Augen und bohrte sich glühenden Dolchen gleich tief in ihren Kopf. Aber sie hatte die Riffe erblicken dürfen, die eine halbe Meile vor der Hafeneinfahrt lagen. War denn schon Ebbe? Hatten zweieinhalb Tage gereicht, um ihr das Gefühl für den Rhythmus der Gezeiten zu nehmen?

Noch fünf Schritte. Beinahe wäre sie gestolpert. Ihr Herz schlug schneller. Sie war fast wieder zu Hause. Drei Schritte. Von hier aus müßte sie das Dach des großen Lagerhauses der Harpuniere sehen! Trotz der Kopfschmerzen schloß sie die Augen nicht. Endlich stand sie auf dem Hügelkamm.

Nantala! Was war nur mit ihrem Dorf geschehen? Die Hälfte der Häuser war eingestürzt. Die Menschen irrten über das Trümmerfeld und suchten nach Überlebenden. Auf dem Marktplatz lagen Tote und Verletzte, die man aus den Ruinen geborgen hatte. Das Dach des Lagerhauses war zur Hälfte eingestürzt, doch seine mächtigen Mauern hatten der Vernichtung getrotzt. Einen Herzschlag lang dachte Alessandra an ihre Walölfässer, die dort lagern mußten, und ob sie wohl von den herabstürzenden Balken zerschlagen worden seien. Dann schämte sie sich, angesichts des Unglücks so eigennützigen Gedanken zu folgen.

Aus den Ruinen der Schenke loderten Flammen. Auch bei den Bootsschuppen war ein Feuer ausgebrochen. Plötzlich mußte Alessandra die Augen schließen. Zu stark war der nagende Schmerz. Sie erinnerte sich an den Erdstoß, der sie von den Beinen gerissen hatte. Ein Beben ... Wind zerrte an ihrer Kleidung. Sie blinzelte. Eine Sturmbö zerpflückte die Rauchschwaden zwischen den Ruinen. Und dann floh das Wasser! Fassungslos blickte Alessandra auf das Schauspiel im Hafen. Sie hatte Stürme erlebt, deren Wüten die Fischerboote an die Kais zerschlug. Wellen, die sich mit solcher Wucht an den Hafenmolen brachen, daß Gischt wie Regen auf die Dächer der Häuser prasselte. Doch das ... das Wasser floß einfach zurück. Nicht wie bei der Ebbe. Nein, es wurde mit solcher Kraft aufs Meer hinausgezogen, wie es sonst im Sturm gegen die Ufer anbrandete.

Binnen weniger Augenblicke lag das Hafenbecken trocken. Die Fischerboote kauerten auf dem kiesigen Grund oder hingen fest vertäut auf groteske Weise von der Hafenmole herab.

Bis hinter den Horizont war das Meer geflohen! Wo die See sich ausbreiten sollte, erstreckte sich plötzlich eine Ebene, durchsetzt von Prielen und Rinnsalen.

Alessandra schlug mit zitternder Hand das Zeichen des Gottessterns. Das Ende der Welt war gekommen! Sie sank auf die Knie, um zu beten. Den Schmerz im Arm spürte sie nicht mehr. Ein Zittern durchlief den ganzen Körper. Das alles war ihr Werk! Sie hatte sich gegen den Willen Gottes aufgelehnt, und nun traf sein Strafgericht das Dorf! Sollte doch ein Blitz vom Himmel herabfahren, um sie zu töten!

Wie als Antwort erklang ein dumpfes Grollen vom Horizont. Eine weiße Linie erschien und wuchs schnell an. Sie kniff die Augen zusammen, um gegen das grelle Sonnenlicht besser sehen zu können. Die Seehundklippen, die gut drei Meilen vor dem Hafen lagen, verschwanden in der weißen Linie. Sie ragten sonst immer nahezu dreißig Schritt aus dem Meeresspiegel heraus, doch die Todeswelle fegte über sie hinweg, als wären sie nichts als ein paar Felsbrocken am Strand.

Alessandra wollte aufspringen und die Überlebenden im Dorf warnen, doch die Glieder versagten ihr den Dienst. Sie zuckten und zitterten, als hätte die Faust eines unsichtbaren Riesen sie ergriffen, um sie durchzuschütteln.

Jetzt hatte man auch im Dorf die Welle gesehen. Manche waren vor Entsetzen gelähmt wie Alessandra. Andere rannten einfach los. Eine dicke Frau lenkte einen flachen Heuwagen auf den Marktplatz. Sie sprang vom Kutschbock und zerrte ein Mädchen auf die Pritsche. Rosalita? Dann hob sie einen alten Mann auf.

Alessandra schrie. Der Wagen mußte weg. Die Welle raste schnell wie ein Pfeil auf das Dorf zu.

Niemand hörte die Walfängerin. Ihr Schrei wurde von der

Maske verzerrt, und das Fauchen der Welle verschlang ohnehin jedes andere Geräusch. Endlich hatte das dicke Weib begriffen, wie nahe ihr der Tod war. Sie sprang auf den Kutschbock zurück und trieb die Pferde an.

Einige wenige, die sich am Rand des Dorfes befunden hatten, waren nun schon fast bis zum Fuß des Hügels gelangt. Tormo war unter ihnen und auch *pater* Tomaso! Der Hüne trug eine alte Frau in einem schwarzen Kleid auf den Armen.

Die Flutwelle traf die Riffe, die wenige hundert Schritt vor der Einfahrt zum Hafen lagen. Sie war nun so nahe, daß die Sturmbö, die ihr vorauseilte, schon feine Gischttropfen bis herauf zum Agavenhügel trug.

Das Pferdegespann erreichte den Ausgang des Dorfes. Ein Mann versuchte auf die Pritsche zu springen und geriet unter die eisenbeschlagenen schweren Räder. Jetzt erkannte Alessandra die dicke Frau. Es war Rosalita, die Schankwirtin.

Die Welle traf auf die Kais. Die Bootsschuppen zerbarsten. Die Walfängerin spürte die Erde unter ihren Füßen erzittern. Sie wollte die Augen schließen und einfach warten, bis das Meer sie holte. Doch als stünde sie unter einem Zauberbann, vermochte sie den Blick nicht abzuwenden.

Pater Tomaso war ein Stück zurückgelaufen, um Rocco, dem Sohn des Böttchers, zu helfen, der hinkte und sich kaum auf den Beinen halten konnte.

Die Welle hatte das ganze Dorf verschlungen. Rosalita stand weit vorgebeugt auf dem Kutschbock und schwang die Peitsche über den Köpfen der Kaltblüter, als die weiße Wasserwand sie verschluckte.

Schneller als ein Falke im Sturzflug schossen gierige Gischtfinger den Hügel herauf. Tomaso und Rocco verschwanden ... Etwas Dunkles schoß aus der Todeswelle hervor und wurde vom Wasser wie ein titanischer Pflug durch das Agavenfeld geschoben. Alessandra erkannte einen goldschimmernden Delphin, und es schien, als wolle er geradewegs auf sie zukommen. Taumelnd erhob sie sich auf die Beine und wich zurück, als sie erkannte, was das Meer ausgespien hatte. Eine Galeere. Der Delphin war nichts als eine vergoldete Galionsfigur.

Langsam verlor die Welle an Gewalt. Doch über der Stelle, an der einmal Nantala gelegen hatte, erhob sich schon ein neuer Gischtkamm, und auf der See rollten weitere Wogen heran.

Die schäumenden Finger der ersten Welle glitten den Hügel hinab und nahmen alles mit sich, was nicht fest mit dem Boden verwachsen war.

Eine schwankende, hohe Gestalt erschien zwischen den blaßgrünen Agaven. Tormo! Er hielt noch immer seine Mutter in den Armen. Behutsam setzte er sie am Wegrand ab. Er blickte nicht zurück zum Dorf. Inmitten all des Schreckens strahlte er eine seltsame Ruhe aus. Mit weit geöffneten Armen schritt er Alessandra entgegen.

Die weiteren Wellen, die anbrandeten, reichten kaum noch bis zum Wrack der Galeere. Die Macht des Meeres schien vorerst gebrochen.

Das Lagerhaus
In den Ruinen von Nantala,
drei Stunden später

»So halt doch still, sonst beschädige ich die Maske noch!«

Alessandra hätte den Alten verwünschen können. Ihr war es herzlich gleichgültig, was mit dieser verfluchten Maske geschah. Aber ihre Schwäche hinderte sie am Protestieren. Sie hatte nicht einmal mehr aus eigener Kraft den Hügel hinab ins Dorf gehen können. Tormo hatte sie tragen müssen.

Das Meer lag jetzt so ruhig da, als hätte es sich niemals erhoben, um das Land zu verschlingen.

»Eine wundervolle Handwerksarbeit!« lobte Orlando. Der alte Klippenwächter war irgendwann im Dorf erschienen. Alessandra konnte sich nicht erinnern, ihn unter den Gestalten gesehen zu haben, die auf das Agavenfeld zugelaufen waren.

Orlando hatte Werkzeug aus den Trümmern der Schmiede geholt und machte sich nun schon eine ganze Weile an dem Helm zu schaffen.

»Die Maske hat ein wahrhaftiger Künstler geschaffen.«

Über das Unglück hatte der Alte noch kein Wort verloren. Statt dessen ließ er sich in unermüdlichem Redefluß über den Handwerker aus, der die Maske erschaffen hatte, die dazu bestimmt gewesen war, Alessandra zu töten. Zu müde, um Orlando mit barschen Worten zum Schweigen zu bringen, kauerte die Walfängerin im Schatten der eingestürzten Schenke und ließ den Klippenwächter hantieren. Bisher hatte noch niemand der Überlebenden sie gefragt, warum sie zurückgekehrt war, sondern sie waren unterwegs in den Ruinen und suchten nach ihren Angehörigen. Man hatte bislang noch niemanden in den Trümmern gefunden. Das Meer hatte selbst die Leichen mit sich fortgenommen. Aber die Toten würden wiederkommen ... Zumindest einige. In zwei Stunden erreichte die Flut ihren höchsten Stand. Dann würde die See einen Teil ihrer Opfer zurückgeben.

Ein metallisches Knirschen erklang.

»Hab ich dich, du Miststück!« murmelte Orlando vor sich hin. Er zeigte Alessandra einen kleinen Metallstift. »Damit waren die Ösen am Helm verbunden. Man hat beide Enden plattgeschlagen, damit der Stift den Helm fest zusammenhielt. Ich muß noch einen zweiten mit der Zange durchkneifen, dann bist du erlöst. Wir können den Helm dann aufklappen.«

Orlando brauchte nicht mehr lange, um mit seiner Arbeit fertig zu werden. Vorsichtig löste er ihr die Maske vom Gesicht. Es war ein Gefühl, als zöge er ihr die Haut ab. Von innen war der Helm mit Fett und geronnenem Blut verkrustet. Orlandos Mundwinkel zuckten, als er sie betrachtete.

»Was?«

»Du siehst nicht gerade gut aus. Die Maske war zu eng. Um die Lippen und an den Augenbrauen bist du blutiggescheuert. Außerdem ist dein Gesicht voller Rost.«

»Du weißt ... wie man ... einer Frau ... Komplimente macht.« Jedes Wort war wie glühendes Eisen, das ihr durch die Kehle rang.

Der Alte grinste breit. »Du hättest mich erleben sollen, als ich jünger war.«

»Durst ...«

Orlando nickte. »Ich besorge dir eine Schale Wasser und sehe zu, ob sich zwischen den Ruinen etwas Besseres als toter Fisch gegen den Hunger auftreiben läßt.«

Alessandra lehnte sich gegen die Hauswand. Sie hatte gedacht, sie wäre erleichtert, wenn sie endlich von der verfluchten Maske befreit wäre. Doch jetzt beherrschte der Durst ihr ganzes Denken. Wäre sie nicht so kraftlos gewesen, sie wäre auf die Straße gekrochen, um aus einer der Pfützen zu trinken, obwohl sie wußte, daß das Salzwasser ihr die Eingeweide verbrannt hätte.

Müde blickte sie an sich hinab. Orlando hatte ihren Arm mit zerbrochenen Dachsparren und einem Ledergürtel geschient, so daß sie ihn nicht mehr bewegen konnte. Der Alte war erstaunlich geschickt!

Sie schloß die Augen. Die Mauer in ihrem Rücken war angenehm kühl. Sie war zu erschöpft, um heute noch weiterzuflüchten. Aber spätestens morgen müßte sie gehen. Sie wollte fort sein, bevor man Fragen stellen konnte und bevor sie ein neues Unglück auf das Dorf herabrief. Sie war verflucht!

Etwas strich ihr sanft über das Haar. Erschrocken riß sie die Augen auf. Sie mußte kurz eingeschlafen sein. Neben ihr stand eine Schale mit Wasser, und auf einem Brett lag ein Stück aufgeweichtes Brot.

Tormo war zu ihr gekommen und hatte ihr eine Haarsträhne aus dem Gesicht gestrichen. Er sah sie mit traurigen Augen an. Auf seiner Schulter kauerte seine Maus.

Mit zitternden Händen griff sie nach der Schale und hatte die Hälfte verschüttet, bevor der erste Tropfen ihre Lippen benetzte. Gierig trank sie mit großen Schlucken. »Geht es deiner Mutter besser?« brachte sie schließlich prustend hervor.

Tormo hob nur die Augenbrauen.

Jetzt griff sie nach dem durchweichten Brot, riß Brocken davon ab und stopfte sie sich mit beiden Händen in den Mund, bis sie sich daran verschluckte und die Hälfte hustend wieder hervorwürgte.

Guillamos Sohn ging vor ihr in die Hocke und betrachtete sie. Seine Lippen bewegten sich.

»Hast du Pietro gesehen? War er im Dorf, als die Welle kam?« fragte sie schnaufend.

Tormo zuckte mit den Schultern.

Bis jetzt hatte sie noch keinen Augenblick an ihren Onkel gedacht. Er war der einzige Mensch, der in den letzten Jahren immer zu ihr gehalten hatte. Vielleicht lag Pietro verschüttet in seiner Hütte und brauchte ihre Hilfe. Und was tat sie? Herumsitzen und darüber nachdenken, wann sie am besten fortlaufen könnte!

Tormo ging zu dem kleinen Bach, der der Ziegenklamm entsprang, und füllte ihr noch einmal die Wasserschale. Noch immer ausgehungert, aß Alessandra weiter, schlang aber nicht mehr wie ein Tier. Erst als sie auch die letzte Brotkrume verzehrt hatte, versuchte sie sich aufzurichten. Doch sofort kehrten auch die Schmerzen zurück.

Guillamos Sohn half ihr auf und stützte sie.

»Bringst du mich nach Hause?« Erst als sie ihre eigenen Worte hörte, begriff sie, welchen Unsinn sie redete. Die Welle hatte das Dorf so gründlich verwüstet, daß kaum noch festzustellen war, wo einst welches Haus gestanden hatte. Verloren irrten die beiden über das Trümmerfeld. Die wenigen Gebäude, die noch aufrecht standen, sahen so fremd aus, daß Alessandra selbst Häuser, an denen sie Tag für Tag vorübergegangen war, nicht mehr wiedererkannte.

Tormo schien es nicht besser zu ergehen. Immer wieder blieb er stehen und blickte sich verwirrt um. Sie hatten den Dorfplatz ein gutes Stück hinter sich gelassen. Gehörte der gewölbte Türbogen dort zum Haus des Bootsbaumeisters Jacomo?

Etwas Buntes erregte Alessandras Aufmerksamkeit. In einer Vertiefung des Straßenpflasters hatte sich eine Pfütze gesammelt, die in allen Regenbogenfarben schimmerte. Die Walfängerin kniete nieder, tauchte einen Finger in die Flüssigkeit und schnupperte dann daran. Walöl! Das Meer hatte sich zurückgeholt, was ihm gehörte.

Sie drehte sich um. Ein dünner Ölfilm zog sich über das unregelmäßige Pflaster. Das Öl rann aus einem geborstenen Rohr am Sockel eines massigen Gebäudes. Das Lagerhaus der Harpuniere! Dort wurde die Beute aller Fangboote Nantalas eingelagert, bis die dickbauchigen Frachter aus Maganta wieder einmal im Hafen anlegten, um Waren für eines der großen Handelskontore in der Hauptstadt einzukaufen.

Alessandra tauchte beide Hände in die Ölpfütze. Es war alles vergebens gewesen. Sie begann heftig zu lachen, laut und schrill. »Vergebens!«

Tormo sah sie mit seinen großen ruhigen Augen an. Ganz langsam streckte er die Hand nach ihr aus, als wolle er ihr über den Kopf streicheln, wie einem Kind, das man beruhigen will.

Sie reckte das Kinn. »Nein!« Sie brauchte kein Mitleid. Sie durfte von niemandem mehr etwas annehmen. Sie mußte fort von hier, bevor ein neues Unglück geschah. Wenn Tormo freundlich zu ihr war, wenn er ihr etwas bedeutete, dann würde er sterben. »Faß mich nicht an!«

Verwundert zog er die Hand zurück.

»Ich ... ich bin verflucht!« Sie stemmte sich hoch. Vielleicht gab es im Lagerhaus noch Vorräte, die die Flut überstanden hatten. Dort wurden auch wasserdichte Kisten mit Schiffszwieback verwahrt, den die Harpuniere auf längeren Jagdfahrten mitnahmen.

Sie stieg die flache Rampe zu dem Lagerhaus hinauf und kletterte über einen Haufen zersplitterter Schiffsplanken. Über dem hohen Bogentor des Lagerhauses ragte der verschrammte Rumpf einer zweiten Kriegsgaleere auf, die der Flutwelle zum Opfer gefallen war. Er war mit grün angelaufenen Kupferplatten verkleidet. Nur wenige Muscheln klebten an dem Metall. Man hatte das Schiff offensichtlich erst vor kurzem überholt. Die Ramme der Galeere zeigte in steilem Winkel zum Himmel. Die Flutwelle hatte das Wrack aufs Dach des Lagerhauses geschleudert.

In feinen Rinnsalen troff Wasser vom Rumpf herab. Ein großes Auge aus Fayence war in die Bordwand eingelassen. Es schien geradewegs auf Alessandra herabzustarren, als gehöre es zu einem riesigen Norga, den das Meer ausgespien hatte, um über das Öl zu wachen, das man aus dem Fett seiner Brüder gekocht hatte.

Entschlossen trat Alessandra in das Lagerhaus. Das Dach war halb eingestürzt. Grün schimmernd wie ein fauliger Fisch lag der Schiffsrumpf auf den schweren Balken. Das Gerüst aus langen Zedernbalken und dünneren Sparren war fast völlig von Schindeln entkleidet. Es sah beinahe aus, als hätte das Schiff sich in einem großen hölzernen Netz verfangen.

Den massiven Mauern der Halle hatte die Sturmflut nichts anhaben können. Sie waren fast zwei Schritt dick und stammten aus alten Zeiten. Angeblich hatte es diese Mauern schon gegeben, bevor die ersten Fischer nach Nantala gekommen waren. Die Nordwand des Lagers war nach außen gewölbt, als hätte sie einst zu einem gewaltigen Turm gehört. Diese Mauer war sogar noch massiver als die Seitenwände. Eine Treppe aus Steinstufen, die in die Wand eingelassen waren, wand sich in der Wölbung nach oben und endete auf einer Höhe von fünf Schritt vor einer Mauernische. Die Stufen waren alt und zum Teil geborsten. Alessandra erinnerte sich, wie sie dort als Kinder gespielt hatten, wenn es ihnen geglückt war, sich heimlich in das Lagerhaus zu schleichen. Sie hatten sich ausgemalt, die Herren einer stolzen Burg zu sein und Nantala gegen die Heiden von den Jaguarinseln zu verteidigen. Natürlich waren das nur Kinderträume gewesen. Auf die Frage, gegen wen man ihre kleine Bucht einst so stark befestigt hatte, wußte niemand im Dorf eine Antwort. Und um der Wahrheit Genüge zu tun: Die meisten hatte es herzlich wenig gekümmert.

Alessandra sah sich um. Das Erdbeben und die Flutwelle hatten auch hier alles verändert. Am Boden der Lagerhalle lagen die Reste geborstener Fässer zwischen Schindeln und Holzstücken. Große Kisten waren wild durcheinandergewürfelt worden. Der Schiffsrumpf warf einen weiten Schatten. Etwas blinkte im Zwielicht. Alessandra dachte an die Harpunen, die hier lagerten. Sie würde eine zweite Waffe und einen Wetzstein mitnehmen.

Sie stieg über zwei Fässer hinweg, in deren geborstene Dauben ihr Zeichen eingebrannt war: das Waljagdboot, das von einem plötzlich auftauchenden Norga durchgebissen wurde. In die Wölbung der nördlichen Wand waren Berge von Treibgut gespült worden. Kisten, Fässer, zerbrochene Planken und zerrissene Netze türmten sich mehr als drei Schritt hoch. Zuckende Fische waren in Pfützen gefangen, die sich auf dem unebenen Boden gebildet hatten. Obwohl das Unglück noch keine zwei Stunden zurücklag, hing bereits Verwesungsgeruch in der Luft. Verdunstendes Wasser stieg von einer Ecke des Trümmerhaufens auf, der im hellen Sonnenlicht lag.

Beim Näherkommen hatte sie das funkelnde Metallstück aus den Augen verloren, das sie angelockt hatte. Sie beugte sich unter dem Schiffsrumpf durch, der an dieser Stelle so tief durch das Dach hing, daß er fast den Boden berührte.

Sie hörte ein Geräusch und fuhr herum. Tormo! Er winkte ihr zu. Offenbar wollte er, daß sie die Lagerhalle wieder verließ.

Wie um Tormos Sorge zu unterstreichen, knirschten die schweren Deckenbalken, auf denen die zerschmetterte Galeere lag. Ein Schwall Wasser ergoß sich schwer und schaumig aus dem Rumpf des Schiffes in die Halle. Alessandra hatte die Trümmerhaufen an der Nordwand erreicht. Jetzt sah sie das Blinken wieder. Sie zerrte ein Knäuel aus zerrissenen Tauen zur Seite und blickte in ein Gesicht. Es war ein flächiges Gesicht mit schmalen Lippen, gerahmt von eisgrauem Haar. Buschige Augenbrauen wuchsen über der Nasenwurzel zusammen. Der Mund des Mannes war halb geöffnet. Etwas bewegte sich darin. Lebte der Fremde noch? Er trug einen prächtigen geschwärzten Küraß, auf dem in Silber aufgearbeitet ein Bildnis des Heiligen Malachias prangte. Die Walfängerin beugte sich vor. Als ihr Schatten auf das Gesicht fiel, huschte ein kleiner blaßroter Krebs aus dem halb geöffneten Mund. Er krabbelte erschrocken im Seitschritt über das Kinn des Toten und verschwand unter dem Halsausschnitt des Brustpanzers. Alessandra drückte dem fremden Krieger die Augenlider zu. »Möge deine letzte Reise dich zurück zu Aionar führen, der unsere Welt verlassen hat.« Erschaudernd musterte sie den Trümmerhaufen und entdeckte weitere zerschmetterte Leiber. Was geschah hier? War das die Antwort Gottes auf ihr selbstsüchtiges Aufbegehren gegen den *collector*? Hatte er in seinem Zorn das Meer aufgewühlt, so daß alle Schiffe an Land geworfen wurden?

Eine plötzliche Bö ließ das Dachgebälk knacken. Vereinzelt stürzten Schindeln in die Halle. Mit einem scharfen Knall zerbrach der Tragebalken des Dachstuhls. Zugleich war ein fernes, tiefes Donnergrollen zu hören.

Tormo hechtete ihr entgegen und riß sie von den Beinen. Beide stürzten in den Trümmerhaufen. Alessandras geschienter Arm prallte gegen eine Kiste und wurde in unnatürlichem Winkel verdreht. Der Schmerz traf sie mit solcher Wucht, daß sich ihr Magen zusammenkrampfte und sie Galle würgte.

Mit infernalischem Getöse stürzte das Schiffswrack in die Halle herab. Der geborstene Rumpf schlug an jener Stelle auf dem Boden auf, wo sie vor einem Augenblick noch gestanden hatte.

Unfähig, sich zu bewegen oder auch nur ein Wort zu sagen, starrte sie auf die Galeere. Tormo hielt sie fest umschlungen, als wäre sie ein Kind. Sein warmer Atem streichelte ihre Wange. Sie fühlte sein Herz schlagen, so eng lag sie an ihn gepreßt.

Den weiten, wolkenleeren Himmel kreuzten zwei Sternschnuppen, die einen dünnen weißen Rauchfaden hinter sich herzogen. Alessandra wagte es nicht, sich zu rühren. In ihrem Arm pulste ein beständiger dumpfer Schmerz. Wenn sie aufstand, würde der gebrochene Arm sich bewegen. Sie hatte Angst vor den Schmerzen und atmete flach und hechelnd. Selbst das leichte Heben und Senken des Brustkorbs versetzte dem Arm jedesmal einen Stich. Auch Tormo rührte sich nicht. Er roch angenehm nach Schweiß und Meer.

Irgendwo in den Ruinen des Dorfes erhob sich ein kurzer, abgehackter Schrei. »Das Meer! Es kommt zurück!«

Sofort war Tormo auf den Beinen. Hilflos öffnete sich sein Mund, unfähig, auch nur ein Wort zu formen. Er beugte sich herab und hob Alessandra auf, bemüht, ihren verletzten Arm so wenig wie möglich zu bewegen.

Hastig stürmte er jene schmale Treppe in der Wölbung der Nordwand hinauf, die vor der Mauernische endete. Fünf Schritt über dem Boden der Halle mündete die Treppe auf einen schmalen Absatz. Im Mauerwerk waren noch die Reste ausgebrochener Stufen zu erkennen, die einst noch weiter nach oben geführt hatten. Von hier aus gab es keinen Fluchtweg mehr. Sie saßen in der Falle.

Alessandra hörte ein Rauschen wie das der Brandung. Wellen, die sich, vom Sturmwind aufgepeitscht, an mächtigen Felsen brachen. Im nächsten Augenblick verschwand der Himmel hinter sprühender Gischt. Ein riesige Welle spülte über das Lagerhaus hinweg.

Tormo griff nach einem Eisenring, der in die Wandnische eingelassen war. Wie eine Mauer stürzte das Wasser auf sie nieder und schleuderte sie gegen den Steinboden.

Alessandra spürte, wie Tormo sie eng umschlungen hielt und seine Finger sich in ihren Gürtel krallten. Schatten wirbelten durch das Wasser. Ein ungeheurer Sog zog sie über die Platten zur Lagerhalle hinunter.

Die Welt war im grünen Zwielicht des warmen Wassers versunken. Alessandra hatte unwillkürlich den Atem angehalten, als die Welle über sie niederging, doch sie war nicht mehr dazu gekommen, tief Luft zu holen. Schon brannten ihr die Lungen. Verzweifelt blickte sie nach oben, dorthin, wo matt die Sonne durch das Wasser brach. Das Wasser brach sich am Giebel zu weißer sprühender Gischt.

Noch immer stürmte die Welle landeinwärts. Alessandra spürte eine Beklemmung im Hals. Immer stärker wurde ihr Wunsch, einzuatmen und ihrem Leiden mit einem Schlag ein Ende zu bereiten. Wenn sie jetzt stürbe, hätte der zornige Gott keinen Grund mehr, ihr Dorf noch weiter zu strafen. Sie konnte wenigstens Tormo retten.

Die Strömung schwang um und drückte sie gegen die Mauer. Ein gewaltiger Schatten kam durch das aufgewühlte Wasser auf sie zu. Das Schiffswrack! Der Sog des zurückflutenden Wassers hatte es angehoben und trieb es nun auf die Mauer zu. Wie riesige Fangzähne ragten die geborstenen Spannten aus dem Rumpf.

Alessandra spürte, wie Tormo den Ring losließ. Mit rudernden Bewegungen versuchte er, sie beide tiefer in die überflutete Mauernische zu retten. Der Schatten folgte ihnen. Dann gab es einen Stoß. Etwas hatte Alessandras Rücken gerammt. Sie wurde bis in den hintersten Winkel der Nische getrieben.

Tormos Finger glitten über die Wand und suchten nach einem Halt in den Mauerfugen. Das Wasser dämpfte alle Laute ringsum. Dennoch war das Knirschen ohrenbetäubend, als sich das Wrack quer vor die Mauernische legte. Eine vorkragende Spannte stieß dicht neben Alessandras Kopf gegen die Rückwand der Nische. Alles schien im Wasser träger und langsamer zu werden. Sogar die Zeit. Überdeutlich nahm die Walfängerin wahr, was um sie herum geschah. Der Augenblick neigte sein Haupt vor dem Grauen und dehnte sich in qualvolle Länge, damit Alessandra keines der Schreckensbilder entging.

Die Strömung ließ nach. Zwischen den Spannten des Wracks

erkannte Alessandra eine Gestalt. Der Seeoffizier in dem prächtigen Küraß! Die Sturzwelle mußte seinen Leichnam aus den Trümmern an der Wand befreit haben. Seine Hose hatte sich im zersplitterten Holz des Schiffsrumpfs verfangen. Er schien ihnen zu winken. Alessandra wußte, daß es die Strömung war, die seine Arme bewegte, und doch erschien es ihr wie ein Zeichen Gottes. Er rief sie!

Sie öffnete den Mund. Sie mußte nur einmal *einatmen,* und ihre Lungen würden sich mit Wasser füllen. Einen Augenblick lang zögerte sie. Etwas in ihr wehrte sich verzweifelt gegen diesen letzten erlösenden Atemzug.

Da preßte Tormo ihr die Lippen auf den Mund und hielt ihren Kopf umklammert. Warm berührte sein Atem ihren Gaumen. Er teilte das wenige, was ihm noch an Luft verblieben war, mit ihr.

Jetzt hielt er sie nur noch mit der Linken. Seine Rechte hatte irgendwo in den Fugen des Mauerwerks Halt gefunden. Er zerrte sie beide hoch. Von der Nische aus führte ein steiler Tunnel senkrecht nach oben.

Mit schier übermenschlicher Kraft zog der Hüne sie immer weiter. Der Tunnel war beklemmend eng, und kein Lichtstrahl durchbrach die Finsternis. Alessandra wurde schwindlig. Sie hatte keine Kraft mehr, sich an Tormo zu klammern. Doch er ließ sie nicht los.

Sein Kuß hatte ihr Leben um einige Herzschläge verlängert. Die Zeit, um zu begreifen, wie sehr er sie lieben mußte. Benommen blickte sie in die Tiefe. Unter ihr schnitt ein grünes Rechteck in die Finsternis. Jetzt begriff sie, wohin Tormo sie gebracht hatte. Es war keine Nische und auch kein Tunnel. Die Treppe hatte zu einem großen Kamin geführt, und sie befanden sich in dessen Rauchabzug.

Schwach hob sie noch einmal den Kopf. Über ihnen gab es kein Licht. Man hatte den Kamin schon vor Jahrzehnten vermauert, damit keine Feuchtigkeit in die Lagerhalle eindrang. Sie waren gefangen! Ertrunken in einem verschlossenen Schornstein. Welch ein Ende ...

Die verlorene Axt

In den Ruinen Nantalas,
nach der Flut

Gott liebte ihn! So mußte es sein. Er war der einzige Überlebende. Oder war es ein Fluch? Orlando blieb stehen und
blickte sich in den Ruinen des Fischerdorfes um. Nein! Dies war
nicht *sein* Dorf. Er hatte Meilen entfernt auf einer Klippe gelebt.
Für die hier war er auch nach mehr als zwanzig Jahren noch
immer *der Fremde* gewesen.

Welche Ironie! *Der Fremde* hatte überlebt. Jeder, der jetzt hierher käme, würde ihn für den einzigen Einheimischen halten.
Würde er Nantala vermissen? Er hatte kaum je mit irgend jemandem gesprochen. Die meiste Zeit hatte er in seinem selbst
gewählten Exil auf der Klippe verbracht. Ein Ort, den er nur
mit den Möwen und einer gelegentlich verirrten Ziege teilte.
Nachts wiegten ihn das Meeresrauschen und der dunkel-melodi-
sche Gesang der Wale in den Schlaf. Das würde bleiben! Nein, er
würde Nantala nicht vermissen.

Und doch standen ihm Tränen in den Augen. All die Menschen! Ein Dorf, ausgelöscht in wenigen Stunden. Die meisten
Häuser waren vom Meer bis auf die Grundmauern zerstört worden. Nur mühsam ließ sich noch erahnen, wo die engen Gassen
entlanggeführt hatten.

Die zweite Welle war noch mächtiger, noch vernichtender als
die erste gewesen. Viele Häuser sahen aus, als hätte man sie über
den Grundmauern abgeschnitten. Im Dorf selbst gab es außer
Steinen kaum noch etwas. Fast alles war entweder den Hang
hinaufgespült oder ins Meer gerissen worden. Auch die Klamm,
wo der Bach entsprang, der dicht am Dorf vorbeifloß, war voller
Trümmer und Toter.

Orlando hatte nur überlebt, weil er den Hügel hinaufge-
stiegen war, um sich das große Schiffswrack im Agavenfeld an-

zusehen. Dann hatte er die zweite Welle kommen sehen und war losgelaufen.

Fort vom Weg, hinauf zum höchsten Punkt des Hügels war er gerannt. Die Dornen an den langen Agavenblättern hatten ihm blutige Striemen ins Gesicht und in die Arme gerissen und die Hose zerfetzt. Er hatte auf der Flucht seine Handaxt verloren und es nicht einmal bemerkt.

Die Welle hatte das Dorf überrollt, ohne langsamer zu werden. Droben auf seiner Klippe hatte er schon schlimme Stürme erlebt, aber das hier ... Es gab keine Worte dafür. Das Fauchen der Wassermassen. Wie ein unersättliches Tier war das Meer über die Küste hergefallen. Etwas nördlich des Dorfes war ein riesiges Stück aus einer Steilklippe weggebrochen, so als hätte ein Ungeheuer einfach ein Stück aus dem Land herausgebissen.

Orlando war gelaufen, ohne zurückzublicken. Er hatte das Donnern gehört, das Mahlen von Steinen, die übereinandergerieben wurden. Und er war gerannt.

Die Welle war bis in die tiefergelegene Klamm gelangt, und donnernd war eine Wand aus Gischt nur wenige Schritte von ihm entfernt aus dem engen Spalt der Schlucht heraufgefahren. Wie die Fontäne eines Wals hatte das ausgesehen, nur viel gewaltiger. Am hohen Hügel hatte sich die Wucht der Welle schließlich gebrochen. Die alles vernichtende Kraft war zu einem weniger zerstörerischen Fließen geworden, als ihn das Wasser einholte und ihm schnell bis zu den Waden stieg. Dann zog es sich zurück, als hätte eine höhere Macht dem Meer verboten, ihn zu berühren. Orlando lachte. Er wurde verrückt! Eine höhere Macht! Es gab kein höheres Wesen außer Aionar. Doch Gott hatte die Welt vor vierhundertachtundfünfzig Jahren verlassen. Die Menschen waren auf sich gestellt ... Und er, Orlando, war völlig unbedeutend! Außer für die *Eisheiligen* ... Aber sie hatten seine Spur längst verloren.

Unsicher blickte er sich um. Er war allein. Doch der Gedanke an *sie* ängstigte ihn. *Sie* würden niemals aufhören, nach ihm zu suchen. Selbst nach mehr als zwanzig Jahren nicht. Sogar in hundert Jahren würden *sie* nicht ruhen, bis sie sein Grab gefunden hätten.

Sein Blick wanderte aufs Meer hinaus. Von hier aus hatte man das Wasser früher nicht sehen können. Er befand sich in der Seilergasse ... Zweifelnd sah er sich um. Oder war dies die Gasse, in der die Werkstatt des Böttchers gelegen hatte? Allein die Ruinen der großen Lagerhalle waren ein markantes Wegzeichen geblieben. An nichts anderem konnte er sich noch orientieren. Noch einmal streifte sein Blick rastlos über das flache Ruinenfeld. Es war unmöglich herauszufinden, wo er war. Und was bedeutete es auch? Außer ihm gab es niemanden mehr, der sich an den Böttcher oder an Guillamo, den Ältesten, erinnerte.

Zögernd ging Orlando auf die Halle zu. Ihre Mauern waren mehr als zwei Schritt dick gewesen. Sie hätte eine Festung sein können! Und selbst dieses Bollwerk hatte die wütende See herrisch geschleift.

Der alte Mann blickte zum Himmel hinauf. Es gab keine Wolken, doch etliche dünne Streifen zogen wie ferner Rauch quer über das Firmament. Was hatte man in diesem unbedeutenden Fischerdorf verbrochen, daß ein solches Strafgericht über Nantala hereingebrochen war?

Er zuckte mit den Achseln und stieg über eine tiefe Pfütze hinweg. Erst im letzten Augenblick bemerkte er die Bewegung unter sich. Er zuckte zurück. Ein häßlicher Kopf schnellte vor. Orlando taumelte einen weiteren Schritt zurück und stürzte über eine niedrige Mauer.

Das Wasser der Pfütze kräuselte sich. Sonst war alles ruhig. Nichts deutete noch auf die Muräne hin, die sich dort verbarg. Das Meer hatte sie von irgendwo dort draußen von den Korallenriffen hergetrieben. Und nun war ihr der Rückweg abgeschnitten. Verstört und bösartig lauerte sie auf alles, was ihrem Versteck zu nahe kam.

Orlando rappelte sich auf und schlich vorsichtig zur Pfütze zurück. Doch weiter als bis auf einen Schritt wagte er sich nicht heran. Jetzt sah er den gefleckten Schatten unter der Oberfläche. Unruhig wand sich der schlangenartige Fisch in seinem Gefängnis.

»Verdammtes Mistvieh!« Er spuckte ins Wasser und umrundete die Pfütze. Flache verkantete Steine bildeten einen niedrigen Damm, der das Wasser zurückhielt. Der Alte kniete nieder und lockerte einige der Steine. Jetzt sickerte ein dünnes Rinnsal zwischen ihnen hindurch.

Unruhig wand sich die Muräne. Sie spürte die plötzliche Strömung. »Das hast du davon, wenn du dich mit Greisen anlegst!« Orlando stieß ein dünnes keckerndes Lachen aus und blickte zum gestreiften Himmel empor. »Bevor es Nacht wird, hat dich die Sonne in eine ordentliche Portion Dörrfisch verwandelt!«

Während er vorsichtig jeder weiteren Pfütze auswich, setzte er seinen Weg zu den Ruinen des Lagerhauses fort. Dort hatte man allerlei Werkzeug gelagert. Vielleicht fände er eine neue Axt.

Das Meer hatte ihm heute sein Leben geschenkt. Vielleicht hielt es auch noch andere Gaben für ihn bereit? »Hohes *oktagon*, ich bitte um die Gunst, meine Verluste aus den Gütern der Harpuniere ersetzt zu bekommen.«

Als Orlando sich antwortete, ahmte er die Stimme Guillamos, des Ältesten, nach. »Aber gewiß, werter Klippenwächter, wie könnten wir dem ersten Bürger eine solche Bitte abschlagen? Nehmt Euch, was immer Euer Herz begehrt.«

»Erster Bürger«, wiederholte der Alte noch einmal. Er schneuzte sich und zog mit einer flüchtigen Bewegung seinen zerrissenen Ärmel unter der Nase vorbei. »Erster Bürger«, sagte er noch einmal leise und schluckte den galligen Geschmack hinunter, der diesen Worten anhaftete.

»Jetzt wirst du weinerlich!« schalt er sich selbst. Seine Schritte hatten ihre Kraft verloren. »Du bist ein Leichenfledderer, Orlando. Bis heute warst du nur ein *Mechanicus*, der seine Ordensgelübde verraten hat, so wie es einst Leomedes tat. Wie tief willst du noch sinken?« Aber er brauchte eine neue Axt!

Fleisch

Drei Tagesreisen entfernt, in Monte Flora,
der Hauptstadt der provincia Cornia, zur gleichen Stunde

Mit dem Erwachen kehrte auch der Schmerz zurück. Benommen wurde sich Francisco bewußt, daß er wohl Fieber hatte. Kalter Schweiß perlte ihm über das Gesicht. In der linken Seite, knapp unter dem Rippenbogen, spürte er ein beständiges, dumpf schmerzendes Pulsieren, als schlüge dort ein zweites Herz.

Francisco blinzelte. Er sah verschwommen, doch er begriff, daß er nicht in seiner Kammer war. Er war doch in seiner Kammer gewesen!

Dieses Mädchen hatte ihn mit dem Fischspeer niedergestochen. Daran erinnerte er sich noch in aller Klarheit. Carlos hatte ihn versorgt. Eine Trage zwischen zwei Pferden. Der kalte Stern am Nachthimmel. Alle Erinnerungen nach dem Mordanschlag waren undeutlich, doch er war sich nicht sicher, in welcher Reihenfolge die Geschehnisse erfolgt waren.

In dem weiß verputzten Gewölbe über ihm klaffte ein breiter Riß. Wo war er? Es roch unangenehm in dieser Kammer, wie nach fauligem Fleisch. Er wollte den Kopf drehen, doch seine Kraft reichte dazu nicht aus. Er lag nicht im Bett. Dafür war die Unterlage zu hart. Seine Finger ertasteten feine Rillen. Eine Holzplatte? Francisco war sich sicher, in der Kammer allein zu sein. Aber er hörte auch Stimmen. Ein gedämpftes Murmeln, ganz in der Nähe.

Wieder betrachtete er den Riß in der Decke. An der breitesten Stelle klaffte er mehrere Zoll auseinander. Es war nicht allein der Putz, der beschädigt war. Auch das gewölbte Mauerwerk der Decke war aufgerissen. Francisco spürte, daß er sich an etwas erinnern sollte. Der Riß, er war die Erklärung für ... etwas Wichtiges.

Es war heiß in der Kammer. Durch ein kleines Fenster sah er

ein Stück Himmel. Welche Tagesstunde es wohl sein mochte? Dicht beim Fenster stand auf einem Dreibein eine Pfanne mit glühenden Kohlen. Wozu denn aber das Zimmer wärmen bei dieser Hitze? Bei der Kohlenpfanne stand ein Tisch mit einer Wasserschale und anderen Gefäßen. Auch ein Tuch war dort ausgebreitet. Etwas Flaches, Metallisches lag darauf. Doch er konnte nicht erkennen, was es war.

Francisco konnte sich erinnern, daß sie Monte Flora erreicht hatten. Die Straßen waren voller starrender Gesichter gewesen. Aber dies konnte weder der Palast des *princeps* Bernaldino noch das *castrum dei* sein. Dort gab es keine Räume mit rissigen Decken. Hatte man ihn vielleicht in einen Kerker geworfen, weil er in seiner Mission gescheitert war?

Die Tür öffnete sich. Der *princeps* Bernaldino trat ein. Ihm folgte ein Priester in weißer Kutte, den Francisco nicht kannte. Der Fremde war ein bulliger Mann, der über seinem Ordenskleid eine speckige Lederschürze trug.

»Mein lieber Freund, welch einen Tag hast du gewählt, um zum Blumenberg zurückzukehren!« Bernaldino trat an seine Seite und legte ihm die Hand auf die Stirn. Sie fühlte sich angenehm kühl an.

Der *princeps* und der Fremde tauschten einen kurzen Blick. »Das Fieber ist nicht gesunken«, sagte der Kirchenfürst.

»Ich ... ich bitte um Verzeihung.« Francisco erschien die eigene Stimme fremd. Sie war schwach und rauh.

Bernaldino schüttelte den Kopf. »Nicht doch, Bruder! Carlos hat mir alles berichtet. Dich trifft keine Schuld.« Der *princeps* lächelte mild. Er hatte kurzgeschorenes hellblondes Haar und eine dunkle Haut. Deutlich sah man ihm an, daß unter seinen Ahnen eine der Wilden aus dem fernen Belabadangbarad gewesen sein mußte. Er war ein kleiner Mann mit schmalen Schultern und einem gütigen Gesicht. Seine dunkle Haut stand in angenehmem Kontrast zu seiner strahlendweißen Soutane. Allein der mit Goldstickerei gefaßte, schmale purpurne Streifen am Stehkragen verriet, daß Bernaldino ein Kirchenfürst war. Ansonsten unterschied sich seine Soutane in nichts vom Gewand eines einfachen Priesters.

Der Wissende freilich kannte den Wert der Knöpfe, mit denen das Priestergewand geschlossen wurde. Je bedeutender ein Priester war, desto außergewöhnlicher fielen die länglichen Knöpfe aus. Auf den ersten Blick schienen sie alle gleich zu sein. Manche wirkten vielleicht ein wenig gelblich, doch in der Form unterschieden sie sich nicht. Erst bei näherem Betrachten erkannte man die eingeschnittenen Schriftzeichen. Es waren Namen. Die Namen jener, denen einst die Knochen gehört hatten, aus denen diese Knöpfe geschnitzt waren.

An der Soutane eines einfachen Priesters fand man selten bedeutende Namen. Die Knöpfe waren aus den Gebeinen des riesigen Heers von Klerikern gefertigt, deren Namen nur allzuschnell nach ihrem Ableben in Vergessenheit gerieten. Doch bei einem *princeps*, dem obersten Geistlichen einer ganzen Provinz, sah das anders aus. So war einer seiner Soutanenknöpfe aus einem Fingerknochen der Heiligen Sarmantha geschnitzt, die nach der Entrückung Aionars der Priesterschaft und der Vielzahl frommer Orden neue Hoffnung gegeben hatte.

Man verwendete die Knochen, um der Namen der Verstorbenen zu gedenken. Auch glaubten viele, daß etwas von der Kraft der Heiligen in ihren Gebeinen verbleibe, und daß es leichter sei, ein beispielhaftes Leben als Priester oder Ordensbruder zu führen, wenn man ein Stück vom Knochen eines gedenkenswerten Toten bei sich trug.

Der fremde Ordensbruder schlug das dünne weiße Leintuch zurück, mit dem Francisco zugedeckt war. Erschrocken entdeckte der *collector*, daß er, abgesehen von einem fleckigen Verband um den Bauch, nackt war. Er wollte die Hände heben, um seine Scham zu bedecken, doch ihm fehlte die Kraft dazu.

»Ruhig, mein Freund«, erklang die warme Stimme des *princeps*. »Bruder Andres wird nun den Verband lösen und deine Wunde betrachten. Er ist der beste Heilkundige in meinem Palast. Du bist in guten Händen, Francisco.«

Der *collector* starrte auf den breiten Riß in der Decke. Im Palast des *princeps*? Das konnte nicht sein. Niemals hätte Bernaldino geduldet, daß sich ein Zimmer seines Hauses in einem solchen Zustand befand.

Der Kirchenfürst folgte Franciscos Blick. »Wir haben Glück gehabt. Im Palast sind die meisten Gebäude nur leicht beschädigt worden. Doch im *castrum dei* ist der ganze Südflügel eingestürzt. Noch schlimmer hat es die Stadt getroffen. Wenigstens sind inzwischen die meisten Brände gelöscht.«

»Ein Beben?« hauchte Francisco. Jetzt konnte er sich undeutlich erinnern, daß die Pferde gescheut hatten und er von der Trage gestürzt war.

»Du erinnerst dich nicht? Kurz nachdem du in die Stadt kamst, Bruder. Es war das schlimmste Beben, das Monte Flora je erlebte. Neun Stunden sind seitdem vergangen.«

Francisco zuckte zusammen, als ihm der Verband von der Wunde gelöst wurde. Ein bestialischer Gestank stieg ihm in die Nase. Welch widerliche Salben dieser Ordensbruder verwendete! Warum mußte das so stinken und . . . *Kurz nachdem du in die Stadt kamst.* Die Worte des *princeps* hallten in Franciscos Ohren wider. Es fiel dem *collector* schwer, geradlinig zu denken.

»Das Ritual der Endgültigen Askese . . . wurde es vollendet?«

Etwas Kühles schmiegte sich eng um seinen rechten Oberschenkel.

»Nein«, entgegnete der *princeps* knapp. »Die beiden anderen Auserwählten sind gestorben. Wir mußten ihnen Masken anlegen. Sie sind auf dem Sternenhof verdurstet. Ein Bauer und der Sohn eines Händlers. Ihr Tod war vergebens. Das Ritual mußte unvollkommen bleiben. Der dritte Auserwählte fehlte. Dieses Fischermädchen. Die Mörderin!«

Ein kühles Band schloß sich um Franciscos rechten Fußknöchel. Er versuchte den Kopf zu heben, um zu sehen, was der Ordensbruder mit ihm vorhatte, doch Bernaldino drückte ihn sanft zurück. »Nicht! Schone deine Kräfte. Wer hätte voraussehen können, daß dieses Mädchen es wagt, eine Waffe gegen ihren *collector* zu richten. So etwas ist noch nie zuvor geschehen.«

Auch um Franciscos linkes Bein hatten sich nun zwei Bänder geschlossen.

»Ich will Buße tun . . .«

Der *princeps* blickte ihn auf eine eigentümlich eindringliche Art an. »Das ist dir bestimmt. Ich bin hier, um dir in dieser schweren Stunde Beistand zu leisten und an deiner Seite zu stehen, falls du deine letzte Reise antrittst.«

Francisco war verwirrt.

Bruder Andres nahm nun seinen rechten Arm. Jetzt endlich konnte er sehen, was der Ordensbruder mit ihm machte. Er schnallte ihn mit breiten Lederriemen auf dem Tisch fest.

»Was . . .«

Bernaldino wirkte überrascht. »Ist dir nicht bewußt, welche Prüfung dir Aionar auferlegt hat?«

Francisco schluckte. Ihm war klar gewesen, daß er für sein Versagen büßen würde. Doch nicht so! »Ich . . .«

»Riechst du es denn nicht?«

Natürlich roch er den Gestank. Das ganze Zimmer war erfüllt davon. Doch was hatte dies mit dem Ordensbruder in der Metzgerschürze und seinem Vorhaben zu tun? Jetzt sah Francisco die dunklen Flecke auf dem Leder mit anderen Augen.

Auch sein rechter Arm wurde festgeschnallt.

Der *princeps* war zur Seite getreten. Als er zurückkam, hielt er eine kurze Säge mit einem breiten Blatt in der Hand. Blinkend brach sich das Licht in dem polierten Metall.

Von einem Herzschlag zum anderen war die Hitze des Fiebers aus Franciscos Leib gewichen. Sosehr er sich auch bemühte, jedes Zeichen fleischlicher Schwäche zu unterdrücken, konnte er doch nicht verhindern, daß seine Glieder zu zittern begannen, als der *princeps* ihm das breite Sägeblatt auf den Bauch setzte. Er hielt die Säge seltsam. Hochkant. Er drehte sie leicht hin und her. »Siehst du es?«

Francisco konnte in dem spiegelnden Metall seine Wunde sehen. Ihre Ränder waren ausgefranst und hatten sich dunkel verfärbt.

»Bruder Andres wird dir besser erklären können, wie es um dich steht.«

Der Ordenspriester hatte Francisco inzwischen zwei weitere Lederbänder um Brust und Taille geschnallt. Nun rollte er die Ärmel seiner Kutte hoch und musterte den *collector* mit ruhigen braunen Augen. Seine Stimme jedoch stand in eigentümlichem Gegensatz zu der Ruhe, die er ausstrahlte. Sie war schrill und eine Spur zu hoch, fast wie bei einem Knaben, der zum Mann wird.

»Wie du sehen und sicherlich auch riechen kannst, ist deine Wunde brandig geworden, Bruder Francisco. Die giftigen Säfte, die dein Fleisch entstehen läßt, werden dich binnen zwei Tagen töten. Eine gewöhnliche Wundheilung ist aufgrund der starken entzündlichen Veränderung vollkommen ausgeschlossen. Das liegt unter anderem auch daran, daß die Waffe, die dich verletzte, keinen glatten Schnitt verursachte, sondern dein Fleisch regelrecht zerriß. Der hohe Blutverlust, der mit der Verletzung einherging, hat deinen Körper geschwächt. Deshalb kann ich dir keinen Trunk aus Schlafmohn verabreichen. Es wäre ungewiß, ob du jemals wieder aufwachen würdest, wenn ich es täte.«

Der Heiler räusperte sich leise und trat zu der flachen Schüssel, die auf dem Tisch neben der Feuerschale stand. Er wusch sich die Hände, während er weiter zu Francisco hinüberblickte und redete. »Ich werde nun das brandige Fleisch wegschneiden. Wenn die üblen Säfte nicht zu tief eingedrungen und deine Organe noch nicht angegriffen sind, wirst du den Eingriff vielleicht überleben. Du wirst große Schmerzen erleiden. Sei stark und bleib bei Bewußtsein, wenn du kannst, denn wenn du die Augen schließt, dann ist es womöglich für immer. Wenn die Wunde gesäubert ist, werde ich sie mit einem glühenden Eisen ausbrennen. Nur so besteht Aussicht, daß dein Fleisch gesundet und eine Wundheilung eintritt.«

Francisco begriff. Das war also seine Buße. Die Strafe für sein Versagen. Aionar hatte ihn mit dem Makel der Krankheit gezeichnet, und nur seine eigene Stärke würde ihn läutern können.

»Ich werde bei dir sein«, erklang die sanfte Stimme Bernaldinos. Der *princeps* legte ihm behutsam die Hände aufs Haupt, als wolle er ihn segnen.

»Möchtest du ein Beißholz, Bruder?« fragte Andres.

»Nein.« Francisco war entschlossen, diese Prüfung zu bestehen. Er würde nicht schreien. Er war stark, und er hatte eine Bestrafung verdient! Es war das erste Mal, daß er gefehlt hatte. Der *collector* starrte in die himmelblauen Augen seines Kirchenfürsten. Sein Körper spannte sich. Er preßte die Lippen zusammen und begann stumm das Lob des Heiligen Escobar zu beten, jenes Märtyrers, den die Heiden gefangen und hundert Tage lang gefoltert hatten, damit er dem Glauben an Aionar abschwöre. Escobar hatte dieser Prüfung standgehalten. Und so stark wie er wollte auch Francisco sein.

Schon der erste Schnitt schmerzte, als würde ihn der Fischspeer noch einmal durchbohren. Schlimmer noch war allerdings der Gestank, der sich ausbreitete, als Bruder Andres die Wunde öffnete. Es stank schlimmer als im Gerberviertel an einem Sommertag.

Fäulnis! Die Strafe Gottes. Er war schwach gewesen. Und nun verfaulte das Fleisch seines Körpers, das nicht stark genug gewesen war, den Willen Aionars durchzusetzen.

Francisco stellte sich vor, wie der Schmerz gleich einer Flamme den Eintrag des Versagens aus dem Buch seiner Schuld brennen würde.

Der *collector* hatte den Faden in seinem Lob des Heiligen Escobar verloren. Immer unerträglicher wurde der Schmerz. Sein Körper schien wie aus Stein, so sehr spannte er sich in den Lederfesseln. Warum war er nicht so wie die Heiligen? Ohne Fehl und stets Aionar ergeben. Doch er konnte nicht einmal ein Gebet zu Ende sprechen. Wütend knirschte er mit den Zähnen. Was das Gebet nicht vermochte, vermochte sein Zorn. Für wenige Herzschläge gelang es Francisco, den Schmerz zu verdrängen.

»Du wirst deine Zähne zerbrechen, Bruder, wenn du sie so fest zusammenbeißt. Willst du nicht doch das Holz?«

Francisco sah Andres durch einen Tränenschleier und schüttelte schwach den Kopf.

»Wie du meinst.« Der Ordensbruder holte eine flache Schale

und stellte sie auf den Tisch. Seine Hände waren mit Blut und dunklem Wundsekret verschmiert.

Wieder schnitt er. Dann hörte Francisco ein leises Platschen. Ein neuer Schnitt und wieder das Platschen. Aus den Augenwinkeln sah der *collector*, wie Andres faulige Fleischstückchen in die Schale fallen ließ. Plötzlich spürte er seine Beine kaum noch. Eisige Kälte kroch seine Glieder entlang. Wieder ein Platschen. Mehr als jeder Schmerz untergrub dieses Geräusch seine Kraft zum Widerstand. Als das vierte Fleischstück in die Schale fiel, begann Francisco zu schreien.

Steingeboren

*In Nantala, später Nachmittag, am 17. Tag des Hitzemondes,
im 458. Jahr der Abwesenheit Gottes*

Orlando stand unter dem halb eingestürzten Torbogen der Lagerhalle und musterte mißtrauisch die spiegelnde Wasserfläche zu seinen Füßen. Der Boden der Halle war abgesenkt gewesen; so hatte sich das zurückflutende Wasser hier gesammelt. Es war nicht tief. Es würde ihm kaum bis zu den Hüften reichen, doch Orlando zögerte. Hin und wieder sah er silberne Schemen unter der Wasseroberfläche dahinziehen. Ob auch hier Muränen oder andere Räuber lauerten?

Der geborstene Rumpf einer Decemreme lag in der Halle, zersplitterte Fässer und Kisten, Fischernetze, bleiche Walkiefer, die für die Knochenschnitzer auf den Jaguarinseln bestimmt gewesen waren. Öllachen trieben auf dem Wasser und hatten einige der Trümmerstücke mit einer schillernden Haut überzogen.

Die Seitenwände der Halle waren trotz ihrer massiven Bauart fast bis zur Hälfte abgetragen. Die Südwand, die aus schwächerem Mauerwerk bestanden hatte, war gänzlich verschwunden. Allein die gewölbte Nordwand mit ihrer schmalen Treppe, die ins Nichts führte, hatte die Sturmwellen einigermaßen unbeschadet überstanden.

Gehetzt streiften Orlandos Blicke das spiegelnde Wasser. Er brauchte eine Axt! Und er war sich ganz sicher, daß er hier eine fände. Es machte ihn unruhig, ohne Waffe zu sein. Er drehte sich um und musterte die Hügel hinter dem Dorf. Nichts! Natürlich war dort niemand.

Sie würden in dieser Stunde gewiß nicht nach ihm suchen. Und dennoch, man konnte nie wissen ... Vielleicht gerade jetzt! Er brauchte eine Waffe, dann würde er wieder ruhiger werden. Ein Schwert konnte er nicht führen. Außerdem würde es ihn verdächtig machen. Ein einfacher Mann trug kein

Schwert! Eine Axt hingegen war ein Werkzeug und erregte keinen Verdacht.

Zögernd streckte er den rechten Fuß ins Wasser. Es war warm. Kein Fisch kam herbeigeeilt, um ihm die Zehen abzubeißen. Er lächelte schwach. Wie groß war die Wahrscheinlichkeit, daß sich hier eine Muräne verbarg? Wieder wanderte sein Blick über die Trümmer. Verstecke für diese schlangenartigen Fische gab es genug. Die aufstehenden Wände hatten wie ein Fischernetz einen Teil der Beute der Sturmflut zurückgehalten. Sicher waren hier auch viele Fische gefangen.

Unschlüssig leckte sich der Alte über die rissigen Lippen. Wenn er ein paar Tage wartete, würde das Wasser verdunsten. Dann konnte er ohne Gefahr suchen. Vielleicht sogar früher, falls die Halle irgendwelche verborgenen Abflüsse hatte, durch die das Wasser versickerte.

Seine Rechte tastete über das grobe Seil, das er um die Hüften geschlungen trug. Seine Hand strich über die Stelle, an der seine Axt gesteckt hatte.

Nichts, was hier im Wasser lauern mochte, war so gefährlich wie *sie*. Er brauchte seine Waffe. Vorsichtig tastete er sich seinen Weg durch die überflutete Lagerhalle. Die silbernen Schemen spürten ihn kommen und flohen. Seine Schritte wirbelten Schlamm und Sand auf, so daß er dort, wo er ging, kaum etwas sehen konnte.

Er fand zwei verbogene Wallanzen und ein Messer, das er sich in den Gürtel schob. Jetzt, da er zumindest diese Waffe besaß, wich seine Anspannung ein wenig. *Sie* hatten ihn all die Jahre nicht aufgespürt ... Wenn er in ein paar Tagen zurückkäme und das Wasser fort wäre, fände er auch eine Axt. Ganz sicher!

Er hörte ein klatschendes Geräusch und fuhr erschrocken herum. Zunächst sah er nichts, auch wenn deutlich ein leises Stöhnen zu hören war. Dann entdeckte er eine kauernde Gestalt, halb verborgen im Schatten der gewölbten Öffnung zur vermauerten Turmtreppe. Naß und schmutzverschmiert kroch sie hervor und wirkte, als hätte das Mauerwerk sie geboren.

Orlando schlug mit zitternder Hand den Gottesstern über der

Brust, ein mächtiges Schutzsymbol gegen alles, was die gottgefügte Ordnung störte. Und Menschen, die aus Mauerwerk geboren wurden, gehörten nicht in diese Welt. Orlando hatte gesehen, wie nach der großen Welle noch zwei kleinere Sturmwellen über das Dorf hinweggefegt waren. Alle Gebäude waren von den wogenden Wassermassen verschluckt worden. Nichts und niemand konnte dies überlebt haben.

Langsam richtete sich der Steingeborene auf. Er war ein Hüne von einem Mann. Jetzt erkannte Orlando, daß es zwei Geschöpfe waren. Der Hüne hielt eine zweite Gestalt in den Armen. Er blickte über den geborstenen Galeerenrumpf geradewegs zu Orlando herüber. Dann stieß er einen gurgelnden Schrei aus, einen Laut, wie ihn der Alte noch nie zuvor gehört hatte. Durchsetzt von Schmerz und Hoffnung. Dieser Schrei durchbrach den Bann, der Orlando bislang hatte verharren lassen. Voller Panik wandte er sich ab und stürzte davon.

Wieder stieß das Geschöpf hinter ihm einen Schrei aus. Diesmal fordernder.

Als Orlando den Torbogen erreichte, hörte er hinter sich ein platschendes Geräusch. Sein Verfolger war die Treppe heruntergekommen. Entsetzt blickte sich der Alte um. Die Ruinen waren so weit abgetragen, daß es kaum Verstecke gab. Würde er den Hügel hinaufflüchten, dann wäre er gut zu sehen. Und hatte es überhaupt einen Sinn fortzulaufen? Er wußte nicht, wie schnell diese Kreatur war.

Entschlossen zog er das Messer aus seinem Gürtel und drehte sich um. Es war besser, dem Feind ins Gesicht zu sehen, als ihn im Rücken zu haben!

Orlando blinzelte. Er sah den Hünen jetzt viel deutlicher – er war noch fünf oder sechs Schritt entfernt. Daß seine Augen für die Ferne nicht mehr scharf genug waren, hatte Orlando stets als Geheimnis gehütet. Die Fischer hätten ihn gewiß nicht als Klippenwächter geduldet, wenn sie davon gewußt hätten.

Der Hüne wurde langsamer, als er Orlandos Messer sah. Er stieß ein gurgelndes Geräusch aus. Noch immer hielt er die zusammengesunkene Gestalt in den Armen.

Der Alte blinzelte erneut. Das war ... Er erkannte ihn. Tormo! Bei allen Heiligen, wie hatte er in diesen Ruinen die Flutwelle überlebt? Der Junge war völlig mit Ruß beschmiert, und die Kleider hingen ihm in Fetzen vom Leib. Deshalb hatte er ihn nicht erkannt!

»Tormo?« fragte Orlando.

Der Hüne nickte.

Wieder schlug der Alte das Zeichen des Gottessterns. »Ein Wunder, mein Junge. Ein Wunder!« Jetzt erkannte er auch die Gestalt, die Tormo trug. Es war Alessandra.

»Laß uns hinaus ins Trockene gehen. Was ist mit ihr geschehen? Lebt sie?«

Der Junge machte eine umständliche Geste, deren Sinn Orlando nicht zu deuten vermochte. Einen Moment lang sah ihn Tormo abwartend an, dann setzte er Alessandra an der Außenwand der Lagerhalle vorsichtig ab, so daß sie mit dem Rücken gegen die Mauer lehnte. Orlando tastete nach ihrem Hals, doch er fühlte kein Leben mehr pulsieren fühlen, und die Haut war ganz kalt.

»Tormo ...« Er suchte nach Worten. »Sie ist auf ihre letzte Reise gegangen, Junge. Dort ...«

»Norh!« Der Junge stieß ihn zur Seite und riß ihm dabei das Messer aus der Hand. Tormos Augen funkelten vor Wut und Entschlossenheit. »Norh!«

Orlando wich ein Stück zurück. »Junge, du mußt dich in das Unabänderliche fügen. Ich habe sie auch sehr gern gemocht. Doch jetzt ist sie tot. Fühl nur, wie kalt sie ist. Alles Leben ist aus ihr gewichen. Wir können nichts mehr für sie tun.«

»Norh!« fauchte der Hüne und hielt ihr das Messer vor das Gesicht, als wolle er ihr die Nase abschneiden.

Orlando erinnerte sich daran, wie die anderen im Dorf den Jungen immer einen verrückten Sonderling genannt hatten. Offenbar hatte ihm die Katastrophe den Rest seines Verstandes geraubt. »Nicht, mein Sohn! Nimm das Messer weg. Wir wollen sie in Ehren bestatten. In der Klamm, beim Wasserfall. Dort ist sie immer gern gewesen.«

Tormo schüttelte den Kopf und winkte aufgeregt. Noch immer hielt er Alessandra die Klinge vors Gesicht.

Orlando erinnerte sich, einmal gehört zu haben, daß es klüger sei, den Verwirrten ihren Willen zu lassen. »Was willst du mir denn zeigen?«

Behutsam legte der Junge die stumpfe Seite des Messers auf Alessandras Oberlippe, so daß sich die breite Seite der Klinge dicht unter ihrer Nase befand. Und jetzt endlich sah Orlando, was Tormo gemeint hatte. Der Stahl beschlug. Sie atmete! Wenn auch unregelmäßig.

Sorgfältig untersuchte der Alte das Mädchen. Der Lebensfunke glomm nur noch schwach in ihrem Körper. Sie mußte gewärmt werden, und man mußte ihre zahlreichen Schürfwunden säubern und verbinden. Die Schienen an ihrem linken Arm waren verrutscht. Der Knochen hatte sich erneut verschoben. Orlando versuchte zu ertasten, ob der Arm gar noch ein weiteres Mal gebrochen war. Er betete stumm, daß dies nicht der Fall wäre, denn dann müßte er dem Mädchen den Arm abnehmen.

Mit Grauen dachte er an die Fertigkeiten zurück, die er vor langer Zeit einmal gelernt hatte. Früher einmal hatte er so vieles gewußt ... Er betrachtete das leichenblasse Gesicht des Mädchens und war sich nicht sicher, ob er für sie seine Erinnerungen beleben wollte.

Zweifel

*Am Braunwasser nahe der Beinhügel, zur Zeit der Beerenreife,
im Jahr der Sturmreiter*

»Du bist kein Geistertänzer, Sohn!«

Seruun Zuudet wich dem Blick seines Vaters aus. Er wußte, wie groß der Unterschied zwischen Gurwan und ihm war. Es war nicht sein Entschluß gewesen, der Geistertänzer seines Volkes zu sein. Gurwan hatte ihm diese Last aufgebürdet.

»Du kannst den Weg der Speernasen nicht lesen!« Bärenhaut, einer der erfahrensten Krieger des Stammes, sprach ohne Groll. »Gurwan Nudet ist zu früh zu den Ahnen gegangen. Er konnte dir nicht alle Geheimnisse der Geistertänzer beibringen. Ist das richtig?« Sein Pferd tänzelte unruhig.

Sie waren eine Gruppe von sieben Kriegern, die sich auf der Kuppe eines Hügels versammelt hatten, um den Zug der Herde am Braunwasser entlang zu beobachten. Wie ein zweiter gewaltiger Strom ergoß sich die Herde über das Grasland. Speernasen, Büffel und Pferde zogen in friedlicher Eintracht nebeneinander her und folgten dem sanft gewundenen Flußlauf.

Hin und wieder sah man kleine Gruppen von Männern und Frauen, die die Tiere begleiteten. Sie alle waren beritten, wie es sich für die Hüter der Speernasen gehörte.

»Das Volk der Salhin Hült wird einen neuen Geistertänzer suchen«, erklärte Roter Speer, Seruuns Vater. Aus seinen Augen sprach nichts als Verachtung. »Mein Sohn kann nicht mit den Geistern der Leitbullen tanzen. Er hat nicht gewußt, daß die Herde ihren Weg ändern wird.«

Seruun preßte die Lippen zusammen. Er durfte nicht sagen, wie wenig Gurwan gewußt hatte. Durfte nicht darüber reden, daß sein Lehrmeister meist auch nur aus genauer Beobachtung der Speernasen ihren Weg zu deuten gewußt hatte.

»Die Salhin Hült können aber nicht ohne Geistertänzer sein.

122

Du kannst ihn nicht einfach fortschicken«, wandte Bärenhaut ein. »Auch wenn er nicht weise wie Gurwan ist, so versteht er doch besser als irgendein anderer den Stimmen der Geister im Wind zu lauschen.«

»Wir sind hilflos wie ein Büffelkalb, das in der Weite des Graslands seine Mutter verloren hat, wenn wir den Weg der Herde nicht kennen«, entgegnete Roter Speer erregt. Dann deutete er zum Himmel. »Selbst das Tagauge hat sich vor Scham über den Geistertänzer versteckt, der nun die Salhin Hült führt. Mein Sohn kann gar nichts! Er versteht es nicht einmal, den Bogen vom Pferderücken aus zu benutzen oder die Lanze zu führen. Er ist kein erfahrener Jäger und auch kein Geistertänzer. Wir sollten ihn zu den Frauen schicken, vielleicht mag er dort von Nutzen sein.«

»Wie hätte er lernen sollen, ein Krieger und Jäger zu sein, da er doch von Gurwan Nudet gelehrt wurde, auf den Pfaden der Geister zu gehen? Du mußt mehr Geduld mit deinem Sohn haben, Roter Speer.« So sprach Bärenhaut, und einige der übrigen Krieger nickten zustimmend. »Es war die Himmelsfaust, die niedergefahren ist und die das Tagauge erschreckte, so daß es sich nun hinter dunklen Wolken verbirgt, die um den Tod Gurwan Nudets und so vieler Kälber weinen.«

Seruun beobachtete seinen Vater aus den Augenwinkeln. Er war der Erste Reiter unter den Windwanderern, der Anführer der Krieger und Jäger. Nur mühsam gelang es ihm, seinen Zorn über Bärenhaut zu unterdrücken. Sie waren Rivalen, solange Seruun sich erinnern konnte. Er hatte nie verstanden, warum Roter Speer und Bärenhaut miteinander verfeindet waren. Es wurde auch nie über den Grund ihres ständigen Streits gesprochen. Schon beim geringsten Anlaß gerieten die beiden Männer aneinander. Und sosehr die beiden geachtet waren, lieferte ihre bittere Fehde doch Nahrung für heimlichen Spott.

In Seruuns Augen war es sein eigener Vater, der sich dabei am lächerlichsten aufführte. Er empfand keine Liebe für Roter Speer, denn sein Vater ließ selten eine Gelegenheit aus, ihn zu demütigen. Bärenhaut war ganz anders. Er war es, der Seruun oft vor der Willkür von Roter Speer in Schutz nahm.

»Wenn die Herde weiter dem Abendhimmel entgegenzieht, werden wir bald in die Weidegründe der Aduuchin, der Pferdeherren, gelangen. Zwei große Herden kann das Grasland nicht nähren«, erklärte Roter Speer und wandte sich dann an Seruun. »Wir müssen die Geister der Ahnen fragen, was zu tun ist. Kannst du wenigstens das, Seruun?«

Der junge Geistertänzer nickte. »Ich werde die Ahnen in das tanzende Zelt rufen. In zwei Tagen, wenn das Nachtauge hoch am Himmel steht, werde ich sie rufen.«

Der Vater musterte ihn zweifelnd, doch die übrigen Krieger waren mit der Antwort zufrieden.

Seruuns Herz schlug so schnell wie nach einem scharfen Ritt. Noch nie hatte er allein die Geister der Ahnen gerufen. Er hatte Angst.

Der Kuß

Auf den Weiden der Beinhügel,
zwei Tage später

»Werden die Geister kommen, wenn du sie rufst?«

»Gurwan Nudet hat mich alles gelehrt, was ich wissen muß, um das Zelt tanzen zu lassen.« Seruun war sich nur zu bewußt, daß dies keine Antwort auf Grasfeders Frage war. Er wußte nicht, ob das Ritual gelänge. Er hatte Gurwan zwar geholfen und wußte um alles, was zu tun war, doch er hatte niemals selbst die Geister in das Zelt herabgerufen.

»Ich wünsche dir Glück, Liebster.« Sie hauchte ihm einen flüchtigen Kuß auf die Wange.

Wie gern hätte Seruun sie in die Arme genommen! Es war das allererste Mal, daß Grasfeder ihn geküßt hatte. Ein wohliges, warmes Gefühl durchlief ihn. Sein Herz war leicht trotz der schrecklichen Last, die auf ihm ruhte.

Lange standen sie sich einfach nur gegenüber und blickten einander in die Augen. Sie hatte ihn erwählt. Ihn, den so viele in den letzten Tagen verspottet hatten. Das ganze Volk der Windwanderer wartete darauf, wie er heute nacht die Geister der Ahnen rufen würde. Und fast alle erwarteten, daß er versagen würde. Und dennoch kam Grasfeder an diesem Abend zu ihm, um ihm ihren ersten Kuß zu schenken.

Regen perlte in silbernen Fäden von ihren Zöpfen. Für jede der siebzehn Geburten, bei denen sie geholfen hatte, trug sie stolz einen Zopf. Seruun wünschte, Gurwan wäre noch an seiner Seite. Zu gern hätte er dem Alten von diesem Kuß erzählt. Er hatte sich immer gewünscht, daß Seruun und Grasfeder zueinanderfänden. *Wenn ihr vereint reitet, schließt sich ein Kreis, der das ganze Volk der Salhin Hült umfaßt. Grasfeder hat heilende Hände und ruft die Seelen auf die Erde, wenn die Frauen gebären, und du Seruun, du läßt die Seelen wieder fliegen, wenn sie*

ihren Weg zu Ende gegangen sind. Das waren Gurwans warmherzige Worte gewesen.

Grasfeder war klein und von zierlicher Gestalt. Sie hatte ein schlankes Gesicht mit hohen Wangenknochen. Ihre Augen waren fast von der Form einer Vogelfeder. Sie waren schmal und geheimnisvoll dunkel. Fast immer spielte ein schalkhaftes Lächeln um ihre dünnen Lippen.

Sie trug ein langes Lederhemd mit Fransennähten, von denen nun der Regen tropfte. Die Ärmel und das Bruststück waren mit Hunderten winziger Steinperlen besetzt. Seruun wußte, daß sie die meisten der lange Nächte des letzten Eisatems daran gearbeitet hatte. Um die Hüften trug sie einen speckigen Lendenschurz, der sie beim Reiten weniger behinderte als ein Kleid oder ein Rock. Sie war barfuß.

Seruun beobachtete, wie sich ihre Zehen ungeduldig in die schlammige schwarze Erde gruben, so als erwarte sie etwas. Sollte er es wagen, sie zu küssen?

Unruhig blickte er zu den zahlreichen Kriegern und Frauen hinüber, die an den laubgedeckten flachen Unterständen arbeiteten, unter denen die Trommler sitzen würden. Keiner schien sie zu beachten.

Seruun beugte sich zu Grasfeder vor. Sie war fast einen Kopf kleiner als er. Seine Lippen berührten kaum die ihren, und doch fühlte er sich nach diesem flüchtigen Kuß, als würde Feuer in seinen Adern lodern.

Grasfeder schien weniger aufgewühlt. Sie lachte ihr schalkhaftes Lachen.»Ich wünsche dir Glück, Liebster«, wiederholte sie und lief zwischen den Felsblöcken an der Steilwand vorbei zu den Pferden.

Sie nimmt das Küssen so leicht, dachte Seruun verwirrt. Das Feuer in seinen Adern erlosch. Ob es vielleicht nicht ihr erster Kuß gewesen war?

Der junge Geistertänzer versuchte diesen Gedanken zu verjagen. Er mußte sein Herz öffnen, damit die Geister zu ihm kamen. Er durfte solche Gedanken nicht hegen! Und dennoch gelang es ihm nicht ganz, den nagenden Zweifel abzutun.

Das tanzende Zelt

Auf den Weiden der Beinhügel,
nach Einbruch der Dämmerung

Hunderte Krieger und Frauen aus dem Volk der Windwanderer hatten sich zwischen den Felstrümmern am Fuß der Steilklippen versammelt. Unmittelbar vor der Klippe ragte eine sturmgebeugte Kiefer auf. Man hatte den Baum mit einem engen Kreis aus Zeltpfosten umgeben, jedoch kein geflochtenes Gitterwerk zwischen den Pfosten aufgestellt. In weitem Umkreis hatten die Menschen Feuer entfacht, deren Flammen unheimliche Schatten über die Felsen warfen, so als weilten die Geister der Ahnen bereits unter ihnen.

Eine Gruppe Büffelmänner, Krieger mit gehörnten Masken, tanzte im Kreis und kleine Handtrommeln schlagend um die Kiefer. Sie sollten die Geister der Steine und der Bäume ringsum besänftigen, damit sie das Ritual nicht störten.

Unter den Schutzdächern aus geflochtenen Zweigen kauerten die Ältesten und schlugen in langsamem Takt die Bauchsprecher, große Trommeln, die mit bemalten Speernasenhäuten bezogen waren. Ihr tiefer Klang drang durch den Körper bis zum verborgenen Sitz der Seele. Sie waren nicht nur zu hören, sondern auch mit dem ganzen Leib zu spüren. Ihre Stimmen waren weit über das Grasland zu vernehmen, und so konnten selbst die entferntesten Wächter der Herden am Ritual des tanzenden Zeltes teilhaben.

Seruuns Mund war trocken wie Staub. Jeder schien ihn zu beobachten. Es war keine gute Nacht, um die Geister zu rufen. Dunkle Wolken zogen tief über den Himmel und verbargen das Nachtauge und alle Sterne. Die Ahnen sollten zwar den Ruf der Bauchsprecher hören, aber vielleicht fänden die Geister unter all den ziehenden Wolken ihren Weg nicht. Doch jetzt war es zu spät, um das Ritual abzubrechen. Er mußte Erfolg haben, oder sein eigener Vater würde dafür sorgen, daß ihn niemand mehr als Nachfolger Gurwan Nudets anerkannte.

Seruun trug das Adlerhemd, den größten Schatz, den der alte Geistertänzer besessen hatte. Es war mit Hunderten kleiner Steinperlen bestickt. Rote Perlen, die sieben fliegende Adler darstellten, und türkisfarbene Perlen für den weiten Himmel. Von Generation zu Generation war es unter den Geistertänzern im Volk der Windwanderer weitergegeben worden, nun also an Seruun. Die Perlen hatte man auf helles Hirschleder aufgenäht. Die Nähte des Hemdes waren mit Haarsträhnen eingefaßt. Jeder Geistertänzer, der dieses Hemd einmal getragen hatte, hatte etwas von seinem Haar gegeben, um es zu schmücken. Dadurch wurde es leichter, die Geister der alten Schamanen zu rufen, und sie wiederum halfen, die Ahnen zu versammeln oder den Willen der Speernasen zu deuten.

»Bist du bereit?« fragte Roter Speer ungeduldig.

»Deine Ungeduld stört meine innere Harmonie, Vater. Ich bitte dich, dein Ungestüm zu zügeln. Du könntest böse Geister anlocken«, entgegnete Seruun nicht ohne Genugtuung.

Roter Speer schnaubte verächtlich. »Zumindest das Reden hast du bei Gurwan gelernt, daran gibt es keinen Zweifel.«

Der junge Schamane beugte sich über die flache irdene Schale, die vor ihm stand, und leerte seinen Geist, bis er an nichts mehr als die milchigtrübe Flüssigkeit in der Schale dachte. Er hob das Gefäß zum Himmel, dorthin, wo hinter den Wolken verborgen das Nachtauge stehen sollte.

»Geister der Ahnen, ich rufe euch!« Alle Trommeln verstummten. Seruun sprach mit lauter Stimme, so daß alle in weitem Umkreis seine Worte verstehen konnten. »Ich trinke die Seelenmilch, um zu euch zu reisen. Mögen eure Geister in das Gefäß meines Körpers fahren! Möge mein Fleisch euer Fleisch sein! Möge meine Zunge eure Worte formen, auf daß euer Volk sich von eurer Weisheit nähre!«

Der Schmane führte die flache Schale an die Lippen und trank in tiefen Zügen. Die Seelenmilch schmeckte bitter. Sie war aus vergorener Stutenmilch, Löwenzahnsamen, Knochenpilzhaut, dem Ruß von Adlerfedern und vielen anderen geheimen Zutaten zubereitet worden. Seruun hatte mehr als einen Tag gebraucht, um diesen magischen Trank herzustellen, der ihm die Pforten in die Jenseitswelt öffnen würde.

Als der Geistertänzer die Schale bis zur Neige gelehrt hatte, ergriffen ihn Roter Speer und Bärenhaut bei den Armen. Ihm war ein wenig schwindlig. Nie zuvor hatte er von der Seelenmilch getrunken. Sie fühlte sich angenehm warm in seinem Magen an, und er spürte, wie die Wärme langsam in seine Glieder floß. Es war gut, daß ihn sein Vater und Bärenhaut stützten. Seine Schritte waren so leicht, als wolle ihn eine unsichtbare Kraft zu den Wolken hinaufziehen.

Alles ringsum war still. Hunderte Augen starrten gebannt, als ihn die beiden Krieger zu der Kiefer brachten und ihn mit einem langen Seil an den Stamm fesselten. Sie zogen den Strick so fest an, daß er kein Glied mehr rühren konnte. Seruun war ein wenig übel. Es fiel ihm schwer, den Blick auf etwas Bestimmtes zu heften. Er hatte das Gefühl, daß seine Augäpfel in verschiedene Richtungen davonrollen wollten.

Eine Gruppe von Frauen kam nun herbei und spannte Büffelhäute zwischen den Zeltpfosten auf, die in engem Kreis um die Kiefer standen. Die Häute waren mit roten und schwarzen Malereien versehen. Sie zeigten Raben, einen tanzenden Schamanen, aufgerichtete Bären, wandernde Speernasen und Adler, die mit weit ausgebreiteten Schwingen über den Himmel zogen. Jedes der Bilder hatte eine eigene Bedeutung. So würde ihn der Adler auf seinem Flug ins Geisterreich führen, und der große Speernasenbulle würde Seruun seine Kraft für den weiten Weg leihen, der vor ihm lag.

Als die Frauen mit ihrer Arbeit fertig waren, begannen erneut die Bauchsprecher zu dröhnen. Rötlich durchscheinend glommen die Häute im Licht der Feuer. Die Farben der Zeichnungen schienen immer deutlicher hervorzutreten. Gehörnte Schatten huschten hinter den Häuten vorbei. Die Büffelmänner.

»Hört mich an, ihr Ahnen! Das Volk der Salhin Hült ruft euch!« Seruuns Zunge fühlte sich seltsam unbeholfen und fremd in seinem Mund an. Als hätte man ihm einen Stock in den Rachen geschoben. Es fiel ihm schwer, deutlich zu sprechen. Wieder rollten seine Augäpfel in unterschiedliche Richtungen davon. Die Farben verschwammen. Licht und Schatten wurden ein wilder Strudel des Zwielichts. Eine Sturmbö heulte über die Klippe hinweg und beugte die Äste der Kiefer. Regentropfen prasselten von den Zweigen.

Plötzlich war da ein vertrauter Geruch. Es roch nach dem säuerlichen Schweiß von Gurwan Nudet. Seruun glaubte einen Schatten dicht neben dem Baum zu sehen, der eben noch nicht dort gewesen war. Er drehte ein wenig den Kopf, doch der Schatten blieb weiterhin am Rande seines Gesichtsfelds.

»Gurwan?« fragte er leise.

Wieder rüttelte eine Sturmbö an den Zweigen über ihm.

»Ihr Ahnen, hört den Ruf des Geistertänzers«, erklang hinter den Häuten die Stimme von Roter Speer. »Offenbart uns den Weg der Herde! Sprecht zu uns mit Seruuns Zunge.«

Der Schamane sah noch weitere Schatten. Sie lauerten über ihm zwischen den Ästen. Sie waren wie geronnene Dunkelheit. Sie bewegten sich nicht im zuckenden Licht der Lagerfeuer. Es wurden immer mehr. Wie unheimliche Vögel versammelten sie sich über dem Jungen und lauerten.

Jetzt roch er nicht nur Gurwan Nudet. Da waren noch viele andere Düfte. Fremde Menschen ... Seruun wollte wegsehen, wollte auf das Bild des Speernasenbullen blicken, der ihm Kraft geben sollte. Das Zelt zitterte. Die Wände wogten hin und her, als zerre Sturmwind an ihnen. Seruuns Augen gehorchten seinem Willen nicht mehr. Sie rollten nach oben, so daß er wieder die Schatten im Geäst sah. Es waren noch mehr geworden.

Hinter sich hörte er ein flatterndes Geräusch. Seruun verdrehte den Kopf, doch hinter den Baum vermochte er nicht zu sehen. Wieder das Flattern.

Etwas streifte ihn an der Schulter. Sanft. Plötzlich hatte er das Gefühl zu fallen. Der Boden unter seinen Füßen war verschwunden. Die Äste des Baumes über ihm wuchsen ins Riesenhafte. Seruun stürzte, und doch wurde der Baum immer größer, bis er den ganzen Himmel ausfüllte. Der Junge schrie. Wie Herbstblätter lösten sich die Schatten von den Ästen. Etwas berührte Seruuns Lippen und drang in seinen Mund ein. Seine Zunge wollte sich nicht mehr bewegen. Sie schwoll an und wand sich wie eine Schlange aus seinem Mund, der immer weiter aufklaffte. Die Schatten stürzten sich in den Abgrund hinter seinen Lippen. Aus der schlangenartigen Zunge formte sich ein Kopf und blickte ihn an. Es war das Gesicht Gurwan Nudets.

»Ruhig, mein Junge. Ich bin bei dir und schütze dich«, erklang die vertraute Stimme des Schamanen. Etwas zerrte an dem prächtigen Lederhemd. Eine rote Schwinge strich über Seruuns Gesicht. Dann lösten sich die Adler. Einen Moment lang erschien ihr Gefieder wie mit Perlen überzogen. Aufmerksam beobachteten ihre großen gelben Augen den Jungen. Mit mächtigen Krallen griffen sie nach ihm, ohne ihn dabei zu verletzen. Er wurde in die Höhe gehoben. Die sieben Adler trugen ihn fort aus der Dunkelheit auf ein gleißendes Licht zu. Seruun mußte die Augen schließen, so hell wurde das Licht.

»Offenbart uns den Weg der Herde!« Es war die Stimme seines Vaters. Sie klang fern und verzerrt und weinerlich, als stünde er in einer großen Höhle.

Als Seruun die Augen öffnete, stand er allein auf einer weiten Ebene. Der Himmel war hinter dunklen Wolken verborgen. Etwas stimmte mit der Farbe des Grases nicht. Es war zu dunkel, und es fühlte sich fremd an, als Seruun darüberschritt. Seltsam zäh und ledrig.

Vom Horizont drang das Grollen eines Donners heran. Etwas Dunkles zog über die Ebene. Schnell wie ein Wolkenschatten eilte es voran. Jetzt erkannte Seruun es. Es waren Pferde, eine riesige Herde. Im nächsten Augenblick umringten sie ihn, ohne ihn weiter zu beachten. Sie waren viel größer als die Pferde, die er kannte, und ausnahmslos schwarz. Der Abdruck gelber Hände war auf ihrem Fell zu sehen.

Die Herde hielt inne. Sie begann zu weiden. Die Wolken rissen auf, und der Junge sah, daß das Gras ringsum wie rohes Fleisch war. Die Pferde rupften es aus und verschlangen es gierig. Sie waren jetzt überall. Ein besonders großer Hengst mit grauen Augen hob den Kopf. Er sah bedrohlich aus. Langsam kam er auf Seruun zu und zog dabei die dunklen Lippen zurück. Seine großen Zähne waren mit blutigen Schlieren bedeckt. Etwas riß Seruun in die Luft. Die Adler. Sie waren zurückgekehrt, um ihn zu retten. Sie trugen ihn weit über das Land. Die Ebene veränderte sich. Jetzt lag überall Schnee. Ein eisiger Wind blies dem jungen Schamanen ins Gesicht. Im Schnee zeichneten sich kleine braune Hügel ab. Plötzlich stand er im Schnee. Die Adler waren verschwunden. Die Hügel waren klein. Zu klein! Er beugte sich nieder. Da war Fell. Lange Mäntel, wie die Windwanderer sie während der Zeit des Eisatems benutzten. Er zerrte daran, und der *Hügel* geriet in Bewegung! Es war Sarangoo. Seruun hatte sie als ein junges Mädchen gekannt, doch jetzt wirkte sie älter, wie eine Mutter. Ein Stück weiter lag Tulga, ein Krieger. Sein Haar war weiß geworden, sein Gesicht eingesunken.

»Der Mösön amisgal, der Eisatem, wird das Land überziehen und verschlingen.«

Seruun drehte sich erschrocken um. Eine Gestalt hatte sich unter den Toten aus dem Schnee erhoben. Ein alter Mann mit einer Kappe, die aus einem Wolfskopf gefertigt war.

»Wer bist du?« fragte Seruun.

»Choniin Schüd. Gurwan hat mir von dir erzählt.«

Seruun musterte den Alten mißtrauisch. Er war kleiner, als er sich den berühmten Wolfszahn vorgestellt hatte.

Der Alte fing an zu lachen. »Mit Menschen ist es wie mit den Geschichten. Sie wachsen, je öfter man von ihnen erzählt.«

»Verrätst du mir den Weg der Herde? Wohin gehen wir denn, Choniin Schüd?«

Der Alte deutete auf zwei Spuren im Schnee. »Was vermagst du darin zu sehen?«

Seruun mußte nur einen flüchtigen Blick auf die Fährten werfen, um sie zu unterscheiden. Jedes Kind hätte das gekonnt. Die eine hatte sich breit und tief in den Schnee gegraben. Die andere wirkte leichtfüßig. »Ein Wolf und ein großer Speernasenbulle sind hier entlanggetrottet.«

»Eines der beiden Tiere wird dein Geistbruder sein, Seruun. Wenn der Tag gekommen ist, wirst du wählen, und deine Wahl wird den Weg bestimmen, den die Herde nimmt, denn du wirst sie führen.«

Seruun war verwirrt. »Führen?« Die Windwanderer folgten der Herde. Niemand vermochte die Speernasen zu führen!

Wolfszahn wischte ihm mit der Hand über die Augen, und für einen Moment sah er Herden, die durch ein seichtes Wasser zogen. Das Wasser war größer als jeder See, den er je zuvor gesehen hatte. Seltsame bunte Steine wuchsen darin, zwischen denen sich Fische in allen Regenbogenfarben bewegten. Dann sah er ein weites Tal zwischen den Bergen jenseits des Wassers. Ein Tal, das bis zum Himmel hinaufzureichen schien. Das Gras wuchs dort schulterhoch, und gelbe Schmetterlinge tanzten dort dicht wie Schneegestöber über den Weiden.

Das Bild änderte sich, jetzt befand er sich auf einem Hügel über einer verschneiten Ebene, in der Hunderte von Jurten standen. Nie hatte er ein so großes Lager gesehen. Doch nirgendwo gab es Tiere. Und der Schnee, auf dem die Jurten standen, war rot von Blut.

»Das sind die Wege, zwischen denen du wählen wirst, Seruun. Einer führt in die Einsamkeit des Herzens, der andere zur Einsamkeit des Herrschers.«

Wind zerrte an seinen Kleidern. Er stürzte. Wolfszahns Stimme klang immer ferner. »Gurwan und ich werden an deiner Seite wachen und mit dir sein . . .«

Ein Kind streckte die Arme nach Seruun aus, doch ein weißgewandeter großer Mann nahm es und trug es fort. Dunkelheit verschlang ihn.

Als Seruun die Augen aufschlug, fand er sich wieder an die Kiefer gefesselt. Die Luft war rauchgeschwängert. Blasses Morgenlicht sickerte durch die Wolkendecke. Die Tierhäute wurden zur Seite gezogen. Roter Speer und Bärenhaut kamen, um ihn von seinen Fesseln zu befreien. Hinter ihnen entdeckte er Frauen und Krieger, die die ganze Nacht unter den Klippen ausgeharrt hatten, um dem Ritual beizuwohnen.

»Das Zelt hat nicht getanzt«, erklärte der Vater mit tonloser Stimme, kalt.

»Aber ich habe es gesehen. Als die Geister kamen, hat es ...«

»Dann warst du der einzige, der es tanzen sah. Für uns war nichts zu sehen außer dem Wind, der hin und wieder an den Häuten zerrte.«

»Aber die Ahnen haben zu mir gesprochen. Es gibt zwei Wege ...«

Roter Speer schnitt ihm mit einer harschen Geste das Wort ab. »Schweig! Wir haben auch keine Stimmen gehört. Nichts! Die ganze Nacht hat das Volk der Salhin Hült gewartet. Das Zelt hat nicht getanzt, und die Geister haben nicht gesprochen. Du konntest deinem Volk keine Antworten geben. Wir werden nun jemanden suchen, dem die Geister verraten wollen, warum der Himmel sich hinter Wolken versteckt und warum die Herde einen anderen Weg zieht.«

»Aber die Geister haben zu mir gesprochen«, beharrte Seruun.

»Laß es gut sein, Junge«, meinte Bärenhaut tröstend. »Es ist nicht deine Schuld, daß Gurwan gestorben ist und er dich nicht die Weisheit lehren konnte, die einen Geistertänzer mit den Ahnen sprechen läßt.«

»Aber ich habe sie gesehen. Choniin Schüd hat zu mir gesprochen.« Seruun knickten die Beine weg, als ihm die Fesseln abgenommen waren. Die Glieder kribbelten ihm, als würde ein ganzes Ameisenvolk unter seiner Haut umherwandern. Er war zu schwach, um aus eigener Kraft gehen zu können. Bärenhaut stützte ihn, während Roter Speer mit unbewegtem Gesicht vor das Volk der Windwanderer trat.

»Wir alle haben gesehen, daß mein Sohn die Geister nicht rufen konnte. Wir werden Jäger zu den anderen Völkern der Ebenen und des Waldes aussenden und nach einem Geistertänzer suchen, der mit unserer Herde ziehen will. Diese Nacht hat gezeigt, daß dies der Wille der Ahnen ist.« Die Stimme des Kriegers stockte. »Mein Sohn hat versagt. Von dieser Stunde an hat das Volk der Salhin Hült keinen Geistertänzer mehr!«

Alle starrten Seruun an. Warum tat ihm der eigene Vater das an? Warum stellte er ihn auf diese Weise bloß?

Roter Speer zog sich zurück. Leises Gemurmel erhob sich. »Komm, Junge, ich bringe dich hinüber in meine Jurte«, flüsterte Bärenhaut.

Ein Jäger trat aus der Gruppe der versammelten Stammesmitglieder hervor. Bayaraa, ein kleiner Mann mit gebrochener Nase und strähnigem Haar. Er trat an Seruuns Seite und stützte ihn.

Bärenhaut nickte dankbar. Der alte Krieger wollte zu den Zelten, doch Bayaraa blieb stehen und wandte sich an die anderen.

»Ganz gleich, was Roter Speer auch sagt, für mich bleibt Seruun der Geistertänzer unseres Volkes. Ich glaube ihm, daß Wolfszahn zu ihm gesprochen hat. Seruun mag jung und unerfahren sein, doch eines ist er ganz gewiß nicht. Ein Lügner!«

Seruun blinzelte den kleinen Mann an. Er hatte nie etwas für Bayaraa getan und war überrascht, daß der Jäger es auf einen Streit mit Roter Speer ankommen ließ, nur um ihn zu unterstützen. Das wollte er ihm niemals vergessen.

Voller Hoffnung sah er in die Gesichter der anderen Stammesangehörigen. Manche wichen seinem Blick aus, andere wirkten zornig oder enttäuscht. Außer Bayaraa wagte es niemand, sich offen zu ihm zu bekennen.

»Danke, Bayaraa.« Seruuns Stimme war heiser vor Erschöpfung. »Das werde ich dir niemals vergessen.«

Iudicator

Monte Flora, im Palast des princeps, *am 8. Tag des Sturzregenmondes, im* 458. *Jahr der Abwesenheit Gottes*

Francisco versteifte sich, und ein stechender Schmerz fuhr durch die Wunde in seiner Seite. Er saß auf einem hohen Lehnstuhl an einem der Fenster im Palast des *princeps* und betrachtete die Aufbauarbeiten in der Stadt. Jahrhundertelang war an Monte Flora gebaut worden. Es hatte zu den schönsten Metropolen des Imperiums gehört. Die Stadt lag auf einem sanft ansteigenden Hügel, aus dem drei steile Felstürme emporwuchsen. Diese Klippen wurden vom *castrum dei*, dem Siechenhaus und dem Palast des *princeps* gekrönt, der an jener Stelle stand, an der sich einst die Burg des *dux cornia*, des Fürsten der Provinz, erhoben hatte.

Hier oben, vom Palast aus betrachtet, schien es, als sei der Hügel in Hunderte roter Terrassen eingeteilt, die von prächtigen Gärten eingefaßt wurden. Es waren die roten Pfannen der Dächer, die diesen Eindruck erweckten. Sie hoben sich auf das prächtigste von den weißgekalkten Mauern der Häuser ab.

Die meisten Wohnhäuser hatten einen quadratischen Grundriß und erhoben sich fünf oder mehr Stockwerke über die Straßen. Sie standen auf breiten Fundamenten, und dicke Mauern schirmten ihre Bewohner gegen die brütende Hitze des Sommers ab. Die älteren Häuser im alten Stadtkern wirkten zur Straße hin oft abweisend. Ihre Eingangstüren waren nur über schmale Stiegen zu erreichen, und Festungstoren gleich waren sie aus starken Bohlen gezimmert. Sie galten als Zeugen jener unruhigen Zeiten der Bürgerkriege, die das alte Imperium immer wieder erschüttert hatten. So verfügten Erdgeschoß und erstes Stockwerk dieser Häuser nur über Fenster, die so schmal wie Schießscharten waren und kaum Licht hereinließen. Um so üppiger waren dafür die Fenster der oberen Etagen gestaltet. In spitzen Bogen oder kunstvollen Rosetten prunkten sie mit bun-

tem Glas, das zu wundervollen Bildern gefügt war. Auch gab es Erker und kleine Balkone, die sich über die Straßen erhoben.

War man mit den Sippen der Nachbarhäuser befreundet, so spannten sich auch Brücken aus Holz oder sorgsam gefügten Steinen zwischen den Häusern, so daß die Familien nach Laune einander besuchen konnten, ohne einen Fuß auf die Straße setzen zu müssen.

Überall waren bunte Sonnensegel über Gassen und Märkten gespannt, die die Hitze des Tages und die plötzlichen Regenschauer abhielten. Am auffälligsten im Stadtbild waren indessen die hohen, schlanken Türme, die wie dunkle Nadeln weithin sichtbar aus dem roten Meer der Dächer heraustachen. Es waren Totentürme, die düstere Spielart der Beinhäuser, in denen die weniger begüterten Bürger ihre Toten beisetzten. Aus dunklem Basalt gefügt, den man auf schweren Fuhrwerken von Steinbrüchen jenseits der Eisernen Pforte brachte. Jahrhundertelang hatten die *mercatoren* Monte Floras eifersüchtig darüber gewacht, daß in den Mauern ihrer Stadt die höchsten Totentürme des Imperiums standen. Selbst das stolze Maganta hatten sie in diesem Wettstreit geschlagen. Es hieß, daß aus den Grüften der Türme der Weg zu den Sternen, dorthin, wo irgendwo die Abwesende Gott weilte, weniger weit sei und daß die Seelen der Toten, die in Türmen bestattet wurden, schneller zu Aionar fanden.

Vor dem Beben hatte es dreiundvierzig Totentürme in Monte Flora gegeben. Nur zwölf waren verschont geblieben. Darunter der einhundertunddreißig Schritt aufragende Turm der Mercatorensippe da Forca. Es war der höchste Totenturm des Imperiums. Einunddreißig Türme lagen zerschmettert am Boden, und aus den Grüften waren Gebeine und Gold in die Gassen der Stadt geschleudert worden. Mancher edle Leichnam ward zum Hundefraß, und brüchige Seidenfetzen uralter Totenhemden flatterten wie welke Blätter in einem Herbststurm aus der Stadt hinaus weit aufs Land.

Doch schon waren die meisten der zerschmetterten Türme wieder eingerüstet, und die Mercatorensippen zahlten ein Vermögen, um die düstere Pracht der Türme wiederherzustellen.

Sie errichten Wohnstätten für Tote, statt den zahllosen Familien, die während des Bebens alles verloren haben, ein neues Obdach zu geben, dachte Francisco zornig. Das war Monte Flora, und nicht einmal der *princeps* Bernaldino vermochte etwas gegen die Selbstgefälligkeit der Reichen zu unternehmen!

Doch es gab auch die wunderbaren Ringgärten, die auf den Mauern der alten inneren Verteidigungsanlagen errichtet waren. Man hatte sie zu Terrassen ausgebaut und darauf Bäume, Büsche und Blumen aus allen Provinzen des Reiches angepflanzt. Diese farbenfrohen und duftenden Gärten durften von jedem besucht werden, und selbst jetzt, in den Zeiten der Not, fand man dort Musiker, Tänzer und Jongleure, die mit ihrer Kunst die Erschöpften erfreuten.

In Ringen war die Stadt über die Jahrhunderte gewachsen und immer wieder über ihre Festungsmauern hinausgewuchert. Und da seit Generationen keine feindlichen Heerscharen mehr in das Lantiniustal gestürmt waren, hatte man die Rolle des Wächters an der Eisernen Pforte schließlich aufgegeben und auf den Bau neuer Befestigungen verzichtet.

Einst hatte man Monte Flora gegründet, um den ersten der Pässe zu bewachen, die zu den trockenen Hochebenen führten und die das menschenleere Herz des Imperiums bildeten. Außer Agaven und dürrem Gestrüpp gediehen dort keine Pflanzen. Nur vereinzelt gab es Dörfer, die meist entlang der alten Handelsstraßen entstanden waren. Doch diese Routen nutzte kaum noch jemand, war doch der Gütertransport auf Lastschiffen schneller und billiger. So hatte Monte Flora seine Wacht an der Eisernen Pforte aufgegeben.

Franciscos Blick schweifte über die weiten Äcker, die Fruchtterrassen, die Nußbaumgärten und die Korkrindenplantagen, die sich das enge Tal hinauf nach Norden erstreckten. Tief unter dem Palast lag der südlichste Ausläufer des Lago di Ansala. Ein Gespinst von Kanälen ging von seinen Ufern aus und reichte bis weit ins Tal hinab.

Große hölzerne Schöpfräder, Norias, hoben das Wasser des Lago di Ansala auch in die Stadt hinauf. Tag und Nacht hörte man ihr Quietschen und Plätschern. Man mußte sich schon in die tiefsten Weinkeller begeben, um dem Lied der Norias, wie Poeten das Lärmen der Wasserräder nannten, zu entgehen. Francisco erinnerte sich noch gut, wie das Rauschen der Wasserräder ihn oft um die Nachtruhe gebracht hatte, als er noch neu in der Stadt war. Heute war ihr Lärmen sein Schlaflied geworden, und wenn er auf Reisen in fremden Quartieren ruhte, dann wachte er oft mitten in der Nacht mit einem Gefühl der Beklemmung auf, denn die Stille erschien ihm unnatürlich. Doch selbst das Lied der Norias war ruhiger geworden, seitdem die Erde gebebt hatte. Ein Drittel der Wasserräder war zerbrochen, und andere mußten ruhen, weil die Kanäle verschüttet waren, durch die das Wasser des Lago di Ansala zu Brunnen und Zisternen floß.

Nur wenige Augenblicke hatte es gedauert, den Großteil der Schönheit zu zerstören, die Generationen erschaffen hatten.

Ein leises Räuspern schreckte den *pater* aus seinen Gedanken auf. Der *princeps* Bernaldino war neben den hohen Lehnstuhl getreten. Ob er dort schon lange gestanden hatte?

»Man weiß nicht, wo man mit der Arbeit beginnen soll«, klagte der Kirchenfürst. »Viele neue Aufgaben erwarten uns.«

Lag ein versteckter Vorwurf in den Worten des *princeps*? Francisco konnte es ihm nicht verübeln. »Welche Strafe erwartet mich für das Unheil, das aus meinem Versagen erwachsen ist?« Der *collector* richtete sich steif im Lehnstuhl auf, bereit, jedes Urteil mit stoischer Miene hinzunehmen.

»Nimmst du dich nicht allzu wichtig, Francisco?« Ein mildes Lächeln nahm den Worten des *princeps* die Spitze.

Francisco blickte überrascht auf. »Ich verstehe deine Frage nicht, Bruder.« Mit weit ausholender Geste wies er auf die Stadt. »Ich weiß nicht, wie ich für all dies Buße tun soll. All das Elend ... Manchmal wünschte ich, ich wäre nie mehr erwacht, nachdem Bruder Andres das faule Fleisch von meinen Rippen geschnitten hat. Und dann der Himmel ... Die Wolken und der viele Regen. Ist es nicht so, als habe der Aionar die Welt in ein Leichentuch gehüllt?«

Der *princeps* schüttelte den Kopf. »Das ist es, wovon ich rede, Bruder. Ich möchte dich nicht verletzen, doch ist dir je der Gedanke gekommen, daß deine größte Sünde deine Hoffart ist? Was macht dich so sicher, daß all dies Unglück deinetwegen geschehen ist? Verzeih mir, wenn ich es so unverblümt anspreche, aber könnte es sein, daß du dich für zu bedeutend hältst?«

Francisco wischte sich mit einem Schweißtuch über die Stirn. Nach dem Regen wurde es jedesmal so schwül, daß man kaum noch atmen zu können glaubte. Merkwürdigerweise schwitzte der *princeps* kaum. Seine himmelblauen Augen suchten Franciscos Blick, doch dieser wich aus.

»Die Endgültige Askese. Ich bin dir die dritte Auserwählte schuldig geblieben. Als ich ohne sie in die Stadt zurückkehrte, hat sich die Erde erhoben, um alles von Menschenhand Geschaffene abzuschütteln.«

»Bruder, ich bin der *princeps* von Cornia. Du mußt mir nicht predigen.« Für einen Augenblick hatte sich eine steile Falte zwischen den Brauen des Kirchenfürsten gebildet. »Findest du nicht, daß du ein wenig zu pathetisch klingst? Wenn du die Augen öffnest, dann siehst du, daß deine Worte nicht stimmen. Gewiß, sieben von zehn Häusern in der Stadt sind zerstört, ganze Straßenzüge nur Ruinenfelder. Aber mein Palast hat nur leichten Schaden genommen, und auch das *castrum dei* ist vergleichsweise leicht beschädigt. Ich verstehe, wie sehr dies alles dein Herz aufgewühlt hat, Bruder. Doch seit dem Unglück sind nun drei Wochen vergangen, und es wäre an der Zeit, auch wieder den Verstand zu gebrauchen. Deine kühle Logik hat mich an dir stets am meisten beeindruckt, Bruder Francisco.«

»Und kühle Logik ist noch immer der Schlüssel all meiner Gedanken«, erwiderte der Priester verletzt. »Die alten Schriften und die Legenden der Heiligen künden davon, wie allein die Kraft des Glaubens Wunder zu wirken vermag. Deshalb waren wir uns sicher, daß die Endgültige Askese, das Selbstopfer auserwählter Märtyrer, wieder Ordnung in das Buch des Himmels bringen werde. Drei *collectoren* wurden benannt, die Märtyrer zu finden und hierher nach Monte Flora zu bringen. Zwei haben ihre Aufgabe erfüllt. Ein dritter aber kehrt zurück und ist gescheitert. Kaum daß er die Stadt betritt, trifft sie das Strafgericht des Abwesenden Gottes. Wessen Schuld ist es also, wenn Monte Flora zerstört wurde?« Ein hintergründiges Lächeln umspielte die Lippen des Kirchenfürsten. »Ich stelle mit Freude fest, daß dein Verstand noch immer klar wie Kristall ist, Bruder. Und doch entdecke ich in deinen Überlegungen einen entscheidenden Mangel. Kannst du dir vorstellen, daß deine Tat – oder besser gesagt: das, was du nicht getan hast – nicht der Mittelpunkt der Welt ist? Sag mir, warum haben die Bauten der Kirche von allen Gebäuden in der Stadt den geringsten Schaden davongetragen, wenn ein Mann der Kirche den Abwesenden Gott so sehr erzürnt hat? Die Welt ist groß, Francisco, und Monte Flora, so bedeutend es dir auch erscheinen mag, ist wenig mehr als ein Staubkorn in der Wüste.«

»Nun sprichst du zu mir, als wolltest du die Welt für einen Bauern in einfache Worte fassen, Bruder Bernaldino. Warum zerreißt der Totenschleier am Himmel nicht endlich? Warum verdirbt der Regen die Frucht auf den Feldern und läßt das Obst auf den Bäumen verfaulen? Das Strafgericht hat gerade erst begonnen! Und warum schließt sich die Wunde in meiner Seite nicht? Dies alles sind Zeichen!« Francisco hatte sich in Zorn geredet. Wieder erinnerten ihn schmerzhafte Stiche in der Seite daran, daß er noch längst nicht genesen war. Bruder Andres kam täglich, um nach ihm zu sehen, und obwohl er ein erfahrener Heiler war, mußte er bekennen, daß er so etwas noch nicht gesehen hatte. Die Verletzung, die der Speer verursacht hatte, wollte sich einfach nicht schließen. Und doch heilte sie auch. Es war ein Hohlraum zurückgeblieben, dick wie ein Finger, der quer durch seinen Leib verlief. Das Fleisch hatte sich nicht zusammengezogen, sondern ein ledriges Narbengeflecht ausgebildet. Die Beschaffenheit dieser Haut glich jenen Wundmalen, die nach einer großflächigen Verbrennung zurückblieben.

»Alessandra Paresi!« Francisco sprach diesen Namen aus wie einen Fluch. »Sie ist meine offene Wunde. Mein fleischgewordenes Versagen. Die Wunde der Welt! Ich muß sie finden.«

»Und dann?«

»Der Maskenhelm. Sie muß die Endgültige Askese vollenden. Dann wird das Leichentuch am Himmel zerreißen. Der Abwesende Gott hat sie auserwählt. Sie muß deshalb ihren Opfergang vollenden.«

Bernaldino seufzte. »Verlangt wirklich Aionar dieses Opfer, oder ist es nicht in Wirklichkeit dein Stolz. Bruder, ich fürchte, du hast immer noch nicht begriffen, was wirklich geschehen ist. Täglich erreichen mich neue Schreckensmeldungen. Es scheint, daß die gesamte Flotte des Reiches durch eine Flutwelle vernichtet wurde. Fast alle großen Küstenstädte sind zerstört. Es gibt keine Nachricht mehr von der *camera magna* in Maganta. Dafür aber Gerüchte. Es heißt, die Flutwelle habe alle *mercatoren* ertränkt. Gewiß ist, daß alle größeren Städte in meiner Provinz schweren Schaden genommen haben. Die *mercatoren* von Cornia haben in ihrem Ratssaal ihr Grab gefunden. Ganze Dörfer wurden vom Steinschlag vernichtet. Die Fischereiflotten und Erzbergwerke, die diese Provinz reich machten, gibt es nicht mehr. Überall zerfällt die Ordnung. Man begeht Morde für einen Sack Korn. Wir sehen einem Hungerwinter entgegen. Und als wäre dies nicht genug, erhebt überall in den Bergen die *corona* ihr Haupt. Diese Strauchdiebe greifen ganz offen nach der Macht, wo man sie ihnen nicht verwehrt. Und doch, Francisco, ist all dies Unglück kein Strafgericht. Zumindest nicht für die Kirche. Wir sind die Ordnende Macht. Ich habe ein Konzil der Ordenshäuser einberufen.«

Francisco starrte den *princeps* fassungslos an. »Greifst du nach der Herrschaft, Bruder?«

Bernaldino setzte ein maskenhaftes Lächeln auf. »Ich würde es anders nennen. Die Kirche sollte verwalten, was herrenlos ist, bis das Imperium seine Kräfte sammeln kann, um zu verteidigen, was sein ist. Es geht mir nicht um Macht, Bruder. Es geht um die Menschen. Wir beide wissen, wie schnell sie zu Wölfen werden, wenn es keine starke Hand gibt, die ihren Weg lenkt. Und wenn wir nicht willens sind, diese Pflicht zu erfüllen, dann wird es die *corona* tun.«

Franciscos Blick wanderte über das weite Ruinenfeld, das sich den Hügel hinab erstreckte. Viele der wunderbaren alten Bauten, von denen heute niemand mehr wußte, wie sie errichtet worden waren, lagen zerstört am Boden. Und doch waren überall Menschen zu sehen, die Ordnung in dieses Durcheinander zu bringen versuchten. Menschen, die Steine säuberten, um sie zu neuen Mauern zu fügen, geborstene Balken bearbeiteten und unter den Trümmern Dachschindeln suchten, die nicht zerbrochen waren.

So wie sie war auch der *princeps*, begriff Francisco, nur daß der Kirchenfürst viel weiter sah. Er blickte über die Grenzen seiner zerstörten Stadt hinaus und vermochte sich in seiner Vision auch von den Fesseln der Gegenwart zu lösen. Bernaldino sah das Imperium, das in Trümmern lag, und ihm schwebte ein Bild von einer zukünftigen Ordnung vor, die ganz anders sein würde als alles, was sie bisher gekannt hatten.

Es war die erste Pflicht des Geistlichen, die Ordnung zu fördern. Dies war die Prüfung, die ihnen Aionar auferlegt hatte. Und hatte Bernaldino nicht recht, wenn er darauf verwies, daß die bedeutendsten Kirchengebäude am wenigsten betroffen waren? Dies konnte nur ein Zeichen sein!

Francisco unterdrückte ein Stöhnen, als er sich aus dem Lehnstuhl erhob, um vor seinem Kirchenfürsten niederzuknien. »Ich werde dir dienen, in allem, was du mir befiehlst, Bruder.«

Bernaldino legte ihm segnend die Hände aufs Haupt. »Du wirst wie meine rechte Hand sein, doch eine Hand, die geharnischt ist. Bekämpfe für mich die Feinde der Ordnung. Schütze die Schwachen und strafe jeden, der seinen Vorteil aus dem Unglück unserer Provinz ziehen will. Sorge dafür, daß Vorräte eingezogen werden und daß man sie gerecht verteilt. Verfolge und bestrafe Plünderer und Mörder. Ich löse dich nun vom Amt des *collectors*, Bruder, und ernenne dich zum *iudicator*. Zur Abendstunde werde ich dich mit dem Schwert in der Purpurscheide gürten, dem künftigen Zeichen deiner Amtswürde. Neben dem Ersten Ritter, Bruder Bartolome, wirst du es sein, der von Stund an über die Macht des *ordo militis dei* in unserer

Provinz Cornia gebietet. Dir obliegt es, den Orden zur Durchsetzung von Recht und Ordnung zu nutzen, während Bruder Bartolome die Verantwortung für alle militärischen Belange trägt.«

Francisco erhob sich schwankend. »Ich weiß nicht, ob ich dieser Ehre würdig bin, Bruder. Ich habe gefehlt und bin verletzt. Vielleicht bin ich zu schwach, diese Bürde zu tragen.«

Der Kirchenfürst lächelte gewinnend. »Nein, mein Bruder. Ich kenne dich und deine wunde Seele besser, als du selbst dich kennst. Dieses Amt wird dir keine Bürde, sondern eine Stütze sein. Dein Selbstzweifel wird versiegen.«

Franciscos Gedanken überschlugen sich. Er würde über Hunderte Krieger und bewaffnete Laienbrüder gebieten. Wohin immer Alessandra Paresi geflüchtet sein mochte, mit Hilfe dieser Macht würde er sie aufspüren. »In welchem Zustand befindet sich der Orden? Wie viele Krieger Gottes haben das Beben und die Flut überlebt?«

»Dies herauszufinden, wird eine deiner ersten Aufgaben sein. Ich fürchte jedoch, daß keines der Ordensschiffe noch einsatzbereit ist, und gewiß wird es eine schwere Prüfung werden, die Macht der Ordnung bis hinauf zu den entlegenen Bergdörfern und Minen auszudehnen.«

Francisco strich sich nachdenklich über das Kinn und bemerkte beiläufig, daß er offenbar vereinzelte Bartstoppeln bei seiner Rasur am Morgen übersehen hatte. Er war nachlässig geworden. Das mußte sich ändern! »Wird es mir erlaubt sein, die Möglichkeiten des *ordo militis dei* zu nutzen, um nach der Fischerin zu suchen?«

Bernaldino blickte ihn ernst an. »Du hast mich doch auch nicht gefragt, ob ich es dir erlaube, diesen bärtigen Söldling – wie ist auch gleich sein Name? – auf die Suche nach ihr zu schicken.«

»Arbenga Cano, Bruder. Er ist kein Angehöriger der Kirche, und ich bezahle ihn von meinem Geld. Ich habe damit gegen keines der Gesetze des *ius dei* verstoßen.«

»Ich hätte dich nicht zum *iudicator* ernannt, wenn an deiner Ehrenhaftigkeit auch nur der geringste Zweifel bestünde. Du

magst über die Ressourcen des *ordo militis dei* nach deinem Gutdünken verfügen, mein Freund. Ich vertraue dir, daß du deine
eigentlichen Aufgaben nicht aus den Augen verlierst, obwohl
ich sagen muß, daß mich deine Suche nach diesem Weib befremdet. Wenn sie zur Küste geflohen ist, hat die Sturmflut sie
ertränkt. Selbst in den Bergen kann sie von einem Steinschlag
begraben worden sein. Wahrscheinlich wird man ihren Leib
niemals finden.«

Ein undankbarer Gast

Auf den Klippen über dem Kap der Türme, am 11. Tag
des Sturzregenmondes, im 458. Jahr der Abwesenheit Gottes

Orlando beobachtete von der Hütte aus, wie Alessandra ihre Harpune aus der großen Zielscheibe zog. Diese war fast mannshoch. Das Mädchen hatte sie aus den Gräsern geflochten, die Tormo ihm ans Krankenlager gebracht hatte.

Alessandra machte ihm Sorgen. Ihre Wunden waren fast vollständig verheilt. Sie hatte großes Glück gehabt und keine Narben im Gesicht zurückbehalten. Auch ihr linker Arm würde keinen dauerhaften Schaden davontragen. Doch auch wenn er ihre Knochen geflickt hatte, so schien etwas in ihr zerbrochen zu sein, das er trotz seiner Kunstfertigkeit nicht zu heilen vermochte.

Alessandra war verstockt und unfreundlich. Seitdem Tormo sie gerettet hatte, waren fast vier Wochen vergangen. Wochen, in denen sie kaum ein Wort gesprochen hatte. Dabei gab sich der Junge alle Mühe, ihr jeden Wunsch zu erfüllen. Orlando hatte seine Meinung über ihn gründlich geändert. Tormo war alles andere als der Tor, als den sein Vater ihn immer hingestellt hatte. Er war klug und lernte schnell.

Alessandra hatte sich nun etwa vierzig Schritt von der Scheibe entfernt. Prüfend wog sie ihre Wallanze in der Hand. Dann beugte sie sich zurück und schleuderte die Harpune. Die Waffe traf die Scheibe genau in der Mitte. Zum siebten Mal hintereinander. Ihre Kunstfertigkeit im Umgang mit diesem Mordinstrument hatte etwas Unheimliches, fand Orlando.

Auf der Scheibenmitte hatte Alessandra mit Ruß einen Punkt markiert, kaum so groß wie eine Hand. Allein eine schwere Wallanze vierzig Schritt weit zu werfen, war schon eine Leistung, aber ein so kleines Ziel immer wieder zu treffen ... Der Alte schüttelte den Kopf. Unheimlich.

Alessandra trat ein paar Schritt vor, zog ihr Messer aus dem

Gürtel und schleuderte es im Gehen nach der Scheibe. Es traf keinen Fingerbreit neben der Harpune. Orlando applaudierte. Die Walfängerin fuhr erschrocken herum und bedachte ihn mit einem finsteren Blick.

»Ein erstklassiger Wurf!« rief der Alte. »Wenn du auf einem Walfänger anheuerst, wirst du es gewiß bald zur ersten Harpunierin bringen.«

»Es gibt keine Schiffe mehr«, erwiderte sie tonlos und ging zur Zielscheibe hinüber.

Orlando folgte ihr. »Ich habe ein Geschenk für dich.«

Ohne auch nur die geringste Notiz von ihm zu nehmen, zog sie die Wallanze aus der Strohscheibe und kehrte zum Ausgangspunkt zurück, um ihre Zielübungen fortzusetzen.

»Ich habe dir eine Holzkladde mit Wachstafeln gemacht, so wie Tormo sie hat. Du weißt, es ist sein größter Wunsch, mit dir zu reden.«

»Das wird niemals geschehen. Dafür hat sein Vater gesorgt.«

»Er lernt schreiben und lesen. Er macht gute Fortschritte. Es liegt jetzt an dir.« Orlando hielt ihr die Kladde hin. Sie bestand aus zwei einfachen Brettchen, die knapp zehn Zoll hoch und etwa fünf Zoll breit waren. Orlando hatte sie durch einen Lederstreifen miteinander verbunden, so daß man sie wie ein Buch zusammenklappen konnte. Auf der Innenseite der Brettchen waren Leisten angebracht, die einen Rahmen bildeten. In den Rahmen hatte er Bienenwachs gestrichen, der eine knapp fingerdicke Schicht bildete. Mit einem kleinen Holzgriffel, der mit einer Lederschnur an der Kladde hing, konnte man Buchstaben in das Wachs ritzen. Wenn man achtsam war und klein schrieb, konnte man auf den beiden Wachstafeln mehrere Sätze niederschreiben. Wollte man etwas Neues schreiben, mußte man das Wachs nur mit dem Daumen glätten.

»Es liegt bei dir, Tormo die Zunge wiederzugeben.«

Alessandra blickte kurz auf die Kladde. »Niemand kann ihm seine Zunge zurückgeben, alter Mann. Rede keinen Unsinn. Im übrigen werde ich mit Sicherheit nicht lange genug bleiben, um lesen zu lernen.«

»Wie kannst du nur so undankbar sein? Tormo hat dir das Leben gerettet. Er täte alles für dich! Es ist nicht gerecht, wie du ihn behandelst.«

»Ich habe niemanden um mein Leben gebeten«, erwiderte Alessandra kühl. »Außerdem glaube ich, daß du meine Dankbarkeit kaum ermessen kannst.«

Orlando öffnete und schloß fassungslos den Mund. Wie sehr er sich in dem Mädchen getäuscht hatte! Sie blieb stehen und blickte zur Zielscheibe hinüber. Diesmal war sie noch ein paar Schritte weitergegangen. »Habe ich dich je gefragt, warum ein alter Mann soviel Schmiedewerkzeug in seiner Hütte hat und Hände, die aus Eisen gefertigt sind, in einer Truhe aufbewahrt?«

»Vielleicht habe ich auf deine Frage gewartet. Sie hätte bedeutet, daß du Anteil an meinem Leben nimmst. Aber wie du gerade bewiesen hast, sind dir andere Menschen gleichgültig. Eine Woche hast du noch unter meinem Dach. Dann erwarte ich, daß du dein Bündel schnürst. Jemanden wie dich habe ich noch nie getroffen, Alessandra, und ich hoffe, daß ich auch niemals wieder jemandem begegnen werde, der dir ähnlich ist.«

Orlando wandte sich ab und stapfte wütend das letzte Stück zur Klippe hinauf. Dieses störrische Kind! Am liebsten wäre er wieder allein gewesen. Es hatte etwas für sich, die Gesellschaft von Menschen zu meiden. Man wurde nicht enttäuscht.

Der Rücken schmerzte ihn, und zu allem Überfluß fing es wieder an zu regnen. Verdammtes Alter! Verdrossen blickte er zum Himmel. Die Sonne war hinter tief treibenden dunklen Wolken verborgen. Ein frischer Wind wehte vom Meer.

Fröstelnd rieb sich der Alte über die Arme. Wo blieb nur die Spätsommersonne? In den letzten Jahren hatte er es stets genossen, während dieses Sommermondes auf den Klippen zu sitzen und seine alten Knochen in der Nachmittagssonne zu wärmen. Wie eine Echse hatte er oft stundenlang bewegungslos auf den Steinen gekauert, aufs Meer hinausgeblickt und vor sich hingeträumt. Doch jetzt war es viel zu kalt für die Jahreszeit.

Orlando mußte lächeln. Kalt. Nein, kalt wurde es hier am Kap der Türme eigentlich nie. Er dachte an seine Jugend zurück. An das *castrum dei* der Eisheiligen, wo man ihm Lesen, Schreiben und falsche Demut beigebracht hatte. Dort, hoch in den Bergen, war es kalt gewesen. Bis weit in den Frühling hinein gab es noch Frostnächte. Und wenn der Wind von Westen über den Gletscher herabwehte, dann mochte einen selbst mitten im Sommer ein Eishauch streifen. Da hatte er es hier am Kap besser getroffen. Schnee fiel hier niemals. Doch die langen Jahre hatten ihn offenbar verweichlicht. Ihn, der einst barfuß zum Gletscher hinaufgepilgert war, um die Grotten der Eisheiligen zu besuchen, störte jetzt ein bißchen Regen.

Weit im Norden brach ein einzelner Sonnenstrahl durch die Wolkengebirge am Himmel und spiegelte sich silbernglänzend auf dem Wasser. Wie eine Säule aus Licht wanderte er langsam über das Meer. Jenseits der Riffe malten sich dunkel die Rücken von Norgas im Wasser ab. Orlando blickte in die kleine Bucht zu seinen Füßen. Der Leichengeruch war in den letzten Tagen erträglicher geworden. Vielleicht hatte er sich aber auch einfach daran gewöhnt und bemerkte ihn nicht mehr.

Der Kiesstrand lag voller menschlicher Knochen. Nur vereinzelt zupften Rotkopfmöwen am zähen, eingetrockneten Fleisch jener letzten Ertrunkenen, deren Gebeine noch nicht gänzlich freigelegt waren. Anfangs hatte er gemeinsam mit Tormo versucht, die Toten in die aufgerissenen Rümpfe der drei Galeeren zu betten, die von der Sturmflut in die kleine Bucht getrieben worden waren. Doch als mit jeder Flut weitere Tote an den Strand getrieben wurden, hatten sie es aufgegeben.

Drei Tage nach dem großen Unglück, als Alessandras Fieber gesunken war und er sich sicher war, daß sie keinen Wundbrand bekam, war Orlando die Küste hinaufgewandert. Er hatte nach Überlebenden gesucht, nach Menschen, die ihm erklären sollten, was hier geschehen war. Doch alles, was er fand, waren Leichen. Tausende waren ertrunken.

An einigen Stellen, wo die Küste flacher wurde, war die Flut tief ins Land hinein vorgedrungen. Er hatte Schiffe gesehen, die abgesehen von zersplitterten Rudern völlig unversehrt waren. Dennoch würden sie niemals mehr auf See eingesetzt werden können, denn die Sturmflut hatte sie eine Meile weit landeinwärts getragen.

Jenseits der Riffe vor der Bucht erklang Walgesang. Sie haben die Meere für sich zurück, dachte Orlando. Seit Wochen hatte kein Schiff das Kap mehr passiert.

Der Beobachter

Zwischen den Felsen, hundert Schritt südlich
von Orlandos Hütte

Arbenga war erleichtert, als er sah, daß die Harpune diesmal ihr
Ziel verfehlt hatte. Sie war drei Hand breit neben dem Mittelpunkt der Zielscheibe eingeschlagen. Was immer der alte Mann
zu der Mörderin gesagt haben mochte, es hatte sie doch aus der
Ruhe gebracht.

Nachdenklich strich sich der Söldner über den Bart. Er hatte
die Hoffnung schon aufgegeben gehabt, Alessandra zu finden.
Überall an der Küste waren die Dörfer entvölkert. Und tiefer in
den Bergen hatte niemand sie gesehen. Nur zufällig war er durch
den Geruch von Rauch auf die Hütte auf den Klippen aufmerksam geworden. Hätte man kein Feuer entfacht, wäre er vermutlich vorbeigeritten, ohne diese windschiefe Bruchbude auch nur
zu bemerken.

Zu dumm, daß das Mädchen zwei Gefährten hatte. Der Alte
war vermutlich keine Gefahr. Aber dieser riesige Kerl, der sich
jetzt in der Hütte aufhielt, konnte einigen Ärger bereiten. Und
dann diese Art, wie Alessandra ihre Harpune warf. Arbenga
hatte sich schon in vielen Armeen als Söldner gedient. Er hatte
die Ketzer aus den Samen Gottes bekämpft, mit den Kopfjägern
und Fischern von den Jaguarinseln gefochten und als Leibwächter in einem halben Dutzend mächtiger Mercatorenfamilien gedient. Doch nie zuvor hatte er jemanden getroffen, der so treff-
sicher einen Speer zu schleudern vermochte. Das Mädchen war
gefährlich. Er mußte sie mit dem ersten Schuß töten. Wenn sie
es schaffte, ihre Waffe nach ihm zu werfen ...

Er dachte daran, wie sie den *collector* zugerichtet hatte. Wie
die Widerhaken der Harpune dessen Fleisch zerfetzt hatten. Sie
durfte keine Gelegenheit bekommen, ihre Waffe nun auch gegen ihn zu richten. Er war jetzt etwa hundert Schritt von der

Harpunierin entfernt. Näher konnte er nicht an sie heranschleichen, ohne seine Deckung aufzugeben. Auf diese Distanz war ein Bogenschuß eine ungewisse Sache. Vom Meer wehte böiger Wind, der den Pfeil aus seiner Flugbahn treiben konnte. Arbenga zögerte. *Pater* Francisco hatte eine Summe für den Kopf dieser Fischerin geboten, die ein Wagnis durchaus lohnte. Er hatte jedoch auch sehr deutlich gemacht, daß er sie am liebsten lebend bekäme. Als es zu nieseln begann, wußte der Söldner, was zu tun war. Er zog die Sehne von seinem Bogen und kroch vorsichtig zu seinem Pferd zurück. Warum sein Leben in die Waagschale werfen, wenn er seinen Preis auch leichter bekommen konnte?

Auf den Schwingen des Adlers

Zur Zeit der Beerenreife, im Jahr der Sturmreiter, in den Bergwäldern der Frostfänge

»Seruun, es wäre wirklich besser, wenn du hier auf der Lichtung bei den Pferden bliebst. Ich will dich nicht beleidigen, Junge, aber wenn du schleichst, bewegst du dich so lautlos wie ein brünstiger Speernasenbulle, der durch ein Stachelbeerdickicht zu seiner Kuh tappt. Die Jagd würde wesentlich länger dauern, wenn wir dich mitnähmen ... Außerdem muß ohnehin jemand bei den Pferden bleiben.« Bärenhaut sah ihm geradewegs ins Gesicht. Er war kein Mann schöner Worte, hinter denen sich Stacheln verbargen. Er sagte unverhohlen, was er meinte.

Der alte Jäger hatte recht. Was Seruun indes verletzte, waren nicht Bärenhauts Worte, sondern das Grinsen der übrigen Jäger. Er wußte, daß sich die meisten von ihnen hinter seinem Rücken über ihn lustig machten und ihm heimlich den Spitznamen *Lautfuß* gegeben hatten.

»Ich bringe dir als Geschenk für Grasfeder einen Fuchs mit«, versprach ihm Bärenhaut. Er meinte auch das ehrlich und ohne Hintergedanken.

»Nein, laß gut sein«, entgegnete Seruun niedergeschlagen. »Du hast recht. Ich würde euch bei der Jagd nur behindern. Also bleibe ich bei den Pferden.« Was war ein Fuchs wert, wenn jeder im Volk der Windwanderer wußte, daß er nicht von Seruun erlegt worden war? So tief, daß er solche *Geschenke* machte, wollte er nicht sinken!

Bärenhaut nickte ihm zu. »Wir sind bis zur Dämmerung zurück. Hier in den Wäldern gibt es reichlich Wild. Und merke, Seruun: Der Mann, der auf die Pferde aufpaßt, ist genauso wichtig wie ein Jäger. Weil du hier bist, können wir guten Gewissens die Lichtung verlassen und auf die Pirsch gehen.«

Seruun wußte, daß Bärenhaut es gut meinte, doch irgendwie

fühlte er sich durch die tröstenden Worte noch kläglicher. »Ich wünsche euch eine gute Jagd.«

Ohne weitere Umschweife brachen die sieben Krieger auf. Wie Schatten verschwanden sie im Zwielicht zwischen den Bäumen. Kein Vogel flog auf, als sie in den Wald schlichen. Seruun wünschte sich, so zu sein wie sie. Doch er hatte Jahre damit vertan, den Worten Gurwan Nudets zu lauschen, um ein guter Geistertänzer zu werden. Jahre, da seine Freunde von einst gelernt hatten, Jäger und Krieger zu werden.

Mißmutig blickte er zu den Pferden hinüber. Man hatte ihnen Lederriemen um die Vorderbeine geschlungen. Die weichen Fesseln waren so weit, daß sich die Tiere zwar bewegen und weiden, keinesfalls aber fortlaufen konnten.

Der Junge griff nach seiner Decke aus Büffelhaar. Darin waren seine wenigen Habseligkeiten eingerollt. Ein paar Amulette und das Adlerhemd von Gurwan. Ein bunter Stein, den ihm Grasfeder einmal geschenkt hatte, und die warmen Stiefel, die sie während der langen Nächte des letzten Eisatems liebevoll für ihn gefertigt hatte.

Der junge Schamane schlenderte auf einen Felsbrocken zu, der mitten auf der Lichtung lag. Obwohl sich das Tagauge hinter Wolken verbarg, war es angenehm warm. Seine Hände streichelten über das schmutzigweiße Felsgestein. Es war warm.

Seruun warf das Bündel auf den Felsen hinauf und kletterte hinterher. Die Stute von Tulga, einem der Jäger, musterte ihn dabei mit ihren großen braunen Augen. Seruun hatte Tulga nichts von seiner Vision erzählt, von den Toten im Schnee. Der Jäger hatte noch wenige graue Strähnen im Haar. Wie lange würde es dauern, bis das Traumgesicht Wirklichkeit würde? Ob es je Wirklichkeit würde?

Es war Gurwan Nudet gewesen, der für ihn wie für die meisten anderen Kinder aus dem Volk der Windwanderer den Namen ausgesucht hatte. Die Ahnen hätten ihm die Namen zugeflüstert, hatte der Alte immer behauptet. Seruun war so oft dabei gewesen, daß er nur zu gut wußte, welche Rolle vergorene Stutenmilch bei Gurwans ritueller Namensfindung gespielt hatte.

Der Junge dachte an seinen eigenen Namen. Seruun Zuudet, der Wachträumer. War er gut gewählt? Gurwan hatte ihm einmal erzählt, er sei sich bei seiner Namensgebung unsicher gewesen. Er habe lange überlegt, ob Zönch Zuudet, der Wahrträumer, kein besserer Name für ihn sei. Bis jetzt hatte der alte Name gut zu seinem Wesen gepaßt. Seruun dachte daran, wie oft Gurwan ihn gescholten hatte, weil seine Gedanken so leicht abschweiften. Mit offenen Augen träumen – das war sein Wesen ... Doch nun schien sich alles zu verändern. Mit einem beklommenen Gefühl dachte er an die Visionen während des Rituals. Würden sich seine Träume erfüllen? Wäre Zönch Zuudet die bessere Namenswahl gewesen? War es Tulga bestimmt, im Schnee zu sterben, zusammen mit Sarangoo? Seruun beschloß, den beiden nichts von seinem Traum erzählen. Er wollte kein Unglücksbote sein, den die Menschen fürchteten. Das konnte nicht sein wahres Wesen sein! Er war ein Träumer, ja, aber keiner, dessen Träume Schrecken verbreiteten. Gurwan hatte sich nicht geirrt, als er ihn Seruun Zuudet nannte, den Wachträumer!

Der Junge legte sich auf den Felsen und schob sich die zusammengerollte Decke in den Nacken. Der Stein war angenehm warm. Griffbereit lag sein Speer neben ihm. Die Pferde würden früher als er bemerken, wenn sich eine Gefahr näherte. Es war nicht nötig, daß er sich mit fruchtlosem Herumstarren ermüdete, statt dessen würde er den Wolken zusehen.

Der Wald war ihm unheimlich. Selbst hier auf der Lichtung konnte man in keine Richtung weiter als dreißig Schritt sehen. Das hatte etwas Beklemmendes. Sie waren in die Berge hinaufgeritten, um zu jagen und nach den Aduuchin, den Pferdeherren, Ausschau zu halten. Seruun hielt sich lieber in den weiten Grasebenen auf. Dort sah er, was auf ihn zukam.

Dieser Wald war sicher! Drei Tage waren sie hier schon unterwegs und hatten weder Spuren von Wölfen oder Langmähnen gefunden noch solche von den Aduuchin. Vielleicht hatte ja auch ihre Speernasenherde den gewohnten Wanderweg verlassen. Dann konnten sie etliche Tagesritte entfernt sein.

Seruun blickte zum Himmel hinauf. Die Wärme machte ihn

ein wenig schläfrig. Er liebte, treibende Wolken zu betrachten. Gurwan hatte einmal erzählt, daß es in den Wäldern, die tief in den Frostfängen lagen, Geistertänzer gebe, die den Willen der Ahnen aus den Wolken lesen könnten. Der Junge seufzte. Hätte er nur solch einen Lehrmeister gehabt! In den Wolken zu lesen, fiel ihm leicht. Manchmal sah er Gesichter oder Tiere. Seit Gurwans Tod waren die Wolken so dicht, daß er nicht darin lesen konnte. Nie zerrissen sie, um ein Stück Himmel freizugeben. Seruun konnte jetzt verstehen, wie sehr Wolfszahn damals den Sternenhimmel vermißt hatte. Es war ein Trost, den Weg des Nachtauges zu beobachten und die vielen Sterne zu sehen.

Ein Weißkopfadler segelte mit weit ausgebreiteten Schwingen über die Lichtung hinweg. Wie es wohl wäre, vom Wind getragen zu werden? Seruuns Volk nannte sich zwar Windwanderer, doch es konnte höchstens *mit* dem Wind wandern. *Auf* ihm zu gleiten, mußte wunderbar sein. Für den Adler hatte sich die Welt gewiß kaum verändert. Er mußte die Wolken nicht so oft sehen, starrte er doch die meiste Zeit aufmerksam auf die Erde hinab.

Der Raubvogel verschwand hinter den Bäumen. Seruun blickte über die Lichtung. Alles war ruhig. Die Singvögel in den Bäumen waren verstummt, als sie den Schatten des Adlers am Himmel gesehen hatten. Doch für die Pferde bestand keine Gefahr. Sie hatten die Köpfe gesenkt und weideten. Kurz glaubte der Junge, am Rand des Waldes sogar die Silhouette eines Rehs zu sehen. Doch als er genauer hinblickte, war dort nichts als Düsternis.

Er rollte sich zurück. Die Wolken. Ihre Farbe war schmutzig wie die Fluten des Braunwassers. Grau und voller Regen segelten sie träge mit dem Wind.

Auf dem Wind reiten ... Seruun stellte sich vor, ein Adler zu sein. Er phantasierte, wie der Sturmwind an seinen Federn zerrte. Weit unter ihm lag der Wald. Und doch konnte er sie sehen, alle die ängstlichen kleinen Geschöpfe, die glaubten, sie könnten seinem wachsamen Blick entgehen, wenn sie sich unter die Äste kauerten.

Kühl glitt der Wind unter seinen Flügeln hindurch. Er blickte zu den steilen Klippen aus hellem Gestein hinunter und stieß einen schrillen, herrischen Schrei aus. Er lachte über den Versuch der Steine, bis in den Himmel heraufzureichen. Der Himmel gehörte allein ihm, dem Adler. Im Wald sah er die Jäger. Wieder schrie er seinen Triumph hinaus. Nichts konnte sich vor seinem Blick verstecken. Einer von ihnen blickte zu ihm herauf: Bayaraa, ein kleiner Kerl, mit gebrochener Nase.

Der Adler benötigte nur wenige Flügelschläge, um über einen langgezogenen, flachen Hügelkamm hinwegzufliegen. Dahinter öffnete sich ein weites Tal. Ein weißschäumender Bach teilte es in zwei Hälften. Der Wald war aus der Mitte des Tals zurückgewichen. Entlang des Baches erstreckte sich eine prächtige Wiese mit Blumen und Kräutern. Guter Weidegrund. Hohe Berge im Norden und Osten schützten das Tal vor den schneidenden Winden, die der Eisatem mit sich brachte. Dort, wo am Fuß der Berge der Wald begann, brach eine Pferdeherde aus dem Unterholz. Nein, nicht nur Pferde! Krieger stürmten aus dem Wald. Sie trugen Knochenhemden, die sie vor den Hieben von Kriegskeulen schützen sollten. Sie waren mit langen Lanzen und mit Schilden bewaffnet, die ihnen bis fast zu den Fußknöcheln reichten. Pferdeherren! Auf den Gesichtern glänzte schwarze und gelbe Farbe. Auch die Pferde waren bemalt. Die gekrümmte Sichel des Nachtauges und gelbe Hände schmückten ihr Fell.

An der Spitze ritt ein Krieger mit langem schlohweißem Haar. Er trug einen Krummstab, der mit Pferdeschweifen geschmückt war.

Obwohl der Adler hoch am Himmel schwebte, erkannte er den Anführer in aller Deutlichkeit. Der Mann trug kein Lederhemd. Brust und Arme waren mit weißen Narben bedeckt. Er hatte eine Keule in den Gürtel geschoben, in die ein faustgroßer rötlicher Stein eingelassen war. Mit einer solchen Waffe ließen sich Schädelknochen wie Eierschalen zerschlagen.

Plötzlich hob der Krieger den Kopf und blickte zum Himmel herauf. Seruun hatte das absurde Gefühl, daß der Anführer der

Aduuchin, der Pferdeherren, ihn deutlich sehen konnte. Der Mann hatte kalte graue Augen, denen nichts verborgen blieb. Seine Nase war gebogen wie der Schnabel eines Raubvogels. Er zog die Keule aus dem Gürtel und deutete den Bach entlang zum Südende des Tals. Sie ritten in Richtung der Ebenen, zur Herde! Und die Krieger der Windwanderer hatten sich als Spähtrupps weit über das Land verstreut.

Mit einem Ruck setzte Seruun sich auf. Er war eingeschlafen und dabei bis dicht an die Kante des Felsens gerutscht. Eine kleine Bewegung noch, und er wäre hinuntergefallen. Dieser Traum! Der Junge blickte zum Himmel hinauf. Der Adler kreiste wieder über der Lichtung. Hatte er wirklich durch die Augen des Vogels gespäht? Beklommen blickte er zu den schroffen Klippen aus weißem Stein hinüber. Dazwischen zog sich ein breites Band aus grünen Weiden. Auf diesem Weg würden die Reiter also entlangkommen, wenn er nicht nur geträumt haben sollte.

Seruun griff nach der zusammengerollten Decke. Er mußte Bärenhaut und die anderen Krieger warnen!

Blut und Rosen

In den Rosengärten bei Pentarosae, in der provincia Odia, 12. Tag des Sturzregenmondes, im 458. Jahr der Abwesenheit Gottes

Die Mittagsstunde war kaum verstrichen, als die Schlacht entschieden war. Die geschlagenen Reste der Truppen des Satrapen Rahmakaio von Biritimon befanden sich in wilder Flucht. Joacino da Gona, *tercio* und damit Kommandant der imperialen Truppen vor Pentarosae, fragte sich, ob der Satrap im Auftrag seines Königs gehandelt oder in der Provinz Odia einfach nur leichte Beute vermutet hatte. Befand Odia sich nur mit einem gierigen Provinzfürsten oder mit dem ganzen Königreich Kurjameos im Krieg? Er sollte sich ein paar gefangene Offiziere bringen lassen, um sie persönlich zu verhören.

Der Feldherr schob Stoßrapier und Parierdolch in die Scheiden zurück und löste den Kinnriemen seiner Sturmhaube. Sein Blick wanderte über die weiten Terrassenhügel, die die Stadt Pentarosae wie ein Gürtel umgaben. Jedes der kleinen ummauerten Felder der Hügel schien eine andere Farbe zu haben, auch wenn eindeutig Rot vorherrschte. Bei manchen Hügeln waren die Blumenfelder Ton um Ton aufeinander abgestimmt, so daß aus hellem Gelb allmählich das Orange einer Winterabendsonne wurde, und auch dieser Farbton wurde fortgeführt, bis die Blumen das Rot von dunklem Blut annahmen.

Die Millionen von Rosen, die in diesen sorgsam gepflegten Gärten wuchsen, waren der Reichtum der Stadt. Aus den Blüten wurde Rosenöl gepreßt und zu den teuersten Parfümen des Imperiums verarbeitet. Selbst im fernen Katau, so hieß es, schätze man das Rosenöl aus Pentarosae, und so hatte diese flüchtige Blütenessenz der Stadt zu fast märchenhaftem Reichtum verholfen.

An jenem schwülen Spätsommermittag brauchte man jedoch kein reicher Kaufmann zu sein, um in den Genuß der Wohlgerüche Pentarosaes zu kommen. Die Luft war geschwängert vom Duft der Blumen, die jeden anderen Geruch überdeckten. Dies war das wohlriechendste Schlachtfeld, auf dem er je gestanden hatte.

Etliche der Bruchsteinmauern, welche die Felder abgrenzten, waren im Lauf der Gefechte eingerissen worden. Viele Felder waren durch Feuer und Schwert verheert oder einfach von vorrückenden Marschhaufen niedergetrampelt worden. Die Truppen aus Biritimon hatten tapfer gekämpft, selbst nachdem ihrem Satrapen klargeworden war, daß man sie zwischen den unübersichtlichen Hügeln in eine Falle gelockt hatte. Ihre Armee war geschlagen, aber nicht vernichtet, und Joacino verfügte nicht über genügend Reiter, um das flüchtende Heer zu verfolgen und ihm den Todesstoß zu versetzen.

Müde legte Joacino seine Sturmhaube auf einer niedrigen Mauerkrone ab. Der offene Helm war einem Jaguarkopf mit weit aufgerissenem Rachen nachempfunden. Er war ein Geschenk seines Bruders Arcimbaldo. Joacino selbst hätte sich eine solche Kostbarkeit niemals leisten können, obwohl er ein *tercio* war, der Oberbefehlshaber von drei Tausendschaften Fußsoldaten. Seit der Heeresreform durch die *camera magna* war die Macht der Armee gebrochen. *Tercio* war der höchste Rang in der Armee, denn die *mercatoren* hatten Angst, einem einzelnen Mann zuviel Macht zu überlassen.

Wurde doch einmal eine größere Streitmacht benötigt, stellte man sie unter das Kommando eines Politikers. Nur ein *legatus,* ernannt von der *camera magna,* durfte mehr als eine Farbe befehligen. *Turmae,* so nannte man eine Tausendschaft, und drei *turmae* waren eine selbständige Armee. Die Wämser und Hosen der Soldaten hatten in jeder Armee eine andere Grundfarbe. Joacinos Soldaten waren in Safrangelb gekleidet, weshalb man sie auch die Safrantürme nannte. Viel angesehener als die Armee war der Dienst in der Flotte. Jede Familie, die etwas auf sich hielt, versuchte ihren Söhnen das Kommando auf einem der Schiffe der imperialen Marine zu kaufen. Ein korrupter Dreckshaufen ist die Flotte! dachte Joacino. Eine Brutstätte für Speichellecker und Politiker! *In der Armee bleibt man arm und läuft sich die Füße wund*, hatte sein ältester Bruder ihn stets verhöhnt. Inzwischen hätte Arcimbaldo vermutlich gern mit ihm getauscht. Joacino streifte die schweren Lederhandschuhe ab und legte sie neben dem Helm auf die Mauer. Sie waren voll dunkler Blutflecken. Angewidert wendete er den Blick ab und ließ ihn über die weiten Gärten schweifen. Dort, wo die Schlacht am heftigsten getobt hatte, lagen ganze Haufen von Toten vor den Bruchsteinmauern. Die Überlebenden hatten bereits damit begonnen, den Leichen die Stiefel und alles andere von Wert wegzunehmen.

Auf den hellen, staubigen Wegen zwischen den Feldern standen dunkle Blutpfützen in den Furchen, die die Karren der Bauern hinterlassen hatten. Ob die Blumen wohl Blut genauso wie Regenwasser tranken? Würde sich der Duft solcherart begossener Rosenblüten verändern? Würde er die Melancholie eines Schlachtfelds atmen?

»*Tercio* da Gona!« erklang eine wohlvertraute, samtig rauhe Stimme. »Der Älteste des *oktagon* von Pentarosae wünscht dich zu sprechen.« Ernanda, die *coronela* der zweiten Tausendschaft, kam mit zwei Offizieren den Weg entlang. Der rechte Ärmel ihres Hemds war zerrissen und blutverkrustet. Wie Joacino trug auch sie Küraß und Sturmhaube. Eine mit Goldfäden bestickte rote Bauchbinde wies sie als ranghohe Offizierin aus. Ernandas Gesicht war ein wenig zu kantig, um bei einer Frau als schön zu gelten. Ihr breites Kinn und die hohe Stirn verrieten Durchsetzungsvermögen und Intelligenz. Das schwarze Haar hatte sie mit Fäden aus Silberdraht und Perlenschnüren zu einem dicken Zopf geflochten.

»Ich fürchte, wir haben Ärger.« Ernanda hatte eine knapp einen Zoll lange Narbe im rechten Mundwinkel, wodurch der Eindruck erweckt wurde, daß stets ein spöttisches Lächeln ihre Lippen umspielte. Auch wenn sie sich große Mühe gab, gefaßt zu wirken, sah Joacino ihren Augen an, wie aufgebracht sie war. Sie war von aufbrausendem Temperament, weshalb sie es trotz all ihrer Verdienste nicht weiter als bis zur *coronela* gebracht hatte.

»Was gibt es denn?«

»Die Reiterei der Stadt hat den Wagentroß des Satrapen Rahmakaio aufgebracht. Sie haben ihn beschlagnahmt, um die Kriegsschäden mit dieser Beute auszugleichen. Es ist zu Handgreiflichkeiten zwischen einigen meiner Männer und den Reitern gekommen.«

Joacino schloß für einen Moment die Augen und atmete tief durch. »Gab es Tote?«

»Auf unserer Seite nicht.« Ernanda grinste jetzt. »Aber ich fürchte, einige der Spielzeugritter aus Pentarosae sind vom Pferd gefallen.«

»Haben sie ein Anrecht auf die Beute?«

»Ein Anrecht?« Ernanda gab jeden Versuch auf, ihre Wut noch weiter im Zaum zu halten. »Diese Blechköpfe standen unter meinem Kommando auf dem äußersten linken Flügel. Ich habe ihnen drei Boten mit Angriffsbefehlen geschickt, die alle drei angeblich nicht angekommen sind. Man hat meine Boten bisher auch nicht wieder gefunden. Diese Feiglinge haben einfach eine halbe Meile hinter der Schlachtlinie auf ihren Pferden gesessen und abgewartet, wer gewänne. Meine Leute waren es, die zuerst beim Troß waren. Aber sie sind richtige Krieger. Solange diese kurjamäischen Echsenfresser noch kämpften, hat keiner meiner Männer geplündert. Als feststand, wem der Sieg gehört, haben die Pentarosaer ein paar Flüchtlinge niedergeritten und dann den Troß beschlagnahmt. Pfählen sollte man die Drecksäcke!«

»Das kannst du ihnen gleich selbst sagen.« Philippo da Costa, der Älteste von Pentarosae, eilte ihnen, eskortiert von drei Bannerträgern und einigen schwerbewaffneten Leibwächtern, den Weg entlang entgegen. Er erschien zunächst als ein mittelgroßer Mann in deutlich fortgeschrittenem Alter.

Japsend rang er nach Atem, und es dauerte einen Augenblick, bis er sich wieder gefaßt hatte. Jetzt war er ein kahlköpfiger, übergewichtiger Mann mit hochrotem Gesicht. Seine Kleidung war an Pracht kaum zu überbieten. Mit Perlen bestickt und feinen Schnüren aus Silber und Gold durchwirkt, stellte sie sicher ein Vermögen dar. Es mußte allerdings eine Qual sein, solche schweren, dichten Gewänder an einem so stickigen Tag zu tragen.

»*Tercio* da Gona, das *oktagon* ist entsetzt über die selbstherrliche Art, mit der Ihr Euch über unsere Befehle hinweggesetzt habt. Man hatte Euch mehr als eindeutig angewiesen, das feindliche Heer in der Ebene im Westen der Stadt zu bekämpfen. Da Ihr dies nicht getan habt, fordert das *oktagon* sämtliche in diesem Feldzug erlangte Beute ein, um den entstandenen Schaden an den Rosenhügeln auszugleichen, die Ihr zum Schlachtfeld gemacht habt.«

Joacino deutete mit weit ausholender Geste über das Schlachtfeld. »Seht dort hinunter. Seht Ihr bei den Mauern das Safrangelb der Waffenröcke meiner Soldaten? Männer und Frauen, die für Eure Stadt gestorben sind, Ältester, und das, obwohl sie Pentarosae nie zuvor gesehen hatten. Seht Ihr die zahlreichen weißen Flecken? Die Farbe der Satrapie Biritimon. Wißt Ihr, was ich vermisse? Das Grün der Krieger, die unter dem Banner der fünf Rosen kämpfen.«

Philippo da Costa schnaubte verächtlich. »Das bedeutet wohl, daß die Ritter unserer Stadt besser gekämpft haben als unsere Feinde und besser auf ihr Leben zu achten wußten.«

»Besser auf ihr Leben zu achten ...« Ernanda griff nach ihrem Rapier. »Verspottet meine Toten nicht! Eure Ritter haben auf ihr Leben geachtet, indem sie dem Schlachtfeld fernblieben!«

»Verleumdung!« keifte der Älteste. »Was sonst sollte man auch von einem da Gona und seinesgleichen erwarten? Ich werde bei der *camera secreta* Beschwerde gegen Euch führen.«

»Die Geheime Kammer gibt es nicht mehr«, wandte der *tercio* halbherzig ein.

»Nicht jetzt, aber sie wird sich neu konstituieren. Und verlaßt Euch darauf, die da Gonas, die unsere Flotte in den Untergang geführt haben und denen wir den Krieg mit der Ehernen Liga verdanken, werden nicht mehr viel zu melden haben.« Philippo lächelte herablassend. »Ihr wißt doch, wie wankelmütig die *mercatoren* sind. Euer Haus wird nicht mehr viele Freunde haben. Die da Costa hingegen ...« Das Lächeln des Ältesten war zu einem unverschämten Grinsen geworden.

»Ich brauche Proviant für meine Armee und Karren für die Verwundeten. Meine Truppen können sonst dem Feind nicht nachsetzen. Wir werden nach Biritimon marschieren und den Krieg somit zurück ins Königreich Kurjameos tragen. Dort gibt es Beute genug für meine Männer. Ihr Heer haben wir besiegt, sie können uns nicht viel entgegensetzen.«

»Nach Biritimon ...« Philippo schob seine blasse Hand unter das Wams und kratzte sich hingebungsvoll. »Joacino, Ihr stammt aus einer bedeutenden Kaufmannsfamilie. Ein solcher Krieg ist nichts anderes als ein Geschäft, das, sagen wir, mit etwas drastischeren Mitteln abgewickelt wird, als es sonst üblich ist. Ich würde Euch gern die Weisheit des Alters zur Verfügung stellen bei diesem Unternehmen. Ihr habt zwar Männer und Waffen, doch wir beide wissen gut, daß eine Armee ohne Versorgungslinien nichts wert ist. Pentarosae kann Euch alles liefern, was Ihr braucht: Korn, getrocknete Linsen, Dörrfleisch, gesalzenen Fisch, Obst, Tuch für neue Uniformen ... Was haltet Ihr davon, wenn wir die Organisation und Versorgung Eures Feldzugs übernehmen? Natürlich mischen wir uns dabei nicht in militärische Belange ein! Wir kümmern uns nur um das, was Kaufleuten im Blut liegt ... Dafür sollten wir natürlich in angemessener Form an der weiteren Beute beteiligt sein.«

Joacino nickte zufrieden. »Ich sehe, wir verstehen uns. Es kommt nicht von ungefähr, daß die *Mercatorenfamilien* dies Reich gegründet und zur Größe geführt haben.«

Der Älteste deutete eine spielerische Verbeugung an. »Ich möchte mich für meine harschen Worte von vorhin entschuldigen. Ihr lehrtet mich, welch törichter Fehler es ist, aus dem Mangel an Jahren gleich auf einen Mangel an Weisheit zu schließen. Ich werde die Vertreter des *oktagon* für heute abend an meine Tafel laden und würde mich freuen, wenn wir dort über unsere gemeinsamen Pläne verhandeln könnten.«

Joacino erwiderte die Verbeugung. »Es ist mir eine Ehre und ein Vergnügen, an der Tafel eines da Costa zu sitzen.«

Hochzufrieden gab der Älteste seinem Gefolge ein Zeichen, zur Stadt umzukehren.

»Soll ich dir ein Kännchen mit bestem Nußöl besorgen lassen, damit du in Zukunft noch geschmeidiger in den Arsch dieses Fettkloßes gleitest?« fragte Ernanda, nachdem die Gesandtschaft außer Hörweite war. »Bisher hielt ich dich für einen Soldaten und für keinen Lustknaben von Greisen.«

Joacino blickte sie an, ohne dabei die Miene zu verziehen. »Man hat meiner Großmutter nachgesagt, sie habe mit Schlangen gebuhlt. Beide Frauen meines Vaters wurden wahnsinnig, und mein ältester Bruder hat mit eigener Hand einen seiner Söhne enthauptet, weil er sich in der Schlacht als Feigling erwies. Versuch niemals, einen da Gona mit den Maßstäben gewöhnlicher Sterblicher zu messen. Wir sind zu Höherem geboren. Ich kann vor vielem fortlaufen, aber nicht vor meinem Blut. Gott hat dem Imperium die Waffe aus der Hand geprellt, als er die Flutwelle schickte. Die Ordnung ist zerbrochen. Die Welt muß neu geformt werden, und ich bin entschlossen, meinen Anteil daran zu leisten. Und du weißt: Wer immer mit mir zieht, wird reichlich belohnt werden.«

»Du sprichst, als stünden hundert Tausendschaften hinter dir, dabei bist du nur ein *tercio*, Joacino. Komm zurück auf den Boden. Das ist zuwenig, um ein Reich zu erobern. Vergiß den Ältesten. Wir leben vom Land und folgen den Geiern, die uns zu den nächsten Schlachtfeldern führen.«

»Nein«, entgegnete Joacino nachdenklich. Dies war nicht der Weg zum Ruhm. Das Imperium zerfiel. Feldherren, die sich keinem Befehl mehr beugten und auf eigene Rechnung Kriege führten, würde es bald viele geben. Niemand war so gut, daß er jede Schlacht gewann. Wenn er über seine erste Niederlage hinaus bedeutend sein wollte, mußte er einen anderen Weg einschlagen. Das Volk mußte ihn lieben und die Ankunft seiner Truppen herbeiwünschen. Doch kein Bauer sehnte sich nach marodierenden Soldaten, die seine Felder verheerten und seine Töchter schwängerten.

»Wir werden nicht auf Kosten des Landes leben. Wenn wir Lebensmittel brauchen, werden wir sie bezahlen. Laß unter den Truppen verbreiten, daß ich Plünderer in Zukunft hängen lasse.

Ich brauche eine Armee, die nicht nur in der Schlacht meinen Befehlen gehorcht.«

»Damit machst du dich bei den Männern nicht beliebt«, wandte Ernanda ein. »Das Imperium zahlt seine Soldaten schlecht. Sie sind darauf angewiesen, ihren Sold durch Beute zu ergänzen. Wenn du ihnen das Plündern verbietest, laufen sie uns davon.«

»Das Imperium zerfällt. Auf Sold aus Maganta können wir noch lange warten. Sag ihnen, daß ich sie zunächst aus meiner Tasche bezahlen werde.«

Die *coronela* lächelte spöttisch. »Bei allem Respekt, mein *tercio*, aber dein Vermögen wird nicht lange reichen. Was willst du dann tun?«

»Ich finde einen Weg. Dieser da Costa mag eine widerliche Kröte sein, aber in einem Punkt hat er recht: Ein Krieg ist im Grunde lediglich die Fortführung von Geschäftsverhandlungen mit anderen Mitteln. Er hat mich auf einen Gedanken gebracht. Man sollte die Prinzipien der Kriegführung noch einmal durchdenken ... Schick mir den *coronel* Moravio. Ich muß mit ihm einige Fragen klären, bevor ich heute nacht in die Stadt gehe und dafür sorge, daß mein Heer seine Vorräte bekommt.«

»Hältst du das wirklich für einen guten Einfall? Diesem da Costa traue ich nicht einmal so weit, wie ich spucken kann!«

»Denk an die Geschichten über meine Großmutter«, entgegnete Joacino selbstsicher. »Unter Schlangen fühle ich mich wohl, und mir scheint, daß unser wohlbeleibter Freund noch nicht begriffen hat, daß sich eine kleine Viper zum Abendmahl eine Python in ihren Bau geladen hat. «

Die Pferdeherren
In den Bergwäldern der Frostfänge,
am Abend desselben Tages

Trügerische Ruhe herrschte im Wald. Kurz vor dem Tod des Tagauges hätten geschwätzige Vogelstimmen von den Ästen hallen sollen, doch es war still. Seruun Zuudet hatte das Gefühl, die Zunge klebe ihm am Gaumen fest. Vor zwei Stunden war er mit den Jägern über den Hügelkamm gekommen. Sie hatten sich stets zwischen den Felsen und Bäumen gehalten, damit sie vom Tal aus nicht zu sehen waren.

Doch ihre Vorsicht schien unnötig gewesen zu sein. Kein Reiter zeigte sich in dem weiten Tal. Alles hier sah genauso aus wie in Seruuns Traum, als er mit dem Adler geflogen war. Der Bach, die Blumenwiese, die dunklen Wälder, die das Tal einfaßten. Nur von den Pferdeherren fehlte jede Spur. Und doch spürte Seruun, daß sie unter den Bäumen nicht allein waren.

Wie hatten die Reiter wissen können, daß sie kamen? Der junge Schamane dachte an den Krieger, der die Reiter angeführt hatte. Hatte er geahnt, daß ein anderer durch die Augen des Adlers schaute, als er zum Himmel hinaufblickte? Oder war alles nur ein wirrer Traum, und die Aduuchin waren niemals hiergewesen?

»Du mußt einen Reiter zurückschicken, um das Volk der Salhin Hült zu warnen«, raunte er Bärenhaut zu, der neben ihm im hohen Farn kauerte und in das Tal hinabspähte.

»Und was soll ich ausrichten? Daß du einen schlechten Traum hattest? Wo sind die Reiter, die du gesehen haben willst?« fragte er gereizt.

»Du weißt, daß hier etwas ist!« beharrte Seruun.

»Ich muß es gesehen haben«, entgegnete der alte Krieger.

Die Jäger hatten sich in Form eines Fächers verteilt und waren im Zwielicht des Waldes verschwunden. Ihre Pferde hatten sie in einer Senke jenseits des Hügelkamms zurückgelassen. Diesmal war Bayaraa bei den Tieren geblieben. Er hatte sich während der Jagd den Fuß verstaucht und hätte seine Gefährten bei ihrem Pirschgang nur unnötig aufgehalten.

Eine Schar Rebhühner flog nicht weit von ihnen zwischen dem Farn auf. Weithin hallten ihre Warnrufe, und ihre Flügel knatterten in der Stille des Waldes. Seruun kauerte sich noch tiefer unter die ausladenden Farnblätter. Ängstlich sah er sich um.

»Du hast recht«, murmelte Bärenhaut.

»Glaubst du mir endlich?«

»Ich sehe sie.« Der alte Krieger deutete auf eine entwurzelte Esche, die halb hinter wuchernden Brombeerbüschen verborgen lag.

Jetzt sah es auch Seruun. Ein gelber Fleck in den Schatten. Ein weiterer. Unzählige. Die bemalten Gesichter der Pferdeherren!

»Wir müssen sie aufhalten«, murmelte Bärenhaut. »So gewinnt das Volk Zeit, seine Jäger und Späher bei der Herde zu sammeln.«

»Aufhalten?« Seruun hatte das Gefühl, als schöbe sich ein Stück Eis unter sein Lederhemd. »Es sind Hunderte. Wir können sie nicht aufhalten. Wir sind für sie nicht mehr als ein Grashalm im Weg eines Speernasenbullen.«

Bärenhaut zog die Sehne auf seinen Bogen. Er lächelte schicksalergeben. »Das weißt du, Seruun, aber sie wissen es nicht. Sie kommen nicht darauf, daß eine Handvoll Jäger sie angegriffen hat. Sie werden in den Wäldern nach Kriegern suchen, die es gar nicht gibt, denn sie werden denken wie du. Ein Dutzend Männer kämpft nicht gegen ein ganzes Kriegsvolk. Wir müssen sie so lange aufhalten, bis unsere Krieger bereit sind, sie zu empfangen.«

Seruun blickte zu der umgestürzten Esche hinüber. Die gelben Flecken im Dunkel waren verschwunden. »Schick Tulga.«

»Warum? Er ist nicht unser bester Reiter.«

»Er wird nicht von der Hand der Aduuchin sterben.«

Bärenhaut drehte sich zu ihm um. In seinen Augen spiegelte sich Respekt, aber auch Erschrecken. »Ich werde auf dich hören,

Geistertänzer, aber sag mir niemals, was du über mich weißt. Und jetzt bleib immer dicht bei mir, ganz gleich, was auch geschieht.«

Bärenhaut richtete sich halb auf und zog die Bogensehne bis weit hinter das rechte Ohr zurück. Der Pfeil schoß scheinbar ziellos in das hohe Farnkraut. Fast im selben Augenblick sprangen drei schwarz und gelb bemalte Krieger der Pferdeherren auf. Ganz offensichtlich hatte der Pfeil sein Ziel verfehlt. Bärenhaut hatte höchstens noch einen Schuß, bevor sie heran waren. Ruhig griff er nach seinem Rehlederköcher und zog einen neuen Pfeil heraus.

Auch Seruun hatte sich aufgerichtet. Einer der Krieger starrte ihn geradewegs an. Er trug eine Keule, aus der ein langer Eisendorn hervorragte in der Rechten und hatte um den linken Arm einen kleinen Lederschild geschnallt. Die Hände des Schamanen schlossen sich fester um den Speerschaft. »Gurwan, sei an meiner Seite«, flüsterte er leise.

Zwischen den Bäumen schossen zwei Pfeile hervor. Die Wucht der Treffer auf kürzeste Entfernung riß zwei der heranstürmenden Krieger von den Beinen. Bärenhaut streckte den dritten Angreifer nieder.

»Lauf, Seruun, lauf!« rief der alte Krieger und legte einen neuen Pfeil auf die Sehne. »Das sind sicher nicht die einzigen, die uns suchen.«

Tulga und Baatar, ein junger Jäger in Seruuns Alter, traten hinter den Bäumen hervor. Bärenhaut winkte ihnen, und gemeinsam liefen sie durch das hohe Farnkraut.

»Tulga, du mußt unser Volk warnen. Lauf zu den Pferden! Wir wählen einen anderen Weg, um von dir abzulenken.«

Der Krieger zog eine Grimasse. »Schick den Jungen. Du brauchst jeden Kämpfer«

»Dies ist kein Palaver, Alter! Geh! Vergiß nicht: Ich führe hier die Jagd.«

»Dann nimm dich in acht, daß du nicht zur Beute wirst«, entgegnete Tulga zornig. Doch dann gehorchte er.

»Mußtest du so grob zu ihm sein?« fragte Seruun.

»Spar den Atem zum Laufen. Du wirst ihn noch brauchen.«

Ohne sich umzusehen, liefen sie tiefer in den Wald hinein. Beinahe die ganze Zeit über führte der Weg bergan. Weiße Felsen ragten aus dem dunklen Waldboden hervor. Die Bäume standen so dicht, daß es fast kein Unterholz gab. Hinter ihnen ertönten laute Rufe.

Seitenstiche plagten Seruun. Er war es nicht gewohnt, so lange zu laufen. Schließlich gehörte er zu einem Reitervolk! Langsam fiel er zurück. Sollte er die Decke mit seinen Habseligkeiten wegwerfen? Er hatte sie mit einem langen Lederriemen verschnürt und trug sie zusammengerollt quer über dem Rücken. Sie war nicht sonderlich schwer, aber sie behinderte ihn doch beim Laufen.

Außer Bärenhaut waren alle Krieger im Dunkel der Bäume verschwunden. Sie hatten sich getrennt, um möglichst viele Fährten im weichen Waldboden zu hinterlassen.

Bärenhaut war bei einem der wenigen Bäume stehengeblieben, dessen unterste Äste so niedrig waren, daß man sich ohne große Mühe hinaufziehen konnte. Es war ein Tränenbaum, benannt nach dem klebrigen Harz, das von der Rinde perlte und zu goldenen Tränen erstarrte.

»Bist du im Klettern besser als im Laufen?« Bärenhauts breites Grinsen nahm der Frage den Stachel.

Seruun war dermaßen außer Atem, daß er nicht antworten konnte. Und so nickte er nur.

Bärenhaut zog sich auf den untersten Ast hinauf und streckte Seruun die Hand entgegen. Als der Junge danach griff, wurde er mit einem Ruck, der ihm beinahe den Arm auskugelte, in die Höhe gezogen.

Der alte Krieger stieg immer weiter hinauf, bis er einen dicken Ast erreichte, über den er zum nächsten Baum weiterklettern konnte. Sie folgten der Fährte der Eichhörnchen und Baummarder. Seruun tat es ihm nach. Immer wieder wechselte ihr Weg die Richtung, denn der Wuchs der Bäume bestimmte, wohin sie sich wandten. Seruun verfluchte seinen Speer. Hätte er doch einen Bogen wie Bärenhaut gehabt! Der alte Krieger hatte die Sehne vom Bogen gezogen und die Waffe mit einer Lederschlinge am Köcher festgezurrt. So behinderte sie ihn fast gar nicht, während Seruuns Speer sich immer wieder an Ästen verhakte und sein Vorankommen behinderte.

Das Tageslicht war fast gänzlich verblaßt, als Bärenhaut innehielt. »Sie sind nicht weit«, flüsterte er. »Du solltest jetzt gehen.«

»Warum?«

Bärenhaut verdrehte die Augen zum Himmel. »Weil du sterben wirst, wenn du bei mir bleibst, du dummes Büffelkalb!«

»Aber die Bäume schützen uns. Wie sollten sie uns hier oben denn finden?«

»Dafür werde ich schon sorgen, wenn ich den ersten von ihnen mit einem Pfeil durchbohre. Hast du vergessen, daß wir geblieben sind, um sie zu beunruhigen? Wir dürfen nicht einfach davonlaufen ... Zumindest die Krieger und die Jäger nicht.«

Bärenhaut sah ihn ernst an. »Du gehörst nicht zu uns. Du weißt genausogut wie ich, daß die anderen Jäger dich verspotten. Du sollst nicht mit uns sterben.«

»Ich bin auch kein Geistertänzer. Wenn ich euch jetzt verlasse und es schaffe, zu unserem Volk zurückzukehren, dann wird mein Vater mich nie wieder mit den Jägern ziehen lassen. Er hat mir die Möglichkeit genommen, ein Geistertänzer zu sein. Nimm du mir nun nicht noch die Möglichkeit, zu den Jägern zu gehören. Sonst müßte ich künftig auf die Kinder und die Alten aufpassen. Einen anderen Platz gäbe es für mich in unserem Volk nicht mehr.«

Bärenhaut schwieg darauf. Er sah ihn auch nicht an. Keine Geste verriet, wie er Seruuns Worte aufgenommen hatte. Er löste seinen Bogen vom Köcher und zog erneut die Sehne auf. Einen Pfeil in der Hand, kauerte er auf seinem Ast hoch über dem Boden. Das letzte Tageslicht verschwand unter dem dichten Laubdach so schnell, wie Wasser im Sandboden versickert.

Seruun kauerte in einer breiten Astgabel des Baums. Den Speer hielt er mit beiden Händen vor der Brust. Sein Atem ging jetzt wieder ruhig, doch sein Herz schlug immer noch wie rasend. Der Wald schien voller Geräusche zu sein. Etwas tappte unter ihnen daher.

Der junge Schamane kniff die Augen zusammen. Zwischen den Bäumen zog eine Gruppe Rehe vorbei. Plötzlich hob das hinterste Tier den Kopf. Einen Herzschlag lang spähte es in den Wald. Dann stürmte das Rudel davon – alle zugleich, wie auf ein unhörbares Signal hin. Bärenhaut legte den Pfeil, den er in der Hand gehalten hatte, auf die Sehne.

Es war viel zu still! Seruun fuhr mit einem Fingernagel die Maserung seines Speerschafts nach. Der kurze Nagel schnitt eine feine Linie in das Holz. Immer wieder fuhr er diese Linie mit dem Nagel hin und her.

Nicht weit entfernt knackte ein Ast, so als sei er von etwas belastet worden. Oder arbeitete lediglich das Holz eines Baumes? Seruun blickte den weit ausladenden Ast entlang, auf dem er sich gemeinsam mit Bärenhaut befand. So dunkel war es jetzt unter den Baumkronen, daß man keine fünf Schritt weit sehen konnte.

Plötzlich riß Bärenhaut die Sehne zurück. Mit einem leisen Sirren schoß der Pfeil in die Finsternis zu ihren Füßen. Ein Schrei! Aufgeregte Rufe.

Seruun spürte, wie die Astgabel erzitterte, in der er kauerte. Außer Bärenhaut und ihm war noch jemand auf dem Baum! Knapp außerhalb seines Gesichtskreises.

Bärenhaut schoß Pfeil um Pfeil auf die Feinde ab, die er irgendwo unterhalb des Baumes wähnte. Seruun konnte sie von seinem Versteck aus nicht sehen. Das Zittern des Astes wurde schwächer. Ein Schatten löste sich aus der Finsternis. Geduckt kam ein Krieger über den breiten Ast geschlichen. Er hielt eine schwere Steinkeule in der Hand. Lediglich die gelbe Farbe auf seinem Gesicht war deutlich zu erkennen. Er hatte sich Schlangenlinien auf die Wangen gemalt. Seruun schien er nicht zu bemerken. Der junge Schamane wurde zum Teil durch einen abgebrochen Ast verdeckt, der wie ein Dorn aus dem dicken Stamm herausragte.

Bärenhaut hingegen bemerkte die Gefahr nicht. Er hatte aufgehört zu schießen und starrte in die Finsternis zu seinen Füßen. Seruun wollte Bärenhaut warnen, ihm etwas zurufen, doch die Zunge gehorchte ihm nicht mehr. Es war, als sei der Geist aus seinem Körper geflohen. Immer näher kam der Krieger der Pferdeherren. Er trug kniehohe Stiefel, auf die weiße Wolfsköpfe aufgesteckt waren. Ihre dünnen Sohlen verursachten nicht das geringste Geräusch auf dem breiten Ast. Der Krieger war noch jung. Sein Kopf war bis über die Schläfen hinauf kahlrasiert. Die verbliebenen Haare hatte er zu einem Knoten am Hinterkopf zusammengesteckt. Zwei Strähnen hatten sich gelöst und hingen hinter den Ohren hinab.

Seruun beneidete den jungen Mann. Er war so, wie Krieger und Jäger sein sollten. Stark und selbstbewußt. Geschmeidig wie ein Schneelöwe kam er über den Ast. Jetzt hob er seine Keule. Wollte er die Waffe werfen?

Er stand jetzt fast neben Seruun, ohne ihn zu bemerken. Der Krieger streckte sich, um auf den Ast hinüberzusteigen, auf dem Bärenhaut kauerte. Noch immer ahnte der Alte nichts.

Der Pferdeherrenkrieger hob die Keule hoch über den Kopf. Deutlich sah Seruun den schweren runden Stein, der in das Holz der Waffe eingelassen war. Der Angreifer würde die Keule nicht werfen. Er wollte Bärenhaut mit einem einzigen Schlag den Schädel zersplittern. Bärenhaut, jenem Freund, der ihn stets besser behandelt hatte als der eigene Vater. Noch ein Augenblick, und er wäre tot.

Der Gedanke brach den Bann. Mit einem Schrei sprang der Junge auf. Der Krieger vor ihm erschrak so heftig, daß er fast vom Ast stürzte. Er breitete die Arme aus, um das Gleichgewicht zu halten, als ihn die steinerne Speerspitze in den Bauch traf. Dunkles Blut sickerte durch das helle Lederhemd. Er umklammerte den Schaft der Waffe so fest, als könne er damit zugleich sein Leben festhalten. Ungläubig starrte er Seruun an. Jetzt erst erkannte der Geistertänzer, wie jung der Krieger war.

Ein Bein des Angreifers knickte ein. Er verlor das Gleichgewicht und stürzte. Seruun hätte nun den Speer loslassen sollen, doch wie ein Spiegelbild des Sterbenden umklammerte auch er den Schaft der Waffe. Und so stürzte er mit.

Er sah alles so deutlich, als schaue er erneut durch die Augen eines Adlers. Der Sturz schien ihm unnatürlich lange zu dauern.

Er atmete aus. Der weiche Waldboden federte seinen Aufprall ab. Seruun spürte keinen Schmerz.

Ein Gesicht mit breiten gelben Ringen um die Augen erschien über ihm. Ein Steinmesser zuckte hoch und zielte auf seine Kehle. Plötzlich mischte sich dunkles Rot in das Gelb der Ringe. Das Gesicht wurde zurückgerissen. Bärenhaut. Der Alte beugte sich zu Seruun herab.

»Für den Augenblick waren das alle. Kannst du laufen?«

Seruun fühlte sich unendlich müde. Das Laub war weich. Er wollte liegenbleiben. Hatte er sich bei dem Sturz doch verletzt?

»Werden wir entkommen?«

Bärenhaut schnalzte mit der Zunge. »Hast du schon einmal gesehen, wie ein Rudel ausgehungerter Wölfe während des Eisatems einen Schneehasen hetzt? Wir werden jetzt erleben, wie sich ein Schneehase dabei fühlt.« Der Alte packte ihn an seinem Lederhemd und zerrte ihn hoch. »Komm!«

»Was kann ein Hase gegen Wölfe ausrichten?« murmelte der Junge benommen.

»Nichts, wenn er beschließt, stehenzubleiben und zu kämpfen. Aber vielleicht kann er besser laufen. Los jetzt!«

»Ich dachte, wir wollen die Aduuchin aufhalten und weiter gegen sie kämpfen.«

Bärenhaut antwortete mit einem Stoßseufzer: »Wenn wir das tun, leben wir höchstens noch so lange, wie das Tagauge braucht, um sich drei Finger breit über den Horizont zu erheben. Wenn wir laufen, beschäftigen wir die Aduuchin länger.« Er packte den Jungen grob am Arm und zerrte ihn hinter sich her.

Seruun rannte los. Es war, als sei einer der Geister der Ahnen in ihn gefahren, um ihm seine Kraft zu leihen. Bärenhaut führte ihn einen Berghang hinauf. Der Wald wurde allmählich lichter, und das Unterholz nahm wieder zu. Dornenranken zerrten an den Beinen, und dünne Äste peitschten ihm ins Gesicht.

Seruun fühlte sich wie in einem Traum. Er nahm alles ganz deutlich wahr, nur die Schmerzen drangen nicht in sein Bewußtsein vor. Wie im Traum wurde er auch nicht müde.

Hinter ihnen waren Stimmen zu hören. Einmal zischte ein

Pfeil dicht an ihnen vorbei. Es begann zu regnen. Der weiche Waldboden wurde rutschig. Immer wieder stürzten sie, bis sie so sehr mit Schlamm und halb verfaulten Blättern bedeckt waren, daß sie mehr grotesk hüpfenden Waldgeistern glichen als Menschen.

Immer zahlreicher wurden die hellen Felsbrocken, die aus dem Waldboden hervorragten, bis sie schließlich den Schutz der Bäume gänzlich hinter sich ließen.

Kalter Wind blies ihnen ins Gesicht. Ihre Kleider dampften. Sie kletterten jetzt zwischen Felsen umher. Einmal wäre Bärenhaut beinahe in eine Klamm gestürzt, doch Seruun riß ihn im letzten Augenblick zurück. Der Alte Krieger sagte darauf etwas, aber der Schamane verstand ihn nicht.

Einen Herzschlag lang starrte Bärenhaut ihn an, und blankes Entsetzen stand in seinen Augen. Was sah er?

Die Jagd ging weiter. Einmal blickte Seruun zurück und bemerkte, wie sich Schatten vor den weißen Felsen abzeichneten. Sie hatten den Wettlauf verloren. Die Wölfe würden ihre Beute bekommen.

Bärenhaut war stehengeblieben.

Plötzlich schien der Geist, der Seruun Kraft gegeben hatte, ihn verlassen zu haben. Der junge Schamane spürte seine Beine zittern, er rang nach Luft, und sein Herz schlug so verzweifelt, als wolle es zerspringen.

»Was ist?« keuchte er.

»Unser ... Weg ... endet ... hier.« Auch Bärenhaut hatte kaum noch Atem, um zu sprechen.

Seruun trat neben ihn. Und jetzt sah er, was den alten Krieger aufgehalten hatte. Sie standen am Rand einer Steilklippe, die sich fast senkrecht über einem schmalen silbernen Band erhob. Einem der Nebenflüsse des Braunwassers.

Bärenhaut drehte sich um. Hinter ihnen stürmten zehn oder noch mehr Krieger der Pferdeherren den Hang herauf. Diesen Kampf konnten sie bei aller Tapferkeit nicht gewinnen.

»Kannst du schwimmen?« fragte der Alte. Sein Atem ging jetzt ein wenig ruhiger.

»Nein«, erwiderte Seruun erschrocken.

»Dann sieh zu, daß du dicht neben mir ins Wasser fällst!« Bärenhaut trat ein paar Schritt zurück, nahm Anlauf und sprang ohne Zögern über die Klippe.

Seruun blieb nicht einmal die Zeit zu fluchen. Er wußte, daß Bärenhaut recht hatte. Wenn er leben wollte, mußte er in der Nähe des alten Kriegers bleiben. Der Junge sprang. Im Sturz zerrte der Wind an seinem Lederhemd. Eisige Finger schienen über seinen schweißnassen Körper zu tasten. Er drehte sich ... Mit dem Kopf voran fiel er dem Silberband entgegen. Die zusammengerollte Decke auf seinem Rücken verrutschte und drohte ihm über die Schulter zu gleiten.

Der Junge streckte die Arme aus. Das Wasser traf ihn wie der Schlag einer steinernen Faust. Er tauchte tief in den Strom ein. Mit den Armen um sich schlagend, versuchte er die Richtung zu ändern. Sein Körper bog sich zurück. Etwas Weiches streifte seinen Bauch. Eine starke Strömung ergriff ihn und wirbelte ihn herum, so daß er nicht mehr wußte, wo oben und unten war.

Er blinzelte in die Finsternis. Rings um ihn herum tanzten silberne Perlen. Er hatte vollkommen die Orientierung verloren. Unbeholfen paddelnd versuchte er, den davongleitenden Silberperlen zu folgen. Die Strömung schlug ihn gegen einen Felsen. Ein stechender Schmerz schoß ihm durch das rechte Knie. Erschrocken atmete er ein. Sein Mund füllte sich mit eisigem Wasser.

Etwas packte ihn im Nacken. Er wurde davongetragen wie damals, als ihn in der Nacht des tanzenden Zeltes die Adler davongetragen hatten.

Die Stadt der Rosen

Am Südtor von Pentarosae,
zur Abendstunde des gleichen Tages

»Es tut mir außerordentlich leid, *tercio* da Gona, aber ich habe strikte Anweisungen, keinem Angehörigen der Safran-*turmae* Zugang zur Stadt zu gewähren, wenn er unter Waffen vor diesem Tor erscheint.« Der Offizier hob die Hände in fast beschwörender Geste. »Ihr müßt doch wissen, daß ich als Soldat die Befehle des *oktakons* nicht in Frage stellen kann.« Der Kommandant der Wache am Stadttor war ein dunkelhäutiger Mann mit gezwirbeltem Bart. Er trug ein altertümliches Kettenhemd mit aufgearbeiteten Metallplatten aus Bronze und dazu schön verzierte Armschienen. In seinem breiten Gürtel steckten mehrere Dolche, ein Handbeil und eine Kriegskeule. Den Waffen und der Rüstung nach zu urteilen, war er ein Söldner, der aus dem Osten kam. Vielleicht sogar aus den Samen Gottes, jenen märchenhaften Oasenstädten in der Wüste Salamar.

»Ich schätze Soldaten, die ihren Befehlen folgen.« Joacino zog sein Rapier aus dem Gürtel und händigte es dem Kommandanten der Torwache aus. Dann gab er Ernanda einen Wink, ihren Waffengurt abzuschnallen.

Die *coronela* gehorchte, doch ihr war deutlich anzusehen, wie ungern sie ihre Waffen abgab.

»Natürlich könnt Ihr die Dolche behalten«, erklärte der Kommandant des Tores. »Schließlich seid Ihr zu einem Festgelage eingeladen.«

»Natürlich«, entgegnete Joacino ironisch. »Besteht das *oktagon* auch auf einer Durchsuchung aller *Gäste* dieser Stadt?« Er hob die Arme leicht an, damit man seinen Körper besser abtasten konnte.

Der Offizier senkte beschämt den Blick. »Dazu habe ich keine Befehle erhalten. Allerdings ... soll die Größe Eurer Ehrengarde auf zehn Krieger ohne Waffen begrenzt sein. Immerhin befindet Ihr Euch innerhalb sicherer Mauern und nicht auf dem Schlachtfeld.«

»Gewiß gebt Ihr mir Euer Wort, daß ich mich innerhalb der Stadtmauern in Sicherheit befinde, Kommandant.«

Der Offizier vermied es weiterhin, Joacino ins Gesicht zu blicken. »Ihr habt mein Wort.«

»Nun, wir alle haben es gehört. Macaros, du und deine Männer, ihr begleitet mich. Die übrigen können ins Lager zurückkehren und sind für heute nacht von allen Pflichten entbunden. Ich habe gehört, *coronel* Moravio hat einen Wagen mit Weinfässern aufgetrieben. Vielleicht solltet ihr ihm einen Besuch abstatten.«

Die Männer seiner Wache grinsten, während die kleine Schar, die Joacino in die Stadt begleiten sollte, ihre Waffen abgab. Dann passierten sie das Tor.

Der *tercio* war schon mehrfach in der Stadt gewesen, und der Weg zum Palazzo da Costa war ihm wohlvertraut. Er führte über die Straße der Liebkosungen zum Pferdemarkt und dann vorbei am *castrum dei* einen Hügel mit verwinkelten Gassen und üppigen Gärten hinauf.

»Wir sind tot«, murmelte Ernanda vor sich hin. »Tot!«

»Wir haben doch das Ehrenwort des Offiziers am Tor«, erwiderte Joacino leichthin und erfreute sich am Anblick der prächtigen Bildwerke, welche die Giebel der Häuser an der Straße der Liebkosungen schmückten. Es waren sehr lebendig wirkende Hochreliefs, die Männer und Frauen in den ungewöhnlichsten Stellungen des Beischlafs zeigten. So lebensecht wirkten die aufwendig bemalten und zum Teil mit Bronzeblechen beschlagenen Figuren, daß man hätte meinen können, wirkliche Menschen seien zur Hälfte in Alabaster getaucht worden und dann versteinert. Bei manchen Figuren hatte man sogar Perücken aus echtem Haar auf die Steinbilder aufgearbeitet.

Parallel zur Straße verliefen breite Kolonnaden, in denen bunte Lampions glommen. Ihr Licht vermochte die Dunkelheit hinter den Säulen kaum zu vertreiben. Hin und wieder sah man metallenen Schmuck, üppiges weißes Fleisch und dunkle Augen aufblitzen, die von phosphoreszierenden Lidstrichen gerahmt waren. Bläulicher Rauch stieg von den Bronzeampeln auf, die von den Säulen der Kolonnaden herabhingen. Der schwere Geruch von Weihrauch und anderen exotischen Duftharzen, von Sandelholz und Vanille schwebte in der Luft.

Joacinos Blick wanderte wieder zu den engumschlungenen Körpern auf den Reliefs unter den Giebeln. Es schien, als seien die Liebesdienerinnen dieser Stadt zugleich auch Akrobatinnen.

»Ist es nicht erstaunlich, wie wenig man manchmal über Dinge weiß, die man für selbstverständlich hält?«

Ernanda ignorierte sein anzügliches Lächeln und wiederholte noch einmal: »Wir sind tot!«

»Beruhige dich. Wir haben doch das Ehrenwort des Torwächters.«

»Einen Dreck haben wir! Ein Hundefurz hat mehr Bestand als das Ehrenwort dieses Galgenvogels.«

Joacino lachte. »Es ist immer wieder erfrischend, mit dir eine Unterhaltung zu führen, die weitab all jener Konventionen liegt, denen mein alter Rhetoriklehrer stets so große Bedeutung zumaß. Hast du denn wahrhaftig allen Glauben an das Gute im Menschen verloren?«

Ernanda schnitt eine Grimasse. »Die Leute, mit denen ich als Soldatin zu tun habe, haben meist Mord und Totschlag im Sinn. Ich fürchte, das prägte über die Jahre mein Bild von der Welt. Wenn du die Dinge so gelassen siehst, warum hast du mir dann geraten, mir zwei *scorpios* an die Unterarme zu schnallen.«

»Weil ich mir schon dachte, daß du zu diesem Festessen in Männerkleidung erscheinen würdest. Was mich angeht, so finde ich deine Marotte überaus amüsant, aber einige der *mercatoren* aus dem *oktagon* könnten da anderer Meinung sein. Wie ich hörte, ist man hier ein wenig engstirnig in Kleiderfragen.« Wie er selbst, so trug auch die *coronela* ein geschlitztes, perlengeschmücktes Brokatwams und ein Hemd mit stark gebauschten Ärmeln. Dazu eine Hose, die so eng war, daß man sie regelrecht ans Bein streichen mußte, und hohe Stulpenstiefel. Ihr Wams allerdings verfügte über einen tiefen Brustausschnitt, der nur wenig der Vorstellungskraft des Betrachters überließ.

»Ich verstehe dich nicht, Joacino. Warum marschierst du hier geradewegs in die Höhle des Löwen? Dir muß doch klar sein, daß man im günstigsten Fall lediglich versuchen wird, uns als Geiseln zu nehmen. Es könnte allerdings auch sein, daß man der Auffassung ist, ein Heer ohne Kopf sei nur noch die Hälfte wert, und daß wir unsere Häupter bei Sonnenaufgang auf Stangen über dem Südtor wiederfinden.«

»Warum bist du mitgekommen, wenn du so schlecht von unseren Gastgebern denkst?«

Sie betrachtete ein Relief, das ein Pärchen beim Liebesspiel zeigte, und schwieg einen Augenblick lang. Dann sagte sie leise: »Irgend jemand muß ja auf dich aufpassen, *tercio*.«

Vor ihnen ertönte der silberhelle Klang von Zimbeln. Sie hatten den Pferdemarkt erreicht. Die *mercatoren* des *oktagon* von Pentarosae hatten sich auf dem Platz versammelt und erwarteten sie. Sklaven mit grell bemalten Seidenfächern und Fackeln begleiteten die alten Männer. Die *mercatoren* waren in seidene Wickelgewänder gehüllt. Sie hielten den linken Arm seltsam angewinkelt, damit die Stoffbahnen nicht verrutschten.

»Wem willst du etwas beweisen?« raunte Ernanda. »Laß uns umkehren.«

Bevor Joacino ihr antworten konnte, trat Philippo, der Älteste des *oktagon*, ihnen entgegen und verbeugte sich. Sklaven bliesen in lange Hörner, die einen tiefen, brummenden Ton hervorbrachten.

»Ich heiße Joacino da Gona, *tercio* der Safrantürme und Triumphator in der Schlacht der Rosengärten, in unserer Stadt willkommen. Heil den Kriegern des Imperiums, deren Tapferkeit den Siegeslorbeer erstritten hat! Erweist unserer Stadt die Ehre, Euch zu bewirten, und nehmt Unterkunft in meinem bescheidenen Haus.«

Auch Joacino verneigte sich knapp. »Aionar, der Abwesende Gott, war geneigt, mich an diesem Tag zu seinem Werkzeug zu machen und den Safrantürmen den Sieg zu schenken. So soll dieses Fest zu seinen Ehren ausgerichtet sein, denn ich bin nichts als sein niederster Diener.«

»Eure Demut ehrt Euch, *tercio,* und Euer Wunsch ist mir Befehl. So folgt uns nun, auf daß wir dem Gott unsere Dankbarkeit erweisen.« In die Sklavenkolonnen kam Bewegung. Wieder wurde in die tief brummenden Hörner gestoßen. Diener mit Seidenfächern traten an die Seite von Joacino und Ernanda. Sie waren auffällig muskulös. Auch wichen sie dem Blick des *tercios* nicht aus, wie es Domestiken von Kindesbeinen an lernten. Joacino musterte ihre sehnigen Hände. Würde das Siegesmahl damit enden, daß diese falschen Diener ihn und sein Gefolge erwürgten?

»Ich vermisse einen Eurer *coronels, tercio.*« Philippo war an die Seite des Feldherren getreten und reichte ihm den Arm.

»*Coronel* Moravio blieb im Heerlager, um darüber zu wachen, daß es bei der Siegesfeier meiner Männer zu keinen Ausschreitungen kommt. Nach einem Sieg benehmen sie sich manchmal wie ausgelassene Kinder. Es ist besser, wenn eine starke Hand sie im Zaum hält.«

»In der Tat«, pflichte Philippo mit öliger Stimme bei. »Starke Hände vermögen so manches Problem zu lösen.«

Bayaraas Ruf

Ein wenig stromaufwärts, im Dickicht der Uferböschung,
zwei Stunden später

Seruun erwachte von einem Druck auf der Brust. Prustend
spuckte er Wasser und versuchte, mit den Armen gegen die Strömung anzurudern. Eine Hand legte sich über seinen Mund.
Etwas Kühles drückte gegen seinen Rücken. Er war am Ufer!
Regen streichelte sein Gesicht. Undeutlich sah er die Silhouette
Bärenhauts über sich. Das nasse Haar hing dem alten Krieger in
breiten Strähnen ins Gesicht. Die Falten um seinen Mund schienen tiefer geworden zu sein. Sein Antlitz wirkte wie aus einem
groben Holzblock geschnitten, doch seine Augen lächelten.

»Ich muß dich enttäuschen, Junge. Es ist dir nicht gelungen,
den Fluß leerzusaufen, obwohl du dir alle Mühe gegeben hast.«

Seruun spürte einen Hustenreiz. Ein Eisklumpen schien in
seinen Eingeweiden zu sitzen. Noch immer hielt ihm der Alte
die Hand fest auf den Mund gedrückt. Der Junge zitterte am
ganzen Leib.

»Nicht weit von hier haben die Aduuchin ihr Lager aufgeschlagen. Sei leise!« flüsterte Bärenhaut. »Wenn wir uns ruhig
verhalten, sind wir hier so sicher, als stünden wir unter Mösön-
chins Obhut.«

Seruun blinzelte und versuchte zu begreifen, wo sie sich befanden. Ein Gewirr dunkler Streifen und Flecken umgab sie.
Gescheckte Finsternis, eingebettet in ein unstetes rötliches Licht.
Trotz der Kälte hatte das Dunkel etwas Beruhigendes. Er fühlte
sich geborgen. Mösönchin, der Eisherr, war der Schutzgeist der
Herden. Ein riesiger weißer Speernasenbulle. Manchmal kam er
auch, um Menschen zu schützen. Selbst die Spinnenmänner
waren ihm gegenüber machtlos. Es hieß, Mösönchin sei eine
Zeitlang mit Wolfszahn gewandert. Der Schutzgeist der Herden
mochte das Volk der Windwanderer!

Ganz in der Nähe hörte Seruun das leise Rauschen des Flusses. Beim Gedanken an das eisige Wasser fröstelte ihn.

»Wir verstecken uns unter einem Nachtaugenbusch«, raunte Bärenhaut ihm zu. »Seine Äste greifen weit über die Böschung hinaus und sind so dicht verwoben wie ein Korb aus Flechtwerk. Das Lager der Aduuchin liegt keine hundert Schritt entfernt. Aber sie werden uns nicht finden ... solange wir still sind.«

Schallendes Gelächter erklang in der Nacht. Seruun hob vorsichtig den Kopf. Der alte Krieger zog die Hand zurück.

Seruun blinzelte erneut. Rauch, der Duft von Gebratenem und der kalte Atem des Flusses hingen in der Luft. Ein Schauder überlief den Jungen.

Wieder ertönte Gelächter und dann ein einzelner, langanhaltender Schrei. Eine Ewigkeit schien zu vergehen, und der Schrei ging in kurzes, abgehacktes Kreischen über. Diese Stimme hatte alles Menschliche verloren. Wenn ein Krieger starb und ein Schamane seinen Geist befreite, dann stieg er zu den Ahnen auf. Doch man konnte einen Geist auch töten, ihn im Wahnsinn erlöschen lassen.

Seruun spürte, daß die Pferdeherren genau dies taten. Und er erkannte die Stimme des Opfers. Bayaraa.

»Er macht uns Schande«, murrte Bärenhaut. Er zerrieb ein Nachtaugenblatt zwischen den Fingern und wollte es sich in die Ohren stopfen.

»Es sind die Aduuchin, die sich selbst Schande bereiten. Was immer sie Bayaraa antun, geziemt sich nicht als Tat eines Menschenwesens.«

Der alte Krieger betrachtete das zerriebene Blatt in der Hand. »Wir können ihm nicht helfen ...«

»Ich werde den Knochenkäfig öffnen und seine Seele zu den Vorfahren fliegen lassen.«

Bärenhaut wandte sich jäh zu Seruun um. »Du bist verrückt! Hat dir eine Sumpffliege ihre Eier ins Hirn gelegt? Wenn du ins Lager der Aduuchin gehst, verfahren die Aduuchin mit dir wie mit Bayaraa.«

»Ich bin es Bayaraa schuldig, und ich werde meine Schuld ihm gegenüber erfüllen.« Mit zitternden Händen machte Seruun sich an der aufgerollten Decke zu schaffen.

»Was bist du ihm schuldig?«

»Für ihn bin ich immer der Geistertänzer unseres Volkes geblieben. Er hat nie an mir gezweifelt.« Es gelang dem Jungen nicht, die Knoten der Lederschnüre zu lösen. Ungeduldig zog er das Stahlmesser aus seinem Gürtel, das Gurwan ihm vermacht hatte, und durchschnitt die Riemen.

»Welchen Nutzen hat Bayaraa davon, wenn du stirbst? Er wäre dagegen, daß du kommst.«

Seruuns Entscheidung stand fest: Er würde gehen. Doch er hatte das Gefühl, daß Bärenhaut im Zweifelsfall nicht davor zurückschräke, ihn niederzuschlagen, um ihn daran zu hindern. Was hätte Gurwan Nudet jetzt getan?

»Ich muß zu Bayaraa«, beharrte Seruun mit fester Stimme. »Er ruft mich.«

»Unsinn, das sind Todesschreie . . . Sie sind . . .«

»Er ruft mich nicht mit seiner Zunge, Bärenhaut.« Seruun blickte dem Krieger unbeirrt in die Augen. »Es ist sein Geist, der mich ruft und der mich bittet, ihn vor dem Erlöschen zu bewahren.«

Bärenhaut wirkte verstört. Die zerriebenen Blätter waren ihm aus der Hand gefallen. »Du kannst sie wirklich hören . . . Seine Geiststimme?«

»Natürlich«, log Seruun. »Für Bayaraa bin ich immer der Geistertänzer der Salhin Hült geblieben. Das Band zwischen uns ist niemals zerrissen.« Er nahm das Adlerhemd aus seinem Bündel und streifte es über.

»Als Geistertänzer bin ich unberührbar.« Es gelang Seruun nicht ganz, das Zittern in der Stimme zu unterdrücken.

»Mögen die Ahnen über deinen Schritten wachen.« Bärenhaut machte keine Anstalten mehr, ihn zurückzuhalten.

Seruun richtete sich auf und bog die Äste des dichten Gebüschs vorsichtig auseinander. Dünne Nebelfinger griffen vom Fluß herüber die Böschung. Deutlich erkannte der Junge die Feuer der Pferdeherren. Sie schienen zwei Lager zu unterhalten.

Einige Meilen entfernt zogen sich Hunderte von Feuern eine Bergflanke hinauf. Das Volk der Pferdeherren war größer, als Seruun erwartet hatte. Die Windwanderer hätten keine halb so große Kriegsschar aufzustellen vermocht.

Bei jedem Schritt pochten stechende Schmerzen in Seruuns rechtem Knie. Er versuchte, das Gelenk so wenig wie möglich zu belasten, und versteifte das Bein. Ihm klapperten die Zähne. Das sind die nassen Kleider, versuchte er sich einzureden, doch er wußte es besser.

Er war noch keine zwanzig Schritt gegangen, als er hinter sich ein Geräusch im tauschweren Gras hörte. Er wollte sich umdrehen, doch bevor er die Bewegung ausführen konnte, packte ihn etwas bei der Schulter. Das verwundete Knie knickte unter ihm weg. Ein Speerschaft wurde ihm in die Seite gestoßen. Er stürzte rücklings ins Gras. Zwei fein behauene Speerspitzen aus Nachtstein zielten auf seine Brust.

»Ich bin ... der Geistertänzer der Salhin Hült«, brachte er stöhnend hervor.

Eine makellose Zahnreihe blitzte in einem gänzlich schwarz bemalten Gesicht auf. »Ein Geistertänzer? Dafür bist du viel zu jung. Und zu tölpelhaft.«

»Du weißt, was geschieht, wenn du einen Geistertänzer tötest, der in Frieden kommt?« Seruun wünschte, er wäre bei Bärenhaut geblieben. Seine Stimme klang zittrig und unsicher, während er sprach. »Sieh das Hemd, das ich trage, und das Stahlmesser an meinem Gürtel. Ich bin ein Geistertänzer! Auch wenn dein Geist zu klein ist, um zu begreifen, was deine Augen sehen!«

Der angesprochene Krieger senkte den Arm. Seine Speerspitze berührte Seruuns Brust. Ein Kamerad hielt ihn zurück. »Laß das, Gantulga. Bringen wir ihn zu Steinfaust. Soll *er* entscheiden, was mit dem Jungen anzufangen ist.«

Der Krieger murrte etwas Unverständliches. Dann packten sie Seruun und zogen ihn auf die Beine. »Du wirst dir noch wünschen, ich hätte dich aufgespießt, *Geistertänzer* ...« Gantulga lachte.

Im Lager der Pferdeherren befanden sich keine hundert Krieger, schätzte Seruun. Doch wen wunderte das? Sie waren nur die

Späher. Viele von ihnen waren sicher noch auf der Suche nach seinen Kameraden, und in der Ferne am Berghang leuchteten die Feuer des zweiten Lagers so zahlreich, als wären die Sterne vom wolkenverhangenen Himmel herabgestiegen, um die Menschen mit ihrem Licht zu trösten.

Als Seruun Bayaraas Wimmern hörte, vergaß er seine Sternenträume. Jetzt sah er den Jäger, der es gewagt hatte, sich Rotem Speer zu widersetzen und weiterhin an Seruun zu glauben. Die Arme waren ihm auf den Rücken gefesselt, und man hatte ihn mit Handfesseln an einem kräftigen Ast aufgehängt. Er hing weit vorgebeugt, und das Gewicht seines Körpers würde ihm mit der Zeit die Schultergelenke auskugeln. Man hatte den Krieger entkleidet. An seiner linken Seite, zwei Finger unter dem Rippenbogen hatte man ihm einen schmalen Schnitt beigebracht, aus dem ein dünner Blutfaden am Bein hinabperlte.

Bayaraa war ein harter Mann gewesen. Seruun konnte sich erinnern, daß er vor Jahren von einem Bären schwer verletzt worden war. Keiner hatte geglaubt, daß man solche Wunden überleben könne. Doch Bayaraa hatte diese Zeit überstanden, und nicht der leiseste Schmerzenslaut war ihm über die Lippen gekommen, als die Frauen sein zerfetztes Fleisch mit Büffelsehnen zusammennähten. Und jetzt schien ihn dieser eine Schnitt in den Wahnsinn zu treiben. Seruun starrte die Wunde an und spürte, wie sich ihm die feinen Haare im Nacken aufrichteten. Das war mehr als nur ein Schnitt ...

»Sind alle Männer vom Volk der Salhin Hült solche Jammergestalten?« fragte eine warme, wohltönende Stimme.

Seruun drehte sich jäh um und blickte in zwei eisgraue Augen. »So wie dieser Krieger wimmern nicht einmal unsere Neugeborenen!« höhnte der Mann mit der scharf gebogenen Nase. Seine Brust und seine Arme waren mit einem Geflecht dünner Narben bedeckt. Sie wirkten seltsam regelmäßig, so als habe sich der Geistertänzer mutwillig Hunderte von Schnitten beigebracht. Dunkel erinnerte sich der Junge, daß Gurwan ihm einmal von einem Blutritual erzählt hatte. Einem anderen Weg, die Geister der Ahnen anzurufen. Ein Weg der Schmerzen, den nur Verzweifelte wählten. Etliche der Schnitte waren kaum verheilt, so als habe sich der Geistertänzer erst vor kurzem selbst gemartert. »Ich bin gekommen, um das Lied des Seelenflugs für Bayaraa anzustimmen.« Seruun vermochte dem Geistertänzer der Pferdeherren nicht in die Augen zu sehen. »Ich fordere die Herausgabe des Kriegers.«

»Warum sollte ich auf einen kläffenden Welpen hören? Ich bin Steinfaust, der Geistertänzer meines Volkes. Meine Stimme lenkt den Weg der Herde und wird selbst von den Ahnen gehört. Du bist ein Floh neben einem Bären, Kind.«

Die Krieger des Lagers hatten einen weiten Kreis um Steinfaust und Seruun gebildet. Neugierig warteten sie ab, was weiter geschehen würde. Ein hagerer Mann in einem Knochenhemd, das ihm bis zu den Knien reichte, trat neben Steinfaust und flüsterte ihm etwas ins Ohr.

»Langes Messer rät mir, dich neben deinen Freund zu hängen und dir Gelegenheit zu geben, uns zu zeigen, daß manche Salhin Hült die Stärke haben, ihr Schicksal wie Krieger zu erdulden. Nenn mir einen guten Grund, warum ich seinem Rat nicht folgen sollte.«

Die Schmerzen in Seruuns Knie wurden immer unerträglicher. Er spürte, daß es ihn nicht mehr lange tragen würde. Doch er durfte nicht stürzen! Dann sähe es so aus, als wäre er aus Angst vor Steinfausts Worten einfach umgefallen. Noch in zwanzig Generationen würde man an den Lagern der Pferdeherren seinen Namen verspotten, wenn das geschähe.

Seruun ließ sich nieder und hoffte, daß seine Miene wenigstens diesmal völlig gleichgültig wirkte. Es sollte so aussehen, als besuche er einen guten Freund in seiner Jurte, um mit ihm bei einer Schale vergorener Stutenmilch zu plaudern. Es gelang ihm sogar, das Zittern aus seiner Stimme zu bannen, als er Steinfaust antwortete. »Du solltest mich und Bayaraa ziehen lassen, denn du bist so bedeutend, daß es dir niemand als Schwäche auslegt, wenn du meine Bitte erfüllst.«

Steinfaust ließ sich auf die Knie nieder. Er lächelte. »Gurwan Nudet hat dir beigebracht, deine Zunge wie eine Fessel zu nutzen, nicht wahr?« Er winkte dem hageren Krieger. »Holt den jammernden Feigling vom Baum!«

Seruun legte die Hände auf die Oberschenkel, damit niemand beobachten konnte, wie sie wieder zitterten. »Die Größe deiner Macht wird allein von der Größe deiner Weisheit übertroffen, Steinfaust.«

»Große Worte für einen so jungen Geistertänzer«, entgegnete der Schamane spöttisch. »Ich sehe, daß die Wahrheit sich vor deinem scharfen Blick nicht zu verbergen vermag.« Steinfaust nickte zu den Feuern an der Bergflanke hinüber. »Auch wenn die Krieger vom Volk der Aduuchin so zahlreich sind wie die Büffel in den Ebenen, stimmt mich mein Wissen um das Morgen gnädig. Ich sehe die Dinge, die da kommen, so deutlich, wie ich die Angst in deinen Augen erkenne.«

Zwei Krieger legten den geschundenen Körper Bayaraas vor Seruun nieder. Das Wimmern war in ein leises Röcheln übergegangen. Der junge Schamane beugte sich über ihn. Bayaraas Blick ging ins Leere.

Sanft strich ihm Seruun das strähnige Haar aus dem Gesicht. Der Krieger schien nicht einmal zu bemerken, daß er nicht mehr an dem Baum hing.

Seine Bauchmuskeln zuckten ... Nein! Etwas bewegte sich in seinem Körper. Deutlich sah Seruun, wie sich die Bauchdecke des Kriegers ausbeulte.

»Sei vorsichtig, wenn du den Knochenkäfig öffnest, um sein Herz herauszunehmen. Ich möchte nicht, daß du den Iltis verletzt, der an seinen Gedärmen nagt. Es hat lange gedauert, das Tier darauf zu dressieren, daß es in aufgeschnittene Leiber kriecht.«

Seruun starrte auf den Leib des Kriegers. Deutlich erkannte er jetzt, wie sich darin etwas Schlangenähnliches bewegte.

»Seltsam, nicht wahr? Männer, die es ertragen, wenn man ihnen die Finger zerquetscht, werden wahnsinnig, wenn man ihnen das antut. Zu fühlen, wie sich etwas im Innern des Körpers bewegt, muß ein ganz besonderer Schrecken sein.« Steinfaust sprach mit einer Begeisterung, wie ein gewöhnlicher Krieger über das Zureiten eines wilden Hengstes berichtet hätte. »Es muß wohl bedacht werden, wo man den Leib öffnet. Nur an dieser einen Stelle sind die Aussichten gut, daß der Gemarterte den Schnitt eine ganze Nacht lang überlebt. Und Iltisse mögen Höhlen. Spreizt man die Wunde auf, wird das Tier oft schon aus eigenem Verlangen . . .«

»Ich habe kein Verlangen danach, noch mehr zu erfahren, Steinfaust!« unterbrach Seruun den Schamanen. »Dies gehört nicht zu den Dingen, mit denen ein Geistertänzer sich beschäftigen sollte.«

Einige Herzschläge lang war es völlig still. Seruun wußte, welches Wagnis er eingegangen war, als er Steinfaust unterbrach. Aus den Augenwinkeln sah er, wie Langes Messer breit grinste. Offenbar erwartete der Krieger, daß Seruun für seine Frechheit büßen würde.

»Du bist jung und hast noch nicht gelernt, hinter die Maske aus Edelmut zu sehen, hinter der viele die Finsternis ihres Geistes verstecken, Seruun. Was dir wie sinnlose Grausamkeit erscheinen mag, hat für mich und mein Volk großen Gewinn gebracht. Bayaraa mag einmal ein tapferer Mann gewesen sein. Trotzdem hat er mir alles verraten, was ich von ihm wissen wollte. Vor allem daß die Jäger und Krieger der Salhin Hült so weit im Land verteilt sind, daß es zwei Tage dauert, bis man sie alle zusammenrufen kann.« Der Schamane zog einen Dolch mit einer Nachtsteinklinge aus einer mit Adlerköpfen bestickten Hirschlederscheide. »Du solltest das Lied des Seelenflugs anstimmen und dann ganz schnell gehen, Seruun, denn wir heißen das Volk der Salhin Hült in unseren Weidegründen nicht willkommen.«

Mit einer pfeilschnellen Bewegung zog Steinfaust die Dolchklinge über Bayaraas Bauch. Etwas Dunkles quoll aus der klaffenden Wunde. Der Schamane griff mit der Linken danach und hielt einen blutverschmierten Iltis hoch. »Mein Seelenfresser«, sagte er voller Stolz. »Ergründer jedes Geheimnisses.«

Seruun preßte hilflos die Hände auf die klaffende Wunde. Ringsherum erklang Gelächter. Diese Geste war so offensichtlich nutzlos, daß sie eines Geistertänzers unwürdig war.

»Bayaraa, hörst du mich?« flüsterte der Junge. »Ich bin bei dir. Ich werde deine Seele auf dem Flug zu den Ahnen begleiten.«

Einen Herzschlag lang schien es Seruun, als klarten die Augen des Kriegers noch einmal auf. Doch es gab kein weiteres Anzeichen dafür, daß Bayaraa ihn verstanden hatte. Seruun mußte sich eingestehen, daß seine Wünsche zum Meister seiner Gedanken geworden waren. Traurig zog er das lange Stahlmesser und setzte es auf das Brustbein des Sterbenden. Gerade als er mit seinem ganzen Gewicht die Klinge durch den Knochen drücken wollte, zuckten Bayaraas Lippen.

Seruun war sich nicht sicher, ob dies ein letztes Aufbäumen des Fleisches war oder ob der Krieger tatsächlich noch etwas sagen wollte. Der junge Schamane neigte sein Ohr dicht an Bayaraas Lippen.

»... du bist ... Geistertänzer. Führ ... mich.«

Seruun tastete nach der Rechten des Kriegers, und dessen Finger schlossen sich um seine Hand.

Leise begann der junge Geistertänzer das Lied des Seelenflugs zu singen. Das Gelächter unter den Pferdeherren war verklungen, und langsam verstummten alle Gespräche an den Feuern ringsum, bis nur das traurige Totenlied und das Knistern der Holzscheite zu hören waren.

Traumwissen
Im Lager der Pferdeherren

»Warum läßt du ihn ziehen, Steinfaust?« fragte Langes Messer.

»Weil das Leben eines Geistertänzers unberührbar ist.«

»Aber wir hätten ihm doch zumindest Späher nachschicken können«, beharrte der Anführer der Krieger. »Vielleicht würde er uns zu den anderen Kriegern in den Wäldern führen.«

Steinfaust sah dem Jungen nach, wie er zwischen den Feuern des Lagers hindurchschritt und schließlich in der Finsternis verschwand. Er hinkte und vermochte sich kaum auf den Beinen zu halten. Dennoch lachte keiner im Lager mehr über ihn. Deutlich hatte Steinfaust Seruuns Angst gespürt. Doch welche verborgenen Kräfte mußte der junge Schamane besitzen, daß er es schaffte, diese Angst zu überwinden und hierherzukommen?

»Der Junge ist nicht so dumm, zu seinen Gefährten zurückzukehren. Er wird unverzüglich ins Lager der Salhin Hült eilen. Und gewiß ist dort schon vor ihm ein Bote angekommen. Wir werden sie also nicht mehr überraschen. Und doch wird uns Seruun helfen, sein Volk zu besiegen.«

Langes Messer wurde ungeduldig. Er war ein Mann der Taten und hatte keinen Sinn dafür, den verschlungenen Pfaden listenreich gesetzter Worte zu folgen. »Was willst du damit sagen?«

Steinfaust deutete auf die Lagerfeuer, die in der Ferne am Berghang leuchteten. »Er nahm an, dort drüben befinde sich unser zweites Kriegslager. Warum hätte er auch zweifeln sollen? Niemals folgen Frauen und Alte den Kriegern auf einem Beutezug. Die Windwanderer können ja nicht wissen, welches Unglück unser Volk getroffen hat. Ich habe den Frauen einen Boten geschickt, damit sie doppelt so viele Feuer wie nötig entzünden. Der junge Schamane glaubte, unsere Krieger seien so zahlreich wie die Grashalme auf den Ebenen. Er wird seinen Leuten davon erzählen, und sie werden Angst vor uns haben, lange bevor ein einziger unserer Reiter in Sichtweite ihres Lagers gelangt ist. Außerdem werden sie glauben, daß wir nur kommen, um zu rauben. So haben wir zwei Vorteile, wenn wir angreifen. Damit ist unser Sieg so gut wie gewiß.«

Langes Messer stieß einen zischenden Laut aus. »Diese Täuschung wird unserem Sieg seinen Glanz nehmen. Ich schätze einen ehrlichen Kampf, in dem der Stärkere gewinnt.«

»Lieber ein Sieg ohne Glanz als eine glanzvolle Niederlage. Dies wird kein Überfall wie die anderen. Wir kommen nicht, um Pferde und Frauen zu stehlen. Dieser Kampf wird entscheiden, ob das Volk der Aduuchin bestehen bleibt oder ob bald nur noch die Stimmen im Wind von den Taten unserer Ahnen flüstern.«

Ein Holzscheit verrutschte im Feuer, und eine Fontäne aus Funken stieg in den Himmel. Langes Messer blickte argwöhnisch ins Feuer, als sehe er in den aufsteigenden Funken ein unheilbringendes Zeichen.

»Du hättest den Jungen dennoch nicht gehen lassen sollen. War er der Adler, der dich heute mittag so sehr erschreckte?«

Steinfaust stieß ein kurzes, bellendes Lachen aus, das selbst in seinen Ohren falsch klang. »Wie sollte ein Kind die Macht haben, mit den Adlern zu fliegen? Nur die größten unter den Geistertänzern besitzen diese Gabe.« Er wußte es besser. Etwas hatte sich verändert seit dem Steppenbrand am Tag der Himmelsfaust. Unruhige Träume plagten ihn seitdem. Visionen von einem langen Eisatem und den Spinnenmännern, die mit dem Schnee kamen. Und als er heute mittag den Adler gesehen hatte ... Er wußte das Gefühl nicht in Worte zu fassen. Etwas an dem Vogel hatte ihn beunruhigt.

Er hatte gewußt, daß etwas geschehen würde und daß seine Reiter nicht an dem schmalen Bach entlangziehen durften. Und seine Ahnung hatte ihn nicht getrogen!

»Der Junge ist sich seiner Kräfte nicht bewußt«, fuhr Steinfaust fort. »Vielleicht wird er eines Tages ein bedeutender Geistertänzer werden, doch noch stellt er keine Gefahr dar. Ich habe von ihm geträumt. Ich habe gesehen, daß ich über ihn triumphieren werde und daß das Volk der Salhin Hült aufhören wird zu bestehen.«

Langes Messer schüttelte erneut unwillig den Kopf. »Täuschungen und geheimes Wissen um die Tage, die kommen werden, geheimes Wissen, das dir die Ahnen in deinen Träumen zuflüstern. Unser Sieg wird keinen Glanz haben.«

»Du solltest dem Jungen folgen und ihm ein Pferd bringen. Mit dem verletzten Bein schafft er es nicht zurück bis zu den Lagern seines Volkes.«

Langes Messer schnappte hörbar nach Luft. »Dann kann er bei seinen Leuten noch behaupten, er habe uns ein Pferd gestohlen!«

»Dein Blick reicht nur bis zu den Zehenspitzen, während ich den Horizont sehe, mein Freund. Dieses Geschenk wird uns morgen tausendfach vergolten werden.« Steinfaust dachte an die Visionen, die er während des Blutrituals gehabt hatte. Die Zeichen waren deutlich gewesen! Das Volk der Windwanderer würde aufhören zu bestehen!

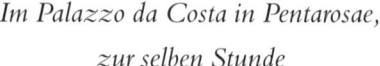

Das Stundenglas

Im Palazzo da Costa in Pentarosae,
zur selben Stunde

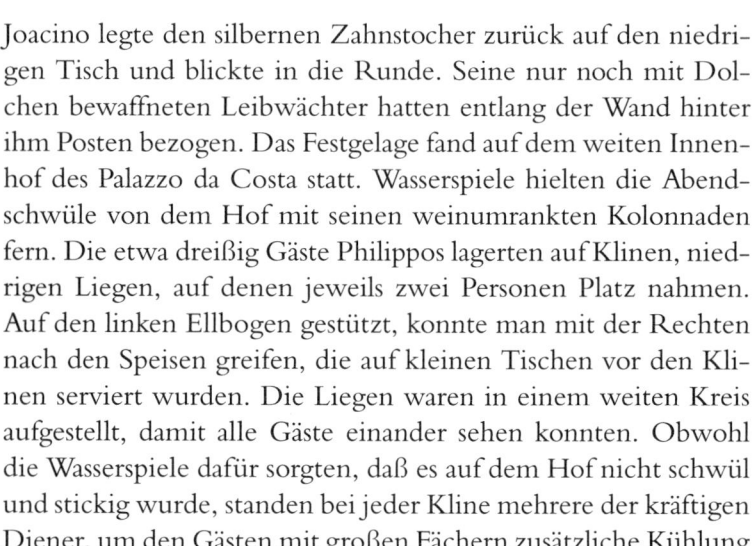

Joacino legte den silbernen Zahnstocher zurück auf den niedrigen Tisch und blickte in die Runde. Seine nur noch mit Dolchen bewaffneten Leibwächter hatten entlang der Wand hinter ihm Posten bezogen. Das Festgelage fand auf dem weiten Innenhof des Palazzo da Costa statt. Wasserspiele hielten die Abendschwüle von dem Hof mit seinen weinumrankten Kolonnaden fern. Die etwa dreißig Gäste Philippos lagerten auf Klinen, niedrigen Liegen, auf denen jeweils zwei Personen Platz nahmen. Auf den linken Ellbogen gestützt, konnte man mit der Rechten nach den Speisen greifen, die auf kleinen Tischen vor den Klinen serviert wurden. Die Liegen waren in einem weiten Kreis aufgestellt, damit alle Gäste einander sehen konnten. Obwohl die Wasserspiele dafür sorgten, daß es auf dem Hof nicht schwül und stickig wurde, standen bei jeder Kline mehrere der kräftigen Diener, um den Gästen mit großen Fächern zusätzliche Kühlung zu verschaffen.

Der Feldherr streckte sich und lockerte seine Glieder, die durch das lange Liegen auf der Kline verspannt waren. An seiner Seite, so nahe, daß ihre Schulter ihn berührte, lag Ernanda.

Philippo, ihr Gastgeber, klatschte in die Hände. Die leise Musik, die das Festgelage begleitet hatte, verstummte jäh. Eilig zogen sich die Akrobaten und Zwergwüchsigen zurück, die die Gäste unterhalten hatten. »Liebe Freunde, wir haben zusammen getrunken und gelacht. Nun ist es an der Zeit, daß wir über Politik reden.«

»Mach dich bereit«, raunte der Feldherr Ernanda zu. Er griff durch einen Schlitz in seinem Hemdsärmel und tastete nach dem *scorpio*, den er um den Unterarm geschnallt trug. Für einen flüchtigen Beobachter mußte es so aussehen, als würde er sich krat-

zen. In Wirklichkeit spannte er mit einer Kurbel, die er zwischen zwei Fingern drehte, den Stahlbogen der kleinen Armbrust. Vorsichtig überprüfte er, ob der vergiftete Eisenbolzen noch in der Führungsschiene der Waffe lag.

Der Älteste des *oktagon* klatschte erneut in die Hände. »Tragt das Stundenglas herein, wir wollen schließlich nicht über Gebühr lange bei diesem leidigen Thema verweilen.« Er schenkte Joacino ein öliges Lächeln.

Die *mercatoren* und die übrigen Gäste Philippos steckten die Köpfe zusammen. Ein erwartungsvolles Raunen war unter den Honoratioren der Stadt zu vernehmen. Joacino gegenüber teilten sich der *princeps* der Provincia Odia und seine *iudicatorin*, die oberste Richterin für Kirchenangelegenheiten in dieser Provinz, eine Kline. Der *princeps* war ein verlebter alter Mann.

Die Richterin, eine Frau mittleren Alters mit ersten grauen Strähnen im Haar, musterte Joacino eindringlich. Ahnte sie, daß er sich nicht nur gekratzt hatte? Sie winkte nach einem jungen *pater*, der hinter ihrer Kline stand, und raunte ihm etwas ins Ohr.

Vier Sklaven trugen auf einem rosengeschmückten Postament eine große Sanduhr herein. Sie war von Säulen aus Elfenbein gefaßt, und um ihren Fuß wand sich eine aus dunkler Jade geschnittene Schlange. Schwarzer Sand rieselte durch die Enge. Das Stundenglas war fast zur Hälfte durchgelaufen.

»Werter *tercio*, wir alle hier wissen, daß die Armee des Imperiums durch die Steuern seiner Städte bezahlt wird. Erlaubt mir zu sagen, Ihr wurdet durch unsere Denare geformt. Und es sind sehr, sehr viele Denare, die Pentarosae in jedem Jahr an die Steuereintreiber Magantas zahlt.« Der Älteste machte eine kurze Pause. Ein zustimmendes Raunen war von den übrigen *mercatoren* zu vernehmen. Aus den Augenwinkeln sah Joacino, wie sich nun auch Ernanda an ihren Ärmeln zu schaffen machte.

»Mit Befremden«, fuhr Philippo fort, »betrachten wir Euer Verhalten und Eure Weigerung, Euch unter unser Kommando zu stellen. Wir zahlen Euch, also erwarten wir, daß Ihr uns dient. Und von Dienern sind wir es nicht gewohnt, daß sie uns Geschäfte vorschlagen, so wie Ihr es heute nachmittag getan habt,

tercio. Sind sie nützlich, erweisen wir Dienern die Gunst, sie an den Erfolgen, zu denen sie beigetragen haben mögen, teilhaben zu lassen. Und wir sind großzügig. Ihr, *tercio*, habt aber von unserer Stadt nicht nur Schaden abgewendet. Wie die Rosenwächter aus unseren Gärten uns am frühen Abend wissen ließen, wurden durch die Gefechte mehr als siebentausendfünfhundert Rosenstöcke zerstört. Mehr als dreimal so viele wurden während der Schlacht ernsthaft beschädigt. Ich glaube nicht, daß Ihr, *tercio* da Gona, ermessen könnt, welchen Schaden Ihr unserer Stadt durch Eure *Verteidigung* zugefügt habt.«

»Vom kaufmännischen Standpunkt aus kann ich Eurer Argumentation folgen, Ältester. Hätten sich die drei Safran-*turmae* jedoch gemäß Eurem Wunsch in der Ebene zur Schlacht gestellt, hätten wir dem übermächtigen Feind unterliegen müssen. Das heißt, dem Imperium wäre ein erheblicher Schaden entstanden.« Joacino vollführte eine ausholende Geste in Richtung der *mercatoren*. »Euch ist bewußt, welchen Wert drei voll ausgerüstete *turmae* darstellen. Als *tercio* habe ich strikten Befehl, die Interessen des Imperiums stets über die Interessen einer Provinz zu stellen.«

»Müßiges Gerede!« rief Philippo. Rote Flecken zeichneten sich auf seinem Gesicht ab. »Mir scheint, Eurer Vater hat einiges Geld für Eure rhetorische Ausbildung ausgegeben. Doch wart Ihr es nicht, der mich noch am Mittag darüber belehrte, daß das Imperium, wie wir es kennen, nicht mehr länger existiere? Unsere Provinz aber ist von dem Unglück, welches die Küstenstädte getroffen hat, verschont geblieben. Wenn Ihr wirklich ein so selbstloser Diener des Imperiums seid, wie Ihr vorgebt, *tercio,* muß es dann nicht Euer erstes Anliegen sein, das zu schützen, was noch erhalten geblieben ist? So jedenfalls sieht es das *oktagon* von Pentarosae. Aus diesem Grund sind wir der Auffassung, daß Eure *turmae* künftig einzig für die Belange der Provinz eintreten sollen. Der *camera secreta* und der *camera magna* sind die obersten Entscheidungsträger der Provinzen direkt nachgeordnet. Das heißt, wenn die beiden Kammern nicht mehr existieren, sind wir ihre Rechtsnachfolger, und Ihr, *tercio* da Gona, untersteht auch nach dem Recht des Imperiums unserem Befehl.«

Gespannte Stille herrschte unter den Zuhörern. Joacino blickte zu den auffallend muskulösen Dienern. Wenn es zu einem Kampf kam, würden er und seine Leibwache den Palazzo da Costa nicht mehr lebend verlassen. »Bei Euren überaus gelehrten Ausführungen, Ältester, überseht Ihr eine Kleinigkeit. Ihr mögt der Vorsteher dieser Provinz sein, doch ich bin ausschließlich an die Weisungen der beiden Kammern in Maganta gebunden. Das heißt, ich stehe, zumindest was militärische Belange betrifft, im Rang über Euch, und Ihr seid verpflichtet, meinen Weisungen zu folgen.«

Philippo seufzte. »Ich hatte befürchtet, daß Ihr uneinsichtig sein würdet, *tercio* da Gona. Doch vielleicht vermag Euch ein anderes Argument zu überzeugen.« Er deutete auf das große Stundenglas, das mitten unter den Gästen stand. »Ich bedaure, Euch mitteilen zu müssen, daß zwei der siebzehn Speisen, von denen Ihr und Eure *coronela* in den letzten Stunden gekostet habt, vergiftet waren. Aus Respekt vor Eurer Familie habe ich davon abgesehen, ein Gift zu verwenden, das große Schmerzen verursacht. Doch ich fürchte, so wie der Sand durch das Stundenglas rinnt, wird auch Euer Leben verrinnen, wenn wir zu keiner Einigung kommen.«

Ernanda reagierte auf der Stelle. Sie richtete sich halb auf der Kline auf, schob sich einen Finger in den Rachen und erbrach sich in Krämpfen auf den Silberteller vor ihr. Einige der Gäste sahen ihr blasiert lächelnd zu, die meisten jedoch wandten sich angewidert ab.

Joacino war sich bewußt, daß es vermutlich zu spät war, sich auf diesem Wege gegen die Auswirkungen des Giftes zu schützen. Wahrscheinlich hatte es sich bereits in den ersten Speisen befunden, die ihnen schon vor mehr als einer Stunde gereicht worden waren. Er konnte sich nur noch retten, wenn es ihm gelang, die Fassung zu bewahren und seinen Gastgeber zu verunsichern.

»Ich bitte das Verhalten meiner Begleiterin zu entschuldigen.« Joacino beugte sich in Philippos Richtung und fuhr ironisch fort: »Ihr fehlt das Gespür für die feinen Sitten im Umgang miteinander, so wie sie die großen alten Sippen der *mercatoren* entwickelt haben. Die *coronela* stammt aus einfachen Verhältnissen, wenngleich sie sich als erstklassige Truppenführerin bewährt hat. So zieht sie den geschliffenen Stahl auch stets der subtileren und doch um nichts weniger tödlichen Wirkung geschliffener Worte und Manieren vor.«

»Das ist ...«, protestierte Ernanda, doch ihre Worte gingen in einem neuerlichen Brechkrampf unter.

»Mir scheint, Ihr seid mit der Geschichte meiner Familie nicht vertraut«, fuhr Joacino ruhig fort. Zugleich horchte er in sich hinein, ob es wirklich Anzeichen für eine Vergiftung gab. Sein Herz schlug etwas schneller als gewöhnlich, und kalter Schweiß sammelte sich in seinen Handflächen. Doch all das mochten auch Anzeichen seiner Anspannung sein.

»Wen kümmert jetzt die Geschichte Eurer Familie, *tercio*? Glaubt Ihr vielleicht, ich beliebe zu scherzen? Entweder Ihr schwört in Anwesenheit des *princeps* auf Aionar, den Abwesenden Gott, daß Ihr künftig den Befehlen des *oktagon* von Pentarosae folgt, oder die Safran-*turmae* werden von morgen an einen anderen *tercio* haben.«

»Er hat das Blut von Vipern«, keuchte Ernanda und wischte sich Erbrochenes vom Kinn. »Mit Gift könnt Ihr ihn nicht töten, da Costa.«

»Philippo da Costa«, sagte Joacino mit gefaßter Stimme, »ich verurteile Euch wegen Rebellion gegen das Imperium. Ihr habt vor Zeugen und im Angesicht der Kirche gestanden, einen Mordanschlag auf einen *tercio* des Imperiums verübt zu haben. Dafür kann es nur eine Strafe geben!«

Der übergewichtige Älteste brach in schallendes Gelächter aus. »Ihr droht mir? In meinem Haus, inmitten meiner Leibwächter? Ich fürchte, das Gift hat Euch den Verstand verwirrt.«

»Drohgebärden sind etwas für zahnlose Hunde und alte Männer.« Joacino deutete mit ausgestrecktem rechten Arm auf den Ältesten. Philippo war weniger als drei Schritt von ihm entfernt. Der *tercio* strich seinen weiten Ärmel zurück und drückte auf den Auslöser des Scorpio. Ein scharfes metallisches Klacken durchbrach die Stille. »Ich verurteile und richte Euch als Hochverräter am Imperium!«

Der eiserne Bolzen traf den Ältesten knapp über der linken Augenbraue. Obwohl das Geschoß nicht einmal so lang wie ein kleiner Finger und nicht einmal halb so dick war, taumelte Philippo einen Schritt zurück.

Joacino fluchte stumm. Er hätte sorgfältiger zielen sollen. An den Augenbrauen war der Knochen besonders stark, und so hatte ihn der Bolzen nicht durchdringen können. Nur gut, daß er das Geschoß noch zusätzlich mit Gift bestrichen hatte. Er würde diesem niederträchtigen Schurken nichts schuldig bleiben! Ein Rinnsal aus dunklem Blut rann an der Nase des Ältesten entlang bis zu seinen wulstigen Lippen.

Noch waren alle im Speisesaal wie gelähmt und starrten auf den Herrn des Hauses. Philippo strich sich mit der Hand über das Gesicht und betrachtete ungläubig seine blutigen Finger. »Ergreift . . .« Ein weiteres Mal ertönte ein metallisches Klacken, und ein blutiger Punkt prangte mitten auf der Stirn Philippos.

Das Doppelkinn des Ältesten erbebte. Ganz langsam, so als sei ihm plötzlich schwindlig geworden, sank er auf die Kline zurück, auf der er während des Gastmahls gelegen hatte.

Ernanda war von ihrer Kline aufgesprungen und hatte den tödlichen Schuß abgegeben. Nun hielt sie ihren zweiten Scorpio drohend auf den *mercator* gerichtet, der mit Philippo die Kline geteilt hatte. »Der erste, der eine unbedachte Bewegung macht, ist tot!« schrie sie mit schriller Stimme.

»Ganz ruhig.« Joacino legte ihr vorsichtig die Hand auf die Schulter. »Wir sind nicht gekommen, um ein Blutbad zu veranstalten. Philippo hat jedoch mit seinem Giftanschlag eine Grenze überschritten . . . Ich hoffe, wir können die Verhandlungen nun auf friedliche Art fortführen.«

Nahe der Tür zum Speisesaal sah Joacino einen Schatten. Es würde nicht mehr lange dauern, und auf der Galerie über dem Hof, wo während des Festessens die Musiker aufgespielt hatten, würden Armbrustschützen stehen. Er mußte mit den Verhandlungen zu einem schnellen Erfolg kommen. Der *tercio* spürte ein leichtes Kribbeln in der linken Hand. Ein erstes Anzeichen der Vergiftung?

»Welchen Vorschlag habt Ihr uns denn zu machen, *tercio*?« Es war der *mercator*, der neben Philippo gesessen hatte, der nun sprach. Ein kleiner Mann mit schlohweißem Haar und spitzem, fuchsähnlichem Gesicht.

»Ich fordere die Rückerstattung der Kriegsbeute an meine Armee und darüber hinaus siebzig Fuhrwerke zum Transport von Verwundeten und Lebensmitteln.«

»Nicht unbescheiden für einen Mörder.«

»Nicht Mörder, sondern Richter! Philippo hat sich gegen Gesetze des Imperiums vergangen. Die Strafe, die ihm widerfuhr, war gerecht.« Das Prickeln kroch Joacino von der Hand in den linken Arm hinauf.

»Gewiß verfügt Ihr über bessere Argumente, als lediglich auf die Gesetze eines Imperiums hinzuweisen, das möglicherweise gar nicht mehr besteht.«

Der *tercio* ballte die Linke zur Faust. Er hatte kein Gefühl mehr in den Fingern. Er versuchte, sich nichts anmerken zu lassen.

»Dreitausend Argumente stehen vor den Stadttoren. Meine Männer haben Anweisung, sämtliche Rosengärten zu verwüsten, wenn ich nicht bis spätestens zum Sonnenaufgang zurückgekehrt bin. Danach werden sie sich der Stadt zuwenden. Pentarosae ist ja so reich ...«

»Und verfügt über starke und wohlbemannte Mauern.«

Joacino spürte, wie ihm der Schweiß von der Stirn rann. Die *mercatoren* beobachteten bestimmt, in welcher Lage er sich befand.

»Ich lege den Klugscheißer um«, raunte Ernanda. »Wir versuchen einen Ausbruch.«

Der *tercio* schüttelte kaum merklich den Kopf. Dann wandte er sich wieder an den weißhaarigen Kaufherrn. »Wenn Eure Mauern tatsächlich standhalten, wie lange, glaubt Ihr, wird es dauern, bis Eure Rosengärten wieder nachwachsen? Womit wird die Stadt Handel treiben in dieser Zeit? Sind da nicht hundert Fuhrwerke und ein paar Lebensmittel ein vergleichsweise geringer Preis?«

»Hundert Fuhrwerke!« Der *mercator*, der zum Wortführer der Versammlung geworden war, fuhr erbost auf. »Dies ist nicht die Art und Weise, wie man in Pentarosae geschäftliche Verhandlungen führt.«

»Dann beenden wir eben die Verhandlungen.« Ernandas Stimme klang zittrig. Ein scharfes Klacken folgte ihren Worten, doch ihr Bolzen verfehlte den Wortführer des *oktagon*. Im selben Augenblick stürzten sich die Diener des toten Hausherrn auf Joacinos Leibwächter.

»Besetzt die Tür!« kommandierte der *tercio*. Er versuchte den linken Arm zu heben, doch der hing ihm wie tot an der Seite hinunter. Ernanda war gestürzt, nachdem sie die Waffe abgefeuert hatte. Weißer Schaum troff ihr von den Lippen. Das steht mir also noch bevor, dachte Joacino. Philippo schien ein Gift verwendet zu haben, das die Muskeln lähmte. Ernanda war in Panik geraten, als sie von dem Anschlag erfahren hatte. Ihr Herz hatte schneller geschlagen und somit das Gift schneller im Körper verteilt. Joacino fragte sich, welche Zeit ihm wohl noch bliebe.

Aus den Augenwinkeln sah er gerade noch, wie ein Schlag gegen ihn geführt wurde. Er versuchte sich zu ducken, doch sein Körper reagierte ungewohnt langsam. Einer der Diener hatte seinen metallbesetzten Gürtel gelöst und damit wie mit einer Peitsche nach Joacino geschlagen. Die scharfkantigen Eisenscheiben, die auf das Leder aufgenietet waren, zerfetzten ihm das Hemd. Der Gürtel rollte sich wie eine Schlange um seinen linken Arm und brachte ihn mit einem Ruck aus dem Gleichgewicht, so daß er vornüber auf die Knie stürzte.

Der gefesselte linke Arm des *tercios* zeigte auf den Diener, der den Gürtel gnadenlos festzog, bis ihm die Metallscheiben noch tiefer ins Fleisch schnitten.

Joacino schob mit der Rechten den Ärmel zurück und drückte den Auslöser des *scorpio*. Der Bolzen schoß über den Handrücken hinweg und traf den verblüfften Krieger in den Hals.

»Das rettet dich nicht!« erklang eine helle Stimme.

Ein Tritt traf den *tercio* in den Rücken und schleuderte ihn

vollends zu Boden. Starke Hände schlossen sich um seine Kehle.
»Du wirst meinem Herrn auf die letzte Reise folgen, da Gona.«

Von irgendwoher aus der Stadt war der tiefe Klang von Hörnern zu vernehmen. Joacinos Rechte tastete nach hinten. Verzweifelt versuchte er dem Angreifer ins Gesicht zu greifen, um ihm die Finger in die Augen zu drücken. Doch der Diener lockerte den Griff um Joacinos Kehle nicht.

Japsend rang der Feldherr nach Luft.

»Aufhören!« ertönte eine klangvolle Frauenstimme. »Im Namen Aionars, des Abwesenden Gottes, gebiete ich Euch, die Kämpfe einzustellen!«

Ein brennender Stich fuhr Joacino durchs Herz. Die Hände um seinen Hals lockerten sich nicht. Er fühlte seine Glieder erschlaffen. Endlich zerrte jemand den Diener fort.

Benommen starrte der Feldherr auf seinen rechten Arm, der ihm quer über der Brust lag. Die Finger wirkten seltsam verkrümmt. Fast wie eine Kralle. Noch während er ihn betrachtete, bog sich der Daumen nach innen zur Handfläche. Er versuchte die Finger zu strecken, doch die Hand gehorchte seinem Willen nicht mehr. Es war, als versuche etwas Fremdes, Glied für Glied von seinem Körper Besitz zu ergreifen, um ihn schließlich gänzlich daraus zu verdrängen.

Joacino bemerkte, daß er keine Schmerzen mehr hatte. Ein schlechtes Zeichen! Kalter Schweiß rann ihm von der Stirn.

Doch nein, seine Empfindungen waren nicht völlig verschwunden. Er spürte das Brennen der aufgeschürften Kehle, wenngleich wie das ferne Echo von Pein. Einer Pein, die ihn nichts mehr anging.

Er brauchte ein Gegengift. Philippo hatte dergleichen mit Sicherheit im Haus. Wären die Verhandlungen nach seinen Vorstellungen verlaufen, hätte er es ihm gegeben. Er hätte ihn gewiß nicht einfach sterben lassen – wenn er denn seinen Willen bekommen hätte.

Der *tercio* versuchte sich aufzurichten. Seine Bauchmuskeln gehorchten ihm noch. Langsam setzte er sich auf. Jemand griff ihm stützend unter die Arme. Die *iudicatorin*! Sie wirkte blaß.

»Holt einen Medicus! Und schafft den ersten Diener des Hauses herbei!« Eine breite Strähne hatte sich aus ihrem straff zurückgekämmten Haar gelöst und war ihr ins Gesicht gefallen. Irgendwie wirkte sie gar nicht mehr richterlich.

Joacino hatte das Gefühl, die ganze Szene wie von ferne zu beobachten, obwohl er im Augenblick der Mittelpunkt war. Alle starrten ihn an.

»An Euch ist der Welt ein talentierter Schauspieler verlorengegangen.« Die *iudicatorin* versuchte ein Lächeln. »Ich hatte Euch wirklich geglaubt, daß Euch Gift nichts anzuhaben vermag.«

Etwas an ihren Worten beunruhigte Joacino. So sollte sie nicht mit ihm reden ... Er versuchte die Gedanken zu sammeln. Seine Lider senkten sich.

Erschrocken wollte er sich aufsetzen. Er durfte nicht schlafen! Der Hof hatte sich in jenem Augenblick verändert, als er die Augen geschlossen hatte. Die Wände waren näher gerückt, als wollten sie sich um ihn schließen. An der Wand lag Ernanda auf einer zweiten Kline. Alle Leute waren fort.

War er doch länger als nur für einen Augenblick eingenickt? Hatte man ihn in ein abgeschiedenes Zimmer geschafft? Ganz in der Nähe erhoben sich Stimmen.

».. . ich werde dem Mörder meines Herren nicht das Leben retten!« schrie jemand.

»Seine Männer sind in der Stadt. Sie haben zwei Tore besetzt. Wenn er stirbt, wird es ein Massaker geben. Wir hätten ihn niemals hierherholen dürfen. Dein Herr ist tot, und niemand erweckt ihn mehr zum Leben. Wenn du uns jetzt nicht hilfst, stirbt möglicherweise die ganze Stadt. Im Namen Aionars, komm zu Verstand, du Narr!«

Joacino spürte, wie ihm Speichel über die Wange floß. Machte ihn der Tod zu einem sabbernden Narren? Er versuchte den Speichel abzuwischen, aber er schien keine Arme mehr zu haben. Kein Glied regte sich.

Er lag auf der Seite; das ließ sich daraus schließen, daß er die Kline an der gegenüberliegenden Wand und einen Teil des Fußbodens sehen konnte. Unablässig tropfte ihm Speichel aus dem

Mund. Sein Rachen fühlte sich taub an. Nicht einmal schlucken konnte er noch.

Selbst das Atmen bereitete ihm Mühe. Seine Brust fühlte sich an, als hätte man ihn mit Gewalt in einen zu engen Küraß gezwängt.

Joacino bemerkte, daß ihm der Mund weit offen stand. Zumindest glaubte er das. Noch immer troff ihm Speichel aus dem Mundwinkel. Ernanda gegenüber hatte die Augen weit aufgerissen. Auch sie lag auf der Seite. Sie schien ihn anzustarren. Wie peinlich!

Plötzlich stand jemand vor ihm. Licht drang in die Kammer ... Nein, es waren nur gelbe Gewänder. Hübsch sahen sie aus. Ein Mann schrie aufgebracht. Irgendwoher kannte er das Gesicht. Er schien wichtig zu sein. Joacino versuchte sich zu erinnern. Ein Offizier ... Der Mann hatte vorgeschlagen, während des Festgelages durch die Abwasserkanäle in die Stadt einzudringen. Wie konnte man nur freiwillig durch die Gedärme einer Stadt kriechen wollen?

Die Farbe der Hemden war hübsch. Dieses Gelb ... Es hatte einen bestimmten Namen.

Man schob ihm etwas in den Mund. Joacino verdrehte die Augen. Ein Fläschchen mit langem Hals. Sollte er es etwa ganz hinunterschlucken?

Man drehte ihn auf den Rücken. Aus den Augenwinkeln sah er Ernanda. Jemand hatte sich über sie gebeugt und küßte sie leidenschaftlich, während ein anderer immer wieder auf ihre Brüste drückte. Was fiel den Wüstlingen ein, sich in dieser Weise an der Frau zu vergehen?

Ein flächiges Gesicht mit vorquellenden Augen stieß auf ihn herab. Der Mann wollte ihn küssen! Sein Atem roch säuerlich nach billigem Wein.

Aufgeregte Stimmen überall. Joacino verstand nicht mehr, was gesprochen wurde. Dann erloschen seine Augen. Er schien zu fallen. In eine tiefe dunkle Grube. So schnell stürzte er, daß er trotz größter Mühe nicht mehr atmen konnte.

Der Sieg der Raben
*Im Lager der Windwanderer,
am nächsten Morgen*

Roter Speer hatte seine Krieger auf einem langgezogenen Hügel versammelt. Es waren weniger als siebenhundert Reiter. Obwohl Tulga das Lager gestern noch kurz nach Einbruch der Dämmerung erreicht hatte, vermochte seine Nachricht die Lage nicht wirklich zum Besseren zu wenden. Zur Mittagsstunde am vergangenen Tag hatte eine Gruppe Pferdeherren die Nachzügler der Herde angegriffen und viele hundert Büffel und Pferde versprengt. Ein beträchtlicher Teil der ohnehin schon weit verstreuten Stammeskrieger war den Räubern gefolgt und suchte noch immer nach den verlorenen Tieren. Durch diese Kriegslist waren die Kräfte der Windwanderer geschwächt. Obwohl man den Kriegern sofort nach Tulgas Bericht Boten hinterhergeschickt hatte, war der Großteil der Reiter bisher nicht zurückgekehrt.

Seruun bewunderte die Zuversicht, die sein Vater ausstrahlte. Er hatte die Krieger auf dem Hügel versammelt, um die Herde besser überblicken zu können. Über Meilen hinweg erstreckte sich der Zug der Büffel und Speernasen. Die Tiere waren unruhig. Sie spürten die Anspannung der Menschen.

Wachsame Bullen hatten Posten abseits der weidenden Herde bezogen. Die meisten Kälber waren von älteren Tieren umringt. Es schien ganz so, als treffe auch die Herde ihre Vorbereitungen zum Schutz gegen den Überfall. Aufmerksam beäugten die Bullen die Hänge der Hügel, hinter denen sich das bleiche Felsmassiv der Frostfänge auftürmte.

Das Vorland der Berge bestand aus langgezogenen Hügelketten und kleinen Wäldern. Sie boten den möglichen Angreifern eine gute Deckung, so daß man erst im letzten Augenblick erkennen würde, wo sie zuschlagen wollten. Selbst das Wetter begünstigte einen Überfall der Pferdeherren. Es hatte am Morgen zwei heftige Regengüsse gegeben, wodurch der Boden schwer und schlammig geworden war, so daß schnelle Reiterattacken unmöglich waren. Um die höhergelegenen Wälder hingen breite Nebelbänder, durch die Tausende von Kriegern unbemerkt hätten vorrücken können.

Dichte Regenwolken zogen über den Himmel, und es herrschte ein düsteres Zwielicht, das besser zur Abenddämmerung als zur Mittagsstunde gepaßt hätte. Böiger Wind trieb die Wolken auf die Berge zu, und eine drückende Schwüle lag in der Luft, die sich jederzeit in einem Gewitter entladen mochte.

Der Hügel, den Roter Speer als Sammelpunkt der Reiter ausgewählt hatte, lag fast in der Mitte der meilenlangen Kolonne aus Büffeln und Speernasen. Obwohl die Tiere an diesem Tag viel dichter beieinanderblieben, erstreckte sich die Herde fast von Horizont zu Horizont.

Nur einen Pfeilschuß entfernt ritten die Frauen und die Ältesten des Stammes. Sie hüteten die Packpferde, die mit den Jurten und dem übrigen beweglichen Gut beladen waren. Ein weiteres Stück voraus ritten die Kinder und einige ausgewählte Krieger. Sie bewachten eine große Pferdeherde. Die besten Tiere des Stammes. Wann immer es unter den Völkern der Ebenen zu Überfällen gekommen war, war es um Frauen und Pferde gegangen. Die Büffel und die eigensinnigen Speernasen vermochte niemand zu treiben. Man konnte sie nicht stehlen, sondern vermochte höchstens einen Teil der Herde zu versprengen, indem man die Tiere erschreckte. Doch niemand, der seine Sinne beisammenhatte, versuchte Speernasen zu erschrecken. Ein wütender Speernasenbulle war eine Urgewalt, die durch nichts mehr aufzuhalten war. Speere und Pfeile konnten ihm kaum etwas anhaben. Einmal in Zorn geraten, war er fast so schnell wie ein wendiger Reiter. Mit einem einzigen Stoß seines fast mannslangen Horns vermochte ein Speernasenbulle Roß und Reiter gleichzeitig zu töten. Und selbst wenn man ihm entkam, erinnerte sich ein Bulle noch nach Jahren an Menschen, die ihn einmal gereizt hatten.

Seruun kannte Geschichten von Speernasenbullen, die bei

Nacht Jurten niedergetrampelt und ganze Sippen ausgelöscht hatten, um sich an einem törichten Kind zu rächen, das vielleicht vor Jahren einmal einen Stein nach einem Kalb geworfen hatte.

Wenn die Pferdeherren angriffen, konnte es nur um die Frauen und Pferde gehen! Und diese wurden durch die wenigen verbliebenen Krieger abgeschirmt, die ihnen in geringem Abstand über die Hügelkämme folgten.

Seruun schwitzte unter der Last seiner Waffen. Es war das erste Mal, daß er die Ausrüstung eines Kriegers trug. Als er mitten in der Nacht das Lager erreicht hatte, um Bericht zu erstatten, war sein Vater zum ersten Mal stolz auf ihn gewesen. Immer wieder hatte er von der Verfolgungsjagd durch die Wälder erzählen müssen und davon, wie er einen der Pferdeherren getötet hatte. Danach hatte Roter Speer ihm ein Knochenhemd und einen runden Lederschild geschenkt, den er selbst oft im Kampf getragen hatte. Der Schild war mit einem Wolfskopf bemalt und mit Strähnen aus schwarzem Roßhaar geschmückt.

Ein Reiterspeer mit einer langen Spitze aus Nachtstein vervollständigte seine Ausrüstung. Die Waffe hatte Seruun quer vor sich über den Sattel gelegt. Seine rechte Hand war durch eine Lederschlaufe geschoben, die in der Mitte des Speerschaftes befestigt war. Das Knochenhemd lastete ihm schwer auf den Schultern. Doch noch war sein Stolz größer als die Mühsal. Mochten die Pferdeherren auch so zahlreich sein wie die Mücken an den Ufern des Braunwassers, sein Vater würde die Windwanderer zum Sieg führen, davon war Seruun überzeugt.

Jeder Beutezug, den Roter Speer angeführt hatte, hatte zum Erfolg geführt, und zahllos waren die Geschichten, die man sich über seine Kriegslisten erzählte.

In der Ferne ertönte ein Donnergrollen, so als wolle ein Gewitter über den Frostfängen heraufziehen. Ganz in der Nähe hob ein Speernasenbulle den Kopf und blickte zu den Ausläufern des Gebirges hinüber. Ein vielköpfiger Reitertrupp brach aus einem Waldstück hervor und hielt auf die Pferdeherde zu, die weniger als eine halbe Meile von den Kriegern der Windwanderer entfernt weidete.

Roter Speer stieß einen gellenden Kriegsschrei aus und preschte den Hügel hinab, um den Angreifern den Weg abzuschneiden. Seruun wollte es seinem Vater gleichtun, doch seine Kehle war so trocken, daß er nur ein heiseres Röcheln hervorbrachte. Der junge Schamane wurde von der Woge der Reiter davongetragen, die sich den Hügel hinab ergoß. Ein unbekanntes, neues Gefühl bemächtigte sich seiner Seele. Es war, als würde er eins mit allen anderen Kriegern. Ein Funke in einem Feuer.

Sein Herz schlug wild, und er spürte das Blut heiß durch die Adern wallen. Jetzt schrie auch er. Der Boden erbebte unter dem Donner von Hunderten von Hufen. Der Wind peitschte ihm ins Gesicht. Er spürte, wie sich die Haut aus weißer und roter Farbe über seinen Wangen spannte und trocknete. Es war das allererste Mal, daß er die Farben des Krieges trug.

Seruun drückte den leichten runden Lederschild an seine Seite. Den mit einem Pferdeschweif geschmückten Speer hielt er steil zum Himmel gerichtet.

Auf der Ebene vor sich sah er, wie die Pferdeherren erschrocken ihre Reittiere herumrissen. Ihr Angriff hatte allen Schwung verloren, noch bevor die Pferdeherde der Windwanderer erreicht war. Einzelne Reiter hielten an, um Pfeile auf die heranstürmenden Krieger abzuschießen. Die meisten jedoch zerrten an den Zügeln ihrer Pferde und wandten sich zu wilder Flucht.

Die Gesichter waren unter der schwarzgelben Kriegsbemalung kaum zu erkennen. Einen Moment lang wunderte sich Seruun. Die Pferdeherren waren ihnen an Zahl deutlich überlegen. Trotzdem flohen sie, ohne sich zum Kampf zu stellen. Ängstlich und geradezu unbeholfen hatten sie die langen Kriegsschilde erhoben. Viele Reiter griffen in die Zügel der Gefährten neben ihnen. Es schien, als sei mehr als die Hälfte der Krieger vom Schrecken so gelähmt, daß sie den Willen nicht mehr aufbrachten, ihre Pferde zu lenken.

Dicht neben Seruun ritt Baatar. Der junge Krieger hatte es geschafft, sich in der Nacht bis zum Lager durchzuschlagen. Unter der dicken Farbschicht wirkte sein Gesicht wie eine Maske. Er schrie aus Leibeskräften wie alle anderen auch. Seine Augen funkelten vor Verlangen. Seruun hätte sich gewünscht, so wie er zu sein. Ein Krieger und ein Held.

Die Angst schien den Pferdeherren Flügel zu verleihen. In wildem Galopp jagten sie auf den bewaldeten Hügel zu, von wo aus sie angegriffen hatten. Mit dieser Geschwindigkeit konnten sie doch unmöglich in den Wald hineinreiten! Seruun stutzte. Waren die Pferdeherren so dumm? Das paßte nicht zu Steinfaust.

Einige der feindlichen Krieger ritten nun langsamer. Sie deckten die Flucht ihrer Stammesbrüder und schossen aus dem Sattel mit ihren kurzen Bogen auf die Angreifer. Seruun sah, wie Steppenläufer, ein alter Krieger, der ihm oft Geschichten von der Jagd erzählt hatte, von einem Pfeil getroffen aus dem Sattel stürzte. Er verschwand zwischen den Hufen des Reitertrupps.

Seruun hörte auf zu schreien. Dieses Bild nahm ihm die Freude am Kampf. Seine Waffen schienen plötzlich schwerer zu werden. Er blickte zu Baatar hinüber, doch der schien gar nicht bemerkt zu haben, was geschehen war.

Die Pferdeherren hatten ihre Fluchtrichtung geändert. Sie wichen dem Wald aus und umrundeten die Hügel in südlicher Richtung. Die Linie der Verfolger hatte sich indessen auseinandergezogen. Es zeigte sich deutlich, wer die besten Pferde ritt. Seruun gehörte zum vorderen Drittel der Reitertruppe. Baatar war ein wenig zurückgefallen.

Die Verfolgung führte sie in ein Tal, durch das sich ein breiter, flacher Fluß wand. Die Pferdeherren wurden langsamer. Auf dem kiesigen Grund des Flusses fanden die Pferde keinen sicheren Tritt. Das Wasser spritzte bis über ihre Köpfe herauf, als sie ihre verzweifelte Flucht fortsetzten.

Es dauert nicht mehr lange, bis wir die Räuber einholen, dachte Seruun. Die Pferdeherren hatten sich in eine Falle manövriert. Das breite Kiesufer des Flusses wurde von einer steilen Böschung gesäumt. Dahinter stiegen von Felsblöcken durchsetzte Wiesen rasch zu flachen, dicht bewaldeten Hügeln an. Aus diesem Flußtal würden die Räuber nicht mehr entkommen.

Seruun hatte inzwischen seinen Vater fast erreicht. Er zügelte seine Stute zu langsamerer Gangart und streichelte ihr über den

Hals. Ihr Fell war naß von Schweiß und dem aufspritzenden Wasser. Er spürte ihr Herz wild schlagen. Unwillig schüttelte sie den Kopf. Auch sie war ganz besessen von der Verfolgung und wollte die Flüchtigen endlich einholen.

Roter Speer zügelte seinen großen Hengst, nahm den Bogen vom Sattel und zielte mit ruhiger Hand. Doch in dem Augenblick, als er die Sehne vorschnellen ließ, tänzelte sein Pferd. Der Pfeil verfehlte sein Ziel und traf das Tier eines der angstgelähmten Reiter, die an den Zügeln geführt wurden. Der verwundete Schimmel bäumte sich auf und stieß ein schrilles Wiehern aus. Sein Reiter verlor das Gleichgewicht, stürzte auf einen großen Stein, der aus dem Wasser ragte, und schien regelrecht zu zerbrechen.

Seruuns Vater riß den Bogen hoch und schrie Befehle, doch sie gingen im Lärm der Hufe unter. Nur wenige Männer ganz in seiner Nähe zügelten die Pferde.

Die Strömung trieb den gestürzten Krieger nur wenige Schritte von Seruun entfernt vorbei. Es war eine menschengroße Puppe aus geflochtenem Büffelgras! Man hatte ihr abgetragene Kleidung angezogen. Deshalb also wirkten viele Reiter der Pferdeherren so steif!

Der junge Schamane brachte sein Pferd zum Stehen. Er rief den Reitern in seiner Nähe zu, sie sollten ihre Pferde zügeln, doch nur die wenigsten hörten auf ihn. Von der Wut des Angriffs vorangetrieben, folgten die meisten weiterhin dem Flußlauf.

Die Pferdeherren waren hinter einer Biegung des Flusses verschwunden, die von einer schroffen Felsnadel markiert wurde. Seruun fühlte, wie ihm die Hände zitterten. Seine Stute schnaubte. Sie spürte seine Angst. Wenn er jetzt doch nur mit dem Adler hätte fliegen können! Besorgt sah er zum Waldrand hinüber. Das enge Flußtal bot sich geradezu als Falle an.

Raben flogen von einer Tanne auf, deren Spitze vom Sturm geknickt worden war. Etwas Helles tauchte zwischen den Bäumen auf. Eine junge Frau in einem Hirschlederkleid. Sie hielt einen Bogen in den Händen und hatte das Gesicht und die Arme mit Schwarz und Gelb bemalt. Das konnte nicht sein! Frauen begleiteten niemals einen Raubzug.

Weitere Gestalten traten aus dem Wald hervor. Junge Krieger und etliche Weiber. Sie alle waren mit Bogen bewaffnet.

Jetzt hatten auch die anderen sie gesehen. Rufe gellten an der Reiterkolonne entlang. Dann war die Luft erfüllt vom Sirren einer Vielzahl von Pfeilen.

Seruun drehte sich im Sattel um und riß seinen Schild hoch. Baatar war wieder an seiner Seite. »Diese verdammten Feiglinge schicken ihre Weiber in den Kampf! Komm, wir nehmen den Mädchen die Bogen ab!«

Ein Teil der Reiter schwenkte ab, um die Schützen am Waldrand anzugreifen. Doch ihre Pferde hatten Mühe, die rutschige Uferböschung zu erklimmen. Der Angriff wurde immer langsamer und zögernder.

Ein Pfeil durchschlug Seruuns Schild. Dicht über seinem Arm war die Nachtsteinspitze in das zähe Leder eingeschlagen. Ein Stück des scharfkantigen Steins war abgebrochen, so daß die Pfeilspitze gekrümmt wie ein Wolfszahn aussah.

Seruun entschied sich, lieber seinem Vater zu folgen. Im Kampf gegen Frauen lag keine Ehre! Er riß am Zügel seiner Stute und trieb sie weiter den Fluß hinauf. Überall lagen Tote und Verwundete im Wasser. Sterbende Pferde wühlten den träge fließenden Strom mit ihren zuckenden Leibern auf.

Während er auf die Felsnadel zuhielt, blickte er wieder zum Waldrand hinüber, der jetzt dicht gesäumt war mit Bogenschützen. Salve auf Salve prasselte auf die Reiter nieder. Was war nur mit der Welt geschehen? Der Himmel versteckte sein Antlitz hinter Wolken, und Weiber zogen in den Krieg! War denn nichts mehr, wie es sein sollte?

Von den Bergen rollte ein tiefes Donnergrollen herab. Der Himmel war fast schwarz, und die Wolken hingen so tief, daß die Spitzen der Bäume nach ihnen zu greifen schienen.

Endlich erreichte Seruun die Felsnadel. Hinter der Flußbiegung verengte sich das Tal. Die Reiter der Windwanderer, die bis hierher gelangt waren, hatten angehalten. Keine hundert Schritt entfernt hatten die flüchtenden Pferdeherren sich auf einer flachen Sandinsel versammelt, die sich aus dem seichten

Flußbett erhob. Rechts und links von ihnen verharrten weitere Reiter auf den Uferstreifen. Doch diese führten keine Pferde mit Büffelgraspuppen an den Zügeln. Seruun erkannte Steinfaust unter ihnen und an seiner Seite Langes Messer.

Der Schamane der Pferdeherren hob seine mächtige Keule und stieß einen gellenden Kriegsschrei aus. Wie ein Mann setzten sich seine Reiter in Bewegung.

»Zurück!« rief Roter Speer. »Zurück!«

Unter den Windwanderern brach ein heilloses Chaos aus. Während die vordersten Reiter ihre Pferde herumrissen, um dem Befehl ihres Anführers zu gehorchen, drängten von hinten weitere Krieger um die Flußschleife, die dem mörderischen Beschuß der Bogenschützen zu entkommen suchten.

Jetzt stießen die Krieger der Pferdeherren mit dem wachsenden Pulk verwirrter Angreifer zusammen. Laut krachte Schild auf Schild, gellende Kriegsschreie und das Wiehern verwundeter Pferde mischten sich zu einer Kakophonie des Grauens.

Seruun war so dicht in die Masse der nachrückenden Reiter eingekeilt, daß er seinen Speer kaum bewegen konnte. Er wollte kämpfen, wollte allen beweisen, daß er seinen Platz in seinem Volk behaupten konnte, auch wenn man ihn nicht mehr als Schamanen anerkannte. Aber es gelang ihm nicht, durch das dichte Gedränge der Reiter bis zur vordersten Reihe der Kämpfenden vorzudringen.

Knie an Knie stand er eingekeilt zwischen den Reitern neben ihm. Jetzt prasselten auch von der hohen Felsnadel Pfeile auf sie herab. Der Krieger zu seiner Rechten riß seinen Schild hoch und schlug ihm dabei die Schildkante unters Kinn, so daß ihm der Kopf nach hinten gerissen wurde. Fast hätte er dabei das Gleichgewicht verloren und wäre aus dem Sattel gestürzt.

Ein Pfeil verfehlte ihn nur knapp und ritzte ihm die rechte Wange auf. Wäre der Stoß nicht gewesen, hätte ihn das Geschoß mitten ins Gesicht getroffen. Ob die Geister der Ahnen über mir wachen? dachte Seruun. Er hob seinen Schild über den Kopf, um sich gegen den Beschuß zu decken.

Der Krieger, der ihn gerade angerempelt hatte, sank ihm gegen die Schulter. Warmes Blut spritzte ihm ins Gesicht. Ein Pfeil hatte den Mann in den Hals getroffen, und in pulsierenden Blutfontänen verströmte sein Leben. Das Gedränge der Reiter war so dicht, daß er nicht aus dem Sattel fallen konnte.

Seruun strich dem Mann die Lider über die glasigen Augen. Er hatte ihn kaum gekannt. Nicht einmal auf seinen Namen konnte er sich besinnen. Dunkel erinnerte er sich, von ihm vor Jahren ein großes Stück Honigwabe geschenkt bekommen zu haben, das er aus einem Bienenstock in einem hohlen Baumstamm gebrochen hatte.

Endlich kam Bewegung in die verkeilte Masse der Reiter. Der Kopf des Toten rutschte Seruun von der Schulter. Der Krieger stürzte ins Wasser, und sein eigener Hengst trampelte über ihn hinweg. Ein Huf schlug ihm den Schädel auf. Breite Schlieren von Blut trieben im trüben Wasser des aufgewühlten Flußbetts.

Seruun hörte einen gellenden Schrei in nächster Nähe und fuhr herum. Eine blutige Speerspitze ragte aus dem Rücken des Reiters unmittelbar vor ihm. Ein Pferdeherr mit wutverzerrtem Gesicht versuchte, die Waffe aus dem zusammensinkenden Körper zu befreien. Schließlich ließ er den Speerschaft fahren und zog eine Kriegskeule aus dem Gürtel. Er stieß seinem Pferd die Fersen in die Flanken und trieb es auf Seruun zu.

Erschrocken richtete der junge Schamane seinen Speer auf den Krieger. Er mußte die Waffe quer über den Sattel halten, damit er den Gegner, der von links kam, überhaupt treffen konnte. Eine ungünstige Position für einen Speerstoß! Er versuchte mit der Spitze auf den Teil des Halses zu zielen, der nicht vom Langschild seines Gegners abgedeckt wurde.

Mit einem wütenden Schnaufen schlug der Angreifer die Waffe zur Seite. Dann war er neben Seruun. Er versetzte ihm einen Stoß mit dem Schild und schlug im nächsten Augenblick mit der Kriegskeule zu. Seruun schaffte es, sich unter dem Hieb wegzuducken. Der Speerschaft war ihm aus der Hand geglitten, doch die Lederschlaufe der Waffe hing ihm immer noch um das Handgelenk. Im Nahkampf war der Speer nutzlos, und die Tatsache, daß er ihn nicht einfach fallen lassen konnte, hinderte ihn daran, eine andere Waffe zu ziehen.

Ein mächtiger Keulenschlag traf seinen Schild. Das lederüberzogene Rohrgeflecht nahm dem Hieb einen Großteil seiner Wucht und ließ die Waffe des Angreifers wieder zurückfedern. Der Pferdeherr stieß einen wütenden Schrei aus und schlug nur um so heftiger zu. Dicht wie Hagelschlag prasselten seine Hiebe, während Seruun verzweifelt versuchte, seinen Speer loszuwerden.

Endlich fiel die Waffe ins Wasser, und er konnte nach dem langen Stahlmesser an seinem Gürtel greifen. »Gurwan, führ meine Hand«, murmelte er verzweifelt. Sein Schildarm war schon ganz taub von den vielen Hieben, die er abgewehrt hatte. Immer schwerer fiel es ihm, den Rundschild zu heben. Nicht mehr lange, und der Pferdeherr würde Seruuns Deckung mit ungestümen Angriffen durchbrechen.

Ein gleißender Lichtstrahl, gefolgt von einem ohrenbetäubenden Donnern, beendete den ungleichen Kampf. So hell war das Licht, daß Seruun nur verschwommen wahrnahm, was um ihn herum geschah. Die Stute scheute und brach seitlich aus. Das Pferd seines Gegners stieg. Wild keilte es mit den Vorderhufen aus, und der Pferdeherr klammerte sich an der Mähne fest, um nicht abgeworfen zu werden.

Hunderte von Stimmen schrien durcheinander. Pferde wieherten. Etwas schlug neben Seruun in den Fluß ein, und eine Wasserfontäne spritzte hoch empor. Steine schlugen aufeinander. Ihr Lärm übertönte alles Geschrei.

Morgenröte, seine Stute, hastete den Fluß hinab, zurück in Richtung der Bogenschützen. Blinzelnd und noch immer geblendet, versuchte Seruun zu begreifen, was um ihn herum geschah. Ein Blitz hatte offenbar die Felsnadel getroffen und damit einen Steinschlag ausgelöst.

Vor Seruun schien der Himmel zu zerreißen. Ein vielfach gegabelter Blitz schlug ein gutes Stück vor ihm in den Fluß ein. Der Donnerschlag, der folgte, schüttelte geradezu seinen Körper. Seruun zog sich der Magen zusammen, und ein Prickeln überlief ihn. Sturmböen jagten über den Fluß und trieben kleine weiße Wellenkämme vor sich her. Ein seltsamer Geruch lag in der Luft.

Der Blitz hatte einen Lidschlag lang das dunkle Zwielicht vertrieben, so daß Seruun deutlich den Fluß hatte sehen können. Überall lagen Leichen, die sich wie kleine Inseln aus dem seichten Wasser erhoben. Verwundete versuchten sich von den Steigbügeln gestürzter Pferde loszumachen oder krochen auf das Ufer zu. Noch immer hagelten Pfeile auf sie nieder, doch die Sturmböen trieben sie ab, und sie trudelten ziellos durch die Luft.

Auch die Uferböschung und der sumpfige Grasstreifen waren übersät mit Toten und Verwundeten. Dennoch versuchten einige Krieger noch immer, die Stellung der Bogenschützen zu stürmen.

Dann kam der Regen. Wie eine Mauer aus Wasser stürzte er vom Himmel herab. Die dunklen Wälder jenseits des Flusses verschwanden hinter grauen Schleiern. Die Waffen der Bogenschützen waren nutzlos geworden.

Undeutlich sah Seruun, wie sich die Schatten von Reitern auf die Ufer zubewegten. Sie würden Rache nehmen. Der junge Schamane schrie ihnen nach, um sie aufzuhalten, doch seine Worte gingen im prasselnden Regen unter.

Er spürte die Anwesenheit der Geister der Ahnen. Sie waren hier, ganz nahe, und sie waren voller Zorn und Verbitterung angesichts des schrecklichen Gemetzels. Seruun schlug seiner Stute die Fersen in die Flanken und lenkte sie zum nächstgelegenen Ufer. Namenlose Angst hatte ihn gepackt. Etwas Neues war in die Welt getreten, das spürte er. Gurwan hatte es geahnt, an dem Tag, da er starb, und der Geist von Wolfszahn hatte ihm einen Hinweis gegeben. Die Kraft der Schamanen kehrte zurück. Ihre Aufgabe war es, alles, was lebte, vor sinnlosem Tod zu bewahren und ihr Volk und die Herden zu schützen. Sie vermochten ihre Kraft einzusetzen, um etwas Gutes zu schaffen, so wie es Wolfszahn getan hatte.

Doch aus dem Neuen, das in die Welt getreten war, konnte

auch ein derartiges Grauen geboren werden, daß es dafür keine Worte gab. Und Windwanderer wie Pferdeherren waren dabei, dieses Grauen zu säen.

Seruuns Stute versuchte die Uferböschung zu erklimmen. Hinter dem Kiesstreifen lag ein Grat aus schlüpfriger schwarzer Erde. Immer wieder rutschte das Pferd auf den Kies zurück. Dann kam das Wasser. Selbst durch das alles übertönende Rauschen des Regens waren Schreie zu hören. Von einem Augenblick zum anderen verwandelte sich der seichte Fluß in einen reißenden Strom.

Verzweifelt wühlten Morgenrötes Hufe den schwarzen Schlamm auf. Dann endlich fand das Tier festen Grund und schaffte das letzte Stück der Uferböschung hinauf. Dahinter brüllte der Fluß wie ein riesiges zorniges Tier. Die plötzlich angeschwollenen Fluten unterspülten die Böschung. Ein breites Stück der Grasnarbe löste sich und fiel ins Wasser.

Seruun trieb die Stute vom Ufer fort, voller Angst, selbst auf dem vermeintlich sicheren Grund noch ein Opfer des zornigen Flusses zu werden.

Unvermindert tobte das Gewitter. Es war so dunkel, daß man kaum fünf Schritt weit sehen konnte. Doch wenn die Blitze über den Himmel tanzten, offenbarten sie das Grauen. Was sich da am Waldrand abspielte, schienen die Bilder eines Alptraums zu sein. Das Licht der Blitze saugte alle Farben aus der Welt und ließ nur noch Schwarz, Weiß und Grau übrig.

In maßlosem Zorn überfielen die Reiter, die die Salven der Bogenschützen überlebt hatten, Frauen, Kinder und Alte. Seruun entdeckte Baatar unter den Kriegern. Der riß einer jungen Frau das Kind vom Arm und schlug es gegen einen Baumstamm, bis dessen Schädel zerplatzte. Dann senkte sich barmherzige Finsternis über die Szene, bis wenige Herzschläge später der nächste Blitzschlag erneut das entsetzliche Geschehen enthüllte. Jetzt trampelte Baatar mit seinem Hengst die Mutter zu Boden, die sich verzweifelt über den Leichnam ihres Kindes geworfen hatte. Derselbe Baatar, dessen Hände so geschickt waren, wenn es galt, einer Büffelkuh bei einer schweren Geburt zu helfen, und der aufopferungsvoll jene Kranken und Tiere pflegte, die alle anderen längst aufgegeben hatten!

Beim nächsten Blitzschlag entdeckte Seruun Tulga. Er kauerte in der Nähe der Uferböschung und hielt einen toten Krieger in den Armen. Das Gesicht hatte er in stummer Verzweiflung zum Himmel erhoben. Wasser und Tränen lösten seine Kriegsbemalung zu roten und weißen Flecken auf.

Die Begeisterung über seinen ersten Kampf hatte Seruun längst verlassen. Wäre er dazu imstande gewesen, er hätte dem sinnlosen Töten ein Ende bereitet.

Er sprang aus dem Sattel, warf seinen Schild fort, der ihn nur behinderte, und lief zum Wald hinauf. Während das Gemetzel am Waldrand kein Ende nahm, kauerten auf der Wiese schon die ersten Raben über den Toten und bedachten Seruun mit unwilligem Krächzen, als er sie von ihrem schaurigen Mahl aufscheuchte.

Baatar gebärdete sich indessen noch immer wie ein Wahnsinniger. In blinder Wut hieb er auf jeden ein, dessen er habhaft werden konnte. Böse Geister schienen Besitz von ihm ergriffen zu haben. Sein Gesicht war zu einer grotesken Maske des Schreckens verzerrt.

Seruun griff Baatars Hengst in die Zügel. Der junge Krieger fuhr im Sattel herum und fauchte ihn an wie eine Wildkatze. Er riß den Hengst an den Zügeln herum und versetzte Seruun einen so heftigen Tritt, daß dieser zurücktaumelte. Dann wendete der Krieger das Pferd erneut und preschte auf Seruun zu. Der hechtete zur Seite, verfing sich mit dem Fuß in einer Wurzel und stürzte. Sein Kopf schlug hart gegen einen Baumstumpf. Nur eine Handbreit neben ihm trampelten die Hufe des Hengstes in den Schlamm.

Roter Nebel schien Seruun zu verschlingen. Deutlich spürte er die Gegenwart dunkler, blutgieriger Geister. Geister, die nie den Seelenflug angetreten hatten, die zornig und verwirrt in der Welt der Lebenden zurückgeblieben waren, ohne zu verstehen, was mit ihnen geschehen war. Sie sammelten sich um Seruun, zerrten an ihm und wollten ihn in ihrer Mitte haben. Manche wimmerten auch um Erlösung. Dutzende Bilder von Toten stürmten auf ihn ein. Ein Krieger, der vor langer Zeit auf einsamer Jagd verwundet worden und ganz in der Nähe erfroren war, wollte Seruun zu seinem einsamen Grab unter den Baumwurzeln locken.

Dann hörte er Gurwans Stimme. Friedlich und zugleich gebieterisch. Der rote Nebel zerriß und verwandelte sich in tiefe Dunkelheit.

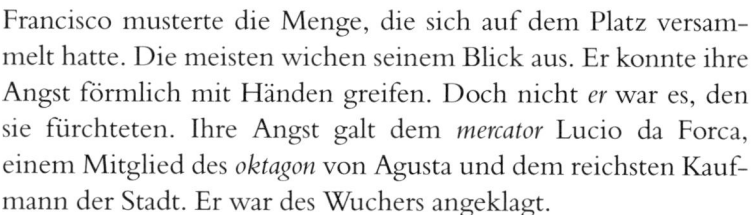

Gerechtigkeit

Auf dem Marktplatz der Beinschnitzer, in der kleinen Stadt Agusta,
nahe Monte Flora, am 16. Tag des Sturzregenmondes,
im 458. Jahr der Abwesenheit Gottes

Francisco musterte die Menge, die sich auf dem Platz versammelt hatte. Die meisten wichen seinem Blick aus. Er konnte ihre Angst förmlich mit Händen greifen. Doch nicht *er* war es, den sie fürchteten. Ihre Angst galt dem *mercator* Lucio da Forca, einem Mitglied des *oktagon* von Agusta und dem reichsten Kaufmann der Stadt. Er war des Wuchers angeklagt.

Die meisten einfachen Bauern und Handwerker auf dem Platz wirkten dürr und ausgemergelt. Deutlich sah man ihnen an, daß schon jetzt Hunger in Agusta herrschte. Nach dem Beben hatte ein Feuer die beiden großen Speicherhäuser der Stadt vernichtet, in denen die Bauern ihre Vorräte aufbewahrten. Lucio da Forca hatte wie in jedem Jahr den Großteil der Ernte aufgekauft. Doch er lagerte seine Waren in gemauerten Erdgruben, die er mit einer Lehmschicht luftdicht abdecken ließ. Weder das Erdbeben noch die Flammen hatten seinen Getreidevorräten Schaden zugefügt. Die letzte Ernte hatte einen großen Ertrag erbracht. Niemand in dieser Stadt hätte hungern müssen. Doch da Forca hatte den Preis für Korn in den zurückliegenden Wochen verfünffacht, und jeder, der Korn nach Agusta einführte, paßte sich den Preisen an, die der *mercator* diktierte.

Dennoch wäre keine Beschwerde nach Monte Flora gelangt, hätte nicht ein *pater* aus der Stadt an den *princeps* geschrieben. *Pater* Marco und eine abgehärmte junge Frau wagten es als einzige, die Stimme zu erheben und das Unrecht anzuklagen.

Francisco hatte das Schwert in der Purpurscheide, das Zeichen seines Amtes als *iudicator*, vor sich auf das weiße Tischtuch gelegt. Er teilte diesen Tisch lediglich mit einem Schreiber, einem alten Mann, der seinen Gänsekiel unruhig zwischen den Fingern drehte.

Es war das allererste Mal, daß Francisco sein Amt als Richter ausübte. Allein die Tatsache, daß er hier saß, war schon ein Bruch des bislang geltenden Rechtes. Das wußte er. Die Kirche hatte eine eigene Gerichtsbarkeit, doch sie durfte nur in Kirchenangelegenheiten Recht sprechen. Drei Ritter des *ordo militis dei,* die hinter ihm standen, und dreißig Waffenknechte, die rings um den Marktplatz Aufstellung bezogen hatten, untermauerten seine Autorität als *iudicator.* Solange die Macht des Imperiums zerbrochen daniederlag, würde niemand der Kirche das Recht zur Gerichtsbarkeit streitig machen. Aber was wäre in einigen Jahren? Sollten sich die Verhältnisse ändern, dann würde man ihn für die Urteile anklagen, die er sich angemaßt hatte. Ihn und nicht den *princeps,* der ihm dieses Amt übertragen hatte.

Bernaldino hatte ihn ermahnt, weise zu urteilen und dadurch unangreifbar zu sein. Aber Weisheit, Gerechtigkeit und eine sichere Zukunft wollten sich einfach nicht in einem Urteil vereinen lassen.

Francisco betrachtete die junge Frau, die vor dem Gerichtstisch stand. Sie war so hager, daß man glaubte, die Farbe der Knochen durch die fahle Haut schimmern zu sehen. Ihr Mund war eingefallen wie bei Greisen, und die Augen waren von tiefen schwarzen Ringen umgeben.

»Ullana aus Agusta«, sagte Francisco mit lauter Stimme. »Erzähl hier vor allen von der Ungerechtigkeit, die dir widerfahren ist, und sprich so, daß jeder auf dem Platz dich zu hören vermag.« Franciscos Mundwinkel zuckten. Wenn er laut sprach, schoß ein stechender Schmerz durch die Wunde in seiner Seite.

Die junge Frau sah sich mit gehetztem Blick um. *Pater* Marco nickte ihr ermutigend zu. Schließlich faßte sie sich ein Herz. »Es hat mit dem schrecklichen Beben angefangen, wißt Ihr, Herr … Als uns die Häuser über …«

»Sprich den *iudicator* mit Eminenz an, wie es sich geziemt, Weib!« befahl barsch einer der Ritter.

Francisco hob verärgert die Hand. »Sprich so mit mir, wie du auch mit *pater* Marco gesprochen hast, Ullana. Gerechtigkeit kennt keine Titel, und allein darum soll es heute gehen: Gerechtigkeit zu finden.«

Die junge Frau zögerte. Als sie endlich weitersprach, war ihre Stimme viel leiser. Eingeschüchtert starrte sie auf das Schwert, das auf dem Tisch lag, und wagte es nicht mehr, zu Francisco aufzublicken.

»Als uns die Häuser ...« Ihre Stimme stockte. »Als sie einstürzten, wurde mein Mann dort ...« Sie deutete auf eine der schmalen Gassen, die vom Markt den Berg hinaufführten. Der Weg stieg steil an. Etliche Häuser hatten das Beben überstanden. Besonders dort, wo sich Bogengewölbe über die Gasse spannten. Die meisten jedoch waren eingestürzt. Noch immer lag der steile Weg voller Trümmer.

Ullana standen Tränen in den Augen. »Dort ist Rosco, mein Mann, wissen Sie, Em... Eminenz, er hieß Rosco. Er wurde von Steinen erschlagen, als er zum Haus zurückkehrte, um mir eine Decke zu holen.«

Sie blickte auf ihre Füße. Auf dem Platz der Beinschnitzer herrschte tiefe Stille. »Ich hatte nicht mehr ... nur meine kleine Rosalita. Sie war im Frühling geboren, das kleine Würmchen ... Nicht lange nach dem Fest der Segel. Sie war so klein. Mit Fingern, so zart wie Rosenblätter. Außer ihr hatte ich nichts. Das Feuer hat alles genommen, was nach dem Beben geblieben war. Ich konnte bei den Nachbarn wohnen. Aber der Regen ... Meine Kleine ist krank geworden. Und wir hatten nichts zu beißen. Die Nachbarn auch nicht. Die wurden ja selber nicht satt. Wie hätten sie uns beide durchfüttern sollen? Dann ist die Milch in meinen Brüsten versiegt. Wißt Ihr, Herr, wenn man immer nur Grassuppe ißt ... Das ist nicht gut. Ich wollte arbeiten. Aber keiner hier hat noch Geld. Außer den feinen Herren vom *oktagon* ... Aber die haben mich nicht gemocht. Wißt Ihr, mein Rosco hatte ein loses Mundwerk. Hat oft geschimpft über das *oktagon* und daß sie den Leuten das Blut aussaugen mit ihren Geschäften. Das hatten die feinen Herren ihm nicht vergessen. Selbst dann nicht, als er tot war ...«

Ullana hob zum ersten Mal den Kopf, seit sie zu sprechen begonnen hatte. Sie sah zu Lucio da Forca hinüber, der auf einem prächtigen Lehnstuhl gegenüber dem Richtertisch saß. Da Forca war ein hochgewachsener, kräftiger Mann in den besten Jahren. Er trug feines Leinen und Leder. Gute Kleidung, doch nicht so prächtig, daß sie anmaßend wirkte. Ihn schienen die Worte von Ullana nicht zu berühren.

»Zu ihm bin ich gegangen.« Die junge Frau zeigte mit ausgestreckter Hand auf den *mercator*. »Ich hab gebettelt, ich hab geweint. Alle in der Stadt wissen, daß er genug Korn hat, um uns alle auf zwei Jahre durchzufüttern, wenn er es nur wollte. Die meisten Handwerker hier haben auf Monde hinaus ihre Ware an ihn verpfändet. Und der Winter kommt erst noch ... Ich hatte nichts. Ich wollte mich ihm hingeben. Er hat mich ausgelacht. Ich hab um das Leben meines kranken Kindes gebettelt, ihn um Barmherzigkeit angefleht. Jede Arbeit hätte ich getan. Als Gnade hat er mir vorgeschlagen, in einem seiner Hurenhäuser zu dienen ... Da bin ich weggelaufen.«

Sie schwieg eine Weile. »Meine Rosalita wurde immer schwächer.« Ullana hob den Kopf und blickte nun zu den Handwerkern und Bauern hinüber, die hinter ihr auf dem Platz versammelt waren. »Genug von euch wissen, wie es ist, seine Kinder verhungern zu sehen. Ich weiß, wie viele Kindersärge gezimmert worden sind ... Auch wenn keiner von euch es wagt, die Stimme zu erheben. Ich wünschte, mein Rosco wäre hier. Er wußte, wie man die Worte richtig setzt ...« Sie schluchzte und sprach dann nur noch stockend weiter.

»Nach zwei Tagen hab ich mich in dem Haus gemeldet ... Sie wußten, daß ich käme. Lucio da Forca hatte von mir erzählt ... Es gibt dort einen Mann ... Ihm mußte ich zu Willen sein ... Er hat entschieden, daß man mich für ein Kupferstück haben kann. Aber an jedem Tag mußte ich drei Kupferstücke zahlen, um in dem Haus zu arbeiten ... Und meine Rosalita durfte ich nicht mitbringen. Man wollte dort kein Kindergeschrei. Und sie hat viel geschrien vor Hunger ...«

Francisco musterte den *mercator*, und es kostete ihn Mühe, sich den Zorn nicht anmerken zu lassen. Lucio da Forca hörte sich die Worte der jungen Frau an, ohne die geringste Regung zu zeigen. Von *pater* Marco wußte Francisco, daß seit dem Beben dreizehn Kinder allein am Hunger gestorben waren. Der Priester hatte sogar die Befürchtung geäußert, daß bis zum Ende des Winters die ersten Familien in Versuchung geraten könnten, die eigenen Toten zu essen. Francisco kannte solche Geschichten über abgelegene Bergdörfer. Aber so nahe bei Monte Flora. Und all das geschah, obwohl es gefüllte Speichergruben in der Stadt gab. Was hielt die Hungernden davon ab, einfach die Häuser der Reichen zu stürmen? Die *corona*?

»Weil ich so dürr und unansehnlich war, haben mich nur wenige Männer begehrt ... Nach zwei Wochen hatte ich Schulden statt zu essen. Der Barbier des Hauses kam dann zu mir ... Er hat meine Zähne gelobt. Sie waren ganz weiß und ohne Makel ... Er hat mir einen Denar geboten für meine Zähne. Davon mußte ich zuerst meine Schulden bezahlen ... Von dem, was blieb, habe ich ein wenig Milch geholt. Aber meine Rosalita konnte nichts mehr bei sich behalten ... Sie hat ... Vor vier Tagen ist sie gestorben. Im Hurenhaus wollten sie mich nicht mehr ...« Ullana öffnete den Mund so weit, daß Francisco die rot entzündeten, zahnlosen Kiefer sehen konnte. »Dort haben sie mir gesagt, die wenigen Männer, die bei mir liegen wollten, hätten mich wegen meines hübschen Lächelns ausgewählt. Eine zahnlose Hure wolle niemand ...«

Francisco erhob sich. Er war so wütend, daß er den stechenden Schmerz, der sonst jede seiner Bewegungen begleitete, diesmal nicht spürte. »Lucio da Forca, Ihr habt die Geschichte der Frau gehört. Was habt Ihr dazu zu sagen?«

Der *mercator* erhob sich und zupfte sich die Hose glatt. »Erst vor zwei Tagen habe ich zehn Maultiere mit Kornsäcken in das Bergdorf geschickt, aus dem meine Großeltern stammen. Es gibt Männer hier, die das bezeugen können.« Aus der Menge ertönte zustimmendes Gemurmel. »Ich bemühe mich, die Not zu lindern, wo ich kann. Doch zu groß ist das Unheil, das uns allen widerfahren ist ...«

Francisco blickte auf ein Blatt mit Notizen, das vor ihm auf dem Tisch lag. »Wenn die Kirche richtig in Kenntnis gesetzt wurde, dann besitzt Ihr dreiundzwanzig Vorratsgruben. Dort liegen die Überschüsse aus drei Ernten. Mehr als siebenhundertfünfzig große Fuhrwerke voll Korn. Erst in der letzten Woche habt Ihr eine Eurer Gruben leeren lassen und dreißig Fuhrwerke an den *princeps* verkauft. Er hat das Korn verschenkt, um die schlimmste Not in Monte Flora zu lindern.«

Der Kaufmann neigte das Haupt. »Es war mir eine Ehre, dem Kirchenfürsten und den Armen in Monte Flora dienen zu können.«

»Wir haben Euch für Eure Hilfe bezahlt!« Francisco hatte nun endgültig die Fassung verloren. »Das Dreifache des üblichen Kornpreises habt Ihr verlangt und bekommen! Und nun höre ich, wie Ihr hier die Kinder Eurer eigenen Leute verhungern laßt. Und welch unsittlichen Geschäfte Ihr macht. Bis jetzt nehmt Ihr nur Leiber und Zähne . . . Wie lange wird es dauern, bis Ihr auch noch mit dem *toten* Fleisch von Menschen handelt?«

Lucio da Forca hakte die Daumen in sein Wams und richte sich zu voller Größe auf. »Ich achte die Kirche, Eminenz, aber ich werde nicht dulden, daß man solche Unterstellungen gegen mich vorbringt. Ich habe nichts Unrechtes getan . . .«

»Dreizehn tote Kinder, die vor Hunger gestorben sind, da Forca!« Franciscos Stimme war in ihrem Zorn bis weit über den Platz hinaus zu hören. »Und Ihr sitzt auf Euren Gruben voller Korn. Wagt es nicht noch einmal, mir ins Angesicht zu sagen, Ihr hättet nichts Unrechtes getan!«

»Nennt mir das Gesetz, gegen das ich verstoßen habe, *iudicator*«, erwiderte der Kaufherr trotzig.

»Es gibt ein Gesetz aus den Tagen des alten Imperiums, das Wucher in Zeiten der Not verbietet.«

»Diese Gesetze sind von der *camera magna* in Maganta schon vor Jahrhunderten für ungültig erklärt worden«, protestierte da Forca.

Francisco nickte. »Gewiß. In einem Reich, in dem Kaufherren herrschen, vermag ein Gesetz gegen Wucher natürlich nicht zu bestehen. Doch die *camera magna* gibt es nicht mehr. Und deshalb verkünde ich hiermit, daß das alte Gesetz gegen Wucher von Stund an wieder in Kraft ist.«

»Dann werde ich mich daran halten.« Lucio ballte wütend die Fäuste. »Auch wenn ich es als Unrecht empfinde, wie Ihr nach Eurem Gutdünken Gesetze erfindet und bestehendes Recht außer Kraft setzt, Eminenz. Im übrigen möchte ich darauf hinweisen, daß ich gegen das Gesetz nicht verstoßen habe, da es gerade erst als rechtsgültig verkündet wurde.« Ein abfälliges Lächeln spielte um die Lippen des Kaufmanns.

»Es freut mich, einen so gesetzestreuen Untertanen vor mir zu sehen«, entgegnete der *iudicator* ruhig. »Um eine gerechtere Verteilung der vorhandenen Lebensmittel zu gewährleisten, verfüge ich nun, daß alle Korngruben des *mercators* Lucio da Forca in Kirchenbesitz übergehen. Die Kirche zahlt einen Preis für diese Güter, der sich nach dem Marktwert des Korns am Tage vor dem großen Unglück richtet. Da ich eine entsprechende Summe nicht bei mir führe, wird mein Schreiber einen Schuldschein im Namen der Kirche ausstellen.«

»Einen Schuldschein?« wiederholte der Kaufmann ungläubig.

»Wollt Ihr mit dieser Frage der Kirche unterstellen, sie löse ihre Schulden nicht ein?«

»Nein . . . natürlich nicht. Aber Ihr könnt doch nicht meine ganzen Güter . . .«

»Führt mir kein Drama auf! Glaubt Ihr etwa, ich wüßte nicht, daß Ihr Euer Korn auch zu dem Preis, den ich geboten habe, noch mit beträchtlichem Gewinn verkauft?« fragte Francisco erbost. Ihn widerte es an, diesen Kerl vor sich zu sehen. Er würde die Sache nun zu einem schnellen Ende bringen. »Was Euer Verhalten gegenüber dem Weib Ullana und den hungernden Bürgern dieser Stadt angeht, verurteile ich Euch zu einem Jahr und einem Tag Arbeitsdienst im Siechenhaus von Monte Flora. Ich hoffe, Ihr lernt dort Demut und Respekt vor dem Leben eines Menschen.«

»Das könnt Ihr nicht tun! Ich habe gegen kein Gesetz verstoßen! Ihr habt kein Recht dazu, Priester!« Der Kaufherr wollte auf den Richtertisch zu stürmen, doch zwei Waffenknechte packten ihn und zwangen ihn vor Francisco auf die Knie.

»*Das könnt Ihr nicht tun*«, wiederholte der Priester ruhig. »Haben das nicht auch die Mütter zu Euch gesagt, die um ein wenig Brot für ihre Kinder gebettelt haben? Wie habt Ihr Ihnen geantwortet, da Forca? Habt Ihr sie überhaupt einer Antwort für würdig befunden? Nun, für Euch habe ich eine Antwort. Alles Unrecht und alle Grausamkeit des Herzens werden vergolten werden, solange ich oberster Richter der *Provincia Cornia* bin.«

»Dich wird die *corona* holen, Priester, und ...« Einer der Waffenknechte schlug dem Kaufherrn mit seinen Speerschaft über den Rücken, um ihn zum Schweigen zu bringen.

»Die *corona*.« Francisco lachte. »Ich fürchte keine Banditen. Aber Ihr, Lucio da Forca, solltet folgendes wissen: Wenn auch nur einem der Bewohner von Agusta ein rätselhafter Unfall widerfährt, dann werde ich Euer Urteil abwandeln und Euch vom Siechenhaus in Monte Flora zum Dienst in der Feuchtblatternkolonie am Monte Alba schicken. Also richtet der *corona* aus, zu der Ihr offenbar so gute Verbindungen unterhaltet, daß sie gut über die Bewohner der Stadt und ihr Wohlergehen wachen soll. Dem Weib Ullana aber werdet Ihr ein Haus kaufen, damit sie wieder eine Unterkunft hat, und es soll auf Eure Kosten eingerichtet werden. Sollte Ullana noch einmal Hochzeit feiern, so werdet Ihr für sie ein Fest ausrichten, von dem man noch lange reden wird, und vom heutigen Tag an zahlt Ihr Ullana in jedem Mond eine Rente von zwei goldenen Denaren. All dies kann ihr die erlittenen Verluste nicht ersetzen, doch es wird ihr helfen, künftig wieder einen Platz im Leben zu finden.« Francisco nahm das Schwert vom Tisch und schnallte es sich um die Hüften.

»Das Gericht ist beendet. Zum Vollzug des Urteils werden ein Ritter vom *ordo militis dei* und zehn Waffenknechte in der Stadt zurückbleiben. Ihr aber, Lucio da Forca, habt Euch in fünf Tagen in Monte Flora einzufinden, oder ich lasse Euch in Ketten auf den Blumenberg holen!«

Der *mercator* wurde abgeführt. Langsam zogen sich auch die Bewohner der Stadt vom Platz zurück. Keiner jubelte. Im Gegenteil, es herrschte gedrückte Stille. Eine alte Frau kam und legte Ullana eine Decke um die Schultern.

Der Priester stützte sich schwer auf den Tisch. Hatte er Gerechtigkeit geübt? Wie konnte man ein verlorenes Leben sühnen? Er wußte es nicht. Er wußte auch nicht, wen er um Rat fragen sollte.

Francisco erinnerte sich an Arbenga Cano, seinen Bluthund. Er war kurz vor der Verhandlung in der Stadt eingetroffen. Der Söldner stand unter den Kolonnaden des Zunfthauses der Beinschnitzer am gegenüberliegenden Ende des Platzes. Er trug unauffällige erdfarbene Kleider und einen schäbigen rostroten Umhang. Man sah ihm an, daß er die letzten Wochen auf der Straße verbracht hatte. In seinem Mundwinkel glomm eine halb herabgebrannte Zigarre.

Francisco hielt nicht viel von Männern, die sich dem Rauchtrinken ergaben. Diese Unsitte stammte von den Wilden aus dem fernen Belabadangbarad und hatte ursprünglich in Zusammenhang mit ihren Götzenkulten gestanden. Mit der Zeit hatte das Rauchtrinken in ganz Ajuna Verbreitung gefunden, und zu Franciscos Ärger huldigte selbst der *princeps* Bernaldino dieser fremdländischen Unsitte.

Wenigstens überlagerte der Rauch den Körpergeruch Arbengas. Offenbar hatte sich der Söldner seit ihrer letzten Begegnung nicht mehr gewaschen.

»Ihr hattet recht, Eminenz. Das Mädchen lebt noch. Ich habe sie gefunden.«

»Und warum hast du sie nicht mitgebracht?«

Der Söldner ließ die Zigarre im Mundwinkel wippen. »Sie hat ein paar neue Freunde. Ich hätte sie nicht lebend bringen können, wenn ich versucht hätte, sie zu holen.«

»Wie viele sind bei ihr?« fragte Francisco ungeduldig. Er hatte es gewußt, daß sie noch lebte! Wenn sie starb, dann würde sich die Wunde in seiner Seite schließen und die Ordnung in die Welt zurückkehren.

»Ein alter Mann und ein hünenhafter Kerl.«

»Nur zwei.« Der Priester strich sich über das glattrasierte Kinn. »Ich werde dir sechs Waffenknechte mitgeben. Das sollte genügen ...«

Der Söldner nickte. »Ja. Aber ich brauche mehr Geld. Die Harpunierin zu finden, war kostspielig. Ihr wißt, wie die Leute in den Bergen sind, Eminenz. Verstockt und unwillig. Man braucht eine Menge Silber, um ihnen die Zunge zu lösen. Ich habe fast alles Geld verbraucht, das Ihr mir mitgegeben habt.«

Francisco glaubte ihm nicht. Arbenga wurde allmählich frech . . . Dennoch, er war der einzige, der wußte, wo die Fischerin steckte. Francisco konnte es sich nicht leisten, auf seine Dienste zu verzichten. Noch nicht! »Du bekommst dein Geld. Aber bring mir die Fischerin lebend! Die beiden anderen sind mir gleichgültig.«

Die Sturmreiter

Im Lager der Windwanderer,
drei Tage nach der Schlacht

Seruun betrachtete den blaßblauen Rauch, der zur Decke des Zeltes hinaufstieg, als Grasfeder Fichtennadeln in die Glut streute. Ein angenehmer Duft verbreitete sich in dem kleinen Zelt. Der Junge atmete tief durch. Er war in einem Schwitzzelt, aber er konnte sich nur verschwommen erinnern, wie er hierhergekommen war. Beißender Schmerz pochte in seiner Schläfe, und der gallige Geschmack von Erbrochenem lag ihm auf der Zunge.

»Du bist lange auf den Traumpfaden gewandert, Seruun.«

Der Geistertänzer drehte den Kopf und hatte das Gefühl, zu Boden zu stürzen, obwohl er schon lag. Benommen schloß er die Augen und atmete wieder tief ein.

»Willst du trinken, Seruun?«

Vorsichtig hob er die Lider und blinzelte durch Rauch und Wasserdampf. Grasfeder kauerte auf der anderen Seite der flachen Grube, die mit roter Glut gefüllt war. Sie war nackt. Schweiß perlte ihr von der goldbraunen Haut und sammelte sich zwischen den Brüsten zu einem schmalen Rinnsal, das über den Bauch hinabtröpfelte und im Dickicht der Scham verschwand.

Seruun wollte sich hochstemmen, doch wieder wurde ihm schwindlig. Mit einem Seufzer sank er zurück.

Grasfeder schüttelte ungehalten den Kopf. »Laß das! Du hast eine Beule an der Stirn, groß wie ein Entenei.«

Sie kam zu ihm herüber, kauerte hinter ihm nieder und bettete seinen Kopf sanft in ihren Schoß. Vorsichtig hob sie eine Schale an seine Lippen, damit er trinken konnte. Eine salzige Fleischbrühe mit bitteren Kräutern.

»Wir hatten schon gedacht, dein Geist sei geflohen ... Man hat dich zwischen all den toten Frauen und Kindern gefunden.«

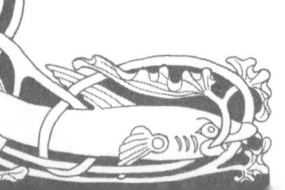

Seruun setzte die Schale ab. »Ich habe nicht ...« Er verschluckte sich und mußte husten.

Grasfeder nahm ihm die Schale ab und setzte sie neben der Glut ab. »Ich weiß.« Sie strich ihm die langen strähnigen Haare aus der Stirn. »Ich weiß. Du hattest kein Blut an den Händen. Es war nicht deine Tat.«

»Ja«, antwortete er schwach. Ein stechender Schmerz wütete hinter seiner Stirn. »Haben wir gewonnen?«

»Gewonnen? Ach Seruun, ach ...« Sie beugte sich vor, bis er ihr in die dunklen Augen blicken konnte. »Mehr als die Hälfte unserer Krieger ist tot, und von denen, die leben, ist fast jeder verwundet. Der Gewittersturm hat die Herde in alle Winde zerstreut. Manche Speernasen sind sogar durch den Fluß geschwommen.«

»Und die Aduuchin? Haben wir sie besiegt?«

»Ist das alles, woran du denken kannst? Ihr habt so viele Frauen und Kinder getötet, daß ihr Volk nicht mehr leben kann. Zugleich haben aber auch wir so viele Krieger verloren, daß wir die Herde nicht mehr hüten können. Es gibt keinen Sieger, Seruun. Nur Besiegte. Wäre das Unwetter nicht gewesen, hätten sie euch vielleicht alle getötet.«

Schweiß tropfte von Grasfeders Nasenspitze auf sein Gesicht. Oder weinte sie? »Aber warum haben sie das getan? Das ergibt doch keinen Sinn. Sie waren so viele ...«

»Steinfaust hat dich getäuscht, Seruun. Es gab nie ein zweites Kriegerlager. Ein schreckliches Unglück hat die Aduuchin am Tag der Himmelsfaust heimgesucht. Feuer fegte über das Grasland. Die Flammen versetzten die Herde in Panik. In blinder Panik flohen sie vor den Flammenmauern. Und stürzten über eine Klippe. Fast die ganze Herde. Und alle Krieger, die die Tiere aufhalten wollten, wurden zu Tode getrampelt. Als unsere Herde dann in ihre Weidegründe zog, sahen die Aduuchin darin ein Geschenk ihrer Ahnen. Sie wollten nicht nur Pferde und Frauen rauben. Sie wollten die ganze Herde und damit die Schande tilgen. Deshalb beschlossen sie, unser Volk auszulöschen. Und du, Seruun, du solltest ihnen dabei helfen.«

»Aber ich habe sie doch gesehen ...«

»Was hast du gesehen? Die Feuer eines Lagers, das nur zu deiner Täuschung errichtet wurde. Wie viele Krieger hast du wirklich erblickt? Nur die im Lager und jene, die euch im Wald verfolgt haben. Die anderen hat man dir vorgegaukelt.«

Seruun schloß die Augen und versuchte, den hämmernden Schmerz in der Schläfe aus dem Bewußtsein zu verdrängen. Er vermochte keinen klaren Gedanken zu fassen. Doch er begriff, daß er an der Katastrophe eine Mitschuld trug. »Ich habe unsere Krieger in den Untergang geführt«, murmelte er.

Grasfeder strich ihm sanft durch das schweißnasse Haar. »Wie hättest du wissen können, daß sie Frauen und Alte mit auf einen Raubzug nahmen? Und wie, daß sie uns alle töten wollten? Jeder hätte gehandelt wie du. Die Jäger haben mit großer Achtung von dir gesprochen. Bärenhaut sagt, du seist mit den Adlern geflogen, und Tulga ist der Überzeugung, daß du den Schutz der Geister auf ihn herabgerufen hast, weil er den Aduuchin zweimal knapp entkam und keiner ihrer Pfeile ihn zu treffen vermochte.«

»Und was sagt mein Vater?« fragte Seruun.

»Er gibt dir die Schuld ... Aber er hat den Angriff geführt. Er hätte merken müssen, daß ihr Frauen und Puppen verfolgt habt. Bärenhaut erzählte, daß du dein erstes Blut vergossen hast und ganz allein das Lager der Aduuchin betreten hast. Ich bin stolz auf dich. Du bist ein Mann. Keiner wird mehr über dich lachen.«

Seruun dachte an den Jungen, an seinen überraschten Ausdruck, als ihn völlig unerwartet der Speer traf. Es war kein heldenhafter Kampf gegen einen übermächtigen Gegner gewesen. Kein Kampf, auf den er stolz sein konnte. Aber das verriet er ihr nicht. Grasfeders Stimme veränderte sich, als sie die Berichte der Jäger wiedergab, und ihre Augen leuchteten.

»Gestern haben sich Roter Speer und Steinfaust getroffen, um über die Zukunft der Stämme zu sprechen ...«

Seruun war enttäuscht. Gern hätte er Grasfeder mit eigenen Worten berichtet, wie er ins Lager der Pferdeherren gelangt war. Daß ihm die Beine dabei so sehr zitterten, daß er kaum laufen konnte, hätte er ihr verschwiegen. Aber ansonsten war dies eine

Geschichte, die es wert war, erzählt und ein wenig ausgeschmückt zu werden, so wie es ihm Gurwan beigebracht hatte.

»Roter Speer hat vorgeschlagen, daß sich unsere Stämme vereinigen.«

»Was?« Seruun setzte sich mit einem Ruck auf, was er sofort bedauerte, als ihm die Galle in den Mund stieg. Er würgte, mußte sich aber nicht erbrechen. »Das kann er nicht tun!« keuchte er.

»Das haben Bärenhaut und die Ältesten zunächst auch gesagt . . . Aber er hat recht. Wir sind zu schwach, um die Herde zu hüten. Viele Male wird der Eisatem über das Land ziehen, bis im Volk der Salhin Hült ebenso viele Männer herangewachsen sind, wie im Kampf gefallen sind.«

»Aber wir können sie doch nicht in unseren Stamm aufnehmen! Das hieße, daß wir ihnen alles das schenken, was sie uns rauben wollten!« empörte sich Seruun. »Und unsere Frauen . . . Sollen sie das Lager mit jenen teilen, die ihre Männer erschlagen haben?«

»Wie es aussieht, sind die meisten unserer Männer von Frauen getötet worden«, entgegnete Grasfeder trocken. »Weißt du, wie viele meiner Freundinnen allein sind? Glaubst du, ein Mann der Aduuchin sei in der dunklen Jurte von einem Krieger der Salhin Hült zu unterscheiden, wenn er unter die Decke kriecht, wenn er Wärme und mehr sucht? Wir Frauen haben diesen Kampf nicht gewollt. Wie soll unser Volk deiner Meinung nach fortbestehen? Soll jeder unserer Männer sich mehrere Weiber nehmen? Und womit soll er sie und die Kinder ernähren, die er mit ihnen zeugt?«

Seruun machte eine wegwerfende Handbewegung. »Du verstehst das nicht. Das ist eine Sache, die Männer . . .«

Ihre Hände glitten an seiner Brust hinab und zupften spielerisch an seinem Glied. »Kann es sein, daß du mehr mit deinem Kleinen als mit deinem Kopf denkst? Dir gefiele es wohl, mehr als ein Weib zu haben. Natürlich tröstest du nur die Witwen gefallener Krieger. Namun und Anu werden in die Jurte deines Vaters kommen. Sein Bruder ist gestorben, und Roter Speer ist nun für sie verantwortlich. Anu ist noch jung. Gefällt sie dir?«

Seruun spürte, wie ihm das Blut in die Wangen schoß. Er hatte niemals an so etwas gedacht. Grasfeder war immer der Mittelpunkt seiner Träume und Phantasien gewesen. Sein Glied schwoll an. Er versuchte, sich zu beherrschen, und war sich sicher, daß Grasfeder dies falsch verstünde.

»Wußte ich doch, daß Anu dir gefällt!«

»Nein, das ist alles ganz . . .«

»Ihr Männer seid alle gleich. Keiner von euch hat jemals . . .«

Seruun überlegte, was Gurwan in einer solchen Lage getan hätte. Der Alte hatte gern mit den Liebesabenteuern seiner Jugend geprahlt. Wenn man seinen schlüpfrigen Geschichten Glauben schenkte, dann war ein guter Teil des Stammes seinen Lenden entsprossen, auch wenn er nie eine Frau aufgefordert hatte, mit ihm in seiner Jurte zu leben. *Bring die Frauen zum Lachen, und du öffnest ihre Herzen,* hatte er oft gesagt. Seruun versuchte verzweifelt, sich etwas Scherzhaftes einfallen zu lassen.

»Was ist mit dir?« Grasfeder zwickte ihn leicht. »Du welkst ja dahin wie eine Blüte in der Sommerhitze.«

Seruun lächelte gequält. »Du hast es in der Hand . . .«

»Es ist dein erstes Mal, nicht wahr, mein Krieger?« fragte Grasfeder keck.

»Ich . . . ich habe immer nur dich geliebt«, stammelte er hilflos. »Es gab nie eine andere, nicht einmal in meinen Gedanken.«

Sie strich ihm sanft über die Lippen. »Ich weiß, Liebster.«

Seruun begriff nicht, wie sie das meinte. Eben hatte sie ihm doch noch unterstellt, daß er Anu nachstelle. Sollte einer die Frauen verstehen!

Grasfeder neigte sich vor und küßte ihn lange und leidenschaftlich. Seine Hände tasteten vorsichtig nach ihren Brüsten. Plötzlich war ein Räuspern zu hören, und sie fuhren auseinander. Bärenhaut kniete im Eingang zum Schwitzzelt. »Ich störe euch nur ungern, aber Roter Speer und Steinfaust wünschen Seruun zu sehen.«

»Jetzt?« fragte der Junge benommen.

»Sofort!« bestätigte Bärenhaut.

»Er ist noch nicht wieder bei Kräften«, erklärte Grasfeder entschieden. »Er kann nicht mitkommen.«

Der alte Krieger grinste. »Von dir würde ich auch gern einmal
geheilt werden . . . Los jetzt, Seruun! Steinfaust ist zurückgekehrt, um über den Frieden zwischen den Stämmen zu sprechen.
Wir dürfen ihn nicht warten lassen.«

Der Junge griff nach seinem Lendenschurz und einem Lederhemd. Mühsam richtete er sich auf. Die Übelkeit war vergangen.
Offenbar hatten die bitteren Kräuter in der Fleischbrühe geholfen. Er sollte Grasfeder fragen, was sie verwendet hatte. Welchen
Unsinn dachte er nur! Sie war so schön. Sie hatte die Beine angezogen und ein Büffelfell um die Hüften geschlungen.

»Warte auf mich . . . Ich komme so bald wie möglich zurück.«

»Los jetzt, Seruun! Du beleidigst Steinfaust, wenn du ihn so
lange warten läßt«, drängte Bärenhaut.

»Nur einen Augenblick. Laß uns bitte ganz kurz allein. Ich
komme sofort.«

Der Alte verdrehte die Augen und murrte, zog sich aber aus
dem Schwitzzelt zurück.

»Ich . . . ich möchte mit dir eine Jurte teilen. Grasfeder, ich
liebe dich und . . .«

»Warum?«

Seruun starrte sie verwirrt an. Er verstand ihre Frage nicht.
»Was . . . ?«

»Warum willst du mich?«

»Weil . . .« Warum fand er nie die richtigen Worte? »Weil dein
Lächeln dem Frühlingswind über dem weiten Grasland gleicht.
Weil mein Herz vor Freude springt wie ein ausgelassenes Büffelkalb, das gerade lernt, auf den Beinen zu stehen, wenn ich dich
von weitem sehe. Weil . . .«

Sie legte ihm die Hand sanft auf die Lippen. »Ich warte auf dich,
Seruun.« Jetzt war sie es, die ihm nicht in die Augen blicken
konnte. »Ich habe schon immer auf dich gewartet.«

»Seruun!« ertönte Bärenhauts Stimme vor dem Zelt.

Grasfeder nickte ihm zu. »Geh. Ich werde hier sein.«

Der junge Schamane kroch zur Zeltklappe. Dort verharrte er

kurz und blickte zurück. Er konnte es nicht glauben. Sie war so wunderschön ... Und sie wollte ihn. So lange hatte er ihr schon von seiner Liebe erzählen wollen. Nächtelang hatte er in den Himmel gestarrt und sich ausgemalt, was er ihr sagen würde. Hatte an den Worten geschliffen, und jetzt, als es soweit war, hatte er alles vergessen. Und dennoch liebte sie ihn, obwohl er nur zu merkwürdigem Gestammel fähig gewesen war.

»Seruun!« rief Bärenhaut erneut.

Der junge Schamane schlug die Zeltklappe zurück und kroch hinaus. Kühler Nieselregen empfing ihn.

»Warum soll ich kommen? Ich bin nur ein unbedeutender Jäger.«

»Steinfaust besteht darauf«, entgegnete Bärenhaut mürrisch.

Schweigend schritten sie zum Versammlungsplatz. Krieger aus den Völkern der Pferdeherren und der Windwanderer hatten dort einen weiten Kreis gebildet. Eine fast greifbare Spannung lag in der Luft. Mehrere Männer waren verwundet. Seruun erkannte Langes Messer unter ihnen, der ihm mit einem kühlen Lächeln zunickte.

In der Mitte des Kreises hatten sich Roter Speer und Steinfaust niedergelassen. Der Geistertänzer saß auf einem prächtigen Schneelöwenfell. Der Löwenkopf mit seinen leeren Augenhöhlen wies in Seruuns Richtung. Die Kiefer der Raubkatze waren indessen erhalten und wirkten mit ihren langen gelben Reißzähnen selbst im Tod noch bedrohlich.

Steinfaust hatte den Streitkolben mit dem schweren roten Steinkopf neben sich auf das Fell gelegt. Der Geistertänzer bedeutete Seruun mit einer flüchtigen Geste, neben seinem Vater Platz zu nehmen.

»Wirst du mir nun mitteilen, was der Ältestenrat der Aduuchin beschlossen hat?« fragte Roter Speer gereizt und bedachte seinen Sohn mit keinem einzigen Blick.

»Wir sind die Hüter der Herden«, begann Steinfaust in feierlichem Tonfall. »Die ersten unter den Völkern der Ebenen und Wälder, auserwählt vor langer Zeit, um an der Seite der Speernasen zu wandern. Wir dürfen nicht untergehen, auch wenn dies bedeutet, den Feind zum Bruder zu wählen. Doch es gibt ein Hindernis, das den gemeinsamen Weg verwehrt. Zwei Klüfte, die wir überwinden müssen, wenn unsere Völker zueinander finden sollen.«

Seruun musterte gebannt den Geistertänzer der Pferdeherren. War dies eine neue List? Er war nicht als Bittsteller gekommen. Er forderte! Würde sein Vater darauf eingehen?

»Sprich weiter«, forderte Roter Speer Steinfaust auf.

»Kein Aduuchin kann je ein Krieger der Salhin Hült sein. Wir haben euch nicht besiegt. Warum also solltet ihr euch unter unseren Namen beugen? Und kein Windwanderer kann je ein Pferdeherr sein. Beide Namen werden uns immer an den Tag des Blutes erinnern. Darunter können wir nicht zusammenfinden. Wenn Aduuchin und Salhin Hült gemeinsam reiten, wird ein neues Volk entstehen, und ein neues Volk braucht einen neuen Namen. Wir sollten uns die Sturmreiter nennen, denn aus einem Sturm wurde unser neuer Stamm geboren.«

Seruun fühlte sein Herz einen Augenblick lang aussetzen. Was Steinfaust verlangte, war ungeheuerlich. Wenn sein Vater diesen Vorschlag annahm, dann hatte der Geistertänzer der Pferdeherren zuletzt doch noch triumphiert. Er hatte das Volk der Windwanderer ausgelöscht! Seruun ahnte, was Steinfaust außerdem noch verlangen würde.

»Welches ist die zweite Kluft, von der du gesprochen hast?« fragte Roter Speer mit tonloser Stimme.

»Ein Volk kann nur einen Geistertänzer haben. Ich weiß, daß du deinen eigenen Sohn verstoßen hast, Roter Speer. Du hast ihm Unrecht getan! In ihm sehe ich große Macht und eine Dunkelheit, bei der ich erzittere. Er wird in einer Fährte aus Blut wandern, und jene, die mit ihm gehen, werden keinen Frieden kennen. Er kann nicht der Geistertänzer der Sturmreiter sein.«

»Spricht das Verlangen nach Macht aus deinem Mund«, fragte Seruun bitter, »oder die Weisheit der Ahnen?«

»Ich habe darauf bestanden, daß du anwesend bist, damit wir alle entscheiden. Es kann keinen Frieden geben, wenn deine und meine Männer den zukünftigen Geistertänzer nicht anerkennen.«

Steinfaust blickte ihn unvermittelt an, und Seruun glaubte sogar Hochachtung aus seinem Blick zu lesen.

»Eure Herde hat das Land meiner Ahnen als Weidegrund gewählt«, fuhr Steinfaust fort. »Die Geister dieses Landes sprechen zu mir. Ich spüre den Weg der Herde, Seruun. Ich weiß, wohin sie ziehen werden. Teilst auch du dieses Wissen, Bruder? Spricht dieses Land zu dir?«

Seruun hatte das Gefühl, daß Steinfaust ihn ein weiteres Mal in die Falle gelockt hatte. Es war nicht recht, wenn er zum Geistertänzer der vereinten Stämme wurde! Dennoch durfte Seruun in einer so wichtigen Frage nicht lügen!

»Spricht das Land zu dir?« fragte nun auch Roter Speer. »Antworte!«

»Nein«, sagte Seruun leise. »Ich kenne das Land nicht, und auch seine Geister haben sich mir nicht offenbart. Und ich weiß nicht, welchen Weg die Herde wählen wird.« Aber weiß Steinfaust es? begehrte eine Stimme in seinem Innern auf. Seruun mußte an Gurwans Lehren denken. Hatte Steinfaust wirklich soviel Macht, oder bestand seine Macht ausschließlich darin, überzeugend zu reden und alle anderen zu täuschen?

»Wie könnt ihr diesem Mann trauen, der noch vor wenigen Tagen nur dafür lebte, unser Volk zu vernichten?« empörte sich eine helle Stimme. Grasfeder trat in den Kreis der Krieger. »Seid ihr denn alle blind und seht nicht, daß Steinfaust anstelle einer Zunge eine Schlange im Munde führt und jedes seiner Worte aus Gift besteht!«

»Eine Frau hat keine Stimme im Rat der Krieger!« Roter Speer war wütend aufgesprungen. »Weg mit dir, Weib, oder ich lasse dich mit Riemen prügeln, bis die Vernunft zu dir zurückfindet, du . . .«

»Nein!«, riefen Seruun und Steinfaust, als sprächen sie mit einer Stimme. Überrascht blickte Seruun zum Geistertänzer der Pferdeherren hinüber. Hatte er sich in ihm getäuscht?

»Ich verstehe den Groll im Herzen dieses Mädchens«, erklärte Steinfaust sanft. »Doch wisset, ich verlange kein Opfer, das ich nicht selbst zu bringen bereit bin. Wer ist mehr mit seinem Volk und den Ahnen verbunden als ein Geistertänzer? Und doch werde auch ich aufhören, ein Pferdeherr zu sein, damit wir gemeinsam wandern können. Welchen Beweis kann ich noch erbringen, daß meine Worte aufrichtig gemeint sind?«

Seruun las in den Gesichtern der Krieger und entdeckte, daß Steinfausts Worte ihre Wirkung nicht verfehlt hatten. Hätte er doch nur so sprechen können wie sein Rivale! Doch die Worte hafteten wie geronnenes Harz an seiner Zunge, und er war unfähig, sich zu wehren.

»Ich will kein weiteres Blut vergießen!« Steinfaust hob in großer Gebärde die Hände zum Himmel. »Das schwöre ich bei den Geistern der Ahnen. Möge das Feuer des Himmels über mein Haupt kommen, wenn meine Worte nicht wahr sind. Doch bleibt Seruun unter uns, dann finden wir keinen Frieden. Er muß gehen und für immer unsere Jurten verlassen, denn wo er ist, gibt es nur Unheil.«

»Wenn du ihn verstößt, dann kannst du ihn auch gleich töten!« fauchte Grasfeder.

»Sie hat recht«, mischte sich nun auch Bärenhaut ein. »Nur ein erfahrener Jäger kann allein und ohne den Schutz seines Volkes überleben.«

»Wenn es den Ahnen gefällt, daß er lebt, dann wird er lernen, ein Jäger zu sein«, entschied Roter Speer. »Er ist Fleisch von meinem Fleisch. Mein einziger Sohn. Keiner bringt ein Opfer, wie ich es bringe. Wenn er geht, wird meine Blutlinie erlöschen. Und doch bin ich bereit zu diesem Opfer, denn ich erkenne die Wahrheit in Steinfausts Worten. Nur wenn wir alle Opfer bringen, kann Frieden zwischen uns herrschen.«

Seruun spürte einen brennenden Schmerz in der Brust, als wolle sein Knochenkäfig zerspringen und das Herz heraustreten, damit sein Geist zu den Ahnen fahre. Und plötzlich begriff er auch, was seine Zunge gelähmt hatte. In den Worten Steinfausts wohnte Wahrheit. Er hatte sich täuschen lassen, und wenn die Krieger der Windwanderer ins Verderben geritten waren, so war dies vor allem seine Schuld. Frieden zu schließen verlangte nach einem Opfer. Und wer sollte dieses Opfer sein, wenn nicht er?

»Ich werde gehen«, sagte Seruun entschieden.

Roter Speer drehte sich zu ihm um. Im ersten Moment wirkte er überrascht, dann zeigte sich ein anerkennendes Lächeln auf seinem Gesicht.

Seruun konnte sich nicht erinnern, jemals zuvor von seinem Vater so angelächelt worden zu sein. »Ich habe mich in dir getäuscht«, sagte Roter Speer leise. »Du hast das Herz eines Kriegers und die Seele eines Geistertänzers.« Er schloß ihn in die Arme. »Du wirst eine gute Jurte bekommen und fünf Pferde … Du wirst deinen Weg gehen.«

»Und ich werde ihn begleiten«, erklärte Grasfeder. Sie war in die Mitte des Versammlungskreises getreten und stemmte die Fäuste in die Hüften. Niemand widersprach ihr.

Das Rauchkabinett

Im Rauchkabinett des Palazzo des princeps *von Monte Flora,
am 19. Tag des Sturzregenmondes, im 458. Jahr der Abwesenheit Gottes*

»Ich beglückwünsche dich zu deiner Lösung im Kampf gegen
die Hungersnot.« Der *princeps* Bernaldino formte die Lippen zu
einer runden Öffnung und ließ einen bläulichen Rauchkringel
zur kunstvoll bemalten Decke des kleinen Kabinetts aufsteigen.
»Du festigst die Stellung der Kirche, indem *wir* dafür Sorge tragen, daß auch die Ärmsten mit Brot versorgt werden.«

Die übrigen Würdenträger der Kirche, die in dem kleinen Kabinett versammelt waren, nickten zustimmend. Das Rauchzim-
mer hatte eine ovale Form. Vielarmige bronzene Kerzenständer
sorgten für helles Licht. An den Wänden standen zwölf hohe
Lehnstühle, die an diesem Abend alle besetzt waren. Sie hatten
kostbare gedrechselte Gestelle aus fast schwarzem Holz und waren mit blutrotem Samt gepolstert. Die Armlehnen endeten in
stilisierten Löwenköpfen, und um die Stuhlbeine wanden sich
kost-bar geschnitzte Schlangen, deren Schuppen durch gelbliche
Elfenbeinplättchen dargestellt waren. Als Augen hatte man den
Schlangen Smaragde eingesetzt; in ihren aufgerissenen Mäulern
schimmerten nadelspitze Zähne aus lauterem Gold. Der Boden
des Kabinetts war mit hellem Marmor gefliest. In der Mitte des
Raumes indessen war eine Platte aus dunklem Basalt in den Fußboden eingelassen. Sie zeigte einen springenden Delphin, der von
einem Halbmond aus Silber eingefaßt war.

Neben jedem Stuhl stand ein niedriger Tisch mit einem Pfeifenständer, in dem langstielige Meerschaumpfeifen steckten.
Dort lag auch ein Sortiment aus Messern, Stößeln und Scha-
bern, mit denen man den Tabak schneiden und die Pfeifenköpfe
säubern und stopfen konnte.

Francisco haßte die Versammlungen im Rauchkabinett, die
der *princeps* Bernaldino alle drei oder vier Tage einberief. Nur

Würdenträger der Kirche hatten Zutritt zu diesen Treffen, und hier wurde gemeinsam über die Zukunft der Provinz beraten.

Der Tabakrauch brannte Francisco in den Augen, und durch das lange Sitzen schmerzten seine Wunden. Doch das waren nur vorgeschobene Gründe. Er war der einzige, der nicht rauchte, und deshalb fühlte er sich ausgeschlossen und von den anderen belächelt.

»Es scheint so, als würden Teile der überlebenden *mercatoren* versuchen, sich mit der *corona* zu verbünden«, sagte Schwester Cosima, eine *collectorin* in mittleren Jahren mit wallenden blonden Locken. Sie war klein und, abgesehen von ihrer Haarpracht, von unscheinbarem Äußeren. Doch sie gebot über ein ausgedehntes Spitzelnetz, das sich über die ganze Provinz erstreckte. »Die Kaufherren fühlen sich durch die Gesetze unseres hochverehrten Bruders *iudicator* um ihren Gewinn geprellt, und die *corona* hat Angst, ihren Einfluß auf die Armen zu verlieren. *Pater* Marco aus Agusta, der gegen den *mercator* Lucio da Forca aussagte, fand gestern früh einen geköpften schwarzen Hahn auf dem Altar seiner Kirche. Das ist eine Kriegserklärung der *corona*. Was gedenkst du dagegen zu unternehmen, Bruder *iudicator*?«

»Man könnte den *pater* in eine andere Gemeinde versetzen lassen«, erwog der *princeps*.

»Nein!« protestierte Francisco. »Das wäre ein Eingeständnis von Schwäche. Wenn die *corona* der Meinung ist, man könne uns so leicht einschüchtern, dann werden bald weitere Unverschämtheiten folgen.«

»Wenn wir diese Warnung in den Wind schlagen, dann zwingen wir sie aber auch zu weiteren Taten«, wandte die *collectorin* ein. »Vielleicht sollten wir ihnen einen Unterhändler schicken.«

»Und wer sollte das sein?«

Schwester Cosima lehnte sich auf ihrem hohen Stuhl zurück, faltete die Hände über ihrer purpurnen Bauchbinde und schenkte Francisco ein strahlendes Lächeln. »Jemand, der gute Verbindungen zur *corona* hat. Jemand, dem diese Strauchdiebe vertrauen. Das sollte natürlich niemand sein, der sie mit Feuer und Schwert verfolgt.«

Der *iudicator* versteifte sich, und ein stechender Schmerz fuhr durch die Wunde an seiner Seite. »Wen also schlägst du vor, Schwester?«

»*Ich* übernehme diese Aufgabe. Es ist wichtig, daß die Kirche Verbindung zu allen Seelen hält, die unter ihrer Obhut stehen. Vergessen wir nicht, daß die *mercatoren* lange Zeit die geschworenen Feinde der *corona* waren. Wir hingegen hatten gerade über die Priester in den Berggemeinden immer ein offenes Ohr für die *corona*.«

Franciscos Fingernägel gruben sich in die geschnitzten Löwenköpfe an den Armlehnen. Wie sollte er für Recht und Ordnung sorgen, wenn Teile der Kirche Umgang mit der *corona* pflegten? »Wäre es möglich, Schwester Cosima, eine Liste mit den Namen der Besitzer dieser offenen Ohren zu erhalten?«

Die Priesterin bedachte ihn wieder mit ihrem bezaubernden Lächeln. »Nein. Wie ihr wißt, bin ich *collectorin*, und ich sammle jegliche Form von Wissen, das für unsere Kirche von Nutzen sein kann. Doch da ich keine Heilige bin, sprechen nicht die Vögel oder die Stimmen des Windes zu mir. Überließe ich dir die Namensliste, die du forderst, Bruder, so brächte ich die Zungen zum Verstummen, die mir eifrig alles zu Gehör bringen, was in dieser Provinz geschieht.«

»Aber wie können wir Gerechtigkeit üben, wenn wir Heimlichkeit und Denunziantentum dulden? Komplizenschaft gar? Ich muß darauf beharren ...«

»*Selig sind jene, deren Weg gerade ist und auf festem Grunde ruht. Die Mehrheit wandelt auf dem schmalen Grad zwischen Verderbnis und Tugend*«, unterbrach der Kirchenfürst Francisco. »Als die Stimme der Weisheit noch in Fleisch gekleidet war und die Kirche am Segen des unfehlbaren Scharfsinns des leibhaftigen Gottes teilhatte, verkündete Aionar uns, wie trügerisch die Pfade des Lebens seien. Bruder Francisco, die Buchstaben des Gesetzes sind die festen Steinplatten, aus denen dein Weg gefügt ist, und ich bin froh, dich als *iudicator* an meiner Seite zu haben. Doch da ich wünsche, daß das Wort der Kirche auch dort Gewicht hat, wo Recht und Ordnung nicht zu Hause sind, unterstütze ich

245

Schwester Cosima, wenn sie sich dir verweigert. Sie wird dir keine Namen nennen, und ich ermutige sie hiermit, das Gespräch mit der *corona* zu suchen und den Räubern in den Bergen zu vermitteln, daß die Kirche viele Gesichter hat und ihre Macht nur ein Schatten ist, den das gleißende Licht unserer Gnade wirft, auf die ein jeder bußfertige Sünder hoffen darf.«

Francisco wollte protestieren, doch der Kirchenfürst gebot ihm mit einem strengen Blick zu schweigen.

»Schwestern und Brüder, nun möchte ich euch eine seltsame Geschichte zu Gehör bringen, die mir ein Seefahrer an diesem Nachmittag erzählt hat. Einer der wenigen, dessen Schiff dem großen Unglück entging.« Der *princeps* zupfte geistesabwesend am Ärmel seiner Soutane und blickte hinauf zu dem üppigen Deckengemälde, das den göttlichen Aionar in der Schlacht bei den Feuerpforten an der Spitze des Priesterheers zeigte. Der Abwesende Gott war allegorisch als achtstrahliger Stern dargestellt, umgeben von einer Aura hellen Lichts. Während das Fresko rissig und altersdunkel war, leuchtete der Stern in hellem Weiß. Offensichtlich hatte man diesen Teil des Bildes erst vor kurzem restauriert. Unter dem Gotteszeichen ragte ein Stück sternengeschmückter Umhang hervor, ganz so, als habe man eine Figur teilweise übermalt.

Es hieß, Aionar habe bei den Feuerpforten tausend Staubgeister erschlagen, und als seine Ordenskrieger in der Gluthitze der Berge beinahe verdurstet wären, habe er die Steine dazu gebracht, süße Tränen zu weinen.

»Wie es scheint«, fuhr Bernaldino fort, »hat der Zorn des Meers jegliches Leben auf den Jaguarinseln zum Erlöschen gebracht. Der Seefahrer berichtete von verwüsteten Eilanden, deren Wälder niedergeworfen wurden wie die Halme eines Kornfelds, durch das ein Sturmwind fuhr. Selbst der Meeresgrund scheint in Unordnung geraten und angehoben worden zu sein. Wo einst seichte Buchten lagen, erstrecken sich nun weite Sandfelder, die kaum noch von der Flut überspült werden. Korallen und neu aufgeworfene Klippen behindern die Wasserstraßen, die zuvor selbst bei Ebbe schiffbar waren. Die Myriander-Passage kann nur noch von flachgehenden Booten durchfahren werden. An Land findet man gar Steilhänge, die sich quer über die Inseln ziehen. Selbst die Strömungen haben ihren Verlauf geändert. Es ist von größter Wichtigkeit, im Namen der Kirche einige Schiffe zu bemannen und eine Karte anzufertigen, damit wir über das Ausmaß der Veränderungen Bescheid wissen und ermessen können, in welchem Umfang unsere Provinz in Zukunft durch die eingeschränkte Schiffahrt betroffen ist. Des weiteren ...«

Pater Francisco schenkte den Worten des Kirchenfürsten kaum noch Aufmerksamkeit. Er betrachtete die Bodenplatte mit dem springenden Delphin. Eine schöne Arbeit. In die obere Hälfte der Platte waren Buchstaben geschnitten. L N O F L E E U R. Was mochten sie wohl bedeuten? Ein fremdländisches Wort für Blumenberg? Oder waren es die Anfangsbuchstaben eines Mottos?

Bernaldino sprach weiter von der Wichtigkeit des Meers für den Wiederaufbau der Provinz. Was kümmert mich das weite Meer? dachte Francisco verärgert. Die größten Probleme sind in diesem Rauchkabinett zu lösen und nicht an irgendwelchen fernen Küsten! Zum ersten Mal hatte der *princeps* seinem Drängen nicht nachgegeben. Wie konnte er, Francisco, als *iudicator* Gerechtigkeit üben, wenn die Kirche das freundschaftliche Gespräch mit Dieben und Mördern suchte?

Noch beunruhigender war die Frage, wer wohl alles in Diensten der *collectorin* Cosima stand. Saßen ihre Spitzel gar im *ordo militis dei?* Vielleicht sollte ich ein klein wenig von dem breiten, geraden Weg abweichen, von dem der *princeps* sprach, überlegte Francisco. Vielleicht sollte ich eigene Spitzel einstellen, um die Machenschaften der *collectorin* beobachten zu lassen und auch ein Auge auf meine übrigen Feinde zu haben.

»Fühlst du dich nicht wohl, Bruder *iudicator?*« fragte Schwester Cosima. »Ich sehe Blut auf deiner Soutane.«

Francisco blickte betroffen an sich hinab. An der Stelle, wo die Harpune der Fischerin ihn getroffen hatte, zeichnete sich ein immer größer werdender Fleck auf dem makellos weißen Priestergewand ab. »Es ist ... Meine Wunde will nicht heilen. Der Verband ...«

»Vielleicht ist es besser, wenn du dir einige Stunden der Ruhe gönnst, Bruder.« Bernaldino starrte auf den Blutfleck. Der Kirchenfürst wirkte verstört. »Das Amt des *iudicators* ist eine schwere Last ...«

»... die zu tragen ich durchaus in der Lage bin«, vollendete Francisco den Satz. »Doch gewiß hast du recht, Bruder. Mit deiner Erlaubnis ziehe ich mich aus der Tabaksrunde zurück.«

Der *princeps* nahm eine Pfeife aus dem Ständer und schabte die Asche aus dem erkalteten Meerschaumkopf. »Es sei dir gestattet, dich zurückzuziehen.«

Francisco erhob sich von seinem Platz. Dieses eine Mal war er fast schon dankbar für seine Verletzung. Alles war ihm recht, um nur dem endlosen Gerede in diesem verqualmten Kabinett entfliehen zu können.

»Schwester Cosima soll dich morgen besuchen, um dir über unser weiteres Gespräch zu berichten.«

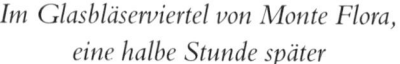

Paolito

*Im Glasbläserviertel von Monte Flora,
eine halbe Stunde später*

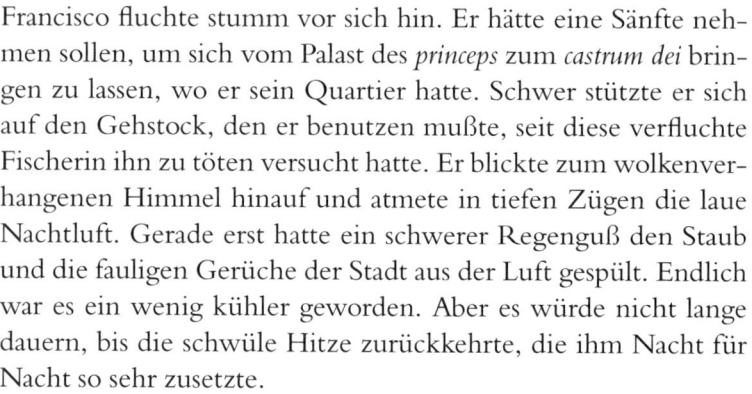

Francisco fluchte stumm vor sich hin. Er hätte eine Sänfte nehmen sollen, um sich vom Palast des *princeps* zum *castrum dei* bringen zu lassen, wo er sein Quartier hatte. Schwer stützte er sich auf den Gehstock, den er benutzen mußte, seit diese verfluchte Fischerin ihn zu töten versucht hatte. Er blickte zum wolkenverhangenen Himmel hinauf und atmete in tiefen Zügen die laue Nachtluft. Gerade erst hatte ein schwerer Regenguß den Staub und die fauligen Gerüche der Stadt aus der Luft gespült. Endlich war es ein wenig kühler geworden. Aber es würde nicht lange dauern, bis die schwüle Hitze zurückkehrte, die ihm Nacht für Nacht so sehr zusetzte.

Francisco blickte die steile Gasse hinauf und dachte wieder an die komfortable Sänfte, die ihm in seinem Amt zustand. Er war ein Narr! Schwer auf den Stock gestützt, quälte er sich die ausgetretenen Stufen hinauf. Kaum jemand zeigte sich auf der Straße. Das Leben hatte sich hinter die rissigen Mauern zurückgezogen, die dem Erdbeben widerstanden hatten. Nur hier und dort fielen schmale Lichtstreifen durch halb geschlossene Fensterläden. Irgendwo über ihm erklang das lustvolle Stöhnen eines Liebespaars. Der Priester blieb einen Moment lang stehen und lauschte. Es war lange her, daß er Zeit für die Liebe gefunden hatte.

Die beiden Ritter vom *ordo militis dei*, die ihn als Ehrenwache begleiteten, ließen sich nicht anmerken, ob ihnen seine Lust am Lauschen peinlich war. Es waren junge Kerle, denen kaum das erste Barthaar sproß. In ihren schneeweißen Umhängen und mit den silbern schimmernden Brustplatten sahen sie aus wie Helden aus einem alten Bardenlied.

Ein gellender Schrei hallte durch die Nacht, dann wurde es still. Francisco setzte seinen Weg die Gasse hinauf fort und bog

dann neben einem halbverfallenen Bethaus nach Süden ab. Von hier aus erkannte man deutlich die trutzigen Umrisse des *castrum dei*, das wie eine Krone den zweithöchsten Hügel der Stadt schmückte.

Plötzlich eilte einer der Leibwächter an seine Seite, zog ihn in einen Hauseingang und legte in beredter Geste einen Finger auf die Lippen. »Uns folgt jemand«, flüsterte er und langte mit der Rechten nach dem Griff des langen Stoßrapiers an seiner Seite.

Der zweite Ritter verschwand im tiefen Schatten einer breiten Brücke, die sich über die Gasse spannte. Francisco bedauerte, das Schwert nicht zu tragen, das zu seiner Amtstracht gehörte. Wer mochte ihnen folgen? Er hörte keine Schritte.

Ein Schatten huschte an dem Hauseingang vorbei. Der zweite Ritter trat aus dem Dunkel und versperrte die Gasse. Der Verfolger wich erschrocken zurück. Ein Kind!

»Was willst du von seiner Eminenz, dem *iudicator* Francisco?« knurrte der Ritter.

Der Junge wich zurück. Jetzt trat der zweite Ordenskrieger hinter ihm in die Gasse. Gehetzt sah sich der Kleine nach einem Fluchtweg um. Es war aussichtslos. Der Weg war zu schmal, als daß er an den beiden Rittern vorbeikommen konnte.

»Laßt ihn«, murmelte Francisco. Er kniete nieder. Der Priester hatte die Erfahrung gemacht, daß Kinder weniger Angst hatten, wenn man vor ihnen in die Hocke ging und auf gleicher Augenhöhe mit ihnen sprach. Francisco tastete nach seiner Geldkatze. Vermutlich hatte der Kleine sich nur ein Kupferstück zu erbetteln gehofft.

Der Junge war vielleicht sieben oder acht Jahre alt. Er hatte ungepflegtes, krauses Haar und große dunkle Augen. Sein Hemd war von ungeschickter Hand aus grobem Sackleinen gefertigt worden, und die Kniehose franste am Bund aus. In ungläubigem Staunen starrte er Francisco an.

»Hast du Hunger?« Francisco zog eine Münze aus der Börse und wollte sie dem Jungen reichen, doch dieser schüttelte entschieden den Kopf.

»Ich arbeite für mein Geld.«

Francisco lächelte. »Ich wollte dich nicht beleidigen. Verzeih mir, ich hätte sehen müssen, daß du ein hart arbeitender, junger Bürger bist.« Er mochte den Kleinen. Trotz seiner Scheu schien er keine Angst vor ihm zu haben. »Wie heißt du denn?«

»Paolito.«

»Nun, Paolito, dann sag mir, auf welche Weise ich dir zu Diensten sein kann.«

»Ich wollte … Kannst du mitkommen? Meine Mutter … Du mußt ihr die Hand auflegen.« Die Stimme des Jungen überschlug sich fast, so schnell sprach er. »Du bist ein Heiliger. Du kannst sie wieder gesund machen.«

»Wer sagt das?« fragte Francisco verwundert und auch ein wenig besorgt, denn die Kirche sah es nicht gern, wenn sich ein Priester als Heiliger feiern ließ, ohne den Segen der *primarchin* dazu empfangen zu haben. Als Nachfolgerin Aionars war die *primarchin* gewöhnlich die einzige in der Kirche, die schon zu Lebzeiten als Heilige verehrt wurde.

»Alle sagen das«, entgegnete Paolito ernst. »Du hast Essen gebracht, obwohl es hieß, es gebe kein Korn und kein Fleisch für die einfachen Leute. Du hast ein Wunder gewirkt. Du bist aus der Stadt geritten und hast ganze Karren voller Essen vom Himmel herabgerufen. Ich habe sie gesehen. Das kann nur ein Heiliger, das weiß doch jeder.«

»Das Korn war von geizigen Kaufleuten versteckt worden, Junge. Ich bin nur ein einfacher Priester.«

Paolito runzelte die Stirn und schüttelte nachdrücklich den Kopf. »Die alte Maria sagt, die Karren sind geradewegs vom Himmel herabgefahren.« Er deutete mit ausgestreckter Hand nach Osten. »Das war früher auch so, als Gott noch nicht gegangen war. Damals ist ein Wagen voller Milch umgestürzt. Der Kutscher, der den Wagen lenkte, sitzt heute noch auf dem Monte Alba, das mußt du doch wissen. Manchmal, wenn Gott zornig ist, läßt er wieder Milch über die Bergspitze laufen, und dann muß der Kutscher sie aufwischen.« Plötzlich wirkte der Junge unsicher. »Aber du … du bist nicht böse, weil ich dir hinterhergelaufen bin?« Er blickte besorgt zu den beiden Rittern hinüber.

»Nein«, versicherte Francisco. »Aber ich kann keine Wunder vollbringen, ganz gleich, was die alte Maria dir erzählt hat.«

»Aber alle sagen doch ...« Helle Tränen traten nun Paolito in die Augen.

»Vielleicht kann ich ja doch helfen. Was fehlt deiner Mutter denn eigentlich?«

»Der Atemdieb ...« Der Junge sah sich so ängstlich um, als fürchte er, die Schatten würden ihn belauschen. Dann flüsterte er: »Der Atemdieb hat sie geküßt. Immer wenn sie atmet, kommt ein Geräusch tief aus ihrer Kehle. Und viel husten muß sie ... Manchmal so lange, bis sie Blut auf den Lippen hat. Sie kann nicht mehr arbeiten ... Deshalb trage ich die Kohlen für sie. Aber ich kann die großen Körbe nicht heben. Nur wenn man sie halbvoll macht.«

»Wo ist deine Mutter? Laß uns zu ihr gehen.« Francisco sah Hoffnung in den Augen des Jungen aufleuchten und bereute seine Worte. Den Bluthusten konnte man nur heilen, wenn die Krankheit noch ganz am Anfang stand.

Paolito führte sie tief in das Gassengewirr des Glasbläserviertels. Über halb verschüttete Wege, wo seit dem Erdbeben noch niemand die Trümmer beiseite geräumt hatte. Es roch nach Urin und faulenden Essensresten. Einmal stöberten sie einen hageren Hund auf, der in einem Abfallhaufen wühlte. Die Häuser glichen Höhlen. Es gab kaum Fenster, und die Wände neigten sich über die Gassen hinweg einander zu, so als wollten sie unliebsame Besucher erdrücken, die sich in dieses Labyrinth hineingewagt hatten.

Sie kamen an einem Hauseingang vorbei, hinter dem eine heisere Stimme ein Wiegenlied sang. Franciscos Atem ging schwer, und in seiner Seite pochte ein dumpfer, quälender Schmerz.

Schließlich führte Paolito sie eine enge Treppe hinunter und blieb vor einem Eingang stehen, der mit einer fadenscheinigen Decke verhängt war. »Hier ist es«, flüsterte er. Dann blickte er zu Francisco auf. »Wirst du ihr die Hand auflegen?«

»Ich werde ihr helfen«, wich der Priester aus, doch der Junge schien mit der Antwort zufrieden zu sein. Er schob den Vorhang zur Seite, und sie betraten einen niedrigen Gang mit gewölbter Decke.

»Ist es klug, sich hierherzuwagen, Bruder?« fragte einer der beiden Ritter leise. »Was ist, wenn der Junge die Geschichte nur erfunden hat und dich in eine Falle locken will?«

»Dann habt ihr Gelegenheit, euch einen Namen zu machen.« Francisco sagte dies leichthin, doch auch er hatte schon die Befürchtung gehegt, daß er sich vielleicht auf dem Weg zu den Metzgerklingen der *corona* befand.

Vom Gang zweigten tiefe Nischen ab. Einige hatte man mit Vorhängen verschlossen. Dahinter waren die Geräusche schweren Atmens zu hören. An einem rostigen Halter hing eine blakende Öllampe, die den Ort eher mit tanzenden Schatten füllte, als daß sie ihn erhellte.

Paolito verschwand in einer Nische am Ende des Gangs. Als Francisco sich durch den Eingang beugte, schlug ihm der Geruch von ranzigem Schweiß und überreifen Pfirsichen entgegen. Paolito machte sich mit Feuerstein und Stahl zu schaffen und entzündete einen ölgetränkten Docht.

Die Kammer war kaum drei mal drei Schritt groß, und auch hier war die Decke so niedrig, daß man sich nicht aufrichten konnte. Francisco fragte sich, wer solche Unterkünfte für Menschen bauen mochte. Einige gelblichweiße Pocken an den Wänden deuteten darauf hin, daß die Kammer vor langer Zeit einmal verputzt gewesen war.

Der Tür gegenüber befand sich ein niedriges Lager aus Lumpen. Darauf lag eine Frau, deren hageres Gesicht von Fieberschweiß glänzte. Der Junge kniete neben ihr nieder, tauchte einen Lappen in eine flache Schale mit Wasser und tupfte ihr über die Stirn. »Mutter, ich habe den Heiligen mitgebracht, wie ich es dir versprach«, flüsterte er. Dann drehte er sich erwartungsvoll zu Francisco um.

Der Priester kniete ebenfalls neben dem Lager nieder. Eingetrocknetes Blut verklebte die Mundwinkel der Frau. Ihre Stirn glühte. Francisco verstand nicht viel von der Heilkunde, doch ihm war klar, daß es kaum eine Aussicht auf Genesung für sie gab. Das Leben pulste nur noch schwach in dem ausgemergelten, entkräfteten Körper.

»Wie heißt deine Mutter?«

»Elena«, flüsterte der Junge. Aufgeregt beobachtete er jede Bewegung Franciscos.

»Wir werden sie von hier fortbringen. Dies ist kein Ort, an dem man wieder gesund werden kann.«

»Wohin?«

»In das Siechenhaus, dort ...«

»Nein!« Paolito versuchte sich zwischen ihn und seine Mutter zu drängen. »Nein, dorthin bringt man die Leute zum Sterben!«

»Ich verspreche dir, man wird sich gut um sie kümmern. Sie wird ein Zimmer ganz für sich allein haben, und die besten Heiler werden nach ihr sehen.«

Der Junge runzelte die Stirn. »Das ist nicht das Siechenhaus, das ich kenne. Dort gibt es nur große Säle ... und das Essen ist so schlecht, daß nicht einmal Hunde es anrühren. Dort wohnt der Tod ... Er hat meinen Vater geholt, als er dort lag. Mutter soll nicht dort hinkommen ...« Seine kleinen braunen Finger schlossen sich fest um ihre knochige Hand. »Geh fort, Priester! Ich habe mich getäuscht. Du bist kein Heiliger!«

»Da hast du recht, Paolito. Doch auch wenn ich keine Wunder wirken kann, so will ich dir doch helfen. Wenn deine Mutter hierbleibt, wird sie sterben.« Francisco betrachtete das ausgezehrte Gesicht der Frau. Sie war früher bestimmt einmal recht hübsch gewesen. »Ich weiß, daß im Siechenhaus nicht alles zum Besten steht ... Aber ich verspreche dir, daß deine Mutter wie eine *mercatorin* behandelt wird. Die besten Heilkundigen werden nach ihr sehen, und ...« Er lächelte. »... auch das Essen wird gut sein.«

»Wie eine *mercatorin* ...?« Dem Jungen war anzusehen, wie er von Zweifeln hin und her gerissen wurde.

»Sie wird in einem Bett liegen, mit Laken, so weiß wie Kirschblüten«, versprach der Priester.

»Und ich darf bei ihr sein?«

»Wann immer du willst.«

Paolito betrachtete seine Mutter lange. Fast schien es, als hoffe er, sie möge aufwachen, damit sie die Entscheidung treffe. Endlich stand er entschlossen auf und suchte einige Kleidungsstücke zusammen. Plötzlich hielt er inne. »Sie kann doch noch nicht ins Siechenhaus.«

»Warum?«

»Sie kann doch nicht schlafen und gehen. Wir müssen warten, bis sie aufwacht.«

Francisco schüttelte sanft den Kopf. »Mach dir darum keine Sorgen. Einer meiner Ritter wird sie auf die Arme nehmen und tragen.«

»Ein Ritter wird sie tragen?« Die Stimme des Jungen überschlug sich vor Begeisterung. »Das wird sie nicht glauben, wenn sie erwacht . . . Ein Ritter . . .«

Allein

In einem einsamen Tal in den Frostfängen,
am selben Abend

Wie Gold schimmerten die Blätter, die im klaren Wasser des
kleinen Bachs trieben, dem Seruun folgte. Er hatte Bärenhaut
und die anderen zum Ausgang des Tals gebracht. Bis zur Jurte,
die windgeschützt unter einer vorgeneigten Felswand stand, war
es noch ein gutes Stück Weg.

Bärenhaut hatte ihm zum Abschied einen Köcher mit besonders sorgfältig gearbeiteten Pfeilen geschenkt und hatte nicht
aufgehört, ihn mit guten Ratschläge für die Jagd zu versorgen,
bis ihn Tulga und Baatar schließlich zum Aufbruch drängten.
Die drei Krieger hatten Seruun und Grasfeder in die Berge hinauf begleitet und gemeinsam mit ihnen nach einem guten Platz
für ihr erstes Lager gesucht.

Das Tal schien geeignet. Es gab keine Anzeichen von Langmähnen, Wölfen oder Schneelöwen. Der kleine See, aus dem
der Bach entsprang, war voller Fische, und Tulga behauptete, es
gebe reichlich Wild.

Seruun sah sich zweifelnd um. Ihm war noch kein Wild begegnet. Vermutlich hatte sich unter den Bewohnern des Tals
schon herumgesprochen, daß er hier war, und im Unterholz kauerten Hasen, Eichhörnchen und Dachse und lachten über seine
glücklose Pirsch. Nicht einmal ein Erdhörnchen hatte er erlegt!

Grasfeder und er würden während der Zeit des Eisatems hungern müssen, wenn er nicht schnell lernte, sich geschickter an-
zustellen. Morgen würde er es mit dem Fischen versuchen. Das
war einfacher . . . Zumindest hatte Tulga dies behauptet, obwohl
die beiden anderen gespottet hatten, Fisch sei keine Nahrung für
einen Krieger. Angeblich machte Fischfleisch das Blut kalt und
verdarb den Instinkt des Jägers. Vielleicht sollte er doch nicht
fischen gehen?

Ein kalter Wind wehte von den hohen Gipfeln des Tals herab. Durch die Wolken sickerte graurotes Zwielicht. Trübsinnig musterte Seruun die Berghänge und den Himmel. Nebelschleier trieben zwischen den hochgelegenen Waldstücken dahin. Die Gipfel der höchsten Berge verschwanden in den Wolken. Wann würde er je wieder die Sterne sehen? Jetzt war die Zeit, da im Osten am heraufziehenden Nachthimmel eigentlich die ersten Sterne stehen sollten.

Der Geruch von Feuer hing in der Luft. Seruun beschleunigte seine Schritte. Bald sah er die kleine Jurte. Warmes Licht fiel durch die zurückgeschlagene Zeltklappe und spiegelte sich im nahen See.

Dem Geistertänzer fielen Bärenhauts letzte Worte ein, die dieser ihm ins Ohr geflüstert hatte, als sie sich zum Abschied umarmten. *Bleibt nicht zu lange hier! Steinfaust hat Angst vor dir, Geistertänzer. Er wird dich suchen.*

Aus der Jurte duftete es nach geschmortem Hasenfleisch und Pilzen. Grasfeder rührte mit einem frisch geschnittenen Holzstock in dem kleinen Kupferkessel, den ihre Mutter ihr mitgegeben hatte. Als Seruun eintrat, blickte sie auf und lächelte ihn an. »Nun, ihr Männer hattet offenbar noch viel zu besprechen – nachdem du so lange fort warst.«

Er nickte.

»Bedrückt dich etwas?«

Seruun blickte in den Kessel. »Das sieht ja köstlich aus.« Er legte seinen Bogen und den neuen Köcher mit Pfeilen neben den Eingang und zog die Lederplane der Jurte zu.

»Was ist mit dir? Wenn Männer das Essen loben, noch bevor sie den ersten Bissen hinuntergeschlungen haben, dann stimmt etwas nicht.«

Seruun suchte nach einer flachen Holzschüssel. »Es ist nichts.« Er konnte ihr nicht von seiner Angst vor Steinfaust erzählen. Nicht jetzt. »Ich vermisse die Herde ... den Geruch, die stampfenden Hufe ...«

Grasfeder lachte leise und hob den Kessel mit zwei langen Stöcken vom Feuer. »Mir fehlt der Geruch von Büffelmist noch nicht.«

Seruun erkannte, daß ihre Fröhlichkeit nur aufgesetzt war. Allein inmitten der einsamen Bergwildnis zu sein, das war beklemmend. Niemand konnte ihnen helfen, wenn etwas geschah.

Grasfeder hatte den Topf abgesetzt. »Freust du dich gar nicht, daß wir endlich eine Jurte für uns allein haben?«

Er räusperte sich. »Doch, natürlich ... es ist nur ...«

Sie hob den Zeigefinger an die Lippen. »Du hast Angst, und es gibt gute Gründe dafür. Vielleicht haben wir nur noch wenige Stunden zu leben. Vielleicht lauert dort draußen ein Schneelöwe, der in uns leichte Beute vermutet, oder Steinfaust hat Krieger auf unsere Fährte gesetzt, um uns töten zu lassen. Vielleicht liegt aber auch eine ruhige gefahrlose Nacht vor uns. Die Angst, Seruun, sie frißt unser Leben auf. Es gibt immer einen Grund, um sich vor irgend etwas zu fürchten.« Sie strich ihm über sein langes Haar, dann beugte sie sich vor und küßte ihn. Sie duftete nach Rauch und Schweiß, und ihre warmen Lippen schmeckten nach dem Fleischgericht, das sie gerade zubereitete.

Sie schob sich über ihn, drückte ihn auf das Lager aus Büffelfellen und löste den Messergurt von der Hüfte. Ihre Hände glitten über seine Brust zu den Schultern und dann in den Nacken. Sie hob seinen Kopf und beugte sich zugleich vor, um ihn erneut lange und leidenschaftlich zu küssen.

Ein warmes, wohliges Schaudern durchlief Seruun. Er spürte, wie ihm das Blut zu den Lenden strömte. Auch Grasfeder schien etwas bemerkt zu haben. Eine Hand glitt hinab und tastete nach seinem Glied. Dann stand sie auf und streifte sich das Lederhemd über den Kopf.

Seruun betrachtete sie gedankenverloren: die langen schlanken Beine, den flachen Bauch und die festen kleinen Brüste, gekrönt von dunklen Knospen. Im Licht der Glut schimmerte ihre Haut goldbraun, und auf ihrem langen schwarzen Haar lag ein rötlicher Glanz. Sie war wunderschön ... Seruun wünschte, dieser Augenblick möge zur Ewigkeit werden, und er könne für immer liegen bleiben, um sie zu betrachten.

»Was ist mit *mir*?« Grasfeder lächelte schalkhaft. »Bekomme ich auch was zu sehen?«

Seruun richtete sich ruckartig auf. »Verzeih ...« Er zerrte hastig an seinem Gürtel. Sie kniete neben ihm nieder und half ihm. Ihre schlanken Hände krochen unter sein Lederhemd, und überall, wo sie seine Haut berührten, schienen sie kleine Feuer zu entfachen. Seine Haut prickelte sogar, wenn sie ihn nicht berührte.

»Man könnte glauben, du hättest dir noch nie die Hose ausgezogen.« Plötzlich hielt Grasfeder inne und lachte laut auf. »Wir haben Besuch!«

Seruun wandte sich mit einem unwilligen Seufzer zum Eingang der Jurte. Nichts wäre ihm weniger willkommen gewesen als Besuch! Dann sah er seine Beine. Dutzende roter Ameisen krochen ihm über die Schenkel.

»Du bist ein begehrter Mann.« Grasfeder kicherte.

Eine Ameisenstraße führte quer durch die Jurte und über ihre Felle hinweg. Seruun fiel in ihr Lachen ein, dann nahmen sie die Büffelhäute, schüttelten sie aus und legten sie auf die andere Seite der flachen Feuergrube.

Als sie sich erneut niederließen, spürte Seruun, wie das angenehme, warme Gefühl in seinem Bauch einer Panik wich. Er hatte noch nie bei einer Frau gelegen, und er wollte alles richtig machen. Baatar hatte ihm ein paarmal von seinen Abenteuern erzählt. Geschichten von flüchtiger Liebe in Brombeerbüschen, heftigen Stößen ... Er schloß die Augen und drängte sich näher an Grasfeder. Seine Hände tasteten über ihren Leib, wanderten über ihren flachen Bauch und tiefer.

Sie stöhnte leise auf, drückte sich gegen seine Hand und kreiste langsam mit den Hüften. Dann richtete sie sich auf und setzte sich rittlings über seine Schenkel. Er drang in sie ein. Ihre Hände glitten über seine Brust. Seruun bäumte sich wild auf und stöhnte.

»Langsam«, flüsterte Grasfeder. »Es macht mehr Freude, wenn es länger dauert. Laß mich das machen.« Wieder ließ sie langsam die Hüften kreisen. Er antwortete ihr mit vorsichtigen Stößen, sorgsam darauf bedacht, sie nicht zu enttäuschen.

Ihre Finger spielten mit seinen Brustwarzen, und alle Gedanken flossen davon. Es gab nur noch sie, ihr wunderschönes Gesicht, ihre strahlenden Augen . . .

Ihre Körper hatten einen gemeinsamen Rhythmus gefunden. Immer schneller bewegten sie sich, bis zu einem letzten wilden Aufbäumen. Seruun schrie.

Grasfeder war vornüber auf seine Brust gesunken. Er spürte ihr Herz schlagen. Warme, wohlige Müdigkeit umfing ihn. »Das also ist Liebe«, murmelte er leise.

»Nein, Seruun, das ist nur ein kleiner Teil der Liebe.« Sie erhob sich und schmiegte sich in seinen Arm.

»Es war . . . wunderbarer als alle Mysterien, in die Gurwan mich eingeweiht hat. Ich . . . Können wir es noch einmal tun?«

Grasfeder stützte sich auf die Ellbogen und sah an ihm hinab. »Ich fürchte, wir müssen ein wenig warten.«

Unruhig folgte er ihrem Blick. »Lange?«

Sie lachte. »Nein, nicht lange, das verspreche ich dir.«

Sie liebten sich noch dreimal in dieser Nacht, und Seruun war nie zuvor in seinem Leben so glücklich gewesen. Doch mit dem Morgengrauen kehrte die Angst zurück. Er fand keinen Schlaf, und schon zur Mittagszeit hatten sie die kleine Jurte abgebaut, um noch tiefer in die Berge hineinzureiten, denn Seruun war sicher, daß Steinfaust sie suchen ließ.

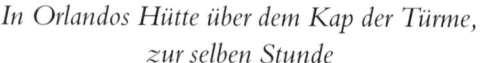

Der Seiltanz

In Orlandos Hütte über dem Kap der Türme,
zur selben Stunde

WOHIN?

Orlando reichte Tormo die Wachstafel zurück. »Ich weiß es auch nicht, Junge. Sie ist sehr eigensinnig...« Der Alte hatte ein schlechtes Gewissen. Er hatte Tormo nichts von seinem Streit mit Alessandra erzählt. Daß dieses zänkische Weibsbild wirklich gegangen war... Er hatte es nicht geglaubt. In den letzten Tagen hatte sie schon ein paarmal weite Wanderungen über die Klippen unternommen. Doch bisher war sie stets zurückgekehrt.

Tormos hölzerner Griffel kratzte über die Wachstafel.

MÜSSEN SUCHEN

Orlando warf einen flüchtigen Blick auf die Tafel. Die Buchstaben waren noch zittrig und ungelenk, doch der Junge lernte erstaunlich schnell. Er sog das Wissen in sich auf wie ein trockener Schwamm. Nicht so Alessandra. Sie war bei ihrer Weigerung geblieben, lesen und schreiben zu lernen.

»Es wäre sinnlos, dort draußen herumzulaufen. Es gießt wie aus Kübeln, und in der Dunkelheit stürzen wir womöglich gar in eine Felsspalte. Vielleicht kommt sie ja zur Hütte zurück, und dann ist niemand da, um...« Ein Zischen drang von der Schmiedeesse herüber, die der Alte auch als Herdfeuer nutzte. Die Suppe war übergekocht. Fischgeruch zog von der Feuerstelle aus durch die enge Hütte. Fluchend zog Orlando den Topf mit einem eisernen Haken aus den Flammen.

Tormo ließ das alles ungerührt. Mit seinen breiten Daumen knetete er das Wachs der Schreibtafel, um wieder eine glatte Fläche zu bekommen.

»Junge, laß uns wenigstens essen, bevor wir uns auf die Suche machen. Mit leerem Bauch kann man keine vernünftigen Ent-

scheidungen treffen.« Ich hätte alleinbleiben sollen, dachte Orlando und füllte eine flache Holzschüssel mit der Suppe.

JETZT SUCHEN hatte Tormo auf die Wachstafel geschrieben. Er stand auf, ergriff die Sturmlaterne und überprüfte, wieviel Tran die Lampe noch enthielt.

»Ich will ja nicht behaupten, daß meine Suppe etwas Besonderes ist«, grummelte Orlando. »Aber kalt ist sie vollends ungenießbar. Es täte dir leid, wenn ...«

Mit einem Krachen flog die Tür auf. Soldaten in weißen Waffenröcken stürmten in die Hütte. Sofort warfen sich drei Mann auf Tormo, und noch ehe der Hüne begriff, was geschah, hatten sie ihn niedergeknüppelt.

Orlando schleuderte dem vordersten der Männer die Schüssel mit der Fischsuppe entgegen. Vergeblich versuchte dieser, die Holzschale aufzufangen. Heiße Brühe schwappte ihm über die Finger und spritzte ihm ins Gesicht. Tormo erhob sich aus dem Gewühl. Er taumelte. Aus einer großen Platzwunde an der Stirn floß ihm Blut ins linke Auge. Wild mit den Armen rudernd, versuchte er sich einen Weg zwischen den Angreifern hindurch zu bahnen, als ihn ein Keulenhieb in den Nacken traf und er erneut in die Knie ging.

Die Soldaten trugen den achtstrahligen roten Gottesstern als Wappen über dem Herzen. Der *ordo militis dei!* Sie hatten ihn entdeckt! Mit einem Wutschrei riß Orlando die Axt aus dem Gürtel. »Habt ihr Würmer so lange im Dreck gewühlt, bis ihr mich gefunden habt?«

Die Soldaten wichen vor ihm zurück und zogen ihre Schwerter. Ein hochgewachsener bärtiger Mann trat durch die Tür. Er trug keine Ordenstracht, doch dadurch ließ Orlando sich nicht täuschen. Er erkannte in ihm einen der Leibwächter, die mit dem *collector* nach Nantala gekommen waren. Hatte man ihn damals also doch erkannt! Wenn sie gekommen waren, um ihn für seinen Treuebruch zu bestrafen, dann sollten sie wenigstens Tormo verschonen. Er und Alessandra hatten ja keine Ahnung, worum es ging.

»Ich habe nichts verraten!« beteuerte der Alte.

»Dann kannst du ja jetzt damit anfangen«, erwiderte der Bärtige ruhig. »Wo steckt das Mädchen?«

Orlando sah sich gehetzt um. Sieben Männer standen in der Hütte. Einer von ihnen trug eine Armbrust. Den mußte er zuerst töten.

»Das Mädchen!« wiederholte der Anführer. Er zog einen langen Dolch aus dem Gürtel und kniete neben Tormo nieder. »Ich weiß, daß der hier nicht reden kann. Wenn dir an ihm gelegen ist, dann sollte dir schnell einfallen, wo sich die Auserwählte verborgen hält. Sie lebt mit euch in dieser Hütte. Ich habe euch beobachtet. Versuch also nicht, mich zu belügen, Alter.«

Orlandos Gedanken überschlugen sich. Er verstand nicht recht, wie die Worte des Kirchenmannes zu deuten waren. »Laß den Jungen in Ruhe, und ich lege die Axt weg. Ich bin der, den ihr sucht. Alessandra und Tormo haben mit den Eisheiligen nichts zu schaffen. Du darfst ihnen nichts antun. Laß sie ziehen, und ich komme freiwillig mit dir.«

Der Dolch des Bärtigen ritzte Tormos Haut, und ein kleiner Blutstropfen rann ihm an der Kehle entlang. »Erzähl mir nichts von Heiligen. Ich bringe den Jungen jetzt hinaus und lasse ihn den Seiltanz aufführen. Vielleicht hilft dir das, dich zu erinnern, wo Alessandra Paresi steckt.« Der Krieger gab den anderen einen Wink, und sie zerrten Tormo auf die Beine. Man hatte ihm die Arme auf den Rücken gebunden.

Orlando wollte vorwärtsstürmen und mit seiner Axt unter den Folterknechten wüten, doch einer der Ordenskrieger zielte mit einer Armbrust auf ihn. Es war sinnlos. Er wäre tot, noch bevor er den Arm zum Schlag erheben könnte. War es möglich, daß sie tatsächlich nur wegen Alessandra gekommen waren und nicht seinetwegen? Orlando lebte schon so lange in der Furcht vor dem *ordo militis dei* und den anderen Vollstreckern der Kirche und konnte sich nicht vorstellen, daß sie nun kamen, um jemand anderen zu holen.

Man hatte Tormo inzwischen durch die Tür gezerrt. Orlando folgte ihnen. Es regnete noch immer in Strömen, und Sturmböen heulten über die Klippen. Sie schleppten den Jungen zu dem toten Baum, der nicht weit von der Hütte entfernt stand. Jemand hatte ihm schon eine Schlinge um den Hals gelegt.

»Ich werde reden!« Orlando mußte schreien, um das Wüten des Sturms zu übertönen.

»Nur zu, Alter, ich höre.« Die Gruppe hatte den Baum erreicht. Tormo bäumte sich wütend auf. Drei Mann waren nötig, um ihn festzuhalten.

»Sie ist gegangen«, sagte Orlando. »Heute mittag schon.«

Der Bärtige gab den Ordenskriegern ein Zeichen. Der Galgenstrick wurde über eine hohe Astgabel geworfen. »Keine gute Antwort! Du solltest dir schnell etwas Besseres einfallen lassen. Wo habt ihr sie versteckt?«

»Ich sage dir doch, sie ist nicht mehr hier!«

»Laßt ihn tanzen!« rief der Bärtige. Seine Männer zerrten an dem Strick über der Astgabel. Die Schlinge schloß sich um Tormos Hals, dann wurde er von den Füßen gerissen. Seine Beine zuckten und vollführten tatsächlich einen grotesken Tanz. Das Seil, an dem er hing, pendelte hin und her. Der Junge hatte den Mund weit aufgerissen und rang nach Luft.

»Gleich ist er tot!« rief der Bärtige gleichmütig. »Du solltest dich besser rasch erinnern, denn als nächstes lasse ich *dich* tanzen, Alter.«

Orlandos Hände krampften sich um die Axt. Er blickte zu dem schwingenden Seil hinüber. Wenn es nur stillhinge! »Laßt ihn herunter! Ich weiß, wo . . .«

Ein Schatten durchschnitt die Finsternis. Tormo stürzte zu Boden. Eine Harpune steckte zitternd im Stamm des Baums.

»Ich bin hier!« erklang Alessandras Stimme.

Orlando sah sich um, doch durch die Regenschleier hindurch erkannte er sie nicht. Zwei Ordenskrieger hatten Tormo auf die Beine geholt. Der Strick um seinen Hals war in der Mitte scharf durchtrennt.

Orlando spürte sein Herz wild schlagen. Der Regen, sein Alter, die schmerzenden Knochen, das alles war vergessen. Alessandra mochte eine Plage sein, aber mit diesem Harpunenwurf hatte sie alles wiedergutgemacht!

»Wir brauchen keinen Strick, um deinen Freunden den Garaus zu machen!« schrie der Anführer der Ordenskrieger. »Ergib dich, und wir lassen sie leben.«

»Wir verhandeln nicht über ihr Leben, sondern über deines, Söldner«, erklang es aus der Finsternis.

Orlando glaubte für einen Augenblick einen Schatten am Haus vorbeihuschen zu sehen. Doch vielleicht hatte er sich auch getäuscht.

»Tötet den Stummen!«

»Nein!« Der Alte stürmte mit erhobener Axt vor, um den feigen Mord zu verhindern. Orlando sah, wie einer der Ordenskrieger das Schwert zog. Im nächsten Augenblick taumelte der Krieger zurück. Ein Dolch ragte ihm aus dem linken Auge. Keinen Herzschlag später wurde der Mann neben ihm von dem leichten Wurfspeer durchbohrt, den Orlando Alessandra geschenkt hatte. Der dritte Krieger sprang daraufhin entsetzt von Tormo zurück.

Orlando erreichte den Jungen und durchtrennte den Strick, mit dem ihm die Hände auf den Rücken gefesselt waren.

»Ganz gleich, was du befiehlst oder tust, Söldner, der nächste, der stirbt, bist du. Und mach dir keine Hoffnungen! Jemand, der in einer regnerischen Nacht auf zwanzig Schritt ein schwingendes Seil mit der Harpune durchtrennt, der verfehlt doch auf zehn Schritt mit einem Wurfdolch deine Kehle nicht.«

Orlando blinzelte den Regen fort, der ihm in die Augen gelaufen war. Jetzt sah er Alessandra. Das schwarze Haar klebte ihr in Strähnen im Gesicht. Sie wirkte beängstigend unnahbar. Wie ein Geschöpf, das die Nacht geboren hatte. Ein Wesen, das nicht mehr von dieser Welt war.

»Was willst du?« fragte der Bärtige.

»Meine beiden Freunde. Und dann laßt uns in Frieden unserer Wege ziehen.«

»Ganz gleich, wohin du gehst, Alessandra Paresi, für dich wird es keinen Frieden geben, ebensowenig wie für jeden, der mit dir zieht oder dich versteckt. Die Kirche will deinen Kopf! Gib auf! Es gibt keinen Ort der Zuflucht für dich. Der *iudicator* Francisco will dich auf dem Sternenhof sterben sehen. Du mußt das Ritual der Endgültigen Askese vollenden. Das ist dein Schicksal, und du wirst ihm nicht entgehen. Du hast den schwarzen Stein gezogen, und so mußt du verdursten, Alessandra. Wenn du dich ergibst, dann lasse ich die beiden hier laufen.«

»Eine Kirche, die Kopfjagden veranstaltet, um einen Gott, der die Welt verlassen hat, Menschenopfer darzubringen, kann ich nicht anerkennen. Sag deinem Herren, daß ich mich seiner Willkür nicht beuge. Wenn er noch einmal in die Nähe meiner Wallanze kommt, werde *ich* ein Menschenopfer darbringen!«

»Glaubst du, du kannst deinem Schicksal einfach davonlaufen?« höhnte der Söldner. »Diesmal magst du entkommen, aber über kurz oder lang wird man dich verraten und an die Kirche ausliefern.«

Sie strich mit einem Finger über die Klinge des Messers in ihrer Hand. »Orlando, geh und such alles zusammen, was wir brauchen. Und was dich angeht, Söldner, richte deinem Herren aus: Wenn die Kirche mir den Krieg erklärt, lebe ich von nun an auch im Krieg mit der Kirche.«

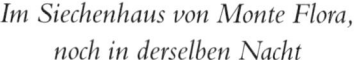

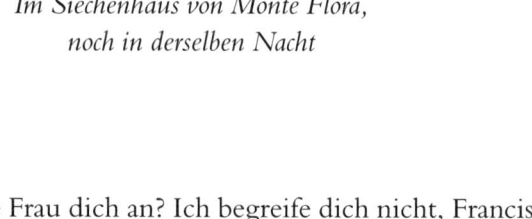

Der Atemdieb

Im Siechenhaus von Monte Flora,
noch in derselben Nacht

»Was geht diese Frau dich an? Ich begreife dich nicht, Francisco. Hast du keine anderen Sorgen, als dich um eine sterbende Kohlenträgerin zu kümmern?« Bruder Andres, der das Siechenhaus leitete, wirkte übernächtigt. Auf Franciscos Drängen hatte man ihn aus dem Bett geholt. Dunkle Ränder zeichneten sich unter seinen Augen ab. Seit sie sich zum ersten Mal begegnet waren, hatte er an Gewicht verloren, auch wenn er noch längst kein hagerer Mann zu nennen war.

»Ich kämpfe um das Leben Hunderter, und es gibt kaum Aussicht, diesen Kampf zu gewinnen. Wir werden einen Hungerwinter erleben, weil die *mercatoren* und die Großbauern ihre Ernte über die Provinzgrenzen schmuggeln lassen, um sie für ein Vielfaches zu verkaufen. Es gibt sogar Priester, die ihnen dabei helfen. Und sie wissen, daß die Armen in den Städten und in den Bergen verhungern müssen. Was tut man gegen Menschen, für die ein Beutel voll Silber mehr zählt als ein Leben?«

Francisco spürte, wie schon der Gedanke daran ihm alle Kraft raubte. Er stützte sich schwer auf seinen Stock und sehnte sich nach einem Stuhl auf diesem schmalen, weißgetünchten Gang. Er mußte ruhen. Aber jede Stunde, die er schlief, war eine Stunde, die ihm bei seinem Kampf gegen die Intrigen der Wucherer fehlte. Sein Schlaf mochte Menschen das Leben kosten, die er vielleicht hätte retten können, wenn er die Zeit besser genutzt hätte.

»Wenn der Winter kommt, kommt auch der Hunger. Das kann ich nicht verhindern, auch wenn es jetzt für alle noch genug zu essen gibt. Deshalb meine Sorge um die Frau. Wenn ich nur erreiche, daß sie in einem Bett mit sauberen Laken stirbt und ich die Gewißheit habe, daß man alles getan hat, was uns Menschen zu tun vergönnt ist, dann ist das schon ein kleiner Sieg, Bruder, oder etwa nicht?«

»Wie bist du gerade an sie geraten?« Der Heiler schüttelte den Kopf. »Üble Säfte sind ihr in die Lunge gestiegen. Hättest du nicht eine bringen können, bei der meine Kunst noch Erfolg haben könnte?«

»Ihr Sohn hat mich ausgewählt. Er hielt mich für einen Heiligen.«

Andres blickte ihn streng an. »Ich habe auch schon von diesen Geschichten gehört. Es sind die einfachen Leute, die hierherkommen ... Wenn ich für jede ihrer verrückten Geschichten ein Kupferstück bekäme, wäre ich der reichste Mann der Provinz. Trotzdem solltest du aufpassen. Du hast nicht nur Freunde in der Priesterschaft. Der *princeps* mag jetzt noch schützend die Hand über dich halten, Bruder, aber wenn der *primarchin* zu Ohren kommt, daß man dich für einen lebenden Heiligen hält, dann kann auch Bernaldino dich nicht mehr beschützen.«

Francisco stieß einen langen Seufzer aus. »Ich weiß.« Er lehnte sich gegen die Wand, weil er nicht mehr die Kraft hatte, die Maske des unnahbaren *iudicators* aufrechtzuerhalten. »Was soll ich tun? Die Geschichten werden einfach erfunden. Wie verhindert man so etwas?«

»Du bist wirklich kein Mann von Politik und Ränkespielen.« Francisco war sich nicht sicher, ob Andres des abfällig oder mitleidig meinte. »Du mußt deine eigene Geschichte erfinden und verbreiten, Bruder *iudicator*. Das ist der Weg, wie du das Gerede der einfachen Leute steuerst.«

Francisco grinste schief. »Ich sollte mir einen Berater für solche Belange zulegen.«

»In der Tat, das solltest du tun, Bruder«, entgegnete Andres mit großem Ernst.

»Könntest du dieses Amt übernehmen?«

Die Frage schien den Heiler nicht zu überraschen. »Ich habe schon ein Amt inne. Mit der Leitung des Hospizes habe ich mehr Arbeit, als der Tag Stunden hat. Aber wenn du einen Rat brauchst, helfe ich dir gern.«

Einen Moment lang überlegte Francisco, ob Andres vielleicht auch zu den Spitzeln Cosimas gehörte. Dann schalt er sich einen Narren. Er sollte sich hüten, überall Verrat zu wittern, wenn er sein Amt gerecht ausüben wollte. »Ich bin dir dankbar für dieses Angebot, mein Freund. Und da du mir schon deine Hilfe anbietest: Was weißt du über den Atemdieb? Wer oder was ist das?«

Andres stieß ein kurzes Lachen aus. »Der Atemdieb! Den Floh hat dir wohl der Kleine ins Ohr gesetzt. Die Leute aus den Armenvierteln reden gern von ihm. Es gibt zwei unterschiedliche Geschichten über den Atemdieb. Beides Hirngespinste! Die einen behaupten, er sei ein junger Mann mit edlen Gesichtszügen und prächtigen schwarzen Gewändern. Sein Gesicht sei so weiß wie Meersalz, seine Lippen rot wie Blut und das Haar wie das Gefieder eines Raben. Er kommt aus dem Schatten und kann auch im Schatten verschwinden. Des Nachts schleicht er sich an die Betten der Schlafenden. Sein Schritt ist so leise wie ein leichter Windhauch. Er beugt sich über seine Opfer, um sie im Schlaf zu küssen. Doch es sind Küsse, die niemandem wohl bekommen. Er trinkt den Atem der Menschen, und wer von ihm geküßt wurde, der erwacht am nächsten Morgen mit einem Rasseln in der Lunge, das ihn nicht verlassen wird, bis man ihn zur letzten Ruhe bettet. Wen der Atemdieb einmal besucht hat, den besucht er immer wieder. Und bei seinem letzten Besuch hinterläßt er einen blutigroten Kuß auf den Lippen seines Opfers.«

Andres gestikulierte wild mit den Händen, während er redete. An ihm wäre ein guter Prediger verlorengegangen, dachte Francisco. »Und was ist die zweite Geschichte?«

»Sie ist noch unsinniger. Sie dreht sich um ein Ungeheuer. Eine gräßliche Bestie mit langen Armen, die selbst die steilsten Wände hinaufklettern kann und die sich auf die Brust der Schlafenden hockt.« Draußen heulte der Sturmwind um das Hospiz. Die Flammen in den Öllampen zitterten, obwohl auf dem Flur kein Luftzug zu spüren war. »Alles Aberglaube! In Wahrheit gibt es natürlich keinen Atemdieb, aber das ist den armen Tölpeln aus den Elendsvierteln nicht beizubringen. Die Atemdiebe sind die *mercatoren*, die Hungerlöhne zahlen und ihre Leute in Rattenlöchern wohnen lassen. Oft läuft der Regen in diese Keller, und der Gestank kann nicht abziehen. Das macht die Leute krank. Am schlimmsten sind die Kohlenträger betroffen. Kaum einer von ihnen wird älter als dreißig Jahre.« Er deutete auf das Krankenzimmer, vor dessen Tür sie standen. »So alt ist die Frau, die du mir gebracht hast. Ich habe der Krankheit nachgespürt. Bei manchen Toten habe ich den Rücken aufgeschnitten und mir die Lungen angesehen. Sie sind schwarz wie ein Stück Kohle. Es ist die Arbeit, die sie tötet, und ihr elendes Leben. Aber wer gesteht sich so etwas schon gern ein? Da ist es doch besser, vom Atemdieb zu sprechen. Wer an ihn glaubt, der kann sich auch einreden, daß er vielleicht Glück hat und nie von dieser Schattengestalt besucht wird.«

Der Heiler strich sich mit einer fahrigen Geste über die Lederschürze. »Weißt du, wie sie in den Armenvierteln mein Hospiz nennen? Das Totenhaus. Sie arbeiten, bis sie umfallen, statt zu kommen, wenn sie das erste Mal vom Atemdieb *geküßt* wurden. Wenn man sie dann hierherbringt, dann kann ich meist nichts weiter tun, als ihnen das Sterben erleichtern. Man müßte hinabsteigen in die Armenviertel und ihr Leben ändern.« Sein Gesicht hatte einen harten Zug angenommen. »Deshalb bin ich dein Mann, Francisco. Dein Gesetz gegen die Wucherer – so muß ein Kirchenmann denken! Die *mercatoren* sind wie Parasiten, die das Blut des Volkes trinken. Man muß ihnen Einhalt gebieten. Doch die meisten unserer Brüder sind Feiglinge, die die Nase lieber in Bücher und Akten stecken oder sogar offen auf seiten der Reichen stehen. Wir, Francisco, wir kämpfen im Grunde denselben Kampf. Du kannst auf mich zählen, wann immer du einen Rat oder einfach nur einen Gleichgesinnten brauchst, der dir zuhört und dich versteht.«

Francisco war überrascht von der Leidenschaft, mit der der Heiler sprach. Alles, was er sagte, klang glaubwürdig und doch ... War es nicht zu schön, um wahr sein zu können?

Francisco drückte dem Heiler die Hand. »Es ist gut, einen Bruder zu kennen, der die Welt mit dem Herzen sieht, so wie ich. Ich werde auf dein Angebot zurückkommen. Doch nun entschuldige mich. Ich bin erschöpft und will noch nach dem Jungen sehen, bevor ich mich zur Ruhe begebe.«

»Ich kann dir ein Zimmer im Hospiz herrichten lassen.«

Der Priester dachte an den langen, steilen Weg zum *castrum dei*. »Das wäre sehr freundlich von dir, Bruder.«

Der Heiler deutete eine Verbeugung an, die angesichts seiner massigen Gestalt grotesk wirkte. »Es ist mir eine Ehre und ein Vergnügen.« Ein schelmisches Lächeln spielte um seine vollen Lippen. »Sind wir doch nicht nur im Glauben, sondern auch im Kampf gegen blutsaugendes Ungeziefer vereint. Wobei meine Feinde hier im Hospiz den Vorzug haben, daß man sie zwischen zwei Fingern zerquetschen kann.«

Francisco ging zur Tür, die zu Elenas Krankenzimmer führte, und nickte Andres zu. »Möge der Glaube uns die Kraft zum Guten geben und das Licht der Hoffnung niemals erlöschen.« Dann trat der *iudicator* in das Zimmer, in dem man Elena untergebracht hatte. Es war eine saubere kleine Kammer mit weißgetünchten Wänden. Paolitos Mutter lag in einem großen Bett. Ihre zarte Gestalt wirkte zwischen den weißen Laken seltsam verloren. Sie schlief.

An einem schmalen Tisch an der gegenüberliegenden Wand saß der Junge. Eine füllige Priesterin hatte ihm eine große Schüssel mit Griesbrei gebracht und beobachtete zufrieden, wie er sie gierig auslöffelte. »Das ist schon die dritte Schüssel«, bemerkte sie nicht ohne Stolz. »Der Kleine scheint meine Küche zu mögen.«

»Und seine Mutter? Hat sie auch etwas gegessen?«

Die Priesterin schüttelte den Kopf, und Francisco las in ihren Augen, daß sie keine Hoffnung mehr auf Änderung dieses Zustands hegte.

»Könntest du uns für einen Augenblick allein lassen, Schwester? Ich muß mit Paolito ein Gespräch unter Männern führen.«

Die Schwester bedachte den Jungen mit einem mitleidigen Blick und kam dann zur Tür. »Ja, Bruder Andres sagte mir, daß *du* diese Bürde auf dich nehmen willst«, flüsterte sie.

Als sie gegangen war, setzte sich Francisco an den Tisch. Beim süßlichen Geruch des Griesbreis lief ihm das Wasser im Mund zusammen. Er hatte seit der Mittagsstunde nichts mehr zu sich genommen, und jetzt herrschte tiefe Nacht.

Paolito nahm sich kaum Zeit, von seiner Schüssel aufzublicken, so als befürchte er, man könne ihm sein Essen stehlen, wenn er es auch nur einen Wimpernschlag lang aus den Augen ließe.

»Dein richtiger Name ist Paolo, nicht wahr?« begann Francisco vorsichtig.

»Ja«, antwortete der Junge mit vollem Mund. »Aber nicht einmal Mutter nennt mich so.«

»Paolito ist ein Kindername. Ich werde dich in Zukunft Paolo nennen, wenn du nichts dagegen hast.«

Paolito kratzte mit seinem Löffel die letzten Reste aus der Breischüssel. »Warum?«

»Weil das Leben dir Aufgaben stellt, die eines Mannes würdig sind, und du deshalb auch einen Männernamen tragen solltest. Wenn ich dich Paolo nenne, dann tue ich es aus Respekt vor dir.«

Der Junge legte den Löffel in die hölzerne Schüssel. »Steht es so schlimm um Mutter?«

»Sie hat einen schweren Kampf vor sich . . .«, wich Francisco aus. »Wir haben sie in das hellste Zimmer im Hospiz bringen lassen, damit der Atemdieb nicht mehr zu ihr kommen kann. Bleib bei ihr und wach darüber, daß die Kerzen nicht erlöschen. Und wenn sie aufwacht, dann sag ihr, daß wir den Atemdieb vertrieben haben und daß du sie liebst. Sie soll dich sehen . . . Denn . . .« Francisco versagte die Stimme. Trieb er Heuchelei? Der Atemdieb war nichts als eine Geschichte! Wie konnte er es wagen, ein Kind zu belügen, dessen Mutter im Sterben lag? Und wie konnte er ihm die Wahrheit sagen?

Paolitos Blick flackerte. »Sie wird sterben?« fragte er mit halberstickter Stimme.

»Ich weiß es nicht. Aber es sieht schlecht aus . . . Deine Mutter ist dem Tod näher als dem Leben. Aber es gibt noch Hoffnung. Wenn sie kämpft . . . Vielleicht wird sie die Krankheit besiegen.«

Der Junge schob die leere Holzschüssel von sich. »Wenn sie

sterben muß, dann bringe ich sie nach Hause zurück.« Er vollführte eine ausholende Handbewegung. »Das schöne Zimmer ... Das gute Essen. Meine Mutter hat nie Almosen angenommen. Alles, was wir besaßen, hat sie erarbeitet. Sie würde das nicht wollen ...«

Francisco schloß die Augen und versuchte sich zu beherrschen. Er war zugleich wütend und stolz auf den Jungen. »Du verurteilst sie zum Tode, wenn sie in diese Höhle zurückkehrt, die du dein Zuhause nennst. Hier besteht zumindest eine kleine Aussicht, daß sie überlebt. Es ehrt dich, wenn du keine Almosen annehmen willst, doch dies ist kein Geschenk. Jedem, der herkommt, steht ein Bett im Siechenhaus zu.«

Paolito sprang wütend auf. Sein Stuhl kippte um. »Du mußt mich nicht belügen, nur weil ich ein Kind bin, Priester! Ich weiß, was einen Kranken hier erwartet. Mein Vater ist hier gestorben ... In einem großen Saal, wo die Betten so dicht standen, daß man kaum dazwischen hindurchgehen konnte. Solche Zimmer wie dieses gibt es hier nicht für jeden. Ruf den Ritter! Er soll Mutter nach Hause bringen.«

Francisco stand auf und verstellte dem Jungen den Weg zur Tür. »Du hast recht. Dieses Zimmer ist besser ... Aber es wäre kein Almosen mehr, wenn du dafür arbeiten würdest.«

Paolito rang mit den Tränen. »Ich kann nicht soviel Kohlen tragen, daß ich ein solches Zimmer bezahlen kann. Ich kann nicht ...« Er schluchzte.

Der *pater* wollte ihm mit der Hand durch das Haar streichen und ihn trösten, doch der Junge duckte sich zur Seite. »Nicht!«

»Willst du denn nicht, daß man deiner Mutter hilft?«

Paolito konnte die Tränen nicht länger zurückhalten.

»Mach, daß sie nicht stirbt«, bettelte er. »Bitte, du kannst doch Wunder tun. Alle sagen das. Mach, daß sie nicht stirbt.«

Francisco hatte das Gefühl, daß ihm ein Kloß im Hals steckte. Wie sollte er diesem störrischen Kind nur begreiflich machen, daß er kein Heiliger war? »Du wirst für mich arbeiten. Kohlen mußt du nicht schleppen, und du mußt das Siechenhaus auch nicht verlassen. Du wirst jeden Löffel Suppe verdienen, den deine

Mutter zu essen bekommt ... Es gibt hier einen Mann. Einen *mercator*, der nicht freiwillig in diesem Haus lebt. Er soll Kranken helfen, damit er Demut und Respekt lernt. Beobachte ihn für mich. Sag mir, mit wem er spricht, berichte mir, wenn er etwas Ungewöhnliches tut und ob er mit den anderen ißt oder ob er sein Essen gebracht bekommt. Und sei vorsichtig, damit er dich nicht bemerkt. Das ist deine Aufgabe, Paolo.«

Der Junge legte den Kopf schief und sah ihn lange mißtrauisch an. »Willst du ihn bestehlen?« fragte er dann ganz leise.

Der Priester mußte lachen. »Was? Warum sollte ich ihn bestehlen wollen?«

»Weil man einen reichen Kaufmann immer erst genau beobachtet, bevor man ihm die Geldkatze zu stehlen versucht«, erwiderte Paolo ernst.

Francisco schüttelte lachend den Kopf. »Nein, auf seine Geldkatze habe ich es nicht abgesehen. Du sollst beurteilen, ob er seine Arbeit gut erledigt. Beobachte ihn hin und wieder. Gib acht, daß er dich nicht bemerkt, und sei vor allem bei deiner Mutter. Es wird ihr Kraft geben, wenn sie dich sieht. Ich werde jeden Abend kommen und mir anhören, was du mir über den *mercator* zu erzählen hast. Er heißt Lucio da Forca. Hüte dich vor ihm, er ist ein böser Mensch.«

Die Schlammkriecher

*Auf der Via Silvana, nahe der Nordgrenze der Satrapie Biritimon,
am 23. Tag des Sturzregenmondes, im 458. Jahr der Abwesenheit Gottes*

»Nun, *tercio*, wie geht es dir heute?«

Coronela Ernanda hatte sich auf den Kutschbock geschwungen und die Plane zurückgeschlagen. Ihr breites Grinsen wirkte durch die Narbe im Mundwinkel eher beunruhigend als erheiternd. Trotzdem beneidete Joacino sie. Seit Tagen war sie schon wieder zu Kräften gekommen, während er sich noch immer so fühlte, als hätte ein Feuer seinen Körper durchtost. Er war müde, und sein Leib fühlte sich an wie taub. Ja, er glich rußgeschwärzten Mauern eines ausgebrannten Palazzos, von dessen Pracht nichts geblieben war als diese Mauern.

»Ich glaube, auch wenn ein kurjameischer Kriegselefant über mich hinweggetrampelt wäre, würde ich mich schwerlich schlechter fühlen.«

Ernanda stieg auf die Pritsche des Planwagens und kauerte sich neben Joacino. Ihr prächtiger Zopf schimmerte naß. Sie stank nach Schweiß und nassem Leinen. Statt eines Kürasses trug sie einen leichten Leinenpanzer mit breiten Schulterstücken, auf dessen Brust eine geflügelte Sonne gestickt war. »Du kannst dir was auf deinen Stolz einbilden, du verdammter Narr. Der *medicus* meint, daß du noch lebst, obwohl du nichts von dem Gift ausgespuckt hast, sei ein kleines Wunder.«

Der Planwagen kam zum Stehen. Der *tercio* hörte den Kutscher vom Bock steigen und davongehen. Beißender Geruch nach nassem, verbranntem Holz lag in der Luft.

»Wo sind wir?« fragte Joacino und überhörte die Predigt, die Ernanda ihm offenbar jedesmal halten mußte, wenn sie zu ihm in den Wagen kam.

»Nicht weit von Gatan. Mit etwas Glück verlassen wir diese verdammte Rosenprovinz noch vor Einbruch der Dämmerung.«

»Woher kommt der Brandgeruch?« Joacino zog sich an einer der hölzernen Streben hoch, über die die Plane des Wagens gespannt war. Der rhythmische Schritt der genagelten Soldatenstiefel auf der gepflasterten Straße war verstummt. Mit einem energischen Griff schlug er die gewachste Plane zur Seite und blickte auf eine kleine Stadt. Sie lag in Trümmern. Die Häuserdächer waren eingestürzt. Schwarze Rußfahnen zeichneten die leeren Fensterhöhlen. Auf den Mauerkränzen kauerten Geier, so vollgefressen, daß sie nicht mehr fliegen konnten. Joacino überblickte nur einen schmalen Abschnitt der Hauptstraße. Allein dort lag mehr als ein Dutzend Leichen.

»Plünderer aus Biritimon. Sie müssen die Stadt überrascht haben, noch bevor man die Tore vor ihnen schließen konnte«, murmelte Ernanda. »Das Ganze ist keine zwei Tage her. Die Stadt hieß Colcha. Kanntest du sie?«

Der Feldherr schüttelte den Kopf. »Bis jetzt war sie für mich nicht mehr als ein Namen auf der Landkarte.« Er stieg von der Pritsche und sah sich um. »Gab es Überlebende?«

Die *coronela* schüttelte den Kopf. »Wir haben noch keine gefunden. Sie sind gekommen, um zu plündern und zu töten. Ein *coronel* der Jadetürme hat mit seinen Truppen die Verfolgung der Plünderer aufgenommen. Er hat ein paar Kranke und Verwundete zurückgelassen. Von ihnen weiß ich, was geschehen ist.«

»Die Jadetürme . . .« Er rieb sich nachdenklich das Kinn. »Wo steckt ihr *tercio*?«

Ernanda schnitt eine Grimasse. »Irgendwo dort draußen im Dschungel . . . Hast du schon einmal Männer von den Jadetürmen gesehen? Sie sind ein wilder Haufen, keine richtigen Soldaten. Sie tragen Schmuck aus Knochen, den Knochen ihrer erschlagenen Feinde. Die meisten von ihnen kommen aus den Jadewäldern. Sie sind . . . seltsam.«

Jetzt erst bemerkte Joacino, daß kein einziger Krieger im Safrangelb seiner Männer zu sehen war. »Warum ist die Stadt nicht gesichert?«

»Hier muß man sich vor nichts und niemandem mehr fürchten — außer vielleicht vor ein paar verwilderten Hunden, die unter den Leichen ihr Festmahl gehalten haben.« Sie deutete auf eine schmale Treppe, die vor ihnen zum Wehrgang der Stadtmauer hinaufführte. »Du solltest dort hinaufgehen.«

»Warum?«

Die *coronela* grinste. »Das wirst du sehen, wenn du oben bist.«

Als Joacino den ersten Fuß auf die Treppe setzte, begann es wieder zu regnen. Dicke, warme Tropfen rannen ihm übers Gesicht. Noch bevor er den Wehrgang erreichte, war er völlig durchnäßt. Er trug ein weites Hemd aus feinem Leinen und eine enge Hose. Die Kleidungsstücke waren safrangelb wie die Uniformen seiner Männer.

Als er sich schwer auf die Zinnen stützte, erwartete ihn ein überraschendes Bild. Die drei *turmae* hatten sich wie zur Parade vor den Mauern der Stadt aufgestellt.

»Heil dir, *tercio*, Triumphator von Pentarosae!« hallte es aus Hunderten rauher Soldatenkehlen.

Joacino war ergriffen. Er wußte nicht, was er sagen sollte. Sie waren ein abgerissener Haufen. Ihre Kleider waren mit Schlamm bespritzt, ihre Fahnen hingen schlaff im Regen, und doch war der Anblick eindrucksvoll. Die Reihen der Truppen waren ausgerichtet wie mit dem Lineal gezogen, die Waffen der Männer gut gepflegt und eingefettet, um im Dauerregen nicht zu rosten. Mochten die Soldaten auch zerlumpt sein, so strahlten sie doch Disziplin und Selbstbewußtsein aus.

Joacino erkannte Männer mit blutigen Verbänden und auf Krücken in den Reihen der Hundertschaften. Offenbar war jeder, der noch genug Kraft zum Laufen hatte, zu dieser traurigstolzen Parade angetreten.

Der *tercio* rang einen Anfall von Panik nieder. Reden zu halten war nicht seine Sache. In den letzten Tagen hatte er viel über die Rede nachgedacht, die er halten wollte, doch jetzt hatte er alle dramatischen Wendungen wieder vergessen, die er sich zurechtgelegt hatte. Er mußte improvisieren und konnte nur hoffen, daß es ihm gelänge.

»Männer, unsere Kameraden von der Flotte haben uns oft spöttisch Schlammkriecher genannt. Sich selbst aber bezeichnete die Flotte stolz als das Schwert des Imperiums. Dieses Schwert liegt zerbrochen auf dem Meeresgrund, und das Imperium ist verwüstet. Was geblieben ist, sind die Schlammkriecher ... Ihr alle habt euren Eid auf ein Reich abgelegt, das es nicht mehr gibt. Ich entbinde euch nun von diesem Eid. Nie wieder werdet ihr euer Blut für die selbstsüchtigen Ziele eines Provinzstatthalters vergießen. Geht nun nach Hause, sucht nach euren Familien. Und geht stolz erhobenen Hauptes, denn wir, die Schlammkriecher, die Safrantürme, wir wurden niemals gebrochen. Es war mir eine Ehre, euch in der Schlacht zu befehligen, und ich werde keinen von euch vergessen.«

Joacino stützte sich wieder schwer auf die Zinnen der Stadtmauer. Die Männer blickten ungläubig zum ihm herauf. Er glaubte sogar, einige weinen zu sehen.

»Du ... du bist ... Das Gift muß dir ins Hirn gekrochen sein«, zischte Ernanda. »Was tust du?«

»Das einzig Richtige«, erwiderte der *tercio* leise. »Ich habe kein Recht mehr, diese Männer zu befehligen.«

»Wohin wirst du gehen, Kommandant?« rief ein stämmiger Kerl in den vorderen Reihen. Es war Macaros, der *capitano* seiner Leibwache.

»Nach Ferrossa in der Provinz Falcata. In die Stadt der Schmiede. Ich werde versuchen, dort das Schwert des Imperiums neu zu schmieden, und wenn es mir gelingt, dann wird es bestimmt nicht mehr in den Händen stolzer Flottenkommandeure und unfähiger *mercatoren* liegen. Und das Eisen, aus dem diese Waffe geschmiedet sein soll, das sind solche Schlammkriecher, wie wir es sind.«

»Ich komme mit dir, Kommandant!« rief Macaros. »Ich auch! Ich auch!« erklang es aus rauhen Soldatenkehlen.

Joacino hob die Arme, um die Männer zum Schweigen zu bringen. Unordnung war in die eben noch so exakt ausgerichteten Reihen gekommen. Er las die Verzweiflung und den Zorn in den Gesichtern der Soldaten.

»Macaros, deine Treue zu mir steht außer Frage. Ich weiß von euch allen, daß ihr für mich durchs Feuer ginget, Ihr habt es oft genug bewiesen. Doch deshalb müßt ihr nun die Wahl treffen, und ich will, daß ihr euch als freie Männer fühlt und euch, frei von Eiden und von jedem anderen Band, für etwas Neues entscheidet. Ich habe mit euch zusammen im Dreck geschlafen und mit euch aus einer Holzschale schimmliges Brot und zähes Pferdefleisch gegessen. Ihr habt euer Blut für zwei Silberdenare in der Woche vergossen. Das ist als Sold wenig genug ... Doch selbst das kann ich euch nicht mehr bieten, und das muß jeder wissen, der sich entschließt, mir zu folgen. Ich habe euch nie belogen, und so sage ich euch jetzt: Jeden, der mir folgt, erwarten Blut, Mühsal und Tod. Vielleicht wird es uns gelingen, das Schwert des Imperiums neu zu schmieden und das Reich aus der Asche neu auferstehen zu lassen. Vielleicht werden wir Helden sein, von denen die Barden in ihren Liedern singen. Wahrscheinlicher aber ist, daß wir alle in einem Jahr tot sind.«

Joacino wies mit ausgestrecktem Arm auf die Straße, die durch die kleine Stadt lief und zwischen den himmelhohen Bäumen des Dschungels verschwand. »Dieser Weg führt nach Ferrossa. Es sind zweitausend Meilen bis zur Stadt der Schmiede. Mein Vermögen reicht aus, um euch noch drei Tage Sold zu zahlen, und unsere Vorräte werden in sieben Tagen erschöpft sein. Wer mit mir diese Straße wählt, verläßt die Wege der Vernunft. Es ist ein Pfad für Träumer ... Ein Pfad für heldenhafte Toren, die nicht anerkennen mögen, daß dies das Ende ist. Wer in der Welt der Vernunft nichts mehr zu verlieren hat, der soll nun durch das Stadttor schreiten und mir auf diesem Pfad folgen.«

Es war still geworden vor den Mauern. Nur das Geräusch des Regens, der auf die Helme der Männer trommelte, unterbrach die Ruhe.

Hatte er mit seinen Worten ihren Stolz zerbrochen? fragte sich Joacino. Hätte er sie belügen sollen mit Märchen vom Ruhm und von Kriegen, Reichtum und Heldenmut? Jeder von ihnen war bereit gewesen, für seine Entscheidungen auf dem Schlachtfeld mit dem Leben einzustehen. Er war es ihnen schuldig, den Mut aufzubringen und ihnen die Wahrheit zu sagen.

»Was ist mit dem Geschenk?« rief Macaros.

Joacino blickte überrascht zu dem *capitano* hinab. Von ihm hatte er am wenigsten erwartet, daß er das Abschiedsgeschenk einfordern würde, das nach altem Brauch des Imperiums jedem Soldaten zustand, der seinen Dienst in Ehren beendet hatte.

Ernanda berührte den *tercio* an der Schulter. »Hier, mein Feldherr. Die Soldaten haben zusammengelegt, um dir dieses Geschenk zu machen.«

Beschämt drehte sich Joacino um. Die *coronela* reichte ihm einen kleinen Beutel aus schwarzem Samt. Er löste die golddurchwirkte Schnur, griff hinein und ertastete etwas Kühles ... Ein Stundenglas! Es war nur so lang wie ein Finger. Die Säulen und Deckplatten, die das Glas rahmten, waren mit Rubinsplittern geschmückt.

Der *tercio* schluckte. Welch ein geschmackloses Geschenk! Und obendrein war es defekt. Der Sand lief nicht durch die Enge. Es bewegte sich überhaupt keines der Sandkörner. Die Zeit in diesem Stundenglas war gefroren. Eine Uhr, die niemals ablief! Jetzt begriff er ...

»Weißt du, welchen Beinamen du bei den Männern hast?« raunte Ernanda. »*Nicht tot zu kriegen*, nennen sie dich. Im übrigen wäre jetzt ein guter Zeitpunkt, noch ein paar Worte zu sagen ... Zumindest einen Dank. Fast jeder von ihnen hat etwas dazu gegeben, und sei es nur ein Kupferstück.«

Joacino streckte den Arm hoch, damit zumindest die vorderen Reihen das Stundenglas sehen konnten. Regen rann ihm über das Gesicht, und mancher mochte vielleicht an Tränen der Rührung glauben, tatsächlich jedoch überlagerte das klamme Gefühl der Angst, noch einmal vor den Massen reden zu müssen, jede andere Empfindung.

»Ich ... ich danke euch! Dieses Stundenglas soll mir ein Zeichen sein ... Alles kann aufgehalten werden, wo Mut und Glauben zueinander finden.« Er machte eine Pause, doch nicht aus rhetorischen Gründen, sondern weil ihm einfach nichts mehr einfiel, was noch zu sagen gewesen wäre.

»Ich glaube an dich, *tercio, nicht tot zu kriegen*!« schrie ein Mann irgendwo in der Menge. »Ich bin nur ein Schlammkriecher mit

Löchern in den Stiefeln, aber ich weiß, daß jeder, der dir folgt und gemeinsam mit dir das Ende deines Wegs erreicht, ein Fürst sein wird! Heb uns aus dem Dreck, *tercio*! Mach uns zu Helden, Fürsten und Heiligen!«

Ein Mann aus dem dritten Glied von Ernandas *turma* trat hervor und schritt auf das Stadttor zu. Noch bevor er das erste Glied erreichte, folgten ihm schon fünf andere.

»Wer ist das, Ernanda? Ich kenne den Mann nicht.«

»Ein Mann, den man in Pentarosae im Bett einer seiner Schülerinnen fand. Danach hatte er es eilig, die Stadt der Rosen zu verlassen, und legte großen Wert darauf, im Schutz vieler Bewaffneter zu reisen. Also habe ich ihn rekrutiert.«

»Ein Lehrer?« Joacino beobachte verwundert das Schauspiel unter den Mauern. Die Reihen der drei *turmae* lösten sich vollends auf, und so, als ginge ein Sog von ihm aus, strömten immer mehr Soldaten dem Stadttor entgegen. An der Seite des Lehrers schritt Macaros einher.

Der Lehrer riß die Faust hoch und rief mit voll tönender Stimme: »Triumphator!« Hunderte fielen in seinen Ruf ein. Jetzt blieb keiner mehr stehen und zögerte. Das ganze Heer hatte sich in Bewegung gesetzt, um Joacino zu folgen.

»Was hat dieser Mann unterrichtet?« fragte der Feldherr seine *coronela* verblüfft.

»Rhetorik«, entgegnete Ernanda und hatte Mühe, ein Grinsen zu unterdrücken. »Und bevor dir dein Erfolg zu Kopf steigt ... Ich habe ihm zehn Silberdenare dafür gezahlt, daß er deiner Rede an der richtigen Stelle etwas mehr Pathos verleiht.« Sie lächelte jetzt doch. »Schließlich weiß ich, zu welchen Reden du fähig bist.«

Tormos Zunge

In den Bergen südwestlich der Ehernen Pforte,
am 17. Tag des Flutregenmondes, im 458. Jahr der Abwesenheit Gottes

Drei Wochen lang waren Alessandra, Tormo und Orlando durch einsame Bergtäler gewandert und hatten dabei immer wieder die Richtung gewechselt, um etwaige Verfolger zu verwirren. Erst als sie die Hochebenen jenseits von Monte Flora erreichten, entkamen sie dem Regen, der ihnen Tag für Tag die Wanderschaft erschwert hatte. Hier hielten hohe Berge die Wolken zurück, die vom Meer herantrieben. Es war eine trockene, menschenfeindliche Gegend. Die Luft war so dünn, daß man schon nach kurzer Anstrengung kurzatmig wurde.

Auch wenn sie niemanden sahen, hörten sie doch zuweilen schrille Pfiffe. Orlando behauptete, dies sei eine geheime Sprache der Schäfer, die es den Viehhirten erlaubte, sich über die Täler hinweg zu verständigen. Endlich fanden sie mitten in der Ödnis ein verlassenes Bergarbeiterdorf. Ein Steinschlag hatte die Hälfte der Gebäude zerstört. Wie ein Schwalbennest klammerte sich die Siedlung an eine Steilwand, und es gab nur einen einzigen engen Weg, der dort hinaufführte.

Alessandra hatte das Gefühl, daß Orlando den Ort kannte. Das Dorf lag zu gut verborgen und zu weit abseits aller Wege, die durch das Bergland führten, als daß er zufällig darauf gestoßen sein konnte. Auch wenn der Alte ihr gegenüber oft mürrisch war, mochte sie ihn wegen der Art, wie er mit Tormo umging. Doch jetzt, auf dem steilen Weg zum Dorf hinauf, keimte ihr Mißtrauen erneut auf. Wer war Orlando wirklich? Was hatte er zu verbergen?

Sie überquerten eine schmale Steinbrücke, die sich über eine tiefe Felsspalte spannte, und erreichten kurz darauf das Dorf. Die Häuser waren schmucklos aus grobem Bruchstein errichtet. Zum Teil schien man Plattformen aus dem Felsen herausgeschlagen zu haben, um neue Gebäude errichten zu können. Die meisten Hütten waren klein und ineinander verschachtelt, denn es gab nur wenig Platz zum Bauen.

Eine breite Schneise aus Geröll und Felsbrocken lief mitten durch den Ort: die Spur eines Steinschlags, der auf seinem Weg alles niedergepflügt und mit sich über den Rand des Plateaus hinweg in die Tiefe gerissen hatte.

Überall auf dem kleinen Platz im Herzen des Dorfes lag loses Geröll. Orlando blickte sich einen Moment lang suchend um, dann ging er zu einigen Brettern, die auf dem Boden lagen, und schob sie zur Seite. Unter ihnen verbarg sich ein dunkler Schacht. Der Alte hob einen Stein auf und ließ ihn hineinfallen. Tief unten ertönte ein Platschen. Wasser!

Der Klippenwächter nickte zufrieden. »Wir können bleiben. Die Zisterne ist immer noch gefüllt.« Er sah sich suchend um. »Wir treiben sicher irgendwo ein Seil und einen Eimer auf.«

»Warum dieser Ort?« fragte Alessandra und sah sich mißtrauisch um.

»Weil ich ein alter Mann bin und den Winter nicht im Freien verbringen will. Und diesen Platz kenne ich. Das Dorf heißt Gambero. Ich habe hier fast ein Jahr lang in den Minen gearbeitet.« Orlando deutete auf die Schneise, die der Steinschlag geschlagen hatte. »Dort drüben stand das Haus, in dem ich mein Quartier hatte.« Er bedachte sie mit einem zahnlückigen Lächeln. »Ich lebe noch, weil ich an diesem Tag meinen Lohn verhurt habe.«

Das Lächeln des Alten verschwand. »Der Steinschlag verschüttete die beiden ergiebigsten Kupferminen. Etliche Arbeiter wurden in den Stollen eingeschlossen ... Wir hörten ihre Klopfzeichen. Aber es lag zuviel Gestein dazwischen. Es war unmöglich, bis zu ihnen durchzukommen. Dann verstummte das Klopfen irgendwann. Man hatte auch neue Erzminen näher bei Monte Flora entdeckt. Die Überlebenden verließen nach und nach Gambero. Ich ging nach Nantala und bin hierher zurückgekehrt, weil ich wußte, daß man die Siedlung aufgegeben hat. Gambero ist ein guter Ort zum Überwintern.« Er grinste schelmisch. »Hier regnet es nämlich fast nie.«

Tormo kritzelte etwas auf seine Tafel und zeigte sie Orlando. Der Klippenwächter lachte und nickte. »Ja, wir bleiben.«

»Der Ort ist nicht sicher«, widersprach Alessandra. »Wenn der Söldner uns hier aufspürt, sitzen wir wie Mäuse in der Falle. Er muß nur den Pfad hier herauf besetzen, dann kann er uns aushungern.«

»Es gibt noch einen Weg durch eine alte Mine … Alle, die ihn kannten, sind längst gegangen. Wenn irgendwelche Verfolger glauben, sie könnten uns belagern, dann erleben sie eine Überraschung. Habt ihr noch weitere Einwände?«

Alessandra sah Tormo an. Ruhig erwiderte er ihren Blick. Welch schöne Augen er doch hatte! Während der drei Wochen ihrer Flucht war ihm ein Bart gewachsen. Eine kleine graubraune Maus krallte sich darin fest. Sie schien ebenfalls erwartungsvoll zu Alessandra herüberzuschauen. Wo Tormo die Tiere nur immer fand? Als sie in der Regennacht geflohen waren, hatte er keine Maus bei sich gehabt. Aber schon zwei Tage später hatte er eine neue adoptiert. An ihrem Schwanz war ein Lederband befestigt und um Tormos Hals geschlungen, damit sie auf ihm herumklettern konnte. Was fand er an den Tieren? Und was fanden die Tiere an ihm? Offensichtlich fühlten sie sich sehr wohl bei ihm.

»Gut, bleiben wir«, murmelte die Harpunierin.

Orlando führte sie zu einer Hütte, die halb in einer Felsnische verborgen lag. Die Tür hing schief in den Angeln. Es gab nur einen einzigen Raum. Ein grob gezimmerter Tisch und vier Stühle standen in der Mitte der Kammer. Der Tür gegenüber lag ein gemauerter großer Kamin. An den Wänden standen vier Bettgestelle.

»Warum dieses Haus?« fragte Alessandra und legte ihr Bündel auf das Bett, das am nächsten bei der Tür stand.

Orlando deutete auf den Kamin.

»Der Schornstein mündet in eine Felsspalte über uns. Daher entdeckt jemand, der das Dorf vom Fuß des Bergs aus beobachtet, keinerlei verräterischen Rauch. Im übrigen sind wir in dieser Nische bestens geschützt. Sollte noch einmal ein Steinschlag niedergehen, ist dieser Platz sicher.« Orlando zerrte an dem hinteren Bettgestell und zog es näher zum Kamin.

»War dies das Haus der Hure?«

»Welch unpassende Frage an einen alten Mann!« Orlando öffnete sein Bündel. Er hatte Alessandras Maske mitgenommen und hängte sie an einen rostigen Nagel neben dem Kamin. »Ein solches Kunstwerk bringt Glanz auch in die bescheidenste Hütte.«

»Nimm das Ding weg!« herrschte ihn die Waljägerin an. Der bloße Anblick der Maske bereitete ihr Beklemmungen.

Es war Tormo, der sie vom Nagel nahm. Er schlug sie in ein Tuch ein und schob sie unter sein Bett.

»Läßt du uns bitte kurz allein, Junge? Vielleicht kannst du draußen schon Holz für den Kamin sammeln.«

Der Hüne nickte und ging.

»Was soll das alles?« fragte Alessandra.

Orlando kniete nieder und zog die Maske unter Tormos Bett hervor. »Weißt du, Mädchen, jeder von uns kann tun, wonach ihm der Kopf steht, doch dann haben wir einen unangenehmen Winter vor uns. Wir können aber auch versuchen, auf die anderen Rücksicht zu nehmen.«

»Dann laß die Maske, wo sie ist!«

»Du weißt, daß sich Tormo mehr als alles andere wünscht, sich dir verständlich zu machen. Nimm Rücksicht auf ihn!« Der Alte zog eine mit Bienenwachs bezogene Schreibtafel aus seinem Bündel. »Du siehst, ich habe sie nicht weggeworfen.«

»Ich brauch sie nicht!« entgegnete die Waljägerin unwirsch. »Du kannst mir doch sagen, was Tormo von mir will.«

»Manche Botschaften dulden keinen Boten.«

»Was soll das heißen?«

Orlando legte die Schreibtafel auf den staubigen Tisch. »Die Antwort darauf findest du nur mit Hilfe der Wachstafeln. Sie sind Tormos Zunge geworden. Mit niemandem möchte er so dringend *reden* wie mit dir. Wenn du dich ihm verweigerst, dann ist es, als würde ihm zum zweiten Mal die Zunge herausgeschnitten.«

Es war jener erste Winter, der uns lehrte, wie töricht die Hoffnung ist, seinem Schicksal entgehen zu können. Nicht Hunger, sondern Regen bestimmte über Leben und Tod in der PROVINCIA CORNIA. Der Lago di Ansala trat über die Ufer und überflutete die tiefer gelegenen Stadtviertel von Monte Flora und etliche Dörfer der Hochebene. Stunde um Stunde, Tag um Tag fiel Regen. Vorratslager wurden überschwemmt. Die Kanäle quollen über und trugen Fäkalien in die Straßen hinauf. Wasser lief in viele der Kellergewölbe, in denen die Ärmsten lebten. Bald waren Tausende obdachlos dem Regen und der Kälte ausgeliefert. Es war zu dieser Zeit, als die Geschichten vom Atemdieb unter den Elenden in aller Munde kamen, denn der Bluthusten hielt reiche Ernte. Elena, die Mutter Paolitos, kämpfte den ganzen Winter über gegen den Tod. Sie hoffte auf das warme Licht des Frühlings und wurde wie alle anderen enttäuscht. Als selbst am Ende des Blütenmondes der Himmel voller Wolken war und die Sonne sich nicht zeigen wollte, verließ sie die Kraft. Sie starb am dritten Tag des Händlermondes, und Francisco begleitete Paolito, als der Junge seine Mutter ins Beinhaus brachte. Drei Tage lang trauerte Paolito, dann suchte er Trost in seiner neuen Aufgabe. Er nahm am Unterricht der Novizen im CASTRA DEI teil. Am Abend aber war er im Siechenhaus, um zu helfen und den MERCATOR Lucio da Forca zu beobachten, denn der Junge war zum Spitzel des IUDICATORS geworden, und er war nur einer von vielen ...«

SCHWESTER DOLORES,
CHRONIK EINER
VERLORENEN ZEIT, BD. I,
NIEDERGELEGT ZU
CANTAMO IM 539. JAHR
DER ABWESENHEIT
GOTTES

Damno capitis cum comparis

Im Amtszimmer des iudicators *der* provincia cornia,
am 7. Tag des Händlermondes, im 459. Jahr der Abwesenheit Gottes

Francisco hatte zwölf Zeichnungen auf dem Tisch ausgebreitet.
»Erkennst du ihn auf einem der Bilder wieder?«

Arbenga Cano strich sich durch den Bart und betrachtete die
Zeichnungen, eine nach der anderen. Es waren die Porträts von
zwölf ganz unterschiedlichen Männern. Sie wirkten freundlich.
»Wer ist das, Eminenz?« fragte er schließlich, wobei der kalte
Zigarrenstummel in seinem Mundwinkel einen Augenblick lang
bedrohlich wippte.

»Wenn ich dir diese Frage beantworte, muß ich deinen Namen dem *ordo executionis silentii finiti* melden. Die Männer auf
den Bildern sind Todfeinde der Kirche; mehr mußt du nicht wissen. Der Alte in der Hütte der Fischerin, war er einer dieser
Männer?«

Arbenga zögerte eine Weile. Schließlich zeigte er auf das dritte
Bild der zweiten Reihe. »Der hier ... Das könnte er sein. In
Wirklichkeit ist er aber viel älter. Aber diese dunklen Augen, die
Locken ... Das könnte er sein, Eminenz.«

Francisco nahm das Bild und überflog die Notizen auf der
Rückseite. »*Pater* Orlando Mandolo ... Ein begabter Schmied
und Mechaniker ...«

»Das paßt«, unterbrach ihn der Söldner. »Wir haben Schmie-
dewerkzeuge in seiner Hütte gefunden. Und ein paar Hände aus
Eisen.«

»Eiserne Hände?« Der *iudicator* blickte von den Notizen auf.
»Du meinst Panzerhandschuhe.«

»Nein. Es ist schwer zu beschreiben. Es waren Hände aus Eisen, und die Finger hatten mechanische Gelenke ... Sie wirkten
unheimlich.«

»Warum hast du das nicht schon bei deinem ersten Bericht er-

wähnt?« Francisco schob die Zeichnungen zusammen und versuchte ruhig zu bleiben.

»Ich hielt es nicht für wichtig.«

»Natürlich.« Der *iudicator* richtete die Kanten des Papierstapels aus. »Du hast recht. Gibt es Neues über die Fischerin?«

Der Söldner schüttelte den Kopf. »Nein. Sie ist wie vom Erdboden verschluckt. In den Dörfern hat sie niemand gesehen. Ich werde unter den Schäfern Erkundigungen einholen. Die wissen von jedem, der in den Bergen unterwegs ist. Allerdings stehen sie treu zur *corona*. Ich könnte mir aber vorstellen, daß die Eminenza Cosima mit ihren Kontakten zur *corona* . . .«

»Nein!« Für einen Augenblick fühlte sich Francisco versucht, vor Wut mit der Faust auf den Tisch zu schlagen. »Ich vertrete das Recht! Niemals werde ich mit diesen Strauchdieben gemeinsame Sache machen. Erst gestern sind drei dieser Banditen auf meinen Befehl hingerichtet worden. Sie hatten einen Großbauern und dessen ganze Familie ermordet, weil er seine Ernte freiwillig an die Kirche verkauft hatte. Würde ich jetzt mit der *corona* zusammenarbeiten, dann wäre es so, als würde ich auf das Grab dieses Bauern spucken!«

»Wie Ihr wünscht, Eminenz. Es wird eine Weile dauern, bis wir die Fischerin und diesen Schmied finden, aber wir werden sie finden, das verspreche ich Euch.«

»Der Kellermeister wird dir einen Karren mit einem großen Faß Branntwein aushändigen. Du wirst ihn brauchen, um diesen Orlando zurückzubringen.«

Der Söldner hob fragend die Augenbrauen. »Wozu? Wir sind in schwerem Gelände unterwegs. Solch ein Karren hält uns nur auf.«

»Sollte Orlando getötet werden, besteht der *ordo executionis silentii finiti* darauf, daß ihm die Leiche im bestmöglichem Zustand ausgeliefert wird. Du wirst den Toten also in das Branntweinfaß legen. Und wenn du die Fischerin nicht lebend fangen kannst, dann schneid ihr den Kopf ab und leg ihn ebenfalls in das Faß. Ich will Gewißheit über ihren Tod!«

Der Söldner kaute auf dem Zigarrenstummel in seinem Mundwinkel. »Der *ordo executionis* ... Die Soldaten der roten Priester stecken also dahinter? Warum holen sie sich diesen Schmied nicht selbst?«

Francisco erhob sich aus seinem Lehnstuhl. »Meine Befehle werden nicht diskutiert!«

»Selbstverständlich, Eminenz.«

»Du darfst jetzt gehen.«

Der Söldner verneigte sich um ein weniges zu lässig, um respektvoll zu wirken, und verließ das Zimmer.

Endlich allein, trat Francisco an das hohe Lesepult, das am Fenster gegenüber der Tür stand. Es war ein Geschenk des *princeps*, ebenso wie die prächtige Handschrift *res gestae divi aionari*, die auf dem Pult lag. Das Buch war ein Bericht der Taten, die Aionar vollbrachte, während er in Fleisch gekleidet die Welt besuchte, um gegen die Götzen zu streiten und das Licht des Glaubens in die Finsternis zu tragen.

Gewöhnlich fand Francisco rasch seinen inneren Frieden wieder, wenn er in der Handschrift las. Doch heute wollte die Unruhe nicht weichen. Dieser Orlando war ein Verräter am Glauben und seit mehr als fünfundzwanzig Jahren von den höchsten Gerichten der Kirche verurteilt. Er hatte dem *ordo silentii mysteriorum* gedient, dessen rotgewandete Priester man im Volksmund die *Eisheiligen* nannte. Und das, obwohl er dem *ordo mechanici dei* angehörte. In seiner Akte stand fast nichts über diesen rätselhaften Mann. *Damno capitis cum comparis* war der letzte Eintrag. Man hatte die höchste aller Kirchenstrafen über ihn verhängt. Er war zum Tode verurteilt, und alle, die je in seiner Gesellschaft waren, erwartete ebenfalls der Tod. Welchen Frevel hatte der Mann begangen, daß alle sterben mußten, die seinen Weg gekreuzt hatten? Was wußte er? Francisco blickte in die Flamme der Öllampe, die am Lesepult brannte. War auch er, Francisco, ein Frevler? Er sollte den Befehl der Eisheiligen ausführen und nicht nach dem Warum fragen. Seine Neugierde würde ihn am Ende noch auf denselben Weg bringen wie diesen Verräter.

Der *pater* kehrte zum Schreibtisch zurück und überflog noch einmal die knappen Notizen auf der Rückseite der Federzeichnung. Nichts. Nicht die kleinste Bemerkung, aufgrund welchen Verbrechens die Strafe über Orlando verhängt worden war. Es gab nur den ganz allgemeinen Hinweis, er sei ein Verräter und abtrünniger Priester.

Und dieser Mann war nun der Gefährte der Fischerin. Das konnte kein Zufall sein. Was hatte ein solcher Mann in einem Fischerdorf in der fernsten Provinz des Imperiums verloren? Und warum war das Los ausgerechnet auf Nantala gefallen? Dies mußte ein göttlicher Fingerzeig gewesen sein! Eines der Rätsel, mit denen Aionar den Wissenden seinen Willen kundtat. Doch Francisco hatte versagt! Er hatte alle diese Zeichen nicht zu deuten gewußt. Welche Gefahr erwuchs der Kirche aus der Fischerin und dem verräterischen Priester?

Francisco legte das Blatt mit dem Porträt des jungen Orlando in die Mappe zu den anderen Bildern. Gestern abend war er im Archiv des *castrum dei* auf die Dokumente gestoßen, als er alte Unterlagen über die Verbrechen der *corona* gesichtet hatte. Die Akte war falsch abgelegt worden. Sie hätte eigentlich in das Regal mit Unterlagen über Feinde der Kirche gehört. Ein Zeichen? War es höherer Wille, daß er sie fand?

Der *iudicator* hatte sich keine großen Hoffnungen gemacht, als er Arbenga rufen ließ, um ihm die Bilder vorzulegen. Seit mehr als einem halben Jahr gab es keine Spur mehr von Alessandra Paresi, doch vielleicht könnte er sie aufspüren, wenn er mehr über *pater* Orlando herausfand.

Der Priester dachte an die Rote Kammer, das geheime Archiv im Palast des *princeps*. Doch er verwarf den Gedanken sofort wieder. Der Preis, den man zahlen mußte, um die Kammer zu betreten, war zu hoch. Ein Priester des *ordo silentii mysteriorum* wachte dort. Eigentlich wäre Francisco verpflichtet gewesen, den Priester zu informieren, daß er eine Spur des Abtrünnigen entdeckt hatte. Doch dann würde der rote Orden seine Bluthunde schicken und darauf besehen, Alessandra und Orlando allein zu jagen.

Francisco schloß die Akte. Es war ganz allein seine Aufgabe, Alessandra zu stellen. Er dachte an Nantala und die Menschen, die sich dort in der Gemeindehalle versammelt hatten. Sie hatten zu ihm aufgesehen ... Sie waren freundlich zu ihm gewesen, hatten ihn als Gast in ihrer Gemeinde aufgenommen. Er hätte sie alle töten lassen müssen, wären sie nicht ohnehin Opfer der Flutwelle geworden.

Ein Schaudern überlief den *iudicator*, und er trat an die Pfanne mit glühenden Kohlen, die auf einem eisernen Dreifuß neben seinem Schreibtisch stand. Fröstelnd hielt er die Hände über die Glut, blickte aber zum Fenster hinaus in die Ferne.

Damno capitis cum comparis. Was hatte dieser Orlando nur verbrochen, daß man das grausamste aller Kirchenurteile über ihn verhängt hatte?

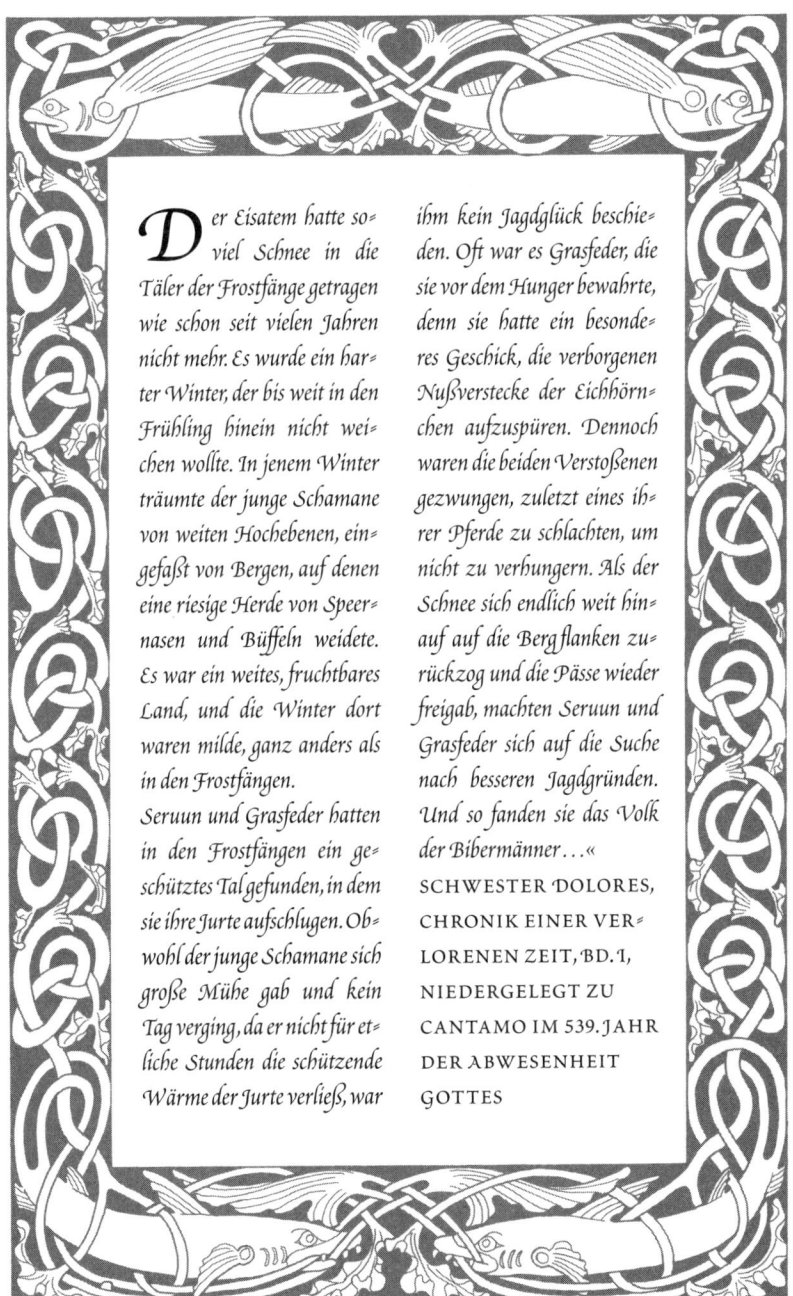

Der Eisatem hatte so=
viel Schnee in die
Täler der Frostfänge getragen
wie schon seit vielen Jahren
nicht mehr. Es wurde ein har=
ter Winter, der bis weit in den
Frühling hinein nicht wei=
chen wollte. In jenem Winter
träumte der junge Schamane
von weiten Hochebenen, ein=
gefaßt von Bergen, auf denen
eine riesige Herde von Speer=
nasen und Büffeln weidete.
Es war ein weites, fruchtbares
Land, und die Winter dort
waren milde, ganz anders als
in den Frostfängen.

Seruun und Grasfeder hatten
in den Frostfängen ein ge=
schütztes Tal gefunden, in dem
sie ihre Jurte aufschlugen. Ob=
wohl der junge Schamane sich
große Mühe gab und kein
Tag verging, da er nicht für et=
liche Stunden die schützende
Wärme der Jurte verließ, war

ihm kein Jagdglück beschie=
den. Oft war es Grasfeder, die
sie vor dem Hunger bewahrte,
denn sie hatte ein besonde=
res Geschick, die verborgenen
Nußverstecke der Eichhörn=
chen aufzuspüren. Dennoch
waren die beiden Verstoßenen
gezwungen, zuletzt eines ih=
rer Pferde zu schlachten, um
nicht zu verhungern. Als der
Schnee sich endlich weit hin=
auf auf die Bergflanken zu=
rückzog und die Pässe wieder
freigab, machten Seruun und
Grasfeder sich auf die Suche
nach besseren Jagdgründen.
Und so fanden sie das Volk
der Bibermänner...«

SCHWESTER DOLORES,
CHRONIK EINER VER=
LORENEN ZEIT, BD. 1,
NIEDERGELEGT ZU
CANTAMO IM 539. JAHR
DER ABWESENHEIT
GOTTES

Das Volk der Bibermänner

Im Tal der Bibermänner, in den Frostfängen,
zu Beginn der Birkenblüte, im Jahr des Regens

Schon seit dem Morgen regnete es, und der abschüssige Waldboden war so rutschig, daß Seruun aus dem Sattel gestiegen war, um Morgenröte am Zügel zu führen. Grasfeder folgte ihm in kurzem Abstand. Sie führte die drei Pferde, die ihnen noch geblieben waren.

Es war kühl unter dem dichten Laubdach des Bergwalds. Die Kiefern standen hier so dicht, daß ihr Geäst kaum noch Tageslicht durchließ. Wie Säulen ragten die speergeraden Stämme auf. Der Waldboden war mit einer dicken Schicht brauner Nadeln bedeckt, die das Geräusch der Hufe dämpfte. Nebelstreifen zogen dicht über dem Boden dahin, und Seruun hatte das Gefühl, die Geister der Berge riefen ihn.

In der Ferne ertönte das Geräusch von Axtschlägen. Dann hörte man, wie mit großem Getöse ein Baum umstürzte. Seruun hob die Hand und gab Grasfeder ein Zeichen, bei den Pferden zu warten. Der Baum war nicht weit entfernt niedergegangen.

Der junge Schamane zog eine Sehne auf seinen Bogen und schlich geduckt den Hang hinab. Bald lichtete sich der Wald. Seruun kam an den Stümpfen gefällter Bäume vorbei. Dünnes Geäst lag überall auf dem Boden verstreut.

Schließlich erreichte er den Rand des Waldes. Von dort aus beobachtete er Männer mit seltsamen Fellmützen, die mit kleinen Handbeilen einen Baumstamm bearbeiteten.

Etwas tiefer im Tal, am Ufer eines langgezogenen Sees, in den ein Fluß mündete, lag das seltsamste Dorf, das Seruun je erblickt hatte. Wie die Zähne eines bergeverschlingenden Wolfs ragten bleiche Baumstämme rings um das Lager schräg aus dem Boden hervor. Ihre Enden waren wie Hörner geformt und wiesen drohend auf jeden, der sich dem Dorf näherte. In vielen Reihen

hintereinander bildeten diese toten Bäume ein Hindernis, das vielleicht sogar Speernasen aufzuhalten vermochte. Ein gewundener Weg führte zwischen den bleichen Stämmen hindurch ins Dorf. Hier gab es keine Jurten, so wie es sich für ein Lager gehörte, sondern merkwürdige Zelte mit spitzen Dächern, die aus Baumrinde zu bestehen schienen und von einem Geflecht ineinander verwobener Äste umgeben waren, wie man es auch benutzte, um die Wände von Jurten abzustützen.

Auch im Dorf hatte man tote Baumstämme errichtet und ihre Spitzen mit seltsamen Fratzen geschmückt. Das ganze Lager erinnerte Seruun an die merkwürdigen Mauern, die Biber errichteten, um das Wasser kleiner Bäche aufzustauen.

Er beobachtete die Siedlung eine Zeitlang und überlegte, ob wohl das Leben am Wasser die Menschen dazu veranlaßte, solch ein seltsames Lager zu errichten. Die Dorfbewohner machten einen friedlichen Eindruck. Beim Ufer gab es Feuergruben, über denen man Fische in den Rauch gehängt hatte. Beim bloßen Anblick dieser Köstlichkeiten lief Seruun das Wasser im Mund zusammen.

Vielleicht ließ sich mit diesen Bibermännern Tauschhandel treiben. Er besaß einige Schneehasenfelle und die Haut des Pferds, das er geschlachtet hatte. Er würde sie gegen Fische und getrocknetes Fleisch eintauschen. Mit etwas Glück bekäme er vielleicht auch ein paar Steinperlchen. Grasfeder liebte es, Lederhemden und Beinlinge mit Mustern aus Perlen zu schmücken.

Der junge Geistertänzer verließ seine Deckung und eilte mit langen Schritten den Berghang hinauf. Grasfeder bestand darauf, daß sie ihre besten Kleider anlegte, als er ihr vom Dorf an dem See erzählte.

Wie dünn sie geworden ist! dachte er, als sie sich das Hemd über die Schultern streifte. Er war kein guter Mann! Seine Liebe hatte sie dazu gebracht, daß sie hungern mußte, bis ihr das Fleisch von den Knochen schmolz. Und dennoch hatte sie sich nie beklagt. Er würde ihr etwas schenken! Einen warmen Mantel aus Fuchsfellen, damit sie nicht frieren mußte, wenn der Eisatem wieder über das Land zog. Doch was hatte er im Tausch für einen solchen Mantel schon zu bieten? Sie konnten auf keines ihrer Pferde verzichten. Zwei Tiere waren kaum genug, um die Jurte und das wenige zu tragen, was sie an Hausrat besaßen. Und die beiden Reitpferde gäbe er niemals auf! Er und Grasfeder, sie waren Windwanderer! Die Letzten, die noch den wahren Namen ihres Volkes führten. Und Windwanderer gingen nicht zu Fuß!

Aber außer den Pferden besaß er nichts von Wert. Nur das Adlerhemd und das Stahlmesser von Gurwan Nudet. Würde der Geist des alten Schamanen ihm zürnen, wenn er das Messer fortgab? Die Waffe war viel mehr wert! Er würde Fleisch und Salz fordern. Vielleicht hatten die Biberleute auch Honig und getrocknete Beeren. Er würde dafür sorgen, daß Grasfeder keinen Hunger mehr litt. Ganz spitz war ihr Gesicht geworden ...

Sie hatte sich umgezogen und blickte zu ihm auf. »Ich bin dürr und unansehnlich wie ein toter Baum.« Grasfeder lächelte bitter. »Nicht gerade ein Mädchen zum Verlieben, nicht wahr.«

»Wie kannst du so von dir reden?« Seruun war ehrlich betroffen. »Meine Liebe zu dir ist wie das Braunwasser, ein mächtiger, niemals versiegender Strom. Ich finde dich noch immer so begehrenswert und wunderschön wie in unserer ersten Nacht. Und das wird sich niemals ändern.«

Ihre Augen strahlten, und plötzlich spielte ein schelmisches Lächeln um ihre Lippen. Ihre Hand fuhr hinab zu einem Baumstumpf, in dem sich brackiges Wasser gesammelt hatte, und mit einer raschen Bewegung spritzte sie ihn naß. »Jetzt siehst du tatsächlich aus wie das Braunwasser«, lachte sie.

Seruun sprang vor, um sie zu packen, doch sie wich hinter einen Kiefernstamm zurück. »Das Braunwasser fließt heute aber träge.«

Seruun versuchte sie zu fangen, doch sie entwischte ihm immer wieder und lief von Baum zu Baum, um neckisch hinter den Stämmen hervorzulugen und ihr Spottlied auf das träge Braunwasser zu singen. Endlich strauchelte sie über eine Wurzel und stürzte der Länge nach auf den weichen Waldboden. Mit einem

Satz war Saruun über ihr. Sein Atem ging keuchend. Er drückte sie zu Boden. »Was habe ich dir getan?«

»Ach, Seruun ... Ich weiß, du liebst mich und hast es gut gemeint. Aber das Braunwasser ist ein träger großer Fluß voller Schlamm. Für mich ist die Liebe wie ein klarer Bach aus den Bergen, der mit hell schäumendem Wasser über Felsen und Klippen hinwegströmt. Lebendig, voller Leidenschaft und manchmal auch voller Gefahr.«

Seruun ließ von Grasfeder ab und hockte sich neben sie. Warum war es nur so schwer, mit Frauen zu reden? Er hatte ihr etwas Liebevolles sagen wollen, um ihre düstere Stimmung zu vertreiben. »Ich habe ...«

Sie fuhr ihm mit der Hand über die Lippen. »Ich weiß, mein Liebster.« Ihre Finger glitten zu seinem Nacken, und sie zog ihn wieder zu sich herab. »Ich freue mich, endlich wieder unter Menschen zu kommen, und habe Sorge, dort mit abfälligen Blicken empfangen zu werden. Kleide mich in deine Liebe, Seruun, und niemand wird mich häßlich finden.«

Der junge Schamane spürte die Wärme ihres Körpers durch sein Lederhemd hindurch.

»Laß uns wild und leidenschaftlich sein«, flüsterte sie und küßte ihn. Ihre Lippen waren warm. Seruun erwiderte ihren Kuß, lange und inbrünstig, und seine Finger waren geübter, als sie hinabgriffen, um die Lederschnüre seiner Hose zu lösen. Sie liebten sich im kalten Regen auf dem Waldboden, als wären sie gerade erst ein Paar geworden.

Das Licht verblaßte bereits über den Baumgipfeln, bis sie sich wieder angezogen hatten, um zum Dorf der Bibermänner aufzubrechen, wie Seruun es nannte.

Die Holzfäller am Waldrand waren verschwunden. Der Geruch von Rauch und von gebratenem Fleisch hing in der Luft. Der Regen hatte aufgehört.

Seruun und Grasfeder hatten sich schon ein ganzes Stück vom Wald entfernt, als im Dorf Rufe laut wurden. Rasch versammelten sich einige Krieger in der Lücke zwischen den Palisaden. Sie trugen lange Speere. Ein hochgewachsener Mann löste sich aus der Gruppe und trat ihnen entgegen. Er trug eine Ledermütze mit einem breiten Pelzrand. »Ich bin Flinker Speer vom Volk der Bibermänner und begrüße euch in unserem Tal.«

Seruun schluckte. Das Volk der Bibermänner! Wie hatte er ihren Namen wissen können, obwohl er nie zuvor von diesem Stamm gehört hatte? Der junge Schamane versuchte, seine Aufregung zu überspielen, und stellte sich und Grasfeder als die Letzten vom Volk der Windwanderer vor.

Seine Worte sorgten für Unruhe unter den Bibermännern. Obwohl sich Seruun streng an die traditionelle Grußformel gehalten hatte, hoben die Krieger ihre Waffen und stellten sich breitbeinig in den Eingang zum Dorf.

»Seruun von den Windwanderern, du bist uns nicht willkommen. Geh deiner Wege und verlaß dieses Tal.« Flinker Speer machte das Zeichen des Geisterbanns.

»Was habe ich euch getan? Ihr müßt euch irren...«

»Krieger der Sturmreiter haben uns besucht, bevor der Eisatem über die Berge zog, und uns vor dir und deinen Taten gewarnt.« Flinker Speer war ein großgewachsener, kräftig gebauter Mann. Er wirkte wie ein erfahrener Jäger und Krieger, doch seine dunkle Stimme hatte einen schrillen Unterton, so als gelinge es ihm nur mit Mühe, seiner Angst Herr zu werden.

»Ich bin ein Geistertänzer. Nach den Gesetzen der Stämme müßt ihr mir für mindestens eine Nacht gestatten, an euren Feuern zu lagern. Mein Weib und ich sind müde und hungrig.« Es ärgerte ihn, den Krieger auf etwas so Selbstverständliches hinweisen zu müssen.

Flinker Speer hob seine Waffe. Die fein behauene Nachtsteinspitze deutete auf Seruuns Brust. »Ich möchte dein Blut nicht vergießen, Seruun von den Windwanderern, aber ich werde es tun, wenn du das Lager meines Volks zu betreten versuchst. Wir wissen, daß die zornigen Geister um dich sind und daß das Unglück dein steter Weggefährte ist. Du hast die Völker der Windwanderer und der Pferdeherren vernichtet. Du wirst nicht auch noch Unglück über meine Leute bringen!«

Zunächst war Seruun nur verwundert über die Ablehnung gewesen, doch jetzt wuchs sein Zorn. »Fürchtest du nicht meine Rache, Bibermann, wenn ich ein so mächtiger Geistertänzer und Stammesvernichter bin?«

»Das tue ich in der Tat, und deshalb bitte ich dich zu gehen und möchte kein unfreundliches Wort mit dir wechseln. Wenn du Vorräte brauchst, so beschenken wir dich gern. Doch wisse, daß wir unter dem Schutz von Steinfaust stehen, in dem der Mösönchin, der Eisherr, stark ist.«

»Wo ist der Geistertänzer deines Volkes? Ich spreche nicht länger mit einem Mann, der Wahrheit nicht von Lüge unterscheiden kann.«

»Der-auf-den-Wipfeln-geht und sein Vertrauter sind während des Eisatems, wie viele andere aus meinem Volk an einem Fieber gestorben.« Der Krieger leckte sich aufgeregt über die Lippen. »Aber glaub nicht, daß wir ohne Schutz sind. Die Geister der Ahnen leben unter uns. Sie werden nicht dulden, daß du uns ein Leid zufügst. Ich lasse Geschenke holen, und du wirst weiterziehen, Seruun von den Windwanderern.«

»Ich nehme keine Almosen, Flinker Speer. Zeig mir den Platz, zu dem ihr eure Toten bringt. Ich werde ihre Geister fliegen lassen. Laßt in der Nacht den Ruf der Bauchsprecher ertönen, damit eure Ahnen zu euch finden und sehen, wie ihr in Schande lebt.«

Der Krieger ließ die Spitze des Speers sinken. »Ich danke dir, Seruun von den Windwanderern. Folge dem Fluß hinauf! Dort findest du eine Lichtung in einem Birkenwald. Dies ist der Platz, an dem die Toten ruhen.«

Der junge Schamane wendete sein Pferd und ritt an den Palisaden vorbei zum Fluß. Als die Bibermänner außer Hörweite waren, lenkte Grasfeder ihr Pferd an seine Seite. »Warum hast du die Geschenke nicht angenommen?«

»Weil ich sie beschämen wollte«, entgegnete Seruun gereizt.

»Wir werden die Nacht mit leerem Bauch verbringen. Stolz macht nicht satt.«

»Meine Ehre währt länger als ein voller Bauch.« Er hieb Morgenröte die Fersen in die Flanken und preschte vorwärts. Grasfeder hatte recht, und trotzdem würde er jederzeit wieder so handeln müssen.

Ob Steinfaust Boten zu allen Völkern in den Frostfängen geschickt hatte? Die Vorstellung, auf immer zum rastlosen Wanderer verurteilt zu sein, machte ihm angst. Keiner konnte ewig ohne den Schutz einer Gemeinschaft leben. Die Wildnis würde ihn und Grasfeder töten, wenn niemand sie aufnahm. Die Zeit des Eisatems hatten sie nur dank der Vorräte überlebt, die sie noch besaßen. Wenn der Schnee in die Berge zurückkehrte, würde er ihnen den Tod bringen.

Die Lichtung im Birkenwald am Fluß war ein unheimlicher Ort. Seruun spürte die Unrast der Geister, die hier gefangen waren. Es war schon dunkel, als sie den Totenplatz erreichten. Ein kleines Feuer brannte, aber sie entdeckten niemanden, der es angefacht hatte. Daneben lag ein Vorrat an trockenem Holz.

Seruun schwang sich aus dem Sattel und blickte sich um. Verwesungsgeruch lag in der Luft. Überall hatte man Baumstümpfe aufgestellt, in die Gesichter hineingeschnitten waren. Der Schamane hatte das Gefühl, daß ihm die hölzernen Augen nachstarrten. Am Rand der Lichtung stand ein hohes Gerüst, das aus starken Stämmen gezimmert war. Seruun hatte so etwas noch nie zuvor gesehen. Wie Blätter einer Blume standen seitlich des Gerüstes hölzerne Plattformen hervor. Darauf lagen die Toten. Das merkwürdige Bauwerk reichte so hoch wie die höchsten Wipfel der Birken. Leitern und schmale Stege führten zu jeder der Plattformen. Seruun spürte, wie die Geister ihn riefen.

Grasfeder trat an seine Seite und griff nach seinem Arm. »Dieser Ort macht mir angst«, flüsterte sie.

Der Geistertänzer strich ihr sanft über das Haar. Es tat ihm leid, daß er so grob zu ihr gesprochen hatte. »Du hast recht, Stolz macht nicht satt. Ich werde in Zukunft auf dich hören.«

»Wollen wir diese Lichtung verlassen?«

Seruun schüttelte den Kopf.

»Hast du denn keine Angst?«

»Nein. Hier stinkt es zwar, und die Holzgesichter sind unheimlich – man hat sie gemacht, um Fremde zu erschrecken.

Aber es gibt keinen Grund zur Furcht, das verspreche ich dir. Im Gegenteil, die Geister-die-nicht-gehen-konnten haben uns voller Unruhe erwartet. Sie waren auch im Dorf, und sie wußten, daß wir kämen. Angst ... Angst habe ich vor dem Eisatem. Ich spüre schon jetzt seinen Hauch auf den Wangen. Er wird Unheil bringen.«

In der Ferne ertönte der dumpfe Klang der Bauchsprecher. Seruun nahm Grasfeder in die Arme und drückte sie stumm an sich. Er wollte ihr so vieles sagen und fand einfach keine Worte dafür. Wie sehr wünschte er sich, ein Herz könne einfach zu einem Herzen sprechen.

»Warte auf mich. Und fürchte dich nicht. Wenigstens die Toten kennen die Gesetze des Gastrechts. Wir sind hier willkommen. Du kannst beruhigt am Feuer schlafen. Die wilden Tiere werden ferngehalten ... und auch jede andere Gefahr.«

Ein leichter Wind kam auf und trug den Leichengeruch von der Lichtung herüber. Birkenblütenstaub rieselte wie Goldstaub auf die Liebenden herab.

Seruun gab Grasfeder noch einen letzten Kuß, dann stieg er die erste Leiter hinauf. Lederne Masken klapperten leise im Wind. Einige der Hölzer des Totengerüsts waren ausgehöhlt, so daß der Wind ein unheimliches Wispern und Raunen verursachte.

Auf der niedrigsten Plattform des Gerüsts lag der Leichnam eines jungen Mädchens. Man hatte sie stramm in Decken gewickelt und ihren Kopf in Rindenstücke eingehüllt, damit die Raben ihr nicht das Gesicht zerhackten.

Seruun legte seine Hand auf die Brust der Toten. Er spürte, daß ihr Knochenkäfig nicht geöffnet worden war. Der Schamane zog das stählerne Messer aus seinem Gürtel und stimmte das Lied des Seelenflugs an.

Fast die ganze Nacht über blieb er auf dem Totengerüst und sang. Dann schritt er zum Flußufer, um sich mit Gras, Sand und Wasser zu reinigen, wie die Rituale der Alten es verlangten.

Es war schon längst hell, als Seruun erwachte. Grasfeder saß am Feuer auf der anderen Seite des Lagerplatzes und lächelte ihn an. Sie deutete zum Rand der Lichtung. Dort hingen auf den Pfählen mit den unheimlichen Gesichtern große Satteltaschen und die Pelze von Schneefüchsen und Wölfen.

»Es waren die Bibermänner. Sie sind im Morgengrauen gekommen und haben alles gebracht. Keiner von ihnen hat ein Wort gesprochen. Die Taschen sind gefüllt mit Trockenfleisch, geräuchertem Fisch und Wildkorn. Sogar Kräuter, Salz und ein kleiner Beutel mit wunderschönen blauen Perlen sind dabei.« Ein Schatten huschte über ihr Gesicht. »Ich habe mir alles angesehen, aber nichts genommen.«

»Ich bin kein Jäger, aber ich bin ein guter Geistertänzer. Die Seelen der Toten sind zu den Ahnen gegangen. Und alles, was dort an den Pfählen hängt, haben wir uns redlich verdient. Die Toten brauchen es nicht. Wir wären dumm, wenn wir es nicht nähmen.«

Er sah Grasfeder an, wie erleichtert sie über seine Entscheidung war. »Ich bereite uns das beste Mahl, das wir seit langem gegessen haben.« Sie zog eine Decke beiseite, unter der Holzschalen, ein Krug mit Wasser und ihr Kupferkessel aufgereiht standen. »Es ist alles vorbereitet.« Sie lächelte. »Ich wußte, daß dein Magen mit mächtigerer Stimme spräche als dein Stolz.«

Grasfeder kam um das Feuer herum und setzte sich dicht an seine Seite. »Es gibt noch eine Nachricht.« Sie nahm seine rechte Hand und legte sie sich auf den Bauch. »Ich habe gestern ein Kind von dir empfangen. Wenn der Eisatem über das Land zieht, wird es geboren werden. Wir werden nicht mehr allein sein.«

Seruun spürte, wie sein Herz einen Satz tat. Er umarmte Grasfeder stürmisch und stieß einen schrillen Freudenschrei aus. Doch während er sie noch in den Armen hielt, erinnerte er sich an die Vorahnungen, die ihn beim Betreten der Lichtung überkommen hatten. Der Eisatem würde Unheil bringen.

Das Taschentuch

Im Amtszimmer des iudicators *der* provincia cornia,
am 23. Tag des Händlermondes, im 459. Jahr der Abwesenheit Gottes

Ärgerlich legte Francisco den Brief zur Seite und trat an das Lesepult. Die Wunde in seiner Seite pochte. Fast ein Jahr war vergangen, seit die Fischerin ihn verletzt hatte, und noch immer wollte das Fleisch nicht heilen. Und jetzt dieser Brief von Arbenga! Er hatte nirgends eine Spur von Alessandra entdeckt. Es war fast so, als habe das Land sie verschluckt.

Francisco schlug die prächtige Handschrift auf, die auf dem Pult lag. Eine handgeschriebene Ausgabe der *res gestae divi aionaris*, der Taten des Gottes Aionar, verfaßt von der Heiligen Sarmantha, der ersten *primarchin* der Kirche. Während er sich an das prächtige Fresko an der Decke des Rauchkabinetts erinnerte, las Francisco noch einmal den Bericht über die Schlacht bei den Feuerpforten. Ohne göttlichen Beistand wären die Ordenstruppen in der Bergwüste verloren gewesen.

Es klopfte. Verärgert über die späte Störung, drehte Francisco den Docht der Öllampe am Pult ein wenig höher und wandte sich der Tür zu. »Herein!«

Ein *pater* in mittleren Jahren mit beginnender Stirnglatze trat ein. Es war ein kleiner Mann mit einem runden, freundlichen Gesicht. Er trug ein Tablett mit einem tönernen Krug und einem einfachen Becher. Francisco erinnerte sich nicht, den Priester je zuvor gesehen zu haben. »Wo ist Bruder Davinius?«

»Du mußt ihn entschuldigen, Bruder. Ein Unwohlsein hat ihn befallen. Ein leichtes Fieber. Dennoch bestand er darauf, dir wie jeden Abend deine Milch zu bringen. Doch seine Hände zitterten so stark, daß ihm das Tablett mit dem Krug dreimal entfiel.« Der Fremde lächelte. »Du weißt, Bruder Davinius kann manchmal sehr dickköpfig sein. Doch nach dem dritten Fehlschlag sah selbst er ein, daß es hoffnungslos ist, dir auch heute, wie an je-

303

dem Abend, mit deiner Milch aufzuwarten. Deshalb bat er mich, ihn zu vertreten.«

»Woher kommst du, Bruder? Ich habe dich noch niemals im *castrum dei* gesehen.«

»Das ist auch schlecht möglich, Bruder *iudicator*. Ich bin erst zu Beginn dieser Woche in Monte Flora eingetroffen. Ich stamme aus Ferrossa in der *provincia falcata*. Man nennt mich Bruder Alonso.«

»Alonso«, wiederholte Francisco und überflog die aufgeschlagene Seite der res *gestae divi aionari*. »Und du bist in Ferrata in den Orden eingetreten?«

Der *pater* blinzelte verwirrt. »So ist es, Bruder *iudicator*.«

Francisco schlug die Handschrift zu und winkte Alonso. »Bring das Tablett hierher zum Pult.«

»Wie du wünschst, Bruder.« Vorsichtig stellte Alonso seine Last auf der leicht geneigten Stellfläche des Pults ab. Dicke Schweißperlen rannen ihm über die Stirn, obwohl es recht kühl im Zimmer war. Seine linke Hand fuhr zum rechten Ärmel.

Das war der Augenblick, da Francisco auf die verborgenen Knöpfe an der Seite des Pults drückte. Ein scharfes Klacken hallte durch das Arbeitszimmer. Alonso taumelte zurück. Die schwarzen Schäfte zweier Stahlbolzen ragten ihm aus dem Bauch. Fassungslos blickte er zu Francisco auf. »Wa... Warum?« Ein Taschentuch entglitt seiner Linken. Er hatte ein Taschentuch aus dem Ärmel ziehen wollen!

Einen Moment lang war Francisco vor Entsetzen gelähmt. Ein Taschentuch! Bei allen Heiligen, wie hatte er sich so irren können? Zweimal hatte die *corona* schon versucht, ihn ermorden zu lassen. Er hatte gedacht, Alonso wolle einen Dolch aus dem Ärmel ziehen.

Endlich fand der *iudicator* die Kraft, an die Seite des Sterbenden zu treten. Er kniete nieder. »Bitte, Bruder ...« In dem vergeblichen Versuch, die Blutung zu stillen, drückte Francisco seine Hände auf die schrecklichen Bauchwunden. Er wollte Alonso um Vergebung bitten, doch dann wurde er sich der selbstsüchtigen Lächerlichkeit einer solchen Bitte bewußt. Alonso würde sterben, weil er es als Fremder gewagt hatte, ihm seine Milch zu bringen.

Die Lippen des *paters* bewegten sich schwach. Zitternd hob er die Hände zur Brust, als versuche er zu beten.

Der *iudicator* beugte sich über ihn, um die letzten Worte des Sterbenden zu hören, als der *pater* einen kurzen Dolch aus dem linken Ärmel zog und ihn Francisco in den Hals stoßen wollte.

Die Klinge streifte den *iudicator* unter dem Kinn, als dieser entsetzt zurückfuhr. Flammender Zorn brannte in den Augen des Sterbenden. Er versuchte den Arm auszustrecken, um sein Opfer doch noch zu erreichen. Plötzlich bäumte er sich auf, und das Messer entfiel seiner Hand. Sein Blick wurde leer. Wächserne Blässe lag auf seinem Antlitz, einer Totenmaske des Hasses.

Der Weg in der Wüste

Im Refektorium des castrum dei von Monte Flora, eine halbe Stunde später

Der *princeps* hatte darauf bestanden, mit ihm ins Refektorium hinabzusteigen. In dem großen Speisesaal des *castrum dei* waren sie allein und unbelauscht.

»Willst du dein Amt aufgeben, Bruder?« fragte der Kirchenfürst mit ruhiger Stimme.

Francisco schüttelte den Kopf. »Dann hätte der Dolch der *corona* sein Ziel erreicht.«

»Hat er sein Ziel nicht ohnehin erreicht?«

Der *iudicator* wich Bernaldinos Blick aus. Er fühlte sich gleichermaßen ärgerlich wie ertappt und beschämt. Er hatte diesen Kampf nicht gesucht! Er verteidigte sein Leben.

»Du hast die verborgenen Bolzen abgeschossen, bevor dieser Alonso nach dem Dolch griff, Bruder. Warum?«

»Er kam mir verdächtig vor«, wich Francisco aus und wußte dabei genau, wie lächerlich seine Worte klangen.

»Und allein der Verdacht verlieh dir das Recht zu einem Todesurteil, *iudicator*?« In der Stimme des Kirchenfürsten lag gleichwohl keine Schärfe.

»Ich hatte ihn noch nie gesehen«, rechtfertigte sich Francisco. »Und sein Name. Er behauptete, er komme aus der *provincia falcata*. Unsere Glaubensbrüder dort wählen stets Namen der Ordenskrieger, die in der Schlacht bei den Feuerpforten gefallen sind, um das Gedenken an unsere toten Brüder zu ehren. Es gab keinen Alonso, der in dieser Schlacht fiel. Die Liste der Toten lag aufgeschlagen vor mir. Jeder Irrtum war ausgeschlossen. Ich wußte also, daß der Mann, der vor mir stand, ein Lügner war.«

»Und Lügen, ist ein todeswürdiges Verbrechen?«

»Nein«, erwiderte Francisco aufgebracht. »Verdreh mir die Worte nicht im Mund. Kam er nicht in mein Amtszimmer mit

einem Dolch im Ärmel? Hat er nicht den Wächter vor meiner Tür getötet und auch Bruder Davinius, der mir die Milch bringen sollte? Welches Unrecht habe ich begangen?«

»Versteh mich nicht falsch, Francisco. Ich verstehe sehr wohl, warum du so gehandelt hast. Ich tadle dich nicht. Und doch muß ich mir die Frage stellen, ob ein Mann, der auf einen bloßen Verdacht hin ein Todesurteil vollstreckt, geeignet ist, *iudicator* zu sein. Du verkörperst die Gerechtigkeit in dieser Provinz.«

»Wer sollte mich tadeln, weil ich einen Mörder tötete, der in meine Kammer schlich?« entgegnete Francisco zornig. Er begriff nicht, worauf Bernaldino hinauswollte. Wenn es dem *princeps* darum ging, ihn von seinem Amt abzulösen, warum sagte er es dann nicht geradeheraus?

»Horch in dich hinein, Bruder, und du wirst die Antwort finden. Hinter Zorn steht stets ein anderes Gefühl. Wäre dies nicht so, könnten meine Worte dich nicht so sehr verärgern.«

»Das nächste Mal warte ich, bis mein Feind mit gezogenem Dolch vor mir steht«, entgegnete der Priester bitter. »Ich bitte dich hiermit darum, daß mich die Ritter des *ordo militis dei* im Umgang mit dem Schwert unterrichten. Ich trage ein Schwert ... Es ist das Zeichen meiner Amtswürde. Ich sollte es auch im Ernstfall führen können.«

»Rät dir dies die Stimme deines Herzens?«

Francisco antwortete nicht.

»Hat man dir im Priesterseminar nicht beigebracht, daß Liebe der Quell aller unserer Entscheidungen sein sollte?«

»Was wirfst du mir vor? Du erwartest von mir Vollkommenheit ... Und gleichzeitig duldest du, daß die *collectorin* Cosima Umgang mit Verbrechern pflegt.«

Der Kirchenfürst seufzte. »Wer sich an denen mißt, die kleiner sind, kann nie zu wahrer Größe gelangen. Im übrigen läßt sich zu Schwester Cosima zumindest sagen, daß sie von ganzem Herzen davon überzeugt ist, den richtigen Weg gewählt zu haben. Bist du dir genauso sicher, was deinen Weg anbelangt?«

»Nein«, erwiderte Francisco verzweifelt. »Wenn du es genau wissen willst, ich sehe keinen Weg vor mir. Ich fühle mich, als sei ich inmitten einer Wüste ausgesetzt worden, die noch kein Mensch vor mir betreten hat. Es gibt nichts als eine endlose Sandebene vor mir. Keinen Berg, keinen Busch, keine Landmarke, die ein Ziel sein könnte. Ich bin es, der den Weg schafft. Der Weg ist die Spur, die ich hinter mir im weichen Sand zurücklasse. Vielleicht wird sie eines Tages einem anderen, der in dieser Wüste ausgesetzt ist, eine Hilfe sein. Und ja, ich leide an der Einsamkeit meines Amtes. Jeden Morgen muß ich mich neu entscheiden, welche Richtung der Tag nehmen soll. Und wenn ich zurückblicke, dann verliert sich sogar der Weg hinter mir schon nach kurzer Strecke in der flirrenden Hitze. Meine einzige Rettung besteht darin, an dem Ort, an dem ich mich befinde, im Einklang mit mir und meinen Idealen zu sein.«

»Und dazu willst du nun lernen, ein Schwert zu führen?«

Francisco blickte den Kirchenfürsten herausfordernd an. »Ja.«

»Du führst dein Amt, um dein Volk zu beschützen, nicht um es zu bekriegen.«

»Wer etwas beschützen will, der muß stark sein. Mit Liebe werde ich die *corona* nicht bezwingen. Im übrigen möchte ich dich daran erinnern, daß ausgerechnet du es warst, der mir das Schreibpult schenkte.«

Bernaldino breitete in hilfloser Geste die Hände aus. »Auch ich bin nicht ohne Fehl, Francisco. Und versteh mich nicht falsch, Bruder. Meine Sorge gilt deiner Seele ... und der Provinz, die man mir anvertraut hat. Hast du nie Angst, in deinem Kampf so zu werden wie jene, die du bekämpfst?«

»Nein«, entgegnete der *iudicator* entschieden. Was dies betraf, so hatte er sich oft geprüft. Der *corona* und auch den *mercatoren* ging es mit ihren Taten stets um persönlichen Vorteil. Sie strebten nach Reichtum und Macht. Beides war für ihn bedeutungslos.

»Mir bereitet noch etwas anderes Sorge, Bruder«, fuhr der Kirchenfürst fort. »Jemand muß den Mörder ins *castrum dei* geführt haben. Als Fremder hätte er ohne Begleitung oder zumindest ein Empfehlungsschreiben die Tore der Festung nicht passieren können. Und woher wußte er von deiner Angewohnheit, jeden Abend einen Krug Milch zu dir zu nehmen? Und seine Soutane ... Wer gab sie ihm? Zwei Knöpfe an dem Gewand sind echte Reliquien. Ich glaube nicht, daß es von irgendeinem Schneider in der Stadt angefertigt wurde.«

»Du meinst, jemand aus unseren eigenen Reihen muß den Mörder unterstützt haben?«

Der *princeps* nickte.

»Ich wüßte ...«

Bernaldino schnitt ihm mit einer herrischen Geste das Wort ab. »Nein, *iudicator, das* ist *nicht* der Weg! Ich will keine Verdächtigungen von dir hören. Bring mir Beweise oder schweig still!«

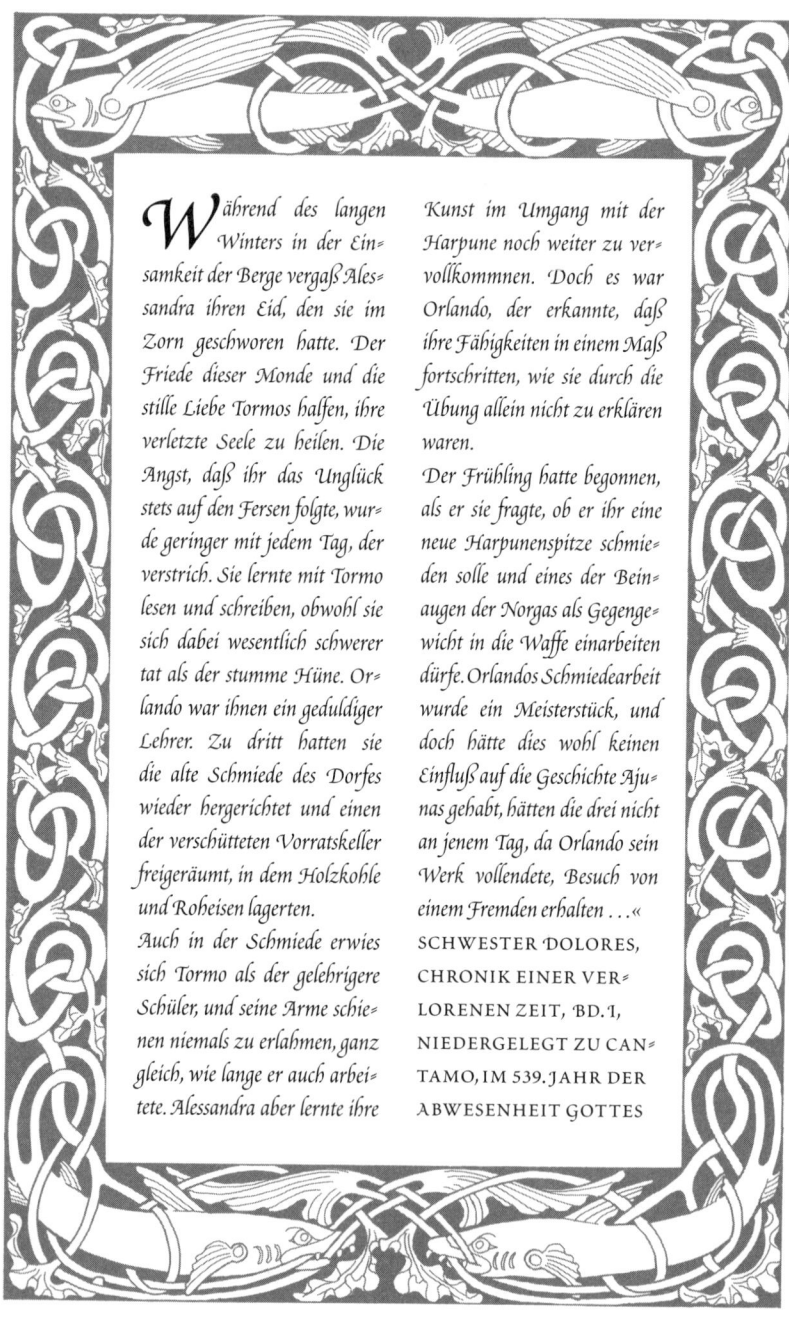

Während des langen Winters in der Einsamkeit der Berge vergaß Alessandra ihren Eid, den sie im Zorn geschworen hatte. Der Friede dieser Monde und die stille Liebe Tormos halfen, ihre verletzte Seele zu heilen. Die Angst, daß ihr das Unglück stets auf den Fersen folgte, wurde geringer mit jedem Tag, der verstrich. Sie lernte mit Tormo lesen und schreiben, obwohl sie sich dabei wesentlich schwerer tat als der stumme Hüne. Orlando war ihnen ein geduldiger Lehrer. Zu dritt hatten sie die alte Schmiede des Dorfes wieder hergerichtet und einen der verschütteten Vorratskeller freigeräumt, in dem Holzkohle und Roheisen lagerten.

Auch in der Schmiede erwies sich Tormo als der gelehrigere Schüler, und seine Arme schienen niemals zu erlahmen, ganz gleich, wie lange er auch arbeitete. Alessandra aber lernte ihre Kunst im Umgang mit der Harpune noch weiter zu vervollkommnen. Doch es war Orlando, der erkannte, daß ihre Fähigkeiten in einem Maß fortschritten, wie sie durch die Übung allein nicht zu erklären waren.

Der Frühling hatte begonnen, als er sie fragte, ob er ihr eine neue Harpunenspitze schmieden solle und eines der Beinaugen der Norgas als Gegengewicht in die Waffe einarbeiten dürfe. Orlandos Schmiedearbeit wurde ein Meisterstück, und doch hätte dies wohl keinen Einfluß auf die Geschichte Ajunas gehabt, hätten die drei nicht an jenem Tag, da Orlando sein Werk vollendete, Besuch von einem Fremden erhalten ...«

SCHWESTER DOLORES, CHRONIK EINER VERLORENEN ZEIT, BD. I, NIEDERGELEGT ZU CANTAMO, IM 539. JAHR DER ABWESENHEIT GOTTES

Der Bittsteller

In der Schmiede von Gambero, am 25. Tag des Händlermondes,
im 459. Jahr der Abwesenheit Gottes

Es war Tormo, der ihn zuerst sah. Mitten im Schlag verharrte plötzlich der schwere Schmiedehammer in Tormos Hand, und der Hüne wies mit einem Knurren zum Dorfplatz hinüber. Dort waren drei Fremde erschienen.

Ihr Anführer war ein kleiner dicker Mann, der auf einem weißen Esel ritt. Obwohl die Sonne hinter den Wolken verborgen war und auch kein Regen drohte, hielt er einen aufgespannten schwarzen Schirm in der Hand. Er wirkte mürrisch und müde. Sein Gesicht war rot und aufgedunsen. Er trug eine schwarze Hose, ein weißes Hemd mit Stehkragen, dazu eine Weste mit Perlmutknöpfen und einen abgewetzten schwarzen Staubmantel.

Seine beiden Gehilfen führten ein Maultier am Zügel, das mit einem Packsattel beladen war. Darauf waren zwei Kisten, ein kleines Faß und einige gewachste Leinenbeutel festgeschnallt.

Auf einen Wink ihres Anführers hin nahmen sie eine Decke und breiteten sie auf dem Boden aus. Einer der beiden Männer hielt sich im Hintergrund, während der zweite eine der Kisten vom Sattel schnallte und Teller aus hellem katauekischem Porzellan auf der Decke ausbreitete und Gläser aus feinem Kristallglas danebenstellte. Die beiden Diener waren hagere Gestalten in abgetragenen Kleidern. Sie schienen Schäfer oder arme Bergbauern zu sein. Um so verblüffender war die Tatsache, daß sie eine Tafel herrichteten, die einem *mercator* zur Ehre gereicht hätte. All dies geschah, ohne daß die drei Fremden ein Wort miteinander wechselten oder auch nur in Richtung der Schmiede blickten.

Schließlich verlor Alessandra die Geduld. Sie griff nach ihrer Harpune, die an der Wand der Schmiede lehnte, und trat hinaus auf den Platz.

»Ihr seid hier nicht willkommen, Fremde! Packt den Kram wieder ein und zieht eurer Wege!«

Der dicke Anführer ließ sich mit einem Seufzer aus dem Sattel seines Esels gleiten und setzte sich auf die Decke. »Du mußt Alessandra Paresi sein«, sagte er, ohne sie anzusehen. Er griff nach einem Glas mit eingelegten Eiern, fischte mit den Fingern darin herum und schob sich dann eines davon in den Mund.

Verblüfft ließ Alessandra ihre Waffe sinken. »Du kennst mich?«

»Ich kenne jeden, der auf meinem Land weilt«, antwortete der Dicke gleichmütig und fischte ein zweites Ei aus dem Glas.

Jetzt erst bemerkte Alessandra die Lederschlinge in der Hand des Mannes, der sich im Hintergrund hielt. Eine Schleuder. In der Schlinge ruhte eine dunkelgraue Bleikugel, fast so groß wie ein Taubenei. Auf so kurze Distanz ein tödliches Geschoß.

»Würdest du mir die Freude erweisen, mit mir zu speisen, Alessandra?« fragte der Dicke. »Natürlich sind deine Gefährten Orlando und Tormo ebenso eingeladen.«

Die Harpunierin war unschlüssig. Der Mann mit der Lederschlinge zeigte nicht die geringste Regung. Stumm und bedrohlich stand er ein Stück hinter seinem Herrn. Auch er vermied es, ihr in die Augen zu blicken, doch Alessandra wußte, daß ihm nichts entging. Wer wohl schneller wäre? Er befand sich eindeutig im Vorteil. Zwei Drehungen aus dem Handgelenk, und die Bleikugel schösse mit tödlicher Zielsicherheit aus der Lederschlinge. Sie hingegen müßte ihre Harpune heben und sich zurückbeugen ... Nein, es gab keinen Zweifel. Der Kerl wäre schneller.

»Wir freuen uns über die Einladung, *honorius*«, vernahm die Walfängerin hinter sich Orlandos Stimme. Der Alte schlenderte an ihr vorbei und ließ sich in aller Seelenruhe auf der Decke nieder. Tormo folgte seinem Beispiel. Offensichtlich hatten beide die Schlinge des Hirten nicht gesehen. Alessandra beschloß, stehenzubleiben und ihren Gefährten Rückendeckung zu geben.

»Wie ich sehe, bist du mit der *corona* vertraut, Orlando«, stellte der Dicke sachlich fest und reichte dem Klippenwächter das Glas mit den Soleiern. »Denn in der Tat, ich bin ein *Ehrenwerter*. Ich bin der *honorius* Juan de Najera, der Beschützer dieses Tals.«

»Ich bin erfreut, dich kennenzulernen.« Orlando nahm ein Ei aus dem Glas und legte es vor sich auf den Teller. »Wir hatten ohnehin vor, dich in nächster Zeit zu besuchen. Es wäre nicht nötig gewesen, dich der Mühe zu unterziehen, auf diesen steilen Felsen zu steigen. Ich bitte um Verzeihung dafür, daß unsere Saumseligkeit dich nun gezwungen hat, daß du dich einer solchen Strapaze unterziehst.«

Alessandra traute ihren Ohren kaum. War dieser glattzüngige Speichellecker noch der Orlando, den sie kannte? Der bärbeißige Alte, der kaum die Zähne auseinanderbekam und jahrelang die Einsamkeit der Klippen gesucht hatte?

Juan de Najera ergriff eine silberne Karaffe und füllte Orlandos Weinglas. »Deine tiefe Einsicht in die Gesetze der Gastfreundschaft läßt mich hoffen, daß du ein ehrenhafter Mann bist und es niemals ertragen kannst, daß eine Schuld nicht vollständig beglichen wird.«

Orlando griff nach dem Kristallglas, schwenkte den Wein darin ein wenig und schnupperte daran. »Eine Köstlichkeit.« Der Alte schnalzte leise mit der Zunge. »Es ist lange her, daß ich so etwas getrunken habe. Doch verzeih meine Frage ... In welcher Schuld stehen wir? Einmal abgesehen von dem versäumten Besuch, für den ich mich noch einmal entschuldigen möchte.«

»Eine einfache Entschuldigung ist hier kaum genug. Neben dem Gebot des Schweigens ist die Ehre das ehernste Gesetz der *corona*. Dadurch, daß ihr mir die Ehre nicht erwiesen habt, mich zu besuchen, habt ihr selbige beschnitten.«

Alessandra glaubte zu bemerken, wie sich der Mann mit der Lederschlinge spannte. Wenn er seine Waffe höbe, würfe sie sich nach vorn. Vielleicht entginge sie so dem Geschoß. Auch Tormo schien etwas bemerkt zu haben. Seine Hand verharrte mitten in der Bewegung über dem Glas mit den Eiern.

»Die Verletzung meiner Ehre«, fuhr Juan fort, »wiegt um so schwerer in Anbetracht der Tatsache, daß ihr unter meinem Schutz steht und ich euch selbstverständlich nicht an die Schergen der Kirche verraten habe, die mich erst vor vier Tagen besuchten.«

Orlando begann so stark zu zittern, daß er etwas von dem Wein aus seinem Glas verschüttete. »Welche Soutanen trugen die Priester?«

In diesem Augenblick blickte Juan zum ersten Mal auf. Seine Augen waren von kaltem Grau. »Welche Rolle spielt das schon? Ich habe ihnen nichts verraten. Nicht einmal für das viele Silber, das sie für euch geboten haben.« Er sah zu Alessandra hinüber. »Die junge Dame genießt einen bemerkenswerten Ruf unter den Pfaffen. Es heißt, sie habe der Kirche den Krieg erklärt. Kühn ... Vielleicht nicht klug. Aber eine Zunge, die dem Verstand vorauseilt, gehört wohl zu den Privilegien der Jugend.«

»Was erwartest du von uns?« fragte Alessandra geradeheraus.

Der Dicke schnalzte mit der Zunge. »So unverblümt fragt man so etwas doch nicht ... Aber da wir diesen Weg nun einmal beschritten haben, sollst du eine offene Antwort erhalten. Hier in den Bergen ist es üblich, daß man seine Schulden mit Blut begleicht. Wer die *corona* bestiehlt, wird mit einem Messerstich in den Hintern bestraft. Ein kleiner Verrat wird mit einem Schnitt ins Gesicht geahndet. Wer seine Schulden nicht bezahlt, der wird stets einmal gemahnt. Ein abgeschnittener Finger wirkt oft Wunder ...«

Die Harpunierin bemerkte, wie sich die Kiefermuskeln des Manns mit der Schleuder spannten. Er wartete auf ein Zeichen.

»Natürlich kann niemand seine Schuld begleichen, wenn man ihm nicht den Preis nennt. Eigentlich ist es eine Kleinigkeit für jemanden, der Norgas harpuniert, Wale, die so riesig sind, daß sie sogar kleineren Schiffen gefährlich werden können. Ich will nur den Kopf eines Bären. Das ist der Preis, den die *corona* von euch fordert.«

Kupferfell

In den Bergen jenseits der Eisernen Pforte, auf einem Hügel
nahe dem Dorf Gelsetta, am Abend des 29. Tages des Händlermondes,
im 459. Jahr der Abwesenheit Gottes

»Er ist so groß wie ein kleines Pferd, das sage ich euch.« Nuno, der alte Schäfer, rollte mit dem einen Auge, das ihm noch geblieben war, und warf ein Scheit in das Feuer, das er im Windschatten eines großen Felsbrockens entfacht hatte. Er sah auf, und sein Blick wanderte über die Herde, die am Hang des Hügels weidete. Einer seiner Hunde patrouillierte ruhelos zwischen den Felsen, während der zweite Hund zu Nunos Füßen lag und sich hinter den Ohren kraulen ließ.

»Hast du den Bären denn jemals gesehen?« fragte Alessandra.

Nuno schnitt sich ein Stück Brot von einem Laib, der in Tuch eingeschlagen neben ihm lag, und kaute bedächtig auf der harten Kruste. Statt zu antworten, schüttelte er nur den Kopf.

Alessandra mußte an sich halten. Nuno antwortete so gut wie nie auf eine Frage. Jedes Gespräch mit ihm zog sich endlos in die Länge. Es war, als spiegle sich dieses unwegsame Land, in dem es nie einen geraden Weg von einem Ort zum anderen gab, in Nunos Art der Unterhaltung.

Auf Orlandos Rat hin hatte Alessandra sich der Bitte des *honorius* Juan de Najera gefügt. Vor zwei Tagen war sie mit Tormo und dem alten Klippenwächter aufgebrochen, um den mächtigen Bären zu stellen, der seit dem Winter unter den Herden der Schäfer wütete.

Im Grunde war es Alessandra ganz recht, das einsame Dorf zu verlassen, in dem sie sich mit ihren Gefährten so lange versteckt gehalten hatte. Während der Wanderschaft über die Berge fühlte sie sich frei. Sie genoß es, den Flug der Adler zu beobachten und nachts am Feuer zu sitzen und auf das Flüstern des Winds zu lauschen. Orlando jedoch fiel dieses Leben immer schwerer. Er war nicht ernsthaft hinfällig, doch seine Kräfte versiegten schnell, wenn sie einen steilen Hang erklommen, und er mußte immer häufiger Pausen einlegen.

»Dein Freund kann gut mit Tieren umgehen«, sagte Nuno. Tormo hatte den ganzen Nachmittag über Kräuter und kräftige Gräser gesucht, um damit ein Lamm zu füttern, das kleiner und gebrechlicher war als die übrigen Jungtiere dieses Frühjahrs. Zuletzt war das Lamm auf seinem Schoß eingeschlafen.

»Der gäbe einen guten Schäfer ab«, sprach Nuno halb zu sich selbst. »Hier oben in den Bergen kommt es nicht darauf an, ob einer reden kann oder nicht. Und für Tiere hat er ein Händchen, soviel ist sicher.«

»Der Bär«, erinnerte Alessandra den alten Schäfer.

Nuno blinzelte ärgerlich. »Ja, der Bär.« Er strich sich über die grauen Stoppeln am Kinn und starrte in die Finsternis am Fuß des Hügels, als fürchte er, das Ungeheuer könne jeden Augenblick hinter einem Felsen hervortreten.

»Der alte Meister Kupferfell ... Er ist im Winter erwacht, und es zwackte ihn im Bauch vor Hunger. So verließ er seine Höhle voller Zorn, mitten in seinen Bärenträumen aufgewacht zu sein. Und Kupferfell ist einer, dessen Hunger nicht leicht zu stillen ist. Er ist kein Jäger, er ist ein Mörder. Wenn er über eine Herde herfällt, dann macht er mit seinen Pranken mehr Tiere nieder, als er fressen kann. Er nimmt sich nur die besten Stücke. Den Rest läßt er als Aas liegen. Und wehe dem Schäfer, der so dumm ist, seine Herde schützen zu wollen! Kein Knüppel und kein Stein vermögen dem alten Kupferfell etwas anzuhaben. Hab's mit eigenen Augen gesehen ...« Nuno schlug das Zeichen des schützenden Mondes.

»Ich dachte, du hast den Bären noch nie erblickt«, hakte Alessandra nach.

»Der junge Galvano war dumm genug, sich Kupferfell in den Weg zu stellen. Schlimme Sache ... Hat den Jungen derartig zerfetzt, daß man ihn nur noch am Ringlein erkennen konnte, das ihm seine Verlobte geschenkt hatte. War nur noch ein Stück rohes Fleisch, der Galvano, als wir ihn gefunden haben ... Und er ist nicht der einzige geblieben.«

Irgendwo in der Wildnis erklang ein einsames Jaulen. Der

Hund zu Nunos Füßen hob den Kopf und blinzelte verschlafen. »Alles gut, mein Feiner«, murmelte der Schäfer. »Das kam von der anderen Seite des Tals. Muß der räudige Kläffer sein, den Rodrigo für einen Hirtenhund hält.«

»Hast du den Bären schon einmal gesehen?« wiederholte Alessandra gereizt ihre Frage.

Nunos Hund sah zu ihr herüber und knurrte leise. »Alles gut, mein Alter. Kann eben nicht zuhören, das Mädchen. Ist nicht wie wir, die wir ein Leben lang dem Wind lauschen. Hat keine Ruhe, das junge Ding. Groß geworden sind wir hier in den Bergen mit Geschichten vom grimmigen Bären Kupferfell. Auch wenn die Kirche das nicht gern hört. Ich erinnere mich noch gut. Wenn meine Mutter mich abends zum Brunnen schickte, um noch einen Eimer Wasser zu holen, sagte sie immer: ›Trödle nicht herum, Nuno, sonst kommt Kupferfell dich holen.‹« Der Alte stockte und schaute hinab ins Tal, wo in der Ferne die Lichter der kleinen Siedlung Gelsetta zu sehen waren. Als er weitersprach, war seine Stimme leiser. »Letzte Woche ist es wahr geworden. Kupferfell hat ein Mädchen gerissen. Sie sollte Wasser holen ... Hat 'nen Umweg gemacht. Wollte wohl mit den jungen Kätzchen bei der Scheune vom alten Juan Nortez spielen. Gibt da 'nen neuen Wurf. Nette schwarzweiße Dinger. Da hat Kupferfell sie geholt.«

Über das Feuer hinweg streckte Nuno Alessandra die gichtkrummen Finger entgegen. Es waren faltige Hände, voller Narben und dunkler Altersflecken. »Fast doppelt so groß wie meine Hand ist die Fährte vom alten Kupferfell. Hab sie gefunden, wo der Bär im Blut von dem Mädchen stand. Elena hieß sie, glaub ich. Naja ... Kupferfells Spur führte über einen Grasstreifen zu den Bergen hinauf. Gibt viel Gras in diesem Frühjahr. Wär ein gutes Jahr für Schäfer, wenn Meister Kupferfell nicht unter den Herden wüten würde.«

»Ich werde den Bären töten«, erklärte Alessandra entschieden. »Du wirst es erleben, Alter.«

Nuno schnitt sich noch einen Kanten Brot ab. »Ja.« Er sah zu ihr auf. Sein blindes Auge schimmerte rötlich im Schein des Feuers. »Gut, daß du das glaubst, Mädchen ... Aber die anderen haben es auch geglaubt.«

»Welche anderen?«

»Kupferfell kommt immer, wenn der Winter besonders lang war«, erklärte Nuno. »Schon mein Vater hat mir von ihm erzählt. Aber er hat ihn nie getroffen. Kupferfell ist anders als die anderen Bären hier in den Bergen. Nimm den Zorn von ihnen allen zusammen, die Hinterlist und den Blutdurst, dann hast du den alten Kupferfell. Hab's immer nur für 'ne Geschichte gehalten, wie man sie sich abends am Feuer erzählt. Eine Geschichte, von der man lernt, wie die Bären so sind ... Aber jetzt ist er da. Die anderen waren genauso sicher wie du, Mädchen. Aber Kupferfell ist nicht dumm. Verdammich, nicht dumm ... Hockt vielleicht hinter einem der Felsen und hört uns zu.«

Alessandra überlegte, ob sie nach ganz etwas anderem fragen sollte, um zu hören, was aus diesen anderen geworden war. Am vernünftigsten wäre es gewesen, sie hätte sich ihre Decke genommen und schlafen gelegt. Morgen würde es ein langer Tag werden. Orlando schlief längst, und auch Tormo, der auf der anderen Seite des Feuers gegen einen Fels gelehnt saß, war eingenickt.

»Ist ein besonderer Bär«, murmelte der Alte vor sich hin. »Mußt immer ein Auge offenhalten, auch in der Nacht. Kommt ans Feuer, fürchtet es nicht. Biegst dir das Messer an ihm krumm, so stark sind seine Muskeln. Muß schon ein ganz Besonderer sein, der Kupferfell erlegt. Hilft nur, den *Ehrenwerten* zu rufen. Mußt ein Feuer machen neben einem toten Baum und ein weißes Tuch in einen Ast binden, dann weiß der *Ehrenwerte*, daß du in Not bist, und schickt Hilfe. Auf ihn kann man sich verlassen, er schickt immer Hilfe.«

»Ich will schlafen.« Alessandra nahm ihre Decke und legte sich neben das Feuer. Der Alte war keine Hilfe. Morgen würde sie tiefer in die Berge hineinwandern und andere Schäfer aufsuchen. Vielleicht hatte die Einsamkeit der Berge ja nicht allen den Verstand verwirrt.

»Sei vorsichtig, Mädchen!« Die Stimme des Schäfers begleitete die Harpunierin in den Schlaf. »Kupferfell ist ein Jäger ... Der mag keine Beute sein. Nimm dich in acht vor ihm.«

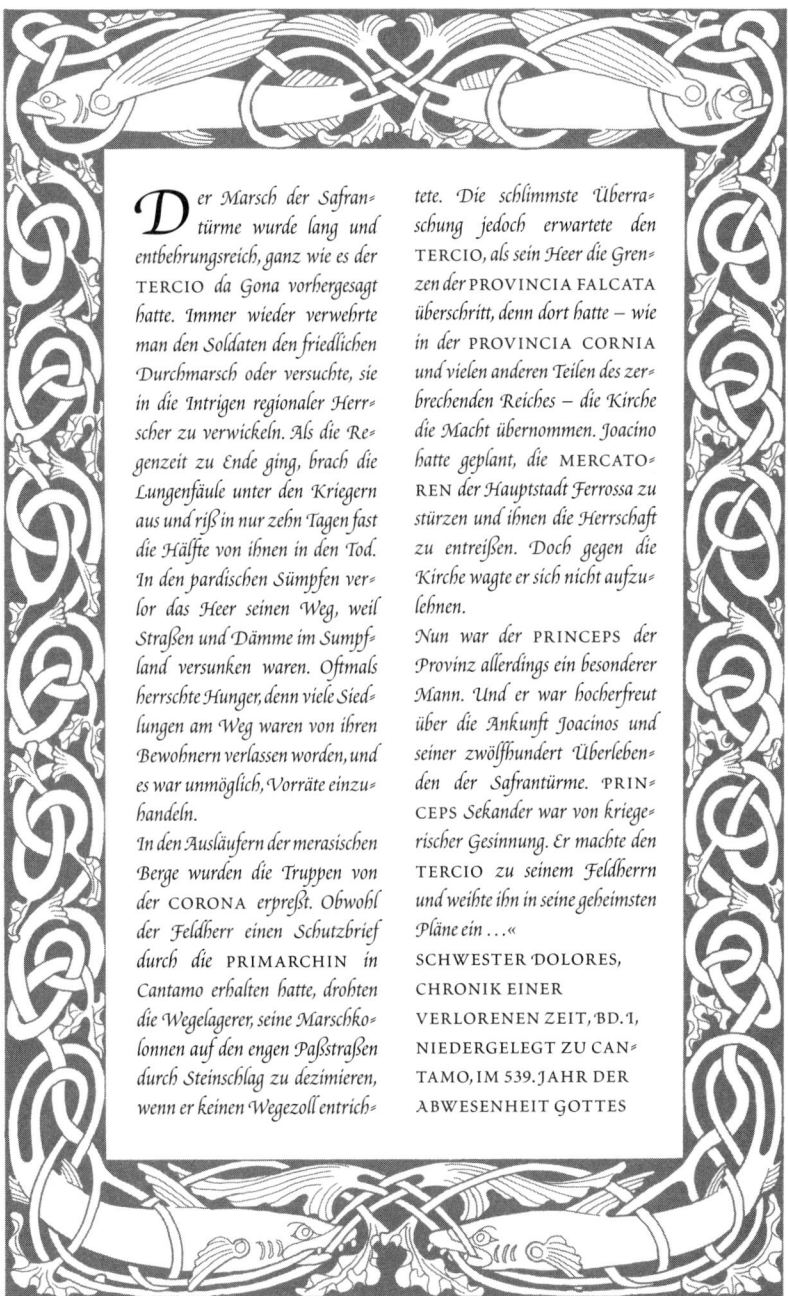

Der Marsch der Safran=
türme wurde lang und
entbehrungsreich, ganz wie es der
TERCIO da Gona vorhergesagt
hatte. Immer wieder verwehrte
man den Soldaten den friedlichen
Durchmarsch oder versuchte, sie
in die Intrigen regionaler Herr=
scher zu verwickeln. Als die Re=
genzeit zu Ende ging, brach die
Lungenfäule unter den Kriegern
aus und riß in nur zehn Tagen fast
die Hälfte von ihnen in den Tod.
In den pardischen Sümpfen ver=
lor das Heer seinen Weg, weil
Straßen und Dämme im Sumpf=
land versunken waren. Oftmals
herrschte Hunger, denn viele Sied=
lungen am Weg waren von ihren
Bewohnern verlassen worden, und
es war unmöglich, Vorräte einzu=
handeln.
In den Ausläufern der merasischen
Berge wurden die Truppen von
der CORONA erpreßt. Obwohl
der Feldherr einen Schutzbrief
durch die PRIMARCHIN in
Cantamo erhalten hatte, drohten
die Wegelagerer, seine Marschko=
lonnen auf den engen Paßstraßen
durch Steinschlag zu dezimieren,
wenn er keinen Wegezoll entrich=

tete. Die schlimmste Überra=
schung jedoch erwartete den
TERCIO, als sein Heer die Gren=
zen der PROVINCIA FALCATA
überschritt, denn dort hatte – wie
in der PROVINCIA CORNIA
und vielen anderen Teilen des zer=
brechenden Reiches – die Kirche
die Macht übernommen. Joacino
hatte geplant, die MERCATO=
REN der Hauptstadt Ferrossa zu
stürzen und ihnen die Herrschaft
zu entreißen. Doch gegen die
Kirche wagte er sich nicht aufzu=
lehnen.
Nun war der PRINCEPS der
Provinz allerdings ein besonderer
Mann. Und er war hocherfreut
über die Ankunft Joacinos und
seiner zwölfhundert Überleben=
den der Safrantürme. PRIN=
CEPS Sekander war von kriege=
rischer Gesinnung. Er machte den
TERCIO zu seinem Feldherrn
und weihte ihn in seine geheimsten
Pläne ein ...«

SCHWESTER DOLORES,
CHRONIK EINER
VERLORENEN ZEIT, BD. I,
NIEDERGELEGT ZU CAN=
TAMO, IM 539. JAHR DER
ABWESENHEIT GOTTES

Der Traum des PRINCEPS

In Ferrossa, in der provincia falcata, *am 9. Tag des Dürremondes, im 459. Jahr der Abwesenheit Gottes*

Man hatte den Überlebenden der Safrantürme ein neues Kasernengebäude am Rande der Stadt zugewiesen. Das Essen war gut, und die Moral der erschöpften Soldaten verbesserte sich mit jedem Tag. Überall sprach man davon, daß sie der stählerne Kern einer neuen Armee werden sollten, und zum ersten Mal seit Monaten behandelte man sie wieder mit Respekt.

Vier Tage waren die Soldaten schon in der Stadt, als der *princeps* Sekander mit großem Gefolge auf dem Kasernenhof erschien, um Joacino und seinen Stab zu einem Ausritt einzuladen.

Statt Beamte und Lakaien fand man in der Umgebung des Kirchenfürsten stets nur Männer mit kriegerischem Gebaren. Sekander war aus den Reihen des *ordo militis dei* hervorgegangen, der die dominierende Macht in der Kirche der Provinz darstellte. Falcata grenzte an die Wüsten der Salamar, und stets von neuem versuchten die Wilden aus den Samen Gottes in die reiche Provinz einzufallen. Seit Jahrhunderten jedoch hatten sie keine große Invasion mehr gewagt, denn das Heer des Imperiums hatte sich als starker Schild erwiesen. Doch nun war dieser Schild zerbrochen, und immer bedrohlicher klangen die Gerüchte über ein großes Bündnis unter den kämpferischen Ketzerfürsten der Salamar.

Als Joacino den Kasernenhof betrat, schwang sich Sekander aus dem Sattel und eilte ihm entgegen, um ihn stürmisch in die Arme zu schließen.

»Heute sollst du das Rückgrat der Provinz sehen, mein Waffenbruder. Aionar hat uns alles im Überfluß geschenkt, was wir benötigen, um uns der Ketzer zu erwehren.«

»Ich danke Euch für Euer Vertrauen, Eminenz«, entgegnete Joacino ein wenig steif. Die überschwengliche Art des Kirchen-

fürsten war ihm fremd. An die Umgangsformen im fernen Süden des Imperiums hatte er sich nie recht gewöhnen können.

»Du reitest an meiner Seite, *tercio*. Folge mir! Und entschuldige meine Eile, doch wer die Geschicke einer Provinz lenken muß, dem bleibt selten Zeit zum Verweilen.«

Der *princeps* schwang sich in den Sattel seines prächtigen, achtzehn Hand hohen Rappen. Die Decke des Tiers war aus einem prächtigen Tigerfell und der Sattel aus gepunztem purpurnem Leder gefertigt.

Sekander trug eine schlichte weiße Soutane wie alle Priester, an der nur der mit Goldlitze bestickte purpurne Stehkragen sein Amt verriet. Ganz entgegen den üblichen Gepflogenheiten eines *princeps* hatte er jedoch ein Schwert um die Hüften gegürtet. Es war eine schlichte Waffe an einem abgewetzten Wehrgehänge, das denen der Ritter seiner Eskorte ähnelte. Die Leibwache war wesentlich prächtiger ausstaffiert als der Kirchenfürst selbst. Die Ordenskrieger trugen polierte Halbrüstungen, die aus einer Brustplatte, Armpanzerung und breiten Metallkacheln bestanden, die die Oberschenkel schützten. Prächtige weiße Umhänge wallten ihnen von den Schultern, und von ihren Lanzen wehten bunte Wimpel, auf die Heiligenbilder eingestickt waren.

Das Kasernengelände lag nahe dem südlichen Stadttor, und bald schon befand sich die Reiterkavalkade auf der breiten Straße, die in die Berge hinaufführte. Es war ein schönes Land. Die Hauptstadt der Provinz lag am Steilufer des Meron, eines schmalen Gebirgsflusses. Vor der Stadt hatte man sein Bett verengt, um dem Strom des Wassers mehr Kraft zu geben. Überall an den Ufern waren Wassermühlen zu sehen, deren Holzräder in die schäumenden Fluten griffen.

Etliche der Mühlen hatten hohe Schornsteine, und aus den Schloten quoll dichter schwarzer Qualm. Selbst hier oben auf dem Höhenpfad roch man noch das Aroma der Holzkohlenfeuer und hörte das ferne Dröhnen schwerer Hämmer.

Der Rauch hatte auch das Antlitz von Ferrossa geprägt. Die meisten Häuser der Stadt waren aus hellem Bruchstein erbaut und trugen breite Giebeldächer mit roten Schindeln. Doch über allem lag ein dunkler Schleier, ja, die ältesten Gebäude wirkten fast schwarz vom Ruß, der sich auf den Mauern abgelagert hatte.

Eine breite Straße verlief an den Mühlen vorbei, auf der Dutzende von Fuhrwerken und Hunderte von Lasttieren verkehrten, die von den Bergen herabkamen. Dort, wo sie ihre Ladungen aufgenommen hatten, klafften die Eingänge von Stollen gleich Mäulern im orangefarbenen Felsgestein. Bäume und Büsche gab es im Tal fast nicht mehr. Die Feuer in den Mühlen hatten längst jede Pflanze verschlungen, die hier je zu wachsen gewagt hatte.

Sekander deutete mit weit ausholender Geste über das Tal. »Dieses Land wurde von Menschen geformt. Es ist nicht mehr schön, doch es ist nützlich. Die Wasserräder betreiben Steinmühlen, in denen das Erz aus den Bergwerken aus taubem Gestein gebrochen und zerkleinert wird. In Meilern verhütten wir das Eisen und gießen es in Barren. Und dort drüben bei den Brücken nahe der Stadt gibt es Werkstätten mit Schmiedehämmern, die so schwer sind, daß drei starke Männer sie nicht heben können. Auch sie werden durch die Kraft der Wasserräder bewegt. Ein ganzes Heer von Waffenschmieden fertigt dort Schwerter, Speerspitzen und Panzerplatten. Eine Stadt wie Ferrossa findest du kein zweites Mal im Imperium. Dies ist das eiserne Herz des Reichs. Jedes zweite Schwert, das deine Männer tragen, wurde vermutlich in einer dieser Schmieden gefertigt. Und das alles wollen uns die Ketzerfürsten der Salamar entreißen. Wer Ferrossa beherrscht, der wird auch über die Zukunft des Imperiums bestimmen.«

»Und was sind die Pläne der Kirche?« fragte Joacino.

Sekander antwortete mit einem breiten Lächeln. Der *princeps* war ein hochgewachsener Mann von stattlicher Figur. Seine Haut war von dunklem Braun, die Augen funkelten schwarz wie die Nacht. Er trug einen kurzgeschorenen Vollbart, was ungewöhnlich war für einen Kirchenfürsten.

»Die Kirche muß sich schützen, mein Freund. Sie ist zur Zeit mein bester Kunde. In allen Provinzen verstärkt man den *ordo militis dei*. Du kennst sicher den Ausspruch Aionars: Frieden hat jener, der stark ist. Wir gehen unsicheren Zeiten entgegen, und die *primarchin* hat beschlossen, daß ihre Kirche stark sein soll.« Der *princeps* wendete sein Pferd und ritt weiter die Straße hinauf.

Da Gona blieb an seiner Seite. Der Gedanke an ein starkes Kirchenheer gefiel ihm nicht. Bisher war die Kirche stets neutral geblieben . . . Jedenfalls seit der Entrückung Aionars.

»Was werdet Ihr mit dem Heer anfangen, Eminenz?«

Sekander lachte. »Was man mit Soldaten so tut. Du bist ein guter Feldherr, also weißt du, was es bedeutet, wenn ich auf den Angriff der Ketzer aus der Salamar warte. Es gibt ein halbes Dutzend Pässe, über die sie in meine Provinz einfallen können. Ich müßte meine Truppen aufteilen, wenn ich sie alle schützen wollte, und wäre geschwächt, wenn der Angriff stattfände. Ich muß dir sicher nicht erzählen, welche Konsequenz sich daraus ergibt, Joacino.«

»Du willst in die Salamar einmarschieren?« Der Feldherr traute seinen Ohren nicht. Ein solches Unternehmen war verrückt. Selbst zu Zeiten der Inkarnation Aionars war die weite Wüste nie gänzlich erobert worden. Noch als der Gott die Welt verließ, kämpften dort Truppen. Verräter, die ins Lager der Heiden überliefen, nachdem Aionar den Menschen die Welt zum Geschenk gemacht hatte. »Seit Macareus ist niemand mehr in die Salamar vorgedrungen. Ihr kennt doch die Geschichte des Feldherrn Macareus, Eminenz! Er wurde mit seinem gesamten Heer von einem Sandsturm verschlungen.«

»Jeder in Falcata kennt Macareus.« Eine steile Falte bildete sich zwischen Sekanders Brauen. »Der Mann verließ sich allzusehr auf seine Führer. Ich bin überzeugt, sie waren schuld an seinem Untergang. Daß seit dreihundert Jahren kein Feldherr es mehr gewagt hat, in die Wüsten vorzudringen, ist unsere beste Waffe. Die Ketzerfürsten rechnen nicht damit, daß wir sie auf ihrem eigenen Gebiet angreifen. Wir werden die verlorene *provincia ultima* am Rand der Wüste zurückerobern und damit einen Schutzriegel vor der *provincia falcata* schaffen. In der verlorenen Provinz gibt es noch die alten Reichsstraßen, die wir als Aufmarschwege benutzen können. Wir haben gute Karten der Gegend, auf der alle Wasserlöcher und Brunnen eingezeichnet sind, das heißt, wir brauchen keine einheimischen Führer.«

Joacino war überrascht. Die Eroberungspläne des *princeps* schienen keineswegs einer spontanen Laune entsprungen zu sein. Er drehte sich zu Ernanda um, die hinter ihnen ritt und wahrscheinlich den größten Teil des Gesprächs mitbekommen hatte. Die *coronela* schüttelte kaum merklich den Kopf. Wenn sie frei hätte reden können, hätte sie vermutlich ihren Lieblingsspruch für solche Gelegenheiten gesagt: »Wir sind tot.« Der *tercio* mußte lächeln. In vielen Dingen war Ernanda sehr berechenbar. Zum Glück hatte sie genug Disziplin, nicht schon in Gegenwart des *princeps* ihre Meinung zu äußern.

»Meine Pläne amüsieren dich, *tercio*?« fragte Sekander spitz.

»Amüsieren ist nicht das rechte Wort, Eminenz ... Sie überraschen mich. Ihr scheint lange darüber nachgedacht zu haben.«

»Seit meiner Kindheit«, bestätigte der Kirchenfürst. »Ihr müßt wissen, daß Macareus einer meiner Vorfahren war. Es ist an der Zeit, die Schande, die er meiner Familie bereitet hat, zu tilgen. Ich habe alles gelesen, was es an bedeutender Literatur über die Kriegskunst gibt. Ich kenne die Schriften des Heiligen Malachias über die Heidenkriege in Belabadangbarad ebenso wie das Handbuch der Reitertruppen von Ktesiphon. Ich bin mir der Probleme der Truppenversorgung ebenso bewußt, wie ich die Angriffsstrategien der Ketzerfürsten aus den Samen Gottes studiert habe. Unsere Invasion wird wohl vorbereitet sein.«

»Nehmen wir also an, wir erobern die *provincia ultima*«, wandte Joacino ein, »wie wollen wir sie halten? Wir müßten unsere Truppen aufsplittern und in Garnisonen legen. Damit schwächen wir sie.«

Sekander bedachte den Feldherrn mit einem spöttischen Lächeln. »Bei allem Respekt vor deinen Leistungen, *tercio*, solltest du dich zunächst einmal mit den Grundlagen eines Wüstenfeldzugs vertraut machen. Die Wüste kann niemand erobern, weil dort niemand leben kann. Es geht um die Oasen. Wer sie kontrolliert, der kontrolliert das ganze Land. Wasser wird der entscheidende Faktor in diesem Krieg sein. Die Ketzerfürsten können keine langen Belagerungen durchführen, weil ihnen die Mittel fehlen, ein Heer mit dem nötigen Wasser zu versorgen. Nur zweimal ist es den Heiden in den letzten Jahrhunderten gelungen, einen befestigten Platz zu erobern. In beiden Fällen war Verrat im Spiel. Das sind keine richtigen Soldaten, gegen die wir kämpfen werden, *tercio*. Es sind Stammeskrieger. Sie haben keine ausreichende Geduld für eine Belagerung. Was nicht heißt, daß sie keine gefährlichen Gegner in einer offenen Feldschlacht sind.«

»Das wißt Ihr aus Erfahrung, nehme ich an, Eminenz.«

»Wie meinst du das, *tercio*? Ich habe in siebzehn Gefechten gegen Räuber aus der Salamar gefochten und sie jedesmal in ihre Wüste zurückgetrieben. Ich wurde achtmal verwundet! Ich weiß, was es bedeutet, im Kampf zu stehen. Ich bin keiner dieser Sesselhocker, die ein Gefecht aus sicherer Ferne beobachten.«

»Ich wollte Euch nicht beleidigen, Eminenz, doch ist es etwas anderes, eine Feldschlacht zu schlagen, als mit den Truppen des *ordo militis dei* eine Räuberbande zu verjagen.«

Sekander hob seine Reitgerte. Einen Moment lang sah es so aus, als wolle er damit zum Schlag ausholen, um Joacino für seine Worte zu züchtigen. »Du hältst mich also für unfähig?« Etwas Lauerndes lag in Sekanders Stimme.

»Das würde ich niemals behaupten«, begann der *tercio* vorsichtig und fragte sich insgeheim, zu welchen Exzessen sich der Kirchenfürst wohl hinreißen ließe, wenn er Sekander offenbart hätte, was er wirklich von ihm hielt. Ein aufgeblasener Priester, der sich einbildete, Soldat spielen zu müssen! »Und doch bleiben meine Bedenken. Ein Feldzug ist etwas anderes als eine Strafexpedition gegen ein paar Strauchdiebe. Ich werde mich Eurer Sache nur anschließen, wenn ich das uneingeschränkte Kommando im Feld führe.«

»Aber den Oberbefehl habe ich dir doch ohnehin zugestanden und versprochen, *tercio*.«

»Uneingeschränkt heißt für mich, daß auch Ihr Euch meinen Entscheidungen fügt, Eminenz. Jedenfalls was die Belange der Kriegsführung betrifft.«

Aus dem Gesicht des Kirchenfürsten wich jegliche Farbe. Seine Augen verengten sich zu schmalen Schlitzen, und wieder war die steile Falte über seinem Nasenbein zu sehen. Doch plötzlich entspannten sich seine Züge, ja, er lächelte sogar. »Du beliebst zu scherzen, *tercio*.«

»Unter meinen Männern bin ich als äußerst humorlos berüchtigt«, entgegnete der Feldherr ruhig. »Ich werde dieses Kommando nur annehmen, wenn Ihr mir die gewünschten Freiheiten gewähren könnt, Eminenz. Ansonsten werde ich mit meinen Truppen Eure Provinz verlassen und einen anderen Soldherrn suchen müssen.«

Sie ritten eine Weile in eisigem Schweigen nebeneinander. Der Weg führte über eine langezogene Hügelkuppe und wand sich dann in Serpentinen einen steilen Hang hinab. Hier verließ die Reiterkavalkade die Straße und hielt auf eine Klamm zu, deren Eingang durch einen Festungsturm gesichert wurde, über dem das Banner des *ordo militis dei* wehte, ein achtstrahliger roter Stern auf weißem Grund.

Mit jedem Augenblick, den das Schweigen währte, wuchsen Joacinos Sorgen. Hätte er nur den Mund gehalten! Hinter Sekanders aufgesetzter Freundlichkeit verbarg sich ein jähzorniger Charakter. Allein Aionar mochte wissen, was sie in dem engen Tal erwartete. Der Feldherr legte sich bereits eine blumige Entschuldigung für seine Frechheiten zurecht, als Sekander das Schweigen brach.

»Du hast einen sehr guten Ruf unter den Kommandanten des ehemaligen Imperiums, Joacino da Gona, und das, obwohl dein Bruder das Unternehmen plante, das zur Vernichtung der imperialen Flotte führte.«

Ich habe gewonnen, schoß es Joacino durch den Kopf. Sekander fügt sich! »Es wäre töricht, einen Mann für die Fehler seines Bruders verantwortlich zu machen«, erwiderte er und hoffte, den richtigen Tonfall zwischen Arroganz und Selbstbewußtsein getroffen zu haben.

»Ich habe erwogen, die Truppen der Jade-, Basalt-, Indigo- und Rubin-*turmae* anzuwerben. Sie alle operieren in einer Entfernung, die es ihren Kommandanten erlaubt, die Verbände binnen zwei Monden in meine Provinz zu führen.«

»Ihr seid erstaunlich gut informiert, Eminenz.«

Der Kirchenfürst hatte zu seiner selbstgefälligen Überheblichkeit zurückgefunden. »Das ist die Kirche immer. Wie sagte Malachias schon: *Deine Truppen sind wie ein Schwert, aber es ist deine Kenntnis über den Feind, die entscheidet, ob diese Waffe mit einem einzigen Stich zu töten vermag.*«

Sie passierten den Festungsturm am Eingang der Klamm. Die Wachmannschaft war angetreten und salutierte vor Sekander. Die Soldaten trugen makellos weiße Umhänge, und ihre Rüstungen glänzten, als seien sie gerade erst poliert worden. Wenn sie so gut kämpfen, wie sie putzen, wird der Orden eine schlachtentscheidende Streitmacht sein, dachte Joacino. Doch abermals behielt er seine Gedanken für sich.

Sekander grüßte die Wachabteilung lässig und gratulierte dem Befehlshaber, den er mit Namen ansprach, zum ausgezeichneten Zustand seiner Truppen.

Es war unübersehbar, daß die Ordensritter ihren *princeps* wie einen lebenden Heiligen verehrten. Vielleicht war der Kirchenfürst ja doch ein fähiger Anführer?

Die Klamm, die sie passierten, erwies sich als so eng, daß nur zwei Reiter nebeneinander Platz fanden. Ihre Steilwände aus rötlichem Fels rückten nach oben immer näher aufeinander zu. So herrschte am Grund der Klamm ein düsteres Zwielicht.

»Ihr wollt also ein Heer von fünfzehntausend Mann aufstellen«, griff Joacino das Gespräch wieder auf.

»Weit gefehlt, *tercio*. Ich bin mir bewußt, daß meinen Feinden nicht verborgen bleiben wird, welche *Farben* sich an ihrer Grenze versammeln. Also werden wir die Anzahl der *turmae* in jedem Kontingent verdoppeln. Zusätzlich hoffe ich noch, dreitausend Mann des Ordens ins Feld führen zu können. Traust du dir zu, so viele Männer zu befehligen, *tercio*?« fragte der Kirchenfürst ohne Häme.

Joacino zögerte einen Augenblick lang. Die Schlachten in der Wüste würden nicht in erster Linie durch die Größe seines Heers entschieden, sondern vor allem dadurch, ob er in der Lage wäre, eine solche Anzahl an Soldaten zu versorgen. *Coronel* Moravio würde sich die Haare raufen, wenn er hörte, was auf ihn zukam.

»Ich nehme das Kommando an, wenn Ihr auf meine Bedingung eingehen wollt, daß ich unangefochten das Kommando führe, Eminenz.«

»So sei es!« Die Klamm öffnete sich zu einem engen Tal, das von hohen Felswänden gesäumt wurde. Dort lag ein Exerzierplatz, von Pferdeställe umgeben. In der Mitte des Platzes waren zwei riesige Tiere angepflockt. Die Kreaturen sahen aus wie häßliche Hühner, nur daß sie mehr als drei Schritt groß waren.

Der Wallach des Feldherrn tänzelte unruhig, und der *tercio* mußte das Tier zwingen, weiter auf die Vögel zuzugehen. »Was, bei den Locken der Heiligen Sarmantha, ist das?«

»Samuçu. Sandläufer. Du hast gewiß schon von ihnen gehört.«

Dunkel erinnerte sich Joacino an Geschichten von riesigen Vögeln, auf denen die Ketzerfürsten in die Schlacht ritten. Bestien, die mit einem Schnabelhieb einen Bronzehelm zerschmettern konnten. Er hatte dies stets für Legenden gehalten.

Ernandas Stute an seiner Seite schnaubte und brach aus. Das Tier war nicht dazu zu bewegen, sich den Vögeln noch weiter zu nähern. Joacino spürte, daß auch sein Wallach in Panik zu geraten drohte. Der Feldherr sprang aus dem Sattel und strich dem Tier beruhigend über die Nüstern. »Still, mein Großer. Sie tun dir nichts.« Dann reichte er einem der Ordensritter aus Sekanders Eskorte die Zügel.

Der Hengst des Kirchenfürsten blieb ganz ruhig. Das Tier schien keine Angst zu kennen. Und sein Reiter ... Der *princeps* lächelte gönnerhaft. »Gerade durftest du eine der Zauberwaffen der Wilden aus den Samen Gottes im Einsatz erleben. Die Pferde können den Geruch der Samuçu nicht ertragen. Ein kleiner Schwarm von ihnen kann einen tollkühnen Kavallerieangriff in eine kopflose Flucht verwandeln, noch bevor der erste Schwerthieb geführt wurde. Pferde flüchten vor den Samuçu. Eine Lektion, die mancher Feldherr, der die Salamar erobern wollte, mit hunderten Toten bezahlte.« Der Kirchenfürst wies zu den langgestreckten Stallgebäuden hinüber. »Wir lassen Reitereinheiten mit den Samuçu zusammen üben, so lange, bis sich die Tiere an den Geruch und das Aussehen der Vögel gewöhnt haben. Panik unter den Reitern zu verbreiten und somit die Flanken eines Heers ihres schützenden Reiterschirms zu entblößen, ist ein klassisches Eröffnungsmanöver der Ketzerfürsten in ihren Schlachten. Doch diesmal werden sie es sein, die eine Überraschung erleben!« Fanatismus und Haß spiegelten sich in Sekanders Augen. »Sie werden für jede Niederlage büßen, die sie uns in der Vergangenheit zugefügt haben.«

Joacino sah gebannt zu den Vögeln hinüber. Sie waren gleichermaßen häßlich wie respekteinflößend. Der gößere von beiden hatte ein weißgraues Kopf- und Brustgefieder. Sein Rücken war von tiefem Schwarz, die Stummelflügel umgab ein Saum aus dunkelblauen Federn. Auch die starken Beine waren mit verschmutztem hellem Gefieder bewachsen, das bis hinab zu den kräftigen Krallen reichte. Um Augen und Schnabel herum war der Kopf des größeren Samuçu kahl und von leuchtend roter Farbe. Die Augen selbst waren dunkel, so wie auch der leicht gekrümmte Schnabel. Das kleiner Tier hatte ein unauffälligeres Federkleid in Brauntönen, durchsetzt mit einigen helleren Flecken. Es ging ein unangenehmer Geruch von den Samuçu aus.

»Mißgeburten, nicht wahr?« bemerkte Sekander, der sein Pferd vorsichtig näher an die Vögel heranführte. »Sie fressen alles, was ihnen vor den Schnabel kommt. Selbst Aas. Die Wilden aus den Samen Gottes sind berüchtigt dafür, daß sie ihre Vögel nach einem siegreichen Gefecht auf dem Schlachtfeld *weiden* lassen.«

»Über wie viele dieser Vögel gebietet Ihr, Eminenz?«

»Über genug, um meine Reiter gegen ihren Schrecken zu wappnen. Der bunte ist ein Männchen. Er hält sich − genauso wie seine Artgenossen − einen richtigen Harem. Hinter den Ställen auf einer Koppel gibt es drei weitere Männchen. Man kann nie mehr als einen von ihnen in einen Vogelreiterschwarm aufnehmen. Wenn diese Biester nämlich in die Mauser kommen, werden sie völlig unberechenbar und hacken mit Schnäbeln und Krallen so lange aufeinander ein, bis der Rivale tot oder verstümmelt ist. Man stelle sich die Auswirkungen vor, wenn dies während eines Feldzugs geschieht!«

»Ihr verfügt also über fünf Samuçu? Können wir noch mehr von den Vögeln aufbieten?«

Der Kirchenfürst sah ihn verwundert an. »Warum? Kein Mann von Ehre zöge es vor, auf einem solchen Vogel zu reiten, wenn er ein Pferd haben könnte. Manche von diesen Ungeheuern haben ihre eigenen Reiter erschlagen.«

»Es soll auch Leute geben, die einen Sturz vom Pferd mit dem Leben bezahlen.«

Sekander lachte. »Gewiß. Aber sie werden von ihren Reittieren nicht auch noch aufgefressen. Vergiß das mit den Vögeln! Man muß sie vom Tag des Schlüpfens an aufziehen, damit sie halbwegs zahm sind. Es würde Jahre dauern, solche Bruten zu züchten, und die Wilden aus der Salamar verkaufen keine Samuçu. Man muß ihre Reiter töten, um an die Tiere zu kommen.«

»Dazu hast du mich ja in Sold genommen«, entgegnete Joacino ernst. Die Tiere faszinierten ihn. Sie waren fleischgewordene Legenden. Niemals hatte man außerhalb der Salamar einen Samuçu gesehen. Sie wären eine todbringende Waffe, wenn man sie richtig einsetzte.

Der Kirchenfürst machte eine wegwerfende Geste. »Sie gehören dir, *tercio*. Erlaub mir, daß ich mich nun zurückziehe. Heute nachmittag muß ich meinen Pflichten als oberster Richter in den Kirchenangelegenheiten der Provinz nachkommen. Seit sieben Monden warte ich schon darauf, daß unsere verehrte *primarchin* Altheia einen *pater* schickt, der sich in der Auslegung des *ius dei* einen Namen gemacht hat und der das ehrwürdige Amt des *indicators* bekleiden kann. Bis Ersatz eintrifft, muß ich dieses Amt selbst ausfüllen. Du siehst, meine zahlreichen Pflichten lassen mir kaum die Zeit, mich meinen wirklichen Neigungen zu widmen. Ich würde mich allerdings freuen, dich zum Abendmahl in meinem Palast begrüßen zu dürfen.« Der *princeps* wendete seinen Hengst, und der Großteil der Eskorte folgte ihm zurück in die Klamm.

Ernanda stieg ab und trat an Joacinos Seite. »Ich weiß, was du denkst. Und meine Antwort lautet nein. Niemals setze ich mich auf eines dieser Riesenhühner! Das wäre doch lächerlich! Sekander hat völlig recht. Warum sollte man sich auf eine dieser stinkenden Mißgeburten setzen, wenn man ein Pferd reiten kann?«

»Du mußt weiter denken als bis zum Feldzug in der Salamar. Diese Vögel sind ein Geschenk, wenn wir eines Tages gegen die Heere der Ehernen Liga kämpfen.«

Die *coronela* musterte die Samuçu, die mißtrauisch zu ihnen herübersahen. »Eines Tages wird so ein Drecksbiest über dir stehen und dir mit seinem Schnabel das letzte bißchen Hirn aus dem Schädel hacken, *tercio*. Das ist die Zukunft, die ich sehe! Und einerlei, was du sagst, ich pilgere lieber barfuß nach Maganta, als mich jemals auf einen solchen verlausten Federhaufen zu setzen!«

Jäger und Opfer

Auf einem Hügelkamm in den Bergen jenseits der Eisernen Pforte,
am 17. Tag des Dürremondes, im 459. Jahr der Abwesenheit Gottes

Alessandra kniete neben dem erloschenen Signalfeuer und fuhr
mit der Hand durch die Asche. Sie war noch warm. Von einem
Ast des Baumes, neben dem es entfacht worden war, flatterte ein
Streifen schmutzigweißen Stoffs. Schon fünfmal hatten sie in den
letzten drei Wochen solche Hilferufe gefunden. Doch sie waren
jedesmal zu spät gekommen. Kupferfell hatte kein festes Revier.
Er wanderte ziellos durch die Berge, und er war schnell. Es war
unmöglich vorherzusagen, wo er das nächste Mal zuschlüge.

Zweimal hatten sie seine Spur gefunden und auf felsigem
Grund wieder verloren. Alessandra war verzweifelt. Es schien
ganz so, als verfolge sie keinen Bären, sondern einen Geist.

Tormo, der ein Stück den Hang hinabgegangen war, winkte
ihr. Sie folgte ihm und ließ Orlando auf dem Hügelkamm zurück. Dem Klippenwächter ging es schlecht. Die lange Jagd hatte
ihn erschöpft. Er wurde immer wortkarger.

»Bleib hier, Orlando. Wir sehen uns ein bißchen in der Gegend um.«

Der Alte nickte müde und nahm einen langen Zug aus dem
Wasserschlauch, den er über der Schulter trug. Obwohl die Sonne
hinter den Wolken verborgen blieb, war es drückend heiß. Das
Hemd klebte ihm am verschwitzten Leib. Er war dürr geworden, und seine Füße waren verschorft vom Marsch durch das
Bergland. Trotzdem weigerte sich der dickköpfige Kerl, Schuhe
zu tragen.

Alessandra stieg den Hang hinab, der übersät war mit rötlichen
Felsbrocken. Als sie Tormo erreichte, stand er über einen Haufen
Tierdung gebeugt, wedelte mit der Hand und vertrieb die Fliegen.
Dann zog er ein Haarknäuel aus dem Kot und warf es Alessandra
vor die Füße. Sein Griffel fuhr über die Schreibtafel. BÄR.

Rings um den Dunghaufen lag Kügelchen von Schafskot. Der Hüne hob eins auf und zerrieb es zwischen den Fingern.

FRISCH, kratzte der Griffel in das Wachs der Schreibtafel.

Beklommen sah sich Alessandra um. Auch der Dung des Bären war noch nicht alt. Am Fuß des Hangs führte ein ausgetrocknetes Bachbett zur Hochebene hinab. Dicht an Tormos Seite stieg sie weiter ab und fand, was sie gesucht hatte: Bärenspuren, die die Fährte der Schafe überlagerten. Die Spur war noch keine zwei Stunden alt. Diesmal würden sie Kupferfell stellen.

Da ertönte ein gellender Schrei. Der Schäfer! Alessandra griff nach den beiden Harpunen und lief los.

Das ausgetrocknete Flußbett war von Steinen übersät, und an den Ufern wuchs dichtes Buschwerk. So kamen sie nur langsam voran. Bald stießen sie auf eine verängstigte Schafherde. Dann auf den Kadaver eines Schäferhunds. Ein Tatzenhieb hatte ihm die Rippen zerschmettert und die linke Seite aufgerissen. Ein Stück weiter lag ein blutiger Schnürschuh. Offenbar war der Hund seinem Herrn zu Hilfe geeilt. Alessandra lehnte eine ihrer Harpunen gegen einen Felsen.

Das Gelände war unübersichtlich. Der Bär konnte nicht weit sein ... Es raschelte in einem nahen Busch. Sie tat einen Satz darauf zu und schreckte lediglich zwei Schafe auf. Die Harpune vorgestreckt, pirschte sie weiter.

Auf den hellen Kieseln des Flußbetts lag ein zerrissenes Hemd. Dicht daneben fand Alessandra Bärenspuren im Sand. Von den Rändern rieselte noch Sand in den tiefen Tatzenabdruck, den das Gewicht des Tiers in den weichen Boden gedrückt hatte. Die Spur war frisch. Der Bär konnte erst vor wenigen Augenblicken hier entlanggekommen sein.

Beunruhigt blickte Alessandra sich um. Sie konnte zwar das Flußbett ein Stück weit einsehen, doch die Ufer waren völlig unübersichtlich. Ihre Harpune würde ihr hier nur wenig nutzen. Sie könnte sie nicht werfen, sondern wäre gezwungen, sie wie eine Lanze zum Stoßen zu benutzen.

Die Fährte des Bären führte zum linken Ufer. Dort irgendwo mußte er sich verstecken. Dann entdeckte sie einen abgeknickten Ast und erkannte die Stelle, wo Kupferfell im Dickicht verschwunden war.

Es war dumm, dem Bären zu folgen. Wie hatte der Hirte Nuno es ausgedrückt? *Kupferfell ist ein Jäger... Der mag keine Beute sein.* Alessandra hatte das Gefühl, daß der Bär auf sie wartete. Unsinn! ermahnte sie sich in Gedanken.

Tormo kam zu ihr herüber und hielt ihr seine Tafel hin.

BESSER HILFE HOLEN

»Wen denn?« entgegnete Alessandra gereizt. »Bis wir einen Trupp Schäfer zusammengestellt haben, ist Kupferfell längst über alle Berge. Ich sehe allein dort nach.« Sie deutete auf das Dickicht. »Du kannst ja hierbleiben, wenn dir der Mut fehlt.«

Tormo strich das Wachs mit dem Griffel glatt und schrieb:

DAS IST DUMM

»Vorgebliche Klugheit ist die beliebteste Ausrede von Feiglingen!« Alessandra bereute die groben Worte augenblicklich, doch sie wußte: Wenn sie dem Bären nicht sofort nachsetzte, dann verließe sie der Mut. Ohne Tormo zu beachten, folgte sie der Spur.

Schweiß perlte ihr von der Stirn und rann ihr in die Augen. Es war drückend heiß. Ein schwerer, betäubender Geruch entströmte den weißen Blüten der Büsche. Blutstropfen auf den Blüten wiesen ihr die Spur.

Ich bin eine Närrin! schalt Alessandra sich. Aber wenn sie den Bären entkommen ließ, würden noch mehr Menschen sterben. Vor drei Tagen erst war sie durch ein Dorf gekommen, wo man zwei kleine Jungen beerdigte, die der Bär in der Abenddämmerung gemordet hatte. Immer wieder kam dieses Ungeheuer in der Dunkelheit in die Dörfer herab, um zu töten. Das mußte ein Ende haben!

Sie stieß gegen etwas Weiches. Ein abgerissener Arm lag vor ihr. Ein Stück weiter hing der zerfetzte Leichnam des Schäfers in einer Astgabel.

Alessandra atmete tief durch. Sie spürte, daß der Bär ganz in der Nähe war. Er wartete auf sie. »Ich bin *auch* keine Beute!« murmelte sie trotzig. In diesem Augenblick teilte sich das Gebüsch neben ihr. Sie fuhr herum. Ein Tatzenhieb fegte ihre Harpune zur Seite. Die Wucht des Schlags schleuderte sie ins Dickicht.

Kupferfell. Der riesige Bär richtete sich vor ihr auf die Hinterbeine auf. Er maß mehr als drei Schritt vom Kopf bis zu den Füßen. Sein Brustkorb war so gewaltig wie eines der großen Ölfässer im Lagerhaus der Harpuniere. Das Fell hatte die mattrote Farbe von altem Kupfer. Schnauze, Brust und Tatzen waren blutverschmiert. Die dunklen kleinen Augen funkelten vor Bösartigkeit. Er stieß einen röhrenden Schrei aus.

Alessandra zog das gekrümmte lange Messer aus ihrem Gürtel. Mit einem Satz war sie auf den Beinen, duckte sich unter einem Hieb der mächtigen Pranken hinweg und rammte Kupferfell das Messer in den Leib. Doch die Klinge glitt an einer seiner Rippen ab.

Sie begriff, daß hier im Dickicht ein Kampf gegen das Ungeheuer aussichtslos war. Hätte sie nur auf Tormo gehört! Sie warf sich zur Seite, um den schnappenden Kiefern auszuweichen, und versuchte zu entkommen. Mit einem ärgerlichen Knurren ließ sich der Bär auf alle viere sinken.

Dünne Äste peitschten der Walfängerin ins Gesicht und rissen an ihren Kleidern. Wurzeln griffen nach ihren Füßen. Hinter sich hörte sie Kupferfell wie eine Urgewalt durch das Dickicht brechen. Sie würde ihm nicht entkommen.

Sie schlug einen Haken und drehte sich dann um. Das Untier sollte sie nicht auf der Flucht erlegen! Ihr Arm schnellte vor. Sie wußte, daß ein Messer ihn nicht zu töten vermochte, doch er würde ein bleibendes Andenken an diese Begegnung behalten.

Die Waffe traf den tobenden Bären dicht unter dem linken Auge und wurde ihr aus der Hand geprellt. Wie sie erwartet hatte, konnte das Messer den Knochen nicht durchdringen, doch es hinterließ es eine tiefe blutige Schramme. Der Bär schnaubte und schüttelte den Kopf. Hilflos wich Alessandra ein Stück zurück. Sie besaß nun keine weitere Waffe mehr.

Kupferfell richtete sich erneut auf, spreizte die Tatzen und kam auf sie zu. Da brach Tormo aus den Büschen und sprang das Ungeheuer an. Die Wucht des Aufpralls brachte den Bären ins

Taumeln. Mit seinem Messer stach Tormo auf die Schultern der Bestie ein.

Kupferfell machte eine Bewegung, die an einen Hund erinnerte, der sich Wasser aus dem Fell schüttelt. Tormo wurde zur Seite geschleudert, kam aber sofort wieder auf die Beine. Mit unartikulierten Schreien versuchte er den Bären von Alessandra abzulenken. Und tatsächlich ließ dieser von der jungen Frau ab und wandte sich Tormo zu.

Der Hüne unterlief Kupferfells Pranken und rammte ihm sein Messer in den Bauch. Im selben Augenblick fuhren jedoch die Tatzen herab. Sie zerfetzten Tormo erst das Hemd und dann die Rückenmuskeln. Wie zwei ungleiche Ringer umklammerten sich Tier und Mensch. Obwohl Tormo von hünenhafter Gestalt war, überragte der Bär ihn bei weitem.

Alessandra hob einen schweren Stein vom Boden auf. Sie mußte etwas tun. Und vor allem durfte Tormo nicht ihretwegen sterben! Tormo, der versucht hatte, sie von diesem Irrsinn abzuhalten!

»Hier, du Scheusal!« Sie sprang hoch und schlug dem Bären mit dem Stein kräftig über die Schnauze. »Dies für alle deine Missetaten!«

Das Ungetüm wandte den Kopf. Tormo glitt zu Boden. Sein Gesicht hatte alle Farbe verloren. Überall war Blut. Die Lippen des Hünen bebten, als wolle er sagen: *Lauf, Alessandra! Lauf!*

Sie mußte den Bären fortlocken. Tormo konnte sich nicht mehr wehren. Sein Messer ragte aus dem Bauch des Bären. Auch Kupferfell blutete jetzt aus vielen Wunden. Doch keine dieser Verletzungen schien tödlich zu sein.

Mit schwankendem Schritt drehte sich der Bär zu Alessandra um. Seine Pranken fuhren durch die Luft. Mit tänzelnden Schritten wich die Harpunierin aus. »Hier, du Mißgeburt!« Sie schleuderte den schweren Stein mit aller Kraft. Das Geschoß traf den Bären an der Stirn. Er stieß ein tiefes Brummen aus und fiel vornüber.

Alessandra drehte sich um und rannte los. Es war nicht mehr weit bis zum Flußbett. Von dort aus konnte sie vielleicht entkommen. Auf jeden Fall mußte sie den Bären von Tormo fortlocken.

Sie ließ das Dickicht hinter sich und sprang die niedrige Böschung hinunter. Auf dem Kies rutschte sie aus und schlug mit dem Knie hart gegen einen Stein. Im selben Augenblick fiel der Schatten des Bären über sie. Niemals hätte sie sich träumen lassen, daß ein Bär so schnell sein konnte. In einer kleinen Lawine aus Sand und Geröll schlitterte er die Böschung herab.

Keine zehn Schritt entfernt lehnte die zweite Harpune an einem Felsen, der aus dem Flußbett ragte. Alessandra sprang auf und rannte, wie sie noch nie zuvor in ihrem Leben gerannt war. Sie brauchte sich nicht umzudrehen, um zu wissen, wie dicht Kupferfell hinter ihr war. Ihr bliebe keine Zeit, mit der Harpune auszuholen.

Sie griff nach der Waffe und zog sich an dem Felsen hinauf. Unmittelbar unter ihr schnappten Kiefer nach ihren Beinen. Entschlossen schob sie die Harpune nach vorn. Ihre Finger verkrallten sich in einer Mulde im Stein, bis sie endlich die Höhe des Felsens erreicht hatte.

Die Krallen des Bären kratzten über den Stein. Konnten Bären klettern? Kupferfell warf sich mit seinem ganzen Gewicht gegen den Felsen und richtete sich auf. Seine breiten Pranken tasteten nach einem Riß im Fels, um sich hochzuziehen.

Alessandra ergriff ihre Harpune. Sie dachte an Tormo. »Stirb!« Mit aller Kraft stieß sie die schwere Waffe hinab. Kupferfell riß das Maul auf, als wolle er die Lanze verschlingen. Sie fuhr ihm tief in den Rachen.

Mit einem wilden Schrei taumelte das Untier zurück. Es versuchte, mit einem Tatzenhieb den Schaft der Harpune zu zersplittern, die ihm aus dem Maul ragte. Blut und Geifer troffen ihm von den Lefzen. Es stürzte und fiel rücklings in den Kies.

Ein Zittern durchlief Kupferfells Körper. Noch immer versuchte er, sich die Harpune aus dem Maul zu reißen, doch seine Bewegungen wurden langsamer, bis sein Kopf schließlich zur Seite rollte und der Glanz in den schwarzen Augen erlosch.

»Herr, vergib mir«, begann Alessandra die rituelle Abbitte an Aionar. »Ich tötete dein Geschöpf ohne Zorn ...« Die Stimme versagte ihr.

Drei Worte
Am Abend desselben Tages

Orlando hatte alles getan, was er zu tun vermochte, und er wußte, wie wenig dies war. Tormos Leben lag nun in der Hand des Abwesenden Gottes. Die Verletzungen, die er erlitten hatte, waren so schwerwiegend, daß man ihn nicht ins nächste Dorf bringen konnte.

Tormo hatte viel Blut verloren, und sein Rücken sah schrecklich aus. Mit einhundertundsiebzehn Stichen hatte Orlando das zerfetzte Fleisch zusammengeflickt.

»Er hat den Bären angegriffen. Mit nichts als einem Messer in der Hand.« Alessandras Stimme klang heiser. Sie hatte die Äste der Büsche über Tormos Lager zusammengebunden und dünne Zweige hineingewoben, damit er an einem schattigen Platz ruhte. Dann war sie Orlando zur Hand gegangen, hatte Wasser gesucht und geholfen, die Fasern des zerrissenen Hemds aus Tormos Wunden zu zupfen. Während der ganzen Zeit hatte sie kein Wort gesprochen.

»Du wirst ihn heilen, nicht wahr?«

»Sein Leben liegt in Aionars Hand. Ich kann nichts mehr für ihn tun. Das Blut trägt unser Leben ... Er hat sehr viel Blut verloren.« Der Klippenwärter hob in hilfloser Geste die Hände. Er war nie als Heiler ausgebildet worden. Seine Weisheit bezog er aus Büchern und aus Gesprächen mit Glaubensbrüdern, die sich in diesem Geschäft besser auskannten. In der Minenstadt hatte er sich ein paarmal als Heiler betätigt. Er hatte es aus Mitleid getan, denn nach dem Unglück gab es dort keine Heilkundigen mehr. Danach waren sie immer wieder zu ihm gekommen. Orlando hatte diese Arbeit gehaßt! Er war nicht dazu geschaffen, am Bett eines Sterbenden zu wachen. Nicht der Kampf mit dem Tod zermürbte ihn, es waren die Lebenden, die bei ihm standen und bis

zuletzt auf ein Wunder hofften. Ihre Enttäuschung konnte er nicht ertragen. Deshalb hatte er vor langer Zeit geschworen, sich die Last des Heilens nie wieder auf die Schultern zu bürden.

Orlando lächelte matt. Nicht der einzige Eid, den er in seinem Leben gebrochen hatte!

»Er wird durchkommen, nicht wahr?« fragte Alessandra erneut. Offenbar hatte sie sein Lächeln bemerkt und falsch gedeutet.

Der Alte betrachtete den Kranken. Er lag auf dem Bauch, Rücken und Schultern waren mit einem Verband aus zerrissenem Stoff versehen. Orlando hatte ihn so straff wie möglich angelegt, um die gebrochenen Rippen zu stützen. Im Nacken und um die Hüften war das fahle Fleisch zu sehen. Wenn Orlando die Hand darauf legte, fühlte sich die Haut kalt an. Die Wärme des Lebens wich aus den Körper. Sie mußten ein Feuer entfachen! Das würde helfen.

»Er hat einen einsamen Kampf vor sich«, murmelte Orlando, als er bemerkte, daß Alessandra noch immer sehnlich auf eine Antwort wartete.

»Wie kann ich ihm helfen?«

Der Alte hatte Mühe, seinen Zorn zu unterdrücken und ihr nicht offen ins Gesicht zu sagen, was er von ihr hielt. Sie hatte sich wenig Mühe gegeben, lesen und schreiben zu lernen. Ihre Fortschritte waren mäßig, und sie schrieb nur selten auf ihrer Tafel. Er wußte, wie sehr Tormo darauf gehofft hatte, ihr seine Gefühle mitteilen zu können. Doch dem war Alessandra stets ausgewichen.

Orlando musterte sie, wie sie hinter dem Kranken kauerte. Mit verschlossenem Gesicht, das Kinn vorgereckt, jedes Gefühl unterdrückend. Sie hatte ihre Hose und ihr Hemd zerrissen, um daraus Verbände für Tormo zu machen. Jetzt trug sie nur ein Tuch um die Hüften und ihre schweren Seemannsstiefel. Sie sah zum Erschrecken aus. Ihr Körper war mit Prellungen und Schürfwunden übersät. Blutverkrustete Striemen zeichneten ihr Gesicht. Die Knospen ihrer festen kleinen Brüste waren steif aufgerichtet. Ein scharfer Geruch von Schweiß und Moschus ging von ihr aus.

Wer war das Ungeheuer? Der Bär oder sie, die den Bären bezwungen hatte? So, wie sie aussah, schien alles Menschliche von ihr abgefallen zu sein. Ja, zum Fürchten war sie. In alten Zeiten, bevor Aionar das Licht des wahren Glaubens in die Welt getragen hatte, hätten die Menschen sich einen der grausamen Waldgeister so vorgestellt. Eine Jägerin, die mit dem Wind über die Berge eilte und deren Speer sein Ziel niemals verfehlte.

Orlando bemerkte verstört, daß er heimlich das Zeichen des schützenden Halbmonds geschlagen hatte. Fürchtete er sie? Aionar hat die Geisterwesen, Götzen und Ungeheuer aus der Welt verbannt! tadelte sich der ehemalige Priester. Er sollte seine Gedanken ordnen und nicht über abergläubischem Unsinn brüten!

Alessandra legte Tormo die Hände auf die Schultern. Es war eine zögernde, zärtliche Geste, die so gar nicht zu ihrem kriegerischen Äußeren paßte. »Meinst du, er spürt es, wenn ich bei ihm bin? Kann er Kraft daraus ziehen?«

Angesichts dieser hilflosen Geste verrauchte Orlandos Zorn. Was war sie nur für ein Mensch? Sie hatte zu töten gelernt, und man fürchtete sie. Aber in den einfachen Dingen des Lebens verhielt sie sich wie ein verschüchtertes, zurückgewiesenes Kind.

»Das mag ihm helfen . . .« Er zögerte. War es klug, wenn er sie zurückwies, kaum daß sie den Panzer der Unnahbarkeit für einen Augenblick abgestreift hatte? Doch es ging schließlich um Tormos Leben!

»Was er noch dringender braucht, sind ein Feuer, eine warme Decke und kräftiges Essen. Geh ins nächste Dorf! Das schaffst du schneller als ich. Und nach deiner Rückkehr bleib an seiner Seite. Mehr als jeder andere hast du die Macht, Tormo zu heilen.«

Sie nickte, die Lippen zu einem schmalen Strich zusammengepreßt. Ganz offensichtlich hatte sie Mühe, die Tränen zurückzuhalten. »Läßt du mich für einen Augenblick allein mit ihm?«

Orlando stand auf und schritt zum trockenen Flußbett hinunter. An einer tiefen Stelle bei einem großen Felsen räumte er Kies und Gestein zur Seite und begann im feinen weißen Sand zu graben. Er hatte einmal gelesen, daß man auf diese Weise Wasser fände, doch er wurde enttäuscht.

Als Alessandra zu ihm trat, kauerte er niedergeschlagen neben der Mulde, die er gegraben hatte. Sein Mund war trocken. Das letzte Wasser aus seinem Lederschlauch hatte er verbraucht, um Tormos Wunden zu säubern.

»Ich habe ein Feuer für ihn gemacht«, erklärte die Harpunierin knapp. »Ich bin schnell zurück ...« Plötzlich wirkte sie verlegen. Ihre Züge waren weicher geworden, fast mädchenhaft. »Ich habe eine Nachricht für Tormo zurückgelassen ... Wenn er aufwacht, sorg bitte dafür, daß er sie liest.«

Orlando nickte. »Du kannst dich auf mich verlassen.«

Alessandra wirkte erleichtert. Mit weit ausholenden Schritten eilte sie das Bachbett hinauf. Kupferfells Kopf hatte sie auf ihrer Harpune aufgespießt und trug die Trophäe wie ein Feldzeichen vor sich her. Orlando erschauerte, als er ihr nachsah. Sie war wie die Götzen, die die Heiden angebetet hatten. Eine fleischgewordene Naturgewalt. Welch ketzerischer Gedanke! Beunruhigt wandte sich der Priester ab, erklomm das Ufer und bahnte sich einen Weg durch den Buschstreifen.

Ganz nahe am Lager des Kranken brannte ein mit Steinen eingefaßtes kleines Feuer. Orlando kniete nieder und strich Tormo über den Nacken. Die Haut fühlte sich noch immer kalt an. Der Atem ging flach und unregelmäßig.

»War es das wert, Junge?« Orlandos Blick fiel auf die kleine Holzkladde mit den Wachstafeln, die er für Alessandra gemacht hatte. Sie lag neben Tormo im Sand. Sollte er? Einst hatte seine Neugierde ihm das Todesurteil durch die Roten Priester eingebracht ... Neugierde, das war sein Fluch. Sie hatte ihn dazu getrieben, einen Weg in die Rote Kammer von Gondallo zu suchen, das verborgenste aller Kirchenarchive. Er wußte, welches Geheimnis der Rote Orden so eifersüchtig hütete. Welchen Schrecken die Vergangenheit barg und welches Gespinst von Lügen die Kirche gesponnen hatte. Dieses Wissen hatte sein Leben zerstört, und doch vermochte er seine Neugier bis heute nicht zu meistern.

Orlando nahm die Kladde und schlug sie auf. In zittrigen Buchstaben war die Nachricht an Tormo in das weiche Wachs gegraben. Sie wird nie richtig schreiben lernen, dachte der Priester und versuchte, den süßen Schmerz zu verdrängen, der ihm in die Brust stieg. Die Kehle wurde ihm eng. Hastig schlug er die Kladde zu. Wieder einmal hatte ihn seine Neugierde noch einsamer gemacht. Er selbst hatte nie einen solchen Brief erhalten.

»Was heißt hier Brief?« murmelte er ärgerlich vor sich hin. »Drei Worte machen noch keinen Brief aus. Das ist doch nur ...« Er seufzte und fühlte sich in diesem Moment seltsam erleichtert. Es war sein Verdienst, daß die Worte geschrieben worden waren. Dieser Gedanke linderte seine Wehmut ein wenig. Noch einmal nahm er die Kladde zur Hand und betrachtete lange den krakeligen Schriftzug.

ICH LIEHBE DICH

Das Faß

Auf dem Hof des castrum dei *in Monte Flora,*
am 23. Tag des Dürremondes, im 459. Jahr der Abwesenheit Gottes

Knirschend schrammte die Klinge über Franciscos Brustplatte.
Die Wucht des Treffers brachte den *iudicator* aus dem Gleichge-
wicht. Mit einem ausgreifenden Schritt setzte der Gegner nach.
Die Spitze des Rapiers berührte Franciscos ungeschützte Kehle.

Er öffnete den Kinnriemen seines Helms. Am liebsten hätte er
das schwere Ding einfach in den Sand des Übungshofs geworfen,
während sein Fechtmeister, Bruder Juliano, respektvoll einen
Schritt zurücktrat und das Rapier in die Scheide schob.

»Von deiner Balance abgesehen war das gar nicht schlecht, ver-
ehrter Bruder.«

»Ja, ja. Als Greis mit einer offenen Wunde unter den Rippen
bin ich geradezu ein Fechtwunder ... Aber was nutzt das, wenn
mich jeder dahergelaufene Strauchdieb abstechen kann?«

»Mit Verlaub Bruder, ich habe fünf Jahre an der Ordensschule
in Cantamo gelehrt. Vertrau mir! Wenn du mehr auf deine Bein-
arbeit achtest, werden dir deine Reflexe einen ganz passablen
Vorteil gegenüber den meisten Gegnern verschaffen.«

Ein junger *novize* trat heran und reichte Francisco einen Becher mit Essigwasser. Dieser nahm einen langen Zug aus dem
Becher, legte den Kopf in den Nacken und sah zum Himmel
hinauf. Obwohl es drückend heiß war, zeigte sich die Sonne
nicht. Grauweiße Wolken zogen über den Himmel, so dicht,
daß nicht das kleinste Fleckchen Blau zu sehen war.

»Bruder *iudicator*!« Ein Ordenskrieger eilte mit langen Schritten über den Platz. »Bruder *iudicator*, ein Wagen erwartet dich am
Tor. Sie sagen, es sei dringend!«

Francisco hob die Arme, damit der *novize* die Lederschnallen
des schweren Kürasses lösen konnte. »Ein Wagen?«

»Ein schweres Fuhrwerk mit einem großen Faß darauf.«

343

Endlich! Francisco hatte sich schon gewundert, warum er seit über einer Woche nichts mehr von Arbenga gehört hatte.

Der junge Priesterschüler hob ungeschickt den schweren Brustpanzer über Franciscos Kopf. »Verzeiht, Bruder.«

»Vergiß es!« Endlich hatte sich sein sehnlichster Wunsch erfüllt! Bald würde Aionar das Leichentuch aus Wolken vom Himmel ziehen. Die Ketzerin war tot!

Am liebsten wäre Francisco über den Hof geeilt wie ein Priesterschüler, der sein erstes Stelldichein hatte. Auch wenn er nicht lief, schritt der *iudicator* doch in einer Hast zum Tor, die kaum mit der Würde seines Amtes vereinbar war.

Mehrere Krieger des *ordo militis dei* hatten das schwere Fuhrwerk umringt. Der Kommandant der Wache trat Francisco in den Weg. »Bruder *iudicator*, hier geht nicht alles mit rechten Dingen zu. Ich muß dich bitten, sicheren Abstand zu dem Fuhrwerk zu halten.«

»Warum?«

»Der Kutscher ist, kurz bevor er das Tor erreichte, vom Bock gesprungen und fortgelaufen. Wir konnten ihn leider nicht fassen. Wenn du mich fragst ...«

»Ich frage dich aber nicht, Bruder! Behindere mich nicht in der Ausübung meines Amtes!« Francisco erkannte den Wagen wieder, den er Arbenga zur Verfügung gestellt hatte. Er kletterte auf die Ladefläche.

Das Branntweinfaß reichte ihm bis zur Brust. Es stand aufrecht und war mit starken Seilen gesichert, damit es auf der Ladefläche nicht verrutschen konnte. Das Faß war unzweifelhaft geöffnet worden. Man hatte einen neuen Deckel gezimmert, um es zu verschließen. Das Holz war schlecht abgelagert und harzig. Eine Lederschlaufe diente als Griff, um den Deckel anzuheben.

Der *iudicator* öffnete das Faß. Scharfer Alkoholgeruch schlug ihm entgegen. Ein bräunliches Blatt trieb in dem Branntwein. Undeutlich erkannte Francisco etwas Rundliches, Kürbisgroßes. Er griff hinein. Seine Finger ertasteten einen Haarschopf. Sein Herz schlug schneller. Endlich sollte dieser Alp von ihm abfallen! Er zog den Kopf heraus und blickte in das bleiche Antlitz

Arbenga Canos. Man hatte dem Söldner ein Bambusrohr, dessen Enden mit Wachs versiegelt waren, quer vor die toten Lippen geklemmt und mit einem Lederriemen befestigt, der zweimal um den Kopf geschlungen war. Das eingefallene Gesicht trug eine letzte Botschaft zu seinem Herrn.

»Bei allen Heiligen, *iudicator*, was ist das?« Der Kommandant der Torwache war auf die Ladepritsche der Kutsche gestiegen.

»Das ist der Feind, den die *collectorin* Cosima nicht zu bekämpfen wünscht!« Francisco legte den Kopf auf den Kutschbock und zerbrach die Wachssiegel des Bambusrohrs. Ein Blatt feines, gebleichtes Pergament glitt heraus. Die Botschaft darauf war kurz und in zierlicher, geübter Handschrift ausgeführt.

Du bist der nächste, iudicator.

Alessandra Paresi

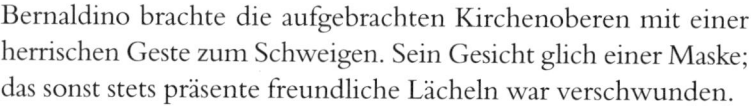

Das Gesetz der Berge

Im Rauchkabinett im palazzo des princeps von Monte Flora, am selben Abend

Bernaldino brachte die aufgebrachten Kirchenoberen mit einer herrischen Geste zum Schweigen. Sein Gesicht glich einer Maske; das sonst stets präsente freundliche Lächeln war verschwunden.

»Einig, meine Brüder, sind wir uns darin, daß der Tod dieses Kopfgeldjägers dem Ansehen der Kirche schadet. Nach einem Bericht der *collectorin* Cosima wurde auch die Eskorte dieses Söldners hingeschlachtet. Drei Ritter des *ordo militis dei* und zehn Laienbrüder. Damit ist die *corona* in den offenen Krieg mit uns getreten.«

»Verzeih, wenn ich dir widerspreche«, meldete sich Cosima zu Wort. »Aber es war die Kirche, die einen Kopfgeldjäger und Soldaten in die Berge schickte. Die *corona* fühlte sich angegriffen. Hätte meine Stimme hier mehr Gewicht und wären meine Warnungen gehört worden, dann wäre dieses Unglück nicht geschehen.«

»Du meinst also, die Kirche sollte zusehen, wie die *corona* Recht und Ordnung mit Füßen tritt? Und nun gewähren sie offensichtlich auch noch einer Mörderin Unterschlupf!« Francisco schäumte vor Wut, und etliche Mitglieder des Kirchenrats empörten sich mit ihm.

»Tatsache bleibt, daß wir durch den Anschlag der *corona* schweren Schaden genommen haben. Dadurch wird der Stand der Geistlichkeit in den Bergen noch schwerer. Unsere Priester haben an Ansehen verloren. Wer sich in unsere Obhut begibt, wird trotzdem verprügelt, verstümmelt oder gar ermordet. Das wird sich herumsprechen. Und unsere Ritter wurden hingeschlachtet wie die Lämmer! Ja, meine Brüder, wie die Lämmer! Man hat sie lebend gefangengenommen, mit dem Kopf nach unten an einen Baum gebunden und geschächtet!« empörte sich Bruder Barto-

346

lome, der *praefectus* des *ordo militis dei*, ein alter Krieger mit schlohweißem Haar und wettergegerbtem Antlitz.

»Wir sollten nicht vergessen, daß wir in diese mißliche Lage geraten sind, weil einer unserer Brüder glaubt, eine private Fehde führen zu müssen.« Cosima sprach mit ruhiger, beschwichtigender Stimme. »Ich möchte die Verbrechen der *corona* keinesfalls rechtfertigen, Brüder, aber bedenkt, welchen Ursprung sie haben. Ist es der Ehrgeiz Bruder Franciscos wert, daß wir einen regelrechten Krieg in den Bergen beginnen? Einen Krieg, den außer ihm niemand will? Auch die *corona* nicht.«

»Tatsache bleibt, daß die *corona* durch mein Eingreifen überall, außer in den Bergen, an Einfluß verloren hat.« Francisco hob beschwörend die Hände. »Brüder, ich weiß nicht, ob euch bewußt ist, wie sehr die *corona* diese Provinz durchdrungen hat. Ihr Arm reicht überallhin. Sogar in diesen *palazzo*. Wir haben sie geschwächt, aber wenn wir dieser Bestie nicht das Haupt abschlagen, dann wird sie sich wieder erheben.« Der *iudicator* sah Bruder Bartolome zustimmend nicken. In den Augen des alten Kriegers spiegelte sich wilde Entschlossenheit.

»Verzeiht, Brüder. Ich will mich nicht zur *advocata aionaris* aufspielen«, erklärte die *collectorin* Cosima und erhob sich von ihrem Ratsstuhl. Sie schüttelte in dramatischer und – wie Francisco empfand – fast einstudiert wirkender Geste die blonde Lockenpracht und trat in die Mitte des Rauchkabinetts, wo die Platte mit dem Delphinwappen in den Boden eingelassen war. »Bemerkt denn niemand, wie die Stimme der Unvernunft aus Bruder Francisco spricht? Der enge Blickwinkel seines Amtes – das er, wie wir alle wissen, mit größter Sorgfalt ausübt – verstellt ihm in manchem die klare Sicht auf die Wirklichkeit.« Sie wandte sich nun unmittelbar an Francisco. »Wer, mein Bruder, glaubst du, ist der Feind, der in der *provincia cornia* das größte Unglück über die Kirche zu bringen vermag?«

»Die Mörderin Alessandra Paresi!« brach es aus Francisco hervor, und schon in dem Augenblick, da er den Namen aussprach, wußte er, daß Cosima ihn in eine Falle gelockt hatte. »Sie ist nun offensichtlich einen Pakt mit der *corona* eingegangen, was sie noch gefährlicher macht. Und ich möchte euch daran erinnern, meine Brüder und meine Schwester, daß die Fischerin sich gegen Aionars Los aufgelehnt hat. Der Abwesende Gott hatte sie auserwählt! Welch größeres Verbrechen könnte begangen werden, als eine solche Gnade zurückzuweisen?« Der *iudicator* hoffte, mit seinem Hinweis auf den Gottesfrevel Alessandras den rhetorischen Schlingen Cosimas zu entgehen.

»Gut gesprochen, Bruder!« Die *collectorin* wirkte siegesgewiß. »Mit deinen Worten hast du uns allen deine Sicht der Dinge deutlich gemacht. Du fürchtest Alessandra als Widersacherin Aionars. Als Geschöpf der Dunkelheit, das sich dem Licht Gottes entzieht.«

Cosima trat zu dem Tischchen mit dem Pfeifenständer, das neben ihrem Ratsstuhl stand, und hob eine Schriftrolle auf, die dort lag. »Dies ist ein Schreiben, das mich heute nachmittag aus dem Bergdorf Parvia erreichte. Es wurde verfaßt von *pater* Sanguino Heredia, der in dieser kleinen Gemeinde das Wort Aionars verkündet. Ich lese euch vor, was er schreibt:

»Es begab sich am Abend des achtzehntes Tages des Dürremonds, daß ein wildes Weib ins Dorf kam. Die Frau trug keine Kleider außer einem Gürtel, und so ausgemergelt war sie, daß ihr Oberkörper mehr an ein Waschbrett erinnerte als an einen Leib, wie er bei einem Weib geformt sein sollte. Abgerissene Blätter hingen in ihren Haaren. Ihr Blick war fiebrig und unstet, so daß die Kinder davonliefen, als sie ins Dorf kam. Ihr Leib war bedeckt mit Schrammen und Schmutz. Sie hielt einen Speer in der Hand, wie ich ihn noch nie gesehen hatte, und darauf aufgespießt trug sie den Kopf eines Bären vor sich her. Die Menschen scheuten sie, so daß schließlich ich zu ihr trat, um zu erfahren, was das erbarmungswürdige Geschöpf wollte. Sie sprach unzusammenhängend und stank nach Aas, denn der Bärenkopf faulte und steckte voller Maden. Sie bettelte um eine Decke und um Heilkräuter. Ich wollte sie in unser Bethaus bitten und ihre Wunden versorgen lassen, doch sie stammelte, sie könne nicht bleiben, ganz so, als sei sie auf der Flucht vor etwas. Schließlich schenkte ich ihr eine Decke und einen kleinen Tiegel Wundbalsam. Daraufhin floh sie ohne ein Wort des Danks in die Wildnis zurück. Den Bärenkopf aber ließ sie zurück. Auf den Kopf des Bären war mit

*Holzkohle ein merkwürdiges Zeichen gemalt. Es sah aus wie ein Ruder-
boot, das von einem großen Fisch in der Mitte durchgebissen wird. Am
Abend betete ich für die verlorene Seele.«*

Cosima rollte den Brief zusammen. »Das, meine Brüder, ist
also der schrecklichste Feind, den die Kirche zu fürchten hat! Ein
Weib mit verwirrtem Verstand, das ruhelos durch die Wildnis
irrt. Ist es nicht offensichtlich, daß Aionars Strafe sie längst erreicht hat? Lange bevor der Arm eines irdischen *iudicators* nach
ihr greifen konnte.«

»Woher willst du wissen, daß *pater* Sanguino Heredia tatsächlich über Alessandra Paresi schreibt?« fragte Bruder Bartolome.
»Sie scheint ihm ihren Namen nicht genannt zu haben. Jedenfalls
wird er im Brief nicht erwähnt.«

»Der *pater* beschreibt eine Kleinigkeit, die uns so sicher auf
Alessandra Paresi schließen läßt, als würde er ihren Namen nennen: das Zeichen auf dem Fell des Bären! Es ist das Harpunier-
zeichen Alessandra Paresis. Jeder Walfänger an unserer Küste hat
ein eigenes Zeichen, mit dem er die Tiere kennzeichnet, die er
erlegt. Unser Bruder *iudicator* kann das sicher bestätigen.«

Francisco nickte. »Ja, Schwester Cosima hat recht. Das zer-
störte Boot ist Alessandra Paresis Zeichen. Doch der Bericht *pater*
Sanguino Heredias erscheint mir seltsam. Wie kann ein solches
Weib einen ganzen Trupp Verfolger auslöschen? Es ist doch offensichtlich, daß sie einen Pakt mit der *corona* geschlossen hat.
Das dürfen wir nicht dulden. Laßt euch nicht von Worten blen-
den, Brüder! Die Fischerin ist keinesfalls ein verwirrtes Weibsbild, das hilflos durch die Wildnis streift.«

Einen Augenblick lang schien die Selbstsicherheit der *collectorin* erschüttert, doch dann hatte sie sich wieder in der Gewalt.
»Bruder Francisco, du bist nicht in der *provincia cornia* geboren,
nicht wahr? Du kennst diese Provinz und ihre Menschen erst seit
wenigen Jahren. Ich möchte dich nicht beleidigen, doch merkt
man es an Kleinigkeiten. Fehler, wie sie Fremden unterlaufen.
Laß dich belehren. Eine Harpunierin zum Beispiel ist keine Fischerin. Und so verwirrend der Anschlag auf deinen Söldner und
seine Eskorte zunächst auch erscheinen mag, so leicht ist er zu

begreifen, kennt man die Menschen in den Bergen und die Art, wie sie denken. Der Kopf, den Alessandra ins Dorf Parvia brachte, gehörte einem Bären, der großes Unheil über die Schäfer gebracht hatte. Er war ein Menschenfresser. Die Walfängerin tötete ihn, und damit standen die Schäfer in ihrer Blutschuld. Also haben sie sich mit Alessandra zusammengetan und ihre Verfolger getötet, um die Blutschuld zu sühnen, denn Blut kann nur mit Blut vergolten werden. So verlangt es das Gesetz der Berge.«

Die *collectorin* breitete in hilfloser Geste die Hände aus. »Gewiß ist dies ein barbarischer Brauch ... Doch das Leben in den Bergen ist hart. Dort macht sich niemand die Mühe, die zahlreichen *codices* zu lesen, in denen wir das Recht niedergeschrieben haben. Damit mich niemand falsch versteht, betone ich es noch einmal ausdrücklich: Das Recht ist auf der Seite unseres Bruders, des *iudicators*. An den Händen der Walfängerin Alessandra klebt Blut, und einige Schäfer haben sich an ihren Verbrechen beteiligt. Nach den Morden an Alessandras Verfolgern ist für die Schäfer die Sache beendet. Schicken wir aber Männer in die Berge, um Alessandra Paresi zu stellen, dann beginnen wir nach dem Rechtsverständnis der Einheimischen eine Blutfehde. Und glaubt mir, Brüder, diese Fehde wird lange andauern und die Leben vieler Unschuldiger fordern. Ist es unser Verständnis von Recht wert, diesen Preis zu zahlen? Sollte nicht Weisheit die erste Tugend sein, welche die Kirche auszeichnet?«

Es war still geworden in der Tabaksrunde des *princeps*, als die *collectorin* ihre Rede beendet hatte. Selbst Francisco vermochte sich der Macht ihrer Worte nicht gänzlich zu entziehen, auch wenn er wütend war, daß sie ihn als dummen Fremden hingestellt hatte.

Als der *iudicator* den Kirchenfürsten anblickte, wußte er, wie dessen abschließendes Urteil ausfiele. Der Appell an die Weisheit – das war ein Same, der bei ihm auf fruchtbaren Boden fallen mußte.

»Meine Brüder«, begann Bernaldino, »es ist töricht, die Augen vor der Wirklichkeit zu verschließen. Unsere Vorstellung von Recht gilt wenig, wo die Hand der *corona* stark ist. Es wäre sinnlos, noch weitere Männer in die Berge zu schicken. Dennoch beuge ich mich dem Diktat von Räubern und Erpressern nicht. Die Anklagen gegen die Mörderin Alessandra Paresi und ihre Mittäter bleiben bestehen. Sollten sie in die Täler kommen, werden sie die ganze Härte des Gesetzes zu spüren bekommen. Doch wir werden keine Menschenleben mehr opfern, indem wir die Jagd in den Bergen fortsetzen. Nach dem Bericht *pater* Sanguino Heredias scheint es mir ohnehin so, daß eine stärkere Macht als irdische Gesetze die Harpunierin strafen wird, hat ihr Aionar doch schon fast alles Menschliche genommen und läßt sie wie ein wildes Tier durch die Berge irren.«

Die Ehrenwerten

In einer Höhle unweit des Bergdorfes Gelsetta, am späten Nachmittag
des 28. Tages des Dürremondes, im 459. Jahr der Abwesenheit Gottes

Tormos Zustand hatte sich kaum gebessert, obwohl seit dem Kampf mit dem Bären elf Tage vergangen waren. Seine Wunden heilten nur langsam, und ein schweres Fieber hatte von ihm Besitz ergriffen.

Einige Schäfer hatten Alessandra und Orlando geholfen, den Hünen auf einer Trage hinauf in eine Berghöhle zu bringen, wo er vor der Hitze des Dürremondes besser geschützt war. Man hatte sie mit allem versorgt. Mit Decken, frischem Fleisch und Brot, ja sogar mit neuen Kleidern. Doch die Männer, die in die Höhle hinaufstiegen, waren wortkarg und in sich gekehrt. Von der *corona* und der Schuld sprachen sie nicht.

Nur selten erwachte Tormo aus seinem Fieberschlaf. Auch dann war er verwirrt und schien nicht zu wissen, wo er war. Selbst Orlando erkannte er nicht wieder. Nur Alessandra konnte ihn dann beruhigen. Stunden um Stunden saß sie an Tormos Lager und wachte über seinen Schlaf. Dicht neben ihm, an die Felswand gelehnt, stand ihre Schreibtafel. Bisher hatte er ihre Botschaft nicht lesen können.

Vor der Höhle erklangen Stimmen. Das mußte der *honorius* sein. Er hatte vor drei Tagen angekündigt, daß er kommen werde, um sie zu holen.

Tormo stöhnte im Schlaf. Er stammelte immer wieder dasselbe Wort. »Fu.« Alessandra wußte nicht, was es bedeuten sollte. Seine Maus hockte ihm auf der Schulter. Ihre Nase zuckte aufgeregt, und sie sah Alessandra mit ihren kleinen schwarzen Augen unverwandt an.

»Fu!« stöhnte Tormo erneut.

Orlando trat an ihre Seite. Er wirkte niedergeschlagen, auch wenn er versuchte, seine düstere Stimmung zu überspielen. Immer deutlicher sah man ihm sein Alter an. Ein entzündeter Zahn quälte ihn seit Tagen. Er aß kaum noch, genau wie Tormo, den sie nur während seiner kurzen Wachphasen mit einigen Löffeln Fleischbrühe füttern konnten.

»Sie warten auf dich«, sagte der Alte. Er blickte Tormo an und vermied es, ihr ins Antlitz zu sehen. »Geh mit ihnen und tu, was immer man von dir verlangt. Wer in Fehde mit der Kirche lebt, der benötigt den Schutz der *corona*. Sie sind die einzigen, die uns vor diesem Francisco und den Roten Priestern verstecken können.«

»Ich werde tun, was sie von mir verlangen«, entgegnete Alessandra mit tonloser Stimme. »Juan de Najera hat versprochen, eine Heilkundige zu schicken ... Für Tormo ...« Die Walfängerin erhob sich und ging zum Eingang der Höhle. Drei Männer warteten dort auf sie. Der *honorius*, der Mann mit der Lederschlinge, der ihn schon bei seinem Besuch in Gambero begleitet hatte, und ein hochgewachsener Kerl mit mürrischem Gesicht, der Alessandra mit abfälligem Blick begrüßte. »Sie darf keine Waffen tragen!« Er sprach mit seltsam heiserer Stimme und deutete auf ihre Harpune und das Messer an ihrem Gürtel.

Juan lächelte. »Ich glaube nicht, daß jemand wie du Alessandra Paresi dazu bewegen kann, ihre Waffen hierzulassen. Sie wird sie am Tor zum *castrum* ablegen, aber gewiß nicht jetzt schon. Und wenn sie es täte, wäre sie nicht die Richtige für uns. Laß uns gehen!« Der *honorius* kletterte den steilen Pfad von der Höhle hinab und stieg auf seinen weißen Esel, der weiter unten am Hang auf ihn gewartet hatte. Kaum saß er im Sattel, spannte er mit feierlicher Miene seinen Schirm auf und hielt ihn wie ein Feldzeichen in die Höhe.

Der Mann mit der Lederschlinge beeilte sich, an die Seite von Juan zu gelangen, griff nach den Zügeln des Esels und führte das Tier, indem er neben ihm herging.

Ihr Weg beschrieb einen weiten Bogen um das Dörfchen Gelsetta herum, bis es in die Berge hinaufging. Obwohl die Dämmerung bald einsetzte, wollte die sommerliche Hitze nicht weichen. Sie wanderten über einen weiten Hang mit verdorrtem

Gras, bis sie auf einen gewundenen Pfad voller Felsbrocken stießen, der offenbar kaum noch als Weg genutzt wurde. Ein Steilhang führte zu einer steinernen Brücke hinab, der die Zeit nur wenig hatte anhaben können. Am Aufgang der Brücke fand sich ein verwittertes Wappenschild an einem Stein. Welches längst vergessene Adelshaus hier sein Zeichen gesetzt hatte, war nicht mehr zu erkennen.

Jenseits der Brücke lag ein verfallenes Dorf, das unter einem steilen Felsen kauerte, dessen Schatten im roten Abendlicht bis zur Brücke reichte. Den Felsen krönte eine Burgruine. Ein abweisender Bau, gezeichnet vom Zorn der Erde. Palas und Bergfried waren aufgerissen wie der Leib einer verendeten Ziege, über den sich wilde Hunde hergemacht haben. Ein Teil der Mauern war in die tiefe Schlucht unter der Burg abgerutscht, so daß der Turm und das Herrenhaus ihr Inneres jedem offen zur Schau stellten, der über die Brücke kam. Die hölzernen Böden, die es einmal gegeben haben mußte, waren längst verschwunden, und unter den stolzen Bogenfenstern des Palas war das Mauerwerk mit getrocknetem weißem Vogelkot überzogen.

Noch immer sprach niemand. Der Mann, der Alessandra so mißtrauisch gemustert hatte, schnaufte hörbar. Er trug eine große Ledertasche über der Schulter und war offensichtlich lange Wanderungen nicht gewöhnt.

Sie durchquerten das Dorf. In manchen der Ruinen wuchsen dichte Büsche. Offensichtlich war der Ort schon vor langer Zeit verlassen worden. Vom Bergfried hoch über ihnen ertönte ein Pfeifsignal.

Der hagere Bursche, der Juans Esel am Zügel führte, blieb stehen, schob sich zwei Finger zwischen die Lippen und antwortete auf das Pfeifen. Der *honorius* drehte sich im Sattel zu Alessandra um. »Es sind alle da. Man erwartet dich.« Er deutete auf den Weg, der zur Ruine führte. »Du wirst das letzte Stück allein gehen. Man wird dich prüfen, ob du würdig bist. Deine Waffen läßt du besser hier.«

»Was will man dort oben von mir?«

Der *honorius* schüttelte sacht den Kopf. »Es ist mir nicht erlaubt, darüber zu sprechen. Und merk dir, in der *corona* schätzt man es nicht, wenn jemand Fragen stellt. Verschwiegenheit ist eine unserer größten Tugenden.«

Alessandra dachte an Orlandos Worte: Ihr blieb keine Wahl mehr. Sie lehnte ihre Harpune gegen einen Felsen und legte das Messer daneben. Dann stieg sie den Weg zur Burg hinauf.

Unter dem Torbogen stand eine Gestalt in langen schwarzen Gewändern. Das Gesicht blieb im Schatten einer Kapuze verborgen. »Du verlangst, in den Kreis der Ehrenwerten aufgenommen zu werden.« Die Stimme des Vermummten klang seltsam dumpf und verzerrt.

»Ich verlange es nicht …« Alessandra zögerte für einen Augenblick. Unterwürfigkeit war ihr zuwider. Dann dachte sie an Tormo. »Ich bitte um die Gnade, den Schutz der *corona* erhoffen zu dürfen, und unterstelle mich ihren Gesetzen.«

»Dann knie nieder vor mir, Alessandra Paresi, denn Demut ist die erste unserer sieben Tugenden.«

Die Harpunierin reckte stolz das Kinn. Sie war noch niemals vor irgend jemandem auf die Knie gegangen! Sie beugte das Knie, hielt den Blick jedoch fest auf das verborgene Antlitz der dunklen Gestalt gerichtet.

»Du bist es nicht gewohnt zu gehorchen.« Der Vermummte schlug die Kapuze zurück, und Alessandra erschrak bis tief ins Herz hinein. Der Fremde trug einen Maskenhelm! Das eiserne Antlitz war nicht so fein gearbeitet wie bei jenem Helm, den Francisco ihr hatte anlegen lassen, doch ansonsten war die Ähnlichkeit der Masken beklemmend.

»Mut und Gehorsam sind zwei weitere Tugenden, die wir von jedem verlangen, der in den Kreis der Ehrenwerten aufgenommen werden will. Du wirst die Schwelle dieser Burg nur überschreiten, wenn du bereit bist, dich einer Probe zu unterziehen. Begehst du einen Fehler, dann wirst du sterben. Dies ist die letzte Möglichkeit zur Umkehr, Alessandra Paresi. Wenn du bleibst, gehört dein Leben von nun an der *corona*.«

»Ich bin Walfängerin! Es ist nicht meine Art, vor einer Gefahr davonzulaufen. Alle meine Verwandten sind durch das Meer ums Leben gekommen, und doch habe ich das Meer nie gefürchtet.«

»Dann sollst du Gelegenheit erhalten, auch mir ein Beispiel deines Mutes zu geben.« Die Gestalt mit dem Maskenhelm schnippte mit den Fingern, und zwei junge Burschen mit Schaffellwesten traten aus dem Schatten des Torbogens und banden Alessandra die Hände auf den Rücken.

Sie leistete keinen Widerstand. Auch dann nicht, als man ihr einen Sack über den Kopf zog und sie eine Treppe hinaufzerrte. Panik ergriff sie. Einen Augenblick lang glaubte sie, keine Luft mehr zu bekommen, und blieb stehen. Jemand rammte ihr einen Ellbogen in die Seite und stieß sie vorwärts. Der Sack stank kräftig nach Ziege.

Alessandra glaubte ihre Zunge anschwellen zu fühlen – so wie damals, als sie unter dem Helm des *collectors* fast verdurstet wäre. Die Bilder vom Untergang des Dorfes stürmten auf sie ein. Die vielen Toten. Und dann der Kamin, in dem sie fast ertrunken wäre. Sie dachte an Tormos warmen Kuß. Daran, wie er ihr seinen Atem eingehaucht hatte. Der Gedanke an ihn half ihr, die Panik zu überwinden. Es war nur ein Sack, den man ihr über den Kopf gestülpt hatte. Sie würde darin nicht ersticken.

Irgendwo ganz in der Nähe fiel ein Stein polternd in die Tiefe. Sie gelangte an das Ende der Treppe und betrat eine offene und spürbar luftige Fläche.

Der Wind zerrte an Alessandras Hemd. Man drehte sie im Kreis herum, schneller und schneller, wie in einem Kinderspiel. Ihr wurde schwindlig. Wieder stiegen Angst und Beklemmung in ihr auf. Dann plötzlich waren die Hände weg, die an ihr gezerrt hatten. Taumelnd fand sie ihr Gleichgewicht wieder. Die Schritte entfernten sich. Sie war allein mit dem Wind.

»Geh, bis ich dir sage, daß du anhalten sollst!« erklang tief unter ihr die verzerrte Stimme des Mannes mit dem Maskenhelm.

Sie gehorchte. Langsam, vor jedem Schritt den Boden mit dem Fuß abtastend, bewegte sie sich vorwärts. Sie dachte an den zerstörten Bergfried, der sich hoch über dem Tal erhob. Sie würde lange stürzen, wenn sie dort hinabfiele. Lange genug für ein Gebet? Der Gedanke war töricht! Weder Aionar noch einer seiner Heiligen würden sie erhören. Sie war von der Kirche verstoßen.

»Einen Schritt nach links!«

Alessandra gehorchte.

»Noch einen Schritt!«

Ihr rechter Fuß tastete ins Leere. Der Mann mit der Maske wollte sie umbringen!

»Hast du nicht gehört?« erklang die Stimme tief unter ihr.

»Tormo«, flüsterte sie und wiederholte den Namen immer wieder wie ein Gebet. Er war ihr Heiliger. Er hatte sie beschützt ... Immer wieder. Nun war es an ihr, etwas für ihn zu tun. Die Heilerin würde kommen. Er würde gesund werden und ihre Botschaft finden, auch wenn sie dann nicht mehr wäre. »Tormo!« schrie sie in den Ziegengestank des groben Sacks, tat einen Schritt nach vorn und trat ins Leere.

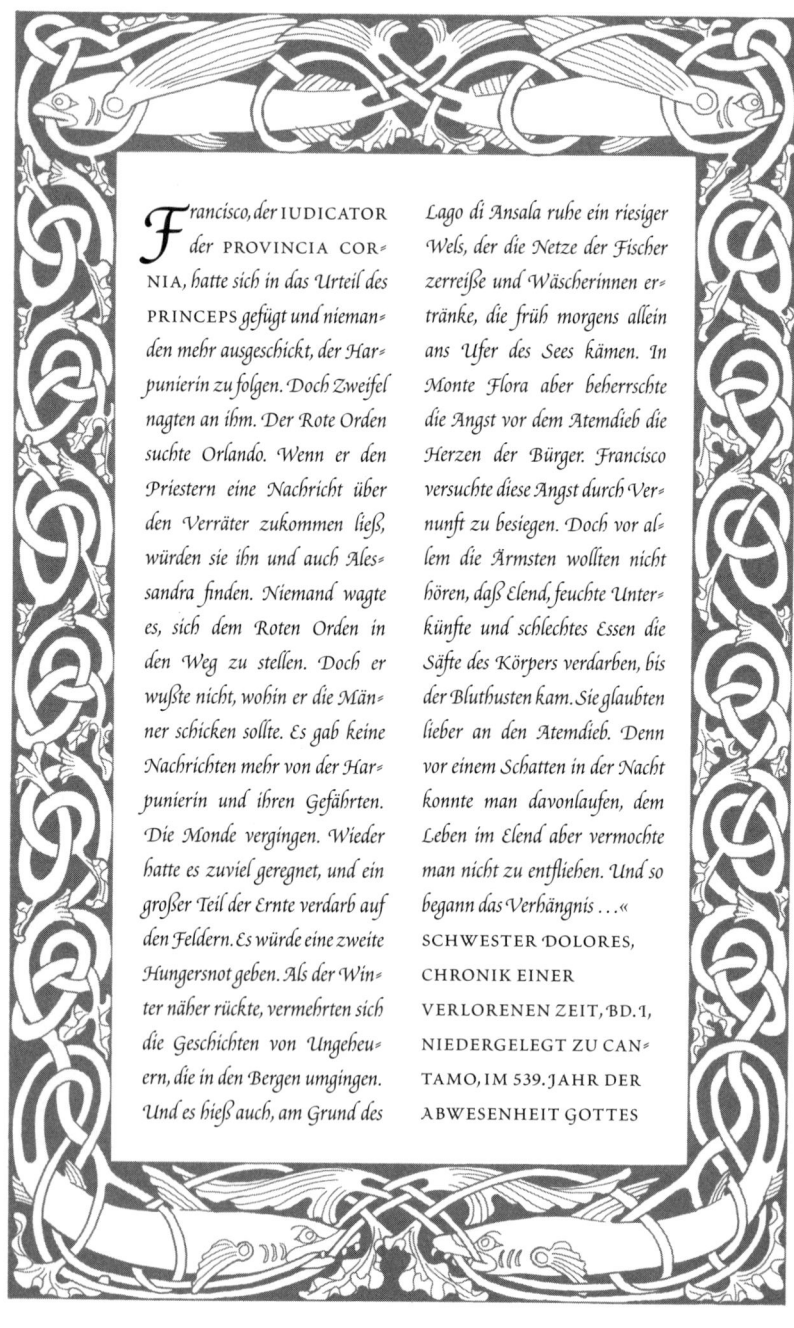

*F*rancisco, der IUDICATOR der PROVINCIA COR=NIA, hatte sich in das Urteil des PRINCEPS gefügt und nieman=den mehr ausgeschickt, der Har=punierin zu folgen. Doch Zweifel nagten an ihm. Der Rote Orden suchte Orlando. Wenn er den Priestern eine Nachricht über den Verräter zukommen ließ, würden sie ihn und auch Ales=sandra finden. Niemand wagte es, sich dem Roten Orden in den Weg zu stellen. Doch er wußte nicht, wohin er die Män=ner schicken sollte. Es gab keine Nachrichten mehr von der Har=punierin und ihren Gefährten. Die Monde vergingen. Wieder hatte es zuviel geregnet, und ein großer Teil der Ernte verdarb auf den Feldern. Es würde eine zweite Hungersnot geben. Als der Win=ter näher rückte, vermehrten sich die Geschichten von Ungeheu=ern, die in den Bergen umgingen. Und es hieß auch, am Grund des Lago di Ansala ruhe ein riesiger Wels, der die Netze der Fischer zerreiße und Wäscherinnen er=tränke, die früh morgens allein ans Ufer des Sees kämen. In Monte Flora aber beherrschte die Angst vor dem Atemdieb die Herzen der Bürger. Francisco versuchte diese Angst durch Ver=nunft zu besiegen. Doch vor al=lem die Ärmsten wollten nicht hören, daß Elend, feuchte Unter=künfte und schlechtes Essen die Säfte des Körpers verdarben, bis der Bluthusten kam. Sie glaubten lieber an den Atemdieb. Denn vor einem Schatten in der Nacht konnte man davonlaufen, dem Leben im Elend aber vermochte man nicht zu entfliehen. Und so begann das Verhängnis ...«

SCHWESTER DOLORES, CHRONIK EINER VERLORENEN ZEIT, BD. 1, NIEDERGELEGT ZU CAN=TAMO, IM 539. JAHR DER ABWESENHEIT GOTTES

Der Schatten

Im Siechenhaus von Monte Flora, am späten Abend des 23. Tages
des Mosquitomondes, im 459. Jahr der Abwesenheit Gottes

».. . und da sie gestorben sind, leben sie heute nicht mehr.« Die
meisten Kinder im großen Saal hatten das Ende des Märchens
gar nicht mehr mitbekommen, und die wenigen, die noch wach
waren, blickten zur Decke und erlebten in ihrer Phantasie die
Abenteuer des großen Tanquilio mit.

»Du hast eine wunderbare Stimme, Bruder Paolo.« Schwester
Constanza hatte sich von dem Tischchen erhoben, an dem sie
die Nacht über sitzen würde, um über den Schlaf der Kinder zu
wachen. Sie war noch sehr jung, und manchmal hatte Paolito das
Gefühl, daß sie ihm kokett zulächelte, wenn er seine Märchen
erzählte. Dann mußte er darauf achten, den Faden der Geschichte
nicht zu verlieren und nicht rot zu werden. Constanza war
hübsch. Es hätte ihm gefallen, wenn sie . . . Aber das bildete er
sich sicher nur ein!

»Nenn mich Paolito«, sagte der junge *novize* schüchtern. »Diesen Namen höre ich lieber. Mit Paolo beginnen in der Regel
die Tadel und Ermahnungen meiner Lehrer. An diesem Namen
habe ich längst die Freude verloren.«

»Ich finde ihn hübsch . . . Ein richtiger Männername.«

Paolito spürte, daß er doch rot wurde. »Das . . . Da hast du sicher recht. Ich . . . ähm . . . muß jetzt gehen, weil . . .«

»Ich weiß. Du mußt zurück ins *castrum dei*.« Constanza trat
so dicht an ihn heran, daß er ihren Duft wahrnahm. Sie roch
nach Pflaumenblüten und noch etwas anderem. Ein Geruch,
für den Paolito keinen Namen hatte. Sie drückte seine Hand.
Paolito spürte etwas Weiches. »Das ist für dich. Ein Geschenk.
Ein guter Märchenerzähler sollte schließlich belohnt werden.«

Der Junge öffnete die Hand. Darin lag ein kleiner Ring, der

aus dünnen Strähnen rotblonden Haars geflochten war, der Farbe von Constanzas Haar.

Paolito hatte das Gefühl, daß er mittlerweile so rot wie Spätsommerapfel war. »Das . . . Danke. Das ist wirklich eine anständige Bezahlung . . .« Er hatte das Gefühl, sein Herz müsse aufhören zu schlagen. Bei Aionar! Welchen Unsinn stammelte er denn da? »Das ist . . . sehr . . . nett von dir.«

Constanza lächelte. »Erzählst du morgen wieder eine Geschichte vom großen Tanquilio?«

Paolito nickte ernst. »Ja. Ich kenne noch viele Geschichten von ihm!«

»Auch die, in der er das Herz der schönen Rosanna erobert?«

»Ja, auch die . . .«

»Dann wünsche ich mir diese Geschichte für morgen.«

Constanzas Lippen schienen die Farbe frischer Erdbeeren zu haben. Er sollte solchen Unsinn nicht denken! »Also, dann . . . bis morgen«, stammelte der *novize* verlegen. Worauf hatte er sich da nur eingelassen? Das würde in einer Katastrophe enden. Eigentlich fand er die Geschichte von Tanquilio und Rosanna sehr schön. Diese Rosanna war eine Ordensschwester . . . Das würde ein Gestammel werden, wenn er die Geschichte erzählen müßte!

Er schritt an den langen Reihen der Kinderbetten entlang. Jetzt, da fast alle schliefen, fiel es besonders auf. Der schwere Atem der Kinder . . . Keuchend rangen sie nach Luft, so als drücke man ihnen die Kehle zu. Auf dem Kopfkissen eines kleinen Mädchens entdeckte er frische Blutflecken. Wann würde Bruder Andres endlich ein Mittel gegen diese schreckliche Krankheit finden?

Niedergeschlagen verließ Paolito den taghell erleuchteten Saal der Kinder. So viele lagen dort. Und so viele hatte er schon sterben sehen. Plötzlich fühlte sich der Junge unendlich müde. Schon vor Sonnenaufgang hatte er aufstehen müssen, um zusammen mit den anderen *novizen* zum Morgengebet zu gehen, und dann waren diese gräßlichen Stunden des Unterrichts gefolgt. Wozu sollte man lesen und schreiben lernen? Er konnte darin keinen praktischen Gewinn erkennen, ganz gleich, was die Lehrer auch erzählten. So etwas würde einen niemals ernähren. Und immer wieder das Beten! Reine Zeitverschwendung. Viel lieber übte er seine Spitzeldienste für den *iudicator* aus.

Paolito genoß es jedesmal, wenn er seine strahlendweißen Gewänder ablegen durfte, um in die Lumpen eines Bettelknaben zu schlüpfen und durch die Stadt zu schleichen. Das war aufregend und manchmal sogar ein wenig gefährlich, obwohl seine Aufgaben viel leichter geworden waren, seit der *mercator* Lucio da Forca nicht mehr im Siechenhaus diente. Je länger Paolito ihn beobachtet hatte, desto mehr hatte er sich gewünscht, ihn bei einer Schurkerei zu erwischen. So freundlich und hilfsbereit sich da Forca auch gegeben hatte, Paolito wußte es besser. Das war nicht das wahre Antlitz des *mercators*. Der Mann wirkte kalt wie ein Fisch! Vor drei Monden war seine Strafe abgelaufen, und da Forca war nach Agusta zurückgekehrt. Paolito fragte sich oft, was der Kaufmann dort wohl trieb. Zweimal hatte sich der Junge bemüht, von Francisco den Auftrag zu erhalten und nach Agusta gehen zu dürfen, um da Forca dort zu beobachten. Doch der *iudicator* hatte ihm dies stets verweigert und energisch darauf hingewiesen, daß er nicht so lange vom Unterricht für die *novizen* fernbleiben könne.

Obwohl der *mercator* längst fort war, kam Paolito immer noch fast jeden Abend in das Siechenhaus von Monte Flora. Der Junge half Bruder Andres und den dienenden Schwestern bei ihrem nie enden wollenden Kampf gegen Elend und Tod. Wann immer jemand geheilt das Haus verließ, den er gepflegt hatte, empfand er ein Gefühl tiefen Stolzes. Das war eine sinnvolle Aufgabe! Kein solcher Unsinn, wie Buchstaben malen und Heiligengeschichten auswendig lernen zu müssen!

Allerdings hatte er auch einige neue Märchen dort gelernt. Nur der Satz, mit dem alle Märchen enden mußten, gefiel ihm nicht recht. *Und da sie gestorben sind, leben sie nicht mehr.* Da wurden mit dem letzten Satz die schönsten Geschichten zestört! Wenn keine Pfaffen in der Nähe waren, hielt sich schon längst niemand mehr an diese Regel. Es war doch viel schöner, sich vorzustellen, daß die Helden eines Märchens irgendwo noch glücklich lebten!

Geschichten zu erzählen war Paolitos liebste Beschäftigung. Fast jeden Abend kam er in den Saal der Kinder im Siechenhaus, um den Kleinen mit seinen Märchen die Angst vor der Dunkelheit zu nehmen. Verdammtes Gerede über den Atemdieb! Schwester Constanza mußte die ganze Nacht über Kerzen und Öllampen brennen lassen, weil sich die Kinder so sehr vor der Dunkelheit fürchteten. Ein Vermögen kostete das! Das Geld hätte man besser für gutes Essen ausgegeben!

Paolito folgte dem langen Gang, der zur großen Treppe auf der Rückseite des Hauses führte. Er war unschlüssig, ob er im Siechenhaus übernachten oder noch zum *castrum dei* hinaufsteigen sollte. Die Regeln für die *novizen* sahen vor, daß sie gemeinsam in einem großen Saal übernachten mußten. Man würde merken, wenn er wieder einmal fehlte. Ganz bestimmt würde man ihn dann morgen aufrufen, damit er während des gemeinsamen Essens aus der Vita des Heiligen Escobar vorlas. Seine Mitschüler würden kichern, wenn er sich stammelnd durch die Zeilen kämpfte, und das Essen wäre längst kalt, wenn er sich endlich am Tisch niederlassen dürfte. Nein, ganz gleich, wie müde er war, das wollte er sich nicht antun. Er würde hinauf zum *castrum dei* laufen!

Nur eine einzige Öllampe leuchtete an der Wand des langen Gangs zur Treppe. Hier gibt es zuwenig Licht, im Saal der Kinder dafür zuviel, dachte Paolito ärgerlich. Ein Geräusch auf der Treppe schreckte ihn aus seinen Gedanken. Schwere, schlurfende Schritte kamen näher. Schwester Albertina? Die dicke Köchin des Siechenhauses war schon sehr alt und bewegte sich schwerfällig wie ein hufkrankes Maultier. Vielleicht konnte er ihr behilflich sein? Kleine Dienste entlohnte die Köchin meist mit Honigkuchen.

»Schwester Albertina?«

Das Licht der Öllampe flackerte. Es schien kälter zu werden im Flur, zugiger.

»Ehrwürdige Schwester?« rief Paolito noch einmal, als ein hagerer großer Mann in den Lichtkreis der Lampe trat. Der Junge konnte sich nicht erinnern, ihn schon einmal gesehen zu haben. Er hatte ein hübsches, aber unnatürlich blasses Gesicht. Seine grünen Augen glänzten. Er trug reiche Gewänder aus schwerem Samt, eine enganliegende Hose und einen Mantel mit geschlitzten Ärmeln, wie es unter den *mercatoren* und reichen Soldaten Mode war. Obwohl das Gesicht des Mannes jugendlich wirkte, waren seine Haare eisgrau und so fein wie Spinnweben. Ungewöhnlich waren auch seine Lippen, die blaurot im Lampenlicht glänzten. Wulstig und dick, erinnerten sie Paolito an die samtigen, aufgequollenen Blätter einer Wüstenpflanze, die er einmal in einem der Gärten der Stadt gesehen hatte.

»Suchen Sie etwas Bestimmtes, mein Herr?«

Der Fremde nickte. Die unnatürlich lange Zunge, deren Ende wie von einem Bienenstich angeschwollen war, glitt ihm über die Lippen. Vielleicht war er ja deshalb gekommen?

»Suchen Sie einen der Heiler? Vielleicht Bruder Andres?«

»Ja, Heilung...« Die Stimme des Fremden war wohltönend und angenehm, obwohl auch Autorität darin mitschwang. »Komm her, Junge!«

Der Fremde war jetzt nur noch wenige Schritt von Paolito entfernt. Ein schwerer Duft wie von einem teuren Parfüm ging von ihm aus.

»Dein Atem riecht süß wie Honig, junger Freund.« Er beugte sich vor. Dabei fiel eine große Silbermünze aus einer verborgenen Tasche des Mantels. Mit hellem Klang schlug sie auf dem Steinboden auf und rollte Paolito entgegen.

Der Junge bückte sich danach. Im selben Moment griff ihm eine starke Hand in den Nacken. »So süß riecht dein Atem! Wie Honig von Pflaumenblüten...« Der *novize* wurde hochgehoben. Obwohl der Fremde dürr wie der Tod war, verfügte er über erstaunliche Kräfte.

Paolito versuchte sich dem Griff zu entwinden. »Bitte, lassen Sie mich...«

Die aufgequollene Zunge strich über die purpurnen Lippen. Und plötzlich öffnete sich die Spitze der Zunge wie eine Orchideenblüte.

»Aionar, hilf!« stammelte der Junge und schlug mit der Linken das Zeichen des schützenden Halbmonds.

Der Fremde zuckte zurück. Sein hübsches Gesicht verzerrte sich vor Wut. In diesem Moment gelang es Paolito, sich aus dem Griff loszureißen. Er stürzte zu Boden, war aber sofort wieder auf den Beinen. In panischer Angst rannte er den Flur zurück.

»Warte doch, Junge! Ich will dich nur küssen!« hallte ihm die Stimme des Fremden hinterher.

Paolito hastete eine schmale Treppe hinauf, gelangte erneut auf einen Flur und riß die erstbeste Tür auf, um sich zu verstecken. Es war das Kräuterlager. Die Luft war geschwängert vom würzigen Duft getrockneter Pflanzen, die in graugrünen Bündeln von der Decke hingen. An einem Tisch gegenüber der Tür stand Bruder Andres in seiner speckigen Schürze und zerstampfte weinrote Blütenblätter in einem Mörser.

»Der Atemdieb!« keuchte Paolito.

Andres runzelte die Stirn. »Fängst du jetzt auch schon mit dem Unsinn an, Junge? Ich dachte, man brächte euch *novizen* bei, den Verstand zu gebrauchen, statt törichten Ammenmärchen nachzuhängen.«

»Ich habe ihn gesehen...« Paolito entfernte sich einige Schritte von der Eingangstür. »Hast du ihn nicht rufen hören, Bruder Andres?«

Der Heiler schüttelte unwillig den Kopf. »Nein. Wie sollte ich etwas rufen hören, das nur in deiner Einbildung existiert?«

»Aber er war da!« beharrte Paolito. »Ich...« Er öffnete die Hand und hielt Andres die Münze hin. Sie wog schwer, hatte aber allen Glanz verloren.

Der Heilkundige betrachtete sie kurz. »Ein kostbares Stück.« Er legte sie auf eine kleine Waage, die vor ihm auf dem Tisch stand, und häufte flache Bleigewichte in die zweite Waagschale. »Wirklich ein ordentliches Stück Silber. Nichts, was man heutzutage einfach so in der Tasche trägt. Und das hat dir der Atemdieb geschenkt?« Er grinste. »Einen so spendablen Gast sehe ich gern im Siechenhaus.« Andres nahm ein Messer vom Tisch. »Komm, zeig mir deinen Atemdieb.«

Paolito war erleichtert, daß ihn Andres endlich ernstnahm, obwohl er sich fürchtete, in die dunklen Gänge zurückzukehren.

»Bleib dicht bei mir.« Der dicke Heilkundige wirkte so zuversichtlich, als könne ihn nichts auf dieser Welt bezwingen.

So faßte sich der Junge ein Herz. Doch sie fanden niemanden in den Gängen. Schlimmer noch: Das schwere Eingangsportal zum Siechenhaus war von innen verriegelt. Niemand konnte dort hineingelangt sein!

»Kann ich bei dir im Hellen bleiben?«

Bruder Andres legte ihm seine fleischige Hand auf die Schulter. »Angst?«

Als Paolito nicht antwortete, lächelte der Heilkundige verschwörerisch. »Weißt du, wovor ich Angst habe? Wenn du morgen zu spät zu deinem Unterricht kommst, werden sich deine Lehrmeister gewiß bei Bruder Rondoval, dem Ersten Schreiber, über dich beschweren. Und wenn der erfährt, daß du jeden Abend ins Siechenhaus kommst, wird er mich vielleicht meines besten Märchenerzählers berauben, damit du deine ganze Kraft in diese Schulstunden steckst. Was hältst du davon, wenn ich dich zum *castrum dei* begleite? Dann wird dich der Atemdieb gewiß nicht behelligen.«

»Das kann ich nicht annehmen.«

»Weißt du, für alte Männer ist es ganz gut, wenn sie sich abends ein wenig die Beine vertreten. Ich würde dich gern begleiten. Natürlich nur, wenn du nichts dagegen hast.«

Paolito war sich nicht sicher, ob das nur eine Ausrede war. So alt kam ihm Bruder Andres gar nicht vor. Doch als er wieder an den Atemdieb dachte, nahm er das Angebot dankbar an.

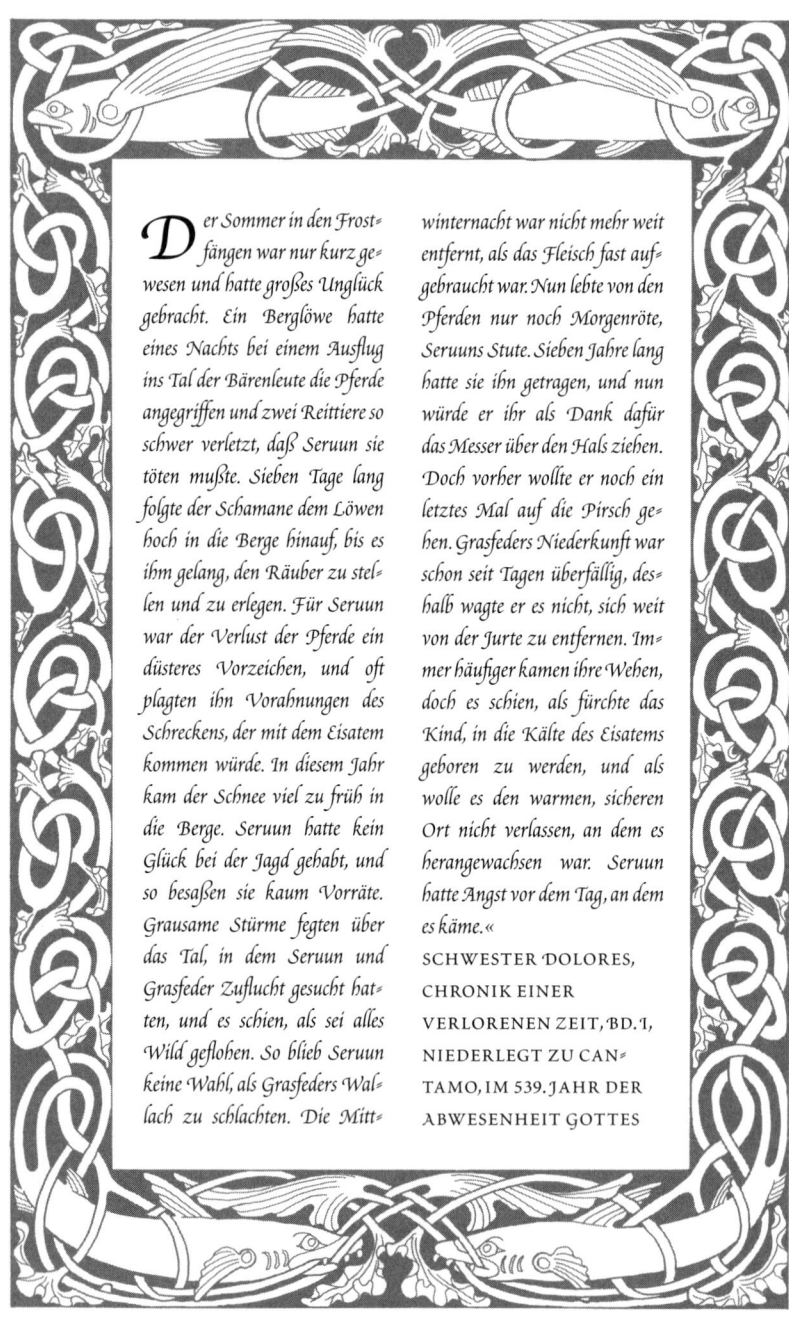

Der Sommer in den Frost=
fängen war nur kurz ge=
wesen und hatte großes Unglück
gebracht. Ein Berglöwe hatte
eines Nachts bei einem Ausflug
ins Tal der Bärenleute die Pferde
angegriffen und zwei Reittiere so
schwer verletzt, daß Seruun sie
töten mußte. Sieben Tage lang
folgte der Schamane dem Löwen
hoch in die Berge hinauf, bis es
ihm gelang, den Räuber zu stel=
len und zu erlegen. Für Seruun
war der Verlust der Pferde ein
düsteres Vorzeichen, und oft
plagten ihn Vorahnungen des
Schreckens, der mit dem Eisatem
kommen würde. In diesem Jahr
kam der Schnee viel zu früh in
die Berge. Seruun hatte kein
Glück bei der Jagd gehabt, und
so besaßen sie kaum Vorräte.
Grausame Stürme fegten über
das Tal, in dem Seruun und
Grasfeder Zuflucht gesucht hat=
ten, und es schien, als sei alles
Wild geflohen. So blieb Seruun
keine Wahl, als Grasfeders Wal=
lach zu schlachten. Die Mitt=

winternacht war nicht mehr weit
entfernt, als das Fleisch fast auf=
gebraucht war. Nun lebte von den
Pferden nur noch Morgenröte,
Seruuns Stute. Sieben Jahre lang
hatte sie ihn getragen, und nun
würde er ihr als Dank dafür
das Messer über den Hals ziehen.
Doch vorher wollte er noch ein
letztes Mal auf die Pirsch ge=
hen. Grasfeders Niederkunft war
schon seit Tagen überfällig, des=
halb wagte er es nicht, sich weit
von der Jurte zu entfernen. Im=
mer häufiger kamen ihre Wehen,
doch es schien, als fürchte das
Kind, in die Kälte des Eisatems
geboren zu werden, und als
wolle es den warmen, sicheren
Ort nicht verlassen, an dem es
herangewachsen war. Seruun
hatte Angst vor dem Tag, an dem
es käme.«

SCHWESTER DOLORES,
CHRONIK EINER
VERLORENEN ZEIT, BD. I,
NIEDERLEGT ZU CAN=
TAMO, IM 539. JAHR DER
ABWESENHEIT GOTTES

Stern

*Im Tal der Eistaucher in den Frostfängen, drei Tage
vor der Nacht der Ahnen, im Jahr des Regens*

Noch nie hatte Seruun Grasfeder so entrückt erlebt. Sie schien wie in einem Rausch. Alle Ängste waren vergessen. Sie lächelte ihn an, während er die rote Erde, die er auf dem flachen Stein neben dem Feuer erwärmt hatte, sorgfältig auf dem vorbereiteten Lager verteilte. Dann legte er eine Decke darüber und half Grasfeder, sich dort niederzulassen.

»Der warme Boden ist angenehm.« Ihre Stimme klang gepreßt. Die Wehen dauerten nun schon viele Stunden an. Sie war nackt und setzte sich im Schneidersitz auf die Decke. Ihre Hände umklammerten die Füße, den Kopf hatte sie in den Nacken gelegt. Sie begann leise zu singen. Ein ruhiges Lied über eine weite Sommerweide, über die eine große Herde zog.

Seruun hätte ihr gern die Schmerzen genommen. Daß die Geburt so lange dauerte ... Grasfeders Muttermund hatte sich geöffnet, doch er erschien Seruun immer noch viel zu eng, um ein Kind herauszulassen.

Der junge Schamane kniete hinter seiner Geliebten nieder und streichelte ihr den Rücken. Immer wieder hatte Grasfeder über stechende Schmerzen im Kreuz geklagt.

Als sie ihr Lied beendet hatte, ließ sie sich vornübersinken, stützte sich seitlich mit den Ellbogen auf und legte den Kopf auf die Decke. »Ich bin so müde. Könnte ich doch nur schlafen ...« Sie erzitterte, als die Wehen wieder einsetzten.

»Ganz ruhig!« Er hauchte ihr auf den Nacken. Seine Hände glitten über den gewölbten Rücken. »Du schaffst es. Die Geister der Ahnen sind um uns. Wir sind nicht allein.«

Das war gelogen. Seruun hatte viel zuviel Angst um Grasfeder, als daß er den Geistern der Ahnen hätte nachspüren können. Doch Grasfeder vertraute seinen Worten. Sie entspannte sich.

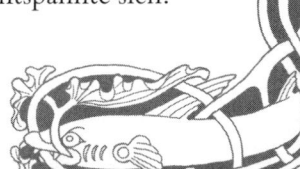

Wortfetzen aus Gesprächen von Frauen gingen ihm durch den Sinn, die er beiläufig aufgeschnappt hatte und die ihn nun quälten. *Sie ist viel zu dünn. Die Geburt wird ihr Schmerzen bereiten. Das Kind wird sie zerreißen.* Grasfeder war dünn. Und es dauerte nun schon so lange.

»Du hast ... gar keine Angst ... nicht wahr?« Grasfeders Atem ging hechelnd.

Merkte sie es nicht? Wie sollte sie auch – bei solchen Schmerzen? Sie stemmte sich ein wenig hoch und stützte sich nun mit den Händen statt mit den Ellbogen auf. Ihr Rücken drückte sich gegen seinen Leib. Kalter Schweiß stand auf ihrer Haut.

»Es wird alles gut«, flüsterte ihr Seruun ins Ohr und war selbst überrascht, wie warm und zuversichtlich seine Stimme klang. War die Panik nur in seinem Kopf? Konnte es sein, daß Grasfeder tatsächlich nichts davon spürte? Ihr Leib verkrampfte sich, als die Wehen wieder einsetzten.

»Ich bin bei dir«, flüsterte er.

»Es kommt. Ich glaube ...«

»Ganz ruhig.« Seruun taste zwischen ihre Schenkel. Er spürte es. Langsam drückte sich ein Köpfchen in seine Hand. Grasfeder zitterte am ganzen Leib.

Dann war es da. Klein, unendlich zerbrechlich und ganz mit Blut und einer käsigen Masse bedeckt. Noch immer war es durch die pulsierende, geringelte Nabelschnur mit der Mutter verbunden. Seruun hörte einen zaghaften Schrei wie von einer Katze. Ungläubig hielt er das winzige Wesen in seinen Händen. Es blinzelte und hatte Mühe, die verklebten Augen zu öffnen. Dann sah es Seruun an. Die Augen waren dunkel. Der Blick so intensiv ...

Grasfeder rollte sich erschöpft zur Seite. Sie streckte die Hände nach dem Kind aus. Trotz ihrer Müdigkeit wirkte sie glücklich. »Was lächelst du?«

»Es ist ein Junge!« Seruun legte ihr das Kind in die Arme. Ein feiner dunkler Flaum wuchs auf dem Köpfchen. Die Haut war ganz verschrumpelt ... und doch war es ein wunderschönes Kind! Sein Sohn.

Seruun nahm eine Schüssel mit warmem Wasser, die beim Feuer stand, befeuchtete ein Tuch aus Büffelwolle und säuberte das Kind vorsichtig.

Als die Bewegung der Nabelschnur aufgehört hatte, nahm Seruun eine Nachtsteinklinge und durchtrennte das Band zwischen Mutter und Kind. Der Kleine begann zu weinen. Seruun nahm ihn auf den Arm und trat zum Eingang der Jurte.

Grasfeder beobachtete ihn und nickte schwach.

Der Schamane zog das schwere Fell am Eingang zur Seite. Er war nackt wie das Kind in seinen Armen, doch er spürte die schneidende Kälte nicht. Schnee knirschte unter seinen Füßen. Er entfernte sich ein paar Schritt von der Jurte. Dann nahm er seinen Sohn mit beiden Händen und hielt ihn dem Nachthimmel entgegen.

»Seht, Geister der Ahnen!« rief er stolz. »Mir wurde ein Sohn geboren. Er wird Odnoo, Stern, heißen. Ihr seid die ersten, die seinen Namen hören. Wacht über seinem Weg!«

Einen Moment lang beobachtete Seruun die schweren grauen Schneewolken, die tief über den Himmel zogen. Dann schreckte ihn das Wimmern des Kindes aus seinen Träumen auf. Er drückte den Sohn eng an die Brust, als aus dem Zelt ein entsetzter Schrei ertönte.

Erschrocken kroch er in die Wärme der Jurte zurück. Grasfeder war wieder in die Hocke gegangen. Beide Hände hielt sie auf den Leib gepreßt. »Etwas bewegt sich ... Da ist noch ein Kind! O bitte ... Ich kann nicht mehr.« Ihr Gesicht war schmerzverzerrt, als erneut die Wehen einsetzten.

Seruun legte Odnoo in ein Nest aus Kaninchenfellen dicht am Feuer. Darüber hing von einem Ast ein kleiner Fuchs, den er aus grauem Filz geformt hatte. Er würde die bösen Geister vom Kind fernhalten und über Odnoos Schlaf wachen.

Seruun nahm Grasfeder in den Arm. Sie schien zu fiebern. »Atme ganz ruhig.« Er half ihr, sich auf Hände und Knie niederzulassen. »Ruhig!« flüsterte er. »Soll ich für dich singen?«

Sie lachte gequält. »So schlimm steht es.«

Er versetzte ihr einen sanften Stoß. »Du weißt, was ich meine.

369

Sieh hinüber zum Feuer! Schau dir unseren Jungen an.« Seruun begann leise die Melodie des Weideliedes zu summen.

Diesmal dauerten die Wehen nicht lange. Es verging keine halbe Stunde, bis auch das zweite Kind kam. Es war ein Mädchen, und sie nannten es Bajsaa, Freude.

Nach der zweiten Geburt war Grasfeder zu Tode erschöpft. Doch bevor sie in tiefen Schlaf sank, bat sie Seruun, die Nachgeburt weit fort von ihrer Jurte tief im Schnee zu vergraben.

Das Verhängnis

Im Tal der Eistaucher in den Frostfängen,
zwei Tage später

Bevor er auf die Pirsch ging, besuchte Seruun Morgenröte in
dem kleinen Verhau aus geflochtenen Ästen. Der behelfsmäßige
Unterstand lag unmittelbar hinter der Jurte und war mittlerweile
halb im Schnee verborgen. Durch die Zeltwand drang ein wenig
Wärme auch hierher, und die Schutzwände aus Zweigen hielten
den eisigen Wind ab.

Die Stute begrüßte Seruun mit einem freudigen Schnauben.
Er streifte die dicken Lederfäustlinge ab und strich ihr über die
weichen Nüstern.

Morgenrötes fleischige Lippen liebkosten seine Hände. Jene
Hände, die sie töten würden, wenn Seruun keinen Erfolg auf
der Jagd hätte. Er griff in den kleinen Beutel an seinem Gürtel,
in dem er stets ein wenig Salz verwahrte. Der Schamane zerbröckelte etwas von dem kostbaren Gut, das er von den Bibermännern bekommen hatte, bis feine Krümel an seinen Fingern
haften blieben, dann hielt er der Stute die Hand hin.

Die warme, weiche Pferdezunge strich ihm über die Haut.
Die Stute war gierig, das Salz zu lecken. Dennoch achtete sie
darauf, ihn nicht zu verletzen. Als sie auch den letzten Krümel
gefunden hatte, stieß sie ihn sanft gegen die Brust. Seruun war
diese Geste vertraut von hundert anderen Gelegenheiten, bei denen er Morgenröte mit Salz verwöhnt hatte. Es war ihre Art, um
mehr zu betteln.

»Nicht jetzt.« Er strich ihr sanft über die Stirn. »Ich komme
wieder, bevor es dunkel wird.«

Sie antwortete mit einem Schnauben, ganz so, als habe sie
seine Worte genau verstanden.

Als Seruun den Windschutz verließ, hatte er das Gefühl, ein
Stein stecke ihm in der Kehle. Ein großer, scharfkantiger Kiesel,

den er nicht hinunterschlucken konnte. Das Gefühl war so stark, daß er für lange Zeit den nagenden Hunger vergaß. Heute morgen hatte Grasfeder geklagt, daß sie nicht genug Milch in den Brüsten habe, um beide Kinder zu nähren. Er mußte Fleisch heranschaffen! Mochten die Geister der Ahnen über seiner Jagd wachen, damit er endlich einmal eine lohnende Beute aufspürte!

Sorgfältig rückte Seruun noch einmal die beiden Äste zurecht, die vor dem Eingang der Jurte über Kreuz lagen. Es war zwar unwahrscheinlich, daß sie in der Einsamkeit dieses Tals Besuch bekämen, doch für den jungen Schamanen war dies kein Grund, die alten Traditionen zu vernachlässigen. Die gekreuzten Äste sollten darauf hinweisen, daß es eine Geburt gegeben hatte und daß kein Fremder die Jurte betreten sollte.

Seruun schnallte sich die Schneeschuhe unter und nahm den kleinen Schlitten aus Rinde, den er im Spätsommer anläßlich eines Besuchs bei den Bibermännern eingetauscht hatte. Es war noch früh am Tag. Graues Licht drang durch die dichten Wolken. Ein eisiger Wind wehte von den Gipfeln im Osten herab. Der Geistertänzer wand sich einen Schal um den Kopf und atmete durch die Nase, damit ihm die Kälte nicht sofort in die Lungen drang. Dann begann sein langer Marsch.

Stunde um Stunde stapfte er durch die Einsamkeit und hoffte auf eine frische Fährte im Schnee. Lange schritt er auf den Hügeln neben dem kleinen Fluß dahin, der weiter im Norden in den See der Biberleute münden würde. Der Schnee lag hüfthoch. Ohne die geflochtenen breiten Schneeschuhe, die verhinderten, daß er tiefer einsank, wäre es unmöglich gewesen, einen längeren Streifzug zu unternehmen.

Seruun blickte zum Himmel hinauf und versuchte abzuschätzen, wann es dunkel werden würde. Doch die Wolken waren so dicht, daß er nicht wußte, wo das Tagauge stand. Der Fluß war drei Fuß tief gefroren. Er hatte vor ein paar Tagen versucht, ein Loch ins Eis zu schlagen, um zu fischen, und hatte dabei sein Beil aus Nachtstein zerbrochen. Es war, als liege ein Fluch auf ihm!

Rastlos wanderten die Augen des Schamanen bis zum Horizont und wieder zurück zum Fluß. Alles war rein und weiß.

Weiche Wellenlinien unter dem Schnee markierten die Stellen, wo sich beim Gefrieren des Flusses das Eis gestaut hatte. Trostlos wirkte das Land. Nirgends war eine Fährte zu entdecken, so als gebe es im ganzen Tal kein Lebewesen mehr.

Seruun kämpfte die Versuchung nieder, sich im Windschatten des Hügels auf den Schlitten zu setzen und zu rasten. Mit jedem Augenblick, den er stillstand, drangen Frost und bleierne Müdigkeit tiefer in ihn ein. Er rieb sich mit den dicken Fäustlingen über den Nasenrücken und die Stirn. Dort wo seine Haut nicht durch den Schal oder die Fellkapuze geschützt war, brannte sie und wurde gleichzeitig gefühllos. Der Frost fraß sich in sein Fleisch. Wenn er die Haut rieb, wich für kurze Zeit das taube Gefühl. Doch kaum nahm er die Hand weg, kehrte es zurück.

Mit einem ärgerlichen Seufzer setzte er seinen Weg fort und schritt auf ein kleines Wäldchen zu, das nicht weit vom Fluß entfernt lag. Er mußte in Bewegung bleiben! Noch nie hatte er eine solche Kälte erlebt.

Wieder blickte er zum Himmel hinauf. Nicht mehr lange, dann würde er umkehren. Der Schnee knirschte unter seinen Füßen. Es war das einzige Geräusch. Selbst der Wind wehte lautlos. Er blies ihm ins Gesicht, als er sich dem Wäldchen näherte. Das war gut! So bekäme das Wild keine Witterung von ihm – falls es dort überhaupt Wild gab.

Der Schamane wünschte sich, so wie Wolfszahn zu sein. Gurwan Nudet hatte Seruun einmal erzählt, daß Wolfszahn seine Zeit nie mit der Jagd vertan habe. Wenn er hungrig war, dann schenkte ihm das Land Wild. Tauben und Kaninchen näherten sich ihm von selbst. Er mußte nur noch zupacken und ihnen das Genick brechen.

Geschichten! dachte Seruun. Er wäre schon zufrieden gewesen, wenn er wenigstens eine Fährte gefunden hätte. Vom Waldrand ertönte ein scharfer Knall herüber. Ein schwerer Ast war unter der Last des Schnees gebrochen. Das Geräusch schreckte nicht einmal einen Vogel auf. Der Wald war tot. Nichts lebte dort! Seruun wollte das Gehölz schon umgehen und sich die Mühe ersparen, das dichte Unterholz durchqueren zu müssen, als er parallel zum Waldrand eine Spur sah. Es war eine schmale Fährte, die tief in die Schneedecke eingebrochen war. Ein Reh oder – mit etwas Glück – sogar ein ausgewachsener Hirsch.

Aufmerksam sah sich der Geistertänzer um. Es gab nur diese eine Spur. Das Tier mußte von seiner Herde getrennt worden sein. Vielleicht war es vor den Wölfen geflohen und hatte dann den Anschluß verloren.

Die Spur bog nach kurzer Strecke in den Wald ab. Vorsichtig pirschte Seruun sich in das Gehölz, das an dieser Stelle lichter war. Er durchquerte eine Senke mit kahlem, eisverkrustetem Gestrüpp. Jenseits der Senke erhob sich ein Nadelwald wie eine düstere Mauer. Nicht weit von dem Waldstreifen entfernt äste ein Rehbock.

Seruun hielt den Atem an. Hatten die Geister der Ahnen seine Bitten erhört? Er streifte die fellgefütterten Fäustlinge von den Händen. Wie ein Messer schnitt ihm die Kälte ins Fleisch. Im nächsten Augenblick fühlten sich seine Finger taub an, und er hatte Mühe, die Schneeschuhe von den Füßen zu schnallen.

Besorgt blickte er zu dem Rehbock hinüber. Jedes Geräusch, das er verursachte, kam ihm in der Stille des Waldes so laut vor wie Donnerhall. Doch das Tier hatte ihn nicht bemerkt. Friedlich zupfte es an der weichen Rinde eines jungen Baums.

Hinter einen kahlen Busch geduckt, band Seruun die Jagdwaffen los, die auf dem Schlitten festgebunden waren. Sie bestanden aus einem schweren Wurfspeer mit einem Blatt aus Feuerstein und zwei leichteren Speeren, deren Spitzen im Feuer gehärtet waren.

Seruun ließ sich auf die Knie sinken und kroch vorsichtig näher. Der verharschte Schnee knirschte bei jeder Bewegung verräterisch. Wachsam behielt der Jäger seine Beute im Auge. Sich noch näher heranzuschleichen, wäre töricht gewesen. Er wollte sein Glück nicht herausfordern.

Der Schamane wog den schweren Speer in der Hand und lehnte sich zurück. In diesem Augenblick rutschte eine Schneewächte von einer nahen Tanne herab. Erschrocken hob der Rehbock den Kopf und blickte Seruun in die Augen. Der Jäger sprang

auf und schleuderte den Speer. Um wenige Fingerbreit verfehlte die Waffe ihr Ziel.

Haken schlagend flüchtete der Rehbock mit weiten Sprüngen durch den tiefen Schnee. Seruun schleuderte einen der leichteren Speere und verfehlte erneut sein Ziel. Dann war die Beute im Tannenwald verschwunden.

Fast eine Stunde lang folgte er der Fährte des flüchtenden Tiers. Doch einmal aufgeschreckt, war der Rehbock vorsichtig geworden, und obwohl Seruun ihn noch zweimal zu sehen bekam, konnte er sich ihm nicht mehr unentdeckt bis auf Speerwurfreichweite nähern. Niedergeschlagen mußte er die Jagd schließlich aufgeben.

Seine Hände waren ganz gefühllos von der Kälte, und er schlug sie sich gegen die Brust, bis er spürte, wie das Blut wieder zirkulierte. Es war fast dunkel, als er sich auf den Rückweg zur Jurte machte.

Im letzten Licht fand er die Spur. Überdeutlich zeichnete sie sich im Schnee ab. Ein schweres Tier hatte mit seinem Körpergewicht eine tiefe Furche gezogen. Die Fährte führte nach Norden, in Richtung der Jurte.

Seruun fragte sich, welches Tier diese Spur wohl hinterlassen haben mochte. Es mußte fast so groß und bullig wie ein Büffel gewesen sein. Vielleicht ein Elch? Irgend etwas beunruhigte ihn an der Spur. Dies war kein Tier, das man mit einem einzelnen Speerwurf tötete. Doch das allein war es nicht, weshalb er den grimmigen Frost vergaß.

Der Schamane beschleunigte seine Schritte. Rasch verschwand das letzte Tageslicht. Ein leichter Schneefall setzte ein. Es waren feine, harte Eiskörner, die mit leisem Knistern über den verharschten Boden trieben.

Seruun war der Spur schon eine ganze Weile gefolgt, als er begriff, was daran so merkwürdig war. Die Fährte verlief allzu geradlinig. Hier wanderten kein Elchbulle und auch kein Büffel auf Nahrungssuche durch das Tal. Es war etwas anderes. Etwas, das sich, ohne innezuhalten, auf ein bestimmtes Ziel zu bewegte. Seruun begann zu laufen.

Als er eine niedrige Hügelkuppe erreichte, sah er eine Gruppe von drei alten Kiefern. Die Spur führte geradewegs auf die Bäume zu. Die Stelle, an der Seruun vor zwei Tagen die Nachgeburt im Schnee vergraben hatte! Keine hundert Schritt hinter den Bäumen lag die Jurte.

Ein schrilles Wiehern drang durch die Nacht. Seruun nahm den schweren Speer und ließ den Schlitten zurück, um schneller voranzukommen. Die Schneeschuhe behinderten ihn beim Laufen. Immer wieder strauchelte er in seiner Hast.

Zwischen den Kiefern war der Schnee aufgewühlt. Das unbekannte Wesen hatte die blutigen Reste, die dort vergraben waren, wieder hervorgescharrt.

Ein hechelnder Laut, das fast wie ein gehetztes Lachen klang, drang vom Windschutz bei der Jurte herüber. Ansonsten war es beklemmend still.

Seruun sah einen Schatten beim Zelteingang. Etwas Großes schob das schwere Büffelfell zur Seite. Der Schamane rannte so schnell, daß ihm das Herz schier zerspringen wollte.

»Hier, komm zu mir, Schatten aus der Nacht!« rief dabei aus Leibeskräften, doch die Langmähne beachtete ihn nicht. Sie hatte leichte Beute gewittert.

Aus dem Zelt drangen gellende Schreie. Als Seruun die Plane zurückschlug, bot sich ihm ein Bild des Grauens. Grasfeder kauerte neben dem Feuer und preßte sich einen blutenden Armstumpf gegen die Brust. Mit der Linken versuchte sie das Nachtsteinmesser aus dem Gewirr von Fingern und Knochen zu zerren, das vor ihr auf dem Boden lag. Die Langmähne hatte sich über das Körbchen mit den Kaninchenfellen gebeugt und eines der Kinder herausgezerrt.

Helles Blut troff von der Schnauze der Bestie. Der Räuber war so groß wie ein einjähriges Büffelkalb. Eine schwarze Mähne wie bei einem Pferd wuchs aus dem Nacken hervor. Das Fell war von der Farbe verdorrten Grases und mit schwarzen Sprenkeln und Streifen durchsetzt. Die langgezogene Schnauze erinnerte an einen Hund, doch waren die Kiefer der Langmähne ungleich kräftiger. So stark, daß sie sogar die Knochen von Speernasen zu zermalmen vermochten, um an das Mark im Innern zu gelangen.

Die bernsteinfarbenen Augen des Tiers richteten sich auf Seruun, und ein tiefes Knurren stieg aus der Kehle des Räubers auf, so als wolle er einen vermeintlichen Rivalen von seiner Beute vertreiben. Seruun sprang vor und stieß blindwütig mit dem Speer nach der Schnauze der Langmähne.

Der Räuber zuckte zurück und hatte eine tiefe Schramme unter dem linken Auge davongetragen. Dann schnappte er überraschend nach der Speerspitze. Knirschend splitterten die fein tuschierten Kanten des Nachtsteinblatts.

Seruun ließ den nutzlosen Holzschaft der Waffe fallen und zog einen brennenden Ast aus dem Feuer. Argwöhnisch folgten die Augen des Räubers der Fackel, die der Schamane hin und her bewegte. Seine Lefzen zogen sich zurück und entblößten die langen gelben Reißzähne. Wieder ertönte das tiefe Knurren, dann sprang die Langmähne überraschend vor.

Seruun wich zurück und prallte gegen das Gittergestell aus geflochtenen Zweigen, das die Innenwand der Jurte stützte. Er hatte Gurwan Nudets Stahlmesser gezogen.

»Möge dein Geist in die Tiefen des Landes gerissen werden und auf immer in Dunkelheit wandern.« Die Langmähne verharrte und knurrte. Ihr Atem stank nach Aas.

Abgrundtiefer Haß brandete in Seruun auf. »Ich bin der Herr des Feuers. Der Geistertänzer der Windwanderer.« Er stellte sich vor, wie Flammen nach der Langmähne griffen und ihr scheckiges Fell verbrannten, und dann schlug das Feuer durch das Maul des Räubers in dessen Kehle, erfaßte die Lungen und loderte hinab bis in die Gedärme.

Die Langmähne stieß ein winselndes Geräusch aus und wich vor Seruun zurück. Die Flammen seiner Fackel schienen noch heller zu leuchten. »Verflucht seist du und alle deiner Art!«

Im roten Schein des Feuers glänzte das Messer in Seruuns Hand wie gefrorenes Blut. Die Klinge schoß vor und traf den Räuber knapp unterhalb des Kiefers in den Hals. Das Tier winselte und machte nicht den geringsten Versuch, sich zu wehren.

In pulsierenden Fontänen spritzte sein Blut über die Felle, die auf dem Boden der Jurte ausgebreitet waren.

Seruun spürte die Todesangst und den nagenden Hunger, der das Tier zur Jurte getrieben hatte. Die starken Muskeln des riesigen Räubers versagten ihm den Dienst. Seine Läufe zitterten, und er brach nieder. Dem Tode näher als dem Leben, versuchte das Tier, sich zum Eingang zu schleppen, getrieben von einer Angst, die ein letztes Mal alle seine Kräfte entfesselte. Seine Schnauze stieß gegen das schwere Büffelfell am Eingang der Jurte. Kälte drang in das Zelt. Das Feuer flackerte auf, angefacht von einem eisigen Windzug. Der Räuber regte sich nicht mehr.

Seruun beugte sich über seinen Sohn. Die Langmähne hatte das Kind grausam verstümmelt und getötet. Der Schamane wickelte seine sterblichen Überreste in ein Fell. Der lodernde Haß in ihm war erloschen. Keine Träne weinte er um Odnoo. Die Tränen waren versiegt.

Wie in Trance wandte er sich Grasfeder zu und stillte die Blutung. Die Langmähne hatte ihr die Hand zerfetzt. Er entfernte alles, was an zersplitterten Knochen und abgerissenen Sehnen geblieben war. Auch dabei empfand er nichts. Er fühlte sich, als hätte das ganze Geschehen in einem Traum stattgefunden. Er mußte nur die Augen aufschlagen, und alles würde wieder gut.

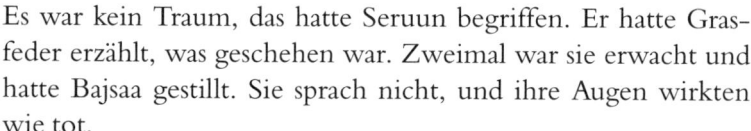

Mösönchin

Einen Tag später,
im Tal der Eistaucher

Es war kein Traum, das hatte Seruun begriffen. Er hatte Grasfeder erzählt, was geschehen war. Zweimal war sie erwacht und hatte Bajsaa gestillt. Sie sprach nicht, und ihre Augen wirkten wie tot.

Seruun hatte den Kadaver der Langmähne weggeschleppt und hinter den Windschutz zur toten Stute gelegt. Dennoch wollte das Grauen nicht aus ihrer Jurte weichen. Die halbe Nacht hatte Seruun Sternkraut und getrocknetes Geißblatt im Feuer verbrannt und gesungen, um den Schrecken zu bannen, doch seine Kunst als Schamane schien von ihm gewichen zu sein.

Schließlich hatte er Odnoos Knochenkäfig geöffnet, um die Seele seines Sohnes fliegen zu lassen. Ganz weich war sein Gebein gewesen.

Bajsaa war erwacht, als Seruun das Lied des Seelenflugs angestimmt hatte. Die Kleine weinte und weinte und war nicht zu beruhigen. Sie schien zu spüren, daß ihr Bruder, mit dem sie engumschlungen ihr bisheriges junges Leben verbracht hatte, für immer gegangen war.

Als das Lied des Seelenflugs beendet war, nahm Seruun seinen Sohn auf die Arme und verließ das Zelt. Er schnallte sich keine Schneeschuhe unter, und er vergaß auch den warmen Mantel. Die Kälte draußen spürte er kaum.

Schritt um Schritt kämpfte er sich durch den tiefen Schnee und ließ eine breite Spur hinter sich zurück. Er kam vorbei an den drei Kiefern, und er wußte: Es war seine Schuld gewesen, daß die Langmähne sie gefunden hatte. Die Nachgeburt. Er hätte sie weiter von der Jurte fortbringen sollen. Er hätte sie tiefer vergraben sollen. Dann hätte sein Sohn jetzt nicht tot in seinen Armen gelegen. Der Blutgeruch hatte die Langmähne angelockt.

Seruun war in der Nacht der Geburt zu erschöpft gewesen, um eine weiter entfernt liegende Stelle zu suchen. Und der Boden war hart wie Stein vom Frost. Es wäre unmöglich gewesen, eine Grube auszuheben. Seit sie ins Tal der Eistaucher gekommen waren, hatte er nicht einen einzigen der gefährlichen Räuber zu sehen bekommen. Ja, nicht einmal die Fährte eines Raubtieres hatte er entdeckt. Das hatte ihn leichtsinnig gemacht. Es war seine Schuld ... Und er hatte es Grasfeder nicht sagen können, hätte ihren Blick nicht ertragen.

Es begann zu schneien. Die grauen Berge, die das Tal umgaben, verschwanden im dichter werdenden Schneetreiben vor Seruuns Augen. Noch immer ging er weiter, das Bündel mit dem toten Kind eng an die Brust gepreßt.

Endlich, es war schon dunkel geworden, erreichte er einen einsamen Blutblattbaum, der neben einem schroffen Fels stand, wie er vor langer Zeit von den Bergen ins Tal herabgestürzt sein mochte. Das Land war hier wellig wie der gefrorene Fluß. Dem Felsen gegenüber erhob sich ein kleiner Hügel.

Seruun stieg auf den Baum. Schnee fiel von den starken, weit ausgreifenden Ästen. Weit oben in einer Astgabel fand er die Reste eines längst verlassenen Nests. Dort legte er das Bündel ab. Er hatte auch den Fuchs aus Filz mitgebracht. Den band er mit einer Lederschnur an einem höheren Ast fest, so daß das Filztier sich dicht über dem Kopf des Kindes im Wind drehen konnte. So wäre Odnoo nicht ganz allein, sollte seine kleine Seele vor der letzten Wanderschaft noch einmal zu ihrer sterblichen Hülle zurückkehren.

Als Seruun vom Baum hinabgestiegen war, streifte er das Adlerhemd ab, das er zu Ehren seines Sohnes getragen hatte. Er ließ sich vor dem einsamen Felsen nieder und legte das Hemd neben sich in den Schnee. Er betrachtete seine Arme. Sie hatten sich dunkel verfärbt vor Kälte, doch er spürte keinen Schmerz. Nur ein einziges Gefühl hatte in ihm überlebt. Sein Zorn. Warum hatten ihn die Geister der Ahnen nicht gewarnt? Warum sprachen sie nicht zu ihm? Sie hatten ihm die Angst vor dem Winter geschickt. Die Ahnungen und vor allem die Träume, an deren

Inhalt er sich nicht erinnern konnte, wenn er aufwachte. Warum waren ihre Warnungen nicht deutlicher gewesen?

Seruun nahm Gurwan Nudets Messer und zog sich die Klinge über den rechten Oberarm. Obwohl der Schnitt tief war, blutete er kaum. Erneut setzte er das Messer an und zerteilte sein Fleisch.

»Ihr werdet zu mir sprechen«, murmelte er verbittert. »Dem Ruf des Blutes könnt ihr euch nicht widersetzen.« Gurwan Nuudet nicht und auch nicht Bürgediin Hamart. Ja, nicht einmal Choniin Schüd. Sie alle mußten kommen, wenn er sein Blut vergoß, um mit dem Tod zu tanzen. Dies war das mächtigste aller Rituale. Und es war gefährlich, denn das Blut rief auch die Geister-die-nicht-gehen-konnten. Nichts war so stark wie Blut.

Seruun sah zu, wie es ihm den Arm hinabbrann. Es floß träge, fast wie Brei und verkrustete schnell in der Kälte. Oder gefror es?

Der Schamane wechselte das Messer in die rechte Hand und brachte sich nun auch am anderen Arm Schnitte bei. Er war benommen. Bald würde sein Geist fliegen. Er mußte seinen Haß freigeben! Sein Leib sollte ein leeres Gefäß sein, damit er die Geister der Ahnen in sich aufnehmen konnte, auf daß sie im Traum zu ihm sprächen.

Der Kopf sank ihm auf die Brust. Die Lider wurden ihm schwer. Wieder schnitt er sich. Die Klinge war mit gefrorenem Blut überzogen.

Hör auf, hallte eine Stimme in ihm. Doch sie entfachte nur aufs neue seinen Zorn. »Warum habt ihr nicht zu mir gesprochen, als ich Odnoo noch retten konnte?« fragte er verbittert. Schatten regten sich über in dem Baum, der seinem Sohn zum Grab geworden war.

Leg das Messer fort! Es ist genug, Junge.

Trotzig brachte sich Seruun einen weiteren Schnitt bei. Jetzt sollten die Geister leiden, so wie er gelitten hatte.

Du wirst Grasfeder und Bajsaa verlieren. Hör auf!

Grasfeder! hallte es in Seruuns Gedanken. Sein Kopf war leer. Er hatte das Gefühl, in die Luft gehoben zu werden. Fast als stürze er in eine tiefe Schlucht. Doch dieser Sturz riß ihn nach oben. Grasfeder ...

Wieder sank ihm der Kopf auf die Brust. Die Augenlider flatterten. Wie Rabenschwingen ... Schatten umgaben ihn. Sie waren vom Baum herabgestiegen. Ein kleiner Vogel flog vor ihm her. Seine Gefieder schillerte bunt, und er sang ein helles Lied. Er flog auf ein gleißendes Licht zu.

Seruun konnte ihm nicht länger folgen. Einige Herzschläge lang sah er ihn noch, dann war der Vogel eins mit dem Licht geworden, und der Schamane hatte ein Gefühl, als fielen Fesseln von seinem Herzen.

Dies ist nicht die Zeit für Sterne, Seruun.

Der Kopf sank Seruun in den Nacken. Seine Augen öffneten sich, und er sah den dunklen Winterhimmel. Die Wolken zogen schneller als selbst im Sturmwind, und sie waren so dicht, daß kein Sternenlicht sie zu durchdringen vermochte. Sogar der ewigmütterliche Blick des Nachtauges blieb dahinter verborgen.

Plötzlich verschwand der Himmel, und er fand sich auf einer verschneiten weiten Ebene wieder. Ein gebeugter alter Mann kam auf ihn zu. Wolfszahn!

»Warum helft ihr mir nicht?« rief er dem Geist der Vergangenheit wütend entgegen.

»Weil du nicht daran glaubst, daß wir dir helfen, Junge.«

»Wie soll ich daran glauben, wenn ich täglich erlebe, daß ihr mir nicht helft?«

Der alte Schamane seufzte. »Wir können dir nicht helfen, weil du eben glaubst, wir hülfen dir nicht. Aus der Saat der Verzagtheit erblüht jammernde Hilflosigkeit. Das Jagdglück flieht den Jäger, der sich für schlecht hält.«

»Ich bin kein Büffelkalb mehr, das noch an den Zitzen seiner Mutter hängt, Wolfszahn. Ich kenne die Aufgaben der Schamanen. Was das betrifft, war ich ein gelehriger Schüler von Gurwan Nudet, ja sogar von Steinfaust. Worte, alles nur Worte!«

Die Landschaft ringsum veränderte sich. Plötzlich waren sie wieder in der Jurte. Grasfeder lag verletzt am Boden. Seruuns Speer war zerbrochen. Die Langmähne kam auf ihn zu, um auch ihn zu töten. Doch diesmal stand Wolfszahn hinter der Bestie.

»Du hast, lediglich mit einem Messer bewaffnet, eine Langmähne angegriffen und sie sogar getötet. Nur wenige große Jäger hätten den Mut dazu gehabt. Und sieh dir das Tier an. Es ist dein Zorn, vor dem es zurückweicht. Im Gegensatz zu dir spürt es, welche Macht dir innewohnt. Weißt du, daß deine Gedanken und deine Träume die Welt verändern können? Wenn du zu dir findest, Seruun, dann erinnerst du dich auch besser an deine Träume.« Das Innere der Jurte verblaßte.

Der junge Schamane sah sich erschrocken um. Er befand sich unter dem Blutblattbaum und sah seinen leblosen Körper gegen den Felsen lehnen.

»In einem hast du recht, Geistertänzer!« Wolfszahns Stimme toste wie Sturmwind in den Bäumen. »Du bist deinem Volk ein schlechter Schamane und deinem Weib ein schlechter Mann. Grasfeder liegt allein in eurer Jurte, und du hast in deinem Trotz beschlossen, hier zu sterben.«

Seruuns Gedanken waren immer noch beim Zelt. »Du könntest mich dorthin zurückbringen, Wolfszahn. Ich gebe dir mein Leben, wenn du es noch einmal tust. Bring mich zurück. Laß mich vor der Langmähne dort sein.«

»Du bist ein törichtes Kind, Seruun! Niemand kann ändern, was einmal geschehen mußte. Du kannst die Zukunft formen, doch was vergangen ist, ist nicht mehr rückgängig zu machen. Es mag dir von Nutzen sein, wenn du daraus lernst . . . Und nun verlasse ich dich, Junge. Du liegst im Sterben, und es erfüllt mich mit Zorn, daß ein hoffnungsvolles Leben fortgeworfen wurde!«

»Warte . . .« Wolfszahn war verschwunden. Seruun fand sich in seinem geschundenen Körper wieder. War auch das ein Traum? Oder war es Wirklichkeit? Er sah das viele Blut um sich herum im Schnee. Die Augen offenzuhalten, war schwer. Er war so müde. Die Kälte spürte er nicht. Er sollte ein wenig schlafen, um wieder zu Kräften zu kommen. In einem hatte Wolfszahn recht gehabt. Es war dumm gewesen, Grasfeder allein im Zelt zurückzulassen. Sie brauchte ihn. Wenn er nicht dort war, würden sie und Bajsaa den Winter niemals überleben. Nur ein wenig Schlaf . . .

Wenn er ein großer Schamane wie Wolfszahn wäre, dann riefe

er den Mösönchin, den Eisherrn, zu Hilfe. Er war der Geist des Landes, der Beschützer der Herden ...

Und warum mußt du wie Wolfszahn sein, um mich zu rufen?

War der alte Geistertänzer zurückgekehrt, um ihn zum Narren zu halten? Seruun blinzelte. Er sah, daß seine Beine halb zugeschneit waren. Es war so, wie Wolfszahn gesagt hatte: Er lag im Sterben. Er hatte sein Leben weggeworfen.

Du hast dein Blut dem Land gegeben, Seruun. Das mächtigste Ritual, das ein Schamane wirken kann. Warum nutzt du es nicht?

Ich bin nicht wie Wolfszahn.

In der Tat. Er war ein ziemlich selbstgefälliger alter Kerl, der den Weibern anderer Männern hinterherstieg. Nur wenn er an die Sterne dachte, blühte wahre Schönheit in ihm auf. Du hast gesehen, was daraus erwachsen ist, Seruun. Du bist anders als Wolfszahn, und du könntest soviel mehr sein als er, wenn du es nur wolltest. Aber dein Leben verrinnt. Dir bleiben nur noch wenige hundert Herzschläge, um deinen Weg zu finden.

Wer bist du?

Diesmal gab die Stimme in seinen Gedanken keine Antwort. War dies sein Todestraum? Die letzte Vision?

Seruun versuchte die Augen zu öffnen, doch er konnte die Lider kaum heben. »Mösönchin.«

Der Fels, an dem er lehnte, erzitterte. Was Seruun für einen Hügel gehalten hatte, bewegte sich. Die Schneekruste zerbarst, und ein gewaltiger weißer Speernasenbulle erhob sich vor dem jungen Schamanen. Seit er ein Kind gewesen war und Gurwan ihm zum ersten Mal vom Eisherrn erzählt hatte, war es Seruuns Traum gewesen, einmal im Leben dem Mösönchin zu begegnen. So schloß sich wenigstens dieser Kreis.

»Rette ... Grasfeder.« Die Worte schienen auf seinen Lippen zu gefrieren. Er war so unendlich müde. Jetzt konnte er für kurze Zeit die Augen schließen ...

Hatte er die Augen denn geöffnet gehabt? War dies nicht alles ein Traum? Ein buntes Vögelchen flog vor ihm auf. Er sang nun ein trauriges Lied. Das Licht ... Seruun sah es jetzt ganz deutlich. Dort wäre es warm, und alle Müdigkeit würde von ihm weichen.

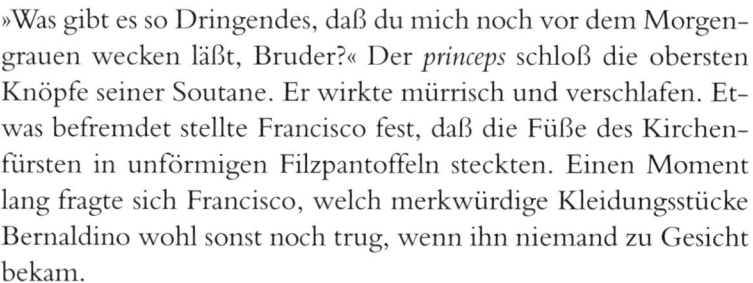

Die Rote Kammer

Monte Flora, in den Gemächern des princeps *Bernaldino,*
früh am Morgen des 8. Tages im Wolkenmond,
im 460. Jahr der Abwesenheit Gottes

»Was gibt es so Dringendes, daß du mich noch vor dem Morgengrauen wecken läßt, Bruder?« Der *princeps* schloß die obersten Knöpfe seiner Soutane. Er wirkte mürrisch und verschlafen. Etwas befremdet stellte Francisco fest, daß die Füße des Kirchenfürsten in unförmigen Filzpantoffeln steckten. Einen Moment lang fragte sich Francisco, welch merkwürdige Kleidungsstücke Bernaldino wohl sonst noch trug, wenn ihn niemand zu Gesicht bekam.

»Verzeih, wenn ich dich aus dem Schlaf habe reißen lassen, doch es gilt, eine Frage von größter Dringlichkeit zu klären.« Der *iudicator* breitete eine Karte Monte Floras auf dem viel zu kleinen Schreibtisch aus und beschwerte die Enden des Pergaments mit einem Pfeifenständer und einem schweren Schmuckteller aus Jade.

Die Karte war mit kleinen roten Kringeln markiert. »Hier sind die Häuser verzeichnet, in denen während der letzten beiden Monde jemand am Bluthusten erkrankt ist. Wie deutlich zu sehen ist, gibt es zwei Stadtviertel, in denen die Krankheit wesentlich häufiger auftritt als an anderen Orten.«

»Ja, ja ...« Der Kirchenfürst betrachtete geistesabwesend die Karte. »Das alles hat mir Bruder Andres auch schon berichtet, obgleich er keine so schöne Karte vorlegen konnte.« Der Kirchenfürst deutete auf ein Gebiet am Seeufer, wo die roten Kringel dicht an dicht die Karte bedeckten. »Das Gerber- und das Glasbläserviertel. Andres ist der Meinung, daß die miasmatischen Dämpfe der Faktoreien die Krankheit verursachen.«

»Die Sicht eines Heilkundigen. Verzeiht, wenn ich so über Bruder Andres rede. Wir beide sind gut befreundet. Nur deshalb erlaube ich mir zu sagen, daß Andres gelegentlich recht engstir-

nig ist. Es gibt für die *Krankheit* keine so einfache Erklärung, wie ein Heilkundiger sie sich wünscht!« Francisco deutete auf das Viertel, in dem das Siechenhaus und der *palazzo* des *princeps* lagen. »Dies ist eines der besten Viertel der Stadt. Hier gibt es ganz bestimmt keine giftigen Ausdünstungen. Und doch haben wir auch hier fast achtzig Krankheitsfälle. Im Gegensatz zum Flußufer scheinen hier nur Kinder zu erkranken.«

»Das stimmt mich wahrlich traurig, aber ist es ein Grund, mich so früh am Morgen aufzusuchen? Wir hätten das auch in der Tabaksrunde besprechen können.«

»Nein, Bruder, denn was ich dir zu sagen habe, spräche ich in der Tabaksrunde niemals aus. Es geschehen seltsame Dinge in unserer Provinz. Aus den Bergen gibt es Geschichten über Ungeheuer, an der Küste will man einen großen Tintenfisch gesehen haben, der nachts aus dem Wasser steigt und einsame Wanderer angreift. Die Fischer erzählen, die Wale sängen ein trauriges neues Lied auf dem Meeresgrund, und hier, in Monte Flora, gibt es dreiundfünfzig Leute, die behaupten, sie hätten den Atemdieb gesehen!« Franciscos Hand fuhr über die Karte. »Dies ist keine Seuche. Dies alles gehört zusammen, auch wenn ich noch nicht verstehe, auf welche Weise . . .«

»Du wirst doch nicht etwa die Märchen glauben, die man sich im einfachen Volk erzählt, Bruder!«

»Fast jeden Tag erreicht mich ein Bericht über Angriffe von Wildtieren und über Personen, die spurlos verschwunden sind. Das sind keine Märchen. Es ist mir gelungen, den Hunger von der Provinz abzuwehren und die *corona* in ihre Löcher zurückzutreiben . . . Doch jetzt geschieht etwas viel Größeres dort draußen. Etwas, das die Ordnung in ihren Grundfesten erschüttern wird. Die Provinz ist in Gefahr.«

Bernaldino legte den Kopf schief und musterte Francisco eindringlich. Es war das erste Mal, daß er feine blonde Bartstoppeln am Kinn des sonst stets glattrasierten Kirchenfürsten bemerkte.

»Du hast die ganze Nacht über deinen Briefen und Unterlagen gesessen, nicht wahr, Bruder?«

»Das ist meine Pflicht . . .«

»Nein, unterbrich mich nicht, Francisco. Die Nacht ist keine gute Zeit zum Arbeiten. Die Dinge erscheinen uns unheilvoller ... Unser Verstand ist müde und vermag die Wahrheit schwerer zu erfassen als am Tage. Ich bin mir sicher, deine Sorgen sind nur eingebildet.«

Francisco legte eine schwarz angelaufene Silbermünze auf die Karte. »Dies ist sehr faßbar.«

Der Kirchenfürst runzelte die Stirn, dann nahm er die Münze und betrachtete sie von beiden Seiten. »Das Delphinwappen ... Sie stammt wohl noch aus der Zeit des alten Imperiums.«

»Ein Junge, der heilige Eide schwört, dem Atemdieb begegnet zu sein, hat sie mir gebracht. Die Kreatur, die unsere Bürger mordet, hat sie verloren.«

»Du hörst auf das Wort von Kindern?« Der *princeps* lächelte. »Ich bitte dich, Francisco! Erinnere dich an deine Kindheit. Ich habe mir bei Nacht mitunter eingebildet, die unglaublichsten Dinge zu sehen. Doch nichts davon hatte bei Tageslicht Bestand.«

»Diese Münze vergeht auch bei Tageslicht nicht«, beharrte der *iudicator*. »Und das Kind ist ein *novize*. Ich kenne diesen Jungen gut. Auf sein Wort ist Verlaß. Und dieses Münzbild. Es zeigt den letzten Fürsten von Cornia. Ich habe die Archive aufgesucht, um über ihn nachzulesen. Dort findet man fast nichts.«

»Francisco, dieser Mann herrschte vor fünfhundert Jahren in einer Zeit, als ein Bürgerkrieg ausgefochten wurde. Wahrscheinlich hat er ein gewaltsames Ende gefunden.«

»Wahrscheinlich ...« Der *iudicator* zögerte. Er hatte einen Verdacht, wo die verschwundenen Akten zu finden sein könnten. Über den Bürgerkrieg und die Zeit der Inkarnation Aionars fanden sich fast nur Berichte, die viele Jahrzehnte später verfaßt worden waren. Es schien unwahrscheinlich, daß die Akten in den Wirren des Krieges verlorengegangen waren. Dafür hatten zu viele banale Dokumente überlebt. Listen über Ernteerträge dieser Zeit, Urkunden über Gerichtsurteile oder Landverkäufe. Aus diesen Dokumenten kannte Francisco auch den Namen und das Siegel des letzten *dux* von Cornia. Lorenzo Nardez Odera. Und sein Siegel zeigte einen springenden Delphin.

»Ich bitte dich, Bruder *princeps*, erlaube mir, die Rote Kammer zu betreten.«

»Dir hat der Atemdieb wohl den Verstand gestohlen!« Bernaldino riß die Karte vom Tisch, rollte sie auf und drückte sie dem verblüfften Francisco in die Hände. »Und jetzt hinaus mit dir! Die Rote Kammer! Du willst mir wohl den *ordo silentii mysteriorum* in die Stadt holen. Und ich dachte, du seist ein vertrauenswürdiger Berater. Das ist ja wie ein schlechter Traum!«

»Ich weiß, was es . . .«

»Gar nichts weißt du!« Nie zuvor hatte Francisco den *princeps* so aufgeregt gesehen. »Hinaus hier! Und wage es nicht, mir noch einmal mit einem solchen Vorschlag zu kommen. Was in der Roten Kammer liegt, ist dort auf immer begraben. Und das ist gut so. Ich werde nicht daran rühren, und auch du wirst es nicht tun, Francisco. Man hat mir berichtet, daß es Unruhen unter den Fischern in Porto Oldo gibt. Ich schlage vor, du reist unverzüglich ab und kümmerst dich darum. Und wenn du wiederkommst, wünsche ich, daß du den Atemdieb vergessen hast!«

Die mit dem Nordwind kommen
Im Tal der Bibermänner, in den Frostfängen,
zehn Tage nach Mittwinter, im Jahr der großen Wanderung

»Diesmal werden sie uns aufnehmen«, erklärte Seruun. »Einen Geistertänzer, der vom Mösönchin begleitet wird, wagen sie nicht zurückzuweisen.«

Grasfeder nickte schwach, die Lippen zu einer dünnen Linie zusammengepreßt. Jeder Schritt verursachte ihr stechende Schmerzen in dem verstümmelten Arm. Sie hätte auf dem großen Speernasenbullen reiten können, doch sie fürchtete den Mösönchin auch jetzt noch, obwohl er Seruun zur Jurte zurückgetragen und ihm damit das Leben gerettet hatte.

Drei Tage lang hatte der Geistertänzer in tiefem Schlaf gelegen und von wunderbaren Landschaften geträumt. Von einem Wasser, größer als der Bittersee, an dessen weißem Ufer eine Herde entlangwanderte. Von Bäumen, auf denen Farnwedel wuchsen, und von weiten Tälern, in denen der Eisatem nur wenig Macht hatte. Es war ein gutes Land, wo das Gras mannshoch wuchs. Doch so schön diese Träume auch waren, jedesmal endeten sie mit einem Bild des Schreckens. Eine Mauer aus Stahlspitzen fuhr aus dem Boden hervor und verwehrte der Herde den Weg zu den fruchtbaren Tälern.

Beim Geräusch splitternder Äste fuhr Seruun aus seinen Gedanken auf. Der Mösönchin hatte ihnen einen Weg durch dichtes Buschwerk gebahnt. Er war gezwungen, lange, gewundene Wege durch die Bergwälder zu suchen, denn oft standen die Bäume so dicht, oder ihre Äste hingen so tief, daß es für ihn fast kein Durchkommen gab. Seruun hatte die Jurte und die gesamte Habe in einem behelfsmäßigen Tragegestell untergebracht und auf dem Rücken des Eisherrn festgeschnallt.

Nachdem der große Bulle durch das Buschwerk gepflügt war, blieb er plötzlich stehen. Sie hatten eine Stelle hoch oben an

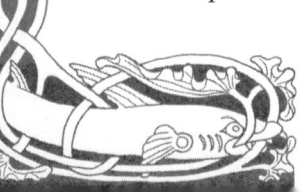

einem Berghang erreicht, von wo aus das Tal zu überblicken war. Tief unten lag das Lager am See. Ein kalter Nordwind schlug den Reisenden entgegen. Seruun wünschte, sie hätten schon eine der seltsamen Rindenjurten erreicht, wie die Bibermänner sie zu bauen pflegten. Er war noch immer geschwächt vom Blutritual, auch wenn die Schnittwunden an den Armen gut verheilten.

Die Nüstern des Mösönchin blähten sich. Der Bulle schnaubte unruhig. *Der Tod wandert umher in diesem Tal.*

Grasfeder drückte Bajsaa fester an sich. Sie trug das Kind in einem weiten Tuch, das sie sich um Brust und Rücken geschlungen hatte. »Was ist dort unten geschehen? Ich sehe keinen Rauch über den Jurten der Bibermänner.«

Darüber werde ich nicht zu euch sprechen. Sie sind gekommen, weil man über sie spricht. Angst nährt sie und macht sie noch mächtiger.

Jetzt sah Seruun die Bresche zwischen den Stämmen toten Holzes, mit denen die Bibermänner ihr Lager umgeben hatten.

»Wir müssen also wieder in der Wildnis übernachten«, stellte Grasfeder verzagt fest.

Wir werden zu einem Windbruch gelangen. Dort gibt es eine warme Höhle unter umgestürzten Bäumen. Ein guter Platz zum Lagern.

Grasfeder schwieg darauf, doch Seruun spürte ihre Enttäuschung. Nicht das Feuer in einer Rindenjurte vermißte sie – sie sehnte sich danach, unter Menschen zu sein. Mit anderen zu reden und zu lachen, Kinder um sich zu haben und gemeinsam mit Freundinnen ihre scharfe Zunge zu üben, wenn sie über Männer sprachen. Ihre Liebe zu Seruun hatte nicht nachgelassen, doch der junge Schamane wußte, daß er ihr all dies nicht bieten konnte und daß Grasfeder es zum Leben brauchte. Deshalb war er entschlossen, zu seinem Volk zurückzukehren. Er wollte den Platz einnehmen, der ihm bestimmt war, bevor Steinfaust ihn vertrieben hatte. Er wollte sein Volk und die Herde in ein Land führen, in dem der Eisatem keine Macht hatte. Aber wenn er ganz ehrlich war, dann wollte er Grasfeder vor allem wieder lachen sehen. Er wollte, daß sie glücklich war. Sie mußte wieder unter Menschen sein, oder sie würde verkümmern wie eine Blume in einem trockenen Sommer.

Er betrachtete Bajsaa. Das kleine Mädchen lag in Felle gehüllt an der Brust der Mutter. Auch Bajsaa war Seruun es schuldig, daß sie ihr Volk kennenlernte.

Etwas war im Wind. Stimmen. Leise, flüsternd.

Du hörst sie?

»Wovon redet ihr?« fragte Grasfeder.

»Die-Geister-die-nicht-gehen-können.« Seruun spürte ihre Anwesenheit ganz deutlich. Sie waren so voller Angst und zugleich auch so zornig, wie es der Schamane noch nie zuvor erlebt hatte. »Sie rufen mich.«

»Du willst doch nicht etwa ins Lager der Bibermänner gehen!« rief Grasfeder erschrocken.

Seruun hielt ihrem Blick stand. »Ich muß gehen. Ich bin Geistertänzer. Nur ich kann ihnen helfen.«

»Und was ist mit Bajsaa? Auch sie braucht deine Hilfe! Was ist dort unten im Tal? Es ist gefährlich ... Vielleicht sind sie ja noch dort, die Geschöpfe, die das getan haben.«

Seruun wollte sie in den Arm nehmen, doch Grasfeder wich vor ihm zurück. »Sag, daß du nicht gehst.«

Er hat keine Wahl. So wenig, wie du deinem weinenden Kind die Milch verweigern könntest, kann sich ein Geistertänzer dem Ruf der Seelen verweigern.

»Man hat immer die Wahl«, entgegnete Grasfeder.

Ginge er nicht, wäre er nicht der Mann, den du liebst.

»Ich bin bald zurück. Ich komme wieder, das weißt du doch.«

Sie senkte den Kopf. Zu gern hätte Seruun gewußt, was sie jetzt dachte.

»Du kannst einen Zauber auf ihn legen, Mösönchin. Schütze ihn! Du willst doch auch, daß er zurückkommt.«

Der Speernasenbulle wandte den Kopf in Seruuns Richtung. Er schnaubte. Sein Atem roch nach Kiefernnadeln. *Du darfst kein Feuer machen, Geistertänzer, und wenn sie in deine Nähe kommen, dann steh still und fessle die Furcht in deinen Gedanken. Wärme, Bewegung und Furcht, das lockt sie an. Hast du aber keine Angst vor ihnen und stehst ganz still, dann sehen sie dich nicht.*

Grasfeder trat an Seruuns Seite und reichte ihm ein mit bunten Federn geschmücktes Lederbeutelchen. »Der Beutel enthält das Band, das mich mit Bajsaa verband. Es soll dich an uns erinnern und sicher zu uns zurückführen.« Ihr Gesicht war ausdruckslos. Sie hatte sich in das Unabwendbare gefügt, doch ihr Zorn und ihre Angst waren noch nicht verflogen.

Seruun wollte sie wieder in den Arm nehmen, sie aber wich abermals vor ihm zurück. »Dein Kind und ich warten auf dich in der Höhle beim Windbruch.« Mit diesen Worten wandte sie sich um und folgte der breiten Spur, die der Mösönchin im Schnee hinterlassen hatte.

Seruuns Weg ins Tal hinab dauerte lange. Er versuchte, so gut wie möglich im Schutz der Wälder zu bleiben und die Lichtungen zu umgehen. Doch auf den letzten dreihundert Schritt zum Lager fand er keine Deckung mehr.

Lange kauerte der Schamane in der Sicherheit des Waldes und beobachtete das Dorf. Es lag da wie ausgestorben. Nichts rührte sich. Nicht einmal ein streunender Hund war zu sehen.

Seruun mochte eine Stunde oder länger in seinem Versteck gekauert haben, als es zu schneien begann. Der Wind trieb die Flocken in dichten, wirbelnden Böen über die freie Fläche. Jetzt endlich wagte er es, zum Lager zu laufen.

Das letzte Stück des Waldes bestand aus mannshohen Baumstümpfen, die am Ende seltsam spitz zuliefen. Es sah aus, als hätten riesige Biber ihre Arbeit verrichtet oder als wären aus dem Leib der Erde gewaltige hölzerne Fangzähne hervorgewachsen.

Als Seruun das Hindernis aus totem Holz erreicht hatte, welches das Lager in weitem Kreis umgab, verharrte er erneut. Seine Glieder waren wie erstarrt vor Kälte. Vorsichtig spähte er durch die Bresche zwischen den aufgerichteten Stämmen. In dem Schneetreiben konnte er nur wenige Schritt weit sehen. Dicht daneben schien der Boden unnatürlich wellig zu sein. Er mußte an seine Vision in der Nacht des tanzenden Zeltes denken. Die kleinen Hügel im Schnee ...

Sein Blick blieb an einem geborstenen Holzstamm haften. Mächtige Klauen hatten den Stamm gepackt und tiefe Rillen im Holz hinterlassen. Die Spuren waren so zahlreich, als hätte ein

Geschöpf in blindem Zorn immer wieder auf das tote Holz eingeschlagen.

Jetzt spürte Seruun noch deutlicher Die-Geister-die-nicht-gehen-konnten. Sie riefen ihn. Einmal glaubte er sogar, im Schneetreiben ein Gesicht zu sehen.

Er durfte nicht davonlaufen! Vorsichtig trat er durch die Bresche. Ob sie noch hier waren ... Er wagte es nicht, *ihren* Namen zu denken. Wie hatten die Bibermänner so dumm sein können, *sie* herbeizurufen? Oder waren *sie* ohne Aufforderung einfach gekommen? Mit dem Nordwind, den *sie* so sehr haßten, daß *sie* vor ihm davonzulaufen versuchten?

Seruun kniete vor einem der kümmerlichen Hügel nieder, die sich im Schnee erhoben. Er wischte die weiße Schicht zur Seite. Ein junger Mann. Ein Hieb hatte ihm den Brustkorb geöffnet. Das Herz fehlte! Waren *sie* Seelenfresser?

Der Schamane versuchte, nicht an die Bilder zu denken, die er in Wolfszahns Höhle gesehen hatte, und auch die Geschichten nicht wachzurufen, die man sich während der langen Abende an den Feuern erzählt hatte. Seine Angst riefe *sie* sonst herbei ...

Er packte den Toten, zog ihn zum Eingang der nächstliegenden Jurte und raffte die Felldecke zur Seite. Im Innern herrschte Dunkelheit. Das steingefaßte Feuer war erloschen. Vorsichtig tastete Seruun in der Finsternis umher. Die Jurten der Bibermänner waren sehr groß. Aber sie mußten sie ja auch nicht auf Pferde laden und mit sich tragen ...

Siebzehn Leichen zerrte Seruun in das Rindenzelt. Es waren ausnahmslos Männer. Offenbar hatten die Krieger versucht, die Bresche zu verteidigen. Ihre Glieder wirkten im Tod grotesk verrenkt, die Leiber in der Haltung gefroren, wie sie gestorben waren. Manche hatten die Beine angewinkelt oder befanden sich halb in der Hocke. Zwei hatten mit dem Rücken gegen ein Rindenzelt gelehnt, waren in dieser Haltung niedergesunken und gestorben. Selbst im Tod saßen sie noch. Es war unmöglich, ihren Körper zu strecken und hinzulegen. Nur dem ersten Krieger fehlte das Herz, obwohl alle anderen ebenfalls schreckliche Wunden davongetragen hatten. Es war gut zu wissen, daß jene, die ihnen das angetan hatten, nicht auch noch Seelenfresser waren.

Seruun bemühte sich, den Toten die Knochenkäfige zu öffnen, um die Herzen herauszunehmen und die Seelen zu befreien. Doch es war unendlich mühsam, die gefrorenen Leiber aufzubrechen. Manchmal kam es ihm so vor, als versuche er, Steine mit einem Stück Holz zu schneiden.

Das Lied des Seelenflugs wagte er nur zu flüstern. Stunden vergingen, bis er die Hütte verließ. Inzwischen war es dunkel geworden. Der Neuschnee hatte die Schleifspuren zugedeckt, die verräterisch auf die Rindenjurte mit den Toten hinwiesen.

Ziellos streifte Seruun im Lager umher und zählte. Er fand dreiundachtzig weitere Leichen. Es war unmöglich, allen gefrorenen Leibern die Brust zu öffnen. Das hätte Tage gedauert. So lange konnte er hier nicht bleiben. Aber er durfte sich keiner Seele verweigern, die nach ihm rief.

Waren die Toten zu zahlreich, dann durfte man sie auch verbrennen. Es war erlaubt, daß das Feuer die Brust öffnete. Allerdings mußte ein Geistertänzer in der Nähe sein, um die erlösenden Worte des Seelenflugs zu sprechen und die Verstorbenen zu ihren Ahnen zu geleiten. Doch der Mösönchin hatte ihn gerade vor Feuer gewarnt. Es würde *sie* rufen.

Schließlich schleppte er die Toten in die größte der Rindenjurten. Bald fühlte er sich selbst ebenso kalt wie die eisigen Leiber, die er durch den Schnee zerrte. Die Spuren, die sie hinterließen, zeichneten ein Netz wie von einer Spinne in den Schnee. Aus allen Himmelsgegenden liefen die Spuren auf die eine Jurte zu, die in der Mitte des Lagers stand, umgeben von toten Baumstämmen, in die man Gesichter von Menschen und Tieren geschnitten hatte.

Die Macht der Ahnen war groß an diesem Ort. Stimmen flüsterten unablässig im Wind. Stimmen, die Seruun zu immer neuen Toten führten.

Zwischen den Leichen schichtete er Feuerholz auf, das er reichlich in den Jurten fand, ebenso Holzschalen, in denen man Fett oder Wachs aufbewahrt hatte.

Als der Geistertänzer endlich keine Seele mehr rufen hörte, war er in Schweiß gebadet. Die Unterkleider klebten ihm am Leib. Also zog er sich nackt aus und rieb sich mit einem Stofffetzen trocken. Dann schnürte er die Kleider zu einem Bündel zusammen und legte es vor einem der Holzbilder vor der großen Rindenhütte ab.

Wie Klingen schnitt ihm die Kälte ins Fleisch. Seine Arme waren blutverschmiert. Einige halbverheilte Schnitte waren wieder aufgebrochen. Er tastete sich durch die Finsternis der Rindenjurten, bis er einen schweren Mantel aus Bärenfell und andere Kleidungstücke fand.

Hätte er sich, verschwitzt, wie er war, auf den langen Weg zu dem Windbruch gemacht, wo Grasfeder und Bajsaa auf ihn warteten, die Kälte hätte ihn getötet. Seine alten Kleider hätten ihn nicht zu wärmen vermocht. Im Gegenteil, der Schweiß hätte die Kälte angezogen wie Aas die Raben.

Der Schamane dachte an die Worte des Mösönchin: *Wärme, Bewegung und Furcht, das lockt sie an.* Durfte er also hoffen, daß sie seine *Stimme* nicht hörten? Er mußte es wagen.

Mit Gurwan Nudets Messer und einem Feuerstein betrat er die große Rindenjurte. Mit dem Stahl schlug er Funken aus dem Stein, bis das vorbereitete Häufchen trockenen Sommergrases Feuer fing. Vorsichtig schichtete er dürre Zweige um die kleine Flamme und beobachtete, wie sie zaghaft wuchs. Dann fügte er Fett und das Wachs aus Bienenwaben hinzu.

Mit Fackeln, gefertigt aus Stoffstreifen und zerbrochenen Speerschäften, trug er das Feuer zu anderen Reisignestern, die er gleichfalls vorbereitet hatte. Dann verließ er die Rindenjurte und kauerte auf dem Kleiderbündel bei den Holzpfählen nieder. Er band sich seinen Schal vor die Augen und zog sich das schwere Bärenfell über Kopf und Schultern. Dann wappnete er sich mit der Erinnerung an Grasfeder. Er sah ihr Lächeln und den verregneten Nachmittag, als sie sich nicht weit vom Lager der Bibermänner entfernt im nassen Laub geliebt hatten. Dann sang er leise das Lied des Seelenflugs.

Bald spürte er die Hitze des Feuers durch das schwere Fell hindurch. Fauchende Flammen schossen durch den Eingang der Rindenjurte. Der Geruch nach verbranntem Fleisch durchdrang sogar das Fell.

Die Geister der Ahnen waren jetzt überall. Seruun fühlte ihre Freude über die Tatsache, daß die Seelen ihrer Kinder befreit worden waren. Doch plötzlich war da noch etwas anderes. Eine Bö fachte die Flammen an, und eisige Kälte durchdrang das Bärenfell.

Ein Ruf wie das Gurren einer Taube drang durch die Nacht. Dann waren rings um ihn herum schwere Schritte im harschigen Schnee zu hören. Der Gesang des Schamanen erstarb zu einem fast tonlosen Flüstern. Würden sie ihn finden? Nicht mehr lange, und er hätte das Lied des Seelenflugs vollendet.

Ein scharrendes Geräusch erklang dicht neben ihm. Verzweifelt versuchte er sich an die Worte des Seelenlieds zu klammern. Keine Angst! Er durfte keine Angst haben!

Jetzt ertönte eine Stimme. Fremde Laute, die keinen Sinn ergaben. Und wieder klang es ein wenig wie Taubengurren in seinen Ohren. Eine andere Stimme antwortete, dann eine dritte.

Er fühlte den Boden unter sich erzittern, ganz so, als schritte ein Speernasenbulle an ihm vorbei.

Dann vernahm er plötzlich ein schnupperndes Geräusch. Konnten *sie* ihn etwa riechen? Der Mösönchin hatte nichts davon erwähnt. War es möglich, daß der Eisherr dies vergessen hatte? Nein, der Geist des Landes konnte sich nicht irren! Er kannte alle Geschöpfe und ihre Eigenarten.

Seruun dachte an Grasfeder und seine kleine Tochter. Das verlieh ihm Kraft, und als er die letzte Strophe des Seelenlieds vollendet hatte, spürte er, wie sich die Geister der Ahnen um ihn versammelten. Seiner Ahnen, aber auch der Ahnen der Bibermänner. Hunderte waren es. Sie tanzten in einem Wirbel um ihn herum, als wollten sie ihn vor *ihren* Blicken verbergen.

Seruun ließ seinen Geist ebenfalls fliegen. Kurz reihte er sich in den Reigen ein, dann erhob er sich weit über das Tal, als reise er auf den Schwingen eines Adlers. Doch er blickte nicht hinab. Er wollte nicht sehen, was da gekommen war. Allein *ihr* Anblick vermochte vielleicht schon die Flügel seines Geistes zu zerbrechen. So stieg er höher und höher und suchte nach den Spuren des Eisherrn. Schließlich sah er Grasfeder, die nun auf dem Rücken des Mösönchin ritt. Sie erreichte den Windbruch und richtete sich ein Lager in der Höhle unter den gestürzten Baumstämmen ein.

Sie sind in Sicherheit, sorge dich nicht.

Seruun war überrascht, die Stimme des Mösönchin über so weite Entfernung zu hören. Doch dann begriff er, daß dies nur folgerichtig war. Er war der Geist des Landes. Er war in allem. Für ihn gab es kein Nah und kein Fern.

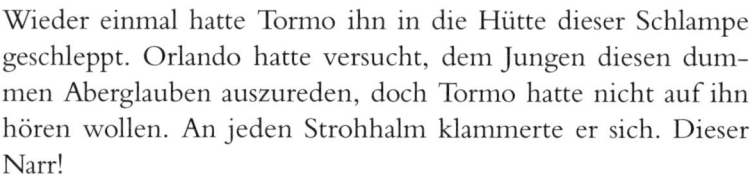

Ein Fenster in die Zukunft

In einer kleinen Hütte am Rande des Dorfes Gelsetta,
jenseits der Eisernen Pforte, am 4. Tag des Sturmmondes,
im 460. Jahr der Abwesenheit Gottes

Wieder einmal hatte Tormo ihn in die Hütte dieser Schlampe geschleppt. Orlando hatte versucht, dem Jungen diesen dummen Aberglauben auszureden, doch Tormo hatte nicht auf ihn hören wollen. An jeden Strohhalm klammerte er sich. Dieser Narr!

Adelaide war eine seltsame Frau. Sie hatte gelocktes langes Haar von schwarzer Farbe, das ihr in ungebändigten Kaskaden über die Schultern fiel. Sie war von dunkler Hautfarbe, und wenn sie sprach, haftete ihrer Stimme ein fremder, singender Akzent an. Sie hatte grüne Augen und ein Gesicht wie ein Habicht. Sie trug ein türkisgrünes Kleid, und um Schultern hatte sie eine schwere schwarze Stola gelegt. Orlando war überzeugt, daß sie eine Ketzerin aus den Samen Gottes war. Kein Weib, das im rechten Glauben an Aionar erzogen worden war, hätte solche Dinge getan!

Adelaide hatte acht Karten zu einem Kreis vor Tormo auf dem Tisch ausgelegt. Nun hielt sie ihm das aufgefächerte Kartenblatt hin und hieß ihn eine neunte Karte ziehen, die in die Mitte des Kreises gelegt wurde.

Orlando glaubte ganz genau zu wissen, was bei diesem Hokuspokus herauskommen würde. Seit er genesen war, suchte Tormo Adelaide immer wieder auf. Sie hatte ihnen die heilenden Kräuter und Salben zur Höhle hinaufgebracht, die Alessandra durch ihr Opfer erkauft hatte.

Kaum war Tormo aus seinem Fieber erwacht, hatte er nach der Harpunierin gefragt. Er hatte ihre Botschaft gelesen, und sobald er wieder zu Kräften gekommen war, hatte er sich auf die Suche nach ihr gemacht. Doch keiner der Hirten und Bergbauern schien sie gesehen zu haben. Juan de Najera, der es wissen mußte, ge-

währte ihnen zwar einmal eine Audienz, doch hüllte auch er sich in Schweigen.

So war Tormo darauf verfallen, Adelaide die Karten befragen zu lassen. Sie tat es gern für ihn, das war Orlandos Eindruck. Der stumme junge Mann schien der dunkelhäutigen Fremden zu gefallen, und sie machte ihm schöne Augen, auch wenn Tormo dies nicht bemerkte.

Orlando mußte den Hünen jedesmal begleiten, denn Adelaide konnte nicht lesen. Anfangs, als Tormo noch im Fieberschlaf lag, hatte sich der Klippenwächter der Kräuterfrau anvertraut. Er hatte ihr von Alessandra und Tormo erzählt, von der Dickköpfigkeit der Harpunierin und von der stillen, verzehrenden Liebe des Stummen. Hätte er damals nur den Mund gehalten! Jetzt nutzte sie dieses Wissen skrupellos aus, wenn sie ihre Karten deutete.

»Der Wanderer am Horizont«, hauchte Adelaide und spielte mit ihrem fremdartigen Akzent. »Er steht für Veränderung. Er liegt auf dem Strahl der Liebe, Tormo. Siehst du, obwohl der Wanderer noch in der Ferne ist, kommt er dir entgegen. Sehen wir, was die Karte des Schicksals sagt.«

Sie drehte eine weitere Karte aus dem Kreis um und wirkte einen Moment lang erschrocken. Sie hatte ein Bild mit einem Galgen auf einem Hügel aufgedeckt, hinter dem die Sonne versank.

»Der Tod.« Sie fuhr sich mit der Zunge über die Lippen. »Etwas wird zu Ende gehen. Man kann es auch als einen neuen Anfang deuten.«

Tormos Griffel kratzte aufgeregt über die Wachstafel.

»Er will wissen, ob der Tod für Alessandra steht«, erklärte Orlando.

»Das ist nicht so leicht zu sagen. Wir haben *deinen* Stern gelegt, Tormo. Alessandra spielt eine bedeutende Rolle in deinem Leben … Aber ich weiß nicht, ob sich die Karte auch wirklich auf sie bezieht. Vielleicht fällt uns die Deutung leichter, wenn wir den Schlüssel zu allem kennen. Die neunte Karte. Dreh sie herum, mein Freund.«

Als Tormo die Karte aufdeckte, erschrak er. Orlando hingegen war kaum überrascht. Er wußte längst, wie gut Adelaide ihr Geschäft beherrschte. Diese Karte lag immer in der Mitte, wenn sie Tormos Zukunft vorhersagte. Sie zeigte ein wildes Tier, unförmig und aufgedunsen. Es ähnelte ein wenig einer Kuh mit zu langem Fell. Aus seiner Stirn wuchsen zwei gebogene Hörner, und ein drittes Horn saß unmittelbar über der Schnauze.

»Das Tier«, sagte die Kartenleserin mit unheilschwangerer Stimme. »Es wird deinen Weg kreuzen und über dein Schicksal bestimmen.«

»Das ist längst schon geschehen, Weib«, mischte sich Orlando ein. »Es steht für den Bären. Unsere Vergangenheit kennen wir nur zu gut.«

»Die Karten im Kreis des Gottessterns zeigen niemals, was vergangen ist, alter Mann. Rede nicht über Dinge, von denen du nichts verstehst. Dieses Tier wird Tormos Weg kreuzen.« Sie wandte sich wieder an den Jungen. »Vollenden wir den Weg der Erde.« Sie deckte das Bild links neben dem Tier auf. Es zeigte einen Ritter in strahlender Rüstung auf einem steigenden weißen Pferd.

»Der Reiter steht für Krieg, aber auch für romantische Liebe, er kann zerstören, aber auch verteidigen. Der Reiter führt über das Tier zum Tod ... Oder romantische Liebe ... Nein, das Tier paßt hier nicht. Laß uns den Himmelsweg sehen.« Sie deckte die unterste Karte im Kreis auf, so daß sich nun auch eine senkrechte Reihe von Bildern ergab.

»Der Harlekin. Ein Sinnbild für überraschende Wendungen im Leben, für Gaukelei und Trug, aber auch für das Lachen. Doch auch hier blockiert das Tier den Weg. Es muß überwunden werden. Dann führt dich dein Weg zum Wanderer in der Ferne, zu deiner Sehnsucht.«

Tormos Griffel schnitt in das Wachs der Tafel. Dann hielt er sie Orlando hin. »Sieh dir meine Lebenslinie an«, las der Klippenwächter vor.

Der Hüne streckte Adelaide seine Hand entgegen. Die junge Frau schob sie zurück. »Das mußt du nicht wissen.«

Tormo deutete entschieden auf den Schriftzug auf der Tafel.

»Nun mach schon«, sagte Orlando. »Was ist schon dabei, Weib? Ist doch einerlei.«

»Wüßte ich es nicht besser, hielte ich dich für einen Pfaffen«, zischte sie wütend. »Nur weil du nicht daran glaubst, lügen die Karten noch längst nicht.« Sie nahm Tormos Hand und blickte ihn an. »Ich sage immer die Wahrheit. Willst du wirklich wissen, was ich sehe?«

Tormo nickte.

»Dein Liebeshügel ist sehr ausgeprägt. Du bist ein einfühlsamer Mensch, du bist gutmütig, ohne Falsch. Du wärst ein guter Familienvater.«

Wieder deutete Tormo auf die Tafel.

Adelaides Finger fuhren die Linien in seiner Hand nach. »Die Lebenslinie verläuft um den Liebeshügel herum. Sie ist hier oben gestört. Etwas hat dein Leben bedroht, als du noch ein Kind warst ... und sie endet ... sehr früh. Aber das muß nicht heißen, daß du ...«

Tormo griff nach der Schreibkladde.

»Wie lange bleibt mir noch?« las Orlando vor. »Wir sollten diese Farce jetzt beenden. Solch ein Unsinn! Als hätte Aionar jeden Menschen eine Karte seines Lebens in die Hand geprägt.«

»Eine kurze Lebenslinie muß nicht den Tod bedeuten. Sie kann auch für starke Veränderungen stehen. Etwas, das dein Leben in ganz neue Bahnen lenkt.«

Tormo fuhr mit dem Zeigefinger seine Lebenslinie nach. Dann zog er sein Messer aus dem Gürtel.

Erschrocken wich Adelaide zurück.

»Ruhig, Junge. Sie ist nur eine Quacksalberin. Nimm dir ihre Worte nicht so zu Herzen!«

Der Hüne setzte die Spitze des Messers auf die Hand, drückte sie in das weiche Fleisch und verlängerte die Linie bis hinab zum Handgelenk. Blut perlte ihm zwischen den Fingern hindurch und tropfte auf den Tisch.

Adelaide versuchte die Karten zur Seite zu schieben, doch das Tier und der Galgen waren schon mit Blut bespritzt.

Orlando erwartete, daß die junge Frau ein großes Geschrei wegen der besudelten Karten veranstalten werde. Doch sie legte sie ruhig zur Seite und reichte Tormo ein kleines Leintuch, damit er es sich auf die Wunde preßte. »Mein tapferer Narr«, sagte sie leise, und ihre Stimme klang unendlich traurig. »Das Leben formt die Linien deiner Hand, nicht du ... Dein größter Wunsch wird sich erfüllen, und er wird dich das Leben kosten. Hüte dich vor dem Tier.«

D er Eisatem hatte viel von seiner Kraft verloren, bis Seruun auf die Spur der großen Herde stieß. Der Mösönchin führte ihn. Sosehr Grasfeder den großen Speernasenbullen in den ersten Tagen gefürchtet hatte, so sehr war sie nun in ihn vernarrt. Sie trieb Späße mit ihm und alberte herum, als spiele sie mit einem jungen Hund. Manchmal machte sich Seruun Sorgen darum. Der Mösönchin war der Geist des Landes. Ihm gebührte Hochachtung! Es war schwierig, sein Wesen zu durchschauen. So war sich Seruun oft nicht sicher, ob der Mösönchin gerade nur zu ihm oder zu ihm UND Grasfeder sprach. So freundlich der Eisherr zu ihnen auch sein mochte, so verfolgte er doch stets seine eigene Fährte und schaffte es ebenso unauffällig wie mühelos, daß auch Seruun dieser Fährte folgte.

Immer wieder überlegte der junge Schamane, wie er sich Steinfaust stellen solle. In Gedanken ging er wohl tausendmal den Kampf durch, den sie beide sich unweigerlich liefern würden. Die Zeit in der Wildnis hatte Seruun jene Stärke verliehen, die ihm noch gefehlt hatte, als er zum ersten Mal mit Steinfaust zusammengestoßen war, und der Mösönchin hatte dem jungen Schamanen vieles über die Wege der Geistertänzer beigebracht. Doch auch Steinfausts Macht mußte gewachsen sein. Niemals wäre die Herde von sich aus im Winter nach Norden gewandert. Er konnte sie lenken! Das hatte seit Wolfszahns Tagen kein Geistertänzer mehr vermocht. Aber selbst Wolfszahn hatte niemals den Mösönchin geritten! Mit diesem Gedanken beruhigte sich Seruun immer wieder und dachte nicht daran, daß der Mösönchin andere Pläne verfolgen mochte ...«

SCHWESTER DOLORES,
CHRONIK EINER
VERLORENEN ZEIT, BD. 1,
NIEDERGELEGT ZU CANTAMO IM 539. JAHR DER
ABWESENHEIT GOTTES

Das Duell der Schamanen

Im weiten Grasland, nahe dem Braunwasser,
zur Zeit der Schneeblumen, im ersten Jahr der großen Wanderung

Seruun war allein, als er auf das Lager der Sturmreiter zuschritt. Er hatte Grasfeder und den Mösönchin in einer tiefen Bodenmulde zurückgelassen, wo sie vor fremden Blicken geschützt waren.

Viele Tage lang waren sie der Spur der großen Herde gefolgt, einer Spur des Todes. Hunderte verendeter Büffel hatten sie gefunden. Getötet vom Hunger und vom Frost. Und nicht nur Büffel. Seruuns Traum während des Rituals des tanzenden Zeltes hatte sich bewahrheitet. Er hatte Sarangoo und Tulga tot im Schnee gefunden. Und viele andere.

Der Geistertänzer vermochte nicht nachzuvollziehen, was Steinfaust vorhatte. Eigentlich hätte die Herde im Süden an den Ufern des Bittersees weiden sollen. Statt dessen wanderte sie immer weiter nach Norden der Kälte entgegen – und dies, obwohl der Eisatem in diesem Jahr noch rücksichtsloser über das Land zog als je zuvor.

Der Anblick der Herde brach Seruun schier das Herz. Einst hatte sie sich von Horizont zu Horizont erstreckt. Jetzt war nur noch ein Bruchteil der Tiere am Leben. Selbst die Zahl der Speernasen war deutlich zurückgegangen.

Je näher Seruun dem Lager kam, desto zorniger wurde er. Warum diese Wanderung? Im Winter, wenn das Futter knapp war, bewegte man die Herde so wenig wie möglich. Die Wanderung zehrte die Fettreserven der Tiere auf. Es wäre viel besser gewesen, wenn sie nur gedöst und sich kaum bewegt hätten. An den Ufern des Bittersees hatte der Eisatem nie lange gewährt. Die Weiden waren dort fetter als hier im Norden.

Plötzlich kam Bewegung in die Herde. Ein Reiter trieb die Tiere auseinander und preschte auf Seruun zu. Er war mit einem

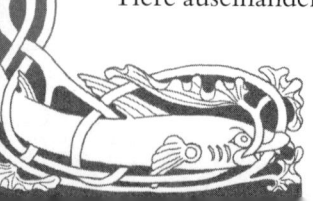

langen Speer bewaffnet, der nach Art der Pferdeherren mit einem Roßschweif geschmückt war.

Seruun schritt unbeirrt weiter.

Der Reiter stieß seinen Speer vor dem Schamanen in den Boden, ritt an ihm vorbei und hatte Mühe, seine temperamentvolle Stute zu zügeln. »Wer bist du, Fremder? Und was willst du im Lager der Sturmreiter?«

»Ich bin kein Fremder, Bärenhaut.« Der Eisatem und die Entbehrungen der vergangenen anderthalb Jahre hatten tiefe Spuren im Gesicht des Kriegers hinterlassen. Seine Zöpfe waren von weißen Strähnen durchzogen, und er hatte sich die Stirn zum Zeichen der Trauer mit Ruß beschmiert. Doch seine Augen wirkten noch immer jugendlich. Er zwinkerte.

»Seruun?« fragte er ungläubig. »Du darfst nicht zurückkommen! Steinfaust ist mächtig. Er wird dich nicht in der Nähe des Lagers dulden.«

»Deine Sorge um mich ehrt dich, mein Freund, doch ich bin zurückgekehrt, um meinem Volk wieder als Geistertänzer zu dienen. Steinfaust hat die Herde auf den falschen Weg geführt. Das werde ich ändern.«

Bärenhaut stieg vom Pferd und schloß Seruun in die Arme. »Seruun, Seruun! Einen Jungen habe ich verloren, und ein Mann ist zurückgekehrt.« Der alte Krieger schob ihn auf Armeslänge von sich weg und musterte ihn stolz. Seine Augen schimmerten feucht. Er schloß sie und strich sich mit faltigen Fingern über die Lider. »Der Wind«, murmelte er. »Er beißt ins Auge.« Dann wurde er plötzlich ernst. »Du darfst nicht ins Lager kommen, Seruun. Hör auf mich. Steinfaust wird dich töten lassen. Er hat dich immer noch nicht vergessen.«

»Davon kannst du mich nicht abhalten, mein Freund. Es ist mir bestimmt, der Geistertänzer der Sturmreiter zu sein. Ich hätte niemals gehen dürfen.« Sein Blick wanderte über die Herde, und erneut wallte Zorn in ihm auf. »Alles wäre anders gekommen, wenn ich geblieben wäre.«

Bärenhaut öffnete den Mund, als wolle er etwas sagen. Er zögerte, dann nickte er. »Ein Mann muß den Weg zu Ende gehen, den er gewählt hat. Diesmal bin ich an deiner Seite. Daß ich deine Vertreibung zuließ, hat meinem Leben alle Freude genommen.« Er reichte Seruun die Zügel. »Um eines bitte ich dich: Nimm mein Pferd. Wir sind ein Volk der Reiter. Es wäre ein Rückkehr ohne Ehre, wenn du zu Fuß ins Lager kämst.«

Der Alte hatte recht. Dankbar nahm Seruun die Zügel und stieg in den Sattel. Die Stute bockte zunächst und wollte ihn abwerfen. Doch der Mösönchin hatte dem Geistertänzer beigebracht, wie er mit den Tieren des Landes eins werden konnte. Schließlich mußte er eine Herde aus Tausenden von Tieren dazu bringen, ihren Weg zu verlassen und nach Süden zu ziehen.

Seruun vermittelte der Stute, daß sie ihn nicht lange tragen mußte und daß sie ins Lager zurückkehren durfte. So fügte sie sich. Der Schamane zog die geschmückte Reiterlanze aus dem Boden und legte sie quer vor sich über den Sattel. Er war stolz darauf, daß Bärenhaut ihn auf diese Weise empfangen hatte. Zugleich fühlten sich seine Handflächen in den schweren Fäustlingen aber schweißnaß an. Steinfaust würde nicht so einfach aufgeben.

Die Rückkehr des jungen Schamanen sorgte für Aufsehen im Lager der Sturmreiter. Frauen und Kinder kamen aus den Jurten geeilt, die Männer ließen die Arbeit liegen. Einigen war die Freude anzumerken, Seruun wiederzusehen, doch niemand wagte ihn anzusprechen.

Das Lager war größer, als Seruun erwartet hatte. Er sah fremde Zelte mit bemalten Wänden und Schilde, die mit merkwürdigen Tiergeister bemalt waren. Plötzlich bildete sich eine Gasse zwischen den Menschen. Steinfaust erschien, um nachzusehen, wodurch das Lager in Unruhe geraten war. Als er Seruun erblickte, wirkte er einen Herzschlag lang überrascht. Dann hatte er sich wieder gefangen. Er schien vor der Zeit gealtert zu sein, und sein Gang wirkte schleppend. »Du suchst den Tod, junger Geistertänzer.«

Seruun drehte sich im Sattel um und wies mit dem Speer zur Ebene zurück. »Mir scheint, der Tod ist ein steter Gast in den Jurten meines Volkes, seit du ihr Geistertänzer geworden bist.

Ich bin gekommen, um die Sturmreiter und alle, die mit ihnen ziehen wollen, auf fette Weidegründe zu führen, wo die Herde und unsere Kinder gedeihen werden und wo der Eisatem mit all seinen Schrecken keine Macht hat.«

Ein Raunen lief durch die versammelten Stammesangehörigen. »Wo soll dieser Ort sein?« rief eine alte Frau.

»Weit jenseits der Frostfänge. Die Geister der Ahnen haben ihn mir gezeigt und mich geschickt, damit ich mein Volk dorthinführe. Es wird ein langer Weg, und so mancher, der diese Wanderschaft beginnt, wird die grünen Täler niemals erreichen.«

»Träumt nicht die Träume eines jungen Büffelkalbs!« rief Steinfaust. »Ihr habt mir erzählt, wie er versuchte, das Zelt tanzen zu lassen. Doch die Ahnen haben nicht zu euch gesprochen. Seruun ist kein Geistertänzer, sondern nur ein Großredner. Zu mir aber spricht der Mösönchin. Der Eisherr führt mich und unsere Herden. Er hat uns geholfen, den Spinnenmännern zu entgehen. Sie sind mit dem Nordwind zu den Frostfängen gewandert, und dorthin will uns dieses Kind jetzt führen.«

Der junge Schamane mußte sich beherrschen, um nicht laut aufzulachen. Lange hatte er überlegt, wie er den Alten dazu bringen könnte, diesen Fehler zu begehen. Daß Steinfaust von sich aus mit seiner Verbindung zu Mösönchin prahlen könnte, war ihm dabei gar nicht in den Sinn gekommen. Der Alte machte es ihm leicht. »Du sprichst mit dem Geist des Landes? Dann ruf ihn. Soll er vor unserem Volk als Zeuge entscheiden, wer von uns beiden die Hüter der Herde anführt.«

»Hört dieses Kind!« Steinfaust spuckte verächtlich vor Seruun in den Schnee. »Steine wären gelehrigere Schüler Gurwan Nudets gewesen als du!«

Der Hohn des älteren Geistertänzers wurde mit Gelächter belohnt. »Jedes Kind weiß, daß man ein Geistertänzer sein muß, um den Mösönchin sehen und seine Stimme hören zu können.«

»Dann können zumindest wir beide also sein Urteil hören. Und sei unbesorgt, es wird keine kleinlichen Zänkereien geben, denn ich werde mich dem Willen fügen, den du unserem Volk im Namen des Mösönchin verkündest.«

Der ältere Schamane stutzte. Argwöhnisch musterte er Seruun. »Also werden wir beide die Einsamkeit der Grasebene aufsuchen und den Mösönchin rufen.«

»Streng deine alten Beine nicht an, Steinfaust. Ruf ihn gleich hier. Oder reicht deine Kraft dazu nicht aus? Soll ich den Geist des Landes rufen?«

Steinfaust hielt Seruuns Blick stand und nahm die Herausforderung an. »Dieser Ort ist unrein, junger Geistertänzer. Wir werden den Eisherrn erzürnen, wenn wir ihn hierherrufen. Er wird wissen, daß es dein Wille war. Hältst du es für klug, so zu handeln?«

»Ich vertraue mein Schicksal dem Mösönchin an und wünsche, daß unser ganzes Volk zugegen ist, wenn er über unser aller Zukunft entscheidet.« Seruun hatte den Tag seiner Verbannung und das Ritual des tanzenden Zeltes nicht vergessen. Zweimal war er im Angesicht seines Volkes gedemütigt worden. Nun sollten alle sehen, wie er triumphierte!

»So sei es!« Steinfaust erteilte den Männern, die ihn umstanden, knappe Befehle. Der Alte schien seiner Sache sehr sicher zu sein. Kleine Handtrommeln und die großen Bauchsprecher wurden zu einem flachen Hügel am Rand des Lagers getragen.

Es war fast wie damals vor zwei Jahren, als Seruun zum ersten Mal mit den Geistern der Ahnen geflogen war. Frauen und Kinder brachten Decken herbei, auf denen sich die Alten und Gebrechlichen niederlassen konnten.

Plötzlich entdeckte Seruun seinen Vater Roter Speer. Der vermied es, ihn anzusehen. Der junge Schamane ging auf ihn zu. Roter Speer konnte ihm im Gedränge nicht ausweichen.

»Warum bist du zurückgekehrt? Um mir erneut Schande zu bereiten?« zischte er. »Ich war stolz auf dich, als du in die Berge rittest. Das war die Entscheidung eines Mannes. Doch nun schaffst du es, daß mein Stolz zu Asche verglimmt.«

Seruun wollte etwas sagen, doch sein Vater schnitt ihm mit einer barschen Geste das Wort ab. »Nein! Steig hinauf auf den Hügel und bring zu Ende, was du begonnen hast!« Roter Speer wandte sich ab und suchte sich einen Platz am Rand der Menge.

Mit wenigen Worten hatte sein Vater es geschafft, daß Seruun sich wieder wie ein Kind fühlte, hilflos und als eine Last. Warum war Roter Speer so grausam zu ihm? Wäre nur Grasfeder bei ihm gewesen! So überzeugt er eben noch davon gewesen war, über Steinfaust zu triumphieren, so verzweifelt war er nun. Er bemerkte die Blicke der Männer, Frauen und Kinder, den Zeugen des Streits. Viele schienen immer noch voller Hoffnung zu sein, doch in manchen Gesichtern spiegelte sich Schadenfreude oder gar Zorn.

Es war dieser Zorn, der auch den Haß in Seruuns Seele schürte. Er könnte Steinfaust töten! Der alte Schamane seinerseits würde keinen Herzschlag lang zögern, hätte er die Möglichkeit dazu. Er hatte Grasfeder und ihn in die Berge vertrieben. Es war Steinfausts Schuld gewesen, daß Odnoo gestorben war und die Langmähne Grasfeder verstümmelt hatte. In ein großes Lager hätte eine solche Bestie niemals einzudringen gewagt. Warum sollte er dem alten Schamanen Gnade gewähren? Er konnte dem Mösönchin ohne weiteres befehlen, Steinfaust in den Boden zu trampeln.

Die Bauchsprecher wurden in langsamem Rhythmus geschlagen. Der alte Geistertänzer hatte sich auf dem Hügel niedergelassen und sein Lederhemd abgelegt. Seine Arme und sein Oberkörper waren mit einem Geflecht aus Hunderten von alten Narben bedeckt. Oft hatte er sein Blut dem Land geschenkt. Vor ihm lagen seine Kriegskeule und ein Messer im Schnee.

Steinfaust reckte die Arme zum Himmel und sang ein Lied aus sich stets wiederholenden einfachen Silben. Er hatte die Augen geschlossen und bewegte den Oberkörper vor und zurück. Deutlich spürte Seruun die Macht des Rituals. Steinfaust ließ seinen Geist in das Land fahren.

Seruun brauchte dafür kein Ritual mehr. Er stand am Fuß des Hügels, die Arme verschränkt und mit geschlossenen Augen. Er folgte dem Geist des Alten und hörte, wie er den Mösönchin rief. Steinfaust fuhr in das Herz der großen Speernasenbullen und sog ihre Kraft in sich auf. Weiter und immer weiter wanderte sein Geist, war in Bäumen und in einem zugefrorenen Fluß, folgte einem Schneelöwen auf der Jagd und zuckte ängstlich zurück, als er in den Frostfängen jene spürte, die mit dem Nordwind wanderten.

Dann flog der Alte auf den Schwingen eines Adlers und lenkte den Raubvogel zu einem Schneehasen, der sich zu weit auf ein offenes Feld gewagt hatte.

Seruun fuhr in das Herz des Hasen. Es schlug viel schneller als der große Muskel in der Brust eines Büffels. Durch die Augen des Hasen sah er den drohenden Schatten am Himmel. Haken schlagend flüchtete er über die Ebene und führte das Tier zu einem verlassenen Fuchsbau, der im Schnee verborgen lag. Der Adler stieß einen schrillen Schrei aus, als ihm die Beute entkam. In stillem Triumph löste sich Seruun von dem verängstigten Hasen. Sein Geist schoß zum Himmel empor, und als er den Adler in der Ferne davonfliegen sah, traf den Geistertänzer die Erkenntnis wie der giftige Zahn einer Grasnatter, die verborgen im Grün auf ihre Beute gelauert hatte.

Steinfaust war mächtig geworden. Es fiel ihm leicht, mit den Tieren des Landes eins zu werden. Er war nicht nur mit dem Adler geflogen, er hatte ihn geführt, so wie er die Herde der Sturmreiter zu führen vermochte. Hatte er auch die Langmähne geführt? Konnte es einen Zweifel daran geben?

Mit diesen Gedanken kehrte Seruun ins Lager zurück. Sein Geist tastete nach den Tieren. Er stieß auf einen Hund. Wolfsblut floß in seinen Adern. Steinfaust würde sterben!

Seruun bahnte sich seinen Weg zwischen den Beinen der Menschen hindurch. Er nahm die Witterung des Alten auf. Er roch nach saurem Schweiß.

Immer schneller schlugen die Trommeln. Seruun fühlte, wie ihm der Rhythmus in den Bauch fuhr und selbst den Schlag seines Herzens beschleunigte. Blut, dachte er. Er würde Steinfaust die Kehle zerfetzen!

Ein gellender Schrei erklang. Ein zweiter. Jemand rannte los, andere warfen sich zu Boden oder riefen die Geister der Ahnen an. Jetzt sah es auch Seruun. Ein riesiger weißer Speernasenbulle stürmte über die verschneite Ebene auf den Hügel zu. Der Mösönchin!

Wenn du ihn töten willst, Seruun, dann versteck dich nicht im Leib eines Tiers, das man für deine Bluttat erschlagen wird.

Der Geistertänzer hatte den Wolfshund schon bis zum Hügel geführt, als er aus dessen Leib gestoßen wurde.

Zieh Gurwan Nudets Messer aus dem Gürtel und steig vor den Augen aller auf den Hügel, um es Steinfaust ins Herz zu stoßen. Wenn du sein Blut vergießen willst, dann steh zu deiner Tat!

Warum sollte ich ihm das Leben schenken? fragte Seruun in Gedanken. *Er kannte keine Gnade, als er Odnoo tötete.*

Es erleichtert dein Herz, wenn du glaubst, Steinfaust sei es gewesen. Dieser Gedanke ist dir willkommener als die Angst, daß der Geruch der Nachgeburt den Aasfresser anlockte, nicht wahr?

Seruuns Hand ruhte auf dem Messergriff. *Es war Steinfaust,* wiederholte er in Gedanken immer wieder. *Er muß es gewesen sein!*

Wenn dein Herz ohne Zweifel ist, dann steig hinauf und töte ihn!

Steinfaust bemerkte nicht, was geschah. Selbst als der Takt der Trommeln durcheinandergeriet und schließlich ein Instrument nach dem anderen verstummte, sang der Schamane immer noch sein Lied. Er war in Trance gesunken und schon weit gelangt auf dem Weg in die Welt der Geister. Was um ihn herum geschah, bemerkte er nicht mehr.

Du hast mich gerufen, Steinfaust.

Seruun las auf den Gesichtern der anderen, daß auch sie die Stimme des Mösönchin gehört hatten. Vor Anspannung biß sich der junge Schamane auf die Unterlippe. Was tat der Eisherr da? Der weiße Speernasenbulle schritt geradewegs auf den älteren Schamanen zu, so daß jeder glauben mußte, Steinfaust könne tatsächlich über den Mösönchin gebieten!

Endlich erwachte der Geistertänzer aus seiner Trance. Er blinzelte, brauchte einen Augenblick, um sich zu sammeln, und schrak dann auf. Mit einem Satz war er auf den Beinen und wich vor dem Mösönchin zurück, der den Fuß des niedrigen Hügels erreicht hatte. Steinfausts Gesicht hatte alle Farbe verloren. Doch bald hatte er sich wieder gefaßt. »Mösönchin, ich bitte dich, in einem Streit zu entscheiden. Ein Verstoßener kehrte zurück und gefährdet den Frieden meines Volkes.« Steinfaust sprach mit lauter, weithin hörbarer Stimme. »Entscheide, welche Strafe ihm für diesen Frevel auferlegt werden soll.«

Ich weiß, welche Last auf deinen Schultern ruht, Steinfaust, seit die Pferdeherren ihre Herde verloren haben. Oft hast du mich angerufen und um Rat gefragt . . . Doch entschieden hast du stets selbst. Wisse, Seruun wird der größere Geistertänzer von euch beiden sein. Größer noch als Wolfszahn. Seruuns Träume vermögen die Geschicke eures Volkes für immer zu verändern, denn er ist der Wahrträumer, und ist auch, was er versprochen hat. Er kann euch zu den Weiden führen, auf denen der Eisatem keine Macht hat, wenn du die Größe besitzt, dich ihm zu fügen, und alle an ihn glauben. Zugleich vermag Seruun ohne einen Mann wie dich, listenreich und erfahren im Krieg, nie den Ort seiner Träume zu erreichen.

Die Menschen ringsum waren voller Erwartung und unruhig. Seruun begriff, daß diesmal nur er und Steinfaust die Stimme des Eisherrn gehört hatten. Was wollte der Mösönchin? Warum beschützte er Steinfaust?

Die Macht des Landes schwoll an, und wie Sturmwind erfaßte sie die Geister aller, die sich versammelt hatten.

Du bist der Geistertänzer der Sturmreiter, Steinfaust, dein Wort soll entscheiden. Diese Last kann dir niemand von den Schultern nehmen.

Deutlich war Steinfaust der innere Kampf anzusehen. Er wußte, daß nur er und Seruun die Botschaft des Mösönchin vernommen hatten. Steinfaust hätte im Besitz der ganzen Macht bleiben können, wenn er Seruun verbannt hätte. Aber ohne Seruun würde er dem Eisatem nicht entgehen, und sein Volk würde womöglich ganz und gar ausgelöscht werden.

Der alte Schamane erhob sich. Mit kaltem Blick musterte er Seruun. Die Hand des Jüngeren ruhte noch immer auf dem Griff des Messers.

Lehn dich gegen mich auf! dachte Seruun. Ich will dein Blut vergießen!

»Der Norden bietet uns magere Weiden, und auch hier sind wir vor jenen nicht sicher, die mit dem Nordwind kamen.« Die Worte flossen Steinfaust über die Lippen, als hätte er seine Entscheidung leichten Herzens getroffen. »Hier leben wir in Bitternis und Kälte. Folgen wir einem Traum. Folgen wir Seruun Zuudet, dem Wachträumer. Möge sein Traum wahr werden! Führ uns auf die fetten Weiden deiner Träume. Bring uns nach Süden, Seruun!«

Bärenhaut und einige andere Krieger ergriffen Seruun und hoben ihn auf die Schultern. Er wurde den Hügel hinaufgetragen, wo Steinfaust ihn zum Zeichen des Friedens umarmte.

»Wir sind noch nicht am Ende des Weges«, flüsterte der ältere Schamane so leise, daß nur Seruun es hören konnte. »Ich warte nur auf deinen ersten Fehler.«

Seruun bedachte ihn mit einem Lächeln wie Eis. Früher einmal hätten ihm diese Worte angst gemacht, jetzt erkannte er dahinter Steinfausts Schwäche. »Du weißt nicht, wie nahe du dem Tod warst, alter Mann.«

Das Mosaik

*In Porto Oldo, einer kleinen Hafenstadt an der Ostküste Cornias,
am 12. Tag des Roten Erntemondes, im 460. Jahr der Abwesenheit Gottes*

Francisco faltete den Brief zusammen, den er von Paolo erhalten hatte, und trat an das Fenster der schlichten Kammer, die er im *castrum dei* der alten Hafenstadt Porto Oldo bezogen hatte. Sein Blick wanderte hinab zum immer noch zerstörten Küstenviertel. Porto Oldo hatte die Katastrophe vor zwei Jahren überlebt. Die alte Stadt zog sich an den steilen graubraunen Felshängen der Küste weit hinauf, und selbst Sturmflut und Erdbeben hatten sie nicht gänzlich vernichten können. Von zweiundsiebzig kleineren und größeren Siedlungen entlang der Küsten Cornias waren kaum mehr als die Grundmauern übriggeblieben. Wie Nantala waren die meisten dieser Dörfer und Städte bis auf die Grundmauern zerstört worden. Fischerei und Walfang hatten den Küsten Cornias einst Reichtum beschert. Hier in Porto Oldo, das teilweise erhalten geblieben war, hatten sich in den letzten zwei Jahren die Reste der Fischereiflotten versammelt.

Wie Möwennester klebten die rotbraunen Häuser an die steilen Felsen, die sich aus dem Meer erhoben. Kein Karren fuhr hier, denn es gab keine Straßen, sondern nur Treppen, die mühsam in den Fels geschlagen worden waren. Esel oder bullige Träger schleppten die Lasten vom Hafen hinauf, deren Dienste man an den Kais für ein Kupferstück mieten konnte.

Nachdenklich schätzte Francisco den Fortschritt der Bauarbeiten an dem langen hölzernen Landesteg ab, der aus der natürlichen Hafenbucht ins Meer hinausgriff wie ein riesiger Krakenarm. Die Probleme der Stadt waren unübersehbar. Der Hafen verlandete. Das Meer zog sich von den Küsten zurück. Langsam, kaum merklich. Aber allein in den letzten beiden Jahren war der mittlere Wasserpegel im Hafenbecken doch um mehr als zwei Schritt gefallen.

Der Priester mußte schmunzeln. *Der mittlere Wasserpegel.* Er lernte dazu. In einem hatte Cosima tatsächlich recht gehabt: Er mußte in diesem Land heimisch werden. Ein *iudicator*, der ernstgenommen werden wollte, konnte es sich nicht leisten, eine Walfängerin mit einer Fischerin zu verwechseln. Er mußte die Sprache der Seeleute, Schäfer und Handelsfürsten sprechen, wenn er deren Sorgen nachvollziehen wollte.

Der Landesteg. Früher hätte er ihm nur wenig Beachtung geschenkt. Jetzt wußte er, wie lebenswichtig er für Porto Oldo war. Schiffe mit mehr als einem Schritt Tiefgang konnten den Hafen nicht mehr ansteuern, ohne daß sie dabei auf Grund zu laufen drohten. So hatten die großen Pfauenschiffe der Kataueken im Händlermond weit draußen vor der Küste ankern müssen, und den Warenumschlag hatte man mühselig mit kleinen Booten abwickeln müssen.

Porto Oldo war der erste größere Seehafen Cornias, über den wieder Handelsgüter umgeschlagen wurden. Hier lag ein Quell zukünftigen Reichtums. Francisco hatte den Bau des Landestegs deshalb großzügig mit Kirchengeldern unterstützt.

Der *iudicator* legte den Brief, den er noch immer in den Händen hielt, auf seinen Schreibtisch, der mit alten Büchern und Dokumenten aller Art über und über bedeckt war. Ein Junge auf dem Weg zur Mannbarkeit – das war seine zuverlässigste Quelle über die Ereignisse in Monte Flora. Reisende erzählten einem Kirchenmann keine Geschichten über einen Atemdieb! Wie sollten sie auch wissen, daß Francisco inzwischen ganz anders über Märchen und Legenden dachte, als es die Mehrheit der kirchlichen Würdenträger tat? So war der *iudicator* ganz und gar auf Paolos Berichte angewiesen.

Die Angst in Monte Flora war gewachsen. Selbst jetzt, während der heißesten Jahreszeit, ging der Atemdieb weiterhin um! Auch Bruder Andres hatte mittlerweile zugegeben, daß dies bei der Ausbreitung des Bluthustens ganz ungewöhnlich war.

Die Geschichten, die man sich über den Atemdieb erzählte, waren verwirrend unterschiedlich. So berichteten die einen von einem gedrungenen kleinen Brusthocker, der sich mit affenartiger Geschicklichkeit selbst Wände hinaufbewegte und so in die entlegensten Zimmer gelangte. Allgemein tat Paolo dies in seinen Briefen als dummes Geschwätz ab. Ernst nahm der Junge nur Berichte über den unheimlichen dünnen Mann, dem er selbst einmal begegnet war. Und dann schrieb er noch über eine Constanza. Eine Ordensschwester, die im Siechenhaus diente und in die sich Paolo offensichtlich Hals über Kopf verliebt hatte.

Francisco lächelte und entfaltete noch einmal das Blatt aus billigem Papier, das dem Brief beigefügt gewesen war. In letzter Zeit legte der Junge seinen Berichten aus Monte Flora stets Liebesgedichte für Constanza bei, damit der *iudicator* über Versmaß und poetische Einfälle urteile. Francisco überflog die Zeilen und wünschte sich, noch einmal so jung wie Paolo zu sein. Dann legte er den Brief zu dessen übrigen Schreiben, die er sorgsam in einem bunten Holzkistchen verwahrte, das er einem katauekischen Händler im Frühjahr abgekauft hatte.

Die Dokumente auf dem Schreibtisch waren die Früchte einer Arbeit, die er seit sechs Monden neben seinen eigentlichen Aufgaben als *iudicator* leistete.

Er hatte versucht, der *corona* auf die Spur zu kommen und zu ergründen, was vor fünfhundert Jahren geschehen war, als Aionar zu den Menschen herabgestiegen war. Doch wohin immer er sich bei seiner Suche auch wandte – es war schon jemand vor ihm dagewesen. Seit seiner *Verbannung* aus Monte Flora hatte er etliche kleinere Städte und Dörfer besucht, um dort im Namen der Kirche Recht zu sprechen. Zugleich hatte er nach alten Archiven gefahndet. Er hatte die Kontore großer Handelshäuser, die privaten Bibliotheken reicher Kaufherren sowie die Archive von Städten und Ordensburgen aufgesucht. Doch war die Fährte, die er aufzunehmen versuchte, stets sorgfältig verwischt worden.

Die Berichte über den Bürgerkrieg und den Untergang des alten Imperiums waren Jahrzehnte nach den Ereignissen niedergeschrieben worden. Meist von Chronisten, die während der Zeit, über die sie berichteten, noch gar nicht gelebt hatten und alles nur vom Hörensagen kannten.

Oft dachte Francisco an die Rote Kammer im *palazzo* von Monte Flora und an die Geheimnisse, die sie bergen mochte. Hatte man dort alle Berichte über das Zeitalter der Gegenwart Gottes an einem Ort versammelt? Und welchen Grund gab es dazu?

Selten wurde Franciscos unermüdliche Suche mit einem glücklichen Fund belohnt. So hatte er im Ordenshaus von Agusta einen Bericht gefunden, der offensichtlich aus einem älteren Chroniktext stammte. Er war mit anderen alten Urkunden und Wirtschaftslisten zu einem Buch gebunden worden.

Die Geschichte erzählte von drei Rittern des neugegründeten *ordo militis dei*, die *in jennem Jahre, als Aionar den Götzendienern bey denne Feuerpforten aufs Haupte schlug, den schröcklichen Bährn Kupferfell bey Gelsetta erlegten.* So stand es in der Chronik geschrieben.

Diese und ähnliche Geschichten von vor fünfhundert Jahren glichen den Berichten, die Francisco von den wenigen Spitzeln erhielt, die ihm in Treue ergeben waren. Die Gestalten aus Märchen und Legenden schienen sich aus verborgenen Höhlen zu erheben und überall ihr Unwesen zu treiben.

Schon vor zwei Monden hatte sich Francisco deshalb heimlich mit Bruder Bartolome vom *ordo militis dei* getroffen, und sie hatten sich geeinigt, ohne das Wissen des Kirchenrats eine Gruppe von Ordensrittern mit dem Kampf gegen die Ungeheuer zu beauftragen. Der Rat weigerte sich immer noch, die Berichte von wilden Männern und Ungeheuern zu glauben.

Francisco betrachtete das seltsam verdrehte Horn, das er über dem Türsturz seiner Kammer aufgehängt hatte. Es war mehr als einen Schritt lang und bestand aus Elfenbein. Angeblich stammte es aus der Zeit der Götzenkriege. Die Fischer behaupteten, es sei das Stirnhorn eines Meereseinhorns. Oder war es die Fälschung eines begabten Künstlers?

Was veranlaßte Bernaldino, die Bedrohung durch die Fabeltiere nicht zur Kenntnis zu nehmen? Der *iudicator* verstand es nicht. Und er wartete darauf, daß der *princeps* ihn nach Monte Flora zurückbeorderte. Vergebens. Seit sechs Monden hatte er nichts mehr von dem Kirchenfürsten gehört.

Francisco überflog die langen Namenslisten, die er angefertigt hatte. Er suchte nach dem Schlüssel zum Verständnis der *corona*. Im alten Imperium schien es diese Organisation nicht gegeben zu haben. Doch danach hatte sie sich unter der Herrschaft der *mercatoren* im ganzen Reich ausgebreitet. In Cornia allerdings war die *corona* besonders stark.

Inzwischen glaubte der Priester fest daran, daß es sich bei der *corona* um weit mehr als eine Horde von Strauchdieben handelte. Sie war eine regelrechte Geheimgesellschaft, und sie regierte durch Angst. Sechsmal hatte er den Vorsitz bei Verhandlungen gegen Mitglieder der *corona* geführt. Man hatte die Angeklagten der hochnotpeinlichen Befragung unterworfen, doch selbst unter der Folter verrieten sie nichts. Alles, was Francisco über diesen Geheimbund wußte, stammte aus alten Prozeßakten. Es schien, als besitze die *corona* ein Netz regionaler Herrscher, die wie die Adligen des alten Imperiums von allen ihren vermeintlichen Untertanen den Zehnten forderten. In jeder Provinz schien sie einen geheimen Fürsten zu haben; doch dafür vermochte niemand jemals Beweise liefern zu können.

Ein Fürst, *dux* in der *lingua dei*. Franciscos Gedanken schweiften ab. Lorenzo Nardez Odera, so hatte der letzte *dux* von Cornia geheißen, bevor die *mercatoren* die Macht übernahmen. Der *iudicator* hatte die Abschrift eines Briefes gefunden, in dem ein *princeps*, der zu Zeiten des Bürgerkriegs in Monte Flora im Amt war, den *ordo executionis silentii finiti*, die Ritter des Roten Ordens, um Hilfe bat. Aber Francisco hatte den Verdacht, daß der Brief eine späte Fälschung war, um zu verschleiern, was damals wirklich geschehen war. Dem Brief war nicht zu entnehmen, gegen wen diese Krieger kämpfen sollten, und es fand sich auch nirgends ein Hinweis, ob sie je gekommen waren.

Sogar die Bodenplatte im Rauchkabinett stellte ein Rätsel dar. Das Wappen des Hauses Odera war ein springender Delphin. Wozu der silberne Halbmond? Gab es noch eine Seitenlinie des Herrschergeschlechts, die das ursprüngliche Wappen abgewandelt hatten? Aber warum fanden sich dann keine Dokumente über diese Adligen? Fragen über Fragen.

Ratlos ruhte Franciscos Blick auf den Dokumenten, die er auf seinem Schreibtisch angehäuft hatte. Diese Rätsel erschienen ihm wie ein einziges großes Mosaik, und wenn er hoffnungsvollerer Stimmung war, dann glaubte er, schon viele der verlorenen Steine gefunden zu haben. Doch wer immer das Bild der Vergangenheit zerstört hatte, war dabei besonders gründlich vorgegangen. Dieses Mosaik war Stein um Stein zerbrochen und in alle Winde verstreut worden. Selbst wenn man alle Steine wieder zusammenfügte, hing es immer noch gänzlich von der Vorstellungskraft des Künstlers ab, welches neue Bild er erschuf.

Was war vor fünfhundert Jahren geschehen und hatte Aionar veranlaßt, sich in Fleisch zu kleiden und auf die Erde zu kommen? Und warum hatte man später so gründlich alle Hinweise zur Lösung dieses Rätsel vernichtet?

Zwei Silberdenare

In der verlorenen provincia ultima,
fünfzig Meilen südlich der Feuerpforten,
am 28. Tag des Hitzemondes, im 460. *Jahr der Abwesenheit Gottes*

Im Winter muß es hier einmal geregnet haben, dachte Joacino. So weit das Auge reichte, war der Boden mit rissigen Lehmschollen bedeckt, deren Ränder sich nach oben gewölbt hatten. Wie Wundschorf sah es aus. Ein Land, bedeckt von Wundschorf, das also ist die Beute in diesem Krieg, ging es dem Feldherrn durch den Kopf.

Der Himmel in der Salamar war anders als jenseits der Berge in der *provincia falcata*. Die dichte Wolkendecke, die dort das Bild des Firmaments geprägt hatte, gab es hier nicht. Sehr hoch am Himmel glitten einige Kranichwolken vorüber. Man sah ihnen förmlich an, daß sie das kostbare Wasser, das sie mit sich trugen, niemals an einem so trostlosen Ort wie diesem vergössen.

In der Ferne zogen zwei Sandwindhosen über den Horizont. Wie geisterhafte Riesenschlangen erhoben sie sich aus dem Staub der Wüste. Hundert Schritt hoch und höher wanderten sie über die hitzeflirrende Ebene der verlorenen Provinz Ultima. Es grenzte an Wahnsinn, während der heißesten Jahreszeit in der Salamar Krieg zu führen. Kein Feldherr, der seine Sinne beisammen hatte, tat so etwas, und genau aus diesem Grund hatte Sekander ausgerechnet jetzt angegriffen. Niemand hatte damit gerechnet. Seine Armee hatte die merasischen Berge überquert, ohne auf Widerstand zu stoßen, und bereits ein Dutzend kleinerer Oasen besetzt. Jetzt marschierten die Truppen auf Badur zu, die einzige größere Oasenstadt der Gegend.

Sekander hatte die kleinen Oasen angegriffen, weil er keinen Feind im Rücken behalten wollte. Joacino war anderer Meinung gewesen. Er hatte empfohlen, sofort auf Badur zu marschieren, damit dem Turtanu der Stadt keine Zeit bliebe, seine Truppen zu sammeln. Schließlich hatte sich Sekander mit dem Argument durchgesetzt, daß die Stämme bei den Oasen eine zu große Bedrohung für ihre Nachschublinien darstellten. Siebenundzwanzig Tage hatten sie auf diese Weise verloren, und die Nachrichten, die sie erreichten, verhießen nichts Gutes.

Der Turtanu Ardekai von Badur hatte die *Fahrende Festung* organisiert, und sein Heer war bereit, sich der Armee Sekanders zu stellen. Als ehemalige Provinz des Imperiums verfügte Ultima über ein gut ausgebautes Straßennetz. Das war die Voraussetzung, die *Fahrende Festung* einsetzen zu können. Sie bestand aus den Wagen des Nachschubtrosses. Die schweren Karren wiesen auf einer Seite mit Schießscharten versehene hohe Schutzwände aus starken Holzplanken auf. In der Schlacht wurden die Wagen aneinandergekettet und bildeten eine Burg, an der die Angriffswellen der Gegner zerschellten, bis der Turtanu schließlich Befehl gab, die *Fahrende Festung* an einer Stelle zu öffnen, damit seine Reitertruppen hervorbrechen und den geschwächten Feind vom Schlachtfeld vertreiben konnten.

Angeblich maß die Wagenburg dieses Turtanu Ardekai eine Meile an jeder Seite, und sein Heer zählte fünfzigtausend Mann, davon fünfzehntausend Reiter. Dem konnte da Gona weniger als dreißigtausend Söldner entgegenstellen. Und fast die Hälfte seiner Soldaten hatte noch nie in einer Schlacht gekämpft. Dennoch war er zuversichtlich, den Sieg zu erringen. Moravio, den er genau wie Ernanda während des letzten Winters befördert hatte, hatte einen glänzenden Plan ausgearbeitet, um die hölzernen Mauern der Wagenburg zu durchbrechen. Und der Feldherr wäre immer noch zuversichtlich gewesen, hätte es gestern nicht das Scharmützel gegeben.

Joacino war mit dreißig Samuçureitern zu einer Patrouille aufgebrochen. Sie hatten sich in weite Gewänder gehüllt, damit man sie aus der Entfernung für Späher aus Badur halten konnte. Allein dieser Verkleidung war es zu verdanken gewesen, daß die Reiter, denen sie gestern begegnet waren, nicht sofort die Flucht ergriffen hatten. Es war eine Gesandtschaft des Turtanu Attaguelfa von Nirsa gewesen.

Das Gefecht mit den Reitern war kurz gewesen. Die Patrouille hatte sieben der berühmten weißen Samuçu von Nirsa erbeutet. Diese hochbeinigen Wüstenvögel galten als sehr ausdauernd und besonders angriffslustig. Sie waren wie geschaffen für den Einsatz in Schlachten. Noch kostbarer jedoch war die Botschaft an den Turtanu von Badur, die sie erbeutet hatten. Der Herrscher von Nirsa war mit fünfzehntausend Reitern unterwegs, um die Armee von Badur zu verstärken. Wenn sich beide Heere vereinigen würden, wäre die Invasion gescheitert. Diese Streitmacht wäre zu groß, als daß man ihr in offener Feldschlacht entgegentreten konnte.

Obendrein war Attaguelfa ein berühmter Reiterführer, ein Gegner, den man besser ernstnahm. Und wenn seine Armee wirklich nur aus Reitern bestand, konnte Sekander ihm auch den Weg nicht abschneiden. Attaguelfa beginge nicht den Fehler, sich einer doppelt so großen Streitmacht zu stellen, und vor allem war er beweglich genug, um ihnen ausweichen zu können.

»*Strategos!*«

Joacino erstarrte einen Herzschlag lang. Würde er sich denn nie an den Titel gewöhnen, den *princeps* Sekander ihm verliehen hatte? *Strategos* war der Titel eines Oberkommandierenden. Ein Begriff aus dem alten Reich, den die *mercatoren* verboten hatten. Sie hatten diesen Titel zu einem Synonym für Tyrann und Kriegstreiber gemacht. Joacino hatte den Titel ablehnen wollen, doch der Kirchenfürst und selbst seine Offiziere hatten viel Aufhebens darum gemacht, daß er sich durch einen besonderen Titel von den anderen Kommandanten der neuen Armee abheben solle.

»*Strategos*, seht dort! Schwarzer Rauch!« Einer der Späher hatte seinen Samuçu, ein Weibchen, dicht neben Joacinos buntgefiedertes Reittier gebracht.

Jetzt sah es auch der Feldherr. Eine der wandernden Staubschlangen am Horizont hatte sich dunkel verfärbt. Das Feuer brannte dort, wo vermutlich die Armee marschierte. Welcher Feind hatte Sekander angegriffen?

Joacino hob den rechten Arm, damit alle sein Zeichen sehen konnten, und deutete in Richtung der Rauchsäule. »Ganzer Zug links schwenkt! Roberto und Lancillio, ihr reitet als Späher voraus! Abmarsch!« Zwei Reiter trennten sich von der Kolonne. Dann setzte sich der ganze Zug in Bewegung.

Es dauerte drei Stunden, bis sie das Schlachtfeld erreichten. Die Feuer waren erloschen. Man hatte die verkohlten Überreste etlicher Fuhrwerke von der breiten Straße geschoben und einen langen Graben ausgehoben, um die Toten zu bestatten.

Sekander kam ihm mit seinem Gefolge kriegerischer Priester entgegengeritten. Der Kirchenfürst trug einen Vollhelm, der in eine schlanke metallene Mitra überging. Sein weißer Umhang und die Soutane waren blutbespritzt.

»Du hast die erste große Feldschlacht in diesem Krieg versäumt, *strategos*.« Der *princeps* schnallte den Helm ab. Seine Augen funkelten. »Es war ein Reitergefecht wie aus dem Handbuch von Ktesiphon. Wir haben sie von beiden Flanken erwischt! Lediglich eine Handvoll dieser Wilden entkam. Ein glänzender Sieg!«

»Wie viele waren es?«

»Mehr als tausend! Eine richtige Schlacht!«

»Sie haben den Tross angegriffen?«

»Ja ... und nein. Zunächst haben sie die Vorhut attackiert. Aber unsere Truppen haben sich wie auf dem Exerzierplatz in Karrees aufgestellt, und dann habe ich mit den Reitern die Angreifer in die Wüste zurückgetrieben. Während ich sie verfolgte, griff eine zweite Reitergruppe den Tross an.«

Joacino mußte an sich halten, um den Kirchenfürsten nicht vor allen Offizieren bloßzustellen. Die Schlacht war tatsächlich wie im Handbuch des Ktesiphon verlaufen. Man führte einen Scheinangriff durch, um die Kavalleriebedeckung vom Tross fortzulocken, und griff dann mit der Hauptmacht den Wagenzug an.

»Wie viele Wagen haben sie zerstört?«

Der Kirchenfürst zuckte mit den Schultern und wandte sich an einen der Reiter in seinem Stab. »Wie groß sind die Verluste, Bruder Lucius?«

Ein junger Ordenspriester lenkte sein Pferd an die Seite des Fürsten. Er hatte ein aufklappbares kleines Gestell vor sich im

Sattel. Eine Art Schreibpult! Mit einer hölzernen Klemme war ein Pergament darauf befestigt. Der *pater* trug einen dunklen Fleck auf der Unterlippe, so als habe er an einem tintenverklebten Federkiel gekaut. »Wir haben dreiundfünfzig Pikenträger verloren. Weitere einhundertzwölf sind verletzt. Unter den Reitern gibt es fünfunddreißig Tote und zweiundachtzig Verwundete. Außerdem sind zweihundertfünfundfünfzig Pferde nicht mehr dienstfähig. Bislang wurden achthundertsiebenundsiebzig erschlagene Wilde gezählt, doch diese Zahl ist nur vorläufig ... Ich bitte, dies zu entschuldigen, Bruder. Bis Sonnenuntergang verfüge ich über die genaue Zahl der gegnerischen Toten. Außerdem wurden dreiundneunzig unserer Fuhrleute getötet oder verwundet. Unsere Verluste bei den kämpfenden Truppen machen nicht einmal den hundertsten Teil des Feldheers aus, wohingegen ...«

»Entschuldigt, wenn ich Euch ins Wort falle – Bruder ...?« unterbrach Joacino den Priester

Der *pater* wirkte einen Moment lang verwirrt. Hilfesuchend blickte er seinen *princeps* an.

»Lucius, *strategos*. Bruder Lucius, vom *ordo curatoris dei*«, antwortete Sekander an seiner Stelle.

»Nun, Bruder Lucius, auch wenn Ihr mich für herzlos haltet, aber ich möchte vor allem wissen, wie viele Fuhrwerke und Wasserfässer wir verloren haben.«

Nun, da es wieder um Zahlen ging, wirkte der junge *pater* nicht länger hilflos. »Das ist in der Tat ein bemerkenswerter Aspekt. Die Feinde haben versucht, einige der Karren mit Wasserfässern in Brand zu setzen. Das ist in den meisten Fällen kläglich gescheitert, da die berstenden Wasserfässer die Brände wieder gelöscht haben. Nur zweiunddreißig Fuhrwerke sind so stark beschädigt, daß sie ausgemustert werden mußten. Nach diesem Fehlschlag haben die Wilden versucht, möglichst viele Fässer einzuschlagen. Da sie größtenteils aber mit leichten Reitersäbeln ausgerüstet waren und nur wenige Handäxte besaßen, die für diese Aufgabe am besten geeignet gewesen wären, konnten sie keinen sonderlich großen Schaden anrichten. Ich glaube, wir haben etwa zweitausend Faß Wasser verloren. Auch in diesem Fall kann ich erst bis Sonnenuntergang mit einer genauen Zahl aufwarten.«

»Also hat der Turtanu von Birsa tausend Reiter für zweitausend Faß Wasser geopfert!« Sekander lachte laut auf. »Welch schlechtes Geschäft!«

»Mit Verlaub, Eminenz, Ihr macht die falsche Rechnung auf. Er hat tausend Mann geopfert, um drei Tage zu gewinnen. Drei Tage, die über den Ausgang des Feldzugs entscheiden können. So lange brauchen wir, um die Wasserfässer zu ersetzen ... Natürlich zuzüglich des Wassers, das unsere Männer in diesen drei Tagen trinken. Fünf weitere Tage benötigen wir bis Badur, wo der Turtanu Ardekai seine Armee sammelt. In acht Tagen wird ihn der Turtanu von Nirsa mit seinen Reitertruppen erreicht haben. Vereinigen sich ihre Armeen, sind sie doppelt so stark wie wir und verfügen über sechsmal mehr Reiter.«

»Dann werden wir eben weitermarschieren«, sagte der *princeps* leichthin. »Der Wagenzug mit den Wasserfässern wird uns schon einholen.«

»Und was ist, wenn wir in einen Staubsturm geraten? Wir hätten dann fast keine Wasserreserven.«

»Wenn, wenn ... Wer keine Risiken eingeht, wird niemals einen wahren Triumph erringen.«

»Das hat sich vermutlich auch Euer Vorfahr Macareus gesagt«, entgegnete Joacino kühl, »bevor er mit seinem Heer auf Nimmerwiedersehen in der Salamar verschwand.«

Dem Kirchenfürsten stieg die Zornesröte ins Gesicht. »*Strategos*, fordere dein Glück nicht heraus! Du bist nicht der einzige, der weiß, wie ein Krieg zu führen ist.«

»Und ich möchte Euch daran erinnern, daß Ihr gelobt habt, Euch nicht in mein Kommando einzumischen. Was geschieht, wenn wir durch einen Staubsturm aufgehalten werden? In spätestens drei Tagen passiert das Heer Attaguelfas die Feuerpforten. Damit ist die Entscheidung über den weiteren Verlauf des Krieges gefallen.«

Der Kirchenfürst hatte seine Fassung wiedererlangt. »Nicht

nur *du* planst im voraus, *strategos*. Als du vor drei Tagen zu deinem Streifritt aufbrachst, kommandierte ich fünf Hundertschaften der Jade-*turmae* zu den Feuerpforten. Sie werden diesen Attaguelfa lange genug aufhalten.«

»Bei allem Respekt vor Eurer Autorität, *princeps*, möchte ich doch bezweifeln, daß der Kommandant der Jade-*turmae* kämpfen wird, wenn ein Heer auf den Paß vorrückt, das ihm dreißig zu eins überlegen ist. Er wird sich ergeben.«

Ein kaltes Lächeln umspielte die Lippen des *princeps*. »Das glaube ich nicht. Ich habe ihm versichert, daß sein *strategos* ihm mit Verstärkungen zu Hilfe eilen wird. Der Glaube an dich, Joacino, wird bewirken, daß sie kämpfen. Bis zum letzten Mann. Das verschafft uns die Zeit, die wir brauchen.«

Joacino starrte den Kirchenfürsten ungläubig an. »Ihr habt den Männern mein Wort verpfändet, Eminenz? Damit sie gutgläubig in den Tod gehen ... Das kann nicht Euer Ernst sein.«

»Mach dich nicht lächerlich, *strategos*! So werden Kriege geführt. Der Turtanu Ardekai hat tausend Reiter geopfert, um uns aufzuhalten, und ich setze das Leben von fünfhundert Männern ein, um seinen Plan zunichte zu machen. So ist das im Krieg, *strategos*. Ein Feldherr muß in der Lage sein, einige seiner Männer zu opfern, wenn es um den Sieg geht. Das ist nun einmal unser Geschäft.«

»Darum geht es nicht, und das wißt Ihr auch. Ihr habt die Männer in meinem Namen belogen!«

»Sie werden nicht zurückkommen, um es weiterzuerzählen.«

»Ihr habt meinen Namen mit einer Lüge befleckt, Eminenz! Wärt Ihr ein Soldat, würde ich Satisfaktion von Euch fordern.«

Es war Sekander deutlich anzusehen, daß diese Spitze gesessen hatte. »Und du, *strategos*, du bist *nur* ein Soldat. Du magst Schlachten gewinnen, aber von Menschenführung verstehst du nichts! Hätte ich ihnen gesagt, daß sie in den Tod gehen, hätten sie nicht gekämpft. Vielleicht wären sie nicht einmal bis zu den Feuerpforten gezogen.«

»Ihr seid es, Eminenz, der diese Männer nicht kennt. Jeder Soldat weiß, daß sein Pfand für seinen Sold sein Leben ist. Aber ein Feldherr, der seine Soldaten belügt, der stiehlt ihnen auch ihren Mut und ihre Ehre. Hätten sie gewußt, was sie bei den Feuerpforten erwartet – daß auf diesem Paß die Entscheidung über den Sieg bei Badur fällt –, dann hätten sie ihn zur Not mit ihren Zähnen verteidigt. Jetzt ziehen sie in dem Glauben zu den Feuerpforten, daß sie einen unwichtigen Außenposten sichern, und wenn dann eine ganze Armee vor dem Paß steht, werden sie begreifen, daß man sie verraten und verkauft hat. Und einem solchen Feldherrn verkauft kein Soldat sein Leben für läppische zwei Silberdenare die Woche.«

»Du vergißt, daß sie an dich glauben, *strategos*. Sie hoffen darauf, daß du sie mit Entsatztruppen heraushauen wirst. Mir ist klar, daß sie für mich oder für zwei Silberdenare nicht auf dem Paß sterben werden. Aber für dich, Joacino da Gona, für dich tun sie es.« Der Kirchenfürst verscheuchte mit einer ärgerlichen Handbewegung einige Fliegen, die sich auf den Blutflecken auf seiner Soutane niedergelassen hatten. »Damit ist dieses Thema für mich beendet. Kümmre dich darum, daß die Armee weiter auf Badur vorstößt, *strategos*.«

»Nein, Herr! Ich trete mein Kommando an die *tercia* Ernanda ab. Sie hat diesen Feldzug mit geplant und ist mit der Strategie für den Kampf gegen die *Fahrende Festung* vertraut. Ich reite zu den Feuerpforten.«

Einen Moment lang starrte der Kirchenfürst Joacino mit offenem Mund an. Dann brach er in schallendes Gelächter aus. »Das ist nicht dein Ernst. Ich kann dir keinen einzigen Mann mitgeben. Du weißt gut genug, daß wir jedes Schwert und jeden Schützen brauchen, wenn wir bei Badur siegen wollen. Und du bist ein sentimentaler Narr, wenn du glaubst, deine Anwesenheit auf dem Paß könne eine unvermeidliche Niederlage in einen Sieg verwandeln. Es steht dreißig zu eins, da Gona. Man muß kein Arithmetiker sein, um ausrechnen zu können, wie das Ergebnis dieser Gleichung lautet.«

Der Feldherr warf dem jungen *pater*, der hinter dem Kirchenfürsten ritt, einen abschätzigen Blick zu. Pfaffen, dachte er. Sie sind alle gleich, auch wenn sie sich ein Schwert umgürten und in den Krieg ziehen. »Eminenz, Ihr mögt alles über den Krieg gelesen haben, aber in Büchern steht wohl nicht, daß ein Feldzug mehr ist als eine komplizierte Gleichung mit ein paar Unbekannten. Die erste Eroberung, die ein Feldherr machen muß, ist die Eroberung der Herzen seiner Männer. Ein mutiges Herz, Eminenz, das läßt sich nicht mit Zahlen messen. Und nun entschuldigt mich, ich muß den Stab über den Kommandowechsel in Kenntnis setzen.«

Unter weißer Fahne

*Bei den Feuerpforten am Rand der provincia ultima,
in der Nacht zum 1. Tag des Sturzregenmondes,
im 460. Jahr der Abwesenheit Gottes*

»Wir sind tot!«

»Ich habe dich nicht darum gebeten, hierher mitzukommen.«

»O doch, auf deine ganz besondere Art, *strategos*«, entgegnete Ernanda gereizt. »Ich dachte, ich kotz dir vor die Stiefel, als du mir das Kommando übertragen hast. Hast du die Gesichter der anderen Offiziere gesehen? Ich kann kein Heer führen. Ich weiß das, alle wissen das. Da folge ich dir lieber hierher auf die Schlachtbank, als für dreißigtausend Mann die Verantwortung zu übernehmen.«

»Du hättest es gekonnt«, beharrte Joacino. »Hierherzukommen, war ein Fehler.«

»Man kritisiert die Entscheidungen einer Oberkommandierenden nicht, Soldat!«

Der Feldherr mußte lächeln. Im Grunde war er froh, daß Ernanda mitgekommen war. Seit er vor sieben Jahren als *capitano* in die Armee eingetreten war, hatten sie in jeder Schlacht Seite an Seite gekämpft. Es war ein gutes Gefühl, sie neben sich zu wissen.

»Du hättest Moravio hören sollen. Kaum warst du aus dem Zelt, da hat der mich mit seiner Bildung und seinen Zahlenspielchen zugeschissen, diese Kanalratte. Meinte, ich sei viel zu implosiv für eine Oberkommandierende und würde die Armee ins Verderben führen.«

»*Impulsiv* hat er wohl gesagt.«

»Einen Dreck gebe ich auf die feinen Schimpfwörter, die euch eure Hauslehrer beigebracht haben. Ich habe verstanden, daß er mich beleidigen wollte ... Da habe ich ihm das Kommando übertragen. Soll er sich doch mit dem *princeps* und seinen Rittern vom Orden des Federkiels herumschlagen.«

»Hättest du die Güte, die weiße Fahne hochzuhalten, sonst denken die Wilden da oben auf dem Tor, wir seien ein Sturmtrupp von zwei Mann, und decken uns mit Pfeilen ein.«

Ernanda riß den Fahnenstock hoch und schwenkte ihn so heftig, daß das Tuch auch im Dunkeln zu sehen war. »Verdammter Dreckslappen! Das ist der Tiefpunkt in meinem Soldatenleben.«

»Wir wollen uns ja nicht ergeben«, beruhigte Joacino sie, »nur verhandeln.«

»Ich wüßte nicht, was es mit diesem Heidenpack zu verhandeln gibt.«

Eine ganze Menge, dachte der Feldherr. Die Feuerpforten waren der einzige Paß, über den eine Streitmacht den Djebel el Cadia passieren konnte. Und vor allem gab es dort die einzige ergiebige Quelle im Umkreis von hundert Meilen. Die Paßhöhe wurde von einer kleinen Festung beherrscht — im Grunde nur von zwei befestigten Toren, die die beiden Zugänge zu einem engen Talkessel blockierten. Die Feuerpforten waren eine berühmte Pilgerstätte gewesen, doch nach dem Fall der *provincia ultima* hatte sich kaum noch ein Gläubiger hierhergewagt. Auch die Heiden hatten das Tal lediglich als Rastplatz für ihre Karawanen genutzt. Der Turtanu Attaguelfa indessen hatte begriffen, welche Bedeutung die alte Festung in diesem Krieg hatte. So hatte er eine Reiterabteilung vorausgeschickt, um die Feuerpforten zu sichern. Es waren nur etwa hundert Mann, doch sie hatten bereits zwei Angriffe der Jadetürme blutig zurückgeschlagen. Die Soldaten des *princeps* waren nur um einen Tag zu spät gekommen.

Joacino und Ernanda hatten das Ende des schmalen Wegs erreicht, der zur Paßhöhe hinaufführte. Dunkle Flecken auf den steinernen Stufen waren die einzigen Zeugnisse der Kämpfe, die hier den ganzen Tag über getobt hatten. Erst als Joacino am Abend das Lager der Jadetürme erreichte und das Kommando übernahm, wurde der sinnlose Sturmlauf gegen die Paßfestung abgebrochen.

»Halt, ihr da unten! Noch einen Schritt weiter, und ich lasse auf euch schießen.« Der Mann auf der Mauer sprach mit schwe-

© CARDAO 02

rem Akzent. Er betonte die Worte seltsam, und es klang so, als sei er heiser.

»Hier unten steht der *strategos* da Gona. Ich bin gekommen, um mit dem Kommandanten der Festung die Übergabe zu verhandeln. Ruf deinen Befehlshaber, Soldat!«

»Ich bin Amraphel, der Shaknu der Sandläufer von Kelchu, und als guter Kommandant bin ich in der Schlacht bei meinen Soldaten, *strategos*«, schallte eine andere Stimme von der Mauer herab. »Wo warst du, als deine Männer die Mauer zu stürmen versuchten? Ich kann mich nicht erinnern, dich gesehen zu haben.«

»Ich bin der Kommandant der Verstärkungen, die heute abend eingetroffen sind. Wir haben drei *turmae*, um dich von den Mauern zu vertreiben. Du und deine Männer, ihr habt tapfer gekämpft. Wenn ihr euch jetzt ergebt, gewähre ich euch freien Abzug.«

Vom Tor herüber erklang vielstimmiges Gelächter. »Ganz gleich, wie viele Männer du hast, bis morgen früh kannst du diese Mauern nicht erstürmen, und dann erreicht uns die Streitmacht meines Herrn, des Turtanu Attaguelfa von Nirsa. Laß dir einen guten Rat geben, *strategos*: Sieh zu, daß du morgen früh weit fort bist von hier, denn der Turtanu liebt es, die Köpfe von Großmäulern auf Lanzen zu stecken. Du müßtest schon Männer haben, die durch Stein zu gehen vermögen, um in diese Festung zu gelangen. Und nun scher dich von dannen und lauf um dein Leben, *strategos*!«

»Wisse, Amraphel, das Imperium ist groß. Es reicht vom Ozean des Morgens bis zum Ozean des Abends. In den Reihen seiner Heere finden sich alle Arten von Männern, wie du sie dir kaum vorstellen kannst. Doch du hast recht. Die Zeit für Worte ist vorbei. Nun werden die Waffen sprechen. Du wirst diese Männer kennenlernen.« Der *strategos* wandte sich um und stieg den steilen Pfad, der zum Tor führte, wieder hinab.

»Ich habe es doch gewußt, daß der sich nicht ergeben wird«, murmelte Ernanda halblaut vor sich hin.

»Es war den Versuch wert. Dieser Plan ist auf jeden Fall besser als die Idee, die du ausgebrütet hast.«

»Was ist an meinem Schlachtplan nicht in Ordnung?«

»Ich bin nicht schwindelfrei«, gab Joacino kleinlaut zu. Schon bei dem Gedanken daran, was nun folgen würde, lief es ihm eiskalt über den Rücken.

»Wer erwartet schon vom Sproß einer der ältesten Mercatorensippen, daß er *schwindel*frei ist? Das gehört wirklich nicht zu den Tugenden, die man Kaufleuten und Ratsherren unterstellt.«

»Bei Aionar, Ernanda, das war ja ein Wortspiel! Und es ging dir ganz ... *implosiv* über die Lippen. Könnte es sein, daß der Umgang mit Offizieren, die von Hauslehrern erzogen wurden, einen schlechten Einfluß auf deinen erfrischend vulgären Sprachgebrauch hat?«

»Noch eine solche Beleidigung, und ich schieb dir ganz implosiv die Zähne in den Rachen, *strategos-nicht-tot-zu-kriegen*.«

Joacino mußte lachen, und sein Gelächter hallte von den Felswänden des engen Paßwegs wider. Für einen Augenblick vergaß er den Schrecken, der vor ihnen lag.

Der Delphin im Halbmond

In einem Gasthaus an der Uferstraße des Lago di Ansala, in derselben Nacht

Schwerer Regen trommelte auf das Dach der Schenke, in der sie Unterschlupf gefunden hatten. Dem Gebot der Bescheidenheit entsprechend hatten sie nur altes Brot und harten Käse gegessen. Francisco war bis auf die Knochen durchnäßt, und der Saum seiner Soutane war mit Schlammspritzern besudelt. Er hatte weder ein sauberes noch ein trockenes Kleidungsstück mehr im Gepäck. Es war wirklich eine Qual, im Sturzregenmond über Land zu reisen. Doch in drei Tagen wäre er wieder zurück in Porto Oldo, und es bliebe ein wenig Zeit, sich auszuruhen und über den *Steinen* seines Mosaiks zu brüten.

»Eminenz!« Der hagere Schenkenwirt war an den Tisch getreten und wischte sich die verschwitzten Hände an der schmuddeligen Schürze ab. »Ein Herr wünscht Euch auf einen Krug sauren Weins einzuladen.«

Francisco sah von seinem Wasserbecher auf. Der Wirt wirkte unruhig. Lag es nur daran, daß er mit einem hohen Würdenträger der Kirche sprach, oder hatte er noch andere Gründe?

»Läßt dieser Herr sonst noch etwas ausrichten? Für gewöhnlich teile ich mein Abendmahl nicht mit Fremden.«

Der Wirt rieb sich die dicke rote Nase. »Ja, da ist noch etwas ... Ich glaube, ich habe es nicht richtig verstanden. Er sagte, der Delphin im Halbmond lasse Euch grüßen, Eminenz ... oder so ähnlich. Er wollte es mir nicht näher erklären.«

»Wo ist der Mann?«

»Dort, in der *guten Stube*.« Er deutete auf eine Tür, die vom Schankraum aus in den hinteren Teil des Hauses führte. »Er ist dort, allein. Aber beim Stall stehen noch zwei Männer. Sie reden mit Eurer Eskorte, Eminenz.«

»Sag dem Mann, daß ich komme.«

Nachdem der Wirt gegangen war, griff Bruder Peres, der Kommandant der Eskorte, nach Franciscos Arm. »Du willst doch nicht etwa wirklich gehen, Bruder *iudicator*! Das stinkt nach einer Falle der *corona*. Laß mich das Hinterzimmer aufsuchen!«

»Keine Sorge, mein Freund. Delphinen gilt seit geraumer Zeit meine ausgesprochene Vorliebe. Und ich versichere dir, es sind harmlose Tiere.« Mit diesen Worten stand Francisco auf und schritt quer durch die Schenke zur Hintertür, die ihm der Wirt gewiesen hatte.

Der Delphin im Halbmond, das Wappen der Bodenplatte im Rauchkabinett im *palazzo* des *princeps*. Wer würde ihn hinter der Tür erwarten? Nur die höchsten Würdenträger der Kirche wurden in das prächtige Kabinett geladen und kannten die auffällige Schmuckplatte.

Die *gute Stube* wurde von einer einzigen Öllampe beleuchtet. Der Tür gegenüber saß eine massige Gestalt an einem niedrigen Tisch. Sie trug einen Kapuzenumhang aus feucht schimmerndem schwarzem Öltuch. Darunter war das Weiß einer Soutane zu erkennen. Das Gesicht des Fremden lag im Schatten der Kapuze verborgen.

»Verzeiht die Umstände dieses Treffens, Bruder. Ich bin mir wohl bewußt, daß dies wie die Szene aus einem billigen Stück des Theatro Phantasmagorico anmutet. Doch ich sah keine andere Möglichkeit, unauffällig ein Treffen mit dir zu vereinbaren, Bruder *iudicator*.«

Die Stimme war Francisco wohlvertraut. Auch wenn er niemals erwartet hätte, ein so angesehenes Mitglied des Kirchenrats in einer drittklassigen Schenke anzutreffen.

Die durch Stein gehen
Bei den Feuerpforten,
noch in derselben Nacht

»Hältst du es wirklich für klug, wenn du mitkommst?« Ernanda und Joacino standen ein wenig abseits der Gruppe ausgesuchter Männer der Jadetürme, die sich auf den Angriff vorbereiteten.

»Nein, klug ist das beileibe nicht«, entgegnete der Feldherr, »aber angesichts dessen, was ich in den nächsten Tagen von den Männern erwarte, kann ich nicht gleich beim ersten Angriff in hinterster Reihe stehen.«

Die Kriegerin blickte den verwitterten Felsen hinauf. »Ist 'ne verdammt tückische Steilwand. Brüchiger Sandstein. Schwer einzuschätzende Risse. Und daß wir da im Finstern hinaufwollen, macht die Sache nicht leichter. Es werden nicht alle oben ankommen. Und du schaust nicht nach unten, verstanden, *strategos*? Ich klettere vor dir her, und du tust, was Männer sonst so gern tun: Du starrst mir nur auf den Arsch. Blick nicht hinab! Und sieh zu, daß du stets drei Glieder am Berg hältst. Beweg immer nur einen Fuß oder eine Hand!«

Gon Bandag, der *coronel* der Jadetürme, kam zu ihnen herüber. »Die Männer sind bereit, *strategos*.« Der Offizier war ein gedrungener kleiner Mann. Sein rundes Gesicht war von einem Muster wulstiger Schmucknarben durchzogen, und durch die Unterlippe hatte er sich einen Elfenbeinpflock gesteckt. Die Jadetürme stammten aus der *provincia lotopha*, einem Gebiet, das von dichtem Dschungel bedeckt war. Die Soldaten von dort galten als halbe Wilde, auch wenn sie nach dem Reglement der Armee des Imperiums gedrillt worden waren. Von weitem unterschieden sie sich kaum von den übrigen Kämpfern. Sie trugen Brustharnische und birnenförmige hohe Helme wie alle anderen auch. Auffällig war lediglich, daß sie von etwas kleinerem Wuchs waren als die Männer in den anderen *turmae*.

Stand man ihnen jedoch von Angesicht zu Angesicht gegenüber, dann blickte man in das Antlitz von Wilden. Manche durchstachen sich die Ohrläppchen oder gar die Nase mit dicken Pflöcken, andere wiederum hatten spitz zugefeilte Zähne, die ihnen etwas Raubtierhaftes verliehen. Es gingen Gerüchte um, die Lotophaer ehrten tapfere Feinde dadurch, daß sie sie nach der Schlacht verspeisten.

»Haben alle die Knebel?« fragte Joacino den *coronel*.

Gon Bandag nickte. »Wir warten nur auf deinen Befehl zum Aufbruch, *strategos*.«

»Was tun wir, wenn oben Wachen stehen? Wir können uns keinen Alarm leisten.«

Der *coronel* zog ein unterarmlanges Holzrohr aus seinem Gürtel. »Das ist lautlos und tödlich. Wir verschießen winzige Pfeile damit. Ein Treffer schmerzt nicht mehr als ein Mosquitostich, aber das Gift der Pfeile ist so stark, daß es selbst ein ausgewachsenes Schlachtroß binnen hundert Herzschlägen tötet. Vertrau uns, *strategos*. Meine Männer haben heute beim Angriff auf das Tor versagt. Sie brennen darauf, diese Scharte auszuwetzen.«

»Genug der Worte! Gehen wir.« Joacino schob sich den Knebel in den Mund. Einen Moment lang kämpfte er gegen einen heftigen Brechreiz an. Dann schloß er die Augen und konzentrierte sich darauf, durch die Nase zu atmen.

Ernanda und die Männer der Jadetürme verfuhren in der gleichen Weise. Schon kletterten die ersten vierbeinigen großen Spinnen die steile Felswand hinauf.

Joacinos Finger krallten sich in einen Spalt, und er zog sich an dem Gestein hinauf. Er folgte Ernanda, die mit beneidenswerter Leichtigkeit vorankam. Der Feldherr vermied es, nach unten zu blicken. Er hielt sich an Ernandas Empfehlung, obwohl ihre Kehrseite wenig damenhaft wirkte. Ihre Hüften und ihr Hinterteil waren schlank wie bei einem Knaben.

Ein Stein brach unter Joacinos Füßen aus der Wand und stürzte polternd in die Tiefe. Einen Augenblick lang hatte er mit dem linken Fuß keinen Halt mehr. Seine Finger schoben sich tief in einen Felsspalt. Er verkrampfte sich und schürfte sich die Haut von den Händen. Sein linker Fuß tastete im Nichts umher. Dann endlich fand er einen Vorsprung.

Joacino atmete aus und verschluckte sich fast an dem Knebel. Er hätte das vermaledeite Ding ausgespuckt, hätte er sich nicht wie alle anderen zusätzlich ein Tuch vor den Mund gebunden. Feines Geröll rutschte neben ihm den Hang hinunter. Kein Wunder, daß die Ketzer keinen Angriff von dieser Seite erwarteten! Man mußte schon völlig verzweifelt sein, um diese Steilwand hinaufzuklettern.

Wenn nur kein Wachtposten an den Rand der Klippe trat und hinunterblickte! Der Himmel war klar, soweit man das sagen konnte, denn selbst jetzt, als sich die Wolken endlich verzogen hatten, war es nicht mehr so wie früher. Seit dem Unglück schien es dunkler geworden zu sein. Viele Sterne waren nicht mehr zu sehen, und selbst der Mond hatte sich hinter einen blaßblauen Schleier zurückgezogen.

Ein Geräusch schreckte Joacino auf. Er schaute sich um. Keine zehn Schritt links von ihm fiel einer der Krieger an der Wand hinab und riß im Sturz zwei Kameraden mit sich. Das alles geschah fast lautlos.

Der Feldherr drückte sich an die Wand. Angst übermannte ihn. Er sah nach oben. Ernanda zog sich auf einen vorspringenden Grat. Hätte er nur so klettern können wie sie! Sie war am Meer aufgewachsen, hatte sie ihm erzählt, und hatte als Kind im Frühjahr die Möwennester in den Steilklippen geplündert. Wenn man ihr zusah, schien es eine Kleinigkeit zu sein, diese verdammte Wand hinaufzukommen.

Doch Ernanda hatte vorausgesehen, daß etliche Männer es nicht schaffen würden. Deshalb die Knebel. Wer stürzte, der schrie. Das hatte nichts mit Mut zu tun. Es geschah einfach. Doch schon ein einziger Schrei hätte sie alle verraten.

Joacino blickte zum Fuß der Steilklippe hinunter. Die zerschmetterten Körper der drei abgestürzten Männer zeichneten sich als dunkle Flecken am Boden ab. Er befand sich in zu großer Höhe, um in der Dunkelheit deutliche Konturen erkennen zu können. Zu hoch ... Sein Herz raste. Er vermochte den Blick nicht mehr vom Abgrund zu lösen. Es war, als sähe er dem Tod persönlich ins Auge.

Schweiß machte seine Handflächen rutschig. Unfähig sich auch nur einen Zoll zu bewegen, starrte er in die Tiefe. Wieder stürzte einer der Männer aus der Felswand nach unten.

Joacino schloß die Augen. In Gedanken begann er zu beten. Es war lange her, daß er dies zum letzten Mal getan hatte; doch die Worte, die er in seiner Kindheit gelernt hatte, waren ihm so deutlich erinnerlich und kamen ihm so selbstverständlich über die Lippen, als hätte er niemals zu beten aufgehört.

Er durfte sich nicht so verkrampfen! Ernanda hatte ihn gewarnt. Seine Muskeln würden schneller erlahmen, wenn er sich in panischer Angst festhielt. Aber sie hatte gut reden. Joacino war selten auf etwas Höheres als einen Pferderücken gestiegen. Auch die Männer von den Jadetürmen waren ihm im Klettern weit überlegen. Gon Bandag hatte ihm versichert, er habe nur Krieger ausgewählt, die Erfahrung darin hätten, die turmhohen Bäume im Herzen des Dschungels zu erklimmen. Und diese erfahrenen Männer stürzten nun ebenfalls ab!

Der Feldherr öffnete die Augen. Er hatte seine linke Wange dicht gegen den porösen Stein gepreßt. Aus den Augenwinkeln sah er, wie sich wieder ein Schatten aus dem Felsen löste und mit weit ausgebreiteten Armen in die Tiefe stürzte.

Etwas streifte Joacino im Gesicht. Ein Seil! Ernanda hatte irgendwo weiter oben einen sicheren Stand auf einem Felssims gefunden und wollte ihn hochziehen. So war es verabredet, und als sie den Plan unten am Fuß des Felsens besprochen hatten, hatte sich alles ganz einfach angehört. Jetzt aber wagte er es nicht, den Griff vom Felsen zu lösen. Mit viel zu breit gegrätschten Beinen hatte er keinen guten Halt. Der rechte Fuß stand auf einem Vorsprung, der nicht einmal eine halbe Hand breit war, und die linke Stiefelspitze hatte er in einen schmalen Spalt gedrückt. Ernanda war barfuß geklettert ... Aber es war müßig, im nachhinein festzustellen, daß dies vermutlich klüger gewesen war.

Das Seil pendelte vor Joacinos Gesicht hin und her. Er mußte nur zupacken! Das hörte sich so leicht an ... Aber selbst jetzt, da er sich noch mit beiden Händen festhielt, hatte er schon Angst, jeden Moment aus der Felswand zu stürzen. Verfluchte Kletterei! Ein stechender Schmerz schoß ihm durch die linke Wade. Ein Krampf! Er biß die Zähne zusammen und preßte das Gesicht noch fester gegen den Stein. Das Seilende war jetzt zwischen seiner Wange und dem Felsen eingeklemmt. Er konnte nicht ewig hier bleiben! Wenn er in der rechten Wade auch noch einen Krampf bekäme, dann würden die Beine unter ihm wegknicken. Aber welche Hand sollte er lösen? Die rechte war seine Schwerthand. Damit war er geschickter, hatte aber auch einen besseren Halt. Er hielt einen Stein umklammert, der einer breiten Rippe glich. Das war ein beruhigend sicherer Griff. Mit der Linken indes hielt er sich lediglich an einem Vorsprung fest, der gerade so breit war, daß die vorderen beiden Glieder der Finger Platz darauf fanden.

Er löste die Linke. Das Seil glitt durch seine schweißnasse Hand. Er spürte, wie er nach hinten wegzukippen drohte. Er wollte schreien. Aber der Knebel im Mund erstickte jeden Laut und nahm ihm die Luft.

Seine Rechte schnellte vor und packte den Knoten am Ende des Seils. Jetzt klammerte sich auch seine Linke um das Tau.

Mit kräftigen Rucken wurde er an der Felswand hinaufgezogen und schürfte sich dabei die Knöchel auf. Ernanda hatte ihm geraten, er solle sich mit den Füßen an der Steilwand abstoßen, wenn sie ihn hochholte. So würde er sich nicht verletzen. Aber er war gar nicht in der Lage, irgend etwas zu tun. Mit weit aufgerissenen Augen starrte er in den Abgrund.

Hände ergriffen ihn unter den Achseln, und er wurde auf eine breite Felsplatte gezogen. Jemand strich ihm sanft über das Gesicht. Er hielt noch immer das Seil umklammert. Seine Hände schienen erstarrt zu sein. Er konnte nicht loslassen.

Dies war das einzige Seil im Besitz der Truppe. Man hatte es Ernanda gegeben, damit sie ihn damit retten konnte. Ihn, den Narren, der nicht schwindelfrei war und der sich trotzdem in diese Steilwand wagte. Die Jadetürme waren nur mit leichtem Gepäck zu den Feuerpforten marschiert, um schneller voranzukommen. Seile gehörten nicht zur vorgeschriebenen Feldausrüstung von Pikenieren ... Dieses Seil war sein Leben. Er ließ es nicht mehr los!

Niemand hatte damit gerechnet, daß sie die Felsen der Feuerpforten erklettern müßten. Der ursprüngliche Plan für den Feldzug sah nicht einmal vor, daß sie hierherkämen.

Eine Hand schlug Joacino ins Gesicht. Eine Ohrfeige! Wer, zum Henker ...

»Du kannst loslassen«, flüsterte Ernanda.

Erst jetzt bemerkte Joacino, daß er noch immer seine Stiefelspitzen anstarrte, obwohl er längst nicht mehr über dem Abgrund hing.

Ernanda entknotete das Tuch vor seinem Gesicht und zog ihm den Knebel aus dem Mund. Sie lächelte schief. »Mein Arsch scheint wohl keine so gute Ablenkung gewesen zu sein.«

Der Feldherr atmete tief die kühle Nachtluft ein. »Und, gibt es Wachen?«

Ernanda deutete auf einen Felskamm. Das Plateau des Tafelbergs, den sie erklommen hatten, war wellig und fiel in Richtung des Passes sanft ab. Geduckt schlichen sie vorwärts. Rings umher waren Schatten in Bewegung, die von Deckung zu Deckung huschten.

Gon Bandag war ihnen ein Stück voraus. Plötzlich hob der *coronel* der Jadetürme den rechten Arm. Dann sah es auch Joacino. Mondlicht brach sich an polierten Speerspitzen. Eine Streife von drei Wachposten kam geradewegs auf sie zu.

Der *coronel* rollte eine braune Decke aus, legte sich flach auf den Boden und zog die Decke über sich. So verschwamm er im Mondlicht fast völlig mit den Konturen der Umgebung.

Die Wächter schlenderten in weniger als drei Schritt Entfernung am Kommandanten der Jadetürme vorbei. Plötzlich hielt einer von ihnen inne und schlug sich fluchend mit der flachen Hand in den Nacken.

Kaum einen Atemzug später traf es den nächsten. Die Männer sahen sich ärgerlich nach den vermeintlichen Moskitos um. Dann erwischte es auch den dritten.

Der erste Krieger ließ seinen Speer fallen. Er kauerte nieder und nahm den Kopf zwischen die Hände. Joacino verstand nicht, was der Mann seinen Kameraden sagte, doch selbst in seinem Versteck hörte er, daß die Stimme des Wachpostens lallend klang, wäre sei er betrunken.

Wenige Augenblicke später lagen die drei Krieger am Boden und rührten sich nicht mehr. Gon Bandag warf seine Decke zur Seite und lief, einen Dolch in der Hand, auf seine Opfer zu. Überall ringsum erhoben sich die Männer der Jadetürme.

Joacino eilte mit ihnen zum Rand des Hochplateaus. Von hier aus konnten sie in das von zwei Toren abgeschirmte enge Tal hineinsehen. Es war kaum dreihundert Schritt lang und selbst an der breitesten Stelle keine hundert Schritt weit. Wie ein tiefer Spalt zerteilte es das Hochplateau. Es war die höchste Stelle des Paßweges und die Grenze der *provincia ultima*.

Hier also stellte sich Aionar den Götzenanbetern und den Staubgeistern, dachte der Feldherr. Damals hatte es die Tore noch nicht gegeben. Der Abwesende Gott und seine Priester-krieger mußten in einer Phalanx Schild an Schild Aufstel-lung nehmen, um den Paß zu blockieren. Etliche Männer und Frauen, die man später zu Heiligen ernannt hatte, waren dabei gewesen. Malachias, Sarmantha, Guelfo. Selbst der Bucklige hatte hier gefochten.

Angriff um Angriff hatten sie zurückgeschlagen, und als das Heer der Wilden ausgeblutet und entmutigt war, gingen Aionar und die Seinen ihrerseits zum Angriff über.

Von dieser heldenhaften Vergangenheit zeugte nur noch ein großes Felsbild auf der anderen Seite des Tals. Jetzt im Mondlicht war es eher zu ahnen als zu sehen, aber Joacino wußte, daß es sich an dieser Stelle befand.

Am Fuß des Weges, der vom Felsplateau hinabführte, ent-sprang eine Quelle. Sie wurde von einigen Granatapfelbäumen und Palmen eingefaßt. Dort lagerten die Reiter, die Attaguelfa geschickt hatte. Sie hatten fünf lange, niedrige Zelte aufgestellt, deren Seitenwände hochgeschlagen waren. Davor glommen zwei Feuer, die bis auf einen Rest roter Glut niedergebrannt waren. Die meisten der Krieger schliefen. Auf dem Wehrgang über dem südlichen Tor patrouillierten drei Wächter. Etwas abseits vom Lager, nahe dem nördlichen Tor waren die Samuçu der Wüstenreiter angepflockt.

Gon Bandag ließ sich neben Joacino auf die Knie sinken und blickte ebenfalls in das enge Tal hinab. Dann wandte er ihm sein Gesicht zu. »Wie geht es weiter, *strategos*?«

Der Feldherr deutete auf die Treppe. »Wir schleichen in kleinen Gruppen dort hinunter. Immer drei oder vier Mann, die sich zwischen den Felsen bei der Quelle verstecken. Schick zehn zuverlässige Krieger aus, um das nördliche Tor zu besetzen. Ich übernehme mit Ernanda das südliche Bollwerk. Vermutlich befindet sich dort oben noch Amraphel, der Shaknu von Kelchu. Um ihn kümmere ich mich. Und Gon, ich wünsche, daß wir Gefangene machen können. Wir werden sie noch brauchen.«

Der *coronel* grinste, und das Geflecht aus Schmucknarben in seinem Gesicht verzog sich zu einer abstoßenden Grimasse. »Wir sind doch keine Barbaren, *strategos*. Im Gegensatz zu den Wilden aus der Salamar.«

Joacino war sich nicht sicher, ob Gon die Bemerkung ironisch gemeint hatte. Doch jetzt blieb keine Zeit für rhetorische Spitzfindigkeiten. Zusammen mit Ernanda und drei weiteren Kriegern schlich er die Treppe hinunter. Im Lager blieb alles ruhig, als sie sich zwischen den Felsen der Quelle zum Tor vorarbeiteten. Dank des Wassers war es in dem Tal angenehm kühl. Ein leichter Wind aus den Ebenen im Süden wehte heran und fuhr raschelnd durch die Blätter der Granatapfelbäume.

Vom Wehrgang über dem Tor erklang ein leises Lachen. Wahrscheinlich malen die Wächter sich gerade aus, wie ich mit meinen Männern in die Wüste fliehe, um dem Zorn Attaguelfas zu entgehen, dachte Joacino grimmig. Wenn sie so guter Stimmung sind, werde ich mir auch einen Scherz erlauben.

Eine breite Treppe führte zum Wehrgang hinauf. Joacino bedeutete Ernanda und den drei Kriegern, sich im Schatten eines breiten Pfeilers zu verbergen, der die Mauer stützte. Dann streifte er seine schweren Fechthandschuhe über.

Er machte sich nicht mehr die Mühe, sich anzuschleichen. Der Tritt seiner schweren Reiterstiefel dröhnte auf den steinernen Stufen der Treppe. Das Gelächter auf dem Wehrgang verstummte. Jemand fragte etwas in der fremdartigen Sprache der Wüstenbewohner.

»Ich bin gekommen, um Amraphel, den Shaknu von Kelchu, zu holen. Ruft ihn!«

Aufgeregte Stimmen erklangen. »Wer da?«

Joacino zog Rapier und Parierdolch. Der Dolch war eine ebenso prächtige wie heimtückische Waffe. Sein durchbrochener Korb schützte die Hand des Angreifers und machte ihn zu einer ausgezeichneten Paradewaffe. Die Klinge war sehr breit und wies im unteren Drittel vier tiefe Kerben auf. Sie dienten dazu, gegnerische Waffen zu binden, und war man geschickt mit dem Parierdolch, vermochte man damit sogar die Klingen der Feinde zu zerbrechen.

»Ich bin einer der Männer, die durch Stein gehen können!« Der Feldherr erreichte den oberen Absatz der Treppe. Der getragene Ruf eines Samuçu erklang vom anderen Ende des Tals. Es war ein berührender, seltsam trauriger Laut. Eine Stimme, die gar nicht zum häßlichen Äußeren der Vögel passen wollte.

Joacino sah jetzt die Wächter. Es waren drahtige Männer mit hageren Gesichtern. Wüstenkrieger, keine Soldaten aus einer der großen Oasenstädte. Ihre Stiefel waren aus sandfarbenem weichem Leder gefertigt und mit silbernen Schnallen geschmückt. Um die Hüften hatten sie buntbedruckte Lendentücher geschlungen. Dazu trugen sie weite Hemden mit Blumenmustern. Die breiten Gürtel waren mit Silberblech beschlagen, in das Türkise eingearbeitet waren. Jeder Krieger trug ein kurzes Schwert und einen Dolch am Gürtel.

Einer von ihnen fiel durch ein breites seidenes Stirnband auf. Sein Gürtelschmuck war noch üppiger als jener der anderen Krieger. Er starrte Joacino mit weit aufgerissenen Augen an.

»Du bist der Shaknu?«

Der Krieger mit dem Stirnband nickte.

»Meine Männer haben das Lager und die südliche Mauer besetzt. Ihr seid die letzten. Ergib dich, Amraphel. Es hat keinen Sinn mehr zu kämpfen.«

»Bist du einer der roten Zauberpriester von Gondallo?«

Für einen Moment war der Feldherr verblüfft. Woher kannte ein Ketzerfürst den *ordo silentii mysteriorum*?

»Um durch Stein zu gehen, brauchen wir keine Zauberpriester, Amraphel. Sie werden erst morgen kommen, um das Heer Attaguelfas aufzuhalten. Und nun leg die Waffen nieder. Der Kampf ist zu Ende.«

Der Shaknu gab seinen beiden Männern das Zeichen, sie sollten zurücktreten. Dann zog er Kurzschwert und Dolch. Die Klinge des Schwerts war nach vorn zu gekrümmt. Joacino hatte noch nie zuvor eine solche Waffe gesehen.

»Ergäbe ich mich, würde man meine Familie nackt und mit Schandmasken auf den Gesichtern durch die Straßen von Nirsa peitschen, *strategos*. Ich werde kämpfen. Es ist keine Schande zu sterben.« Amraphel stürmte vor und fegte die schlanke Klinge des Rapiers mit einem heftigen Schlag zur Seite.

Joacino parierte einen Dolchstoß und wich zwei Schritt zurück, denn Amraphel hatte die Spitze des langen Rapiers unterlaufen. Der Wüstenkrieger griff erneut an. Er kämpfte gut, doch ohne Leidenschaft. Seine Augen waren ohne Glanz. Offensichtlich hegte er von Anfang an keine Hoffnung, gewinnen zu können. Er kämpfte ausschließlich um der Ehre willen. So etwas Dummes! Aber es hieß ja nicht umsonst: Stur wie die Wilden in den Samen Gottes!

Der Feldherr hörte hinter sich Schritte auf der Treppe. »Laß mich dies zu Ende bringen, Ernanda.« Er schlug eine Finte und durchbrach Amraphels Deckung. Der Dreikantstahl des Rapiers bohrte sich durch den linken Oberarm des Wüstenkriegers.

Der Shaknu taumelte zurück. Die Armwunde blutete stark. Er ließ seinen Dolch fallen, dann griff er wieder an, als suche er den Tod. Diesmal drängte er Joacino zurück. Dicht wie Hagelschlag prasselten seine Hiebe. Dann gelang es dem Feldherrn, die Klinge des Gegners mit einer der tiefen Kerben seines Dolchs aufzufangen. Mit einer leichten Drehung aus dem Handgelenk riß er

Amraphel die Waffe aus der Hand, setzte nach und hieb dem Mann den Korb des Parierdolchs ins Gesicht, damit der ungleiche Kampf endlich ein Ende fand.

Der Shaknu ging zu Boden.

Die beiden übrigen Wachen schnallten ihre Wehrgehänge ab.

»Ich bin einer der Männer, die durch Stein gehen können«, ahmte Ernanda den feierlichen Tonfall nach, in dem Joacino gesprochen hatte. »Puh, gruselig. Der Gute war ja wie gelähmt. Dafür, daß er wie ein Schüler in der ersten Fechtstunde herumstocherte, hast du ziemlich lange gebraucht, um ihn fertigzumachen.«

Joacino brachte sie mit einer ärgerlichen Handbewegung zum Schweigen. »Was weiß ein Ketzer vom *ordo silentii mysteriorum?*«

Ernanda lachte. »Deine Sorgen möchte ich haben. Ich glaube, das wird in den nächsten Tagen unser kleinstes Problem sein.«

Der schwarze Reiter
*Im Gasthaus an der Uferstraße des Lago di Ansala,
zur gleichen Stunde*

Francisco war erleichtert, Bruder Bartolome, den Ersten Ritter des *ordo militis dei*, vor sich zu sehen.

»Es gibt da etwas, worüber wir dringend reden müssen. Hast du schon vom schwarzen Reiter gehört?«

Francisco schüttelte den Kopf.

Der alte Ordensritter seufzte. »Wir machen einen Fehler. Was ist zwischen dir und Bernaldino geschehen?«

»Darüber kann ich nicht reden.«

»Wenn du in meinem Alter wärst, wüßtest du, daß Stolz manchmal nur ein Hindernis ist ... Aber lassen wir das. Daß die Menschen mit ihren Sorgen nicht zu uns kommen, daran werden wir zerbrechen. Die Sommerernte in diesem Jahr war gut, und man hofft, daß die Winterernte noch besser wird. Der Hunger ist nicht mehr die größte Sorge ... Es sind diese ... Geschöpfe. Wir wissen, daß sie mehr als nur Kinderängste und das Geschwätz alter Frauen sind. Warum stellt sich Bernaldino diesen Dingen nicht?«

Francisco breitete in einer hilflosen Geste die Hände aus. »Ich weiß es nicht. Wir haben gestritten ...«

Der alte Ritter hob vielsagend die Brauen. »Dann entschuldige dich bei ihm und kehr zurück nach Monte Flora, du Dickkopf.«

»Du hast von einem schwarzen Reiter gesprochen ...«

Bruder Bartolome maß ihn mit einem Blick voller Unverständnis. »Ja, der Reiter«, sagte er schließlich. »Eine Geschichte, die überall in den Bergen erzählt wird. Ein Mann mit einer Maske aus schwarzem Tuch. Man ruft ihn, wenn die Ungeheuer kommen. Es heißt, man muß ein weißes Tuch an einen toten Baum binden und ein Feuer entfachen. Dann kommt der Reiter und tötet die Bestien mit seiner Lanze – genauso wie ein Ritter.

Manche Geschichten über ihn sind recht seltsam … Es heißt, er sei kein guter Reiter und spreche kein Wort, so als habe er keine Zunge. Aber er ist sehr beliebt im Volk.«

Francisco strich sich nachdenklich übers Kinn. Er mochte das Kitzeln der Bartstoppeln an den Fingern. »Auch wir könnten beliebt sein, wenn Bernaldino sich entscheiden könnte, den *ordo militis dei* offen einzusetzen, um diese … Kreaturen zu bekämpfen. Weißt du noch mehr über den Reiter? Warum tut er das? Wer hat ihn geschickt?«

»Darüber redet niemand«, seufzte der alte Ritter. »Es war schon schwer genug, dahinterzukommen, wie man ihn ruft. Dieser Kerl scheint keine Belohnungen zu wollen. Wenn seine Jagd beendet ist, kommt er in ein Dorf, wirft den Kopf des Untiers auf den Marktplatz und verschwindet wortlos. Du magst mich vielleicht für verrückt halten, aber ich habe schon überlegt, ob dieser schwarze Reiter selbst so etwas ist wie … ich weiß, das ist lächerlich … aber er ist wie die Tiere, die er jagt. Er scheint kein gewöhnlicher Mensch zu sein. Ich meine, so etwas tut doch keiner. Er wird um Hilfe gerufen, rettet Leben, kommt ins Dorf, wirft eine Trophäe in den Staub und verschwindet. Die Leute haben nicht einmal Zeit, sich zu bedanken.«

»Das ist in der Tat bizarr«, pflichtete Francisco ihm bei. »Wir sollten diesen Reiter ausfindig machen. Er könnte uns nützlich sein. Ist das nicht naheliegend?«

»Ein guter Einfall. Naheliegend. Ich hatte auch schon daran gedacht. Und das hat zweien unserer Männer das Leben gekostet … vermute ich.«

»Ich ging davon aus, daß wir uns in diesen Angelegenheiten miteinander absprechen«, entgegnete Francisco aufgebracht. »Was hast du getan?«

»Genau das, was du gerade vorgeschlagen hast«, erwiderte Bartolome genauso heftig. »Du sagtest doch selbst, es sei naheliegend. Ich habe unsere Männer beauftragt, den schwarzen Reiter zu suchen. So wie wir es besprochen haben, ist jeder von ihnen allein unterwegs und glaubt, er sei der einzige Ritter des Ordens in besonderer Mission.

Einer unserer Männer ist bis auf Rufweite an den schwarzen Reiter herangekommen. Er hätte ihn auch gestellt, denn der Schwarze sitzt tatsächlich mit der Anmut eines nassen Sacks im Sattel. So berichtete es jedenfalls unser Mann. Aber dann ist das Pferd des Ritters in ein Kaninchenloch getreten, und der schwarze Reiter konnte entkommen.

Die Toten, fürchte ich, haben es geschafft, den Schwarzen in die Enge zu drängen, und haben dafür bezahlen müssen. Man kann mit dem Kerl nicht reden.

Trotz seines merkwürdigen Verhaltens verbreiten sich die Geschichten über ihn. In den Augen des Volkes ist er fast ein Heiliger. Und daß er sich seltsam verhält, unterstreicht die Ähnlichkeit mit ...« Der Erste Ritter hielt plötzlich inne. Etwas Lauerndes und zugleich auch Verschrecktes lag in seinem Blick.

Francisco hatte ihn so noch nie erlebt. Aber er kannte das Gefühl. Die Angst, in Gegenwart eines anderen Kirchenmannes etwas Falsches gesagt zu haben. Etwas, das man so auslegen könnte, als habe man den Glauben verächtlich gemacht.

»Ich will damit nicht zum Ausdruck bringen, die Heiligen seien merkwürdig ...«

»Bartolome, wenn wir beide einander nicht trauen, dann sollten wir uns besser nicht mehr treffen. Rede frei in meiner Gegenwart. Es sind die Dinge, über die nicht gesprochen wird, welche unsere Kirche jetzt in Schwierigkeiten bringen. Das ist doch der wahre Grund, warum wir uns wie die Verschwörer treffen.«

Der Alte griff nach dem Krug mit dem sauren Wein, schenkte sich ein und setzte den Becher an. Er trank so langsam, als wolle er Zeit gewinnen, bis er antwortete. Dann nickte er. »Du hast natürlich recht, Bruder.«

»Unternimm keine weiteren Versuche, den Reiter zu stellen. Brich die Jagd nach ihm ab. Es gibt andere Wege ... Fast wie über einen Heiligen redet man von ihm ... Wie steht die Tabaksrunde dazu? Die Kirche ist doch sonst nicht duldsam, wenn es um falsche Heilige geht.«

Bartolome stellte den Weinbecher ab. Er wirkte müde. »Bruder Bernaldino meidet das Thema, so lange es möglich ist. Die übrigen sind der Auffassung, daß uns der Mann nicht schadet. Also lassen sie ihn gewähren.«

»Und man hat nicht nach Cantamo geschrieben, um die *primarchin* darüber in Kenntnis zu setzen?«

»Die *collectorin* Cosima hat eine ergreifende Rede gehalten: daß es ein Zeichen von Schwäche, ja Hilflosigkeit sei, wenn man sich wegen solcher Banalitäten an die *primarchin* wende.«

Francisco strich sich das Kinn und brütete vor sich hin. So wenig er Cosima mochte, mußte er ihrer Auffassung in dieser Angelegenheit letztlich doch zustimmen. Es lag in der Macht der Kirche von Cornia, dieses Problem zu lösen. Die Leute wollten einen Heiligen ... Sollten sie ihn bekommen. Niemand verstand sich so gut auf Heilige wie die Kirche. Und ein Mann, der nichts sagte und eine Maske trug ... Francisco lächelte versonnen. Ja, er hatte einen Plan!

»Bruder Bartolome, dein Einverständnis vorausgesetzt, werden wir unser Vorgehen gegen diese unerklärlichen Geschöpfe, die sich erhoben haben, in Zukunft ein wenig ändern ...«

Das erste Geplänkel

Am Nordtor der Feuerpforten, zur Mittagsstunde des 1. Tages
im Sturzregenmond, im 460. Jahr der Abwesenheit Gottes

Joacino war in die Hocke gegangen und lehnte mit dem Rücken
gegen die Brustwehr über dem Tor. Er war erschöpft und bedauerte, daß der Himmel hier nicht so wolkenverhangen war wie
in den nördlichen Provinzen, wo man um diese Jahreszeit im
Freien förmlich im Sturzregen ertrank. Die Hitze war mörde-
risch, und es gab keinen Schatten auf der Brustwehr.

Siebenmal hatte der Turtanu Attaguelfa an diesem Morgen das
Tor angreifen lassen, und siebenmal waren seine Männer zurückgeschlagen worden. Die Truppen aus Nirsa führten weder
Leitern noch anderes Belagerungsgerät mit sich. Sie waren gezwungen, die schmale Mauer über den Paß mit Seilen und behelfsmäßigen hölzernen Wurfankern zu stürmen.

Für die Verteidiger genügte es, hinter der Brustwehr zu kau-
ern und die Seile durchzuschneiden, sobald ein Wurfanker sich
auf dem Mauerkranz verfing. Es wäre völlig ungefährlich gewesen, hätte es nicht diese verdammten Bogenschützen gegeben.
Die Schützen konnten die Männer hinter der Brustwehr zwar
nicht sehen, doch das war auch nicht notwendig. Sie schossen
blindlings und ließen ihre Pfeile steil in den Himmel steigen, so
daß sie, wenn sie den Zenit ihrer Flugbahn überschritten hatten,
nahezu senkrecht auf die Mauer herabstießen.

»Wie groß sind unsere Verluste?« fragte Joacino den *coronel* der
Jadetürme.

»Elf Tote, dreiundzwanzig Verwundete. Zu viele. Ich wüßte
zu gern, wie viele es von den verdammten Heiden erwischt hat.«

Joacino sah den Mann mit dem Pflock in der Unterlippe
und den gräßlichen Schmucknarben im Gesicht überrascht
an. In der feinen Gesellschaft in Maganta hätte man ihn für
einen kinderfressenden Barbaren gehalten. Es war schon selt-

sam, einen solchen Mann von den Salamaris als Heiden sprechen zu hören.

»Wenn du das wissen willst, mußt du schon selbst die Nase über die Zinnen strecken«, bemerkte Ernanda. Es war das erste Mal seit über einer Stunde, daß sie wieder etwas sagte. Ein Pfeil hatte ihr den Zopf durchbohrt und ihr die Kopfhaut geritzt. Daraufhin war sie verstummt.

»Ich frage mich, wann dieser Heidenfürst endlich einsieht, daß er den Paß nicht überwinden kann«, grollte Gon Bandag halblaut. »Wie oft müssen wir seinen Männern eigentlich noch die Fresse polieren?«

»Der richtige Angriff hat noch nicht einmal angefangen, Gon. Bisher schickt Attaguelfa nur unerfahrene Truppen, um zu sehen, wie stark unsere Verteidigung ist. Das wird den ganzen Tag lang und vermutlich auch in der Nacht so weitergehen. Er will, daß wir mürbe werden . . . Morgen wird er dann seine Elitetruppen schicken. Vielleicht versucht er auch, wie wir über die Felsen zu kommen.«

»Soll er nur!« Gon spuckte in hohem Bogen über die Brustwehr. »Es gibt nur eine einzige Stelle, wo tollkühne Männer von Norden her die Steilklippen bezwingen könnten. Dort habe ich fünfzig Mann postiert. Ich habe die Zelte der Heiden in Streifen schneiden lassen, und meine Männer haben aus dem Stoff Seile gedreht. Daran hängen jetzt schwere Steine, die sie an der Felswand vorbeischwingen lassen, wenn jemand so dumm ist, dort hinaufzuklettern.«

Einen Augenblick lang stellte Joacino sich vor, wie es gewesen wäre, wenn man ihnen gestern an der Steilklippe einen solchen Empfang bereitet hätte. Er schauderte. »Guter Einfall, Gon.«

»Ist aber nicht neu. In meiner Heimat verteidigt man Häuser, die hoch in die Bäume gebaut sind, auf diese Weise.«

Joacino blickte vom Wehrgang in den Hof hinab. Etwa fünfzig Männer waren damit beschäftigt, hinter dem Tor eine halbrunde Mauer aus Bruchstein aufzuschichten. Der *strategos* hatte befohlen, daß sie drei Schritt hoch und mindestens genauso breit werden solle.

Schon beim allerersten Angriff hatten Attaguelfas Männer das schwere Holztor ausdauernd mit Äxten bearbeitet. Es war nur eine Frage der Zeit, wann sie dort durchbrächen. Dann würde allein die kleine Mauer hinter dem Tor über Sieg oder Niederlage entscheiden.

Vom Aufgang zum Paß erklang das helle Geläut von Zimbeln, begleitet vom Donnergrollen mächtiger Kesselpauken.

»Sie kommen wieder!« rief ein Wachtposten aus einem Fenster des kleinen Kuppelturms, der seitlich des Tors in den Steilhang hineingebaut war.

Die Arbeiter im Hof verließen den Torbereich. Jeden Moment würde der Pfeilhagel von neuem beginnen. Die Mauer, die vielleicht schon bald über den Ausgang der Schlacht entscheiden würde, war nicht einmal kniehoch. Möge der Heilige Malachias uns beistehen, dachte Joacino und drängte sich so dicht wie möglich gegen die schützende Brustwehr.

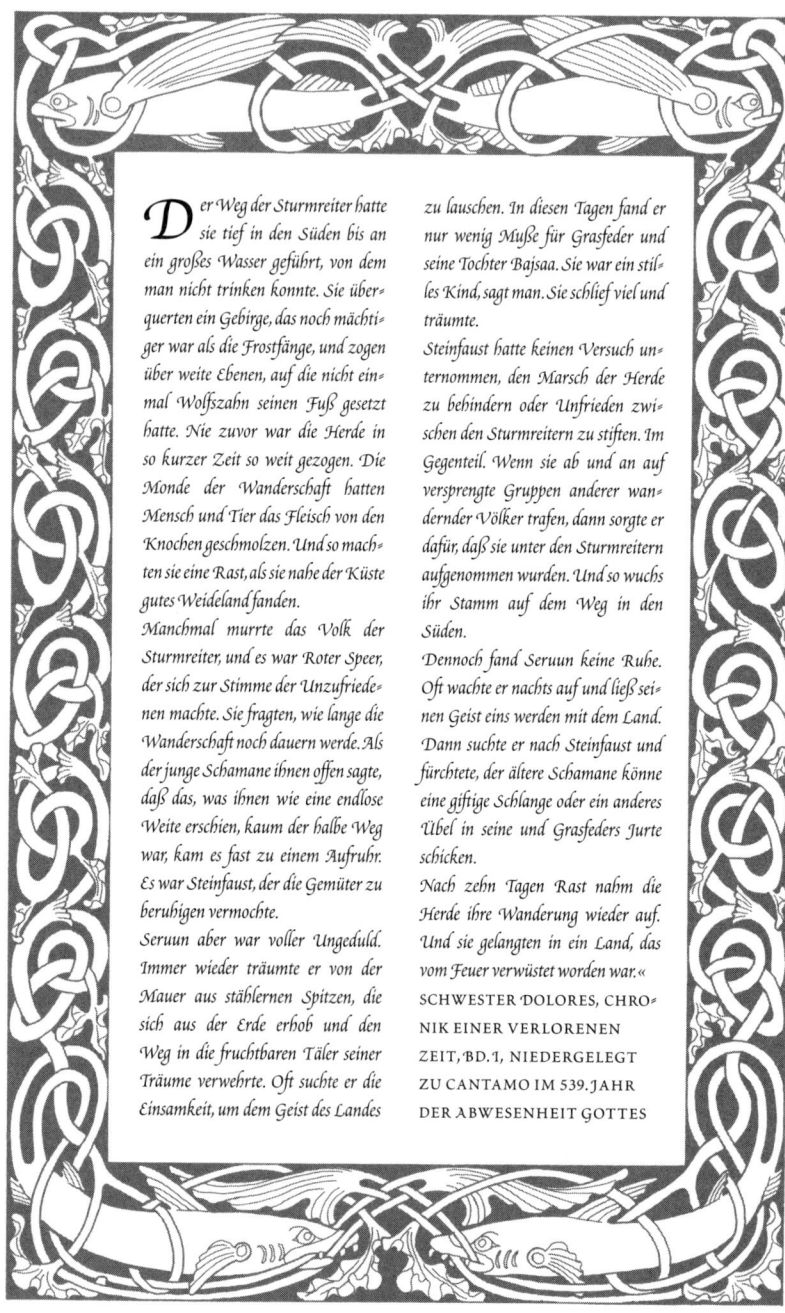

Der Weg der Sturmreiter hatte sie tief in den Süden bis an ein großes Wasser geführt, von dem man nicht trinken konnte. Sie überquerten ein Gebirge, das noch mächtiger war als die Frostfänge, und zogen über weite Ebenen, auf die nicht einmal Wolfszahn seinen Fuß gesetzt hatte. Nie zuvor war die Herde in so kurzer Zeit so weit gezogen. Die Monde der Wanderschaft hatten Mensch und Tier das Fleisch von den Knochen geschmolzen. Und so machten sie eine Rast, als sie nahe der Küste gutes Weideland fanden.

Manchmal murrte das Volk der Sturmreiter, und es war Roter Speer, der sich zur Stimme der Unzufriedenen machte. Sie fragten, wie lange die Wanderschaft noch dauern werde. Als der junge Schamane ihnen offen sagte, daß das, was ihnen wie eine endlose Weite erschien, kaum der halbe Weg war, kam es fast zu einem Aufruhr. Es war Steinfaust, der die Gemüter zu beruhigen vermochte.

Seruun aber war voller Ungeduld. Immer wieder träumte er von der Mauer aus stählernen Spitzen, die sich aus der Erde erhob und den Weg in die fruchtbaren Täler seiner Träume verwehrte. Oft suchte er die Einsamkeit, um dem Geist des Landes

zu lauschen. In diesen Tagen fand er nur wenig Muße für Grasfeder und seine Tochter Bajsaa. Sie war ein stilles Kind, sagt man. Sie schlief viel und träumte.

Steinfaust hatte keinen Versuch unternommen, den Marsch der Herde zu behindern oder Unfrieden zwischen den Sturmreitern zu stiften. Im Gegenteil. Wenn sie ab und an auf versprengte Gruppen anderer wandernder Völker trafen, dann sorgte er dafür, daß sie unter den Sturmreitern aufgenommen wurden. Und so wuchs ihr Stamm auf dem Weg in den Süden.

Dennoch fand Seruun keine Ruhe. Oft wachte er nachts auf und ließ seinen Geist eins werden mit dem Land. Dann suchte er nach Steinfaust und fürchtete, der ältere Schamane könne eine giftige Schlange oder ein anderes Übel in seine und Grasfeders Jurte schicken.

Nach zehn Tagen Rast nahm die Herde ihre Wanderung wieder auf. Und sie gelangten in ein Land, das vom Feuer verwüstet worden war.« SCHWESTER DOLORES, CHRONIK EINER VERLORENEN ZEIT, BD. 1, NIEDERGELEGT ZU CANTAMO IM 539. JAHR DER ABWESENHEIT GOTTES

Stammelnde Finger

Im Aschenwald, nahe dem großen Wasser, zur Zeit der Hitze,
im Jahr der Wanderung

»Dieses Land ist unheimlich.« Bärenhaut, der an Seruuns Seite
ritt, sah sich mißtrauisch um.

Überall ragten verkohlte Baumstämme empor. Manche von
ihnen waren so dick, daß drei Mann mit ausgebreiteten Armen
ihren Stamm nicht hätten umfangen können.

Die Bäume müssen einst gewaltig gewesen sein, dachte Seruun. Ihre Äste hatten sicherlich bis fast in den Himmel hinaufgereicht. Jetzt war der Wald bis auf die Stümpfe verschwunden,
die wie riesige Dornen aus dem Boden ragten. Doch überall
wuchs frisches Grün. Die Herde fände genügend Futter, solange
man durch den Aschenwald wanderte.

Baatar kam einen Hügel heruntergelaufen und rief atemlos:
»Schnell, Seruun! Ein seltsames Tier ist auf dem großen Wasser.
Es hat weiße Flügel und gleitet auf das Ufer zu. Ich fürchte, es
hat die Herde gesehen und ist auf Beute aus!«

Der Schamane riß seinen Hengst herum. Baatar hatte die
Schrecken der Schlacht am Fluß offensichtlich längst vergessen.
Er war ein fröhlicher junger Mann geworden, der unter den
Jägern sehr beliebt war.

Er führte sie durch das Hügelland bis zu den Dünen am Ufer.
Auch hier war der Boden schwarz von Asche. Aufgeregt deutete
der junge Krieger auf das weite Wasser hinaus. Seruun mußte
die Augen mit der Hand abschirmen, damit die helle Sonne ihn
nicht blendete. Dann sah er es. Ein mächtiges dunkles Tier, das
mit weit ausgebreiteten weißen Flügeln auf dem Wasser kauerte. Aus seinem gedunsenen Leib war ein Junges gekrochen,
das auf dünnen Beinen über das Wasser lief und dem Ufer ent-
gegeneilte.

»Soll ich noch weitere Krieger rufen?« fragte Baatar besorgt.

»Bring Steinfaust her!« befahl Seruun. Dann stieg er aus dem Sattel. Einige versprengte Büffel zogen am Ufer entlang. »Willst du etwa gegen das Ungeheuer kämpfen?« fragte Bärenhaut. »Wir wissen nichts über das Tier. Wollen wir ihm nicht einfach aus dem Weg gehen?« Er deutete auf einen Bach, der etwa zweihundert Schritt entfernt ins große Wasser mündete. »Vielleicht kommt es nur, um zu trinken, und zieht sich dann wieder zurück.«

Seruun hörte die Worte nur noch wie ein fernes Echo. Er glitt auf den Schwingen eines weißen Vogels. Männer hockten auf dem Tier mit den Beinen. Sie sahen fremdartig aus und unterschieden sich vom Volk der Sturmreiter so sehr, wie sich ein Pferd von einem Büffel unterscheidet. Ihre Haut war heller, und seltsam bunt war die Kleidung, die sie trugen. Zwei hatten dichtes Haar im Gesicht und sahen kaum noch wie Menschenwesen aus. Ihr Anführer saß ganz hinten auf dem Käfertier. Er trug eine Mütze mit breitem Rand, die mit bunten Federn geschmückt war. Ein hübsches Kleidungsstück, dachte Seruun.

Der Schamane versuchte, die Seele des Jungtiers zu berühren. Doch da war nichts. Nur totes Holz. Genauso war das Wesen mit den weißen Flügeln seelenlos und ganz aus Holz und geflochtenen Gräsern zusammengefügt.

Seruun verließ den häßlichen rotköpfigen Vogel, mit dem sein Geist geflogen war. Einen Moment lang war er wie benommen. Die Fremdartigkeit der Männer, die dort kamen, bereitete ihm ernstlich Sorgen.

»Es will wirklich zum Bach.« Bärenhauts Stimme war nur noch ein Flüstern, obwohl das Jungtier mit seinen Reitern sich noch weit draußen auf dem Wasser befand.

Der Geistertänzer dachte an die Geschichte über das Stahlmesser, die Gurwan Nudet ihm vor vielen Jahren erzählt hatte. Der alte Schamane der Windwanderer hatte es den Eisenmännern abgenommen. Gurwan hatte berichtet, daß diese Krieger Gesichter voller Haare hatten und tapfere Kämpfer waren. Kamen dort Eisenmänner über das Wasser? Zumindest waren jene, die auf dem Jungtier ritten, nicht in Schalen gehüllt. Das war ein gutes Zeichen!

Gurwan hatte seltsame Geschichten über die Eisenmänner erzählt. Vor der Schlacht legten sie Schalen an und sahen dann wie die Seitgänger aus, die am Boden von Flüssen wanderten.

Als das merkwürdige Wassertier das Ufer fast erreicht hatte, sprangen die Männer von seinem Rücken und schleppten es den Strand hinauf. Sie trugen hölzerne Töpfe, groß wie der Brustkorb eines Mannes, auf den Schultern und füllten sie mit dem Wasser des Bachs.

Einer der Fremden hatte einen kurzen Bogen, der auf einem anderen Holz befestigt war. Er sah zu einem der Büffel hinüber. Seruun begriff, daß der Mann den Büffel töten wollte. Der Schamane erhob sich aus der Deckung hinter der Düne.»Dies Tier steht unter dem Schutz der Sturmreiter!« rief der Geistertänzer mit lauter Stimme.

Die Männer am Bach fuhren erschrocken auf. Einer von ihnen zog ein armlanges Messer. Der Krieger mit dem seltsamen Bogen hielt die Waffe nun auf Seruun gerichtet.

»Ihr braucht keine Angst zu haben.« Langsam schritt er die Düne hinab.

Unter den Fremden erhob sich aufgeregtes Geplapper. Bei den Stämmen, denen die Sturmreiter während ihrer Wanderung begegnet waren, hatte man in vielen fremden Zungen geredet. Doch es gab immer einzelne Worte, die zu verstehen waren. Diese Menschenwesen indes bedienten sich einer völlig unbekannten Sprache.

Hufgetrappel erklang. Eine lange Reihe von Reitern seines Stammes erschien auf dem Dünenkamm hinter Seruun. Der Mann mit dem Bogen rannte zu den anderen zurück. Sie alle hatten jetzt Messer gezogen und sich im Kreis um die Töpfe aufgestellt, die sie mitgebracht hatten.

Steinfaust lenkte seinen Hengst neben Seruun.»Sie haben schöne Waffen.«

»Man kann nicht mit ihnen reden«, sagte Seruun enttäuscht. »Aus ihren Mündern kommt nur sinnloses Geplapper.«

»Versuchen wir es in der Fingersprache. Jeder kann mit den Händen sprechen. Ich möchte eines ihrer Messer haben.«

Der Anführer mit der breitrandigen Mütze trat aus dem Kreis der Krieger und kam über den Strand hinweg auf Seruun und Steinfaust zu. Als er noch zehn Schritt entfernt war, zog er seine Mütze vom Kopf und beugte sich weit nach vorn.

»Was will er uns damit sagen?« fragte Seruun.

»Er unterwirft sich.«

Der Fremde ließ sich auf dem Boden nieder. Er zog einen Beutel von seinem Gürtel, öffnete ihn und legte ihn in den Sand.

»Er will tauschen.« Neugierig ging Seruun dem Fremden entgegen. Die Augen des Mannes waren von einem hellen Blau, so wie der Himmel früher an einem Sommertag ausgesehen hatte. Der Fremde deutete einladend auf den Beutel.

Seruun griff hinein und holte einen völlig durchsichtigen runden Stein heraus. Er war durchbohrt wie eine Schmuckperle. Grasfeder fände sicher Gefallen daran, dachte der junge Schamane.

»Gib mir dein Messer, Mann!« sagte Steinfaust ohne Umschweife und wiederholte seine Worte in der Fingersprache.

Der Fremde antwortete mit hilflosem Geplapper. Dann versuchte er, sich mit merkwürdigen unruhigen Gesten verständlich zu machen.

»Hat man so etwas schon einmal gesehen«, höhnte Steinfaust. »Er stammelt sogar, wenn er mit den Fingern spricht!« Dann deutete er auf die hölzernen Kessel, die die Fremden zu dem Bach getragen hatten, und machte mit einfachen Gesten klar, daß sie kein Wasser bekämen, wenn der Anführer sein langes Messer nicht hergäbe. Um seine Drohung zu unterstreichen, deutete er zum Schluß auf die Reiter, die noch immer auf der Düne verharrten.

Diesmal schien der Mann mit der Federmütze verstanden zu haben. Er rief seinen Kriegern etwas zu.

»Warum sollten sie etwas für Wasser geben?« fragte Seruun überrascht. »Wasser gehört doch keinem.«

»Sie kommen hierher, weil es ihnen an Wasser mangelt«, erwiderte Steinfaust selbstgefällig. »Und wir haben die Macht, ihnen das Wasser zu verwehren. Also sollen sie etwas geben, oder sie müssen gehen.«

Die Fremden plapperten miteinander. Schließlich kam einer von ihnen herüber und legte vor Steinfaust ein schönes Messer in den Sand. Der ältere Schamane begutachtete es gründlich und nickte zufrieden.

Der Mann mit der Federmütze stand auf. Diesmal bückte er sich nicht mehr vor den beiden Geistertänzern. Er rief seinen Männern etwas zu, und diese brachten eilig die großen Töpfe zu ihrem Wasserläufer.

»Du hast sie verärgert«, stellte Seruun fest.

Steinfaust schob sich zufrieden das neue Messer in den Gürtel. »Das wird mir keine schlaflosen Nächte bereiten, junger Geistertänzer. Ich bin sicher, die Fremden hätten uns vertrieben und versucht, Büffel zu töten, wären sie an diesem Ufer in der Überzahl gewesen. Wer Macht hat, sollte sie nutzen, Seruun. Sonst behält er sie nicht.«

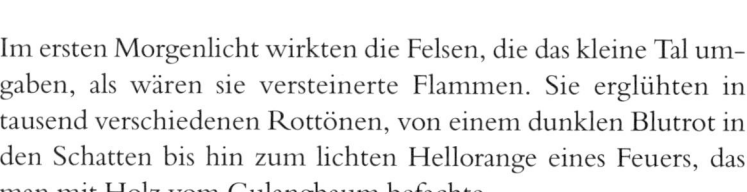

Im ersten Morgenlicht wirkten die Felsen, die das kleine Tal umgaben, als wären sie versteinerte Flammen. Sie erglühten in
tausend verschiedenen Rottönen, von einem dunklen Blutrot in
den Schatten bis hin zum lichten Hellorange eines Feuers, das
man mit Holz vom Gulangbaum befachte.

Müde stieg Joacino die Treppen zum Wehrgang hinauf. Die
meisten Männer dort oben schliefen. Vorsichtig stieg er über die
Schläfer hinweg. Der Wachposten am anderen Ende der Mauer
grüßte ihn lässig. Der Feldherr ging zu ihm hinüber.

»Alles ruhig«, nuschelte der Mann. »Ich glaube, sie haben genug.« Der Krieger war abgrundtief häßlich. Ein Schwerthieb
hatte ihm vor langer Zeit die Lippen entzweigespalten, und die
Wunde war ganz offensichtlich nicht genäht worden, so daß ein
klaffender Spalt zurückgeblieben und seine Sprache undeutlich
geworden war.

»Sie wußten eben nicht, wie es ist, wenn man sich mit den
Jadetürmen anlegt.«

Der Krieger grinste stolz. »Sollen sie nur kommen! Wir schlagen den Heiden gern noch einmal tausend Schädel ein, wenn sie
dann besser verstehen, daß sie hier nicht durchkommen.«

Weit unter ihnen im Tal erklangen Hörner. Attaguelfas Heer
erwachte. Gestern hatten sie nicht angegriffen. Das war kein gutes
Zeichen. Sie bereiteten etwas vor ... Und das brauchte Zeit.

Die Schläfer auf dem Wehrgang regten sich. Ein Mann in zerrissenem Hemd stand auf, stieg auf die Zinnen und urinierte von
der Mauer hinab.

Ernanda kam die Treppe zum Wehrgang herauf. »He, Soldat,
was hast du für ein Benehmen? Mir zeigst du deinen Arsch, und
dem Turtanu Attaguelfa reckst du dein bestes Stück entgegen.

Du willst mich wohl beleidigen! Ich bin kein Mercatorentöchterchen, das beim Anblick von ein bißchen Männlichkeit in Ohnmacht fällt.«

Die Krieger lachten, und die Offizierin grinste zufrieden. »Unten gibt's Tee, der schmeckt, als hätte ein Samuçu hineingepißt. Wenn jemand von euch Lust hat, sich den Tag zu versauen, sollte er ihn kosten.«

Etwa die Hälfte der Männer stieg die Treppe hinab, um sich ihr Frühstück zu holen. Im Vorbeigehen tauschten sie derbe Späße mit Ernanda aus.

Einen Moment lang beneidete Joacino seine Gefährtin um ihre frische, unbekümmerte Art, mit der sie die Herzen der Soldaten eroberte.

»Na, *strategos*, du schläfst wohl nie.«

»Eines der Geheimnisse, die Mercatorensöhnchen von ihren Hauslehrern beigebracht bekommen.«

»Wenn du so gute Laune hast, steht uns ein besonders schlimmer Tag bevor. Der einzige Humor, den ich bislang bei dir entdecken konnte, war Galgenhumor.«

»Ich versuche mich in die Gedankenwelt von Attaguelfa zu versetzen.« Joacino stützte sich schwer auf die Zinnen und betrachtete den engen Pfad, der zum Paß hinaufführte. »Er muß die Entscheidung heute erzwingen. Nur wenn es ihm bald gelingt, den Paßweg zu erobern, darf er noch hoffen, rechtzeitig zum Heer des Turtanu von Badur zu stoßen. Seine Reitertruppen können in rund drei Tagen bis Badur gelangen. Ein weiterer Grund, warum er es heute schaffen muß, ist die Quelle hier auf dem Paß. Er braucht Wasser. Vermutlich sind seine Reserven schon jetzt fast erschöpft. Er hat bestimmt niemals damit gerechnet, daß er in dieser Gegend mehr als vier Tage verliert. Und da seine Streitmacht beweglich sein soll, verfügt sie wohl kaum über einen großen Troß, der für Nachschub sorgt. Die nächste Wasserstelle liegt etwa hundert Meilen entfernt. Attaguelfa fehlen aber die Wagen, um in nennenswertem Umfang Wasser von dort zu holen. Ich wette einen Jahressold, daß er seinen Männern schon jetzt die Wasserrationen gekürzt hat.«

»Spekulierst du darauf, daß du ohnehin deinen Wettverlust nicht zu zahlen brauchst?«

»Es sieht schlecht aus«, stimmte Joacino zu. Er sah hinab zu der kleinen Mauer, die hinter dem Tor errichtet worden war. Sie war fast fertiggestellt. »Die Männer aus Nirsa werden heute verzweifelt kämpfen. Sie wissen, worum es geht. Wenn wir sie heute aufhalten, werden sie danach von Tag zu Tag schwächer. In spätestens fünf Tagen müssen sie sich ergeben, oder sie verdursten dort unten. Stell dir das einmal vor. Dann hätten fünfhundert Krieger fünfzehntausend Gegner besiegt. Die zweite Schlacht bei den Feuerpforten würde genauso berühmt werden wie der Sieg, den Aionar hier errungen hat.«

»Ich bin lieber lebendig und unbekannt als tot und berühmt«, bemerkte Ernanda trocken.

»Der Turtanu von Nirsa kann uns gar nicht am Leben lassen. Wir haben ihn schon jetzt gedemütigt, indem wir vier Tage lang seiner gewaltigen Übermacht trotzten. Er wird heute von allen Seiten angreifen. Vielleicht läßt er sogar eine Abteilung über die Berge klettern, um auch das südliche Tor zu bestürmen. Für Pferde und Samaçu gibt es keinen Weg über den Djebel el Cadia außer diesen Paß. Aber Attaguelfa hat gewiß auch Leute, die ebensogut zu klettern verstehen wie du, Ernanda.«

Im gegnerischen Heerlager erklangen die Kesselpauken. Joacino setzte sich die Sturmhaube auf und schnallte den Kinnriemen fest. »Der Tanz beginnt, Ernanda. Ruf die Männer auf die Mauer zurück.«

Eine halbe Stunde später begann der Angriff. Durch zwei Schildträger abgeschirmt, spähte Joacino über die Zinnen. Bogenschützen in hüftlangen Kettenhemden, wie man sie im Imperium schon seit zweihundert Jahren nicht mehr trug, und mit spitzen Helmen deckten die Verteidiger mit ununterbrochenem Beschuß ein. Im Schutz der Bogenschützen stürmten unbewaffnete Männer vor und warfen Bündel aus zerrissenen Decken und Palmblättern vor das Tor. Auch schütteten sie getrockneten Pferdedung aus Körben auf den immer größer werdenden Haufen. Sie wollten versuchen, das Tor in Brand zu stecken, das durch die Angriffe der vergangenen Tage ohnehin schwer beschädigt war.

Die Bogenschützen auf dem Kuppelturm, der seitlich über dem Paß aufragte, deckten die Angreifer mit spärlichem Beschuß ein. Mehr als zwanzig Tote lagen bereits auf den Stufen vor dem Tor, aber Attaguelfas Männer ließen sich davon nicht aufhalten. Sie wußten, daß die Entscheidung heute fallen mußte.

Ernanda kam geduckt den Wehrgang entlanggelaufen. »Die Wachen auf den beiden Hochplateaus melden, daß sich ganze Heerscharen bereitmachen, die Steilwände zu ersteigen.«

Joacino fluchte. Wenn es Attaguelfa gelänge, an dieser Stelle durchzubrechen, wäre der Paß verloren, aber er konnte keinen Krieger von der Mauer abziehen. »Schick alle Leichtverwundeten auf die Plateaus. Jeden, der noch in der Lage ist, einen Stein zu heben und über die Klippen zu werfen.«

Ernanda salutierte knapp und verließ die Mauer. Sie führte das Kommando über eine Gruppe zwanzig ausgesuchter Krieger, die Joacino für den Fall in Reserve hielt, daß es dem Feind gelänge, an einer Stelle durchzubrechen.

Der Feldherr fluchte noch inbrünstiger. Kaum mehr als zweihundertundfünfzig Kämpfer waren ihm geblieben, die Verwundeten schon mitgerechnet. Wenn er dieses Trüppchen weiter aufspalten mußte, könnte er die Lücken unter den Verteidigern der Mauer bald nicht mehr schließen.

Große Feuerschalen wurden zu den Bogenschützen vor der Mauer getragen.

»Macht die Wassereimer bereit!« rief Joacino den Männern zu, die unmittelbar oberhalb des Tors auf dem Wehrgang kauerten.

Sirrend und helle Rauchfahnen hinter sich herziehend stieg die erste Salve von Brandpfeilen in die Luft. Einen Moment lang schien es, als flögen sie geradewegs auf die Brustwehr zu. Joacino duckte sich hinter eine Zinne. Er hörte, wie die Geschosse unten in den Haufen aus Unrat und Stoffresten einschlugen.

»Hinunter mit dem Wasser!«

Einige Männer sprangen auf und ergriffen die Eimer. Doch die Bogenschützen reagierten sofort und schossen auf das neue

Ziel. Ein Lotophaer, der einen rotgefärbten Pflock quer durch die Nase trug, wurde von einem brennenden Pfeil in die Brust getroffen. Er taumelte zurück, ließ den Eimer fallen und schlug mit beiden Händen nach den Flammen des Pfeils, der seinen Brustharnisch durchschlagen hatte.

Sofort sprang ein anderer Krieger an den Platz des Verletzten. Wasser stürzte die Mauer herab, und fauchend stieg eine Flammenwand bis über den Zinnenkranz herauf.

»Aufhören!« schrie Joacino über den Lärm der Schlacht hinweg. »Kein Wasser mehr!« Die Lumpen waren in Öl getränkt gewesen. Wasser würde dieses Feuer nicht löschen! Warum hatte er nicht daran gedacht, auch Eimer mit Sand auf die Brustwehr bringen zu lassen?

Vorsichtig spähte er über den Mauerrand. Sofort eilte einer der Lotophaer mit einem Schild an seine Seite. »Sei vorsichtig, Kommandant!«

Wie um die Worte des Soldaten zu unterstreichen, sirrten zwei Pfeile über ihre Köpfe hinweg. Dichter schwarzer Rauch stieg vom Tor auf. Der leichte Wind, der den Paß entlangstrich, trieb ihn über die Mauer.

Attaguelfas Männer hatten etwas in die Brandsätze gemischt, das wie Säure in die Lungen stach, wenn man den Rauch einatmete. Joacino ging in Deckung, zerriß einen Ärmel seines Hemds und tauchte den Stoff in einen Wassereimer, der in der Nähe stand.

Überall auf der Mauer begannen die Männer zu husten. Joacino blinzelte. Der verdammte Rauch brannte auch in den Augen. »Bindet euch feuchte Tücher vor den Mund!« befahl der *strategos*. Seine Stimme klang wie das Krächzen eines Raben.

»Sie haben Leitern!« kam ein Alarmruf vom Turm.

Ohne auf seine Deckung zu achten, riß Joacino den Kopf hoch. Undeutlich erkannte er durch die Rauchschwaden hindurch, daß irgend etwas den Paßweg heraufgetragen wurde. Irgendwo hatten Attaguelfas Männer Palmstämme aufgetrieben.

Rasch kamen die Lastenträger näher. Zwei Palmstämme waren durch dicht an dicht genagelte Sprossen miteinander verbunden, die offensichtlich von zersplitterten Speerschäften stammten.

Diese Konstruktionen waren eindeutig zu lang für Leitern! Sollte sie als Rampen dienen? Die Stämme wirkten stabil genug, um, an die Mauern gelehnt, einiges an Gewicht tragen zu können. Man hatte die Klingen von Krummsäbeln durch das obere Ende der Palmstämme geschlagen. So konnten die Rampen fest auf der Mauerkrone verhakt werden. Wäre dies erst einmal gelungen, könnte man die Belagerungsrampen seitlich kaum noch wegbewegen. Hinter den Trägern marschierten Krieger in schimmernder Rüstung. Attaguelfas Garde! Die Männer trugen hohe Bronzehelme und schwere Lamellenpanzer. Sie würden den Sturmlauf über die Rampen anführen.

Die Bogenschützen vor der Mauer wichen zur Seite aus, um die Angreifer vorzulassen. Jetzt erkannte Joacino eine zweite Angriffsrampe auf dem Paßweg. Wüstenkrieger, die nur Lendenschurze trugen, stürzten auf die Mauer zu. Jeder von ihnen hielt ein kugelförmiges Tongefäß in den Händen.

Der *strategos* winkte seinen Bogenschützen auf dem Turm. »Haltet sie auf!«

Schon waren die ersten Feinde unterhalb der Mauer angekommen und schleuderten ihre Tonkrüge zur Brustwehr herauf. Eines der Gefäße zerschellte dicht neben Joacino auf dem Wehrgang. Schwarze Skorpione krochen zwischen den Scherben hervor. Ring um sprangen die Verteidiger auf und traten aufgeregt nach dem Getier.

Joacino zerquetschte einen Skorpion unter seinem Stiefelabsatz und blickte dann die Mauer hinab. Immer neue Läufer mit Tonkrügen strürmten auf das Bollwerk zu. Zum Glück war der Paß so eng, daß sich die Angreifer gegenseitig behinderten. Der Feldherr beobachtete, wie der Pfeil eines seiner Bogenschützen einen Tonkrug zerschlug und die wimmelnden Skorpione den Aufmarsch auf dem Paßweg für kurze Zeit ins Stocken brachten.

Einen Augenblick lang glaubte der Feldherr zwischen den Gardesoldaten einen hochgewachsenen Mann mit einem Helmputz aus Pfauenfedern zu entdecken. Dann wurde der Krieger wieder durch Schildträger abgeschirmt. War es Attaguelfa selbst?

Einige Angreifer rannten mit einer Sturmrampe auf die Mauer zu. Das Feuer am Tor kann auch ihnen gefährlich werden, dachte Joacino mit Genugtuung. Sie würden die Rampe wahrscheinlich kaum weit genug von den Flammen entfernt aufstellen können! Dann hielten sich die Angreifer überraschend weit links. Unter lauten Rufen richteten sie mit Stangen und Seilen die Rampe auf. Wie Raubtierzähne funkelten die Säbelklingen im Palmholz. Dann stießen die Klingen hinab und durchschlugen das Ziegeldach des Gußerkers am äußersten Ende der Mauer. Sofort eilten Männer herbei, um die Rampe durch zusätzliche Stämme von unten abzustützen.

Die Holzrampe stand in viel steilerem Winkel, als der *strategos* erwartet hatte. Man konnte sie nicht hinauflaufen, sondern mußte klettern, fast so, wie wenn man eine Leiter erstieg. Doch immerhin war die Rampe so breit, daß sie zwei Männern nebeneinander Platz bot.

Joacino spürte eine Bewegung am Hosenbein. Ein Skorpion! Mit dem Handschutz des Parierdolchs wischte er das Tier zur Seite und zertrat es.

Ein paar Schritt vor ihm wurde ein Lotophaer von einem Tongefäß getroffen. Der dünnwandige Krug zerbrach, als der Krieger ihn mit der Hand zur Seite schlagen wollte. Einer der Skorpione sprang ihm dabei geradewegs ins Gesicht. Ein zweiter rutschte den Kragen hinab hinter die Brustplatte des Kürass. Schreiend versuchte der Mann, sich von dem giftigen Gezücht zu befreien, doch Joacino sah, wie der Mersaer im Gesicht gestochen wurde.

Einige Soldaten rannten zum äußeren Ende der Mauer. Der Feldherr hatte ihnen erst vor drei Tagen befohlen, die Piken zu kürzen, weil die fünf Schritt langen Spieße zu unhandlich waren, um im Kampf um die Brustwehr eingesetzt zu werden. Doch dank der Rampen würde es gar keinen Kampf bei den Zinnen geben, wie es der Feldherr erwartet hatte.

Schon erschien der erste Angreifer auf dem Dach des Gußerkers. Von dort oben konnte er auf den Wehrgang herunterspringen. Hätten die Spieße noch ihre ursprüngliche Länge gehabt, hätten sie bis zum Dach hinaufgereicht, doch jetzt waren sie schlichtweg zu kurz.

Sechs Pikeniere der Jadetürme hatten sich auf dem Wehrgang versammelt und reckten dem Angreifer ihre Speerspitzen entgegen, ohne ihn erreichen zu können. Schon erschien ein zweiter Wüstenkrieger auf dem kleinen Dach. Es waren Männer aus Attaguelfas Garde.

Der erste Angreifer breitete die Arme aus und sprang herab. Gleich drei Speere durchbohrten ihn, doch durch die Wucht seines Aufpralls riß er auch zwei Verteidiger von der Mauer.

»Laßt sie herunterspringen!« schrie Joacino. Nur mühsam übertönte seine heisere Stimme den Schlachtenlärm. »Laßt sie auf den Wehrgang kommen und bekämpft sie dann!«

Schon warf sich ein zweiter Gardesoldat in selbstmörderischem Angriff auf die Krieger der Jadetürme. Joacino kämpfte sich durch das Gedränge auf dem Wehrgang. Verzweifelt fuhr er sich mit dem Handrücken über die tränenden Augen. Krachend senkte sich die zweite Rampe auf den Gußerker am gegenüberliegenden Ende der Mauer.

Der *strategos* zerrte seine Krieger zurück, als sich ein dritter Gardist in die gelichtete Reihe der Speerträger werfen wollte. Als auch über die zweite Rampe Attaguelfas Gardisten angriffen, waren die Verteidiger binnen Augenblicken zu einer kleinen Schar zusammengedrängt, die nur noch den mittleren Abschnitt der Mauer unmittelbar über dem Tor hielt.

An beiden Enden des Walls kamen jetzt wohlgerüstete Kämpfer über die Gußerkerdächer. Ein Mann mit einem zweihändig zu führenden großen Krummschwert hatte das Kommando. Seine Augen funkelten wild, als er seinen Männern seine Befehle zurief.

Der *strategos* und seine Männer waren nun von der einzigen Treppe abgeschnitten, die von der Mauer zum Hof führte. Ernanda hatte am Fuß der Treppe eine zweite Verteidigungslinie aufgebaut.

»Für Aionar!« brüllte der Feldherr und stürmte auf den gegnerischen Anführer zu. Rechts und links sicherten ihn zwei Krieger der Jadetürme mit ihren gestutzten Piken.

469

In blitzendem Bogen fuhr der schwere Krummsäbel nieder und zersplitterte den Schaft einer Pike, die auf die Brust des Anführers gezielt hatte. Fast gleichzeitig traf ihn die zweite Pike in den Oberschenkel. Dann war Joacino über ihm und stieß ihm den Parierdolch bis zum Heft in die Kehle.

Mit dem Rapier wehrte der Feldherr einen Säbelhieb ab. Hauend und stechend drang er weiter in die Reihen der Wüstenkrieger vor. Ihr Angriff geriet ins Stocken.

So dicht war das Gedränge auf der Mauer, daß Joacino das Rapier fallen ließ und nur noch mit dem Dolch weiterkämpfte. Geschickt wich er einem Stich aus, der auf sein ungeschütztes Gesicht zielte, und rammte dem Angreifer seinen Dolch durch dessen Lamellenpanzer in den Leib.

»Für Aionar!« schrie Joacino immer wieder wie von Sinnen. »Zeigt den Ketzern, daß wir kämpfen wie unsere Ahnen!«

Ein Säbelblatt schrammte über Joacinos Helm. Mit einer Drehung befreite der Feldherr seinen Dolch. Vor ihm erklang ein vielstimmiges Geschrei. Die erste Rampe war zerbrochen. Zu viele Angreifer hatten gleichzeitig versucht, zum Gußerker emporzugelangen. Jetzt waren die Krieger vor ihnen auf der Mauer von weiteren Verstärkungen abgeschnitten!

Joacino stieß einem stiernackigen Gardekrieger den Korb seines Dolchs ins Gesicht. Doch der Mann stand wie ein Fels. Blut quoll ihm aus der zerquetschten Nase und von den aufgeplatzten Lippen. Er ließ den Säbel fallen, mit dem er nicht ausholen konnte, ohne seine Kameraden hinter sich zu gefährden, und umklammerte Joacino mit beiden Armen wie ein Ringer. Dann hob er den Feldherrn hoch.

Hilflos mit den Beinen strampelnd, versuchte sich der *strategos* zu befreien. Immer wieder stach er auf den Hünen ein, doch die von oben geführten Stiche glitten von den Lamellen der Rüstung ab, ohne Schaden anzurichten.

Mit der linken Hand riß der Feldherr dem Krieger den Helm vom Kopf. Der Angreifer warf sich nun mit solcher Wucht gegen eine der Zinnen, daß Joacino zum Puffer zwischen ihm und dem Mauerwerk wurde. So heftig war der Aufprall, daß dem *strategos* trotz des Kürass die Luft aus den Lungen gepreßt wurde. Sein Rückenpanzer schrammte über den Stein. Der Wüstenkrieger schob Joacino langsam die Zinne hinauf. Nur noch wenige Fingerbreit fehlten, und der Feldherr würde über die Mauer hinab in die Scharen der Angreifer stürzen.

Entschlossen umklammerte er den Dolch und stieß ihn mit beiden Händen auf den kahlrasierten Schädel des Angreifers. Knirschend fuhr der Stahl durch den Knochen. Augenblicklich spürte Joacino, wie die Glieder seines Angreifers erschlafften. Doch der Feldherr war nun zwischen dem Leib des toten Hünen und der Zinne eingeklemmt.

Dicht neben ihm schrammte ein Pfeil über die Zinne. Ein Bogenschütze mußte ihn entdeckt haben. Verzweifelt versuchte Joacino den schweren Leib zur Seite zu schieben, als links von ihm lautes Getöse und Jubelgeschrei erklangen.

Aus den Augenwinkeln sah er, daß die zweite Rampe von großen Felsbrocken zerschmettert worden war. Einen Moment lang standen deutlich sichtbar einige Krieger der Jadetürme hoch über dem befestigten Tor am Rand der Steilklippe. Sie hatten durch ihr Eingreifen den Ansturm der Feinde zum Stehen gebracht. Doch jetzt suchten sie Zuflucht vor den Pfeilen der gegnerischen Bogenschützen.

Jemand riß den hünenhaften Krieger vor Joacino zur Seite. Der Feldherr blickte in das rußverschmierte Gesicht von Gon Bandag. Der *coronel* packte Joacino und zog ihn von der Zinne herunter. »Dich brauchen wir noch, *strategos*.« Er grinste breit. »Wir haben die Mauer zurückerobert!« Gon stieß einen langen trällernden Schrei aus, und seine Männer fielen in den Siegesruf der Jadetürme ein.

Völlig erschöpft lehnte Joacino an der Mauer. Die Truppen Attaguelfas zogen sich geschlagen zurück. Diesmal konnten die Jadetürme den Sieg noch erringen, dachte Joacino müde und blickte auf die vielen Toten und Sterbenden, die überall auf dem Wehrgang lagen. Aber nie zuvor hatte er so dicht am Rand der Niederlage gestanden!

Der Wächter der Wege des Südens

*Am Nordtor der Feuerpforten, am Morgen des 9. Tages
des Sturzregenmonds, im 460. Jahr der Abwesenheit Gottes*

Es ist wie ein Wunder, dachte Joacino und betrachtete das große Felsrelief, das den Abwesenden Gott darstellte. Aber wenn an diesem Ort keine Wunder geschehen, wo sollten sie dann geschehen? Auf diesem Boden war einst Aionar gewandelt. Hier hatten seine Heiligen mit ihm gelitten und ihr Blut vergossen. Vielleicht war dies der Grund, warum die Jadetürme immer noch hier aushielten. Auch wenn das Aionarbild auf dem Relief recht merkwürdig anmutete. Wahrscheinlich hatten die Ketzer es nach der Eroberung der Feuerpforten verändert. Niemand stellte im Imperium den Abwesenden Gott als einen zehn Schritt großen Hünen dar. Welch ketzerischer Unsinn! Aionar war eine Flamme, wie das Licht des Glaubens, das er in die Welt getragen hatte, oder wie ein Stern, ein Symbol dafür, daß er sich in die Weiten des Himmels zurückgezogen hatte. Aber ganz gleich, welche Bilder die Ketzer in den Felsen geschlagen hatten, dies änderte nichts an der Heiligkeit dieses Tals! Ja, Joacino betrachtete sich als einen Auserwählten, weil er an diesem Ort eine Schlacht schlagen durfte, selbst wenn er für diese Schicksalsgunst mit dem Leben bezahlen müßte.

Joacino hatte längst aufgehört zu zählen, wie viele Angriffe er und seine Streitkräfte zurückgeschlagen hatten. Nur achtundzwanzig seiner Männer waren noch in der Lage zu kämpfen. Und selbst von ihnen war keiner ohne Verwundung. Doch auch die Kampfkraft der Armee aus Nirsa war längst gebrochen, selbst wenn sie ihnen jetzt vierhundert zu eins überlegen war. Die Verteidiger des Passes waren zu einer Legende geworden. Und wie sollte man siegen, wenn man sich in seinem Herzen schon mit der Niederlage abgefunden hatte?

Attaguelfas Wille, den Paß zu erobern, war noch immer un-

472

gebrochen. Aber seine Männer hatten den Glauben an den Sieg verloren, auch wenn sie weiterhin den Befehlen ihres Feldherrn gehorchten und immer wieder aufs neue gegen das Tor anstürmten.

Es hatte sich ausgezahlt, Amraphel und seinen Kriegern nach der Eroberung des Passes die Freiheit zu schenken. So war die Geschichte von den Männern, die durch Stein gingen, ins Heerlager der Feinde getragen worden. Und sie hatte immer größere Ausmaße angenommen. Inzwischen gab es Gerüchte, die Roten Zauberpriester von Gondallo würden den Kampf der Jadetürme unterstützen, und die toten Heiligen von einst hätten sich aus ihren Gräbern erhoben, um noch einmal die Feuerpforten zu verteidigen.

»Strategos! Ein Unterhändler.« Ernanda zog das linke Bein nach, als sie vom Tor zu Joacino herüberkam. Gestern erst hatte sie eine tiefe Fleischwunde am Oberschenkel davongetragen, aber sie weigerte sich, wegen solcher Kleinigkeiten, wie sie es nannte, ihren Posten am Tor zu verlassen.

Joacino stieg auf den halbrunden Mauerring, der hinter dem Torbogen den Zugang zum Tal abriegelte. Man hatte den Shaknu von Kelchu geschickt. Amraphel verbeugte sich. »Attaguelfa bietet dir und der Handvoll Männer, die dir noch geblieben sind, einen ehrenvollen Abzug aus der Paßfestung, strategos.«

»Warum sollte ich ihm schenken, was er trotz seiner Übermacht in neun Tagen nicht zu erobern vermochte?«

Der Shaknu schnalzte mit der Zunge und schüttelte den Kopf. »Mein Herr hat vorausgesehen, daß du dich starrköpfig zeigen würdest. Gestattest du, daß ich einen Reiter heraufrufe, der dich von der Aussichtslosigkeit eures Kampfes überzeugt, strategos?«

»Ich wüßte nicht, wie ein einzelner Reiter etwas vollbringen sollte, das fünfzehntausend nicht vermochten.«

»Du wirst sehen, strategos!« Der Shaknu zog einen kleinen Handspiegel aus einer Tasche seines Gewandes und gab ein Lichtzeichen. Wenige Augenblicke später erschien ein einzelner Reiter auf einem Samuçu. Der große Vogel stieg über die verkohlten Trümmer der Torflügel hinweg. Es war ein prächtiges Tier. Ein

Männchen, so groß, daß es über die Brustwehr der behelfsmäßigen zweiten Verteidigungsmauer hinwegblicken konnte. Sein Kopf zuckte unruhig hin und her. Der Samuçu roch das Blut, das hier vergossen worden war.

Der Reiter war ein Mann, gekleidet in die weiten Gewänder eines Kriegers der Oasenstädte. Sein weißer Turban und der mit Silberfäden bestickte dunkle Kaftan wiesen ihn als hohen Würdenträger aus.

»Darf ich dir Shamur Said vorstellen, den Wächter der Wege des Südens? Er ist einer der Karawanenmeister meines Herrn. Shamur hat ein Geschenk für dich, *strategos*.«

Der Karawanenmeister löste ein mit elfenbeinernen Intarsien geschmücktes Kästchen, das am Sattel des Samuçu festgeschnallt war, und stellte es vor Joacino auf die Brustwehr. »Verzeiht, wenn sie nicht mehr so kühl sind wie ein erfrischender Nachtwind, Herr.«

Neugierig klappte der Feldherr den Deckel auf. Das Kästchen war mit trocknem Gras ausgepolstert. Zwei Orangen lagen darin. Joacino nahm eine der Früchte in die Hand. Sie fühlte sich kühl an!

Amraphel lächelte triumphierend. »Sie wurden erst vor sieben Tagen gepflückt. Gestern nacht erreichte Shamur Saids Karawane unser Feldlager. Mehr als zehntausend Kamele, beladen mit allem, was das Herz begehrt. Mein Herr hat den heutigen Tag zum Festtag erklärt. Morgen werden unsere Krieger dann mit frischen Kräften angreifen. Erlaub deinem Stolz, den Kuß der Weisheit zu empfangen, *strategos*. Es ist vorbei für dich und deine Männer. Ergebt euch.«

Joacino drehte die Orange zwischen den Fingern. Er hatte gehofft, der Durst werde den Turtanu zwingen, sich ihm zu ergeben. Jetzt erkannte er, wie vermessen dieser Plan gewesen war. Daß fünfhundert über fünfzehntausend triumphierten, das mochte nur geschehen, wenn Gott und seine Heiligen an der Seite der Menschen fochten.

»Sag deinem Herren, dem Ketzerfürsten: Zur Mittagsstunde wird er erfahren, wie ich mich entscheide.« Es gelang Joacino nicht, so beherrscht zu antworten, wie er es sich gewünscht hätte. Zum ersten Mal wurde er besiegt.

Amraphel war so höflich, sich den Triumph nicht anmerken zu lassen. »Dann werde ich also in fünf Stunden zurückkehren, um deine Botschaft zu hören. Ihr habt tapfer gekämpft, *strategos*. In eurer Niederlage liegt keine Schande.«

Als Joacino von der niedrigen Mauer hinunterstieg, überkam ihn das Gefühl, als wäre etwas in ihm zerbrochen. Er lehnte sich mit dem Rücken gegen den rauhen Stein. Ernanda hatte ihn erwartet. Er warf ihr eine Orange zu. »Vielleicht versüßen uns diese Früchte die Niederlage.«

Die Offizierin schälte die Orange und biß herzhaft hinein. Der Saft rann ihr am Kinn hinab und tropfte ihr auf den Brustpanzer. »Gut«, sagte sie. »Mal was anderes als Maisbrot, Zwiebeln und Hirsebrei.«

»Und getrocknete Datteln«, fügte Joacino hinzu. »Wir sollten . . .« Plötzlich mußte er lachen. Sie würden untergehen, aber er sah einen Weg, wie sie einen letzten Sieg erringen konnten!

Ernanda wischte sich über das Kinn. »Liegt irgendein verborgener Reiz darin, besiegt zu werden?«

Der Feldherr teilte ihr seinen Plan mit.

»Wir sind tot.« Dann lachte sie. »Aber sterben würden wir ohnehin. Für jeden kommt die Zeit. Du hast doch nicht etwa ernsthaft vorgehabt, dich zu ergeben?«

»Nein . . . Aber dieses Ende nimmt der Niederlage einen Teil der Bitternis.«

»Ich stelle mir schon vor, wie man über uns ein Stück im Theatro Phantasmagorico aufführen wird.« Sie grinste breit. »Das wird ein gutes Ende. Beginnen wir mit dem letzten Akt. Ich rufe alle, die noch laufen können.«

Das Henkersmahl

Auf dem nördlichen Paßweg bei den Feuerpforten,
vier Stunden später

Der Anblick des Lagers überraschte Joacino. Vom Paß aus hatte man es nicht sehen können. Er hatte erwartet, ein buntes Durcheinander exotischer Zelte in der Ebene nördlich der Feuerpforten zu erblicken. Doch die Zelte waren ganz symmetrisch verteilt und in Kreisen zu je zwanzig angeordnet. Sie ähnelten riesigen Blüten, die dem öden, graubraunen Boden der Wüste entsprossen waren. Alle Zelte in einem Kreis hatten die gleiche Farbe, und der Feldherr vermutete, daß die Farben ähnlich den Uniformfarben seiner *turmae* immer einer Einheit zugeordnet waren.

Etwas abseits des Lagers standen die Lastkamele, die in der letzten Nacht angekommen waren. Im Schatten der Felsen hatte man die Pferde angepflockt. Die Samuçu waren in kleinen Gruppen weit um das Lager herum verteilt, jeweils ein Männchen mit seinem Harem. Bis zum Paß herauf hörte man das wütende Fauchen der männlichen Reitvögel.

Nur in einem Punkt war die Streitmacht der Wilden aus den Samen Gottes den Erwartungen des Feldherrn gerecht geworden: So sicher waren sie sich ihres Sieges, daß sie keine einzige Wache auf dem Paßweg zurückgelassen hatten. Im Lager wurde, ganz wie Amraphel es angekündigt hatte, ein rauschendes Fest gefeiert. Niemand rechnete mit einem Besuch der Jadetürme.

Der Feldherr wandte sich um. Stolz erfüllte ihn, als er seine Soldaten betrachtete. Es waren nicht einmal mehr dreißig. Ihre Uniformen waren zerfetzt und rußverschmiert. Sie trugen blutige Verbände. Die Gesichter waren schmal geworden und wirkten ausgezehrt, aber in ihren Augen blitzte wilde Entschlossenheit. Selbst Gon Bandag, der so schwer verwundet war, daß er sich auf eine Krücke stützen mußte, um gehen zu können, hatte unbedingt mitkommen wollen.

So zerlumpt die Männer der Jadetürme auch waren, ihre Rüstungen und Waffen waren wohlgepflegt. Sie hatten sie mit Sand poliert, bis die Brustplatten und Helme wie Spiegelglas glänzten. In Dreierreihen traten sie in fester Ordnung an, fast wie auf dem Paradeplatz. Die Kämpfer, die allzusehr hinkten, hatte Joacino in die mittlere Reihe genommen, damit sie weniger auffielen.

»Ihr wißt, was zu tun ist? Wenn alles sich gut fügt, dann stopft euch die Taschen voll, wenn sie nicht hinschauen!«

Sie hatten das Lager Attaguelfas schon fast erreicht, als sie entdeckt wurden.

»Ein Lied!« kommandierte Ernanda, und die Pikeniere stimmten den Choral *Es ritt ein Priester ins Heidenland* an.

Im Lager brach ein heilloses Durcheinander aus. Männer hasteten zu ihren Zelten, um ihre Waffen zu holen. Andere standen einfach nur wie versteinert da und starrten das Trüppchen der Jadetürme an. Offiziere brüllten Befehle. Bogenschützen kamen herbeigelaufen und knieten nieder, um die Sehnen auf ihre Waffen zu ziehen.

Ein einzelner Reiter bahnte sich seinen Weg durch das Gewirr. Es war Amraphel. Er zügelte seinen Samuçu vor Joacino.

»Bist du von allen guten Geistern verlassen, *strategos*? Was soll dieser Aufzug. Möchtest du mit deinen Männern massakriert werden?«

»Ich bin gekommen, um über die Bedingungen meiner Niederlage zu verhandeln. Diese Männer sind meine Ehrengarde.«

Amraphel musterte mißtrauisch die Soldaten der Jadetürme. Sie waren in voller Rüstung mit Birnenhelmen, Brustplatten und gestutzten Piken aufmarschiert.

»Du willst dich also nicht ergeben, sondern noch ein letztes Gefecht liefern, *strategos* Joacino da Gona?«

Ein hochgewachsener Mann trat aus der Menge der Krieger. Er überragte alle Umstehenden um Haupteslänge. Sein langer roter Bart war zu Locken gedreht und mit Öl bestrichen, so daß er matt schimmerte. Er trug schlichte Gewänder in dunklem Rot. Ein weißer Umhang war mit goldenen Spangen an seinen Schultern befestigt.

»Der Turtanu Attaguelfa, nehme ich an«, erwiderte Joacino.
»In der Tat, wir werden morgen kämpfen.«

Der Blick des Heidenfürsten wanderte über Joacinos klägliche
Truppe. »Das also sind die Männer, die meinen Ruhm als Feldherr in den Staub getreten haben. Sie sehen so aus, als könnten
sie etwas zu essen gebrauchen.«
Attaguelfa klatschte in die Hände. »Ehrt unsere Feinde, meine
Waffenbrüder! Sie sind große Männer. An diesem Mittag sollen
sie unsere Gäste sein.« Er wandte sich wieder an Joacino. »Und
du, Feldherr, wirst mit mir in meinem Zelt speisen.«

»Ernanda, sorg dafür, daß die Männer sich nicht betrinken!«
befahl Joacino knapp. Dann folgte er Attaguelfa durch das Lager.

Das Zelt des Turtanu war so groß wie ein kleiner Palast. Die
Pfosten waren mit Goldblechen beschlagen, die Zeltbahnen bestanden aus schwarzer Seide mit Schmuckbordüren in katauekĭ-
schem Purpur. Den Boden des Zelts hatte man mit kostbaren
Teppichen ausgelegt. Attaguelfa ließ sich auf einem Kissenberg
nieder und bedeutete Joacino, ihm gegenüber Platz zu nehmen.

»Du kennst die Gesetze meines Volkes, Feldherr.« Das Lächeln
des Turtanu wirkte gezwungen. »Du wußtest: Wer das Lager betritt, kann das Gastrecht für sich in Anspruch nehmen.«

Joacino wußte vor allem, daß er keine Zukunft mehr hatte.
Diese Gewißheit war mit einem berauschenden Gefühl abso-
luter Freiheit verbunden. Sein Tod war unausweichlich. Es gab
also nichts mehr zu verlieren. »Als dein Bote mir die Orangen
brachte, beschloß ich, daß meine Männer noch einmal richtig
essen sollten, bevor wir morgen alle sterben.«

»Und du hast dich darauf verlassen, daß ich wie ein Ehren-
mann handeln würde? Ich, Attaguelfa, den ihr den Ketzerfürsten
nennt?« Der Turtanu winkte einem Diener und flüsterte ihm ein
paar Worte ins Ohr.

»Was würdest du sagen, wenn ich dich in diesem Zelt von
meinem Scharfrichter mit einer Seidenschnur erdrosseln ließe?«

»Du würdest deinen Namen nicht auf so schändliche Weise
beschmutzen«, entgegnete Joacino etwas weniger selbstsicher.

»Mein guter Name …« Der Fürst zog einen silbernen Kelch

zwischen den Kissen hervor und hielt ihn hoch. Sofort eilte ein Diener herbei, um ihn zu füllen. »Heute morgen, als ich erwachte, dachte ich daran, daß die Märchenerzähler in hundert Jahren in den Basaren der Samen Gottes die Geschichte dieser Schlacht erzählen werden.« Er nippte gedankenverloren am Wein. »Märchen sind so erfrischend einfach. Es gibt den Helden und die Bösen. Und es ist stets der Held, der gewinnt. Noch nie hatte ich nach einer Schlacht Zweifel daran, daß ich in den Geschichten, die man künftig darüber erzählen würde, der Held wäre. Aber ich frage dich, Joacino da Gona: Wer wird in der Geschichte der fünfhundert gegen die fünfzehntausend der Held sein? Eine Schlacht wie diese gibt es vielleicht einmal in dreihundert Jahren. Alle meine bisherigen Siege werden vergessen sein. Aber die zweite Schlacht bei den Feuerpforten wird auf ewig im Gedächtnis der Menschen haften bleiben. Und man wird sich vom grausamen Tyrannen Attaguelfa erzählen, gegen den eine Schar todesmutiger Helden bis zuletzt tapfer ausharrte.«

»Es sind die Sieger, die bestimmen, welche Geschichten erzählt werden, Turtanu.«

Der Ketzerfürst lächelte. »Daran habe ich auch schon gedacht. Doch diese Geschichte ist zu groß und hat zu viele Zeugen. Sie ist nicht mehr zu beherrschen, und mit deinem letzten Streich hast du vermutlich sogar die Herzen *meiner* Männer erobert.« Attaguelfa schüttelte den Kopf. Er lächelte noch immer. »Einfach in mein Lager einzumarschieren, um deinen Leuten auf meine Kosten eine Henkersmahlzeit zu verschaffen ... Diese Geschichte ist es wirklich wert, noch in dreihundert Jahren erzählt zu werden.«

Der Diener kehrte zurück und stellte ein silbernes Tablett mit Melonenstücken und schneeweißem Käse vor Joacino ab. Das rote Fruchtfleisch war kühl und schmeckte köstlich süß.

Attaguelfa aß nicht. Er ließ sich noch einmal Wein in den silbernen Kelch nachgießen. »Hätte die Karawane uns nicht erreicht, hätte ich heute zu dir hinaufsteigen und um Wasser betteln müssen. Wir hatten angefangen, Pferde zu schlachten, um deren Blut zu trinken. Es hat die Männer wahnsinnig gemacht ... Du weißt nicht, was ihnen die Pferde und die Samuçu bedeuten. So gesehen war es Shamur Said, der Wächter der Wege des Südens, der dich besiegte. Willst du nicht einfach aufgeben? Was ist ehrenhaft daran, morgen in einem aussichtslosen Kampf zu sterben?«

»Wenn du an meiner Stelle wärst – würdest du dich dann ergeben?«

Attaguelfa schwieg und spielte mit den langen Locken seines Bartes, bevor er antwortete. »Ich täte es nicht. Aber bist du sicher, daß der, für den du kämpfen willst, es wert ist? Was veranlaßt einen Mann wie dich, in die Dienste eines Priesters zu treten? Kämpf für mich! Ich biete dir das Doppelte.«

Joacino wischte sich Melonensaft vom Kinn. »Es ist nicht das Geld . . .«

»Was wäre, wenn du nicht mehr an dein Wort gebunden wärst? Ich weiß, daß du so verzweifelt kämpfst, um Sekander Zeit zu verschaffen.« Attaguelfa klatschte in die Hände. »Das Geschenk!«

Ein Diener brachte einen Gegenstand, der in schmutzigweißen Stoff eingeschlagen war, und legte ihn Joacino vor die Füße.

»Öffne es!« Die Stimme des Ketzerfürsten war schwer vom Wein. »Ein Bote hat es mir gestern über die Berge gebracht. Im Grunde ist es eher eine Nachricht für dich.«

Der Feldherr wickelte den Stoff auseinander. Darin eingeschlagen lag ein Vollhelm, der in eine schlanke metallene Mitra überging. Der Helm Sekanders! Die rechte Seite war eingedrückt und aufgeschlitzt, so als sei sie von einer Axt getroffen worden. Verkrustetes Blut bedeckte den Helm.

»Du weißt, wem dieser Helm gehörte?« fragte Attaguelfa.

Joacino nickte. Eine Verwechslung war ausgeschlossen: Diesen Helm gab es nur einmal. Das Gemetzel der letzten Tage war also sinnlos gewesen! Der Feldherr fühlte, wie sich seine Gedärme zusammenzogen.

»Willst du immer noch kämpfen?«

»Komm morgen früh auf den Paß, dann wirst du es sehen.«

»Tu es nicht! Wenn du morgen kämpfst, muß ich dich töten, um vor meinen Männern das Gesicht nicht zu verlieren. Die Feuerpforten sind deinen Tod nicht wert, Joacino. Sie zu verteidigen, hat keinen Sinn mehr. Kein Mann sollte morgen dort noch sein Blut vergießen.«

»Erfüllst du mir einen Wunsch, Turtanu?«

»Du verstehst, daß ich dem Sproß einer Kaufmannsfamilie keine blinden Zusagen mache.« Der Herrscher setzte seinen Kelch auf das Silbertablett und nahm sich ein Melonenstück. »Sprich, dann werde ich entscheiden.«

»Auf dem Paß gibt es ein großes Wandrelief, das Aionar und seine Heiligen zeigt. Darunter findest du, halb im Sand und im Geröll vergraben, eine Reihe alter Gräber. Dort wurden die Toten der ersten Schlacht bei den Feuerpforten beigesetzt. An dieser Stelle möchte ich begraben sein.«

»Du bist geradezu verliebt in den Tod, *strategos*! Warum?«

»Alles, was lebt, muß sterben. Was uns Menschen aber vor den anderen Geschöpfen dieser Welt auszeichnet, ist das Wissen um unsere Sterblichkeit. Dennoch ist es nur den wenigsten vergönnt, Ort und Stunde frei zu wählen. Morgen wird ein guter Tag zum Sterben sein, Turtanu. Doch nun laß uns über das Leben sprechen.«

Das letzte Gefecht

Am nördlichen Tor der Feuerpforten, zur Stunde
des Sonnenaufgangs, am 10. Tag des Sturzregenmondes,
im 460. Jahr der Abwesenheit Gottes

Joacino hatte vom Ende des *princeps* berichtet und jedem seiner
Männer die Wahl gelassen, sich dem Heer Attaguelfas zu ergeben
oder nicht. Nun, im ersten Morgenlicht, standen sie unter dem
riesigen Felsbild Aionars und seiner Heiligen versammelt, und
der Feldherr wartete auf ihre Antwort.

Als erste trat Ernanda vor.

»Warum tust du das?« fragte Joacino leise, als sie sich an seine
Seite stellte.

Die Offizierin zuckte mit den Schultern und grinste. »An-
geborene Dummheit, schätze ich. Aber wie es scheint, schützt
selbst die Tatsache, von Hauslehrern erzogen worden zu sein,
keineswegs vor solcher Dummheit.«

Als nächster humpelte Gon Bandag, schwer auf seine Krücke
gestützt, nach vorn und stellte sich so aufrecht wie möglich an
die andere Seite des Feldherrn.

»Und warum du, mein Freund?« fragte Joacino.

»Ich habe zweiundzwanzig Kinder gezeugt – von denen ich
weiß.« Er lächelte. »Mein Samen ist stark in meinem Volk. Doch
so, wie ich in meinen Kindern weiterlebe, will ich auch in den
Geschichten meines Volkes weiterleben, solange Männer abends
auf den Turmbäumen sitzen und mit den Taten ihrer Ahnen
prahlen. Ich spreche nicht nur für mich, *strategos*, ich spreche für
alle Männer der Jadetürme. Keiner von ihnen wird gehen. Und
du sollst wissen, daß auch du deinen Platz in den Legenden meines Volkes haben wirst. Wir sind stolz, daß wir an deiner Seite
kämpfen durften.«

Joacino war gerührt, doch er fand keine Worte, um seine Gefühle auszudrücken. Statt dessen drehte er sich um und blickte
zu dem mehr als zehn Schritt hohen Weihebild im Felsen hin-

auf. Er zog sein Rapier, küßte die schmale stählerne Klinge und streckte sie dem steinernen Antlitz seines Gottes mit dem Fechtergruß entgegen.

»Mögen deine Augen mit Gnade auf uns ruhen, Aionar, und mögen die Geister der Heiligen in dieser Stunde an unserer Seite stehen und uns im Kampf stärken.«

Scharrend fuhren die Katzbalger, die kurzen Schwerter der Pikeniere, aus ihren ledernen Scheiden. Stumm ahmten die Männer den Gruß ihres Anführers nach.

Die Ränder der wenigen Wolken am Himmel waren von goldenem Morgenlicht eingefaßt. Joacino fühlte sich so lebendig und so sehr mit dieser Welt verbunden wie noch nie zuvor in seinem Leben. Er sah eine kleine rote Echse die Reliefwand hinauflaufen, spürte den leichten Windzug, der von den endlosen Sandebenen der Wüste zum Paß heraufwehte. Und plötzlich wäre der Feldherr am liebsten davongelaufen. Warum hatte er das Angebot Attaguelfas nicht angenommen?

Auf der Paßstraße erhoben die schweren Kesselpauken der Wüstenkrieger ihre Stimmen. Man hörte den Tritt marschierender Füße auf den Felsen.

Joacino spürte die Blicke seiner Männer wie Speerspitzen im Rücken. Jetzt gab es kein Zurück mehr. Fünfzig Schritt hinüber zur Schutzmauer hinter dem Tor – weiter würden ihn die Füße nicht mehr tragen.

Der Feldherr stieß sein Rapier in die Scheide zurück. »Sorgen wir dafür, daß die Jadetürme auch in den Geschichten der Wilden aus den Samen Gottes unsterblich sein werden!«

Es waren diese Wilden, die Reiter aus den Weiten der Wüste, die an diesem Morgen den ersten Angriff führten. Voller Ungestüm drängten sie durch das Tor und brandeten wie Wellen aus Fleisch gegen die niedrige Mauer an. Die Stille des Tals verwandelte sich in eine Kakophonie aus Waffengeklirr, aus Wut- und Schmerzensschreien.

So dicht drängten sich die Angreifer vor dem steinernen Halbrund hinter dem Tor, daß sie kaum ihre Waffen zu heben vermochten. Und immer noch drängten weitere Krieger von hinten nach. Wer starb, konnte nicht zu Boden stürzen. Joacino sah, wie Soldaten am Fuß der Mauer zerquetscht wurden. Dann hob man auserwählte Fechter in die Höhe. Sie schritten über die Köpfe und Schultern ihrer Kameraden hinweg und befanden sich dadurch auf einer Höhe mit den Verteidigern. Nie zuvor hatte Joacino etwas Derartiges gesehen oder auch nur davon gehört. Das Massaker unter den Verteidigern nahm seinen Anfang.

Mit gellenden Kriegsschreien kletterten die Feinde über die Mauern. Der Feldherr beobachtete, wie Amraphel auf den Wall zu steigen versuchte und wieder ins Gewühl der Leiber zurückgestoßen wurde.

Vor Joacino erschien ein Gesicht über der Brustwehr. Ein Mann mit Stirnband, der mit einem Messer nach ihm stieß. Der Feldherr wehrte den Hieb ungelenk ab und trug einen langen Schnitt am Unterarm davon.

An der linken Seite des *strategos* stand Ernanda, rechts Gon Bandag. Der *coronel* der Jadetürme war auf die Brustwehr gestiegen. Einer seiner Krieger mußte ihm die Beine halten, so sehr zitterte der Offizier. Mit einem langen Speer stach der Wilde hinab in die Angreifer – wie ein Fischer, der im Bug seines Boots steht und Lachs sticht, wenn dieses Silber des Meers die Flüsse hinaufzieht.

Dann kamen zwei Männer über die eingepferchten Leiber gelaufen, sprangen mit einem Satz über die Brustwehr und rissen Gon zu Boden. Joacino packte einen der beiden an den Haaren, riß ihm den Kopf zurück und zog ihm den Dolch über die Kehle. Ein Soldat der Jadetürme tötete den zweiten, doch Gon stand nicht mehr auf. Sein Kopf lag seltsam verdreht auf der Seite. Er hatte sich im Sturz das Genick gebrochen.

Joacino schlug einen Mann nieder, der über die Brustwehr hinwegsetzen wollte, um ihn von der Mauer zu stoßen. Die ersten Angreifer hatten nun das Hindernis überwunden und sammelten sich hinter der Mauer. Der Damm war gebrochen. Nur eine Handvoll Soldaten der Jadetürme stemmte sich noch gegen den Zustrom der Eroberer.

Joacino und Ernanda standen Rücken an Rücken, als die Angreifer unter dem Tor den Krieger mit dem Pfauenfederhelm auf die Schultern hoben. Attaguelfa! Der Kriegsherr selbst war gekommen, um die Schlacht bei den Feuerpforten zu Ende zu führen. Er trug einen schillernden Umhang aus bunten Federn. Seine Rüstung bestand nach altmodischer Machart aus Kettengeflecht und war mit aufgesetzten Stahlkacheln versehen. Um den linken Arm hatte er einen Schild geschnallt, der das Bildnis des Heiligen Escobar zeigte: einen Mann in weißer Soutane, der aus zahllosen Wunden blutete und die Hände zum Gebet erhoben hatte, jenen Priester aus dem Gefolge Aionars, der von Heiden zu Tode gefoltert worden war. Wie konnte man an denselben Gott glauben und zugleich den Glauben so verdrehen?

Der hünenhafte Turtanu wirkte wie eine Erscheinung aus ferner Vorzeit, wie ein Held aus alten Kriegssagen, als er über die Schultern seiner Männer hinwegschritt. In der Rechten hielt er einen schweren Säbel.

Fanfaren erschollen vom südlichen Ende der Paßhöhe. Das südliche Tor wurde aufgestoßen. Reiter mit wehenden weißen Umhängen preschten auf die Mauer zu. Über ihren Häuptern flatterte das Banner des roten Sterns. Der *ordo militis dei*!

Ungestüm zügelten die Ritter die Pferde, sprangen aus ihren Sätteln und stürmten mit gezogenen Klingen die Mauer herauf, um die Lücken in den Reihen der Verteidiger zu schließen.

Dem Orden folgten Reiter mit den blauen Waffenröcken der Indigo-*turmae* und berittene Armbrustschützen im Dunkelgrau der Basalt-*turmae*. Zwischen ihnen erkannte der Feldherr Macaros, den Kommandanten seiner Leibwache, und weitere vertraute Gesichter.

Ein Schlag schmetterte gegen Joacinos Helm. Aus den Augenwinkeln sah er leuchtende Pfauenfedern. Dann ging er in die Knie. Eine blitzende Klinge fuhr herab und wurde im letzten Augenblick von Ernandas Rapier abgefangen. Attaguelfa war auf die Brustwehr gestiegen. Mit einem Schildstoß fegte er Ernanda von der Mauer.

Wieder hob der Ketzerfürst den Säbel. Joacino rollte sich zur

Seite und stieß mit dem Dolch nach den Beinen des Angreifers. Ein dumpfer metallischer Schlag war zu hören. Blut rann von der Rüstung des Turtanu. Er geriet ins Wanken. Zwei Armbrustbolzen steckten in den Stahlkacheln über seiner Brust. Hände griffen nach ihm und zerrten ihn über die Mauer zurück.

Als Joacino sich aufrichtete, um über die Brustwehr zu blicken, fluteten die Angreifer bereits zurück. Das ummauerte Halbrund aber glich einem Schlachthof. Zuhauf lagen die Toten übereinander. Zertrampelt, zerquetscht, kaum mehr als Menschen kenntlich.

Macaros trat auf die Mauer. »Bei allen Heiligen, *strategos*, wir hatten nicht gehofft, dich noch lebend anzutreffen!«

Der Feldherr starrte seinen Leibwächter ungläubig an. »Wie ... Sekander ist doch tot ... Ich dachte ...«

Macaros nahm Joacino bei der Hand und führte ihn von der Brustwehr hinab in den Schatten der Granatapfelbäume bei der Quelle. Der *strategos* zitterte. Alle Kraft schien aus seinem Körper gewichen zu sein.

Freudentränen rannen ihm über die Wangen. Er sah hinauf ins gescheckte Licht der Baumwipfel. Er lebte!

Man brachte auch Ernanda zur Quelle. Sie hatte sich beim Sturz von der Mauer den Arm gebrochen und fluchte wie ein Kesselflicker.

Joacino aber saß lange Zeit einfach nur da. Den Kopf in den Nacken gelegt, erfreute er sich am Spiel von Licht und Schatten und lauschte dem Flüstern des Winds in den Blättern.

Macaros ließ seinem Feldherrn Zeit. Es verstrich mehr als eine Stunde, bis er ihm erzählen konnte, was geschehen war. Eine Woche nachdem Joacino sie verlassen hatte, war die Armee in einen schweren Staubsturm geraten. Als sich danach die versprengten Truppen sammelten, griff der Turtanu Ardekai von Badur an. Er hatte die Wagen der *Fahrenden Festung* aufgegeben und war noch während des Sturms vorgerückt.

»Ardekai hätte mit Sicherheit den Sieg davongetragen«, erklärte Macaros, »wäre nicht Sekander an der Spitze des *ordo militis dei* tollkühn den Truppen des Turtanu entgegengeritten. Der *princeps* durchbrach das Zentrum des gegnerischen Heers und griff Ardekai inmitten seiner Leibgarde an. Doch dann schlossen sich die Linien um den Kirchenfürsten wieder. Seine Ordensritter wurden eingekreist und bis auf die wenigen niedergemacht, die es schafften, ein zweites Mal die gegnerischen Linien zu durchbrechen. Mit seinem Opfer hatte Sekander der Armee die Zeit erkauft, sich zu formieren. Unsere Phalangen zerschmetterten die Reihen der Feinde. Der Sieg war vollkommen. Ardekai fiel auf dem Schlachtfeld. Moravio schaffte es, dem Großteil der Flüchtenden den Rückweg nach Badur zu verlegen. Als ich aufbrach, um alle verbliebenen Reiter als Verstärkung zu den Feuerpforten zu führen, war Moravio zuversichtlich, binnen zwei Wochen die Stadt einnehmen zu können.«

»Und Sekander?« fragte Joacino. »Was ist aus ihm geworden?«

»Seine Leiche konnte auf dem Schlachtfeld nicht gefunden werden. Es waren so viele Tote. Moravio hat angeordnet, sie alle zu verbrennen, damit keine Seuchen ausbrechen. Und das mitten in der Wüste! Welch ein Unsinn! Erinnerst du dich an Bruder Lucius vom *ordo curatoris dei*, diesen Verrückten mit dem Schreibpult auf seinem Pferd? Der hatte sogar Wagen mit Ölfässern und Holzbohlen in seinem Troß, damit auch in der Wüste Totenverbrennungen durchgeführt werden konnten. Als ich ihm den Unsinn ausreden wollte, wies er mich energisch darauf hin, daß bereits in der Heiligenvita des Malachias die Bedeutung der Totenverbrennung zur Verhinderung von Seuchen in aller Ausführlichkeit dargelegt wird. Und dann hat er mich gefragt, ob ich eigentlich ein gläubiger Mann sei! Diese Priester! Führen Krieg nach Büchern, ohne zu denken!« Macaros hatte sich geradezu in Zorn geredet.

»Muß ich also davon ausgehen, daß Sekander als gefallen zu gelten hat?« faßte Joacino zusammen.

»Der *princeps* war wohl unter den Verstümmelten, die keiner mehr zu erkennen vermochte. Du mußt wissen: Die Ketzer haben den toten Ordensrittern die Rüstungen und jeden Fetzen Stoff vom Leib gerissen. Dann hat man ihnen Köpfe und Hände abgehackt und sie auf Speeren aufgespießt.«

Joacino dachte an den blutverschmierten Helm, den Atta-guelfa ihm gezeigt hatte. Auf welchem Weg mochte er wohl zu dem Kriegsfürsten gelangt sein?

»Ich habe Sekander nie sonderlich gemocht.« Macaros Stimme war nur noch ein Flüstern. Mißtrauisch blickte er sich um, ob sich einer der Überlebenden des *ordo militis dei* in der Nähe be-fand. »Aber an diesem Tag war er ein Held. Er hat sein Leben ge-geben, um seine Armee zu retten. Du bist nun der Herr über zwei Provinzen, *strategos*. Sie werden der Grundstein des neuen Imperiums sein.«

Joacino winkte ab. »Ich glaube nicht, daß die Kirche ihren Anspruch auf Falcata aufgeben wird. Die *primarchin* wird einen neuen *princeps* ernennen. Warten wir ab, was die Zukunft bringt.«

»Die Armee will dich, *strategos*«, beharrte Macaros. »Der *ordo militis dei* verfügt in den Provinzen Ultima und Falcata zusam-men über weniger als dreihundert Ritter. Du gebietest aber selbst nach der Schlacht gegen Ardekai noch über mehr als zwan-zigtausend Soldaten. Niemand vermag dir die Macht vorzuent-halten, wenn du den Willen hast, sie dir zu nehmen. Erinnere dich an deine Rede in Colcha! Deine Schlammkriecher stehen hinter dir, *strategos*. Selbst wenn das heißt, daß wir gegen die Kir-che kämpfen müssen.«

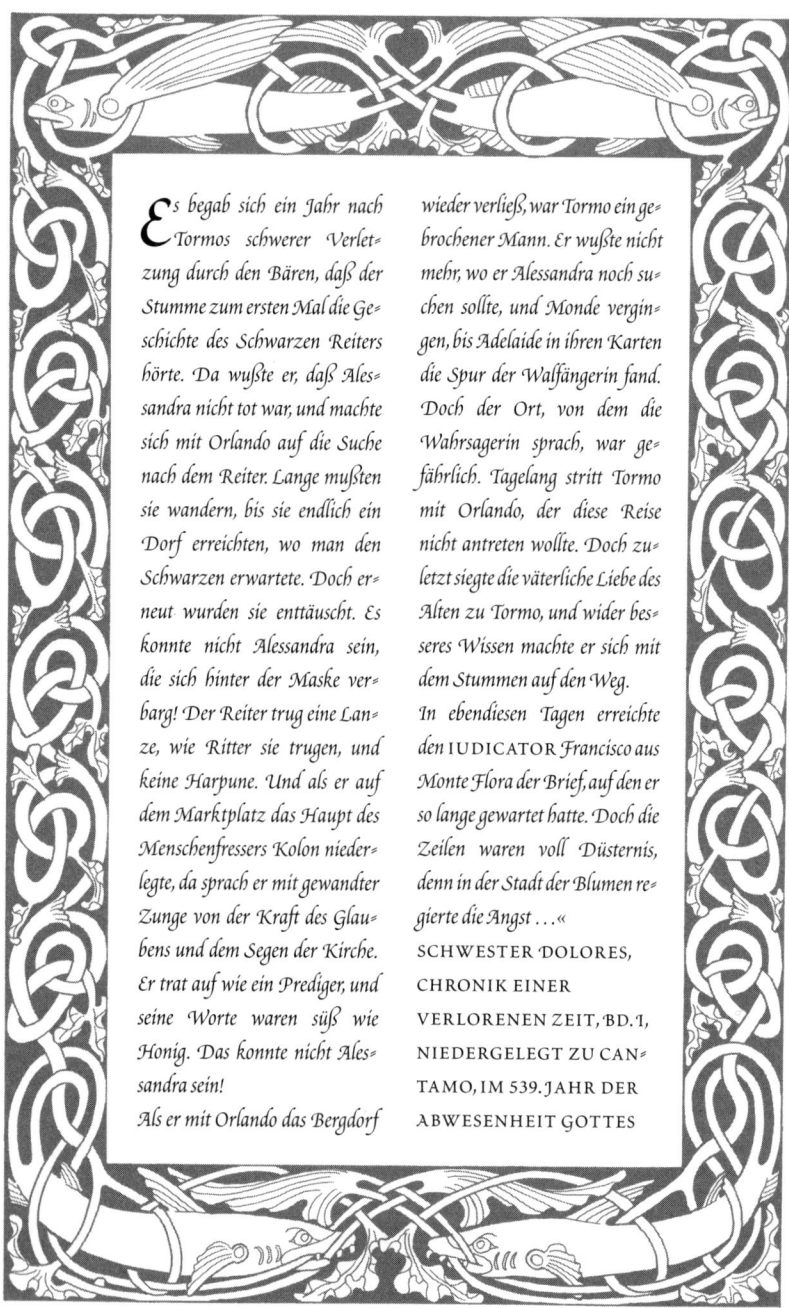

Es begab sich ein Jahr nach Tormos schwerer Verletzung durch den Bären, daß der Stumme zum ersten Mal die Geschichte des Schwarzen Reiters hörte. Da wußte er, daß Alessandra nicht tot war, und machte sich mit Orlando auf die Suche nach dem Reiter. Lange mußten sie wandern, bis sie endlich ein Dorf erreichten, wo man den Schwarzen erwartete. Doch erneut wurden sie enttäuscht. Es konnte nicht Alessandra sein, die sich hinter der Maske verbarg! Der Reiter trug eine Lanze, wie Ritter sie trugen, und keine Harpune. Und als er auf dem Marktplatz das Haupt des Menschenfressers Kolon niederlegte, da sprach er mit gewandter Zunge von der Kraft des Glaubens und dem Segen der Kirche. Er trat auf wie ein Prediger, und seine Worte waren süß wie Honig. Das konnte nicht Alessandra sein!

Als er mit Orlando das Bergdorf wieder verließ, war Tormo ein gebrochener Mann. Er wußte nicht mehr, wo er Alessandra noch suchen sollte, und Monde vergingen, bis Adelaide in ihren Karten die Spur der Walfängerin fand. Doch der Ort, von dem die Wahrsagerin sprach, war gefährlich. Tagelang stritt Tormo mit Orlando, der diese Reise nicht antreten wollte. Doch zuletzt siegte die väterliche Liebe des Alten zu Tormo, und wider besseres Wissen machte er sich mit dem Stummen auf den Weg.

In ebendiesen Tagen erreichte den IUDICATOR Francisco aus Monte Flora der Brief, auf den er so lange gewartet hatte. Doch die Zeilen waren voll Düsternis, denn in der Stadt der Blumen regierte die Angst ...«

SCHWESTER DOLORES,
CHRONIK EINER
VERLORENEN ZEIT, BD. 1,
NIEDERGELEGT ZU CANTAMO, IM 539. JAHR DER
ABWESENHEIT GOTTES

Marmoraugen

In den Archiven tief unter dem palazzo *des* princeps *von
Monte Flora, in der Nacht des 28. Tages des grünen Erntemondes,
im 460. Jahr der Abwesenheit Gottes*

Die Art des Empfangs beunruhigte Francisco. Ein junger *novize*
erwartete ihn am Tor des *palazzo*. Der *iudicator* war schon einen
Tag in der Stadt. Er hatte sein altes Quartier im *castrum dei* bezogen und darauf gewartet, in den *palazzo* des *princeps* eingeladen
zu werden, um vor der Tabaksrunde Rechenschaft über seine
Arbeit des vergangenen Jahrs abzulegen. Doch keiner der kirchlichen Würdenträger ließ sich sehen, und statt ins Rauchkabinett
wurde Francisco in die Archive hinabgeführt, die tief unter dem
Palast lagen. Er kannte diesen Ort noch gut von seiner Suche, die
vor einem Jahr ein so jähes Ende gefunden hatte. Ein Labyrinth
aus Bücherregalen und weitläufigen Gängen, deren Wände mit
Holzgestellen bedeckt waren, die Rautenmuster bildeten und
ein wenig wie Weinregale aussahen. Hier wurden Tausende von
Schriftrollen in Schutzhüllen aus Leder oder Bambus aufbewahrt.

Francisco hatte den Eindruck, daß sich inzwischen mehr Priester in den Archiven aufhielten. Er spürte, wie ihre Blicke ihm
verstohlen folgten, auch wenn keiner es wagte, ihn anzusprechen. Irgend etwas hatte sich hier unten verändert. Trotz der
Brandgefahr waren mehr Öllampen aufgestellt worden. Aber da
war noch etwas ...

Der *novize* brachte Francisco zu einem der kleinen Leseräume,
die allein den höheren Würdenträgern vorbehalten waren. Es
war eine karge Kammer mit einem Lesepult und einem schmalen
Tisch, auf dem man die Bücher ablegen konnte.

Erst auf den zweiten Blick erkannte der *iudicator* in dem Mann,
der über das Lesepult gebeugt stand, den *princeps* Bernaldino. Das
Haar des Kirchenfürsten war schlohweiß geworden, und seine
Gesichtsfarbe wirkte ungesund. Seine Stirn schimmerte feucht,
als habe er Fieber.

Der *novize* räusperte sich leise.»Bruder *princeps*?«
Bernaldinos Blick wirkte gehetzt, als er von seinem Buch auf-
sah. Als er Francisco erkannte, glitt ein flüchtiges Lächeln über
sein Antlitz.

»Bring mir nun das Päckchen, Ronaldo.«
Der Junge verbeugte sich kurz und verließ die Kammer. Als er
gegangen war, trat Bernaldino hinter dem Pult hervor. Seine
Schritte wirkten unsicher.»Jetzt weiß ich, welchen Fehler ich
beging, als ich dich vertrieb, mein Bruder. Verzeih mir, Francisco. Ich ... ich wollte immer nur das Beste für die Stadt und
die Kirche.« Bernaldino mußte sich mit einer Hand an der Kante
des Lesepults festhalten. Er zitterte.

Francisco war mit einem schnellen Schritt bei ihm. Er hatte
Angst, der Kirchenfürst könne stürzen. Er schloß ihn in die
Arme. Aber vergeben konnte er ihm nicht. Der *iudicator* sagte
kein Wort.

Ein Hustenanfall schüttelte Bernaldino. Er löste sich aus der
Umarmung und zog ein Tuch aus dem Ärmel seiner Soutane,
um es sich auf die Lippen zu pressen. Als er es zurückschob, sah
Francisco die roten Flecken darauf.

»*Er* war bei mir«, sagte der *princeps* mit halberstickter Stimme
und trat wieder an das Pult. Jetzt mußte sich Bernaldino mit beiden Händen festhalten.»Hätte ich nur auf dich gehört, Francisco!
Ich habe ihn gesehen ... Und ich konnte nicht vor ihm davonlaufen wie dein Paolo. Er hat mich besucht, der Atemdieb. Und
er hat mich im Schlaf geküßt. Der eigentliche Herrscher in dieser Stadt – das ist er. Mehr als einen Mond lang lebe ich schon in
ständiger Furcht vor der Dunkelheit.« In Panik starrte er in die
flackernde Flamme der Öllampe.»Wir müssen ihn vernichten. Er
nimmt dieser Stadt die Luft zum Atmen. Wer immer es sich leisten
kann, verläßt Monte Flora. Du mußt ihn finden, Francisco!«

»Du erinnerst dich an meine Forderungen? Ich brauche besondere Vollmachten, und du mußt mir Zugang zur Roten Kammer
verschaffen, Bruder.«

Bernaldino schüttelte müde den Kopf.»Du weißt, daß man
beides nicht miteinander verbinden kann. Ich werde die Gesetze

492

unserer Kirche nicht mißachten. Aber ich werde alles tun, was in meiner Macht steht.«

»Du bist der *princeps*! Du hast die Macht, alles zu unterbinden, was nicht deinen Gefallen findet.«

»Solche Reden stehen einem *novizen* besser zu Gesicht als dem *iudicator*! Du bist ein Idealist, Bruder. Aber selbst du müßtest es besser wissen. Habe ich etwa die Taten des Schwarzen Reiters unterbunden?«

»Man könnte daraus schließen, daß du sie guthießest.«

»Wen hätte ich schicken sollen, wenn der Erste Ritter und der *iudicator* gemeinsame Sache machen? Das Schwert und das Gesetz hatten sich verbündet. Und jetzt weiß ich, ihr habt wohl daran getan.«

»Dann sollten wir jetzt . . .«

Bernaldino unterbrach ihn mit einer müden Geste. »Du wirst den Atemdieb für mich töten. Er erwürgt die ganze Stadt. Die Kirche hat an Ansehen verloren, seit du gegangen bist, Bruder. Und ich . . . Man mußte mir den Atem stehlen, um mir die Augen zu öffnen. Die Stadt braucht einen Helden. Einen Mann wie dich. Und sie braucht ein reinigendes Opfer, damit das Böse gebannt werden kann.«

»Wie meinst du das?«

Der *princeps* wurde erneut vom Husten geschüttelt. »Später. Wir müssen rasch handeln.« Er deutete auf die Bücher und die Papiere, die auf dem schmalen Tisch lagen. »Sieh dir die Notizen auf dem oberen Blatt an.«

Auf dem Pergament stand eine Reihe von Buchstaben.

L.N.O.F.L.E.E.V.R.

»Erinnerst du dich an diese Inschrift, Francisco? Sie steht auf der Platte im Boden des Rauchkabinetts. So als habe jemand den Kirchenfürsten dieser Provinz etwas in steter Erinnerung bewahren wollen. Ich saß Jahre vor dieser Platte. Erst nachdem ich den Kuß des Todes empfangen hatte, begriff ich . . . Es ist eine Warnung! Einen Teil konnte ich entziffern. Lorenzo Nardez Odera. L.N.O. In den Büchern dort findest du alles, was in den Archiven über den letzten *dux* von Cornia überliefert wurde.«

Die Stimme des Kirchenfürsten wurde zu einem heiseren Flüstern. »Es ist erschreckend wenig. Jemand war hier und hat Dokumente entfernt. Jemand, der seine Arbeit sehr gründlich verrichtet hat.«

»Aber warum?«

»Dafür gibt es nur eine Erklärung. Daß etwas versteckt werden muß ... das Wissen ...« Es klopfte zaghaft an der Tür der kleinen Kammer.

»Ronaldo? Komm herein!«

Der *novize* hielt ein Bündel in der Hand. Es war in einen weißen Mantel eingeschlagen und mit weißer Schnur sorgsam zusammengebunden.

»Danke, mein Junge. Du kannst jetzt gehen. Sag auch den anderen, daß sie das Archiv verlassen können, und überbring Bruder Bartolome die Nachricht, daß der Tag gekommen ist.«

Der *novize* nickte gehorsam. Er legte sein Bündel auf der Türschwelle ab und ging. Die Flamme der Öllampe in der kleinen Kammer erzitterte. Wieder verfiel der *princeps* in diese gehetzte Stimmung, und sein Blick wanderte umher.

»Er kommt aus dem Dunkel«, flüsterte er. Mit schleppendem Gang machte er sich auf den Weg zur Tür und kniete neben dem Bündel nieder. »Der Atemdieb ist nicht wie diese Bären, Wölfe oder Flußschlangen, von denen sich die Bauern erzählen. Er ist unendlich viel bösartiger. Er macht auch nicht Jagd auf verirrte Schafe oder einsame Wäscherinnen am Flußufer. Diese Stadt ist sein Opfer.« Bernaldinos Hand strich über den weißen Stoff des Bündels. »Wir sind das Licht, Francisco. Und die Dunkelheit kommt über uns. In vielen Formen. Die Seeleute erzählen von einem Volk von Wilden, das aus dem Norden kommt. Es folgt den Jaguarinseln und rückt immer näher ... Wie eine zweite Flut nähert es sich unserer Küste. Und das andere ... Der Atemdieb. Er kommt aus der Dunkelheit.«

Der Kirchenfürst hob das Bündel auf. »Es gibt nur noch einen Weg, der zu gehen ist. Nimm die Lampe und folge mir.«

Bernaldinos Rechte glitt an den Wänden und den Regalen des Archivs entlang. Oft blieb er stehen und rang hechelnd nach

Atem, doch er duldete es nicht, daß Francisco ihn stützte oder wenigstens sein Bündel nahm.

Der Weg führte sie durch einen langen gewölbten Gang, von dessen Wänden mottenzerfressene Fahnentücher hingen. In diesem Teil des *palazzo* war Francisco noch niemals gewesen. Einige der Fahnen zeigten einen springenden weißen Delphin auf blauem Grund.

»Trophäen längst vergessener Schlachten«, murmelte der *princeps*, als er wieder einmal stehenblieb und die Blicke des *iudicators* bemerkte.

Endlich erreichten sie eine Tür, die mit breiten Bronzebändern beschlagen war. Bernaldino betätigte einen Türklopfer, der wie ein Löwenkopf aussah. Das Echo der Schläge hallte im Korridor wider.

Eine kleine Sichtluke wurde geöffnet. »Du weißt, daß diese Tür zur Roten Kammer führt?« fragte eine feierliche Stimme.

»Ich weiß, vor welcher Tür ich stehe, und bin bereit, meinen Preis zu zahlen. Ein Vertrauter begleitet mich. Er wird mein Bürge sein bei dem Kontrakt, den wir schließen.«

Die Tür öffnete sich. Ein junger Mann in weißer Soutane stand vor ihnen. Er war schlank und hochgewachsen, sein Gesicht ebenmäßig, fast vollkommen, wären da nicht diese Augen gewesen. Augen, die so weiß und tot waren wie die Augen eines Marmorbildes.

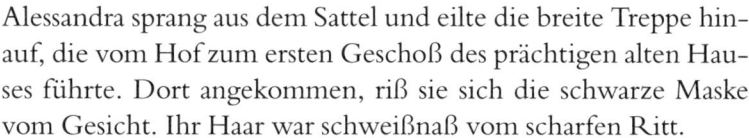

Die Wahrheit der Karten

Auf dem Hof des Hauses des honorius *Juan de Najera,*
in den Bergen über dem Dorf Gelsetta, in derselben Nacht

Alessandra sprang aus dem Sattel und eilte die breite Treppe hinauf, die vom Hof zum ersten Geschoß des prächtigen alten Hauses führte. Dort angekommen, riß sie sich die schwarze Maske vom Gesicht. Ihr Haar war schweißnaß vom scharfen Ritt.

Valerio, der hagere Leibwächter des *honorius,* vertrat ihr den Weg. Die Finger seiner linken Hand spielten mit einem Lederband. Es hätte harmlos gewirkt, hätte Alessandra nicht einmal dabei zusehen müssen, wie er mit seiner Schleuderschlinge einen Verräter erdrosselt hatte.

»Niemand hat dich gerufen, Weib.«

»Laß sie herein«, erklang die vertraute Stimme Juan de Najeras durch die offene Tür. »Ich habe mit ihr zu reden.«

Alessandra trat in das große Zimmer, in dem Juan immer saß, wenn es galt, Geschäfte zu erledigen. Es gab einen Kamin, in dem ein Feuer brannte. Auf dem langen Tisch standen eine Schale mit Obst und eine Kristallkaraffe mit blutrotem Wein.

Juan saß auf dem mit Wolfsfellen bezogenen schweren Stuhl vor dem Kamin.

Sebastiano, der mürrische *contabile,* der Buchhalter der *corona,* saß am Tisch und schrieb etwas in ein großes Buch. Als Alessandra eintrat, streute er staubfeinen Sand über die Seite. Dann klappte er das Buch zu. Er behandelte es stets so vorsichtig und mit soviel Feingefühl, wie andere Männer vielleicht eine Geliebte oder ein kostbares Pferd behandelt hätten.

Zum ersten Mal sah die Harpunierin die Krone, die in den schwarzen Ledereinband geprägt war. Bisher hatte sie dem Buch kaum Beachtung geschenkt. Es war freilich ohnehin verboten, darin zu lesen.

»Dich ärgert doch auch die Geschichte mit dem Schwarzen

496

Reiter, meine *puntaiola*. Du hattest eine so düstere Gestalt aus ihm gemacht, und nun mimen Pfaffen den Reiter.« Der *honorius* ließ den Wein in seinem Glas kreisen. »Wie lange willst du das hinnehmen?«

»Es ist sinnlos, die Reiter zu töten. Dies ist aber nicht der Grund, weshalb ich gekommen bin. Ich will ...«

»Vergiß mir gegenüber die Gebote der *corona* nicht, *puntaiola*!« fuhr Juan sie an. »Du hast Demut und Gehorsam gelobt! Das ist der Preis für den Schutz deiner Freunde.«

»Aber darüber möchte ich ...«

»Schweig!« Plötzlich verschwanden Kälte und Zorn aus den Augen des korpulenten Mannes. »War ich denn nicht immer gut zu dir, mein Mädchen? Weißt du überhaupt, wie sehr ich mich um dich sorge, wenn du dort draußen bist, um die Ungeheuer zu töten? Mein Herz schlägt erst wieder ruhig, wenn du dein Pferd unten im Hof höre.«

Er leerte sein Weinglas und stellte es auf den Tisch. »Willst du etwas essen? Du mußt doch hungrig sein.«

Alessandra schüttelte den Kopf, doch Juan sah einfach freundlich darüber hinweg.

»Valerio!«

Der Leibwächter mit der Lederschlinge steckte den Kopf zur Tür herein.

»Bring meiner Kleinen etwas zu essen. Weck Albertina. Sie soll das Feuer im Küchenherd anfachen und eine Kleinigkeit zubereiten.« Juan machte eine Handbewegung, als verscheuche er eine lästige Fliege, dann wandte er sich wieder an Alessandra. »Weißt du, Mädchen, man redet besser mit vollem Bauch übers Geschäft.«

Die Harpunierin setzte sich an den langen Tisch. Geduld gehörte zu den Tugenden, die sie gelernt hatte, seit sie in jener Nacht im *castrum* in die *corona* aufgenommen worden war. Der Schritt in den Abgrund war zum Schritt in ein neues Leben geworden. Sie war nicht tief gestürzt – es sei denn, sie legte es bildlich aus. Man hatte einen großen Haufen aus trockenem Gras aufgeschichtet, damit sie sich nicht verletzte.

Sie war mit dem Blut mehrerer *honorii* getauft worden, und man hatte ihr eine ehrenvolle Aufgabe in der *corona* zugedacht. Eine Aufgabe, die man noch nie zuvor einer Frau anvertraut hatte. Sie war Juans *puntaiola*. Die Vollstreckerin. Sie tötete für ihn. Doch es waren nicht die schmutzigen Morde, die sie begehen mußte. Das war Valerios Sache. Sie brachte jene um, die die Bauern und Hirten der Berge bedrohten: die seltsamen Geschöpfe, die sich erhoben hatten, aber auch die Steuereintreiber der Kirche, die sich allzu gierig gebärdeten.

Ihr Lohn dafür war Schutz. Tormo und Orlando wurden von der *corona* mit allem versorgt, was sie zum Leben brauchten, und man versteckte sie vor den Häschern der Kirche. Der Preis aber, den Alessandra zu zahlen hatte, war hoch. Als *puntaiola* lebte sie wie ein wildes Tier in den Bergen. Selten schlief sie zweimal hintereinander am gleichen Ort. Und sie hatte mit allem brechen müssen, was ihr im Leben etwas bedeutet hatte. Für sie gab es nichts mehr außer der *corona*.

Und doch hatte sie Orlando und Tormo von ferne beobachtet. Das war es, was sie in den letzten Tagen so sehr in Aufruhr versetzt hatte. Sie war von einer langen Jagd tief in den Bergen zurückgekehrt und hatte die beiden Quartiere, die ihre Gefährten abwechselnd benutzten, verlassen vorgefunden. Sie hielten sich weder in der Höhle bei Gelsetta noch im verlassenen Bergdorf Gambero auf. Und niemand hatte Alessandra sagen können – oder wollen –, wohin die beiden gegangen waren.

Eine beleibte Frau in mittleren Jahren betrat das Zimmer. Sie trug ein schwarzes Kleid wie fast alle Frauen in den Bergen. Wortlos stellte sie Alessandra einen Teller mit dampfenden Fleischpasteten hin und zog sich wieder zurück.

Die Harpunierin begann zu essen, obwohl sie keinen Hunger hatte. Sebastiano sah ihr dabei zu. Der *contabile* war ein mürrischer Mann, der noch nie ein freundliches Wort an sie gerichtet hatte.

»Die Kirche demütigt uns«, sagte Juan plötzlich, als hätten sie das Gespräch nie unterbrochen. »Es ist an der Zeit, daß wir ihnen diese Demütigung mit gleicher Münze heimzahlen. Ihre Ritter haben hier in den Bergen nichts verloren. Niemand hat sie um Hilfe gebeten. Wir haben unsere Geschäfte stets selbst erledigt.« Sebastiano nickte nur zustimmend. Juan mochte es nicht, wenn man ihn in seinen Monologen unterbrach.

»Du wirst nach Monte Flora aufbrechen und den Atemdieb töten. Und dann wirst du den Kopf des Ungeheuers auf dem größten Platz der Stadt zur Schau stellen und verkünden, daß die *corona* in die Stadt zurückgekehrt sei, um den Bürgern den Schutz zu gewähren, den die Kirche immer nur versprochen hat.«

Alessandra schob ihren Teller zur Seite. »Du hast also vor mich zu töten, Juan. In Monte Flora erwartet mich der *iudicator*. Er läßt mich umbringen, noch bevor ich den Atemdieb finde.«

»Du kennst Angst?« Der *honorius* lachte. »Wer hätte das gedacht? Sebastiano, sieh dir unser Mädchen an! Sie tötet Ungeheuer und fürchtet einen Pfaffen.«

Der *contabile* blickte zu ihr herüber. Er lachte nicht. »Ihr Einwand ist berechtigt, *honorius*. Sie nach Monte Flora schicken heißt, sie in den Tod schicken. Wenn sie öffentlich den Kopf des Ungeheuers zur Schau stellt und sich als *puntaiola* der *corona* zu erkennen gibt, dann verläßt sie die Stadt nicht mehr lebend.«

»Wenn sie nicht geht, wird jemand leider außerordentlich enttäuscht sein.«

»Wie meinst du das, Juan? Sprichst du von dir?«

»Auch. Vielleicht erinnerst du dich, Alessandra, daß du der *corona* die Treue geschworen hast. Du mußt gehen, selbst wenn es dein sicherer Tod wäre! Aber ich spreche nicht von mir, ich dachte eher an deinen stummen Freund. Es ist wirklich rührend, wie sehr er an dir hängt. Seit er sich vom Kampf mit dem Bären erholt hat, sucht er dich. Er war sogar bei Adelaide, damit sie ihm die Karten legte.«

Alessandra hatte die Wahrsagerin schon zweimal gesehen. Manchmal besuchte sie Juan in diesem Haus. Sie war seine Geliebte. »Was hast du getan?«

Der *honorius* tat beleidigt. »Getan? Mädchen, was sollte ich getan haben? Glaubst du etwa, ich hätte Einfluß auf das Schicksal, das Adelaide aus ihren Karten liest?« Er lächelte verschlagen.

»Tormo und Orlando standen unter deinem Schutz, Juan!«
Alessandra bemerkte eine Bewegung an der Tür. Valerio war eingetreten. Hinter ihm standen weitere Männer der *corona*.
»Treue, *honorius*, das ist ein Gebot, das nicht nur für deine Männer gilt. Es gilt auch für dich. Du kennst die Strafen der *corona*! Für den kleinen Verrat büßt man mit einem Schnitt ins Gesicht. Sollte Tormo oder Orlando etwas geschehen, weil sie die Berge verlassen haben, dann werde ich dich töten!«
Alessandras Herz raste. Sie spürte die Bewegung in ihrem Rücken. Drei oder vier Totschläger der *corona* konnten ihr nicht wirklich gefährlich werden! Sie war schneller als jeder andere Krieger! Das wußte sie aus den zahllosen einsamen Kämpfen in den Bergen.

Sie sprang von ihrem Stuhl auf. Eine Bleikugel verfehlte sie knapp und schlug ins dunkle Holz der Rückenlehne ein. Sie zog ein langes, schlankes Messer aus ihrem Stiefel. Alles um sie herum war seltsam verändert, wie jedesmal, wenn sie kämpfte. Valerio wirkte plötzlich unbeholfen. Lächerlich langsam fuhr seine Hand zum Beutel mit den schweren Bleikugeln, der an seinem Gürtel hing.

»Es ... ist ... gut ...« Die Stimme des *honorius* klang verzerrt. Er sprach so künstlich gedehnt, daß seine Worte kaum noch zu verstehen waren.

Noch bevor Valerio eine neue Kugel in die Schleuder legen konnte, war Alessandra an seiner Seite. Ihr Messer lag an seiner Kehle. Der Mann erstarrte.

»Genug!«

Sie atmete tief durch. Valerio hatte nur seinem Herrn die Treue gehalten. Die Harpunierin versuchte, ihren rasenden Herzschlag wieder zu beruhigen. Stechende Kopfschmerzen setzten ein, wie jedesmal, wenn sie gekämpft hatte.

»Verlaß das Zimmer, Valerio, und schließ die Tür hinter dir!« befahl der *honorius*. Seine Stimme klang fast wieder wie immer.

Vorsichtig schob Juans Leibwächter die Klinge zur Seite, die noch immer an seiner Kehle lag. Blankes Entsetzen spiegelte sich in seinen Augen.

»Du bist wirklich ... außerordentlich begabt.« Juan war völlig Herr seiner Stimme, so als wäre nichts geschehen. »Es ist an der Zeit, daß du für deine Treue belohnt wirst, Alessandra. Sobald der Atemdieb tot ist, sollst du zu deinen Freunden zurückkehren. Niemand kann immer nur allein sein. Die Einsamkeit der Berge frißt einem die Seele auf.« Er wandte sich an den *contabile*. »Schreib es in das Buch, damit mein Wort auf immer festgehalten ist, Sebastiano: Wenn Alessandra den Atemdieb tötet, dann wird für sie das Gebot der Einsamkeit aufgehoben. Und nun laß uns über Monte Flora sprechen. Natürlich habe ich einen Plan. Du wirst die Stadt unbehelligt wieder verlassen. Vertrau mir ...«

Der Kontrakt

Im Vorraum zur Roten Kammer, im palazzo *des* princeps
von Monte Flora, noch in derselben Nacht

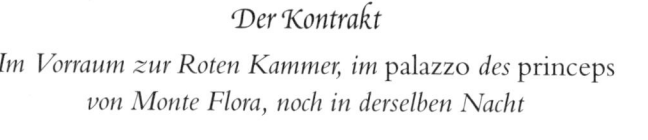

Francisco überflog noch einmal den Kontrakt, den er aufgesetzt
hatte. Es war ein förmliches Schreiben, mit dem Bernaldino
seine Kirchenämter niederlegte und als *novize* in den *ordo silentii
mysteriorum* übertrat. Der Kirchenfürst verpflichtete sich außerdem, Stillschweigen über die Geheimnisse des Ordens zu bewahren. Aufgehoben war sein Schweigegelübde allein während
der Initiation zum Priester des Roten Ordens. Nur dann durfte
er über die Geheimnisse der Roten Kammer sprechen und Antworten auf Fragen geben, die die Zustimmung eines *pater maior*
gefunden hatten.

Der blinde *pater* Irenaeus hatte Francisco den Kontrakt dik-
tiert. Er war der Diener des Wächters der Roten Kammer. Wenn
Bernaldino dieses Schriftstück unterschrieb, konnte er nicht
mehr in seinen Palast zurückkehren. Er mußte dann in dieser
Kammer bleiben, bis ein *pater maior* des Ordens nach Monte
Flora kam, um die Initiation ins neue Priesteramt vorzunehmen.
Der Raum, in dem sie sich befanden, war karg möbliert. Es gab
ein Schreibpult, von dem Francisco eine dicke Staubschicht hatte
wischen müssen, so lange war es nicht mehr benutzt worden.
Ein Vorhang hing in der Öffnung zu einem weiteren Raum, aus
dem schweres Atmen zu hören war. Vermutlich befand sich ein
Schlafraum dahinter.

Die Wände der Kammer bestanden aus unverputztem Stein.
Es gab nur ein einziges Fenster, vor dem ein großer Taubenkäfig
stand. Neben dem Schreibpult war ein Gong aufgehängt, und
es gab eine große Kiste, die mit drei Schlössern gesichert war.
Doch mehr als alles andere zog die hohe Bronzetür, vor der
Irenaeus stand, Franciscos Blicke an. Es schien, als wolle er ihnen
nicht einmal einen Blick auf den Eingang zur Roten Kammer

gewähren. In langen Reihen waren Zeichen in die Bronze eingeprägt, wie Francisco sie nie zuvor gesehen hatte. Bekannt waren ihm allein der Gottesstern und der Sichelmond. Aber es gab auch seltsame Spiralen und Muster aus Dreiecken. War dies die Vivo-Schrift, das letzte Geschenk Aionars an seine Heiligen? Der *iudicator* kannte diese Schrift bislang nur aus Erzählungen. Es hieß, daß der Rote Orden sie seit Jahrhunderten zu entschlüsseln versuche.

»Bist du sicher, daß du deine Angelegenheiten geordnet hast, Bruder Bernaldino?« fragte der Blinde plötzlich.

Der Kirchenfürst wies auf das Bündel, das er mitgebracht hatte. »Ich habe ein Dokument aufgesetzt, mit dem ich Bruder Bartolome, dem Ersten Ritter des *ordo milites dei* in Cornia, das Amt des *princeps* übertrage, bis er von der *primarchin* in Cantamo bestätigt wird oder aber ein anderer *princeps* von ihr in dieses Amt berufen wird.«

Er beugte sich über das Kleiderbündel, löste die Schnüre und zog ein sorgfältig gerolltes Pergament hervor. »Bruder Francisco soll es als Zeuge unterschreiben, und der Herr der Kammer soll sein Siegel daruntersetzen. Somit wird meine Nachfolge nach dem Gesetz der Kirche rechtsgültig.«

»Bist du sicher, daß du es wirklich tun willst?« fragte Francisco nochmals eindringlich.

»Du wirst den Atemdieb für mich töten?« Bernaldino sah zum Erbarmen aus. Seine Lippen hatten eine bläuliche Farbe angenommen. »Befrei die Stadt von diesem Alptraum, Francisco! Nur dafür gebe ich alles auf ... Ich werde die Geheimnisse für dich aus der Kammer holen. Ich werde herausfinden, was man vor uns verbirgt.«

»Bruder *princeps*, ich muß dich an dein Schweigegelübde erinnern«, sagte Irenaeus kühl. »Du willst in den Orden des Schweigens der Geheimnisse eintreten. Nur ein einziges Mal darfst du darüber reden, was du in der Roten Kammer gesehen hast. Und selbst dann wird der *pater maior* mit gezogenem Dolch hinter dir stehen und darauf achten, daß du keine Geheimnisse verrätst, die diese Kammer nicht verlassen dürfen. Sieh, ich mußte mein Augenlicht hergeben, um dem Hüter der Kammer zu dienen. So kann ich nicht sehen, was er liest, wenn ich für ihn die Seiten der Bücher der Geheimnisse umblättre. Aber ich kann hören, Brüder. Ich weiß, wie ihn der Inhalt dessen, was er gelesen hat, in seinen Träumen quält. Und ich bin froh, daß ich nur ein Diener bin und niemals in den Roten Orden einzutreten wünsche.« Irenaeus senkte die Stimme. »Ihr wißt doch, was man über die Roten Priester und ihre Ritter sagt. Sie haben rote Ordensgewänder gewählt, weil soviel Blut an ihren Händen klebt, daß ihre Soutanen immer besudelt wären, trügen sie wie die anderen Orden das Weiß.«

»Mein Entschluß steht fest«, bekräftigte Bernaldino. Dann nahm er Francisco den Federkiel aus der Hand. Entschlossen unterzeichnete er den Kontrakt und das Dokument, mit dem er Bartolome als seinen Nachfolger einsetzte.

Kaum hatte auch Francisco als Zeuge die Dokumente unterzeichnet, da schlug der blinde Priester den Gong. Der Vorhang zur Nebenkammer teilte sich, und ein Mann in roter Soutane trat ein. Francisco starrte ihn unverhohlen an. Nie zuvor hatte er einen Hüter der Geheimnisse des Roten Ordens gesehen. Der Mann war so blaß, als habe ihn seit Jahrzehnten die Sonne nicht mehr gesehen. Seine Augen waren von dunklen Rändern umgeben. Die schmalen Lippen waren mit Golddraht vernäht, damit er nicht einmal im Schlaf eines der Geheimnisse verraten konnte, über die er wachte. Der Rote Priester wirkte verbittert. Sein Kopf war kahlgeschoren, so daß es schwer war, sein Alter zu schätzen. Er trat zu dem Gong und schlug in schneller Folge dreimal gegen die Bronzescheibe.

Dabei erblickte Francisco die Handgelenke des *paters*, die bisher unter den langen Ärmeln der Soutane verborgen gewesen waren. Man hatte dem Priester beide Hände abgeschnitten! Seine Arme endeten in zwei rot vernarbten glatten Stümpfen. Und mit einem dieser Stümpfe schlug er den Gong.

Irenaeus trat zu der großen Kiste und kniete nieder. Er zog einen Schlüssel unter der Soutane hervor und öffnete die Schlösser. Im Innern befanden sich eiserne Hände.

»Bruder Kilianus braucht niemandes Hilfe, wenn er die Kammer betritt.« Der Blinde kniete vor dem roten Priester nieder und schnallte ihm die eisernen Prothesen an die Unterarme. Kilianus machte eine herrische Geste zur Tür hin und stampfte mit dem Fuß auf. »Ja, Bruder, ich habe verstanden«, sagte Irenaeus unterwürfig. »Ich bringe ihn hinaus.«

Ohne zu zögern, so als könne er sehen, kam Bruder Irenaeus auf Francisco zu. »Wir müssen diesen Raum verlassen, bevor er die Rote Kammer öffnet.«

Der *iudicator* sah seinen *princeps* an. Bernaldino hustete, bis ihm Tränen in den Augen standen. »Geh!« keuchte er. »Geh! Ich werde das Geheimnis des Atemdiebs ergründen. Es muß hinter dieser Tür liegen, nicht wahr? Es gab keinen anderen Weg.«

Francisco nickte. Dann wurde er von Irenaeus hinausgebracht.

Theatro phantasmagorico

Auf dem Platz der Blumen in Monte Flora,
zur Zeit der Abenddämmerung, am 7. Tag des Wolkenmonds
im 461. Jahr der Abwesenheit Gottes

Der schwarzgewandete Dickwanst hob eine Lanze und schritt drohend auf das Ungeheuer zu. Obwohl die Bestie mit dem Kopf immer wieder gegen das Segeltuch stieß, das man über der Bühne aufgespannt hatte, wirkte sie plötzlich eher klein und ängstlich.

»Mucha, mucha periculosa!« intonierte der Schwarze Reiter mit gut ausgebildeter Baßstimme. Er hob die Lanze, und ein geschickt choreographiertes Hauen und Stechen begann. Der Held jagte das Ungeheuer über die kleine Bühne. Begeistert folgte das Publikum dem Geschehen und feuerte den Schwarzen Reiter an.

Eine Frau in einem Harlekinskostüm und mit grell geschminktem Gesicht stand am Rand der Bühne und erläuterte das Geschehen stockend im Dialekt Cornias. Offensichtlich vergaß sie manchmal ganze Passagen. Doch im Eifer des aufregenden Bühnenspiels achtete niemand darauf.

Jetzt spie das Ungeheuer auch noch Feuer! Francisco klatschte begeistert in die Hände. Die Investition in die Theatergruppe des Gaukelmeisters Carissimo Kurjameo hatte sich gelohnt. Endlich ertönte wieder Lachen auf Monte Floras Straßen! Carissimo hatte sich selbst übertroffen. Das Stück um den Schwarzen Reiter war noch besser geworden, als Francisco zu hoffen gewagt hatte. Auch dieser Teil der Intrige, die er mit Bruder Bartolome gesponnen hatte, war aufgegangen! Im Stück des Gaukelmeisters war der Schwarze Reiter ein selbstloser Ritter des *ordo militis dei*, der gegen den Befehl seiner Kirchenoberen die Ungeheuer bekämpfte. Für Bartolomes Geschmack war das etwas zu dicht an der Wirklichkeit, aber das Volk liebte die Geschichte, und das allein zählte! Außerdem hatte man auf diese Weise den Schwarzen Reiter für die Kirche vereinnahmt, wer oder was auch immer er sein mochte.

»Bruder *iudicator.*« Ein junger Priester trat an Franciscos Sitz heran. »Der *princeps* verlangt nach dir. Unsere Späher sind aus dem Norden zurückgekehrt. Es gibt schlechte Nachrichten.« Francisco erhob sich. Bedauernd blickte er zur Bühne hinauf. Es war lange her, daß er zum letzten Mal ein Gossentheaterstück genossen hatte.

Rings um ihn erhoben sich die Ritter seiner Leibgarde. Sie waren ihm lästig, doch Bartolome bestand darauf, daß der *iudicator* stets von mindestens fünf Rittern umgeben war. Als Francisco den Platz verließ, begann es zu regnen. Doch selbst der kühle Schauer vermochte die Menge nicht zu zerstreuen, die wie gebannt das Spektakel auf der Bühne verfolgte.

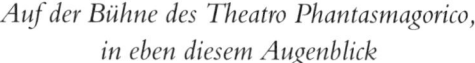

Der Harlekin
*Auf der Bühne des Theatro Phantasmagorico,
in eben diesem Augenblick*

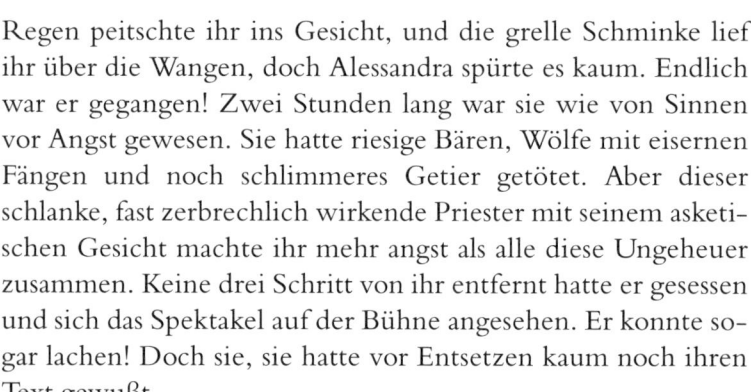

Regen peitschte ihr ins Gesicht, und die grelle Schminke lief ihr über die Wangen, doch Alessandra spürte es kaum. Endlich war er gegangen! Zwei Stunden lang war sie wie von Sinnen vor Angst gewesen. Sie hatte riesige Bären, Wölfe mit eisernen Fängen und noch schlimmeres Getier getötet. Aber dieser schlanke, fast zerbrechlich wirkende Priester mit seinem asketischen Gesicht machte ihr mehr angst als alle diese Ungeheuer zusammen. Keine drei Schritt von ihr entfernt hatte er gesessen und sich das Spektakel auf der Bühne angesehen. Er konnte sogar lachen! Doch sie, sie hatte vor Entsetzen kaum noch ihren Text gewußt.

Ein alter Mann und andere Schaulustige, die am Rand des Platzes gestanden hatten, ließen sich auf der frei gewordenen Bank in der ersten Reihe nieder.

Polternd stürzte das Ungetüm auf die Bühne. Zweimal noch zuckte sein langer Schwanz, dann lag es still. Das Publikum jubelte und begann zu applaudieren.

Carissimo Kurjameo trat an den Rand der Bühne und hob triumphierend die Lanze über den Kopf. »Viktoria Nikata!« rief er dem Publikum entgegen. Dann setzte er mit seinem massigen Körper erstaunlich behende über den Leib des Ungeheuers hinweg und befreite die Jungfrau von den schweren Ketten, in denen man sie an einen Kulissenfelsen geschlagen hatte.

Hinter der Bühne erklang die getragene Melodie einer Hirtenflöte, und Carissimo sang im Duett mit der schönen Ariabella, die auch im wirklichen Leben seine Geliebte war, das Finale: Mia mio, mi amor!

Das Publikum war begeistert! Überall fielen sich Menschen in die Arme und sangen mit.

»Dies also war die Geschichte des Schwarzen Reiters«, deklamierte Alessandra. »Jenes Helden, der seine Geliebte aus den Fängen der Bestie befreite und den Schäfern der Berge den Frieden brachte! Dies alles ereignete sich, noch bevor eure Großväter Milchzähne hatten. Und weil Helden und Ungeheuer gestorben sind, leben sie heute nicht mehr!« Die Harpunierin verneigte sich.

Jetzt eilten alle Künstler nach vorn und ergötzten sich am Beifall. Der Wind rüttelte an dem Segeltuch, das über die Bühne gespannt war. Der Regen war noch schlimmer geworden.

Carissimo rammte Alessandra einen Ellbogen in die Seite. »Ich hab schon Kühe besser reden hören als dich, Stammlerin! Wenn du nicht auf besondere Empfehlung von Juan de Najera zu uns gekommen wärst, dann würde ich dich von der Bühne prügeln, du ...«

»Du Messerwerferin?« Alessandra streifte einen Ärmel ihres Harlekinskostüms zurück, so daß ein breites ledernes Armband zu sehen war, in dem drei Wurfmesser steckten. »Droh mir nicht, dicker Mann! Es sei denn, du bist ganz sicher, daß die Fettpolster auf deiner Brust dein Herz vor diesen Klingen zu schützen vermögen.«

»Laß sie!« zischte Ariabella und zog Carissimo von Alessandra fort. »Bedenke, sie hat erst dreimal auf der Bühne gestanden. Dafür war sie ganz gut.«

Die anderen Künstler begannen mit dem Abbau des Bühnenbildes. Carissimo und Ariabella flüchteten in ihren mit bunten Bildern bemalten Tonnenwagen. Alessandra sah das gelbe Licht einer Öllampe durch das Fenster flackern.

Teilnahmslos stand sie auf der Bühne. Der Regen peitschte ihr ins Gesicht. Die Menschen auf dem Platz machten sich auf den Heimweg. Alessandra fiel ein breitschultriger Mann auf, der sich seinen Weg durch die Menge bahnte. Etwas an der Art, wie er sich bewegte, war ihr vertraut. Er trug einen langen Kapuzenmantel, der das Gesicht verbarg.

Die Harpunierin sprang von der Bühne. Mit weit ausgreifenden Schritten folgte sie dem Hünen. Konnte er es sein? Hatte er sie die ganze Zeit auf der Bühne gesehen und nicht erkannt? Wollte er sie nicht erkennen? Der Mann bog vom Platz der Blumen in eine enge Gasse ab. Inzwischen goß es wie aus Eimern. Alessandra begann zu laufen. Sie hatte Angst, den Fremden zu verlieren. Da spürte sie einen stechenden Schmerz hinter der Stirn und hielt am Eingang der Gasse inne. Sie verstand die Warnung. Eine der Kreaturen war hier! Sie mußte ganz nahe sein.

Die Harpunierin drängte sich an eine Hauswand und tastete nach den Dolchen, die sie unter dem linken Ärmel verborgen trug. Es war über ihr, auf dem Dach! Sie blinzelte den Regen aus den Augen.

Ganz nahe knarrte eine Tür. Kurz fiel ein Lichtstreifen in die Gasse. »Tormo?«

Etwas schlitterte über das Dach. Dicht neben der Harpunierin stürzte eine Schindel auf die Gasse herab. Sie trat ein Stück von der Häuserwand fort. Der Regen war so stark, daß sie nicht erkennen konnte, was dort oben war. Aber Alessandra spürte, daß etwas sie vom Dach herab beobachtete.

Plötzlich teilte sich die Regenwand vor ihr, und ein Schatten erhob sich. Der Hüne!

»Bist du es, Tormo?«

Er schlug die Kapuze zurück. Seine Augen blickten fragend. Er hatte sich verändert, das Jungenhafte verloren.

»Ich bin es, Tormo ... Ich ...« Ihr versagte die Stimme.

Der Hüne strich ihr mit der Hand übers Gesicht. Seine Finger verwischten die dicke Schicht aus Schminke. Lautlos bewegte er die Lippen. Schmerz und Freude spiegelten sich in seinem Antlitz. Dann schlossen sich mächtige Arme um sie. So fest drückte er sie an sich, daß sie kaum noch Luft bekam. Er hob sie hoch wie ein Kind. Seine Schultern bebten. Er weinte.

»Tormo«, flüsterte sie. »Tormo.«

Zehn Ritter

In Monte Flora, im Rauchkabinett im palazzo *des* princeps,
eine Stunde später

Bruder Bartolome massierte sich die Finger. »Verdammte Gicht!«
fluchte er. Man hatte einen großen Tisch in das Rauchkabinett
geschafft. Darauf lagen mehrere Karten ausgebreitet. »Hier irgendwo werden sie kommen.« Der neue *princeps* deutete auf ein
Stück Küste. »Vermutlich über das Kap der Türme. Sie haben
schon Späher ausgeschickt.«

»Hat man versucht, mit ihnen zu verhandeln?« fragte die *collectorin* Cosima.

Bartolome schnaubte verächtlich. »Kannst du mit einem
Hund verhandeln? Sie kleiden sich in Felle und stinken wie
Tiere. Niemand versteht ihre Sprache.«

»Und wissen wir, wie viele es sind?« Cosima strich sich eine
Locke aus der Stirn. »Können wir sie aufhalten?«

»Es sind zwei- oder dreitausend Reiter. Undisziplinierte
Wilde. Wir ziehen die Truppen der gesamten Provinz hier bei
Monte Flora zusammen. Es werden etwa zwei *turmae* sein. Dazu
kommen die Ritter des *ordo militis dei*. Wir werden sie am Eingang zum Lantinius-Tal stellen.«

»Das heißt, wir geben Dutzende Dörfer kampflos auf«, empörte
sich die *collectorin*.

»Die Phalangen unserer *turmae* brauchen eine Ebene, um sich
entfalten zu können. Im Bergland zur Küste hin gibt es kein ge-
eignetes Schlachtfeld«, erwiderte Bartolome gereizt.

Ein junger Priester trat ins Rauchkabinett. »Eine Brieftaube
hat Nachricht vom *ordo silentii mysteriorum* gebracht.«

Bartolome überflog die kurze Notiz. Das hatte ihm gerade
noch gefehlt! »Bruder Berengar, ein *pater maior* vom Roten Orden, kündigt seine Ankunft in fünf Tagen an. Er wird Bruder
Bernaldino mit sich nehmen.«

»Das tut jetzt nichts zur Sache!« Die *collectorin* deutete auf das Küstengebirge. »Was tun wir, um unsere Leute vor den Wilden zu schützen?«

»Wir können nichts tun.« Bartolome rang verzweifelt die Hände. »Sieh das doch endlich ein, Schwester! Es dauert noch mindestens eine Woche, bis wir genügend Truppen gesammelt haben, um zum Eingang des Lantinius-Tals zu ziehen. Wir können die Bewohner der Bergdörfer warnen und Quartiere für Flüchtlinge anlegen. Mehr steht nicht in unserer Macht.«

»Du kennst diese Menschen nicht, *Ritter*! Die meisten haben die grüne Ernte noch nicht eingebracht. Sie werden ihre Felder verteidigen. Du weißt nicht, wie es ist, Hunger zu haben. Dies wird die erste gute Ernte, seit das Meer sich erhoben hat. Sie werden ihre Felder nicht im Stich lassen.«

»Ihnen wird nicht geholfen sein, wenn wir unter ungünstigen Umständen kämpfen und eine Niederlage erleiden!« herrschte der *princeps* die *collectorin* an.

»Gib mir zehn Ritter, *princeps*. Ich weiß, daß ich damit nicht viel erreichen werde. Es geht um die Geste! Wir können diese Dörfer doch nicht einfach aufgeben, ohne daß sich dort auch nur ein einziger Ritter des *ordo militis dei* sehen läßt. Es ist unsere Pflicht, dieses Land und seine Bewohner zu schützen.«

»Gut, du sollst deine Ritter bekommen«, stimmte Bartolome zu, um das lästige Thema endlich zu beenden.

»Warum ist Bruder Francisco heute abend nicht erschienen?« fragte Bruder Rondoval, der Erste Schreiber des *ordo curatoris dei*.

»Verzeiht mir, Cosima, meine Brüder! In meiner Sorge angesichts der Nachrichten aus dem Norden vergaß ich, ihn zu entschuldigen. Seine Wunde quält ihn. Er muß ruhen.« Der alte Ritter war erstaunt, wie glatt ihm die Lüge über die Zunge kam. Hoffentlich wußte Francisco noch, was er tat. Er hatte seine Männer mit Brechstangen und schweren Hämmern ausgerüstet, bevor er ging. Und er hatte darauf bestanden, nur Männer an seiner Seite zu haben, die in der Maske des Schwarzen Reiters in den Bergen gewesen waren.

Ein Wall aus Wissen

In den Archiven unter dem palazzo *des* princeps *von Monte Flora,*
noch in derselben Nacht

Ein Satz, den er in Bernaldinos Büchern gelesen hatte, ging dem
iudicator seit Tagen nicht mehr aus dem Kopf. *Ein Wall aus Wissen*
schützt uns vor der Vergangenheit. Eingerahmt war der Satz von
zwei achtstrahligen Sternen, so schien es auf den ersten Blick.
Dieser Stern war das Symbol Aionars. Es drückte seinen Anspruch auf die Herrschaft über alle Weltgegenden aus. Die Strah-
len des Sterns waren wie bei einer Windrose angeordnet. Doch
bei den Sternen, die das Zitat über den Wall aus Wissen ein-
rahmten, war der nordwestliche Strahl nicht mit dem Zentrum
der Sterne verbunden. Francisco hätte dies gewiß für einen
flüchtigen Fehler gehalten, wäre es nicht in beiden Fällen derselbe Strahl gewesen, der unvollendet geblieben war.

Ein *scriptor* – vermutlich sogar einer der Ordensbrüder –, der
vor Jahrhunderten bei der heimlichen Plünderung der Archive
beteiligt gewesen war, hatte den nachfolgenden Priestergenera-
tionen einen Hinweis geben wollen.

Ein Wall aus Wissen und ein siebenstrahliger Stern. Tagelang
hatte Francisco über diesem Geheimnis gebrütet. Doch jetzt war
er überzeugt davon, das Rätsel gelöst zu haben. Er hatte seine
Vorkehrungen getroffen und angeordnet, daß alle Schreiber
heute schon bei Sonnenuntergang das Archiv verließen. Seit
Stunden waren die weitläufigen Räume leer.

Bruder Peres, sein Leibwächter, drei Ordensritter, die als
Schwarze Reiter in den Bergen Erfahrungen im Töten von Ungeheuern gesammelt hatten, und Paolo begleiteten ihn. Jeder
trug eine Blendlaterne. Die Ritter hatten zusätzlich schweres
Werkzeug geschultert.

Keiner sprach ein Wort, als sie die Kammer für ältere Schriften
erreichten. Es war nur ein schmaler Gang mit Regalen zu beiden

Seiten. Hier wurden Dokumente gelagert, die aus der Zeit des alten Imperiums stammten, Schriftrollen und Bücher, die mehr als fünfhundert Jahre alt waren.

Francisco schritt geradewegs auf die Rückwand zu. Die Regale trugen Nummern. Und wie er erwartet hatte, war jenes Regal, das dem Eingang gegenüberlag, mit der Nummer VII gekennzeichnet. Ein Wall aus Wissen, ein Bücherregal!

»Räumt das Regal aus und schafft es zur Seite!« befahl der *iudicator*. Die Ordensritter stellten keine Fragen, doch Paolo war deutlich anzumerken, daß ihn die Sache beunruhigte.

»Es geschieht mit dem Wissen des *princeps*, keiner wird uns deshalb tadeln.«

»Aber warum müssen wir das tun?«

»Hinter dem Regal ist ein Zeichen verborgen«, versicherte ihm Francisco.

»Ein Zeichen?«

»Du wirst schon sehen.« Doch der *iudicator* war sich seiner Sache plötzlich gar nicht mehr so sicher. Was, wenn er sich irrte? Die beiden unvollkommenen Gottessterne ... Waren sie vielleicht doch nur die Arbeit eines unachtsamen Schreibers, und es gab gar kein Rätsel?

Sprechende Hände

In einem Mietshaus an der Straße der Wagner in Monte Flora,
noch in dieser Nacht

Tormo hatte sie zu dem Haus gebracht. Eine ausgetretene hölzerne Treppe führte in die oberen Stockwerke. Auf einem Sockel neben der Tür stand eine blakende Öllampe. Tormo nahm das Licht und winkte Alessandra, ihm zu folgen. Seine Augen leuchteten, und während sie gemeinsam die Treppen hinaufstiegen, blickte er sich immer wieder zu ihr um, als wolle er sich vergewissern, daß sie auch wirklich da war.

Sie gelangten zu einer braungestrichenen Tür, von der in breiten Streifen die Farbe abblätterte. Er trat ein, ohne anzuklopfen. Dahinter lag eine winzige Kammer, die fast völlig von zwei schmalen Betten ausgefüllt wurde. Ein alter Mann stand an der gegenüberliegenden Wand und betrachtete große Blätter mit seltsamen Zeichnungen, die auf den rauhen Putz geheftet waren. Er hatte zwei Öllampen aufgehängt, so daß kaum ein Schatten auf die Blätter fiel. Seine Nase stieß fast gegen die Wand, während er die Zeichnungen anschaute.

»Und, hat dir das Theaterstück gefallen?« fragte Orlando. »Haben sie wieder dieses Lied gesungen? Mio mia ... oder so. Hört sich an wie Katzengejammer. Das kannte man schon zu meiner Zeit.«

Tormo lächelte und legte einen Finger auf die Lippen.

»Gib es zu, Junge. Du gehst nur hin, weil du schon wieder den Harlekin sehen willst.«

Alessandra traute ihren Ohren nicht. Hatte Tormo gewußt ...

Der Hüne legte Orlando eine Hand auf die Schultern. »Ja, ich weiß, du magst mich, Junge, aber ich muß das berechnen. Es ist ...« Er lachte. »Wegen dieser Dinger muß ich mein Leben lang weglaufen. Fast dreißig Jahre lang habe ich versucht, sie zu vergessen. Aber meine Gedächtnis ist mein Fluch, Junge. Ich weiß noch jede verdammte Zahl. Alles!«

Tormo packte den Alten unter den Achseln und hob ihn hoch. »Laß den Unsinn! Verdammt! Hast du denn keinen Respekt vor dem ...«

Der Hüne hatte Orlando umgedreht. Die Augen des Alten weiteten sich. Er schlug den Gottesstern. »Das ist nicht ... Das ist doch kein Harlekinskostüm! Das kann nicht sein!«

»Ich freue mich auch, dich zu sehen, Orlando.«

Vor Erstaunen blieb dem Alten der Mund offenstehen. »Unverkennbar! Tormo, du hast es tatsächlich geschafft, dieses unverschämte kleine Miststück wiederzufinden. Soll mich doch der Blitz beim Kacken treffen! Willkommen zu Hause, du verlorenes Mädchen!«

Alessandra lächelte schief. »Ich nehme doch sehr an, das war herzlich gemeint ...«

»Laß mich los, Tormo! Verdammt!« Orlando kam und schloß sie in die Arme. »Was haben sie mit dir gemacht?« flüsterte er. »Du siehst ja aus wie der Tod!«

»Schminke, alter Freund. Das ist nur Schminke.«

Er tastete ihr über das Gesicht und betrachtete dann das Kostüm mit den großen Karos. »Der Harlekin ist gekommen.« Er rieb einen Ärmel zwischen den Fingern. »Feiner Zwirn.« Orlando beugte sich vor und flüsterte ihr ins Ohr. »Wir müssen reden, allein. Versteh mich nicht falsch, Alessandra. Ich freue mich wirklich, dich zu sehen, aber die Art, wie du gekommen bist, macht mir angst.«

Alessandra begriff nicht. Aber sie sah, daß Orlandos Augen im vergangenen Jahr ihren Glanz verloren hatten.

»Warum kommst du nach Monte Flora, Alessandra? Du mußt doch wissen, wie gefährlich es hier für dich ist.«

»Ich werde die Stadt vom Atemdieb befreien. Ich habe die Macht dazu. Ich habe ... Ich spüre diese Kreaturen. Und ich bin entschlossen, sie zu töten. Ich habe viel gelernt im letzten Jahr.«

»Was das Töten angeht?« fragte Orlando.

Alessandra griff nach Tormos Hand. »Auch was die Einsamkeit angeht, alter Mann. Du weißt, wovon ich rede ... Klippenwächter.« Sie erzählte von Juan de Najera und der Zeit in den Bergen.

Von den Geschöpfen, denen sie begegnet war, und von den Menschen, denen sie die Angst genommen hatte. Als sie geendet hatte, holte Tormo einen Krug Wein. Sie tranken gemeinsam. Irgendwann erhob sich Orlando. »Ich muß noch einige Besorgungen machen.« »Mitten in der Nacht?« Er grinste. »Tu nicht so, als würdet ihr mich vermissen.« Er ging ohne ein weiteres Wort.

Als die Tür sich geschlossen hatte, goß Alessandra sich noch einen Becher ein. Tormo wirkte nicht im mindesten verlegen. Er nahm sie in den Arm. Erst wünschte Alessandra sich, er könne sprechen. Aber seine Hände sagten mehr als Worte. Kraftvoll und zärtlich zugleich strichen sie über ihren Körper. Nach einer Weile löste er die Knöpfe am Kragen und auf dem Rücken des Harlekinkostüms.

Mit einem Tuch tupfte er ihr die Schminke vom Gesicht und rieb ihr das nasse Haar trocken. Und sie ließ es geschehen. Sie war es müde, immer auf der Hut zu sein. Immer bereit zur Flucht. Sie schloß die Augen, gab sich den liebkosenden Händen hin, und ein unbekanntes Gefühl erwachte in ihr. Ein süßer Schmerz, eine Sehnsucht, die sie nicht benennen konnte.

Tormo streifte ihr das nasse Harlekinkostüm ab, zog ihr die Stiefel aus und löste das breite Armband mit den Dolchen. Seine Hände schwebten dicht über ihrer Haut. Ohne sie zu berühren, formte er ihren Körper nach.

Sie wollte etwas sagen, doch dann besann sie sich, daß ein Gespräch immer zu seinen Ungunsten ausfiele. Er verstünde zwar, aber er könnte niemals antworten. Nein, auch sie wollte zu ihm mit den Händen sprechen. Zögernd berührte sie sein Gesicht, unsicher, ob sie auf diese Weise hinlänglich auszudrücken vermochte, was sie fühlte.

Er nahm ihre Hand und führte sie an die Lippen, über die niemals mehr ein Wort kommen würde. Ihre Unsicherheit wich. Sie wußte, er verstand sie.

Sie öffnete sein Hemd und steifte es ihm über die Schultern. Dann glitten ihre Finger über die wulstigen Narben auf seinem

Rücken. Sein Kopf ruhte an ihrem Hals. Sein warmer Atem streichelte ihre Haut. Daß er ihr gefolgt war, hatte ihn damals fast getötet. Er hatte nicht gezögert. So als spüre er ihre Angst, zog er sie fester an sich. Verlegen ließ sie die Hände tiefer gleiten und tastete nach seinem Gürtel. Unsicher blickte sie auf. Hielt er sie für schamlos? Als könne er in ihren Gedanken lesen, nahm er ihre Hand und half ihr. Nackt legte er sich an ihre Seite. Sie küßten sich, wie um noch ein wenig Aufschub vor dem Unbekannten zu gewinnen. Alessandra spürte, wie erregt Tormo war. Sie ließ sich zurücksinken und vertraute ihm. Ein Gefühl, das sie verloren geglaubt und doch heimlich bewahrt hatte.

Tormos streichelnde Hände brachten sie zum Erschauern, erzählten Geschichten von unbekannten Verheißungen, von der Sehnsucht ihres verlorenen Jahrs und von den zärtlichen Geheimnissen, die es gemeinsam zu entdecken galt. Sie schloß die Augen und gab sich hin. Er küßte ihre Brüste, ihren Hals, suchend, fast wie ein Kind.

Gefühle überfluteten Alessandra. Sie war überrascht, so vieles und auch Widersprüchliches zugleich zu empfinden. Was geschah, war ihr so fremd, und doch wollte sie um nichts in der Welt, daß es aufhörte.

Tormos warmer Leib schmiegte sich enger an sie. Alessandra fühlte den Drang, ihre Schenkel zu öffnen. Ihrem Körper schien dies alles vertrauter als ihrem Verstand.

Lorenzo Nardez Odera

In der Kammer für ältere Schriften, in den Archiven unter dem palazzo des princeps von Monte Flora, zur selben Stunde

Francisco hatte auf ein Zeichen gehofft. Irgend etwas – und sei es nur ein Schatten, der sich unter dem Putz abzeichnete. Aber die Wand hinter dem siebten Regal sah ganz wie eine gewöhnliche alte Mauer aus.

»Schlagt sie ein!« befahl er.

Die Ordensritter hoben die schweren Vorschlaghämmer, die sie mitgebracht hatten. Rasch zerbröckelte der Putz unter den wuchtigen Schlägen. Mit großer Erleichterung entdeckte Francisco dahinter eine Mauer aus hellem Sandstein, wo eigentlich nacktes Gestein hätte erscheinen müssen, wäre diese Kammer wie alle anderen im Archiv aus dem gewachsenen Fels gebrochen worden.

Francisco dachte an die Bücher und Schriftrollen, die Bernaldino ihm hinterlassen hatte. Viele neue Steine für sein Mosaik! Langsam nahm das Bild der Vergangenheit Gestalt an. Lorenzo Nardez Odera war noch sehr jung gewesen, als er *dux* von Cornia wurde. Er hatte sich in den Turnieren, die zu seiner Zeit so beliebt waren, als tapferer Ritter hervorgetan. Und er war einer der erfolgreichsten Kämpfer im Krieg gegen die *mercatoren* gewesen, die mit ihren Bürgerheeren dem Adel die Macht stehlen wollten.

Zwei Jahre lang dauerte der Kampf um Cornia, bis Lorenzo in seiner letzten Burg in den Bergen nahe dem Dörfchen Gelsetta gestellt wurde. Als die Mauern niederbrachen, gab es ein entsetzliches Massaker. Der *dux* mußte mitansehen, wie seine Tochter und seine Frau vom Pöbel umgebracht wurden. Ihn aber ließ man leben. Er wurde nach Monte Flora gebracht, wo er auf dem Platz der Blumen hingerichtet wurde.

Man nähte ihm die Augenlider an den Brauen fest und blendete ihn mit dem gebündelten Licht von Hohlspiegeln. Dann wurde er vom Scharfrichter mit einem Lederband langsam erdrosselt, während das Volk grölend Spottlieder auf den Adel sang. Mit seinem letzten Atemzug verfluchte Lorenzo die Stadt.

Trotz ihrer Grausamkeit ließen die *mercatoren* den toten Fürsten in seiner Familiengruft unter dem *palazzo* beisetzen. Doch im heutigen *palazzo* gab es keine Gruft!

Nur wer wache Augen besaß, vermochte noch Spuren der Fürstenfamilie Odera zu finden: die alten Fahnen im Korridor vor der Roten Kammer und die Bodenplatte mit dem springenden Delphin im Rauchkabinett. Dies waren Zeugnisse, die von den alten Herrschern Cornias geblieben waren. Und eine Gruft, die wohlverborgen unter dem *palazzo* liegen mußte.

Francisco kannte aus seiner Heimat Geschichten von Widergängern, von Toten, die sich aus ihren Gräbern erhoben, um sich an den Lebenden zu rächen. Er hatte dies stets als Unsinn abgetan, als Märchen, mit denen man Kinder erschreckte. Aber jetzt sah er die Welt mit anderen Augen. Und auch die Bestimmung der Kirche! Wer, wenn nicht die Kirche, konnte das Volk vor diesen widernatürlichen Kreaturen beschützen?

Mit Getöse stürzte die Wand ein. Die Ritter traten zurück. Paolo hob seine Blendlaterne und leuchtete in den Gang, der hinter der niedergebrochenen Mauer lag. Ein prächtiges Mosaik kam zum Vorschein. Eine Meeresszene mit springenden Delphinen, die eine schwarze Galeere begleiteten.

Francisco wollte über die Steintrümmer hinwegsteigen, als Bruder Peres ihn beim Arm packte und zurückzog. Der Ritter des *ordo militis dei* zog sein Schwert. »Gestatte, daß ich vorausgehe, Bruder *iudicator*. Ich habe gelobt, Gefahr von dir fernzuhalten, und das kann ich nicht tun, wenn ich hinter dir stehe.«

Francisco ließ den Ritter gewähren. Vorsichtig schritt Peres ins Dunkel voraus. »Hier ist eine Tür!« rief er nach wenigen Augenblicken. Ein dumpfer Schlag ertönte.

Der *iudicator* entriß Paolo die Lampe und folgte dem Ritter. Peres stand vor einem hohen Tor aus dunklem Holz. Die Bronzebeschläge der Pforte waren blaugrün angelaufen.

»Verschlossen«, erklärte Peres.

»Dann holt die Hämmer!« Von einer wurmstichigen Tür ließ

sich Francisco doch nicht aufhalten! Er musterte die Wände ringsum. Sie waren mit prächtigen Bildern geschmückt. Man hatte auch die Stadt Monte Flora dargestellt, wie sie vor Jahrhunderten einmal ausgesehen hatte.

Nur wenige Hammerschläge waren notwendig, um das Hindernis zu überwinden. Diesmal ließ Francisco es sich nicht nehmen, unmittelbar an der Seite seines Leibwächters weiterzugehen, und sie betraten ein großes rundes Gewölbe. In der Wand befanden sich Nischen mit Büsten: über hundert Porträtköpfe aus Marmor. Manche waren bemalt und sahen fast lebendig aus. Bei anderen Köpfen hatte man eine Iris aus dunklem Türkis und Pupillen aus Onyx eingesetzt. Es schien, als folgten die Augen den Besuchern.

»Unheimlich«, flüsterte Paolo. Der Junge drängte sich dicht an Franciscos Seite. Der Boden der Kuppelkammer war mit Grabplatten bedeckt, die in konzentrischen Kreisen angeordnet waren. Ihre kunstvollen Hochreliefs zeigten Männer und Frauen, die auf Liegen gebettet ruhten. Die Hände über der Brust gefaltet, wirkten sie wie Schlafende.

Peres schlug den Gottesstern und murmelte ein Gebet.

»Angst?« fragte Francisco.

»Es ist frevelhaft, den Frieden der Toten zu stören.«

»Nicht, wenn einer dieser Toten *unseren* Frieden stört!« Francisco hob seine Laterne und trat in den äußeren Kreis der Grabplatten. Er fand Namen in den Marmor geschnitten. »Paolo, such jemanden, der dem Mann gleicht, dem du im Siechenhaus begegnet bist.«

Der Junge ergriff die Öllampe eines Ritters und ging von einer Grabplatte zur nächsten.

Peres wirkte angespannt. Er hielt immer noch sein Schwert in der Hand. Langsam drehte er sich um die eigene Achse und beobachtete die tanzenden Schatten, die von den Lampen auf die Wände der großen Kuppelkammer geworfen wurden.

Francisco hatte schon in Dutzende von Marmorgesichtern gestarrt, als Paolo ihn rief. Der Junge war leichenblaß. Er stand vor einer unvollendeten Grabplatte. Das Gesicht des Toten war mit großer Kunstfertigkeit aus dem Stein gearbeitet worden, doch sein Körper und die Kleidung waren nur angedeutet. Am Rand der Platte fand sich eine Inschrift, die offensichtlich von einem Steinmetzschüler in den Marmor geschlagen worden war. Die Buchstaben waren unregelmäßig, aber leserlich. LORENCO ODERA NARDES DVX CORNIA.

»Hierher!« rief Francisco und winkte den Rittern. »Wir haben ihn gefunden.«

Mit Stemmeisen lockerte man die Platte. Fragend blickten die Ritter den *iudicator* an. Dessen Hand glitt zum Griff seines Schwerts, des Symbols seiner Amtswürde. Doch dies galt nicht den Rittern. Was würde sie erwarten?

»Hebt die Platte!« Die Stimme des *iudicators* hallte von den Wänden der Gruft wider.

Die Ritter gehorchten. Mit einem tiefen, schabenden Geräusch glitt die Reliefplatte zur Seite. Das Grab darunter war kaum einen Schritt tief. Der Leichnam des Mannes, den man dort beigesetzt hatte, war erstaunlich gut erhalten. Ledrige, dunkle Haut bedeckte den Schädel. Die Fäden, mit denen man die Augenlider an den Brauen festgenäht hatte, waren gut zu erkennen. Die Augenhöhlen glichen dunklen Abgründen.

Um den Hals des Toten war noch das dunkle Lederband geschlungen, mit dem man ihn erdrosselt hatte. Das Heft eines Dolchs ragte ihm aus der Brust. Die Waffe war schwarz angelaufen. Wahrscheinlich besteht sie aus Silber, dachte Francisco. Wer immer Lorenzo beigesetzt hatte, hatte seinen Fluch ernstgenommen. Der Silberdolch sollte ihn in seinem Grab binden.

Der *iudicator* war verwirrt. Ein Widergänger im Grab sollte wie ein Schlafender aussehen, so hatte es zumindest in den alten Geschichten geheißen. Was er hier sah, entsprach nicht seinen Erwartungen. Wer immer Lorenzo Nardez Odera beigesetzt hatte, hatte zugleich auch alle Schutzmaßnahmen getroffen, damit sich der Fürst nie wieder aus seinem Grab erhöbe. Wer aber war der Atemdieb?

»Schließt das Grab!« befahl Francisco. Das Mosaik – er hatte es falsch zusammengesetzt. Er hatte etwas übersehen.

Weißhaupt

In der Bucht von Nantala, nicht lange nach Mittwinter,
im Jahr der stählernen Dornen

»Siehst du das Weißhaupt?« Seruun deutete auf den mächtigen Berggipfel, der sich am Horizont im Morgenlicht erhob. »Nicht weit dahinter liegen die neuen Weidegründe. Es wird dort kühler sein als hier am großen Wasser, und wir werden nicht mehr täglich weiterziehen. Es wird dir gefallen, Bajsaa.«

Der Schamane hatte das kleine Mädchen vor sich im Sattel sitzen. Bajsaa kaute auf einem verknoteten Lederstück und sah Seruun mit großen dunklen Augen an.

»Ich glaube nicht, daß sie viel von deinem Reden versteht.« Grasfeder hatte ihre Stute an seine Seite gelenkt.

»Was weißt du schon davon?« erwiderte Seruun lächelnd und beugte sich über das Kind. »Nicht wahr, meine Freude? Wir verstehen uns.«

Bajsaa gluckste laut und lachte, so daß man die winzigen Zähne sah. Sie hatte schon sieben davon ... jedenfalls waren es sieben gewesen, als er zuletzt nachgesehen hatte. Sie konnte bereits Fleischstücken essen, wenn man sie ein wenig vorkaute.

»Sieh nur, wie sie im Sattel sitzt, Grasfeder! Sie wird reiten wie der Wind, wenn sie groß ist, und ich werde ihr beibringen, mit dem Bogen zu schießen und ...«

»Vielleicht solltest du sie noch einmal wickeln, damit du dich daran erinnerst, daß sie ein Mädchen ist.«

»Glaubst du denn, daß sie schon wieder naß ist?« Seruun hob Bajsaa hoch und musterte das Fell, das sie um den Unterkörper gewickelt trug.

»Gib sie mir, sie wird müde sein.« Grasfeder streckte die Arme nach ihr aus.

Seruun gab dem Mädchen noch einen Kuß auf die Stirn, dann legte er es Grasfeder in die Arme.

»Ist es wirklich nicht mehr weit? Alle sind der endlosen Wanderschaft müde.«

»Noch zehn Tage, wenn alles gutgeht. Dann erreichen wir das erste der großen Täler.«

»Manchmal vermisse ich unsere Zeit im Tal der Eistaucher. Du bist so ernst geworden, Seruun. Ich habe Sehnsucht nach deinem Lachen ... und nach anderem ...«

Er wendete sein Pferd. »Wenn wir die neuen Weidegründe erreicht haben, wird alles wieder gut. Auch das andere.« Er lächelte, dann ritt er davon.

In scharfem Galopp durchmaß sein Hengst die sandige Ebene. Deutlich war zu erkennen, daß das große Wasser hier noch nicht lange gewichen war. Überall lagen zerbrochene Muschelschalen. Selbst der Geruch des Meers hing noch über der Ebene. Faulig und abstoßend. Seruun war froh, die unfruchtbaren Küsten endlich verlassen zu können und bald wieder den frischen Duft der Ebenen zu atmen – den Geruch von Gras an einem Sommertag oder von regennasser, dunkler Erde.

Als das Land allmählich anstieg, erreichte er einen Ort, an dem seltsame Felsstücke aus dem Boden hervorbrachen. Sie schienen Muster zu formen. Eine Klippe überragte alle anderen. Seruun sprang aus dem Sattel.

Hier gab es eine kleine Höhle, zu der ein merkwürdiger steiler Pfad hinaufführte. Er war leicht zu erklimmen. Neben der Höhle war ein Ring im Stein eingelassen. Neugierig kratzte der Schamane daran. Unter einer roten Kruste schimmerte es wie sein Stahlmesser. Welch ein merkwürdiger Ort!

Vor dem Felsen lag eines der großen hölzernen Skelette, von denen sie in den letzten Tagen so viele gefunden hatten. Dies war ein unheimliches Land! Voller Sorge dachte der Geistertänzer an seinen Traum. Die stählernen Dornen, die aus dem Boden fuhren.

Er hatte sein Volk und die Herde in den letzten Monden erbarmungslos vorangetrieben, weil er hoffte, diesem Unheil entgehen zu können, wenn er nur zur rechten Zeit die neuen Weidegründe erreichte.

Er blickte vom Felsen hinab auf die lange dunkle Linie, die

sich deutlich vom weißen Sand abhob. Sie hatten viele Tiere verloren, auch wenn die Herde von ferne immer noch eindrucksvoll aussah. Der sandige Boden entlang des großen Wassers war ein schlechter Weidegrund gewesen. Diesen Weg könnten sie nicht mehr zurückgehen. Die Herde hatte alles weggefressen … Sie hatten sogar die seltsamen Bäume gefällt, die aus dem Sand sprossen. Ihre Stämme waren ohne Äste, und ihre Wipfel sahen wie große Farnbüschel aus. Aber die Blätter waren zäh und gaben kein gutes Futter ab. Statt dessen hatten sie die weichen Herzen der Bäume an die Tiere verfüttert.

Seruun stieg die Klippe hinab, schlenderte durch den Sand und kauerte nieder. Er schloß die Augen und suchte nach den Geistern seiner Ahnen und der Stimme des Mösönchin. Doch es wollte ihm nicht recht gelingen. Dieses Land hier war voller Aufruhr, ganz anders als die weiten Ebenen, durch die das Braunwasser floß.

Als er die Augen wieder aufschlug, entdeckte Seruun einen schwarzen Kiesel, der sich deutlich vom weißen Sand abhob. Er griff danach und drehte ihn zwischen den Fingern. Eine feine rote Ader lief durch den Stein, die sich zur Spitze hin gabelte wie ein Blitz, der vom Himmel herabfuhr.

Seruun spürte, daß viele Geister mit diesem Stein verbunden waren. Vielleicht war er ein Geschenk des Landes an ihn, damit er die hellhäutigen Stammler, die er in seinen Träumen gesehen hatte, besser verstünde? Er trat zu seinem Pferd und schob den schwarzen Kiesel in die Satteltasche.

Als der Geistertänzer aufgesessen war, betrachtete er noch einmal den Berg, der den Horizont beherrschte. Der Gipfel war schneebedeckt. Jenseits des Weißhaupts lagen die Weiden! Nicht mehr lange …

Seruuns Geist griff nach einem der rotköpfigen Vögel, die über das Land glitten, und er flog auf weißen Schwingen über die Täler der neuen Heimat.

Bald schon entdeckte er fettes Weideland. In seltsamen Mustern zog es sich einen Hügel hinauf. Das Gras dort stand hoch. Endlich fände die Herde wieder gutes Futter!

Das Omen

In einem Mietshaus, an der Straße der Wagner in Monte Flora,
zur Morgendämmerung des 8. Tages im Wolkenmond, im 461. Jahr
der Abwesenheit Gottes

Alessandra erwachte mit dem Gefühl, beobachtet zu werden. Sie hielt die Augen geschlossen und stellte sich vor, wie Tormo sie ansah. Sein Körper strahlte eine behagliche Wärme aus. Er hatte ihr einen Arm um die Schultern gelegt. Sein Atem strich über ihren Nacken.

Alessandra schlug die Augen auf. Tormo schlief! Er konnte sie also gar nicht beobachtet haben! Vor dem winzigen Fenster der Kammer huschte ein Schatten vorbei. Ein Vogel?

Auf der hölzernen Treppe erklangen schlurfende Schritte. Ihr Mißtrauen erwachte von neuem. Vorsichtig nahm sie Tormos Arm von den Schultern und erhob sich vom Bett.

Es war naßkalt in der Kammer. Sie griff nach dem breiten Lederband mit den Dolchen und zog die Decke von dem unbenutzten Bett, um sich darin einzuhüllen.

Die Schritte verharrten vor der Tür. Die rostigen Angeln quietschten leise, als die Tür vorsichtig geöffnet wurde. Orlando. Erleichtert atmete Alessandra aus und legte die Wurfdolche zurück auf den Stuhl neben dem Bett.

»Du hast einen leichten Schlaf«, flüsterte der Alte.

Sie antwortete nicht. Statt dessen trat sie ans Fenster. Auf dem Sims davor lag Vogelkot. Auf einem Dach gegenüber entdeckte sie Tauben.

»Wir müssen miteinander reden«, flüsterte der Alte.

Unwillig wandte sie sich um. »Worüber?«

Orlando deutete auf Tormo, dann winkte er ihr, ihm vor die Tür zu folgen.

Was sollte diese verdammte Geheimniskrämerei? Er war ihr gestern abend schon so seltsam vorgekommen. Verwirrte ihm das

Alter allmählich die Sinne? Sehnsüchtig blickte sie zum Bett zurück, und folgte dann doch Orlando.

»Also, was willst du?« herrschte sie ihn an.

Er duckte sich, als hätte ihn ein Schlag getroffen. »Es ist wegen des Jungen ... Ich sehe, daß ihr glücklich seid. Aber ich mache mir Sorgen. Da ist etwas ... Gestern habe ich noch darüber gelacht, aber als du dann in diesem Harlekinkostüm erschienst ... Das kam mir wie ein Omen vor! Weißt du, Tormo hat dich mit Hilfe einer Wahrsagerin gesucht. Er war wie besessen von diesem Gedanken. Ich konnte es ihm nicht ausreden. Er wollte nicht auf mich hören. Und jetzt erscheinst du im Harlekinkostüm und erschütterst meine Sicht der Welt.«

»Was hat das miteinander zu tun?«

»Diese Wahrsagerin ... Sie hat immer wieder eine Harlekinkarte aufgedeckt. Ich habe es nicht geglaubt ... Aber jetzt.«

»Sie hat es auf Befehl getan«, beruhigte Alessandra den Alten. »Jemand wollte, daß sie die Harlekinkarte ausspielt.«

»Und das Tier ... Tormos Leben wird von einem Tier bedroht. Die Wahrsagerin hat dies schon vor vielen Monden prophezeit. Dieser Atemdieb ... Ist er wie ein Tier? Wie diese anderen Geschöpfe, die du gejagt hast?«

»Ich glaube ...« Was war nur mit Orlando geschehen? Der Alte war ja kaum wiederzuerkennen!

»Nimm Tormo nicht mit auf deine Jagd. Ich habe Angst um ihn. Das mit dem Harlekinkostüm ... Man hat dich angewiesen, in diesem Kostüm aufzutreten?«

Alessandra nickte. »Mach dir keine Sorgen. Ich werde den Atemdieb allein töten. Ich brauche Tormo nicht dazu.«

Orlando wirkte erleichtert. Er versuchte zu lächeln. »Weißt du, ich mag Tormo. Er ist wie ein Kind für mich. Er ist völlig ohne Arg ... So unschuldig. Und er ist vernarrt in dich. Ich werde dafür sorgen, daß du hier herauskommst. Kennst du in der Stadt jemanden von der *corona*?«

»Ich kann dir darüber nichts sagen ... Das ist ihr Gesetz.«

»Wenn du jemanden kennst, dann sorg dafür, daß wir auf den höchsten Totenturm der Stadt gelassen werden. Von dort werden wir fliehen. Und drei wirklich gute Pferde brauchen wir ... Sie sollen vor den Toren der Stadt auf uns warten. Tormo wird auf sie aufpassen. Und dir verspreche ich eine Flucht, die du in fünfzig Jahren mit Begeisterung Tormos Enkelkindern erzählen wirst ... wenn wir beide sie überleben. Weißt du, ich sehe nicht mehr so gut ... Das könnte Schwierigkeiten bereiten. Hast du übrigens Geld? Glaubst du, wir können uns ein paar Näherinnen leisten?«

Eisenmänner

In Palagria, fünfzehn Meilen südlich des Kaps der Türme,
drei Tage nachdem die Herde das große Wasser verlassen hatte,
im Jahr der stählernen Dornen

Seruun ritt an den steinernen Jurten vorbei. Wie konnte man nur darin leben? Sie waren wie Höhlen! In den letzten beiden Tagen hatte er schon etliche der Steinzelte der Stammler gesehen, aber so viele wie hier hatten noch nirgends beieinandergestanden.

Steinfaust erwartete ihn. Die Hände des Geistertänzers waren voller Blut. »Die Stammler kämpfen nicht wie Männer!«

»Bist du verletzt?«

»Nein, aber du mußt etwas sehen!« Er führte Seruun zwischen den steinernen Jurten hindurch an einen Ort, den man mit Wällen aus zerbrochenem Fels umgeben hatte. Dort standen Bäume. Hatten die Stammler Angst, daß ihnen die Bäume fortliefen? Niemand konnte diese Menschen begreifen!

An einem der Wälle lag Baatar. Man hatte ihm die Kleider heruntergerissen. Sein ganzer Körper war mit Striemen bedeckt. Er war tot. Seine Brust war geöffnet worden.

»Ich habe seine Seele fliegen lassen. Ich wußte nicht, ob du kämst. Sie hatten ihn mit dem Kopf nach unten dort aufgehängt.« Er deutete auf den größten Baum. Ein Seil hing noch von einem der unteren Äste herab. Der Stamm war mit Blut besudelt.

»Sie haben ihn totgeprügelt! Baatar hatte sich erst vor drei Monden ein Weib genommen. Er war beliebt unter den Kriegern und ein guter Jäger. Ich habe ihn gestern als Späher hierhergeschickt. Ich hätte es besser wissen sollen. Er glaubte, man werde sich schon irgendwie mit den Stammlern verständigen. Er muß in ihr Lager geritten sein, um mit ihnen zu reden, der Dummkopf! Hätte er nur die besten Weideplätze ausgespäht, wie ich es ihm befohlen hatte, sie hätten ihn niemals gefangen!«

Seruun kniete neben dem Toten nieder. Als Kinder hatten sie

oft miteinander gespielt. Meistens war er eifersüchtig auf Baatar gewesen, weil diesem immer alles so leichtfiel.

»Ich trieb einen Teil der Herde auf diese Weiden hier«, erklärte Steinfaust. »Die Stammler stimmten ein großes Geschrei an ... Dabei besitzen sie nur diese kleinen Hörnertiere. Die brauchen gar keine Weiden. Als die Stammler Steine nach uns warfen, ließ ich sie in ihre Jurten zurücktreiben. Dann kam ein Mann mit Eisenhaut. Er brachte sie dazu, gegen uns zu kämpfen. Das mußt du auch sehen.«

Steinfaust führte Seruun von den Bäumen fort und sprach weiter. »Die Stammler sind keine guten Krieger. Wir besiegten sie mühelos. Ihre Weiber flohen mit den Kindern in die Berge hinauf. Aber dieser Eisenmann ... Er kämpfte wie ein Schneelöwe. Zwei Krieger hat er getötet. Drei andere verletzt.«

Ein wenig abseits des Lagers lag der Eisenmann. Er war in seltsame weiße Häute gekleidet. Seine Brust bestand aus schimmerndem Stahl, so wie Gurwans Messer. *Vor der Schlacht legten sie Schalen an und sahen dann aus wie die Seitgänger, die am Boden der Flüsse wandern.* Das hatte Gurwan ihm einst erzählt. Seruun hatte sich das nie richtig vorstellen können.

»Es gab nur diesen einen Eisenmann?«

»Ja«, bestätigte Steinfaust. »Und ich hoffe, sie haben nicht mehr von diesen Kriegern. Unsere Pfeilspitzen zerbrachen an den Schalen, die er trägt. Sie sind offenbar schwer zu töten, diese Eisenmänner. Und sieh dir das an!« Er deutete auf das Messer, das neben dem Toten lag. So lang wie ein Arm!

»Sind sie die stählernen Dornen aus deinen Träumen, von denen du uns berichtet hast, Seruun?«

Der junge Schamane betrachtete den toten Stammler. Sogar das Gesicht war hinter Schalen verborgen. »Nein«, sagte er schließlich zögernd.

Steinfaust kniete nieder. »An diesen Schalen befinden sich Lederstreifen. Wenn ich sie durchschneide, kann ich ihm die Schalen von der Brust nehmen.« Der Schamane machte sich an dem Toten zu schaffen.

»Ich wollte seine Seele fliegen lassen. Er hat tapfer gekämpft.«

»Wir werden die Seelen aller dieser Toten zu den Ahnen fliegen lassen«, entgegnete Seruun entschieden. »Die Stammler sind dumm, und man kann nicht begreifen, warum sie um Gras kämpfen, wenn sie keine Herden haben. Dennoch halten wir uns an die Bräuche unserer Ahnen!« Der junge Geistertänzer war zornig über das sinnlose Sterben. Aber er war auch besorgt um die Sicherheit der Herde.

»Gut, daß du hier warst, Steinfaust. Wenn sie unseren Herden noch einmal zu nahe kommen, dann treib sie so weit in die Berge, daß sie nie mehr zurückkehren. Wir haben schon zu viele Büffel verloren. Ich werde nicht dulden, daß die Stammler das Blut der Herde vergießen!«

Der alte Schamane blickte auf. Er wirkte überrascht. »Du hast gesprochen wie ein Mann, Seruun! Es soll sein, wie du sagst.«

Bambusrohre

In der Straße der Fernwarenhändler, in Monte Flora am späten Morgen des 12. Tages des Wolkenmondes, im 461. Jahr der Abwesenheit Gottes

Orlando war außer sich vor Zorn. Was bildete sich diese Händlerin ein, einen Silberdenar für ein Rohr katauekischen Bambus zu fordern! Trug er sein Geld um den Hals? Er war doch nicht der Kaiser von Katau! Schon für die Seide hatte er ein Vermögen ausgegeben.

Er betrat eine Garstube und kaufte sich zwei Spieße mit Hühnerfleisch, das von einer Honigkruste umgeben war. Wenn er gegessen hatte, würde er sich weniger aufregen. Die *corona* bezahlte! Wenn die von Alessandra verlangten, das Unmögliche zu vollbringen, dann sollten sie auch tief in die Tasche greifen. Sie wollten schließlich mit ihrer Hilfe gewissermaßen eine Stadt erobern. Was galten da ein paar hundert Denare?

Orlando kaute auf dem Bratfleisch herum. Als er jünger gewesen war, hatten die Hühner noch zarteres Fleisch gehabt. Alles war früher besser gewesen! In den Werkstätten des *ordo mechanici dei* hatte er sich keine Gedanken darüber machen müssen, was Seide und Bambusrohr kosteten. Er hatte sich allein um seine Arbeit gekümmert, und Buchhaltung hatte nicht dazugehört.

Versonnen blickte er die breite Straße der Fernhändler entlang. Die Hälfte der Läden war mit Brettern vernagelt. Kolonnaden säumten die Straße, damit die reichen Kunden keinem Regenschauer ausgesetzt waren, während sie die Schätze aller Welt in den Auslagen der Händler bewunderten. Doch die Pracht von einst verfiel immer mehr. Putz blätterte von den Häusern. Die Farben auf den Säulen der Kolonnaden verblaßten. Nur wenige konnten es sich noch leisten, in diesen Läden einzukaufen.

Orlando lächelte. Er wollte sich noch ein Schälchen mit gerösteten Nüssen gönnen. Die Händlerin sollte Zeit zum Nachdenken haben, wann wohl noch einmal ein Kunde käme, der gleich nach achtzig Bambusstangen verlangte!

Vom Ende der Straße erklangen Rufe und lauter Hufschlag. Unruhe kam auf unter den Menschen ringsum. Die Kaufleute verließen ihre Geschäfte, um zu sehen, was vor sich ging. Orlando blinzelte hilflos. Verschwommen sah er rote Gestalten die Straße entlangkommen. Männer auf Pferden. Ob die Schausteller des Theatro Phantasmagorico einen Umzug durch die Stadt machten?

Sein Augenlicht wurde von Mond zu Mond schwächer. Früher einmal hatte er so scharf gesehen, daß er die Haare auf den Beinen der Fliegen zählen konnte. Heute war er froh, überhaupt noch Fliegen zu entdecken, wenn es um ihn herum summte und surrte.

Er hielt einen kleinen Jungen auf.

»Wer kommt denn da die Straße entlang?«

»Rote Ritter, Gevatter. Sie haben wunderschöne Pferde. Die tragen Federbüsche auf dem Kopf. Und Kutschen kommen auch.«

Orlando fiel der Hähnchenspieß aus der Hand. Sofort bückte sich der Junge.»Siehst du auch eine Fahne?«

Der Kleine wollte ihm den Hähnchenspieß zurückgeben. Ärgerlich winkte Orlando ab.»Eine Fahne, frage ich! Haben sie eine Fahne dabei?«

»Ja, Väterchen. Sie ist ganz rot mit einem leuchtenden weißen Stern in der Mitte.«

Der Alte trat in den Schatten der Kolonnaden zurück. Rote Ritter! Der *ordo executionis silentii finiti,* und in den Kutschen saßen vermutlich Priester des *ordo silentii mysteriorum.* Hatten sie ihn also doch gefunden. Er mußte fliehen, solange noch Zeit war! Aber sie sollten ihn nicht lebend bekommen!

Orlando drehte der Straße den Rücken zu. Schon waren die ersten Reiter auf einer Höhe mit ihm. Ohne wirklich etwas zu sehen, starrte er auf lange Reihen von bunten Glaskaraffen, die an der Wand eines Ladens aufgehängt waren.

»Kann ich Euch helfen, Herr?« Ein junger Mann war aus dem Laden getreten.»Drinnen habe ich noch viel schöneres Glas. Es stammt aus dem fernen Kurjameos. Kelche, so dünnwandig wie Blütenblätter und ebenso bunt.«

»Hat der Laden einen Ausgang auf eine Seitenstraße?«

»Nicht unmittelbar ...« Der Glashändler war einen Moment lang verwirrt. »Es gibt eine Tür auf einen Hinterhof. Wenn Ihr dort in den Keller hinabsteigt, führt ein Weg auf einen zweiten Hinterhof, und der hat einen Zugang zur Tuchhändlergasse.«

»Ein Silberdenar, wenn du mich dorthinbringst.«

»Florio! Achte auf meinen Laden!« rief der Glashändler einem Nachbarn zu.

Orlando blickte über die Schulter zurück. Eine der großen Kutschen, von denen der Junge gesprochen hatte, rollte vorbei. So nahe war sie, daß selbst Orlando den weißen Stern auf der rotgestrichenen Seitentür erkannte. Alles verdrehten sie! Alle übrigen Orden der Kirche führten den roten Stern auf weißem Grund als ihr Zeichen. Nur die Geheimniskrämer und ihre Bluthunde machten eine Ausnahme.

»Kommt Ihr, Herr?«

Der Glashändler führte Orlando durch die stickigen Keller alter Häuser und über Hinterhöfe voller Müll und Bauschutt in die Tuchhändlergasse.

Das Herz des alten Klippenwächters raste. Seine Hände waren ganz kalt. Er drückte dem Händler zwei Denare in die Hand. »Vergiß, daß du mich je gesehen hast! Sonst wird dich die *corona* besuchen und dir beim Vergessen helfen.«

»Ich ...«

Orlando hatte keine Zeit, sich das Gestammel des Händlers anzuhören. Die Tuchhändlergasse war viel belebter als die prächtige Straße der Fernhändler. So schnell die Beine ihn trugen, eilte der Alte die Stufen hinauf, die in Richtung des Platzes der Blumen führten. Dabei sah er sich immer wieder um, ob ihm jemand folgte. Doch die Menschen hinter ihm bildeten nur verschwommene Farbflecken.

Er fluchte. Es war sinnlos. Er würde mögliche Verfolger gar nicht bemerken! Mit klopfendem Herzen drängte er sich in eine enge Seitengasse. Es stank nach Urin und Abfällen.

Er konnte nicht auf direktem Weg zum Platz der Blumen, überlegte er. Wenn er Haken schlug wie ein flüchtender Hase, dann würde er sie hinter sich lassen. Bestimmt waren sie schon ganz in der Nähe. Aber so leicht ließ er sich nicht fangen. Niemals sollte der Rote Orden ihn bekommen! Tormo und Alessandra mußten ebenfalls verschwinden. Sie waren zu lange mit ihm zusammen gewesen. Die Ordensritter würden die beiden umbringen. Hoffentlich hatte Alessandra schon den Schlüssel. An dem Ort, an dem ihre Flucht beginnen sollte, würden die Ordensritter zu allerletzt suchen, da war Orlando sich ganz sicher!

Das gebrochene Siegel

In der Audienzhalle im palazzo *des* princeps *von Monte Flora, eine Stunde später*

Die Ritter des *ordo executionis silentii finiti* bildeten einen Spalierweg zum hohen Portal des Audienzsaals. Die von mächtigen Säulen getragene lange Halle bot Platz für mehr als tausend Besucher und war dennoch überfüllt. Die Geistlichkeit Monte Floras und der umgebenden Städte hatte sich versammelt. Auch etliche *mercatoren* waren erschienen, um dem *pater maior* die Ehre zu erweisen.

Die Ritter des Roten Ordens trugen prachtvolle Rüstungen im Stil des alten Imperiums. Bronzehelme mit tief herabgezogenen Wangenklappen und Büschen aus rotgefärbtem Roßhaar, dazu bronzene Muskelpanzer, sowie Arm- und Beinschienen. Ihre langen roten Umhänge wurden auf der linken Schulter von goldenen Spangen mit einem weißemaillierten Gottesstern gehalten. Alle waren mit prächtigen Kurzschwertern gegürtet.

Obwohl sich mehr als tausend Gäste in der Halle aufhielten, herrschte völlige Stille, als der *pater maior* eintrat. Er war ein alter Mann mit schleppendem Gang. Sein Schädel war kahlrasiert, das Gesicht gezeichnet von Altersflecken und tiefen Falten. Die lange gebogene Nase ragte wie ein Raubvogelschnabel aus dem Antlitz. Die schmalen Lippen waren mit Golddraht versiegelt. Der Blick des *iudicators* wanderte tiefer. Wie dem Wächter der Roten Kammer, so hatte man auch dem *pater maior* beide Hände amputiert. So grausam sie zu anderen waren, so grausam sind sie zu sich selbst, ging es Francisco durch den Kopf, und er dachte daran, was Bernaldino heute noch bevorstand. Hoffentlich hatte der ehemalige *princeps* etwas gefunden, das dieses Opfer wert war! Bruder Berengar trug eine schlichte rote Soutane, die mit einer Reihe gelblicher Knöpfe besetzt war. Francisco hatte keinen Zweifel daran, daß jeder der Knöpfe das Fingerknöchelchen

eines Heiligen war. Dieser alte Mann brauchte keinen Gold-schmuck und keine Edelsteine, um seine Macht zu betonen. Auch wenn seine Beine ihre Kraft verloren hatten und er quä-lend langsam den Weg zur Empore zurücklegte, strahlte er eine Autorität aus, die als stumme Drohung über dem Saal lag. Auch Francisco fühlte sich beklommen. Wohin immer der Rote Or-den kam, erregte er Aufsehen, und doch duldeten seine Priester selten mehr als eine Handvoll auserwählter Zeugen, wenn sie ihren Geschäften nachgingen. Ein solcher Empfang – das war nicht ihre Art! Jeder im Saal wußte das. Und darin lag das Be-drohliche im Auftritt des *pater maior*.

An der Seite des Alten schritt eine junge Priesterin. Sie war gertenschlank und hochgewachsen. In ihrer weißen Soutane sah sie erhaben aus. Langes blondes Haar floß ihr über die Schultern. Ihr Gesicht war von demselben goldenen Braun wie das von Bernaldino. Auch sie schien aus dem fernen Belabadangbarad zu stammen. Doch ihre Augen waren nicht blau, sondern marmor-weiß wie bei dem jungen Priester, der dem Hüter der Roten Kammer diente.

Francisco stand mit den anderen hohen Würdenträgern der Kirche Cornias unterhalb der Empore versammelt. Ein stechender Schmerz pochte in der Wunde, die ihm Alessandra beigebracht hatte. Die Verletzung war noch immer nicht gänzlich verheilt, und wann immer Francisco unter Anspannung stand, kehrten die Schmerzen zurück.

»Der *pater maior*, Berengar von Leda, bringt Nachricht von der Lebenden Heiligen, der *primarchin* Altheia, die auf dem Konzil zu Mezzogenia weilt. Bruder Bartolome, es ist an dir, das Siegel zu zerbrechen und die Kunde zu hören.« Die blinde Priesterin sprach mit erstaunlich dunkler Stimme. Sie klang fast wie ein Mann. Berengars Dienerin trat vor und reichte dem *princeps* Bar-tolome eine kleine Zange.

Nun erhob sich doch ein Raunen im Saal. Auch Francisco hatte noch nie davon gehört, daß ein Priester des Roten Ordens seine Lippen wieder öffnen ließ.

Bartolome kniete vor Berengar nieder. Francisco war den beiden so nahe, daß er das scharfe Klicken der Metallschere hörte. Die Drähte schienen mit dem Fleisch verwachsen zu sein. Es bereitete dem *princeps* große Mühe, sie zu lösen, und bald waren die Lippen Bruder Berengars voller Blut, das ihm bis zum Kinn hinablief. Der alte Mann erduldete dies alles, ohne auch nur mit einer Wimper zu zucken.

Ein junger Priester brachte einen Kelch mit Wasser. Nachdem der letzte Draht entfernt war, trank Berengar. Mittlerweile war es wieder totenstill im Saal.

Die blinde Dienerin reichte dem *pater maior* ein Tuch, mit dem der Alte sich die blutigen Lippen abtupfte. Unsicher tastend fuhr seine Zunge über das geschundene Fleisch. Als er sprach, war seine Stimme sehr leise, und nur schwerfällig formte seine Zunge Worte. Obwohl Francisco kaum fünf Schritt von Berengar entfernt stand, verstand er nur einen Bruchteil der Worte des Alten.

Die blinde Priesterin wiederholte mit ihrer dunklen Stimme, was Berengar gesagt hatte. »Mit großem Befremden hat die *primarchin* zur Kenntnis genommen, daß der *princeps* Bernaldino in diesen schweren Zeiten sein Amt niederlegte, um den Weg durch die Rote Kammer zu wählen. Auch bin ich die Stimme ihrer Verwunderung darüber, daß Cornia nur Priester niederen Rangs zum Konzil in Mezzogenia schickte.«

Berengar wandte sich nun unmittelbar an Bartolome. »Wisse, Bruder, dein Ruhm als Erster Ritter im *ordo militis dei* von Cornia ist auch der *primarchin* bekannt. Dennoch muß ich dich auf Befehl der Lebenden Heiligen, der *primarchin* Altheia, deines Amtes für verlustig erklären, denn das Konzil von Mezzogenia hat beschlossen, daß die Führung des Militärs einer Provinz und das Amt des *princeps* künftig nicht mehr in einer Person miteinander verbunden sein sollen. Nach den Ereignissen in der *provincia ultima* im vergangenen Sommer und nach dem Tod des *princeps* Sekander wurde dieser dringliche Beschluß in großer Einmütigkeit gefaßt.«

Bartolome erbleichte. Auch wenn Berengar seine Botschaft in freundliche Worte faßte, war sie doch eine Demütigung ohnegleichen.

»Des weiteren wurde auf dem Konzil verfügt, daß *princeps* nur sein kann, wer in der Provinz geboren wurde, deren Geschicke er lenken soll. Und so hat die Lebende Heilige Altheia in ihrer allumfassenden Weisheit verfügt, daß die *collectorin* Cosima von mir ihres Amtes als Sammlerin in Diensten der Kirche entkleidet wird, um noch am heutigen Tage zur *principa* der *provincia cornia* gesalbt zu werden. Dies ist der Wille der *primarchin* Altheia, verkündet am zwölften Tag nach dem Fest des Lichtes, im vierhunderteinundsechzigsten Jahr der Abwesenheit Gottes, und diese Worte sollen gelten wie in Erz gegossen, denn der Wille der *primarchin* ist Gesetz in der Kirche Aionars.«

Ringsum erhob sich ein leises Raunen. Francisco las in den Gesichtern der übrigen Priester des Kirchenrates, daß sie nicht minder überrascht waren als er. Nur Cosima wirkte ruhig. Es würde mich nicht wundern, dachte Francisco, wenn sie schon eine Soutane mit dem purpurnen Stehkragen in ihrer Kleidertruhe verwahrt.

»Bruder Francisco?« Ein Ritter des *ordo executionis silentii finiti* war an die Seite des *iudicators* getreten.

Francisco nickte. »Der bin ich.«

»Der *pater maior* hat verfügt, daß du in dieser Halle abkömmlich bist«, sagte der Ritter steif.

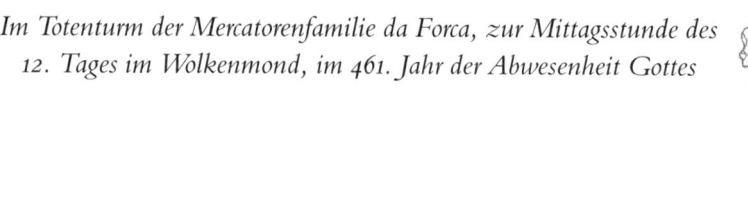

Am Totenturm

Im Totenturm der Mercatorenfamilie da Forca, zur Mittagsstunde des
12. Tages im Wolkenmond, im 461. Jahr der Abwesenheit Gottes

Alessandra legte das schwere Bündel aus Segeltuch auf die Treppe
und kramte den großen Messingschlüssel hervor. Der Eingang
zum Totenturm lag in einem kleinen Garten und war durch
hohe Bäume vor neugierigen Blicken geschützt. »Und du weißt
genau, was du tust?«

»Natürlich!« Orlando blickte sich wachsam um. Er hatte wieder ein Handbeil in den Gürtel geschoben. Während der Zeit in
den Bergen hatte er damit aufgehört, diese Waffe ständig bei sich
zu tragen.

Alessandra schob den Schlüssel in das Schloß, das in der Mitte
der Tür eingesetzt war. Das Schlüsselloch war Teil einer Totenmaske, die man als Schmuck auf das dunkle Holz der Pforte aufgebracht hatte. Der Schlüssel ließ sich nur schwer drehen. Offenbar war hier schon lange kein *mercator* aus der Sippe der da
Forca mehr beigesetzt worden. »Auf diesem Turm sitzen wir in
der Falle, sollten wir verfolgt werden.«

»Nein ... Keine Sorge, ich weiß, was ich tue. Höchstens wenn
es regnet, sitzen wir in der Falle. Wir ...« Er stockte. »Hast du das
gesehen? Dort bei der Föhre am Eingang zum Garten. Da war
ein Schatten!«

Alessandra zog einen Dolch. Tatsächlich bewegte sich dort etwas: Ein großer Pfau stolzierte durch das hohe Gras unter dem
Baum. Der Vogel sah in ihre Richtung. Er stieß einen Schrei aus
und schlug ein Rad, als hoffe er, auf diese Weise die Eindring-
linge aus seinem stillen Garten zu vertreiben.

Alessandra steckte den Dolch weg. Orlando mußte halb-
blind sein! »Es ist nur ein Pfau.« Sie stieß die Tür zum Totenturm auf und nahm das in Segeltuch eingeschlagene Bündel
von der Treppe.

»Was im Namen aller Heiligen haben die Näherinnen für dich in dieses Bündel gesteckt?«

Orlando beobachtete noch immer mißtrauisch das Gartentor.

»Einen Silberdenar für ein Bambusrohr«, murmelte der Alte, als habe er sie gar nicht gehört. »Eine Näherin bekommt das nicht einmal als Wochenlohn. Haben gut gearbeitet, die Frauen. Jede Naht ist doppelt und mit kleinen Stichen gesetzt. Wenn es nur nicht regnet!« Er blickte zum wolkenverhangenen Himmel hinauf. »Dies ist kein guter Mond, um . . .«

»Orlando, du sagst mir jetzt auf der Stelle, was in diesem Bündel steckt!«

Der Alte schüttelte störrisch den Kopf. »Nein, halt mich ruhig für verrückt, aber es gibt Wege, die man nicht mehr beschreiten kann, wenn man zur falschen Zeit zuviel darüber weiß. Laß das Bündel liegen! Ich bringe das schon allein nach oben. Kümmre dich darum, daß Tormo die Stadt verläßt. Er soll bei der Ruine am See mit den Pferden auf uns warten. Und er soll nicht vergessen, dort das Signalfeuer auf dem Turm zu entzünden!«

Alessandra lehnte das schwere Bündel an die Wand. Sie war froh, Orlando hierlassen zu können. Seit er die Ritter des Roten Ordens gesehen hatte, kam ihm kein vernünftiges Wort mehr über die Lippen. Sie selbst hatte gehen müssen, um die fehlenden Bambusstangen zu holen, und was immer er bei den Näherinnen anfertigen ließ, war auch erst zur Hälfte fertig. Sie war es leid, den Laufburschen für ihn zu spielen. Und als sei es damit noch nicht genug, bestand der *honorius* der *corona* von Monte Flora auf einem Treffen mit ihr, bevor sie den Atemdieb tötete.

»Du wirst doch das zweite Bündel noch bringen, sobald die Näherinnen fertig sind?«

Alessandra hatte nicht übel Lust, den Alten einfach auf seinem Turm sitzen zu lassen. Sie hatte wahrlich genug am Hals! »Ich verstehe immer noch nicht, wie wir von hier fliehen sollen. Der Turm ist sicherlich ein gutes Versteck, aber wenn ich verfolgt werde und hier heraufsteige, dann ist er eine Todesfalle. Bisher bin ich meinen Häschern stets entkommen. Ich verstehe nicht, was das alles soll.«

»Du wurdest noch nie vom *ordo executionis silentii finiti* verfolgt, Mädchen. Diese Leute sind anders ... Sie sind darin unterwiesen, wie Flüchtlinge zu denken. Ihnen entkommt man nicht so einfach. Nur wenn man das Unvorhersehbare tut, kann eine Flucht vor ihnen gelingen. Mit ihren alten Rüstungen und dem Pomp, mit dem sie auftreten, mag man sie für schwerfällig und langsam im Geiste halten. Das wollen sie. Ganz gleich, was heute nacht geschieht: Komm hierher, Alessandra! Selbst wenn das zweite Bündel nicht mehr fertig geworden ist. Ich möchte, daß du mit Tormo in die Berge zurückkehrst. Der Junge hat es verdient.« Orlando lächelte schief. »Und du auch!« Er schloß sie in die Arme. »Du auch, Mädchen. Werdet glücklich miteinander. Und nun geh und sorg dafür, daß Tormo nicht mehr in der Stadt ist, wenn du dich auf die Jagd nach diesem Tier begibst.«

Der Klingentisch

Im Vorraum zur Roten Kammer, im palazzo *des* princeps
von Monte Flora, zur Mittagsstunde

»Du bist kein Mann nach meinem Herzen, Bruder, ich sage es
offen heraus.« Berengars hellgrüne Augen hielten Franciscos
Blick gefangen. Die Stimme des alten Priesters klang heiser, und
seine Zunge schien nur widerwillig die Worte zu formen. Es war
schwer, seiner Rede zu folgen. Die Priesterin, die im Audienzsaal seine Stimme gewesen war, war ihnen nicht hierher in diese
düstere Kammer gefolgt. »Du bist hier, weil Bruder Bernaldino
dich als Zeugen seiner Weihe zum Priester des *ordo silentii mysteriorum* gewählt hat. Ich hege den Verdacht, daß du ihn angestiftet
hast, diesen Weg zu gehen. Bernaldino ist zu weich dafür, es aus
eigenem Antrieb zu tun. Was immer du dir versprochen haben
magst, Bruder Francisco, ich glaube nicht, daß der Orden eines
seiner Geheimnisse mit dir wird teilen müssen.«

»Ich versichere dir, Bruder, daß ich ...«

Berengar schnitt ihm mit einer herrischen Geste das Wort ab.
»Ich lege keinen Wert auf Worte. Ich habe mich der Welt der
flüchtigen, gesprochenen Worte schon vor langem verschlossen.
Ich vertraue dem, was ich sehe. Zu schweigen schärft das Auge,
Francisco. Und ich erkenne sehr deutlich: Du bist der Mann,
dem ich es verdanke, daß das Siegel meiner Lippen gewaltsam
gebrochen wurde. Ich bin hier, weil Bernaldino einen Irrweg
eingeschlagen hat. Nun sag mir, worüber du mit ihm sprechen
willst, und ich entscheide, ob dies ein minderes Geheimnis ist.«

Francisco hatte das Gefühl, in diesen grünen Augen zu ver-
sinken. Er fand nicht die Worte, sich dem *pater maior* zu widersetzen, also fügte er sich. »Ich wünsche zu wissen, was Bruder
Bernaldino in der Roten Kammer über den Atemdieb herausfinden konnte, wie ich die Kreatur stellen kann und wie sie zu
töten ist.«

»Du weißt, daß du über nichts, was in diesem Raum gesprochen wurde, außerhalb dieser vier Wände reden darfst.«

»Ich kenne die Gebote der Roten Kammer, *pater maior*«, bestätigte der *iudicator*.

»Dann nimm Platz, Bruder Francisco, und sei gewarnt, denn auch die minderen Geheimnisse dieser Kammer vermögen dir auf immer den Seelenfrieden zu rauben. Es ist keine Boshaftigkeit oder ein anderer niederer Beweggrund, der meinen Orden veranlaßt, dieses Wissen so streng zu hüten.«

Der *iudicator* setzte sich auf einen Lehnstuhl. Man hatte einen schmalen Tisch und zwei hohe Stühle in die Kammer gebracht. Der Taubenkäfig, das Schreibpult und die mit Eisenbändern gesicherte Kiste waren verschwunden. In der Fensternische stand ein silberner Becher, der mit blutroten Granatsteinen verziert war. Neben der Tür zur Roten Kammer war eine Feuerschale aufgestellt, in deren Glut man breite Messer gesteckt hatte.

Der Tisch, den man anstelle des Schreibpults hereingeschafft hatte, war aus dunklem Holz gefertigt. Man hatte eine tiefe, umlaufende Rille in seine Platte geschnitten. Dieses Oval war an den Enden durchbrochen, und weitere Rillen führten über den Rand der Tischkanten hinweg. Dort hatte man zwei silberne Schalen aufgehängt, in deren Innenseiten Eichstriche eingraviert waren. An den Längsseiten der Tischplatte führte die Rille bis zum Rand. In die Mitte des Tischs war eine weitere schmale Kerbe geschnitten. Unter einem roten Tuch, vor neugierigen Blicken verborgen, lag etwas Längliches, Flaches.

Aus dem Nebenraum wurde Bernaldino hereingeführt. Gewiß hatte er durch den Vorhang jedes Wort hören können, das gesprochen worden war. Bis auf ein Lendentuch war der ehemalige Kirchenfürst nackt. Um seinen rechten Arm war ein Lederband geschlungen, das ihm tief ins Fleisch schnitt. Der blinde *pater* Irenaeus und der Wächter der Roten Kammer, *pater* Kilianus, begleiteten Bernaldino. Irenaeus trug auf einem Seidenkissen eine eiserne Armstulpe, aus der die Klinge eines Dolches ragte.

»Bruder Bernaldino, bist du mit den Gesetzen der Initiation zum *pater* des *ordo silentii mysteriorum* vertraut?« fragte Berengar.

»Ich bin unterwiesen und habe aus freien Stücken beschlossen, dem Orden beizutreten. Ich gelobe, seine Geheimnisse für immer zu wahren. Meine Lippen sollen versiegelt sein, und meine Hände, mit denen ich Verrat begehen könnte, indem ich niederschriebe, was ich erfuhr, sollen mir ins Grab vorauseilen.« Bernaldino sprach tonlos. Er starrte vor sich hin, ohne einen der Anwesenden anzusehen.

»Du bist auch mit dem Geheimnis des Klingentischs vertraut?« fragte Berengar.

»Ich weiß, daß ein Geheimnis der Roten Kammer nur über den Weg des Klingentischs an das Ohr eines *paters* gelangen kann, der nicht dem *ordo silentii mysteriorum* angehört.«

»Der Weg des Klingentischs ist der Weg der Schmerzen, *novize* Bernaldino. Ein Becher mit Mohnsaft steht bereit. Ist es dein Wunsch, dem Schmerz den Stachel zu nehmen?«

»Ich gestehe, ich fürchte den Schmerz und mehr noch meine Schwäche.« Bernaldino sprach stockend. Sehnsüchtig blickte er zu dem silbernen Becher hinüber, der auf dem Fenstersims stand. »Doch tränke ich vom Mohnsaft, könnte ich Franciscos Fragen vielleicht nicht mehr beantworten, und mein Opfer hätte seinen Sinn verloren. Ich danke dem Orden für diese Gunst, auch wenn ich sie zurückweisen muß.«

»Es sei, wie du entschieden hast. So nimm nun Platz, *novize* Bernaldino, und beten wir zu Aionar und seinen Heiligen, daß es dir vergönnt sein möge, dich als *pater* des *ordo silentii mysteriorum* zu erheben. Bereite den Tisch für die Initiation, *novize*!«

Bernaldino nahm Platz und schlug das rote Tuch zur Seite. Darunter lag eine bläulich schimmernde Stahlklinge mit geriffelter Schneide, die ein wenig an ein Sägeblatt erinnerte. Er hob sie auf. Der Stahl beschlug an den Stellen, wo ihn Bernaldinos verschwitzte Hände berührten. Vorsichtig setzte der *novize* die Klinge aufrecht in den schmalen Spalt in der Mitte der Tischplatte. Mit einem knackenden Geräusch rastete das Stahlblatt in einem verborgenen Mechanismus ein. Mit spitzen Fingern und großer Vorsicht vor der Schneide überprüfte Bernaldino, ob die Klinge fest in der Tischplatte verankert war.

Neben dem *pater maior* war der blinde *pater* Irenaeus niederge-
kniet. Er hatte das Kissen auf den Boden gelegt und schnallte
nun die Stulpe mit der Messerspitze über Berengars verstümmel-
tes rechtes Handgelenk.

Francisco spürte, wie sich ihm in Erwartung dessen, was nun
kommen mußte, der Magen zusammenzog.

»Du weißt, daß ich dich töten werde, solltest du versuchen,
eines der größeren Geheimnisse an den Zeugen zu verraten.«
Berengar schwenkte den Arm zur Seite und prüfte so den Sitz
der Messerstulpe.

»Ich bin mit den Geboten der Initiation vertraut,« entgegnete
Bernaldino mit teilnahmsloser Stimme.

»*Pater* Irenaeus, ich muß dich bitten, den Raum zu verlassen,
um dir deine Unschuld zu bewahren.«

Der blinde Priester verneigte sich knapp in Richtung des *pater
maior*. Dann tastete er sich ein wenig unsicher am Tisch vorbei,
hin zu der Tür, die nach draußen auf den fahnengeschmückten
Korridor führte.

Berengar trat hinter Bernaldino und legte dem *novizen* die
Klinge, die aus der Armstulpe ragte, an den Hals. »Wenn du
schreibst, welche Hand benutzt du dann, Bernaldino?«

»Die rechte, *pater maior*.«

»So reich dem Zeugen nun deine rechte Hand.«

Bernaldino griff über die Klinge hinweg. Francisco nahm die
Hand. Sie fühlte sich kühl an. Die Handfläche war schweißnaß.
Hinter dem *iudicator* schloß sich die Tür zum Korridor.

»Stell deine erste Frage, Bruder Francisco!« forderte ihn Berengar auf.

Bernaldino legte das Gelenk seiner rechten Hand auf die
Schneide der Sägeklinge. Seine Finger verkrampften sich um
Franciscos Hand. Der ehemalige *princeps* war jetzt leichenblaß.

»Woher kommt der Atemdieb?«

Bernaldino führte sein Handgelenk langsam über die Stahlklinge. Helles Blut floß über die Tischplatte und sammelte sich
in der umlaufenden Rille. Der *novize* stöhnte auf vor Schmerz.
Im ersten Augenblick biß er die Zähne zusammen. Dann brachte

er stammelnd einzelne Worte hervor. »Er ist ... aus ... Angst ...
geboren.« Die ganze Zeit über bewegte er das Handgelenk über
der Klinge hin und her. Quälend langsam fuhr der Stahl ins
Fleisch. Bernaldino versuchte, die Dauer der Befragung auszudehnen, indem er das Ritual der Selbstverstümmelung in die
Länge zog.

»Das verstehe ich nicht ...« Francisco war verzweifelt. Er begriff den Sinn der Worte nicht. »Was bedeutet: aus Angst geboren?«

Bernaldino schüttelte den Kopf. Schweiß rann ihm über das
Gesicht und sammelte sich in dicken Perlen auf seiner Oberlippe.

»Woher kommt der Atemdieb?«

»Er ... geht ...« Der *novize* stieß einen schrillen Schrei aus.
Seine linke Hand umklammerte die Tischkante. Gepeinigt warf
er den Kopf in den Nacken. Die Wunde im Handgelenk blutete
heftig. »Geht ... durch die Schatten ... hüte dich ... vor den
Schatten!«

»Ich muß dich warnen, *novize*.« Dieses eine Mal klang Berengars Stimme mitfühlend. »Wenn du die Initiation zu lange hin-
auszögerst, besteht die Gefahr, daß du verblutest.«

»Neue ... Frage!«

»Die Initialen von Lorenzo Nardez Odera in der Platte mit
dem springenden Delphin. Was bedeuten die übrigen Kürzel
der Inschrift?« Francisco spürte, wie die Hand Bernaldinos immer kälter wurde und sich der Griff allmählich lockerte. Die
Tischplatte war voller Blut, das über die Rillen in die silbernen
Schalen troff. *Pater* Kilianus beobachtete aufmerksam, wie ein
Eichstrich nach dem anderen verschwand, als sich die Schalen
mit Blut füllten. Er warf Francisco einen besorgten Blick zu.

Bernaldino wimmerte. Tränen rannen ihm über die Wangen.
Die Klinge war tief in sein Fleisch eingedrungen, hatte Sehnen
und Adern durchtrennt. Er schloß die Augen und sammelte noch
einmal seine Kräfte. »Falsch ...«, stöhnte er. »Kein Name ... alles ... falsch. Letum non omnia finit ...« Er warf den Kopf hin
und her.

Erschrocken zog Berengar die Messerstulpe ein Stück von Bernaldinos Hals zurück. Der *novize* schrie.

»Aionar … gib mir Kraft! Non … omnia finit luridaque evictos … effugit umbra rogos!«

Dann hielt Francisco die abgetrennte Hand umklammert. Der *novize* sank im Stuhl zurück. *Pater* Kilianus hob eines der glühenden Messer aus dem Kohlenbecken. Er trug die schweren Eisenhandschuhe. Seine Bewegungen waren ungelenk, während er mit dem Stahl die Wunde ausbrannte. Bernaldino warf sich auf dem Stuhl hin und her. Seine Schreie hallten in der Kammer wider. Es stank nach verbranntem Fleisch. Die Blutung war gestillt.

Immer noch hielt Francisco die abgetrennte Hand fest. Mit entsetzensweiten Augen starrte er auf die schlanken hellbraunen Finger. Gekrümmt im Schmerz. Mit der Linken löste er die Verbindung zu dem toten Glied und legte es neben die Klinge, die aus dem Tisch ragte. Bernaldino war ohnmächtig geworden.

»Ist deine Neugierde gestillt?« fragte Berengar kühl. »Ich habe gehört, Bruder Bernaldino war beliebt als *princeps*. Wird Schwester Cosima die Lücke füllen, die er hinterläßt? *Letum non omnia finit, luridaque evictos effugit umbra rogos.* Der Tod beendet nicht alles: Fahl aus des Grabes Gewalt ringt sich der Schatten empor. War es das wert? Wußtest du das nicht ohnehin schon?«

Francisco wich dem stechenden Blick der grünen Augen aus. Verzweifelt versuchte er seine Gedanken zu ordnen. *Er ist aus Angst geboren. Er geht durch die Schatten.* Der *iudicator* begriff nicht, wie ihm diese Worte bei seiner Suche weiterhelfen sollten. Er hatte die falschen Fragen gestellt!

Mit einem Schrei erwachte Bernaldino aus seiner Ohnmacht. Er warf sich auf dem Stuhl hin und her und betrachtete den Armstumpf, als gehöre er nicht zu ihm. Dann suchte sein gequälter Blick Franciscos Augen. »Hast du verstanden?«

Der *iudicator* fuhr sich mit der Zungenspitze über die Lippen. Nein, er durfte ihn nicht belügen! Das hätte bedeutet, sein Opfer zu verhöhnen. Unfähig zu antworten schüttelte Francisco den Kopf.

»Die Ader . . . presse . . .« Mit der linken Hand machte Bernaldino sich an dem Lederriemen zu schaffen, der um seinen Arm gewickelt war.

»Bruder Bernaldino, deine Initiation ist abgeschlossen. Du hast bewiesen, daß du den Schmerz besiegen kannst.«

Der ehemalige *princeps* hob die linke Hand. Langsam drehte er sie ganz nahe vor dem Gesicht hin und her, krümmte die Finger und streckte sie wieder. »Wirst du die richtigen Fragen stellen, Francisco?«

»Nein . . . Tu das nicht! Ich weiß es nicht . . .«

»Denk nach . . . Das Verstehen liegt schon ganz nahe. Du mußt die Stadt erlösen.«

»*Pater* Bernaldino. Es sind schon stärkere Männer als du gestorben, weil ihr Herz zu schlagen aufhörte, als der Schmerz zu groß wurde.« Sanft legte Berengar ihm den Stumpf seiner linken Hand auf die Schulter. »Als ich meine zweite Hand gab, trank ich vorher vom Mohnsaft. Schütz dein Leben!«

»Wirst du die richtigen Fragen stellen?« wiederholte Bernaldino. In seinen Augen lag ein Flehen. Er bat nicht darum, geschont zu werden. Er bat um Erlösung für die Stadt, und Francisco begriff, daß sein Freund erst dann von seinem Seelenschmerz befreit wäre, wenn der Atemdieb tot war.

»Gib mir Zeit . . . eine Stunde. Ich muß nachdenken«, bat der *iudicator.*

Am Seetor

Am Seetor von Monte Flora, in der Stunde
der Abenddämmerung desselben Tages

Tormo hatte nicht gehen wollen. Alessandra war schroff geworden. Manchmal steckte sie voller Bitternis! Sehr deutlich hatte sie ihm klargemacht, daß sie beide keine Zukunft hätten, wenn sie den Atemdieb nicht tötete. Und daß sie es allein tun werde.

Tormo wußte um ihre Ängste. Manchmal hatte er sich nur schlafend gestellt, wenn sie nachts an seiner Seite lag und ihre Hände über die wulstigen Narben auf seinem Rücken tasteten. So vieles war in ihr, wofür sie keine Worte fand. Immer noch machte sie sich Vorwürfe wegen des Kampfs mit dem Bären. Sie hatte Angst, es könne wieder geschehen, daß er sich opfern müsse. Deshalb hatte sie ihn fortgeschickt.

Er mußte an Adelaide denken. Immer wieder hatte das Tier im Zentrum seines Kartensterns gelegen. Und immer wieder war die Karte mit dem Galgen aufgetaucht. Er mußte dieses Schicksal überwinden. Jetzt wünschte Tormo, er hätte Adelaide niemals besucht. Aber wäre er dann nach dem Ende des Theaterstücks im Regen stehengeblieben, um sehnsüchtig zum Harlekin hinaufzublicken? Nur weil er nicht im Strom der anderen Zuschauer den Platz der Blumen verlassen hatte, war Alessandra auf ihn aufmerksam geworden.

Es kam Bewegung in die lange Reihe der Karren, die durch das Seetor wollten. So streng waren die Kontrollen nicht gewesen, als er mit Orlando vor zwei Wochen in die Stadt gekommen war. Hatte der alte Klippenwächter am Ende recht? Waren die Roten Priester ihnen auf die Spur gekommen?

Donner rollte von den Bergen heran. Grauschwarze Wolken zogen über den See. Bald würde es regnen.

Der große Hengst, den Tormo am Zügel führte, schnaubte unruhig. Seine Unrast machte auch die beiden Stuten scheu.

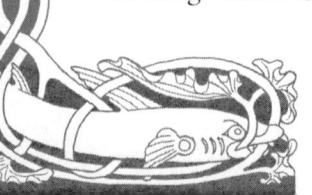

Drei prächtige Pferde hatte man ihnen überlassen. Alessandra mußte von großer Bedeutung für die *corona* sein! Sie sprach nie darüber. Aber als Orlando die Pferde und zweihundert Silberdenare gefordert hatte, brauchte sie nicht einmal einen Tag, um dies alles zu bekommen.

Der letzte Karren rumpelte vor Tormo durch das Tor. Als dunkler Tunnel führte der Torweg durch einen mächtigen Wehrturm aus hellem Sandstein. Er war ein Teil der alten Befestigungsanlagen. Auch wenn die neuen Viertel der Stadt längst nicht mehr von einem Mauergürtel umgeben waren, so mußte doch jeder, der ins Herz Monte Floras wollte, die alten Bollwerke passieren. Hier wurden Marktzölle für die Waren der Händler erhoben, und mancher Fremde wurde nach seinem Begehr gefragt, bevor er das Tor passieren durfte.

Drei Krieger der Smaragd-*turmae* in tiefgrünen Waffenröcken standen im Tor. Einer von ihnen winkte gerade den Karren durch. Tormo senkte den Blick. Am liebsten hätte er sich unsichtbar gemacht. Aus den Augenwinkeln sah er einen *capitano*, der in Begleitung eines Roten Ordensritters aus einer Seitenstraße trat.

Tormos Herz schlug schneller. Er durfte sich nicht auffällig verhalten, das hatten ihm Orlando und Alessandra eingeschärft, als wäre er ein Kind.

Tormo nickte dem Wachposten im Torgang zu. Es war ein glattrasierter junger Mann. Er lächelte und gab Tormo das Zeichen zum Passieren.

Der Hengst schnaubte. Tormo trat in den Tunnel, der durch das alte Mauerwerk hindurchführte.

»Halt!«, erklang eine befehlsgewohnte Stimme. »Du da mit den Pferden! Bleib stehen!«

Einen Moment lang überlegte Tormo, ob er sich in den Sattel schwingen sollte. Doch er war ein jämmerlicher Reiter. Nur nicht auffallen! hatten die beiden ihm eingeschärft.

Er drehte sich um. Sein Mund war plötzlich ganz trocken. Es war der *capitano*, der ihn gerufen hatte. Gemeinsam mit dem Ordensritter kam er zum Tor.

Der Offizier trug eine silberne Brustplatte, in der sich matt das Abendrot spiegelte. Er strich dem Hengst über die Nüstern. Der Offizier hatte eine gute Hand für Tiere, das sah Tormo sofort.

»Du wirst die Stadt mit diesen Pferden nicht verlassen!« Der *capitano* sah Tormo nicht in die Augen. Es schien, als sei ihm seine Pflicht unangenehm. Er blickte den Ordensritter fragend an.

Das Gesicht des Priesters war fast vollständig hinter seinem Helm verborgen. »Der Befehl des Ersten Ritters war unmißverständlich«, bestätigte er.

Vorbereitungen

Im Pergamentlager des scriptoriums, im palazzo *des* princeps
von Monte Flora, eine Stunde zuvor

»Gaukler sind immer verdächtig, Paolo. Ihre Geister sind zu frei,
sie widersetzen sich der Kirche und jedweder Ordnung. Früher
hat man sie gar verfolgt, weil sie freche Lügen verbreiteten, und
auch heute können sie selten widerstehen, ihre Zungen an Personen von Ansehen zu wetzen, ganz gleich, ob es *mercatoren* oder
Würdenträger der Kirche Aionars sind.« Francisco sprach mit
großer Ernsthaftigkeit, um die Zweifel des Jungen zu zerstreuen.
»Schau ihnen aufs Maul, Paolo, und berichte mir alles, was du
beobachtet hast. Zwei Plätze in der ersten Bankreihe vor der
Bühne sind auf meinen Namen reserviert. Ich wünsche, daß du
mich dort heute abend vertrittst.«

»Zwei Plätze?« fragte der *novize* verwundert.

Der *iudicator* lächelte milde. »Vier Augen sehen mehr als zwei.
Ich dachte, du willst vielleicht jemanden mitnehmen.«

Paolo wurde rot.

»Ich habe bereits mit Bruder Andres gesprochen«, fuhr Francisco fort. »Constanza wird an diesem Abend vom Dienst im Siechenhaus befreit sein.«

»Ich werde ihr ... Ich habe ein neues Gedicht gefunden. Es
paßt zu diesem Anlaß, und ich ...«

»Schreibst du immer noch aus den Schriften des wackeren
Lancullian ab?«

»Ich ... ich ändere alles. Ein wenig zumindest ... Schließlich
muß ich es von der *lingua dei* ins Cornische übertragen.«

Der Priester lachte. »Hoffen wir, daß deiner Angebeteten die
Schriften der großen Poeten des alten Imperiums nie in die
Hände fallen. Und nun geh, mein Junge, und hab nicht nur Au-
gen für deine schöne Freundin.«

»Gewiß nicht! Wenn diese Gaukler den Namen der Kirche

verunglimpfen oder heidnische Symbole auf ihrer Bühne ausstellen, dann entgeht mir das bestimmt nicht! Und ... Danke, daß du Constanza einen freien Abend verschafft hast. Es wird ihr guttun, die Schrecken des Kindersaals für eine Nacht hinter sich zu lassen.«

Francisco nickte. »Ich erwarte dich morgen wie an jedem Abend bei Einbruch der Dämmerung. Du wirst mir einen vollständigen Bericht erstatten.«

»Soweit das mit der Ehre meiner Dame zu vereinbaren ist!« Paolo lächelte keck, dann machte er sich davon.

Francisco sah dem Knaben mit gemischten Gefühlen nach. Man hielt Paolo stets für jünger, als er war. Der *novize* war von geringem Wuchs, vielleicht eine Folge des Hungers, den er als Kind gelitten hatte. Schon als Francisco ihn zum ersten Mal traf, damals, als Paolito ihn für einen Heiligen gehalten hatte, hatte der Priester sich gründlich im Alter des Knaben geirrt. Paolo hatte sich wohl damit abgefunden, stets für jünger gehalten zu werden, und in seinem Auftreten diesen Erwartungen angepaßt.

Als Francisco aus seinem Exil zurückgekehrt war, hatte er den ersten Flaum auf den Wangen des Jungen entdeckt. Die Schwärmerei für Constanza hatte den Priester zunächst überrascht, doch der Anblick der ersten seidenfeinen Barthaare bei dem Jungen beruhigte ihn wieder. Paolo war ernsthaft verliebt, und er war im rechten Alter dazu.

Es erfüllte den *iudicator* mit stiller Freude, Zeuge dieser jungen Liebe zu sein. Das war auch der Grund, warum er Paolo auf keinen Fall in dieser Nacht an seiner Seite haben wollte.

Der Priester lehnte sich auf dem bequemen Stuhl des Hüters der Häute zurück. Sein Blick wanderte über die großen Stapel unterschiedlich feinen Pergaments, die in den tiefen Regalen um ihn herum lagerten. Der Raum war erfüllt vom Duft der Häute. Es mußten Tausende sein. Manche waren gar in katauekischem Purpur gefärbt. Sie wurden für die Seiten der kostbarsten *codices* verwendet. Mit gold- oder silberfarbener Tinte wurden auf solches Pergament die überlieferten Weisheiten und Glaubensregeln Aionars niedergeschrieben.

Francisco schloß die Augen und wollte sich ganz dem warmen Duft des Leders hingeben, doch sofort suchte ihn die Erinnerung an den Klingentisch heim: die Erinnerung an Bernaldinos Tod! Der *pater maior* hatte recht behalten. Den Akt der Selbstverstümmelung noch einmal zu wiederholen, war zuviel gewesen für das durch den Bluthusten ohnehin geschwächte Herz des ehemaligen *princeps*. Der Tod war schnell über ihn gekommen. Er war kurz nach dem Verlust der zweiten Hand eingetreten. Mit einem Ruck erhob sich Francisco. Hoffentlich hatte er die Worte des Sterbenden nicht falsch gedeutet! So kaltblütig Bruder Berengar auch sein mochte, das Opfer Bernaldinos hatte auch ihn nicht unberührt gelassen. Der *pater maior* hatte das Vermächtnis des *princeps* zu seinem Anliegen gemacht.

Francisco durchmaß den *palazzo*. Überall wurden Vorbereitungen getroffen, um am nächsten Tag die feierliche Amtseinführung Cosimas zu begehen. Der Tod Bernaldinos hatte sich noch nicht herumgesprochen, so würde die festliche Stimmung nicht getrübt. Wahrscheinlich würde Bruder Berengar darauf bestehen, den Leichnam Bernaldinos in einer der Kutschen des Roten Ordens mitzunehmen. Vermutlich in einem Branntweinfaß, dachte der *iudicator* und erinnerte sich daran, wie Arbenga Cano in einem Branntweinfaß zu ihm zurückgekehrt war.

Als Bernaldino starb, war er *pater* des *ordo silentii mysteriorum*. Die Roten Priester machten ein seltsames Aufhebens um ihre Toten. Sie bestanden darauf, alle Angehörigen ihres Ordens in den Felsgräbern bei Gondallo beizusetzen.

Die beiden Ritter des *ordo silentii finiti*, die vor dem Rauchkabinett Wache standen, grüßten Francisco. Mit einem Nicken beantwortete er ihren Gruß, während sie ihm die Tür öffneten.

Man hatte die Stühle und die kleinen Tische aus dem Rauchkabinett entfernt. Der kahle Raum wirkte dadurch größer. Erst jetzt sah man das verschlungene Muster, das in den Steinboden gemeißelt war und an den Wänden entlanglief, dort, wo die Stühle gestanden hatten.

Die Lehnen der hohen Sitze hatten rechteckige helle Flecken auf dem nachgedunkelten Wandverputz hinterlassen. Über der

Bodenplatte mit dem springenden Delphin war, auf drei starke Holzstelzen gestützt, ein Seilzug angebracht worden. Vier lange Nägel waren in die Platte geschlagen und durch Ketten mit dem Haken des Seilzugs verbunden worden. Rings um die Bodenplatte hatte man den Mörtel aus der Fuge gekratzt.

Berengar stand neben dem Seilzug. Der alte Priester wirkte müde. Sie waren allein in dem Rauchkabinett.

Francisco war die Anwesenheit des Roten Priesters unangenehm. »Ich hätte erwartet, daß du der neuen *principa* letzte Anweisungen vor der Einführung in ihr Amt gäbst, *pater maior*.«

»Unsere Schwester macht mir den Eindruck, als wisse sie mit ihrer neuerworbenen Autorität umzugehen. Sie hat die *primarchin* über die Ernennung Bartolomes zum *princeps* in Kenntnis gesetzt und darauf hingewiesen, daß dieses Vorgehen Bernaldinos im Widerspruch zu den Beschlüssen des Konzils steht. Vielleicht ist dir aufgefallen, wie wenig überrascht sie schien, daß die *primarchin* ihr dieses Amt übertragen hat.« Ein zynisches Lächeln spielte um die verschorften Lippen des alten Priesters. »Ich bin überzeugt, sie war eine sehr erfolgreiche *collectorin*. Schwester Cosima besitzt alle Anlagen, es in unserer Kirche noch weit zu bringen. Den heutigen Abend wollte sie allein sein und Aionar im Gebet für seine Gnade danken.«

»Der Rote Orden wußte von all dem.« Francisco deutete auf die Grabplatte. »Ihr wart schon einmal hier, nicht wahr? Ihr habt diese Platte gesetzt?«

»Jemand wie du, Francisco, wird nie begreifen, daß das Schweigen in unserem Kampf die schärfste Waffe ist. Weißt du, was unter der Platte liegt?«

»Der Atemdieb!«

Der Priester verzog die zerklüfteten Lippen. »Du hast recht, und zugleich irrst du dich. Heb die Platte!«

Francisco griff in das Speichenrad und löste den Sicherungsbügel. Das Seil des Flaschenzugs war lang und führte über viele Rollen. Der *iudicator* konnte das Speichenrad ohne Mühe bewegen. Mit einem Ruck löste sich die Platte mit Delphin und Halbmond aus der Verankerung im Boden. Als sie einen halben

Schritt hoch angehoben war, ließ Francisco den Sicherungsbügel wieder einrasten.

Er nahm seine Blendlaterne und leuchtete in die Senke im Fußboden. Er konnte darin eine Gestalt mit geisterhaft bleichem Antlitz erkennen. Das Gesicht trug edle Züge. Die Kleider waren zerrissen. In der Brust steckte ein Dolch mit einem roten Stein im Knauf.

»Und? Bist am Ziel, Francisco?« fragte Berengar.

Die Hand des *iudicators* ruhte auf dem Griff seines Schwerts. Die Kreatur war tot, daran bestand kein Zweifel. Zugleich erkannte der *iudicator* darin den Mann, den Paolo ihm beschrieben hatte. Den Atemdieb, der dem Jungen vor über einem Jahr begegnet war. Wie konnte das sein?

Ratlos blickte Francisco den *pater maior* an. Der Alte zeigte nicht die geringste Regung.

»Wenn du soviel weißt, Berengar, warum nutzt du dein Wissen dann nicht, um Unschuldige zu schützen?«

»Woher weißt du, daß ich nicht genau das tue? Verschließ die Gruft, und ich werde dir einen Rat erteilen.«

Francisco zögerte. Im Grunde erwartete er nichts als Spott von seiten Berengars. Dennoch trat er ans Speichenrad. Zoll für Zoll senkte sich die schwere Grabplatte, bis sie die Gruft wieder verschloß.

»Was siehst du auf dem Stein?«

»Besteht dein Rat aus Fragen?« entgegnete der *iudicator* gereizt.

»Man sieht nur, was man kennt, Francisco. Also, was siehst du? Ich versuche dir zu helfen, obwohl deine Anmaßung und dein Stolz mich beleidigen.«

»Ich sehe die Kürzel des Sinnspruchs und ein Wappen mit einem springenden Delphin in einem silbernen Halbmond. Ein Wappen, das es in der Geschichte Cornias nicht gibt! Zumindest nicht in dem Teil der Geschichte, den dein Orden dieser Provinz noch gelassen hat!«

»Zynismus ist kein guter Ratgeber, Francisco. Du hältst den Schlüssel in der Hand. Betrachte die Dinge einzeln, jedes für sich! Der Halbmond ist ein altes Bannzeichen. Er ist kein Bestandteil des Wappens. Er ist eine Warnung vor dem, was unter dieser Platte liegt.«

»Aber die Kreatur ist tot!« begehrte Francisco auf.

»Gut beobachtet.« Das Lächeln war von den Lippen des Alten geschwunden. »Wenn du jetzt noch begreifst, was der Tod nicht beendet hat, dann verstehst du, was mein Orden bekämpft, Francisco.« Berengar trat zur Tür des Rauchkabinetts. Sacht klopfte er dagegen. Als geöffnet wurde, drehte sich der *pater maior* noch einmal um. »Bernaldino hat dir alles gesagt, was du wissen mußt. Erinnerst du dich? Hüte dich vor den Schatten.« Er winkte einem der Roten Ordensritter, die vor der Tür standen.

Der Priesterkrieger trug einen Gegenstand, der in rotes Tuch eingeschlagen war, in das Rauchkabinett und legte ihn wortlos dem *iudicator* vor die Füße. Der zweite Ritter brachte einen Krug herein. Dann gingen sie, und als die Tür sich schloß, hörte Francisco deutlich, wie ein Riegel vorgelegt wurde.

Letum non omnia finit, luridaque evictos effugit umbra rogos. Was wurde durch den Tod nicht beendet? Welcher Schatten überlebte das Grab? Was bekämpfte der *ordo silentii mysteriorum*? Der Name! Der Orden des Schweigens der Geheimnisse. Der Name war die Antwort!

Weiße Soutanen

Auf dem Platz der Blumen in Monte Flora,
zur Stunde der Dämmerung

Gebannt folgte Paolo den Darbietungen des Kraftmenschen. Das eigentliche Stück des Theatro Phantasmagorico, *Die Rückkehr des Schwarzen Reiters*, hatte noch nicht begonnen. Da sich aber schon viele Schaulustige vor der Bühne versammelt hatten, führten einige der Gaukler Kunststücke vor.

Constanza strich sich durch das rotblonde Haar und gähnte. »Ich finde haarige Männer, die Gewichte heben, ausgesprochen langweilig.«

Frauen! dachte Paolo. Wer verstand die schon?

»Ich habe Hunger.«

Das verstand der *novize*! »Ich hole uns geröstete Nüsse.« Mit einem letzten sehnsüchtigen Blick zur Bühne stand Paolo auf. Der bärtige Kraftmensch ging sicher nie einem nörgelnden Weibsbild Nüsse holen.

Constanza beugte sich vor und küßte Paolo flüchtig auf die Wange. Die Ordensschwester duftete wunderbar nach Pflaumen. »Du bist ein wahrer Ritter«, hauchte sie ihm ins Ohr. »So aufmerksam und zuvorkommend wie kein anderer Mann, den ich kenne.«

Stolz machte sich der Junge auf den Weg. Hätte seine Mutter doch nur miterleben können, daß eine Ordensschwester ihn mit einem Ritter verglich! Breitbeinig wie der Kraftmensch auf der Bühne stolzierte er über den Platz. Dann duckte er sich unter den hohen Rädern der Tonnenwagen hindurch.

Er würde eine Abkürzung nehmen. An der Straße der Fernhändler kannte er eine alte Frau, die köstliche Nüsse verkaufte. Paolo verharrte. Hinter einem Wagen der Schausteller wechselte die Schlangentänzerin ihr Kostüm. Keiner der übrigen Künstler nahm Notiz von ihr. Dabei war sie wunderschön! Welch seltsames Volk diese Theaterleute doch waren!

Als die Schlangentänzerin mit dem Umkleiden fertig war, ergriff sie einen großen Korb und eilte den rückwärtigen Aufgang zur Bühne hinauf. Im selben Moment begann es zu regnen. Die übrigen Schausteller flüchteten in ihre Wagen oder in das Zelt, das hinter der Bühne aufgestellt war.

Paolo verharrte noch für einen Augenblick und wartete, bis der Schauer ein wenig nachließ. Er dachte an Constanza. Vielleicht ergab sich heute nacht ja die Gelegenheit, sie mit einem schlüpfrigen Liebesgedicht von Lancullian zu erfreuen und in ihr die Sehnsucht nach mehr Zärtlichkeit als bloßem Küssen zu wecken.

Der *novize* wollte gerade sein Versteck verlassen, als ein Mann in einem pelzbesetzten Ledermantel das Wagengeviert betrat. Selbst im Zwielicht des Abends erkannte Paolo ihn auf den ersten Blick. Es war Lucio da Forca, der *mercator* aus Agusta, den Francisco dazu verurteilt hatte, ein Jahr lang im Siechenhaus von Monte Flora zu dienen. Was bei allen Heiligen tat der hier?

Zielstrebig schritt der Kaufherr auf einen der Tonnenwagen zu und klopfte an die buntbemalte Tür. Eine dunkelhaarige schlanke Frau in schwarzen Männerkleidern öffnete ihm. Sie schien ihn erwartet zu haben. Da Forca trat grußlos ein.

Paolos Herz schlug schneller. Ein Jahr lang hatte er dem *mercator* nachgestellt und davon geträumt, ihn bei einer Schurkerei zu erwischen. Geduckt schlich er zu dem Wagen. Das Fensterchen war geöffnet. Die beiden sprachen leise miteinander. Paolo verstand nur Fetzen der Unterhaltung. Es ging um den Totenturm der Familie da Forca und um den Atemdieb! Wenn ich doch nur besser hören könnte! dachte der *novize* verzweifelt!

An der Stelle, wo die Schlangentänzerin sich umgezogen hatte, stand eine Kiste aus Korbgeflecht. Jemand hatte sie unter einen der Wagen geschoben, um sie vor dem Regen zu schützen.

Paolo holte die Kiste und stellte sie unter das offene Fenster. Besorgt sah er sich um. Der Regen hatte an Stärke zugenommen. Kein Schauspieler ließ sich zwischen den Wagen blicken. Der

Junge kletterte auf die Kiste. Das Korbgeflecht knarrte schon bei der leichtesten Bewegung.

»Ich spüre sie«, sagte die Frauenstimme. »Sie suchen meine Nähe. Ich weiß nicht warum, aber es hilft dabei, sie zu jagen.«

»Und du wirst zur Bühne kommen wie verabredet?«

»Ich werde sogar ein ganz besonderes Kostüm tragen.«

»Eine Maske?«

»Sie hat die Neigung, bei ihre Declamatio zu verziehen das Gesicht oder zu stottern«, mischte sich eine zweite Männerstimme ein.

»In dieser Maske sollte ich nach Monte Flora gebracht werden, um zu sterben«, sagte die Frau. »Es wird mir eine besondere Genugtuung sein, sie heute nacht zu tragen.«

Die Harpunierin! dachte Paolo. Das muß die Harpunierin sein, nach der Francisco so lange gesucht hat. Vor Schreck wäre er fast von der Kiste gefallen. Er mußte Hilfe holen! Sie war eine Mörderin.

»Du wirst das Finale des Theaterstücks hinauszögern, bis sie zurückkehrt«, erklang die Stimme des *mercators*. »Der Platz muß noch voller Menschen sein! Wir brauchen Zeugen!«

»Oy desastro katatonyo! Wie stellst du dir das vor, Mercatore? Eine Theaterstücke kann man nicht ziehen in die Länge wie eine clamatio politica. Es ist nach strenge Regeln der dramaturgia classica aufgebaut, und ich werde niemals ...«

»Singt ein paar Lieder mehr, macht Faxen, laßt den Kraftmenschen und die Schlangentänzerin auftreten, meinetwegen vögelt öffentlich auf der Bühne, aber behaltet das Publikum auf dem Platz. Erzähl mir nicht, daß du das nicht kannst, Carissimo. Dir wird etwas einfallen, und ich werde dir deine Einfälle versilbern, wenn das Stück, das ich für diese Nacht geschrieben habe, ein Erfolg wird!«

»Was tust du da, Junge?« fragte eine Stimme mit starkem Akzent. Erschrocken fuhr Paolo herum. Eine dunkelhäutige Frau stand hinter ihm. Die Stimmen im Wagen verstummten. Mit einem Satz sprang der *novize* von der Kiste und lief davon. Er hörte, wie die Tür des Tonnenwagens sich öffnete.

»Wer war da?« Paolo erkannte die Stimme der Harpunierin. Der Junge hob die Soutane. Das lange Gewand behinderte ihn. Trüge er doch wieder die Lumpen seiner Kindheit! In dem weißen Gewand eines *novizen* konnte er sich nirgends verstecken. Er erreichte eine der breiten Straßen, die vom Platz der Blumen hinauf zur Altstadt führten.

»Haltet den Dieb!« schrie jemand hinter ihm. Ein Mann verstellte ihm den Weg. Er stieß den Fremden nieder und sprang über ihn hinweg. Überall drehten sich Menschen nach ihm um und feuerten seine Verfolgerin an.

Deutlich hörte Paolo hinter sich schwere genagelte Stiefel auf dem Pflaster. Sie würde ihn umbringen, so wie sie die anderen Kirchendiener ermordet hatte.

Paolo bog in eine Seitengasse ein. Hier hielt sich kaum noch jemand auf der Straße auf. Sein Atem ging stoßweise. Er hatte zu lange das faule Leben der Priester geführt. Die Schritte kamen näher. Er wagte es nicht, sich umzudrehen.

Inzwischen regnete es in Strömen. Das Straßenpflaster war rutschig. Paolo eilte eine Treppe hinauf, welche zu einer der Brücken führte, die wie ein zweites Straßennetz die älteren Häuser miteinander verbanden. Auf einem schmalen Weg wich er einer alten Frau mit einem Reisigbündel aus.

Er kannte die Gegend nicht gut. Viele Brücken waren während des Erdbebens zerstört worden, und man hatte sie nicht alle wieder aufgebaut.

Paolo hastete eine lange Treppe hinab, bis er wieder in eine Gasse gelangte. Jetzt wagte er sich zum ersten Mal umzusehen. Seine Verfolgerin war verschwunden. Erleichtert atmete er aus.

Drei Gestalten in Wachsmänteln mit weiten Kapuzen kamen die Gasse entlang. Sie hielten inne, als sie ihn sahen.

»Deine Soutane ist in schlechtem Zustand, *novize* Paolo.«

Zu verblüfft, um zu antworten, blickte der Junge an sich hinab. Der Saum seines Gewandes war zerrissen und das weiße Priesterkleid mit Schlamm bespritzt.

»Du kennst den Jungen?« fragte eine Frauenstimme. Paolo erkannte die Sprecherin nicht. Sie hatte die Kapuze ihres weiten

Mantels tief ins Gesicht gezogen. Aber ihre Stimme kam ihm bekannt vor.

»Die Harpunierin! Die Mörderin, sie ist in der Stadt«, sprudelte es aus ihm hervor. »Sie schmiedet ein Komplott. Noch heute nacht soll jemand getötet werden. Sie hat sich mit dem *mercator* Lucio da Forca verbündet.«

»Das sind schwere Anschuldigungen, *novize* Paolo. Wie kommst du dazu, solche Vorwürfe zu erheben?« fragte der Mann, der ihn wegen seiner Soutane getadelt hatte.

»Ich habe sie gesehen. Ich konnte ihr Gespräch belauschen. Glaubt mir, ich weiß alles über ihr Komplott. Sie hat sich mit den Theaterleuten in die Stadt eingeschlichen. Wir müssen die Ritter des *ordo militis dei* rufen!«

Der Mann schlug die Kapuze seines Mantels zurück. Es war Bruder Peres, der Leibwächter Franciscos. »Du hast also alles mit angehört?« Er wandte sich der Frau zu, deren Gesicht Paolo immer noch nicht erkennen konnte. Sie nickte zustimmend.

»Gut, daß du zu uns gekommen bist, Paolo. Wir werden uns der Sache annehmen.« Der Ritter legte dem Jungen eine Hand auf die Schulter. »Komm mit uns! Wir rufen Verstärkung, und dann zeigst du uns, in welchem der Wagen sich die Mörderin versteckt.«

Der Flüsterer von Monte Flora

*Auf dem Platz der Blumen in Monte Flora,
nur wenig später*

»Wie konntest du ihn nur entkommen lassen?« ereiferte sich der *mercator*.

»Wenn ich ihn gefangen hätte, was hätte ich dann mit ihm tun sollen?« Alessandra nahm die Maske aus dem Wolltuch, in das Orlando sie eingeschlagen hatte. Das silberne Antlitz hatte nichts von seiner Schönheit verloren. Der Klippenwächter hatte es poliert, den hinteren Teil des Maskenhelms abgenommen und durch zwei verstellbare Lederriemen ersetzt. So ließ sich die Maske besser tragen.

Zusätzlich hatte Orlando die Augenlöcher erweitert, damit das Gesichtsfeld nicht zu eingeschränkt war, und die Lippen um ein weniges geöffnet, damit Alessandra leichter atmen konnte. So verstünde man sie besser, wenn sie an diesem Abend ihren letzten Auftritt im Theatro Phantasmagorico hätte.

»Der Junge hat uns bestimmt gesehen! Verdammt, wie kannst du nur so ruhig bleiben?«

»Weil ich so ruhig bleibe, bin ich *puntaiola* der *corona*. Calymeda hat den Knaben gesehen. Selbst von der Kiste aus konnte er nicht durch das Fenster blicken. Er hat lediglich gelauscht. Er wird dich nicht wiedererkennen, Kaufmann. Dennoch rate ich dir, die Stadt zu verlassen.«

»Hättest du den kleinen Mistkerl nur mitgebracht!«

»Was dann? Ich töte keine Kinder.«

»Eine Mörderin, die nach ethischen Grundsätzen handelt«, spottete Lucio. »Du wirst nicht alt werden. Ich hätte nicht gezögert, diesem Spitzel die Kehle durchzuschneiden.«

Alessandra sah auf. »Ich weiß. Vielleicht ist es mir gerade deshalb nicht gelungen, den Jungen zu fangen.« Sie schob das lange Jagdmesser in das Futteral im Stiefelschaft und prüfte den Sitz

der Wurfdolche in der Ledermanschette, die sie um den Unterarm geschnallt trug. Dann legte sie ihren Gürtel an und bückte sich nach der Harpune, die sie unter ihrem Bett versteckt hatte.

»Es gibt vermutlich Armeen, die schlechter bewaffnet sind als du, *puntaiola*.« Der spöttische Ton war aus Lucios Stimme gewichen.

»Ich habe einmal einem Bären gegenübergestanden und hatte keine Waffe, um mein Leben zu verteidigen. Das wird mir nicht wieder geschehen. An jenem Tag habe ich meine Freiheit verloren.« Sie hob ein Seil mit einem schweren eisernen Wurfanker auf und schlang es sich um die Schultern. »Du solltest morgen besser nicht mehr in der Stadt sein, Lucio. Wie ich hörte, richtet der *iudicator* sein besonderes Augenmerk auf dich.«

»Das weiß ich nur zu gut.« Der Kaufmann schnitt eine Grimasse. »Für ein Jahr hat er mich ins Siechenhaus gesteckt, dieser Hundsfott. Und mit seinen Gesetzen über den Kornpreis hat er meiner Sippe tausende Denare gestohlen. Das ist der Grund, warum wir dir den Schlüssel zu unserem Totenturm überlassen haben.«

Alessandra trat zur Tür.

»Willst du nicht auf den *honorius* von Monte Flora warten?« fragte der Kaufherr. »Er ist ein seltsamer Mann. Kommt stets mit einer Maske zu den Treffen der *corona*. Wann immer er etwas zu sagen hat, flüstert er es seinem *puntaniolo* ins Ohr. Der Mörder spricht dann an seiner Stelle. Der *puntaniolo* ist ein Mann wie Eis. Was immer sein Herr befiehlt, das befolgt man in der *corona*. Kein anderer *honorius* hat solche Macht in Cornia wie der Flüsterer von Monte Flora.«

»Es bricht mir das Herz, auf das Vergnügen seiner Bekanntschaft verzichten zu müssen.« Alessandra verließ den Wagen. Sie war froh, diesen Schwätzer endlich los zu sein, und es kam ihr auch nicht ungelegen, einen Grund dafür zu haben, dem Flüsterer aus dem Weg gehen zu können. Alessandra hatte genug von der *corona*. Sie wollte von diesen Halsabschneidern loskommen und nicht immer tiefer in deren Geschäfte hineingezogen werden.

Wolken zogen tief über den Himmel. Es regnete noch immer. Keine gute Nacht für eine Jagd, dachte sie. Aber eine gute Nacht für eine Flucht. Sie spähte zwischen den Tonnenwagen hindurch zum Publikum. Etliche Priester waren gekommen, um sich das Stück über den Schwarzen Reiter anzusehen. Alessandra erkannte sogar zwei Ritter des *ordo militis dei* im Publikum. Ihr bliebe nicht viel Zeit zum Reden, wenn sie ihren letzten Auftritt inszenierte.

Morgen würde Carissimo gehörig in Schwierigkeiten stecken. Aber der selbstgefällige Gaukelmeister tat ihr nicht leid. Im übrigen war er der größte Ohrenbläser, dem sie jemals begegnet war. Er würde sich gewiß aus der Sache herausreden.

Einst war ich ein Ritter

Im Rauchkabinett im palazzo *des* princeps *von Monte Flora,*
nur eine halbe Stunde später

Francisco hatte den Docht in seiner Blendlaterne zurückge-
schnitten. Die winzige Flamme reichte nicht aus, um die Schatten zu vertreiben. So sollte es sein!

Der *iudicator* betrachtete das Schwert, das auf dem aufgeschla-
genen roten Tuch lag. Es war eine ungewöhnliche Waffe. Die
Klinge des Schwerts war wie eine große Sichel geformt; die
Krümmung, viel stärker als bei einem Säbel, beschrieb einen fast
vollkommenen Halbkreis.

Der lange Griff erlaubte es, das Schwert beidhändig zu führen.
Als Knauf war ein unregelmäßiger roter Stein auf den Griff gesetzt worden. Nie zuvor hatte Francisco eine solche Waffe gesehen. Aber er hatte Geschichten über die Sichelschwerter gehört.
Schwerter, geschmiedet zu jener Zeit, als Aionar sich in Fleisch
gekleidet hatte. Schwerter, vor denen kein Feind des Glaubens
bestehen konnte!

Der *iudicator* hob die Waffe auf. Er versuchte einige Schläge
zur Übung. Finten und Paraden im Kampf mit einem unsichtbaren Feind. Das Schwert lag nicht gut in der Hand. Es war
schlecht ausgewogen, und die Sichelform war Francisco sehr
fremd. Er legte die Waffe zurück auf das rote Tuch. Ein Krug mit
Lampenöl und dieses unhandliche Schwert, das waren die Gaben
des *ordo silentii mysteriorum*. Würde das ausreichen, den Atemdieb
zu besiegen?

Unruhig ging der Priester in der Kammer auf und ab. Hatte er
das Mosaik nun endlich richtig zusammengefügt? Das neue Bild,
das sich ergab, schien zu bizarr, um Wirklichkeit sein zu können.
Was der Tod nicht beendete, war die Erinnerung an den Verstorbenen. Der Fluch, den Lorenzo Nardez Odera ausgestoßen hatte,
nachdem man ihn blendete, war der Ursprung der Geschichte

vom Atemdieb, davon war Francisco inzwischen überzeugt. Die Erinnerung an den *dux* war über die Jahrhunderte hinweg fast erloschen. Doch die Geschichte vom Atemdieb, metaphorisch gesehen der Schatten, der sich aus dem Grab des letzten Fürsten erhoben hatte, lebte fort. Und das war es, was der *ordo silentii mysteriorum* bekämpfte. Erinnerungen an Dinge, an die nicht erinnert werden sollte.

Aber wie wurde aus einer Geschichte Wirklichkeit? Was war geschehen, damit ein leibhaftiger Atemdieb Monte Flora heimsuchen konnte?

Eine Bewegung in den Schatten am anderen Ende des Rauchkabinetts schreckte Francisco aus seinen Gedanken auf. Er war gekommen! Im Geist hatte sich der Priester auf die Begegnung mit ihm vorbereitet, doch ihn nun tatsächlich zu sehen, hatte etwas Lähmendes.

Eine Ähnlichkeit mit dem Bildnis des toten Lorenzo Nardez Odera war kaum noch festzustellen. Das Gesicht des Atemdiebs wirkte unnatürlich lang. Seine Züge waren edel, aber irgendwie unbestimmt. Ein Antlitz, das nicht im Gedächtnis haften blieb. Seine Kleidung war übertrieben altmodisch wie in den Stücken des Theatro Phantasmagorico.

»Du sollst geküßt sein«, raunte die Stimme. Sie war undeutlich. Eine aufgequollene dunkle Zunge glitt über die Lippen des Atemdiebs. »Du bist müde.«

Francisco griff nach seiner Waffe, dem Schwert in der Purpurscheide, dem Zeichen seiner Amtswürde. Der Atemdieb trat einen Schritt zurück. Seine Konturen lösten sich in den Schatten auf, dann war er verschwunden.

Der *iudicator* fühlte sich ein wenig schläfrig. Wie lange hatte er in dieser Kammer schon gewacht und auf den Atemdieb gewartet? Waren Stunden vergangen, seit Bruder Berengar ihn verlassen hatte?

»Du bist müde«, raunte es in Franciscos Rücken. Erschrocken fuhr er herum. Der Atemdieb stand keine zwei Schritt mehr von ihm entfernt.

Der Atemdieb geht durch die Schatten, dachte Francisco. Er

hatte den Docht der Blendlaterne so weit zurückgestutzt, daß die Flamme kaum mehr als ein winziger Glutfunken war. Doch mit der Müdigkeit hatte er nicht gerechnet. Er wußte, daß der Atemdieb die meisten seiner Opfer im Schlaf heimsuchte. Und jetzt begriff er auch, warum sie nicht erwachten. Die Kreatur strahlte etwas aus ... Sie lähmte den Willen. Man wurde schläfrig, wenn einen dieser Unhold ansah.

Francisco spürte, wie ihm die Schwertklinge in der Hand schwer wurde. Die Waffe entglitt den tauben Fingern. Er hatte nicht mehr den Willen, sich danach zu bücken und sie wieder aufzuheben.

»Du sollst geküßt sein«, wiederholte die hagere Gestalt.

Francisco mußte seinen ganzen Willen aufbieten, um ein Stück zurückzuweichen. Sein Fuß berührte einen Gegenstand. Die Klinge des Sichelschwerts.

»Du bist müde!« Obwohl drängender gesprochen, bewirkten die Worte diesmal nichts. Im Gegenteil, Francisco fühlte sich wieder wacher. Der Atemdieb trug keine Waffe, fiel ihm jetzt auf. Es wäre ein leichtes, ihn zu besiegen, wenn ihm erst einmal der Fluchtweg durch die Schatten verwehrt wäre.

Entschlossen trat der *iudicator* ein Stück vor, um sein Schwert wieder aufzuheben. Mehr als zwei Jahre hatte er Fechtstunden genommen. Er war weit entfernt davon, ein Schwertmeister zu sein, doch ein Unbewaffneter hätte niemals gegen ihn bestanden. Nicht einmal eine solch widernatürliche Kreatur! Während Francisco sich noch bückte, übermannte ihn wieder die Müdigkeit. Er sank nach vorn auf die Knie. Seine Augenlider flatterten.

Der Atemdieb stand nun unmittelbar vor dem Priester. Mit einem Fußtritt fegte er das Purpurschwert außer Reichweite. Dann neigte er sich zu dem *iudicator* herab. »Hab keine Angst, Priesterlein. Ich werde dich nur küssen ...« Die Lippen der Kreatur klafften in stummem Lachen auseinander. Die aufgedunsene Zunge schnellte aus dem Mund. Ihre Spitze öffnete sich wie eine fleischige Blüte.

Francisco zuckte zurück. Sein Lebenswille begehrte gegen die bleierne Müdigkeit auf. Rückwärts kriechend versuchte er zu entkommen, unfähig, den Blick von der zuckenden Zunge zu lösen. Da berührte seine Hand ein Stück Stoff. Das rote Tuch. Seine Finger verkrallten sich darin. Er zog es zu sich heran und spürte einen leichten Widerstand. Etwas Schweres bewegte sich mit dem Tuch. Das Sichelschwert!

»Du willst geküßt sein, Priester! Deshalb hast du mich hier sehnlich erwartet.«

Franciscos Finger ertasteten den Schwertgriff. Der Bann war gebrochen. Die Müdigkeit verließ ihn so schlagartig, als hätte man ihm einen Krug kaltes Wasser ins Gesicht geschüttet.

Er richtete sich auf. In der Rechten hielt er das unförmige Schwert. Der Atemdieb wirkte verwirrt. Jetzt war er es, der zurückwich. Er durfte nicht entkommen. Francisco hob die Blendlaterne auf. Doch mit dem Schwert in der Rechten blieb ihm keine Hand frei, um den Docht der Lampe höherzudrehen. Und die Waffe aus der Hand zu legen, wagte er nicht.

»Du willst geküßt sein!« wiederholte die Kreatur trotzig.

Francisco wich zurück bis zur Wand. Der Atemdieb durfte nicht durch den Schatten treten! Ein weiteres Mal würde die Kreatur vielleicht nicht zurückkehren.

Der Priester erreichte die Wand. Er kniete nieder. Ohne die Kreatur aus den Augen zu lassen, tasteten seine Hände über den Boden. Er fand die Rillen. Die verschlungenen Linien, die als Schmuck in die Bodenplatten geschnitten waren und entlang den gekrümmten Wänden des Rauchkabinetts verliefen. Und seine Finger spürten den dünnen Ölfilm in den Rillen. Sorgfältig hatte er den Inhalt des Krugs, den ihm Berengar überlassen hatte, in den Rillen verteilt.

Für einen Moment wagte es der Priester, das Schwert loszulassen, um das Türchen der Blendlaterne zu öffnen. Sofort drohte ihn die Müdigkeit wieder zu übermannen. Es blieb keine Zeit, den Docht höherzudrehen! Uns so schlug er die Lampe gegen die Wand. Das hölzerne Gehäuse zerbrach. Einen Herzschlag lang drohte die winzige Flamme im Innern zu erlöschen. Dann wuchs sie an und griff nach dem Öl, das sich über das Holz verteilt hatte.

Francisco ließ die Lampe fallen. Die Flammen fanden das Öl in den Bodenrillen. Ein Muster aus Feuer breitete sich langsam entlang den Wänden aus. Langsamer, als Francisco erwartet hatte. Doch das Licht reichte schon aus, um fast alle Schatten zu vertreiben. Nur vor der Tür hielt sich ein Rest von Zwielicht. Mit dem Licht schien die Macht des Atemdiebs zu weichen. Der Priester hob das Sichelschwert auf. Die Kreatur wirkte verschreckt. Sie wich vor Francisco zurück und sah sich um. Jetzt waren alle Schatten verschwunden, und die beiden standen inmitten eines Rings aus Feuer.

Der Atemdieb bückte sich nach Franciscos Purpurschwert. Etwas wie Erkennen lag in seinem Blick, als er die Waffe aufhob. »Einst war ich ein Ritter«, sagte er leise und hob das Schwert zum Fechtergruß.

Mit Entsetzen erinnerte sich Francisco daran, was er über Lorenzo Nardez Odera gelesen hatte. Er war einer der berühmtesten Ritter seiner Zeit gewesen. Eine lebende Legende. Dreimal hatte er allein das große Turnier in der alten Kaiserstadt gewonnen. Dann war er nicht mehr angetreten, um anderen Rittern, die nach Anerkennung strebten, nicht im Weg zu stehen.

Der ehemalige Ritter ging mit gespreizten Beinen in eine abwartende Stellung. Den Schwertarm leicht angewinkelt, deutete er mit der Spitze der Waffe auf Franciscos Kehle. Und schon sanken die ersten Flammen wieder in sich zusammen! Bei der Tür begannen Schatten zu zucken.

Francisco umfaßte den Griff des Sichelschwerts mit beiden Händen. Wenn ich wenigstens mit dem Schwert kämpfen könnte, das mir vertraut ist! dachte er verzweifelt. Statt dessen blieb ihm nur diese kopflastige Ritualwaffe, um den besten Ritter des alten Imperiums zu besiegen.

Mit einem trotzigen Schrei stürmte er auf die Kreatur zu. Er wollte mit einem wütenden Hieb das Purpurschwert zur Seite fegen, um vielleicht die Deckung des Atemdiebs zu durchbrechen. Doch die beiden Klingen berührten sich nicht einmal. Der ehemalige Ritter ließ sein Schwert zur Seite schwingen und öffnete seine Deckung. Mit ungehinderter Wucht traf ihn das

Sichelschwert an der Schulter, zerschmetterte ihm das Schlüsselbein und grub sich tief in seine Brust. Erschrocken ließ Francisco die Waffe los.

Der Atemdieb brach in die Knie, ohne den Blick vom Priester abzuwenden. Dunkles Blut quoll ihm über die Lippen. Er schien zu lächeln. Dann sank er zurück.

Einst war ich ein Ritter. Francisco versuchte die letzten Worte des Atemdiebs zu verstehen. Warum hatte er sich ohne Widerstand töten lassen? Was war mit ihm geschehen, als er das Schwert aufgehoben hatte? Hatte er sich daran erinnert, wer er einmal gewesen war? Ein Edler, der nach den Idealen des Rittertums gekämpft hatte.

Über den Dächern von Monte Flora

*Auf dem Dach eines hohen Mietshauses, nicht weit vom Platz
der Blumen, zur selben Stunde*

Regen perlte von Alessandras Maske und tropfte ihr in den hochgeschlagenen Kragen. Sie saß auf einem Dach, den Rücken gegen einen Schornstein gelehnt, und betrachtete die vielen Lichter, die in den Häusern ringsum brannten.

»Sie brennen deinetwegen, nicht wahr?« fragte sie leise. Deutlich spürte sie die Gegenwart der Kreatur. Da war wieder dieser stechende Kopfschmerz, als bohre sich ein glühender Dolch über der Nasenwurzel durch die Stirn.

Es war immer so, wenn die Kreaturen in ihrer Nähe waren. Und diese Geschöpfe spürten auch sie. Alessandra wußte nicht, warum es geschah, doch etwas an ihr lockte diese Bestien an. Sie suchten ihre Nähe!

Dreimal schon hatte sie bemerkt, daß der Atemdieb sie beobachtete. Seit jener Nacht, als sie zum ersten Mal an Tormos Seite gelegen hatte. Wie gut, daß ihr stummer Freund sich nun in Sicherheit befand!

Die Harpunierin hob den Kopf und blickte nach Norden. Dort, am Ufer des Lago di Ansala, nur wenige Meilen von der Stadt entfernt, wartete er auf sie. Orlando hatte recht gehabt. Es war beruhigend zu wissen, daß Tormo die Stadt verlassen hatte. Bei der Jagd nach dem Atemdieb wäre er keine Hilfe gewesen. Das mußte sie ganz allein schaffen.

Sie hörte ein Knirschen und fuhr herum. Etwas schlich über die Dachschindeln. In Gedankenschnelle war sie auf den Beinen. Keine drei Schritt entfernt kauerte ein gedrungenes Wesen auf dem Dach. Ein Geschöpf mit langen Armen und aufgedunsenem Leib. Alessandra kannte seine Geschichte, eine seltsam widersprüchliche Geschichte. Manche redeten von einem langen dürren Mann, andere von einer unförmigen Kreatur, die sich nachts auf die Brust der Schlafenden hockte und ihnen den Atem aus dem Leib preßte, bis die Lungen zu bluten begannen.

Ohne auch nur einen Herzschlag lang zu zögern, schleuderte Alessandra ihre Harpune. Lächerlich langsam versuchte der Atemdieb der schweren Wallanze auszuweichen. Die stählerne Spitze bohrte sich in seinen Leib, und die Wucht des Aufpralls schleuderte ihn zurück. Noch bevor er auf dem Dach aufschlug, war die Harpunierin an seiner Seite und zog das lange Messer aus dem Stiefel.

Seine Augen weiteten sich vor Entsetzen, als sie sich über ihn beugte. »War es genauso einfach, wenn du nachts zu den Kindern kamst, um ihnen den Atem zu stehlen?«

Das Geschöpf hob eine Hand, um nach ihrem Bein zu greifen, und sie stieß mit der Klinge zu. Der Stahl fuhr mitten durch die Handfläche der Kreatur, spaltete einen Ziegel und grub sich in einen Dachbalken.

»Viel zu langsam!« Orlando hatte ihr von den vielen Toten erzählt. Alessandra war überzeugt, noch niemals ein Geschöpf erlegt zu haben, das so schrecklich unter den Menschen gewütet hatte. »Wie schade, daß du nur einmal sterben kannst.« Sie löste einen der Dolche aus ihrer Armmanschette.

Wie ein flüchtiger Schatten setzte sie über den sterbenden Atemdieb hinweg und nagelte auch die zweite Hand auf dem Dach fest. Dann zog sie einen weiteren Dolch.

»Siehst du, wie kurz die Klinge ist? Es wird ein Weilchen dauern, bis ich dir damit den Kopf abgetrennt habe.«

Auch wenn der Unhold nicht sprechen konnte, so sah Alessandra seinen Augen doch an, daß er sie verstanden hatte. Gnadenlos senkte sie das Messer in das weiche Fleisch. Als er tot war, ließen ihre Kopfschmerzen allmählich nach.

Die Harpunierin säuberte ihre Waffen. Dann nahm sie den Kopf, stopfte ihn in einen Lederbeutel, den sie an ihren Gürtel band, und machte sich auf den Weg über die Dächer. Einmal bemerkte sie an einer Straßenkreuzung einen Trupp Ritter des *ordo militis dei*. Die Ritter hatten vor dem Regen Zuflucht unter einem Torbogen gesucht.

Alessandra sprang von Dach zu Dach und nutzte die Brücken, die sich zwischen den Häusern über Straßen und Gassen spannten. Schließlich erreichte sie den verwilderten Dachgarten eines halbverfallenen *palazzo* am Rand des Platzes der Blumen. Das Haus hatte wohl einst einer bedeutenden Familie gehört, doch inzwischen war es völlig verwahrlost. Die großen Zimmer und Säle hatte man mit Vorhängen geteilt und Platz für mehr als hundert Obdachlose geschaffen, die bei dem Erdbeben ihr Heim verloren hatten. Das Dach des Hauses war mit einer dicken Erdschicht bedeckt. Büsche, Rosenstöcke und flachwurzelnde Bäumchen bildeten eine Wildnis, die schon lange keinen Gärtner mehr gesehen hatte.

Durch einen Busch vor Blicken geschützt, beobachtete Alessandra den Platz der Blumen. Carissimo Kurjameo focht auf der Bühne seinen Kampf mit dem riesigen Unhold aus. Alessandra nickte zufrieden. Dies war die rechte Zeit. Die Regenplane der Bühne lag etwa zehn Schritt unter ihr, aber sie befand sich auch fünf Schritt von den Mauern des verfallenden *palazzo* entfernt. Ein weites Stück.

Dafür kommt mir auf diesem Weg bestimmt niemand in die Quere, um meinen letzten Auftritt im Theatro Phantasmagorico zu stören, dachte sie mit einem Anflug von Galgenhumor.

Ein letztes Mal überprüfte sie den Sitz ihrer Maske, griff nach der Harpune, nahm Anlauf und sprang. Der Aufprall auf der Plane aus Segeltuch, die sich über die Bühne spannte, war härter, als sie erwartet hatte, sie rutschte auf dem nassen Tuch und ließ die Harpune los. Ihre Finger erhaschten gerade noch den wulstigen Rand der Plane, und mit einem Schwung landete sie auf der Bühne. Ein kleines Stück hinter ihr fiel die Harpune mit dumpfem Schlag auf die Bretter.

Wie Pantomimen waren die Künstler mitten in der Bewegung erstarrt. Das Publikum, das eben noch gelacht hatte, verstummte jäh.

Als erster fand der Gaukelmeister seine Sprache wieder. »Meine Damen, meine Herren! Wundersames Theatro und Menangeria des Gaukelmeisters Carissimo Kurjameo präsentiert, nur an diese

Abend, als unsere Gast speziale den wahrhaftigen Schwarzen Reiter! Eine Liebhaber der Phantasmagorica, der grosse Gefallen an unsere Stück hat.«

Alessandra hätte den Fettwanst am liebsten von der Bühne getreten. Schaffte er es doch tatsächlich, ihren Auftritt nach seinen Regeln zu gestalten.

»Bürger von Monte Flora«, rief sie, »die Herrschaft des Schreckens ist beendet. Die *corona* schickte mich, um zu vollbringen, was die Kirche mit all ihren Rittern nicht vermag.« Alessandra löste den Beutel vom Gürtel, zog das Haupt des Atemdiebs heraus und hielt es hoch, damit jeder es sehen konnte. »Der Atemdieb ist tot, der Schatten der Bestie liegt nicht länger über dieser Stadt!«

»Viktoria Nikata!« rief Carissimo aus voller Kehle und hob die Arme. »Viktoria Nikata!«

»Viktoria Nikata!« fiel eine junge Priesterin in der ersten Bankreihe in den Jubelruf ein. Damit beendete sie das Schweigen im Publikum. Erst zögernd, dann immer lauter erklangen Jubelrufe. Einige Zuschauer versuchten auf die Bühne zu klettern, um sich die Trophäe von nahem anzusehen.

»Danken wir Aionar für diese Gnade!« übertönte Carissimos Stimme das Geschrei. »Danken wir ihm mit dem Choral: *Gütig bist du, Quell aller Gnaden.*«

Die Schauspieler auf der Bühne knieten nieder und begannen zu singen.

»Sieh zu, daß du kommst fort!« raunte Carissimo der Harpunierin zu und ließ sich ebenfalls auf die Knie sinken. »Und nimme dich in acht, du! In die Seitenstraßen rund um die Plaza sammeln sich schon seit die Intermezzo vor deme dritten Akto Ritter von *ordo militis dei*. Ich habe die Impressione, sie möchten hängen deine Kopf gern neben die Trophaia.« Mit spitzen Fingern nahm er ihr den Kopf des Atemdiebs ab und legte ihn vor sich auf die Bühne.

Alessandra griff nach ihrer Harpune. Die Ritter im Publikum drängten sich schon durch die dichten Reihen der Zuschauer. Die beiden Ordenskrieger hatten ihre Schwerter gezogen.

»Danke für die Warnung!«

Der dicke Gaukelmeister grinste. »Man hilft sich unter ehrlose Leute von Theatro.«

Die Harpunierin lief quer über die Bühne und nahm den verborgenen Ausgang hinter dem gemalten Felsen, an den Ariabella mit hölzernen Ketten angebunden zu werden pflegte.

Alessandra sprang vom Bühnenpodest hinunter und lief zwischen den Wagen hindurch auf die Fassade des verfallenen *palazzo* mit dem Dachgarten zu. Dort gab es eine Treppe, die an der Außenwand zum Garten hinaufführte.

Zwischen den Wagen leuchteten die weißen Mäntel der Ordensritter im Dunkel. Drei Priesterkrieger hatten auf sie gewartet und versuchten ihr den Weg abzuschneiden.

»Niemand ist so schnell und gewandt wie ich!« rief Alessandra ihnen trotzig entgegen. »Niemals werdet ihr mich fangen!«

Ein stechender Schmerz durchbohrte ihre Stirn. Die Ritter schienen plötzlich in der Bewegung zu verharren. Sie aber duckte sich unter den Schwertern hinweg, und mit wenigen Schritten erreichte sie die Treppe, während die verblüfften Verfolger sich schwerfällig nach ihr umdrehten.

Von der Bühne herüber hörte sie die gedehnte Stimme Carissimos. »Eine besondere Applaus für die Schwarze Reiter, die Heros diese Nacht! Bravissimo!«

Auf dem Dachgarten angelangt, bewegte sie sich wieder langsamer. So nützliche ihre Gabe auch war, schneller und gewandter als alle Gegner zu sein, so machte sie ihr doch auch angst. Der Schmerz ließ sie jedesmal geschwächt zurück. Mit niemandem hatte sie bisher über ihre ungewöhnlichen Fähigkeiten gesprochen. Sie fühlte sich wie ein Kind, das laufen zu lernen versucht, aber in einer Welt lebt, in der sogar die Erwachsenen noch auf allen vieren kriechen. Niemand konnte ihr helfen! Warum also mit jemandem darüber reden?

Auf der Treppe waren Schritte zu hören. Die Ordensritter hatten sich von ihrem Schreck erholt. Alessandra zerrte das lange Seil mit dem Wurfanker unter dem Busch hervor, unter dem sie es versteckt hatte. Sie hatte damit gerechnet, verfolgt zu werden.

Überrascht war sie nur, daß man auch hinter der Bühne schon auf sie gewartet hatte. Ganz so, als habe *der ordo militis dei* gewußt, daß sie dorthinkäme!

Sie verschloß sich diesem Gedanken. Zunächst einmal mußte sie entkommen. Mit dem Seil in der Hand eilte sie zum anderen Ende des Dachs. Sie hätte zwar ihre geheimnisvolle Macht wieder einsetzen können, aber sie fürchtete sich diesmal vor den Schmerzen.

Gegenüber dem verfallenen *palazzo* erhob sich eine steile Brücke quer über die Straße der Fernhändler. Alessandra holte mit dem Wurfanker Schwung und ließ ihn über dem Kopf kreisen. Hinter ihr erklangen Rufe. Man hatte sie entdeckt.

Klirrend verfing sich der Wurfanker am steinernen Geländer der Brücke. Alessandra prüfte mit einem Ruck, ob er wirklich festsaß. Dann schwang sie sich an dem Seil in die Straßenschlucht hinab und wurde dicht über die Köpfe einer Patrouille hinweggetragen. Die Ritter zogen ihre Schwerter und riefen nach anderen Verfolgern. Hart landete Alessandra auf einem Häuserdach. Sie rollte sich über die Schulter ab, um dem Aufprall die Wucht zu nehmen. Mit dem linken Knie schlug sie schwer gegen eine Mauerkante.

»Sie ist dort oben! Umstellt die Häuser!«

Die Harpunierin biß sich auf die Lippen. Stöhnend stemmte sie sich auf die Beine und öffnete eine Falltür, unter der eine steile Treppe lag. Hinkend stieg sie die Treppe hinab. Sie hatte ihren Fluchtweg gut durchdacht, aber nicht mit so vielen Verfolgern gerechnet.

Im Haus wurden Stimmen laut. Irgendwo weinte ein Kind. Ein Geschoß tiefer hörte sie die schweren Stiefel der Ritter über die Holzdielen poltern.

»Ich bin schneller als jeder andere«, murmelte sie. »Ihr kriegt mich nicht.« Der Schmerz überrollte sie in dumpfen Wellen. Sie lehnte sich gegen die Wand, unfähig zu irgendeiner Bewegung. Sie war am Ende ihrer Kräfte.

Auf dem Gang öffnete sich eine Tür. Heraus trat eine Frau im safranfarbenen Gewand einer Hure und leuchtete mit einer Öllampe in die Dunkelheit hinein. Vor Schreck blieb ihr der Mund offenstehen, als sie Alessandra sah.

Die silberne Maske! ging es der Harpunierin durch den Kopf. Sie hält mich für den Atemdieb. Alessandra stieß sich von der Wand ab. Taumelnd ging sie auf die Frau zu, die in ihr Zimmer flüchten wollte.

Die Walfängerin blockierte mit dem Fuß die Tür, dann schob sie die Hure zur Seite und betrat die kleine Kammer. Auf dem Bett gegenüber der Tür lag ein Kind.

»Bitte, tu der Kleinen nichts. Bitte, ich . . .«

Alessandra schloß die Tür und preßte der Frau die Hand auf den Mund. Sie roch nach saurem Wein und Zwiebeln. »Sei still, dann geschieht niemandem etwas!«

Auf dem Flur hallten die Schritte der Ritter von den Wänden wider. Sie hatten die Treppe zum Dach hinauf gefunden. Es würde nicht lange dauern, bis sie damit begännen, das Haus Zimmer für Zimmer zu durchsuchen.

Alessandra griff nach der Öllampe, die die Hure in den Händen hielt, und zerdrückte den Docht. »Du legst dich ins Bett zu deinem Kind, und wenn sie kommen, hast du mich nie gesehen. Hast du das verstanden?«

»Ja.« Die Stimme der Frau zitterte vor Angst. Jetzt war auch das Kind aufgewacht. »Wer ist da, Mama? Was ist das für ein Lärm?«

»Betrunkene, Elena. Es sind nur Betrunkene, die raufen und Lieder singen.«

Alessandra hörte, wie die Ritter vom Dach zurückkamen. Sie polterten den engen Flur entlang. Türen wurden geöffnet. Verschlafene Stimmen erhoben sich. Die Harpunierin drückte sich mit dem Rücken gegen die Wand. Sie stand so dicht am Eingang, daß die Tür sie verdeckt hätte, wenn jemand hereinkäme. In dem Zimmer war es so dunkel, daß sie die Frau nicht mehr sehen konnte.

Alessandra zog einen Dolch. Es klopfte. Ohne eine Antwort abzuwarten, wurde die Tür aufgestoßen. Der blasse Lichtstrahl einer Blendlaterne tanzte durch das Zimmer und verharrte dann über dem Bett. »Bist du allein, Weib?« fragte eine helle Stimme.

Die Harpunierin hielt den Atem an.

»Ich bin hier mit meiner Tochter.«

»Komm, Marco, hier ist niemand«, sagte jemand auf dem Flur. Noch einmal glitt der Strahl der Laterne durch das Zimmer. Alessandra hörte, wie der zweite Mann schon weiterging. »Was ist das für Blut an deinem Gewand, Frau?«

Die Harpunierin spannte sich, bereit, jeden Moment mit dem Dolch zuzustoßen.

»Du siehst doch, was ich für eine bin, Ritter. Was glaubst du, warum ich heute nacht nicht draußen auf der Straße stehe? Wenn du aber zu der Sorte von Stechern gehörst, die ihren kleinen Dolch gern in Blut baden, dann bist du mir herzlich willkommen.«

»Dreckige Schlampe!« Die Tür wurde zugeschlagen. Alessandra hörte, wie die Ritter die anderen Wohnungen durchsuchten. Lange stand sie einfach nur an die Wand gelehnt und lauschte auf die Geräusche. Die Hure schwieg.

Selbst nachdem die Ritter das Haus verlassen hatten, wagte die Harpunierin nicht, sich von der Stelle zu rühren. Sie war zu Tode erschöpft. Ihr Knie pochte in dumpfem Schmerz. Die Prellung saß genau am Gelenk.

Es mochte eine Stunde oder mehr verstrichen sein, bis die Frau auf dem Bett etwas sagte. »Wann wirst du gehen?«

Alessandra lauschte auf den gleichmäßigen Atem des Kindes. Es war längst wieder eingeschlafen.

»Gib mir etwas Stoff. Ich muß mein Bein verbinden, sonst kann ich nicht laufen. Danach verschwinde ich.«

»Darf ich Licht machen?«

»Nein. Es muß auch im Dunkeln möglich sein.«

Die Frau erhob sich. Leise bewegte sie sich durch das dunkle Zimmer. Dann hörte Alessandra das Geräusch von reißendem Stoff. »Komm her, ich helf dir.«

Die Harpunierin trat an den kleinen Tisch, der mitten in der ärmlichen Kammer stand. Sie lehnte sich dagegen und hob das schmerzende Bein leicht an. »Umwickle das Knie. Mach den Verband so straff, daß ich das Knie nicht mehr anwinkeln kann.«

Die Hure gehorchte wortlos. Alessandra biß sich auf die Lippen, konnte ein Stöhnen aber nicht ganz unterdrücken.

Die Harpunierin zog ein Messer aus ihrer Armmanschette.

»Bitte ... ich hab doch alles getan ...«

Alessandra legte die Waffe auf den Tisch. »Ich habe kein Geld bei mir. Dies ist für deine Hilfe. Es ist ein gutes Messer. Wenn du es verkaufst, dann gib es nicht unter drei Silberdenaren ab.«

Die Walfängerin hinkte zur Tür. Auf dem Flur war alles still. Die Hure sagte nichts. Kein Wort des Danks, keine Vorwürfe. Sie nahm das Messer und versteckte es unter dem Bett. Das Kind murmelte im Schlaf und rollte sich auf die andere Seite.

Als Alessandra aus dem großen Mietshaus hinaus ins Freie trat, hatte es zu regnen aufgehört. Die Luft war kühl. Es roch nach nassem Stein.

Immer darauf bedacht, im Schatten der Häuser zu bleiben, machte Alessandra sich auf den Weg zum Totenturm der da Forca. Ein böiger Wind hatte die Wolken vom Himmel vertrieben. Blaßblau stand der Mond über der Stadt.

Der Garten, in dem sich der Totenturm erhob, lag am Ende einer breiten Straße, die von prächtigen Wohnhäusern gesäumt wurde. Auf die Fassade des vordersten Hauses war ein großes Bild der Heiligen Sarmantha gemalt. Die erste *primarchin* schien Alessandra gütig zuzulächeln. Die Straße war in helles Mondlicht getaucht. So schnell ihr Bein es zuließ, eilte die Harpunierin dem Gartentor entgegen. Sie hatte schon mehr als die Hälfte des Wegs zurückgelegt, als sie die Schritte hörte.

Sie lief schneller.

»Halt!«

Hätte sie nur diese verdammte Maske abgelegt! Aber mit ihrer Harpune in der Hand wäre sie wohl auch ohne die Maske unverwechselbar gewesen. Statt sich umzudrehen, öffnete sie das Tor. Hoffentlich war Orlandos Plan so gut, wie er behauptet hatte. Um aus diesem Turm zu entkommen, müßte schon ein Wunder geschehen.

Alessandra stieß das Gartentor auf. Hinter ihr ertönten Alarmrufe. Die Eingangstür zum Totenturm hing zerschlagen in den

Angeln. Lucio da Forca hatte ihr davon erzählt. Er hatte vertrauenswürdige Diener geschickt, um die Tür aufbrechen zu lassen. Seine Sippe wollte nicht, daß all zu offensichtlich wurde, daß man der *corona* geholfen hatte.

Ein roter Lichtschein fiel durch die Tür. Es sah so aus, als glühe der dunkle Turm im Innern.

Eine gewundene enge Treppe führte hinauf zur Spitze des Totenturms. Die Stufen waren alt und ausgetreten. Der Duft von Weihrauch hing in der Luft. In regelmäßigen Abständen steckten Fackeln in eisernen Halterungen und beleuchteten die Treppe. Offensichtlich waren die Fackeln mit dem Harz des Weihrauchbaums und anderen Duftstoffen behandelt, deren Namen Alessandra nicht kannte. Sie verströmten einen Wohlgeruch, der ein wenig benommen machte. Die Flammen der Fackeln waren von einem tiefen Rot. Sie beleuchteten die großen Tafeln, die überall in die Wände eingelassen waren: die Grabtafeln mit den Namen all jener da Forcas, die seit Jahrhunderten in diesem Turm beigesetzt worden waren.

Alessandra stützte sich mit der Linken an der Wand ab. Sie schaffte immer nur eine Stufe mit einem Schritt und zog dann das verletzte Bein nach, bemüht, das Knie dabei ganz steif zu halten und bei der nächsten Stufe wenig zu belasten.

Sie hörte, wie jemand über die Trümmer der eingeschlagenen Tür hinwegstieg. Verzweifelt blickte sie die Treppe hinauf. Sie schien sich in schier endlosen Spiralen nach oben zu winden.

Alessandra zog einen Dolch aus der Armmanschette. Ein Ritter des *ordo militis dei* erschien unter ihr auf den Stufen. Er hielt ein gezogenes Rapier in der Hand und wirkte überrascht. Die Maske! Alessandras Arm schnellte vor. Ihr Dolch traf den Ritter ins linke Auge. Er starb, noch bevor er schreien konnte.

»Wer ist der nächste, der sterben will?« rief die Harpunierin trotzig die Treppe hinab. Sie reckte das Kinn, entschlossen, ihr Leben so teuer wie möglich zu verkaufen, und zog den letzten Dolch aus der Armmanschette.

Der Tote wurde bei den Schultern gepackt und fortgezerrt, ohne daß sich einer seiner Kameraden dabei blicken ließ. Stimmen flüsterten. Es hörte sich an, als würde gestritten. Niemand wollte der nächste sein.

Mit schleppendem Gang setzte Alessandra ihre Flucht fort. Immer wieder spähte sie ängstlich über die Schulter zurück. Endlich mündete die Treppe in einen kleinen Raum. Hier gab es keine Totenkammern in den Wänden. Statt dessen beherrschte ein breiter Tisch mit grün angelaufenen Bronzebeschlägen die Kammer. Offenbar wurden die Verstorbenen hier aufgebahrt. Die Wände waren mit Vorhängen aus staubigem schwarzem Samt behängt.

Auf der Treppe hörte sie verstohlene Schritte. Entschlossen schob sie den schweren Tisch zur Treppe und stieß ihn die Stufen hinab. Erschreckte Schreie ertönten, dann laute Flüche.

Dann riß sie die Vorhänge von den Wänden und schleuderte auch ein Lesepult die Treppe hinab. Sie gebärdete sich wie eine Wahnsinnige. Der Schmerz im Bein war vergessen. Sie wollte gerade eine Fackel holen, als ein stämmiger Ordensritter auf dem Treppenabsatz erschien. Er war mit einem Rabenschnabel bewaffnet, einer Waffe, die aussah wie ein langstieliger Hammer, wobei sich die vordere Spitze des Kopfs zu einem gebogenen Dorn verjüngte. Ohne Zögern griff der Krieger an.

Alessandra wich erschrocken zurück. Ihre Harpune lehnte außer Reichweite an der Wand. Der Ordensritter bemerkte ihren Blick. Mit einem raschen Schritt zur Seite schnitt er ihr den Weg zur Waffe ab, dann ging er zum Angriff über. Gleich sein erster Schlag zielte nach ihrem Kopf. Sie wich aus, doch ein Rückhandhieb streifte sie an der Schulter. Die Wucht des Treffers riß sie von den Beinen.

»Ich bin schneller«, murmelte sie benommen. Ihr Körper schien nur noch aus Schmerzen zu bestehen. Nichts geschah. Die Bewegungen des Ritters verlangsamten sich nicht. Er setzte ihr seinen Stiefelabsatz auf die rechte Hand. »Du wirst nie wieder einen meiner Ordensbrüder töten, Alessandra Paresi.«

Statt es zu hören, fühlte sie das Knacken, mit dem Knochen brachen.

Der Ritter hob den Rabenschnabel und ließ das stumpfe Ende

auf ihr linkes Schienenbein niedersausen. Diesmal hörte sie das Knacken, und ein rasender Schmerz durchzuckte sie. Mit gellendem Schrei bäumte sie sich auf und wurde mit einem Tritt sofort wieder zu Boden geschickt.

»Erinnerst du dich an die Ritter, die du nackt an Bäume gehängt und geschächtet hast, als wären sie Vieh?«

Alessandra begriff nicht, wovon der Mann sprach.

»Du sollst für jeden einzelnen von ihnen tausend Qualen erleiden.«

Aus den Augenwinkeln sah die Harpunierin ein Paar nackter Füße.

»Ich werde dir jeden Knochen in deinem verfluchten Leib . . .«

Eine Axt traf den Ritter im Nacken. Außerdem hatte Orlando eine Fackel mitgebracht, die er die Treppe hinunter auf die staubigen Vorhänge warf. Gierig leckten die Flammen am trockenen Stoff entlang.

»Ich glaube, die da Forcas werden uns nie wieder erlauben, ihren Totenturm zu betreten.« Er lächelte. »Komm Mädchen, du hast es geschafft. Wir verschwinden von hier.«

Alessandra schüttelte matt den Kopf. »Ich kann nicht mehr. Sag Tormo . . .«

»Einen solchen Unsinn will ich nicht hören!« Er kniete nieder und hob sie auf die Arme wie ein Kind. Ihm mochte zwar schnell der Atem ausgehen, wenn sie in den Bergen wanderten, doch seine Arme hatten trotz seines Alters kaum an Kraft verloren. Für die knotigen Muskeln, die ein Leben lang durch die Arbeit mit Axt und Schmiedehammer geformt worden waren, schien sie leicht zu sein wie ein Neugeborenes.

»Die Maske bringt dir kein Glück, Mädchen. Jedesmal wenn ich dich finde und du sie trägst, siehst du aus wie eine Marionette, der man die Fäden durchgeschnitten hat . . .«

Als Alessandra wieder zu sich kam, lag sie bäuchlings auf der Plattform des Totenturms. Das hölzerne Geländer vor ihr war zerbrochen, so daß dort eine breite Lücke klaffte. Ein kalter Wind strich über den Turm.

Orlando streichelte ihr Haar. »Endlich, Mädchen! Das darf dir nicht wieder passieren, hörst du? Nimm dich zusammen. Vielleicht eine halbe Stunde noch, dann sind wir wieder bei Tormo. Bis dahin mußt du durchhalten, hörst du?«

Alessandra versuchte sich zu bewegen. Sie war gefangen in einem Gespinst aus Seilen und Bambusrohren. Über ihr ragte ein Schatten auf. Weit ausgebreitete Flügel!

»Da staunst du, meine Kleine. Das ist es, was mein Leben einst aus der Bahn warf. Die Kataueken haben es erfunden. Bei ihnen gibt es Vogelmänner, die manchmal hoch oben hinter ihren Schiffen herfliegen. Und dies sind Flügel, wie sie diese Vogelmänner benutzen. Sie sind ganz einfach zu bedienen. Du hältst dich an dieser Stange vor der Brust fest. Willst du sinken, drückst du die Stange ein Stück von dir fort. Willst eine Kehre nach rechts fliegen, dann neigst du dich in deinem Geschirr nach rechts. Aber am besten solltest du immer nur geradeaus fliegen. Dieser Turm ist nicht sonderlich hoch und der Wind weht auch nicht stark. Die Flügel werden uns nicht sehr weit tragen. Und dies brauchst du nicht mehr.« Er nahm ihr die Maske vom Gesicht. Klirrend fiel sie zu Boden. »Sie soll in diesem Totenturm begraben sein. Heute nacht beginnt ein neues Leben!« rief der alte Klippenwächter begeistert.

Das ist ein Traum, dachte Alessandra.

Orlando gab ihr einen Klaps. »Nicht wieder ohnmächtig werden, Mädchen! Um deine Wunden kümmere ich mich, wenn wir von hier fort sind. Denk an Tormo! Er wartet auf dich. Du wirst ihn doch nicht enttäuschen!«

Die Harpunierin blinzelte. Zum Nicken fehlte ihr die Kraft. »Dort unten an die Stange vor deiner Brust habe ich eine kleine Laterne angebunden. Ich folge dir, Alessandra. Ich werde sofort nach dir springen. Du mußt meine Augen sein. Du weißt, daß ich nicht mehr gut sehe. Also fall nicht wieder in Ohnmacht.«

Orlando hob sie an. »Hilf mir! Stütz dich auf deinem gesunden Bein ab. Zieh dich an mir hoch. Denk an Tormo, Mädchen! Du hast es doch fast geschafft.«

Irgendwie erreichten sie den Rand der Plattform. Der Wind zerrte an den seidenen Flügeln, an denen Alessandra festgeschnallt war. »Drück die Stange nicht von dir weg!«, sagte Orlando, dann gab er ihr einen Stoß.

Das ist ein Traum, dachte Alessandra abermals. Sie sank in die Finsternis, fühlte sich schwerelos. Dann hob ein sanfter Wind sie hoch. Wie ein Vogel glitt sie über die Stadt. Sie entdeckte Gestalten in weißen Mänteln am Fuß des Turms. Flammen schlugen zur Plattform herauf. Ein zweiter Schatten löste sich vom Turm. Orlandos Flügel sahen gar nicht wie die Flügel eines Vogels aus. Mehr wie ein großes Dreieck. Das mußte irgendein katauekischer Zauber sein.

Der Wind strich ihr zärtlich durch das lange Haar. Welch ein wunderschöner Traum. Sie schloß die Augen und dachte an Tormo. Er streichelte sie.

»Alessandra!«

Erschrocken blickte sie auf. Tormo hatte an ihrer Seite gelegen. Sie waren müde vom Liebesspiel, aber ... Unter ihr erstreckte sich eine weite Wasserfläche, auf der sich schimmernd das Mondlicht brach.

»Alessandra!« War das Orlando? Jetzt erst bemerkte sie, daß sie flog. Sie erinnerte sich an den Traum mit dem Turm.

»Verdammt, Mädchen! Zieh deine Flügel hoch! Siehst du die Ruine? Da wollen wir hin.«

Tormo erwartete sie in einer Ruine ... So war es besprochen worden. Hatte sie denn nicht gerade erst an seiner Seite gelegen?

Wunderbar, wie das schwarzsilberne Wasser unter ihr hinwegflog. Welch schöne Nacht! Nur ein wenig kalt. Der blaßblaue Mond schien über ihr zu schweben. Konnte man mit dem Mond um die Wette fliegen? Sie lachte und zog an der Stange. Ein stechender Schmerz fuhr ihr durch die Hand. Was hatte sie falsch gemacht? Da war dieser Ordensritter gewesen ... Nein, in diesen Traum wollte sie nicht mehr zurückkehren! Das war ein Traum voller Schmerzen.

Links von ihr lag ein weißer Strand. Der Schatten eines verfallenen *palazzo* erhob sich auf einem Hügel. War dies der Ort, an dem Tormo sie erwartete? War sie nicht eben erst dort gewesen und hatte in seinen Armen gelegen?

Sie neigte sich zur Seite, um die Ruine besser zu sehen.

»Nicht! Du fliegst schon zu tief!«

Ein Ruck traf sie. Sie hörte die Flügel zerbrechen. Dann war überall eiskaltes Wasser!

Als der Traum vorüber war, lag sie frierend an einem kleinen Feuer. Neben ihr erhob sich eine verwitterte Mauer und schützte sie vor dem Wind. Orlando saß auf der anderen Seite des Feuers. Er starrte in die Flammen. Nasses Haar hing ihm in Strähnen ins Gesicht. Er wirkte gar nicht mehr frohgemut.

Alessandra versuchte sich aufzurichten, doch sofort kehrten die Schmerzen in der Hand und im Bein zurück.

Orlando kam ums Feuer herum. »Nicht, mein Mädchen! Du mußt liegenbleiben, um wieder zu Kräften zu kommen.«

»Es ist so kalt. Sag Tormo, er soll mich doch wieder in den Arm nehmen.«

»Das . . .«

Der Klippenwächter versuchte zu lächeln, doch die Grimasse konnte seinen Schmerz nicht verbergen. Etwas stimmte nicht!

»Wo ist Tormo?«

»Er ist noch nicht hier, Alessandra. Er muß wohl aufgehalten worden sein. Sicher wird er jeden Augenblick kommen.«

Die neue Herrin

Im kleinen Audienzsaal des palazzo des princeps *von Monte Flora,*
am frühen Morgen des 13. Tages im Wolkenmond,
im 461. Jahr der Abwesenheit Gottes

Francisco hatte fast die ganze Nacht im Rauchkabinett verbracht. Es waren Stunden vergangen, bis Bruder Berengar erschien und ihn befreite. Der Rote Priester musterte neugierig
den toten Atemdieb, stellte aber keine Fragen. Statt dessen teilte
er Francisco mit, daß Cosima noch vor der öffentlichen Einführung in ihr neues Amt ein Treffen der Kirchenoberen von
Cornia befohlen hatte.

Dem *iudicator* war nicht einmal die Zeit geblieben, eine Soutane aus dem *castrum dei* kommen zu lassen. Übernächtigt und in
rußverschmierter Kleidung fand er sich im kleinen Audienzsaal
ein. Man hatte die hohen Lehnstühle aus dem Rauchkabinett
hierhergebracht und in einem weiten Kreis aufgestellt.

Zu Franciscos Überraschung trug Cosima noch nicht die
Amtstracht einer *principa*. Sie war in eine einfache weiße Soutane
gekleidet und hatte nicht einmal die purpurne Bauchbinde an-
gelegt, die zur Amtstracht einer *collectorin* gehört hätte. Auf dem
Stuhl zu ihrer Rechten saß der *pater maior*, links von ihr Bruder
Bartolome, der Erste Ritter.

»Meine lieben Brüder, einige von euch haben gewiß schon
von den Ereignissen auf dem Platz der Blumen gehört. Noch
außergewöhnlicher sind die Geschehnisse, die unserem Bruder
Francisco in der letzten Nacht widerfuhren. Würdest du bitte
schildern, was sich im Rauchkabinett zutrug.«

Cosimas nüchterne und sachliche Art beunruhigte Francisco.
Ohne auf die Rolle Bernaldinos einzugehen, erzählte er mit
knappen Worten von seinem Kampf gegen den Atemdieb. Als
er endete, wirkten die meisten Priester bestürzt. »Damit endet
die Heimsuchung Monte Floras durch den Bluthusten. Es wird
keine weiteren Toten mehr geben«, fügte Francisco hinzu und

hoffte, daß jetzt auch dem letzten klar wurde, welche Bedeutung der Ausgang des Kampfs für die Stadt hatte. Wie konnten die höchsten Würdenträger der Kirche nur so begriffsstutzig sein? »Aber was ist dann letzte Nacht auf dem Platz der Blumen geschehen?« fragte schließlich Bartolome. »Meine Ritter haben den Kopf des Atemdiebs sichergestellt. Eine häßliche Fratze ... Sie gehört ohne Zweifel einem widernatürlichen Ungeheuer.«

»Es ist tatsächlich ein unerklärliches Ereignis«, bekräftigte Cosima. »Bruder Berengar war so freundlich, mich am frühen Morgen aufzusuchen, nachdem er von den Geschehnissen auf dem Platz der Blumen erfahren hatte. Der Seelenfrieden der Bürger Monte Floras hängt davon ab, daß wir auf die rechte Art mit diesem Schrecknis umgehen. Über zwei Jahre lang ängstigte sie der Atemdieb. Gestern sahen mehr als hundert Zeugen, wie der Schwarze Reiter im Namen der *corona* das Haupt des Ungeheuers auf die Bühne des Theatro Phantasmagorico dieses Gecken Carissimo Kurjameo trug. Heute morgen schon ist die Geschichte in aller Munde. Ein ärgerlicher Erfolg für die *corona*. Um so ärgerlicher in Anbetracht der Heldentat unseres *iudicators* Bruder Francisco, der zur nämlichen Stunde wie der Schwarze Reiter einen zweiten Atemdieb erschlug. Doch die *corona* machte die Tat des Reiters ruchbar. In diesem Augenblick gibt es kaum noch einen Bürger, der nicht weiß, was letzte Nacht auf dem Platz der Blumen geschah.«

»Aber was ist dabei so schwierig, wenn wir kundtun, daß auch die Kirche den Atemdieb besiegte?« fragte Bruder Rondoval, der Erste Schreiber des *ordo curatoris dei*.

Es war Berengar, der die Frage beantwortete. »Meine lieben Brüder, ihr seid die Spitze der Kirche dieser Provinz, die klügsten Häupter von Cornia. Die Bürde der Jahre vergoldet manchem von euch das Alter mit einer Weisheit, die sich den meisten Menschen niemals erschließt. Doch selbst ihr wart überrascht, als ihr von einem zweiten Atemdieb hörtet. Gewiß würde es der Kirche zum Ruhme gereichen, würde man kundtun, daß einer der Tapfersten aus unseren Reihen ebenfalls im Kampf mit dem Atemdieb bestand und dieses Ungeheuer tötete. Doch der

Preis, den wir für diesen kurzen Ruhm zu zahlen hätten, wäre ungleich höher als der Nutzen, den die Kirche aus dieser Heldentat zu ziehen vermag.« Der *pater maior* wandte sich nun an Francisco selbst. »Du wirst das verstehen, Bruder! Niemand in diesem Saal weiß all das, was du in der letzten Nacht vollbracht hast, so zu würdigen wie ich, und nur wir beide wissen, welch ungeheuerlichen Preis du dafür gezahlt hast. Aber wenn wir deine Tat öffentlich machen, dann verwirren wir nur die Gemüter der Gläubigen, die uns zum Schutze anbefohlen sind. Sie werden sich fragen, ob es einen dritten Atemdieb gibt oder gar noch mehr. Jetzt herrscht Freude in der Stadt. Die Menschen sind ausgelassen, denn ein großes Übel wurde von ihnen genommen. Doch diese Freude wird schnell wie Asche sein, wenn sie erfahren, daß es noch einen zweiten Atemdieb gab. Deshalb empfehle ich der *principa* Cosima, Stillschweigen über den Tod des zweiten Atemdiebs zu bewahren. Es dient zum Schutz der Stadt und zum höheren Wohl der Kirche.«

Francisco hatte das Gefühl, daß man ihm den Boden unter den Füßen wegzog. So lange hatte er dem Geheimnis des Atemdiebs nachgespürt. Und nun wurde ihm alles genommen, und der Ruhm gehörte allein der *corona*. »Das ... das ist nicht recht!« stammelte er. Er las Mitgefühl in den Gesichtern der anderen, doch zugleich sah er, daß sie sich dem Willen des *pater maior* beugen würden und die Worte des Roten Priesters sie überzeugt hatten. Sein Kampf würde geheim bleiben.

»Bruder Bernaldino hat sein Amt und sein Leben gegeben, Francisco«, ermahnte ihn Berengar mit strenger Stimme. »Er tat dies, um der Stadt die Angst vor dem Atemdieb zu nehmen. Möchtest du sein Opfer schmälern, ja in Frage stellen, damit deine Tat im Rauchkabinett ebenso in aller Munde ist wie die des Schwarzen Reiters? Die Folge wäre, daß die Geschichten um den Atemdieb kein Ende mehr nähmen.«

Franciscos Fingernägel krallten sich in das harte Holz des Lehnstuhls. Strafte ihn Aionar so für seinen Hochmut? Ausgerechnet der Schwarze Reiter, der zu einem guten Teil seine eigene

Schöpfung war, stahl ihm nun den Ruhm. Und die *corona* zöge daraus ihren Nutzen.

»Ich verzichte«, sagte Francisco leise. »Niemand außerhalb dieses Saals soll erfahren, daß es einen zweiten Atemdieb gab.«

»Dein Verzicht ehrt dich, Francisco«, sagte Cosima voller Pathos. »Der Rote Orden war Zeuge deines Heldenmutes, und deine Tat wird unvergessen sein.«

Francisco fragte sich, ob sich die *principa* der Ironie ihrer Worte bewußt war.

»Sprechen wir nun über ein neues Unheil, das unserer Provinz droht und das unser verblichener Bruder Bernaldino allzulange mit großer Leichtfertigkeit betrachtete. Es geht um jenes Volk von Wilden, das beim Kap der Türme nach Cornia eingedrungen ist und die schrecklichsten Verheerungen anrichtet.« Cosima klatschte in die Hände und rief mit lauter Stimme: »Bringt die Zeugin herein!«

Die hohe Tür zum Audienzsaal öffnete sich. Eine junge Frau trat ein. Sie trug ein schlichtes schwarzes Kleid. Ihr Haar war unter einem Kopftuch verborgen.

»Dies ist Valentina. Sie und die Ihren mußten die ganze Grausamkeit der Wilden erfahren. Bitte, Valentina, sprich frei und achte nicht auf die Ämter der versammelten Würdenträger«, sagte Cosima freundlich und wandte sich an die Mitglieder des Kirchenrats. »Unterbrecht ihre Rede nicht! Valentina wird uns nun davon berichten, was sich in ihrem Dorf Palagria ereignete, als die Wilden dort einfielen.«

Die junge Frau stand unnatürlich starr. Die Hände hatte sie seitlich in ihr Kleid gekrallt. Während sie sprach, durchlebte sie offensichtlich noch einmal, was sie gesehen hatte. »Nachts schickten sie einen ihrer Diebe. Er strich durch die Felder. Unsere Männer haben ihn gefangen und befragt, was er bei uns wollte. Aber er verspottete sie nur mit seltsamen Lauten. Ich hab es selbst gehört. So spricht kein Mensch! Am Morgen kamen sie dann mit ihren Tieren. Es waren Tausende. Wie große Ochsen und andere, für die es keinen Namen gibt. Ungeheuer, größer als Häuser. Sie waren schrecklich. Wegen des vielen Regens hatten wir unsere Ernte noch nicht einbringen können. Die Wilden trieben ihre Tiere auf die Felder. In wenigen Stunden war die gesamte Ernte vernichtet. Unsere Männer wollten sich wehren. Ein weißer Ordensritter war ihnen zu Hilfe gekommen. Aber die Wilden ... Sie waren zu zahlreich. Sie ...« Die Frau schlug die Hände vors Gesicht.

»Bitte Valentina, ich weiß, wie groß dein Schmerz ist, aber es ist wichtig, daß meine Ordensbrüder das ganze Ausmaß des Schreckens begreifen. Erzähl uns, was dann geschehen ist.«

Stockend fuhr die Frau fort. »Die Wilden waren so zahlreich. Ein häßlicher Kerl voller Narben führte sie an. Sie ... sie haben alle unsere Männer umgebracht. Und dann ... Wir mußten ... Sie haben den Toten die Herzen herausgerissen. Uns Frauen und Kinder haben sie in die Berge hinaufgetrieben. Wir konnten nicht alles sehen, was geschah ... Es war dieser Alte mit den Narben ... und ein jüngerer Mann. Sie haben unsere Männer geschlachtet wie Tiere ... Und ich glaube, sie haben ihre Herzen gegessen!«

Eine Ordensschwester führte Valentina aus dem kleinen Audienzsaal hinaus. Unter den Würdenträgern der Kirche herrschte betroffenes Schweigen.

»Wissen wir, wie viele es sind?« fragte schließlich Bruder Rondoval, der Erste Schreiber des *ordo curatoris dei*.

»Es sind vier- oder fünftausend Wilde«, meldete sich Bruder Bartolome zu Wort. »Weniger als die Hälfte von ihnen sind Krieger. Diese Tiere ... Sie scheinen eine Herde zu sein, auch wenn sie gewaltiger sind als jede Viehherde, von der ich je hörte. Es sind Tausende von ochsengroßen Tieren und diese Ungeheuer ... Auch davon ziehen einige hundert mit der Herde.«

»Glaubst du, man könnte ihnen die Herde abnehmen?« fragte Rondoval. »Das müßte genug Fleisch für viele Jahre sein.«

»Ich bitte dich, Bruder!« schalt ihn Cosima. »Diese Wilden kommen und vernichten unsere Felder. Wie kannst du da nur an so etwas denken? Ihr alle habt gehört, wie diese Tiere in Menschengestalt wüten. Sie haben Tod und Verderben über unsere Provinz gebracht, laßt uns nun Verderben über ihre

Häupter bringen! Bruder Bartolome, über wie viele Truppen gebieten wir?«

Der Erste Ritter schien über Nacht gealtert. Er wirkte müde; sein sonst stets gepflegter Bart war zerzaust. Die Demütigung des gestrigen Tages hatte ihn gebrochen. »Wir haben dreihundert Ritter des *ordo militis dei* unter Waffen. Es wurden Pferde requiriert, und es haben sich mehr als zweihundert Freiwillige gemeldet, um mit uns zu ziehen. Bis die Verlegung der Fußtruppen zum Eingang des Lantinius-Tals abgeschlossen ist, werden noch etwa vier Tage verstreichen. Wir werden auf jeden Fall vor den Wilden dort eintreffen und ihnen den Weg nach Monte Flora verlegen. In der Feldschlacht sind wir ihnen um mehr als das Doppelte überlegen.«

»Das genügt mir nicht!« herrschte Cosima ihn an. »Du bist der militärische Führer. Ich erwarte mehr Eifer von dir, Bruder. Besteht dein ganzer Plan darin, am Eingang zu den fruchtbaren Ebenen des Lantinius-Tals zu sitzen und gemütlich auf die Wilden zu warten?«

»Auf einem anderen Weg als diesem können sie nicht kommen«, wandte der Erste Ritter lahm ein. »Was sollten wir sonst tun? Die Truppe muß sich erst sammeln.«

»Es ist nicht meine Aufgabe, dir zu sagen, was zu tun ist, Bruder. Wie dem auch sei – ich gedenke nicht einfach zuzusehen, wie ein großer Teil der Provinz von den Wilden verwüstet wird. Wir haben über fünfhundert Reiter, sagst du? Dann nimm diese Männer und fall den Eindringlingen in den Rücken! Jag die Trupps, die sie zur Plünderung aussenden. Töte die Nachzügler im Troß! Sie sollen lernen, was Angst ist. Sie sind in ein friedliches Land eingefallen und schlachten Bauern und Hirten ab wie Vieh! Zeig ihnen, daß wir auch grausam sein können. Laß alle pfählen, die dir in die Hände fallen. Ganz gleich, ob Frauen, Kinder oder Alte! Wir wollen ihnen das Leid, das sie über uns gebracht haben, mit gleicher Münze heimzahlen!«

»Das ... das ist nicht die Art, wie der *ordo militis dei* Krieg zu führen pflegt«, empörte sich Bartolome.

»Ich erinnere mich nicht, daß die Verweigerung von Befehlen der regierenden *principa* zu den Gepflogenheiten des militärischen Arms der Kirche gehört. Mag es sein, daß du deines Amtes müde bist, Erster Ritter? Soll ich einem entschlosseneren, jüngeren Mann die Führung des Ordens übertragen? Vielleicht Bruder Francisco? Er hätte es verdient, nach der Hinrichtung des Atemdiebs mit einer neuen großen Aufgabe betraut zu werden. Ein solcher Wechsel böte sich an.«

»Ich bin kein Ritter!« warf Francisco sofort ein. »Ich könnte dieses Amt nicht ausfüllen.« Bartolome sah ihn verbittert an. Bemerkte er denn nicht, welches Spiel Cosima trieb? Wußte die *principa* um den verdeckten Kampf, den er mit dem Ersten Ritter gegen die Unholde in den Bergen geführt hatte? Versuchte sie einen Keil zwischen das Bündnis aus Gesetzbuch und Schwert zu treiben?

»Ich werde mit den Rittern und den Freiwilligen noch heute ausrücken.« Bartolomes Stimme bebte vor Zorn. »Eine ehrliche Schlacht ziehe ich dem Krieg vor, der in unseren eigenen Reihen tobt.« Der alte Ritter erhob sich.

»Bruder Bartolome, du wirst doch nicht gehen, ohne mir die Treue zu schwören!«

»Deine Amtseinführung findet erst am Mittag statt, *principa*.«

»Du bist ein Reiterführer, ein beweglicher Mann, der nie dort ist, wo der Feind ihn vermutet. Ganz, wie es die Tugend der Kavallerie verlangt. Für den Fall, daß du die Feier versäumst, weil deine Pflichten dich ins Feld rufen, leiste mir jetzt schon den Eid, damit niemand Zweifel an deiner Treue hegt!« Sie streckte ihm die rechte Hand entgegen. Jetzt erst bemerkte Francisco, daß Cosima, auch wenn sie auf die Soutane ihres neuen Amtes noch verzichtete, bereits den Siegelring Bernaldinos trug. Das Siegel von Cornia, über das allein der Kirchenfürst verfügen durfte, sie stellte es zur Schau wie ein Feldzeichen.

Es war Cosimas Recht, von Bartolome zu verlangen, daß er vor ihr niederkniete, das Siegel küßte und ihr die Treue schwor. Doch die Art, wie sie dieses Recht einforderte, war eine weitere Demütigung für den alten Ritter. Niemand im Audienzsaal wagte etwas dagegen zu sagen. Auch Francisco schwieg.

So gehorchte Bartolome. Ehe er den Audienzsaal verließ, warf er Francisco einen wütenden Blick zu. Das Bündnis zwischen Recht und Schwert war zerbrochen! Er stand noch in der Tür, als die *principa* ein weiteres Mal seinen Namen rief. »Bevor du gehst, hättest du vielleicht die Güte, uns zu erklären, welche Menschenhatz der *ordo militis dei* in der vergangenen Nacht veranstaltete?«

Der alte Ritter versteifte sich. Offensichtlich bemüht, zumindest den Anschein von Würde und Selbstachtung aufrechtzuerhalten, wandte er sich um. »Mich erreichte ein Hinweis, der Schwarze Reiter sei in der Stadt, und hinter seiner Maske verberge sich die Mörderin Alessandra Paresi! Wir haben versucht, ihrer habhaft zu werden.«

Francisco traute seinen Ohren nicht. Sie lebte also! Wo sie jetzt wohl war?

»Ein Versuch, der zur Zerstörung des Totenturms der Familie da Forca führte!« rügte Cosima. »Bist du dir darüber im klaren, welch weitreichende Folgen das hat? Im übrigen sind einige deiner Ritter zu Tode gekommen. Davon abgesehen wird der Schwarze Reiter seit gestern Nacht in der ganzen Stadt als Held gefeiert. Wie hätte die Kirche dagestanden, wäre dieser Held durch deine Ritter getötet worden?«

Bartolome senkte das Haupt. »Diese Entwicklung war gestern noch nicht abzusehen ...«

»Vielleicht deshalb, weil es dir an Weitsicht mangelt? Ich wünsche, daß Entscheidungen von solcher Tragweite in Zukunft mit meinem Einvernehmen gefaßt werden, Bruder Bartolome. Ich weiß nicht, was die übliche Vorgehensweise deines Ordens unter dem Prinzipat von Bruder Bernaldino war, aber unter meiner Herrschaft wird es solche Eigenmächtigkeiten künftig nicht mehr geben! Habe ich mich deutlich genug ausgedrückt?«

»Unmißverständlich!«

»Gut, dann hast du nun die Erlaubnis zu gehen, Bartolome.« Cosima wandte sich an die versammelten Ratsmitglieder. »Brüder, ich weiß, daß ich nicht nur Freunde in dieser Runde habe!« Die *principa* bedachte Francisco mit einem vielsagenden Blick.

»Aber in dieser Stunde der Gefahr müssen wir allen kleinlichen Hader vergessen. Wir müssen zusammenstehen, denn nur gemeinsam vermögen wir das neue große Unglück abzuwenden, das unsere Provinz getroffen hat. Doch wer sind wir schon? Eine kleine Schar von Priestern ... Was ich mir wünsche, ist größer. Ich will unser Volk versöhnt sehen! Ich wünsche, daß der Machtkampf zwischen Kirche und *corona* endet. In diesem Sommer werden drei Jahre vergangen sein, seit Flut und Beben unsere Provinz verwüsteten und das Imperium zerschmetterten. In meiner ersten Rede als *principa*, gleich heute nachmittag, wenn ich nach meiner Amtseinführung vor den *mercatoren* sprechen werde, will ich der *corona* die Hand reichen. Wenn wir gemeinsam etwas aufbauen wollen, dann müssen wir vergangenes Unrecht vergessen. Ich werde verfügen, daß alle Anklagen, die anhängig sind, fallengelassen werden, und ich werde die *corona* auffordern, uns im Kampf gegen die Wilden zu unterstützen. Die Gesetze gegen die *corona* und die Handelsbeschränkungen der *mercatoren* werden aufgehoben.«

Francisco konnte nicht glauben, was er da hörte. Sie wollte Verbrechen einfach dulden? War er das eigentliche Ziel dieser ganzen Inszenierung? Er war klug genug, nicht sofort gegen die Vorschläge der *principa* aufzubegehren. Er wollte seinen Einfluß nicht schmälern, indem er auf ähnliche Weise wie der Erste Ritter gedemütigt wurde. Es gab andere Wege, Cosimas Pläne zu durchkreuzen!

Aufmerksam beobachtete Francisco, wie die anderen Kirchenoberen auf Cosimas Ankündigung reagierten. Niemand von ihnen empörte sich oder zeigte auch nur Überraschung. War es Vorsicht wie bei ihm, oder standen sie wirklich hinter den Plänen der *principa*?

Bruder Rondoval vom *ordo curatoris dei* wagte es immerhin, daran zu erinnern, daß die Kirche aus ihrer Kontrolle über den Handel mit Lebensmitteln erheblichen Gewinn gezogen hatte.

»Dein Einwand ist berechtigt«, entgegnete Cosima gewandt, »doch bitte ich dich zu bedenken, daß ich für mehr als nur das Wohlergehen der Kirche die Verantwortung trage. Gesetze, die ungerecht sind, werden nicht weiter bestehen. Ich will, daß diese Provinz gesundet und wieder stark wird, denn nur in einer starken Provinz wird die Kirche wahrhaft mächtig sein.« Mit dieser stolzen Ankündigung beendete die *principa* die Versammlung der Kirchenoberen.

Francisco hatte es eilig, zurück in seine Kammer zu gelangen. In einer blutbesudelten und rußverschmierten Soutane einer Zusammenkunft des Kirchenrates beiwohnen zu müssen, war ihm zutiefst peinlich gewesen. Mit welcher Autorität wollte er vor den anderen sprechen, wenn offensichtlich war, daß er nicht einmal sein eigenes Äußeres in Ordnung zu halten vermochte?

Am Eingang des Saals erwartete Bruder Berengar den *iudicator*. Der *pater maior* blieb an der Seite des Priesters und begleitete ihn bis auf den weiten Platz vor dem *palazzo* des *princeps* hinaus.

»Kann ich dir dienlich sein?« fragte Francisco schließlich gereizt, als der ältere Ordensbruder weder von seiner Seite weichen wollte, noch Anstalten machte, ihn anzusprechen.

»Ich habe ein Geschenk für dich.« Berengar deutete mit dem Armstumpf auf einen kleinen Beutel aus rotem Samt, den er am Gürtel trug. »Leider kann ich es dir nicht selbst geben«, fügte er ironisch hinzu.

Francisco löste beschämt die Schnüre des Beutels. Von Berengar hätte er alles andere erwartet als ein Geschenk. Als er den Beutel öffnete, fand er darin zwei polierte weiße Soutanenknöpfe. In die Knochen war ein Schriftzug eingeritzt.

Bernaldino princeps Cornia.

»Er hätte gewollt, daß du sie trägst! Bernaldino war ein guter Mensch. Er hat mich überrascht mit seiner Tapferkeit.«

Francisco konnte seine Gefühle nicht länger zurückhalten. »Aber wozu war dieses Opfer gut? Der Schrecken des Atemdiebs ist gebannt, aber kaum ist Cosima im Amt, vernichtet sie das Werk Bernaldinos. Die Gesetze! Endlich wurden die Armen in diesem Land gerecht behandelt! Und der Würgegriff der *corona* war fast gebrochen ... Warum unternimmst du nichts dagegen, Bruder? Du hättest die Macht!« Die Stimme des *iudicators* überschlug sich vor Zorn. Einige Mitglieder des Kirchenrates, die ganz in der Nähe in einem Grüppchen beisammenstanden und diskutierten, sahen sich nach ihm um. Doch in diesem Augenblick war es Francisco gleich, was sie von ihm denken mochten.

»Solange ich nicht im unmittelbaren Auftrag der *primarchin* handle oder die Belange meines Ordens berührt sehe, steht es mir nicht zu, mich in die inneren Angelegenheiten der Kirche einer Provinz einzumischen.«

»Wie kannst du behaupten, Respekt vor Bernaldino zu haben und zugleich zusehen, wie sein Lebenswerk vernichtet wird? Wie die Kirche dem Unrecht die Hand reicht?«

»Könnte es nicht sein, daß du dich viel mehr darum sorgst, was du durch Bernaldino geschaffen hast, Francisco? Sieh in dein Herz und prüf die Aufrichtigkeit deiner Worte! Finde dich damit ab, daß ein Wechsel in der Führung der Provinz auch immer Änderungen in der Hierarchie nach sich zieht. Cosima möchte sich von Priestern umgeben wissen, denen sie trauen kann und die ihre Ziele verfolgen. Für Männer wie Bartolome und auch dich, Francisco, gibt es keinen Platz mehr. Sie wird den kleinsten Fehler, den du begehrst, zum Anlaß nehmen, um dich von deinem Amt als *iudicator* zu suspendieren. So ist der Lauf der Dinge. Richte dich darauf ein, oder die Ereignisse werden dich überrollen.«

»Ich bin nicht zum Speichellecker geboren, Berengar. Ich werde meinen Weg finden, die Kirche vor dieser *principa* zu schützen!«

Der alte Priester zuckte mit den Achseln. »Wer bin ich, dir zu widersprechen? Solltest du es aber eines Tages müde sein, dich im nutzlosen Streit mit Cosima aufzureiben, dann such mich, Francisco. Du könntest deiner Kirche an anderer Stelle vielleicht besser dienen. Meine Meinung wird Gehör finden in Cantamo, auch wenn ich nur selten die Stimme erhebe.« Ein zynisches Lächeln umspielte seine verschorften Lippen. »Und nun leb wohl, Bruder Francisco. Heute mittag werden meine Lippen wieder versiegelt sein. Ich werde die *provincia cornia* verlassen. Meine Aufgabe hier ist erfüllt.«

»Über welche andere *Stelle* sprichst du, Bruder?«

Der *pater maior* sah ihn lange mit seinen wissenden grünen Augen an. »Wenn die Zeit gekommen ist, kannst du dir diese Frage selbst beantworten, Francisco.« Mit diesen Worten wandte er sich ab.

Der *iudicator* sah ihm nach, als der gebeugte alte Mann den weiten Platz vor dem *palazzo* überquerte. Zwei Ritter des *ordo silentii finiti* schlossen sich Berengar als Ehrengarde an. Doch sie wären nicht nötig gewesen, um seinem Auftritt Gewicht zu verleihen.

Der Platz vor dem *palazzo* war heute ungewöhnlich belebt. Viele Priester hatten sich bereits eingefunden, um bei der feierlichen Amtseinführung Cosimas zugegen zu sein. Doch wer immer in Gefahr geriet, den Weg des *pater maior* zu kreuzen, blieb stehen oder wich ihm aus.

Auch Francisco war froh, daß der Rote Orden die Stadt wieder verlassen würde.

Der Verrat

In den Ruinen eines verlassenen palazzo,
*am Ufer des Lago di Ansala, am 16. Tag des Wolkenmonds,
im 461. Jahr der Abwesenheit Gottes*

Alessandra saß auf der weiten Terrasse des verfallenen *palazzo*
und blickte hinunter auf den See. Das Wasser war bleifarben wie
die Wolken, die tief über das Land zogen. Irgendwo dort draußen lagen ihre zerbrochenen Flügel auf dem Grund des Lago di
Ansala. Ein Vermögen aus Bambus und Seide.

Seit sie den *palazzo* verlassen vorgefunden hatten, suchte Alessandra nach Erklärungen dafür, warum Tormo nicht hier war.
Doch je länger sie darüber nachdachte, desto schwermütiger
wurde sie. Es gab nur eine Erklärung. Man hatte sie verraten! Es
konnte einfach kein Zufall gewesen sein, daß so viele Ritter des
ordo militis dei rund um den Platz der Blumen bereitgestanden
hatten, um sie aufzuhalten! Und Tormo ... Sicher hatte man ihn
als Geisel genommen. Man wollte ihren Kopf und würde Tormo
benutzen, um an sie heranzukommen.

Wütend schleuderte sie einen Stein aufs Wasser hinaus.
So einfach dieser Plan war, so sicher war er auch. Sie würde
zurückkommen, obwohl sie ahnte, daß sie Tormo dadurch nicht
retten konnte. Wer immer diesen Verrat eingefädelt hatte,
wollte sie tot sehen und würde auch Tormo schwerlich am Leben lassen.

Aber wer mochte hinter dieser schändlichen Intrige stehen?
Juan de Najera hatte nicht gewußt, daß sie gemeinsam mit Orlando vom Totenturm der Familie da Forca fliehen wollte. Er
wußte nur darum, daß sie sich auf dem Platz der Blumen in der
Truppe des Theatro Phantasmagorica versteckt hielt, und daß
sie dort mit dem Kopf des Atemdiebs erscheinen würde. Dazu
paßte, daß der Platz von Ordensrittern umstellt worden war.
Aber Juan hatte nicht wissen können, auf welche Weise Tormo
die Stadt verlassen wollte.

Lucio da Forca war in die Einzelheiten des Fluchtplans eingeweiht. Schließlich hatte seine Familie nicht nur ihren Totenturm
zur Verfügung gestellt, er hatte auch die Pferde besorgen lassen,
und er wußte, wann Tormo die Stadt verlassen wollte. Aber warum hatte er den *ordo militis dei* dann nicht zum Totenturm bestellt? Es wäre ein leichtes gewesen, ihr dort eine Falle zu stellen.
Hatte da Forca das getan, um von sich abzulenken, falls sie ihren
Häschern entging? Aber aus einem Hinterhalt im Totenturm
selbst hätte es kein Entkommen mehr gegeben.

Ein leises Geräusch war auf dem Hof zu hören. Jemand ging
über das Geröll. Zu leise, um in friedlicher Absicht zu kommen!
Alessandra zog sich an der Mauer hoch. Ihr linkes Bein pochte
vor Schmerz. Es würde sie nicht tragen, obwohl es geschient
war. Sie lehnte sich mit der rechten Schulter gegen die Mauer.
Ihre rechte Hand war straff bandagiert. Nur die Fingerspitzen
ragten aus dem Verband hervor. Mit Mühe zog sie den letzten
Dolch aus der Armmanschette. Ganz gleich, wer ihr bis hierher
gefolgt war, der erste, der durch die Tür auf die Terrasse zum
Seeufer trat, würde sterben!

Von unten erklang das Klackern eines rollenden Steins. Dann
eine belegte Stimme. »Alessandra?«

Fluchend schob sie das Messer zurück in die Armmanschette.
»Ich bin hier oben!« rief sie. »Was schleichst du herum, Alter?
Willst du, daß ich dir die Kehle durchschneide?«

Orlando trat durch die Terrassentür. »Ich schleiche nicht«,
entgegnete er gekränkt.

Alessandra sah seine nackten Füße. Sie begriffe niemals, wie
man mitten in der Regenzeit barfuß herumlaufen konnte! »Was
hast du in Monte Flora erfahren?«

»Wenig genug. Setz dich, aber gleich! Verdammt, so heilt dein
Bein doch niemals!«

Die Harpunierin gehorchte, und der Alte hockte sich neben
sie. Er hob einen Stock vom Boden auf und drehte ihn zwischen
den Fingern. »Es sieht nicht so aus, als halte der *ordo militis dei*
Tormo gefangen.« Orlando ritzte mit dem Daumennagel die
Rinde des Stöckchens und zog sie dann in Streifen ab.

»Wer war es dann?«

»Ich bin mir nicht sicher. Tormo hat sich ganz gewiß unauffällig verhalten. Ich kann mir sein Verschwinden nur als eine Verkettung unglücklicher Zufälle vorstellen.«

Alessandra stieß ein höhnisches Lachen aus. »Zufälle? Ich bin eine *puntaniola*, Orlando. Diese Art von Zufällen sind mein Geschäft. Niemand verschwindet zufällig! Seit vier Tagen warten wir auf Tormo. Wäre er irgendwo aufgehalten worden, hätte er mehr als genug Zeit gehabt, um uns zu finden.«

»Laß mich ausreden, verdammt! Ich glaube nicht, daß man ihn gefangenhält ... Nicht auf die Art, auf die du denkst. Am Tag, an dem ich auf dem Turm auf dich wartete, wurden in der ganzen Stadt Pferde beschlagnahmt, und man hat junge Männer dazu *überredet*, in den Krieg gegen die Wilden zu ziehen.«

»Warum hätte Tormo das tun sollen? Dieser Krieg ist ihm herzlich gleichgültig!«

»Vermutlich hat man ihm die Pferde abgenommen, als er die Stadt verlassen wollte. Wie ich Tormo kenne, ist er mit ihnen gegangen, um nicht aufzufallen. Daß er nicht reden kann, macht ihn unsicher. Bist du schon einmal einem Werber begegnet? Vielleicht haben sie Tormo gefragt, ob er etwa ein Verräter sei, wenn er als kräftiger Kerl nicht ein paar Tage kämpfen wolle, um sein Land zu verteidigen. Sie haben ihn vermutlich so unter Druck gesetzt, daß er schließlich gar keine andere Wahl hatte, als mit ihnen zu kommen. Er hat es getan, um uns nicht zu verraten.«

Alessandra konnte das nicht glauben. »Du meinst, er war bei den Soldaten, die wir nach Norden ziehen sahen?«

Orlando zog den letzten Rindenstreifen vom Zweig. »Ja, genau das befürchte ich ... Es gibt aber auch eine gute Nachricht. Die neue *principa* Cosima hat eine Amnestie für die *corona* erlassen, und der Schwarze Reiter wird wie ein Held gefeiert. Carissimo gibt jeden Tag drei Vorstellungen seines Schundstücks, und er könnte vermutlich sogar zehn geben und brächte trotzdem nicht alle Zuschauer unter. Du kannst die Stadt betreten. Niemand wird dich verfolgen.«

»Glaubst du? Ich bin mir sicher: Wir sind von der *corona* verraten worden, und eine Amnestie gibt es da nicht. Treib ein paar Pferde auf, Orlando. Wir reiten nach Norden und holen Tormo aus der Armee heraus!«

»Das ist doch absurd! Du kannst dich ja kaum auf den Beinen halten, Mädchen. Wie willst du da auf einem Pferd sitzen?«

»Deine Frage sollte lauten: Wie kannst du hier herumsitzen, während Tormo in Gefahr ist?« erwiderte sie barsch. »Und jetzt hol uns Pferde!«

So wie es befohlen war, führte der Erste Ritter seine Reiter in den Norden, noch hinter die große Herde. Voller Zorn setzte er den Versprengten der langen Wanderung nach und schlachtete die Sturmreiter ab, wo immer sie sich seinen gepanzerten Rittern zum Kampf stellten. Schließlich fanden sich die Wanderer aus den Ebenen Esanuks gefangen in einem weiten Paß, der zum Lantinius=Tal hinaufführte. Hinter ihnen standen die Ritter, an deren Rüstungen ihre Speerspitzen aus Nachtstein wirkungslos zerbrachen, und vor ihnen lagerte ein Heer, so groß, daß es das Volk der Sturmreiter an Zahl bei weitem übertraf. In dieser Stunde schien es, als seien die Stammler, wie sie die Krieger des Imperiums nannten, ein noch viel tödlicherer Feind als der Eisatem oder die Spinnenmänner. Und manch einer bereute es, den Visionen des Wahrträumers gefolgt zu sein.

In der Nacht aber vor jenem Tag, da die Büffelschlacht geschlagen sein sollte, überfielen die Eisenmänner das Lager der Sturmreiter, zerrten mehr als fünfzig Frauen und Kinder auf ihre Pferde und führten sie davon. Grasfeder war an jenem Abend nicht bei Seruun. Sie hatte einem jungen Mädchen geholfen, das erste Kind zur Welt zu bringen, und wurde gefangen genommen. Und Seruun wußte, die Eisenmänner würden sie den Stacheltod sterben lassen, denn die Sturmreiter hatten alle jene gefunden, die den Eisenmännern zuvor in die Hände gefallen waren.

Francisco wußte von alldem nichts. Er begriff auch nicht, warum Cosima darauf bestanden hatte, daß der Kirchenrat die TURMAE auf ihrem Feldzug begleitete. Die Oberen der Kirche waren in einem Dorf einquartiert, dessen Bewohner vor den Wilden geflüchtet waren. Als Francisco an jenem Abend den Rat verließ, auf dem ein letztes Mal der Schlachtplan besprochen worden war, ahnte er nicht, daß ein anderer Plan schon in dieser Nacht Wirklichkeit werden sollte.«

SCHWESTER DOLORES, CHRONIK EINER VERLORENEN ZEIT, BD. 1, NIEDERGELEGT ZU CANTAMO, IM 539. JAHR DER ABWESENHEIT GOTTES

Infam

In Mergano, einem Dorf am Eingang zum Lantinius-Tal, in der Nacht des 17. Tages im Wolkenmond, im 461. Jahr der Abwesenheit Gottes

»Bruder *iudicator*!« Francisco wurde unsanft aus dem Schlaf gerüttelt. »So wacht doch auf! Etwas ganz und gar Ungeheuerliches ist geschehen!«

Noch schlaftrunken richtete sich Francisco in seinem Bett auf. Es war Bruder Peres, sein Leibwächter vom *ordo militis dei*.

»Was gibt es?«

»Eine Intrige ... Anders kann ich es mir nicht erklären. Du mußt fliehen!«

Ärgerlich erhob sich Francisco aus dem Bett. Auf dem Tisch stand eine Laterne, die Peres offensichtlich mitgebracht hatte.

»Ordne deine Sinne, Bruder. Wovor soll ich fliehen?«

»Die *corona* ... Es kann nur die *corona* gewesen sein.« Der sonst so stille Ordensritter schien den Tränen nahe. »Unten in der Scheune. Ich kenne dich ... Das hättest du niemals getan!«

Francisco griff nach seiner Soutane und streifte sie über. Er schloß von unten her einen Knopf nach dem anderen. »Da du offensichtlich nicht in der Lage bist, zusammenhängend zu berichten, suchen wir nun gemeinsam die Scheune auf und sehen dort nach dem Rechten. Oder hat die *corona* dort etwa alle ihre Meuchler versammelt, um sich meiner zu entledigen? Ich vermute, Cosima würde für dieses Verbrechen umgehend eine Begnadigung unterzeichnen.« Der *iudicator* lachte voller Hohn und gürtete sein Schwert um die Hüften.

»Ich flehe dich an, Bruder, tu das nicht! Ich kann ein Pferd besorgen. Klettre durch ein Fenster auf der Rückseite des Hauses und mach dich davon!«

»Unsinn!« Francisco zögerte. Er war versucht, die schlichten Holzschuhe anzuziehen, die er hier im Bauernhaus in einer Truhe mit alten Kleidern gefunden hatte. Aber wie sähe das zu seiner Amtstracht aus! Schließlich streifte er doch seine schweren Stiefel über. »Eine Flucht ist so gut wie ein Schuldeingeständnis. Jetzt bring mich hinunter zur Scheune!«

Eine enge Stiege führte hinab in die gute Stube des Bauernhauses. Im Kamin glomm ein Holzscheit. Peres ging voran und leuchtete mit seiner Laterne.

Die Scheune lag nur wenige Schritt hinter dem Wohnhaus. Einige Soldaten der Smaragd-*turmae* standen unter dem Scheunentor. Sie traten respektvoll zur Seite, als sie die Amtstracht des *iudicators* erkannten.

In der Scheune waren etliche Laternen aufgestellt. Ein *capitano* eilte ihnen entgegen. Es war ein junger Mann, der kaum die Zwanzig überschritten hatte. Er trug einen Spitzbart. Sein grüner Waffenrock war aus schlichtem Stoff, doch makellos sauber. Er schien kein Mercatorensohn zu sein, dem der Vater den Posten in der Armee erkauft hatte. Dafür war auch die Waffe zu schlicht, die er umgeschnallt trug. Es war ein Rapier mit einfachem, unverziertem Korb, wie es auch die Mannschaftsränge trugen. »Eminenz ... Wer hat Euch denn rufen lassen? Ihr seid außerordentlich schnell! Ich bin dankbar, daß ein Würdenträger der Kirche zugegen ist.«

Francisco nickte zum Bauernhaus hinüber. »Ich hatte keinen weiten Weg. Was ist der Grund für diese Aufregung, *capitano*?«

»Hier liegt die Soutane eines *novizen*!« rief ein Soldat und kam hinter dem Strohhaufen hervor, der den größeren Teil der Scheune ausfüllte. »Man hatte sie wohl versteckt.«

Ein stämmiger Mann trat an die Seite des *capitano*. Er hielt einen abgewetzten Lederriemen in der Hand. Während er sich aufrichtete und näher kam, wurde der Blick auf zwei Beine frei, die unter einem Karren hervorlugten. Diese Beine waren mit Striemen und Prellungen übersät. »Das war ein Vieh, der das getan hat, kein menschliches Wesen mehr!«

»Was ist hier vorgefallen?« fragte Francisco streng.

»Entschuldigt, Eminenz.« Der junge *capitano* wirkte genauso verstört wie Bruder Peres. »Ich habe ja schon so manchen Toten gesehen, aber das hier ... Einer meiner Männer ist mit einer

607

Lagerhure hier herauf zur Scheune gekommen.« Der *capitano* räusperte sich. »Ich fürchte, sie hatten vor, sich in dem Heu ... Sie wußten nicht, daß Ihr gleich nebenan ruht. Sie haben den Jungen gefunden. So wie er aussieht, muß er den Wilden in die Hände gefallen sein. Sie lagern nur wenige Meilen entfernt ...«

»Unsinn!« mischte sich der stämmige Mann ein. »Mit Verlaub Eminenz, Raffaele Cornelio Guerna. Ich bin der Feldscher der zweiten *turma* der Smaragdtürme. Und ich verspeise mein Chirurgenbesteck vor Euren Augen, wenn das ein Wilder war.«

»Ich möchte gern einen Blick auf den Leichnam werfen.« Francisco verstand nicht, warum Peres ihn wegen dieser Sache geweckt hatte. Als *iudicator* war er zwar der erste Richter dieser Provinz, aber deshalb hatte er noch lange nichts mit jedem einfachen Mord zu schaffen.

»Ihr solltet Euch das nur ansehen, wenn Ihr einen stabilen Magen habt, Eminenz. Es ist wirklich kein schöner Anblick!«

Francisco bückte sich, um besser unter den Wagen sehen zu können. Der Tote hatte krauses dunkles Haar. Sein Rücken war aufgebrochen worden, und die Lungen hingen ihm wie blutige Flügel bis zu den Hüften herab. Die Arme des Toten waren mit Lederriemen an die Vorderachse des Heuwagens gebunden.

Francisco richtete sich ruckartig wieder auf.

»Die Wilden tun so etwas«, beharrte der *capitano*. »Ich habe schon Leichen von Bauern gesehen, denen sie die Brust zerschmettert haben, um ihnen das Herz herauszureißen.«

»Bei allem Respekt, *capitano*«, mischte sich erneut der Feldscher ein. Er hielt den Lederriemen hoch. Es war ein Gürtel mit einer schlichten Messingschließe. »So etwas besitzen diese Wilden gar nicht. Das hat man dem Jungen um den Hals gezogen, damit ihn niemand schreien hört. So wie es aussieht, hat man den Knaben erst mißbraucht. Die Prellungen deuten darauf hin ... und sein Anus ist mit Achsfett eingeschmiert worden. Widerliche Sache. Aber Wilde waren das nicht! Wer immer sich an dem Jungen vergangen hat, war allerdings ein ziemlicher Dummkopf. Seht her, Eminenz!« Der Arzt reichte Francisco den

blutverschmierten Gürtel. »Hier ist ein Name ins Leder eingeprägt. Wir werden diesen Dreckskerl finden.«

Francisco betrachtete den Gürtel. Als er den eigenen Namen
las, begannen seine Hände zu zittern.

Er stieß den dicken Feldscher zur Seite, um sich noch einmal
den Leichnam anzusehen. Diesmal griff er nach dem Kraushaar
und hob den Kopf, voller Angst davor, was er zu sehen befürch-
tete. Er blickte in Paolos bleiches Antlitz.

Seit er den Jungen vor fünf Tagen zum Theatro Phantasmagorico geschickt hatte, hatte er ihn nicht wieder gesehen. Doch die
Zeit seit der Amtseinführung Cosimas war so turbulent gewesen, daß er nicht dazu gekommen war, sich Sorgen zu machen.
Auch hatten die Kirchenoberen schon vor drei Tagen Monte
Flora verlassen, um der Armee zu folgen, und *novizen* waren
nicht mitgenommen worden.

»Ist Euch nicht wohl, Eminenz?« fragte der *capitano* besorgt.

Der *iudicator* richtete sich auf. Er zitterte jetzt so stark, daß er
sich an der Seitenwand des Karrens festhalten mußte. Warum
hatte man den Jungen dazu mißbraucht?

»Eminenz? Kanntet Ihr den Knaben?«

Francisco starrte in das aufgedunsene Gesicht des Feldschers.
War dieser Kerl in die Intrige verwickelt?

»Kann ich ... etwas Wasser haben?« Er mußte einen klaren
Kopf behalten. Man hatte Paolo getötet, um ihn, den *iudicator*
von Cornia, zu vernichten. Und er ahnte schon jetzt, daß mit
ihm noch gründlicher abgerechnet werden sollte als mit dem
gedemütigten Bartolome. Aber wer hatte das getan? War es die
corona? Oder Cosima, die ihn aus dem Kirchenrat drängen wollte?
Doch nein, so weit ginge die *principa* nicht! Ihr standen andere
Mittel zur Verfügung, sie mußte nicht das Blut eines Kindes vergießen. Er durfte jetzt nicht in Panik geraten und sich auf keinen
Fall zu einer unbedachten Lüge hinreißen lassen. Darauf warteten sie nur!

»Ich kannte den Jungen«, sagte er mit tonloser Stimme. »Er
war ein *novize* aus Monte Flora.«

»Kanntet Ihr den Knaben gut?«

Francisco sah auf. Ein schmieriges Lächeln umspielte die Lippen des Feldschers. Ohne darüber nachzudenken, was er tat, versetzte Francisco dem Mann eine schallende Ohrfeige.

»*Capitano*, laßt diesen Kerl festnehmen. Indem er einen *iudicator* im Amt beleidigt, beleidigt er die Kirche selbst. Ich werde dafür sorgen, daß dieser Mann aus der Armee entfernt wird!«

Der junge Offizier winkte zwei Soldaten vom Eingang der Scheune und ließ den Arzt fortschaffen.

»Ihr müßt Raffaele entschuldigen, Eminenz. Seine Zunge ist manchmal schneller als sein Verstand. Aber er ist ein guter Arzt. Es wäre ein großer Verlust für die Smaragd-*turmae*, wenn . . .«

»Ich *muß* gar nichts!«

»Gewiß, Eminenz.«

»Ich wünsche, daß diese Scheune von Rittern des *ordo militis dei* und von Euch und Euren Männern bewacht wird, *capitano*. Nichts soll hier verändert werden, und haltet Euch bereit, vor einem Kirchengericht auszusagen.« Francisco überlegte fieberhaft, wie er den Kopf aus der Schlinge ziehen konnte. Den Arzt zu ohrfeigen, war dumm gewesen. Vielleicht war er ja gar nicht an dem Komplott gegen ihn beteiligt. Paolo zu ermorden und es so hinzustellen, als sei er, Francisco, dafür verantwortlich, das war infam!

»Habt Ihr Euch den Gürtel angesehen, *capitano*?« Francisco hatte ihn als sein Eigentum wiedererkannt. Er konnte sich sogar noch erinnern, wo er ihn gekauft hatte. Der *iudicator* reichte dem Offizier den Lederriemen.

Der Soldat hielt den Gürtel mit spitzen Fingern, fast als hielte er eine Schlange in der Hand.

»Ist Euch bekannt, wie ich heiße, *capitano*?«

Der junge Offizier leckte sich aufgeregt die Lippen. »Selbstverständlich kenne ich Euren Namen, Eminenz.«

»Dann werdet Ihr verstehen, warum ich Euch nun den Befehl erteile, mich unter Arrest zu stellen. Es ist mein Gürtel, den Ihr in Händen haltet, auch wenn ich bei allen Heiligen schwöre, mit dieser abscheulichen Tat nichts zu schaffen zu haben. Da es in dieser Provinz – abgesehen von der *principa* – keine Gewalt gibt, die über meinem Amte steht, ordne ich nun selbst an, mich unter Arrest zu stellen. Dies geschieht, um auch den geringsten Verdacht zu zerstreuen, daß ich mich durch Flucht einer Untersuchung entziehen möchte oder mir daran gelegen sei, Beweise wie den Gürtel, den ihr in Händen haltet, zu entfernen.«

Francisco wandte sich an den Ordensritter. »Bruder Peres, würdest du bitte die *principa* unterrichten? Ich will, daß diese ungeheuerliche Tat so schnell wie möglich zur Verhandlung vor ein Kirchengericht kommt.«

Das Tribunal
In der Versammlungshalle des oktagon *von Mergano,
noch in derselben Nacht*

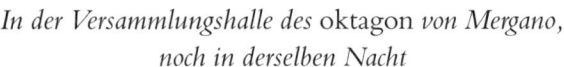

Die Versammlungshalle des *oktagon* von Mergano erschien Francisco erstaunlich groß. Vielleicht lag es auch daran, daß sich nur sieben Personen und so gut wie keine Möbel in dem Raum befanden. Cosima, Bruder Rondoval vom *ordo curatoris dei* und ein Schreiber saßen Francisco gegenüber an einem langen Tisch.

Auf Stühlen entlang der Fensterwand des weißgetünchten Raums hatten sich Bruder Peres, der *capitano* der Smaragd-*turmae* und sein Feldscher niedergelassen.

Die *principa* wirkte übernächtigt. Ganz anders als an jenem Morgen vor vier Tagen, als sie den Ersten Ritter gedemütigt hatte. Sie erweckte den Anschein, als sei ihr der Vorsitz bei diesem Tribunal unangenehm.

»Bruder Francisco, die Dinge, die mir Bruder Peres berichtet hat, sind so unglaublich, daß ich noch in dieser Nacht eine Entscheidung fällen möchte. Ich zweifle nicht daran, daß du unschuldig bist, Francisco. Ich bin lediglich darauf bedacht, jedem Gerücht vorauszugreifen, das dem Ansehen der Kirche Schaden zufügen könnte. Dies ist der Grund, warum ich noch in dieser Nacht ein Tribunal zusammenrufen ließ. Bruder Rondoval soll die Anklage vertreten. Da du, Francisco, besser als jeder andere in diesem Saal mit dem Kirchenrecht und der allgemeinen Halsgerichtsbarkeit vertraut bist, wirst du deine Verteidigung sicherlich selbst übernehmen.«

Der *iudicator* nickte. »Ich danke dir dafür, mir so schnell Gelegenheit zu geben, mich von allen Verdächtigungen reinzuwaschen, Schwester.«

»Dann erkläre ich die Verhandlung zur Klärung des Mordes an dem *novizen* Paolo hiermit für eröffnet. Da sich zwei Zeugen im Raum befinden, die nicht dem Klerus von Cornia angehören,

möchte ich darauf hinweisen, daß über alles, was in diesen vier Wänden gesprochen wird, Stillschweigen zu bewahren ist. Weil sowohl das Opfer als auch der Tatverdächtige der Kirche angehören, obliegt es auch allein der Kirche, in diesem Fall Recht zu sprechen. Bruder Rondoval, als Vertreter der Anklage hast du das Wort.«

Der Erste Schreiber erhob sich von seinem Stuhl und ging um den Tisch herum. »Raffaele Cornelio Guerna, Ihr seid ein Medicus und habt die Leiche des Knaben gesehen. Was hat man dem Jungen angetan?«

Der Feldscher stand auf. »Bevor der Junge starb, hat sich ein Mannsbild an ihm vergangen. Der Zustand des Knaben läßt keinen Zweifel daran, daß er sich zu diesen Handlungen nicht freiwillig hergegeben hat. Sein Körper ist gezeichnet von Schlägen. Um ihn an Hilferufen zu hindern, wurde ihm eine Gürtelschlinge um den Hals gelegt und die Kehle so sehr gequetscht, daß er unmöglich schreien konnte. Nachdem man den Jungen mißbraucht hatte, wurde er auf bestialische Weise ermordet, indem man seine Lungen freilegte.«

Rondoval blickte vorwurfsvoll in Franciscos Richtung. »Als Feldscher habt Ihr gewiß schon viel zu sehen bekommen, Raffaele Cornelio Guerna. Wie bewertet Ihr diese Tat?«

»In all den Jahren, da ich meinen Beruf nun ausübe, wurde ich noch niemals Zeuge einer vergleichbaren Bluttat.«

Rondoval kehrte zum Richtertisch zurück und hob den Gürtel auf, der darauf lag. »Erkennst du hierin einen Gürtel aus deinem Besitz, Bruder Francisco?«

»Dieser Gürtel gehört in der Tat mir«, bestätigte der *iudicator*. »Er muß mir entwendet worden sein. Es war nicht schwer, sich Zugang zu meiner Kammer zu verschaffen.«

Rondoval hob die Brauen. »Mit Verlaub, Bruder, nämliches würde ich an deiner Stelle auch behaupten, um meinen Kopf zu retten. Bruder Peres, ist dir der Junge bekannt gewesen?«

»Ja«, bestätigte der Ritter.

»Ist der *novize* Paolo auch mit dem *iudicator* bekannt gewesen?«

»Ja.«

»Und welcher Art war diese Bekanntschaft?«

»Nun . . .« Der Ritter wand sich auf seinem Stuhl. »Ich schätze, der *iudicator* war eine Art wohlwollender Mentor. Der *novize* hat ihn oft noch abends besucht.«

»Abendliche Besuche bei einem Mentor«, wiederholte der Erste Schreiber vieldeutig. »Mir scheint, das könnte man auch anders nennen!«

»Ich verbitte mir Spekulationen dieser Art!« empörte sich Francisco.

»Welcher Art? Ich möchte hier anmerken, daß ich als Erster Schreiber die Aufsicht über die Ausbildung der *novizen* in Monte Flora führe. Auch mir ist Paolo wohlbekannt. Ich kenne ihn wegen der Beschwerden seiner Lehrer. Er war ein fauler Schüler ohne erkennbares Talent. Er wurde auf ausdrücklichen Wunsch des *iudicators* unter die *novizen* aufgenommen. Vor diesem Hintergrund wiederhole ich noch einmal meine Frage, Bruder Francisco: Würdest du dem Gericht bitte mitteilen, was die besonderen Talente Paolos waren, die eine so ausdrückliche Förderung durch deine Person rechtfertigten?«

Francisco hob in hilfloser Geste die Hände. »Ich mochte den Jungen . . . Er hatte ein hartes Los. Er war Waise. Seine Mutter starb am Bluthusten.«

»Waisen gibt es wohl Hunderte in unserer Provinz. Bislang ist mir nicht aufgefallen, daß sie alle eine besondere Förderung durch dich erhielten. Ich frage also noch einmal: Was waren die besonderen Talente Paolos? Was tat er, um so hoch in deiner Gunst zu stehen?«

»Ich hatte Mitleid mit ihm«, sagte Francisco leise. »Ist das ein Verbrechen?« Er konnte Cosima schlecht sagen, daß er den Jungen als Spitzel benutzte. Das hätte die Frage nach anderen Spitzeln aufgeworfen. Francisco hätte Namen nennen müssen, oder er wäre unglaubwürdig erscheinen. Das konnte er nicht tun, war doch jeder, den er verriet, in Gefahr, ein Ende wie Paolo zu nehmen. Allerdings gab es noch eine andere Möglichkeit!

»Paolo war der erste vertrauenswürdige Zeuge, der mir von einem Zusammentreffen mit dem Atemdieb berichten konnte.

Vielleicht ist dir entgangen, Bruder Rondoval, welche außergewöhnliche Beobachtungsgabe der Knabe hatte! Bei der Verfolgung des Atemdiebs war er meine wichtigste Unterstützung! Und daß ich diese Kreatur töten konnte, ist zu einem guten Teil Paolo zu verdanken.«

»Bruder, ich mache dich darauf aufmerksam, daß du soeben gegen das Schweigegelübde verstoßen hast, das du vor dem Kirchenrat abgelegt hast. Sollte dir entgangen sein, daß sich hier vier Zeugen im Raum befinden, denen es nicht zusteht, bis in alle Einzelheiten über den Tod des Atemdiebs in Kenntnis gesetzt zu werden? Solltest du dich noch einmal zu diesem Thema äußern, werde ich mich dafür einsetzen, daß man deinen Vertrauensbruch auf das schärfste ahndet. Schreiber, ich bitte dich, die letzten Gespräche nicht in dein Protokoll aufzunehmen.«

»Auch ich muß dich zur Ordnung rufen, Francisco!« schloß sich Cosima dem Tadel an.

Rondoval fuhr in sachlicherem Tonfall fort: »Halten wir fest, du hast einen unbegabten, aber recht hübsch anzusehenden Knaben aus Mitleid gefördert, Bruder *iudicator*. Und vor allem abends hattest du Zeit, ihn zu empfangen.« Der Erste Schreiber kehrte zurück zu seinem Stuhl und holte etwas aus einer Ledertasche, die über der Lehne hing. Es war ein Bündel Briefe. Er legte sie Cosima vor.

»Diese Briefe fand ich im Zimmer des *iudicators*, das ich am heutigen Abend durchsuchte. Es handelt sich um recht dilettantische, ja, ich möchte sagen, kindliche Übersetzungen der Liebeslyrik Lancullians. Arbeiten eines schlechten Schülers, wie ich mir anzumerken gestatte. Sie sind in der Handschrift des Knaben Paolo verfaßt. Schlüpfrige Texte über die Sehnsucht nach gemeinsamen Stunden. Alle diese Briefe erhielt Francisco während seines Aufenthalts in Porto Oldo. Seit ich sie gesehen habe, hege ich keinen Zweifel mehr an dem Verhältnis zwischen unserem Mentor Francisco und dem *novizen* Paolo!«

Die *principa* las einige der Briefe.

»Bruder Rondoval, du irrst«, versuchte der *iudicator* sich zu verteidigen. »Paolo schickte mir die Gedichte, damit ich ihre mangelhafte Übersetzung glätte. In Wahrheit waren sie alle einer jungen Ordensschwester gewidmet, in die er verliebt war.«

»Ich bitte dich, Francisco! Verschon uns mit solchem Unsinn! Welcher Mann würde einem anderen Mann die Liebesgedichte zeigen, die er für seine Angebetete verfaßt? Aber sprechen wir ruhig über die Geliebte. Soweit ich weiß, hat der Junge tatsächlich in den letzten Wochen zarte Bande zu einer Ordensschwester geknüpft, die im Siechenhaus dient. Offensichtlich hatte die lange Abwesenheit des *iudicators* von Monte Flora einen heilsamen Einfluß auf die Seele des Knaben. Und hiermit kommen wir nun zur wahren Ursache dieser bestialischen Bluttat. Meiner Meinung nach hat der *novize* Paolo heute abend den *iudicator* aufgesucht, um ihm mitzuteilen, daß er in eine junge Frau verliebt sei und daß die widernatürliche Beziehung zu einem älteren Mann ein Ende haben werde. Daraufhin hat sich der Angeklagte mit Gewalt genommen, was ihm verwehrt wurde. Und damit der Junge nicht Anklage gegen ihn erheben konnte, ermordete er ihn und verstümmelte ihn dann so grausam, daß man glauben mußte, er sei von den Wilden getötet worden. Ich bin überzeugt, dieser perfide Plan wäre geglückt, hätte Bruder Francisco in seiner Erregung nicht vergessen, den Gürtel wieder an sich zu nehmen, mit dem er den Jungen stranguliert hat.«

»*Principa*, ich möchte darauf hinweisen, daß ich mich bis in die späten Abendstunden beim Kirchenrat aufgehalten habe. Mir blieb wohl kaum genügend Zeit, um eine solche Schandtat zu begehen«, verteidigte sich Francisco. »Des weiteren beruhen die Anklagen Bruder Rondovals zum überwiegenden Teil auf Vermutungen. Wirkliche Beweise konnte er nicht vorlegen.«

»Der Gürtel und die Briefe?« fragte Cosima. »Wie viele Beweise sind denn noch notwendig?«

»Es war ein leichtes, diesen Gürtel aus meinem Zimmer zu stehlen, und wenn man die Briefe einer genaueren Untersuchung unterzieht, ja, wenn man sich nur die Mühe macht, alle Briefe zu lesen, so wird offenbar, daß die Behauptungen Bruder Rondovals jeglicher Grundlage entbehren.«

Cosima blätterte in den Briefen, die vor ihr lagen. Mißbilligend schüttelte sie den Kopf. »Deine Ausführungen überzeugen mich nicht, Bruder *iudicator*. Dennoch möchte ich kein Urteil über dich sprechen. Es ist in der Kirche von Cornia allgemein bekannt, daß wir oft miteinander im Streit lagen. Für das Verbrechen, dessen man dich angeklagt, Francisco, und dessen du in meinen Augen überführt bist, kann es nur eine Strafe geben. Ich müßte dich auf dem Platz der Blumen in Monte Flora erdrosseln lassen! Dadurch würde jedoch das Ansehen der Kirche geschädigt. Man stelle sich vor, der *iudicator*, der Erste Richter, wird öffentlich hingerichtet. Und das von einer *principa*, die weniger als eine Woche im Amt ist und von der jedermann weiß, daß sie oft im Streit mit dem *iudicator* lag. Aus diesem Grund möchte ich deinen Fall an das Oberste Kirchengericht überstellen. An das Gericht der *primarchin* in Cantamo. Soll dort entschieden werden, welcher Art deine Beziehung zu dem wenig begabten *novizen* Paolo war und ob du an seiner Ermordung schuldig bist. Ich werde dich unter Bewachung nach Cantamo überführen lassen. Bis dahin stehst du unter Arrest, Bruder Francisco. Im Kirchenrat aber soll es heißen, du seist zum Dienst in eine andere Provinz abberufen worden. So nimmt die Kirche von Cornia keinen Schaden durch die Anklage, die am heutigen Abend gegen dich erhoben wurde. Für das Gericht in Cantamo werde ich einen Bericht über dein Wirken als *collector* und später als *iudicator* in Cornia verfassen. Dieses Schreiben wird dir vorgelegt werden, damit du es gegebenenfalls berichtigen kannst. So kann niemand den Vorwurf erheben, ich hätte dir Unrecht getan. Damit hebe ich dieses Gericht auf und möchte unterstreichen, daß Bruder Francisco diesen Saal verläßt, ohne verurteilt zu sein.«

Stählerne Dornen
Auf dem Paß der Bitternis, am Tag der Büffelschlacht,
im Jahr der stählernen Dornen

»Seruun!«

Eine schallende Ohrfeige zerriß das Band zu der Krähe.

»Seruun, es hilft niemandem, wenn du durch die Augen eines Vogels beobachtest, was Grasfeder angetan wird.« Steinfaust war außer sich vor Zorn. »Die Eisenmänner stehen in langen Reihen unten am Paß, und in unserem Rücken lauern die Eisenreiter. Dein Volk braucht dich. Der Feind ist übermächtig! Entscheide, gegen wen wir kämpfen sollen!«

Der junge Schamane war noch immer verwirrt. Zu schrecklich waren die Geschehnisse, die er durch die Augen der Krähe beobachtet hatte. Man hatte junge Tannen gefällt und ihre Stämme zu großen Stacheln zugespitzt. Und darauf hatte man die Gefangenen gesetzt. Grasfeder lebte noch, als Seruun den Geist der Krähe verließ. Ein riesiger Krieger mit traurigen Augen stand bei ihr und bewachte sie.

Seruun strich sich über die Stirn und betrachtete die schwarze und gelbe Farbe, die an seinen Fingern haftenblieb. Alle Sturmreiter hatten in dieser Nacht die Farben des Krieges angelegt, und sie hatten an großen Feuern getanzt und wilde Schaukämpfe ausgefochten, damit die Geister der Ahnen sehen konnten, wie tapfer ihre Kinder waren. Doch Seruun wußte, daß alle Tapferkeit an diesem Tag nichts nutzen würde. Zu übermächtig war der Feind, zu ungleich der Kampf, den es zu bestehen galt. Das einzige, was den Kriegern der Sturmreiter noch blieb, war ihr Stolz. Sie würden in ihren letzten Kampf reiten, auch wenn es keine Aussicht mehr auf einen Sieg gab.

»Seht doch, seht, was sie jetzt tun!« Bärenhaut deutete aufgeregt zum Fuß des Passes.

Die Krieger der Stammler hatten Speere aufgehoben, die mehr

als doppelt so lang waren wie ein Mann. Sie richteten sie so aus, daß die Kämpfer in der vordersten Linie ihrer langen Schlachtlinie durch vier Reihen von hintereinander gestaffelten Speerspitzen geschützt wurden. Und dann rückten sie vor. Dabei wirkten sie nicht mehr wie ein Heerhaufen aus Menschen. Alle setzten im gleichen Augenblick die Füße vor, so als wäre es ein Geist, der alle diese Männer führte. Es gab keine einzelnen Krieger mehr. Etwas, wofür Seruun keine Worte kannte, verschmolz die Männer zu einem Wall aus stählernen Dornen. Ein Wall, wie der Schamane ihn in seinen Träumen gesehen hatte.

»Was sind die Stammler nur für Männer?« rief Steinfaust empört. »Wie soll sich ein einzelner Krieger hervortun, wenn alle nebeneinanderhergehen und niemand vorzustürmen versucht, um die Ehre zu gewinnen, als erster das Blut eines Feindes vergossen zu haben!«

»Wir werden umkehren und versuchen, ihre Reiter zu töten«, entschied Seruun.

»Du willst also Grasfeder retten! Wenn ich dich richtig verstanden habe, liegen die fruchtbaren Ebenen, zu denen du uns führen wolltest, hinter diesem Wall aus Dornen. Wie sollen wir sie erreichen, wenn wir davonlaufen? Die Weiden hinter uns sind abgegrast. Es gibt keinen Weg zurück!«

»Ich wünschte, dein Verstand wäre manchmal so schnell wie deine Zunge, Steinfaust!« entgegnete Seruun voller Zorn. »Wie sollen wir sie bekämpfen? Diese langen Speere durchbohren uns, bevor wir einen ihrer Krieger mit einer Waffe auch nur berühren können.«

»Wir werden sie mit Pfeilen beschießen!«

»Die an ihren eisernen Schalen wirkungslos zerbrechen. Nein, Steinfaust, hier winkt uns kein Sieg. Nicht einmal ein ehrenvoller Kampf.« Der junge Schamane blickte zu der Herde hinab, den Tausenden von dunklen Leibern, die den weiten Paß ausfüllten. Waren denn alle seine Träume nur Trugbilder gewesen? Waren sie ein ganzes Jahr lang gewandert, nur um schließlich kläglich zu scheitern? Deutlich war der Mösönchin unter den großen Speernasenbullen zu erkennen. Die Tiere waren unruhig geworden. Sie spürten die nahende Gefahr.

Wenn du die Stammler besiegen willst, Seruun, dann mußt du sein wie sie. Ein Wille muß tausend Füße lenken.

Wie soll das Volk der Sturmreiter in einem Augenblick so werden wie sie? dachte Seruun. Wir sind frei!

Und doch lenkt ein Wille sie alle, und das schon mehr als ein Jahr lang. Besinn dich auf deine Kraft. Es liegt allein bei dir, die stählernen Dornen zu überwinden.

Der junge Schamane betrachtete wieder die Herde dort unten. Und jetzt begriff er! Doch was der Mösönchin andeutete, war ungeheuerlich. Es war die Aufgabe der Reiter in den Ebenen, die großen Herden zu schützen. Niemals waren die Tiere als Waffe benutzt worden! Hunderte von Büffeln und Speernasen würden sterben, wenn er das tat.

Wenn du keinen neuen Pfad beschreiten willst, dann wird dein Volk an diesem Tag erlöschen, und auch die Herde, die du hierhergeführt hast, wird vergehen.

Seruun dachte an Grasfeder und das schreckliche Geschehen, das er durch die Augen der Krähe gesehen hatte, und sein Herz war voller Zorn, der seine Brust entflammte. Er würde die Stammler zerschmettern!

»Steinfaust, laß alle auf die Pferde steigen! Kinder, Frauen, Greise. Alle! Und form einen Ring von Kriegern um sie, die sie beschützen sollen!«

Der ältere Schamane grunzte zufrieden. »Endlich! Was wirst du selbst tun?«

»Unsere Feinde vernichten! Bärenhaut, reite an meiner Seite und achte darauf, daß ich nicht vom Pferd stürze.«

»Du willst ...« Steinfaust schien zu begreifen. »Ja, so soll es sein!« Er wendete sein Pferd und ritt hinab zum Lagerplatz. Niemand hatte in dieser Nacht eine Jurte aufgestellt. Es würde nicht lange dauern, das Lager zu räumen.

Man hörte jetzt den gleichmäßigen Schritt der Stammler. Dumpf und bedrohlich rückte das Geräusch näher. Die stählernen Dornen zogen den Paß herauf.

Seruun reichte Bärenhaut die Zügel seines Hengstes. »Hüte mein Leben, mein Freund.«

»Ich habe dein Leben immer geschützt, wie ein Vater das Leben seines Sohnes schützen würde«, erwiderte der alte Krieger ernst, doch Seruun hörte ihn nicht mehr. Er hatte die Augen geschlossen und ließ seinen Geist fliegen.

Bald war er eins mit einem mächtigen Speernasenbullen. Er spürte die Kraft, mit der das große Herz des Tiers schlug, er atmete den Duft des frischen Grases, und sein Blick wurde immer weiter. Und dann wagte Seruun etwas, das er nie zuvor getan hatte. Er ließ seinen Geist zersplittern, so wie ein Eisbrocken zersplittert, wenn er auf einen Felsen aufschlägt. Er war in vielen Tieren zugleich und drohte sich zu verlieren inmitten der Empfindungen, die auf ihn einfluteten. Es war der Gedanke an Grasfeder, der einte, was zerteilt war, und der Zorn darüber, was ihr Grausames angetan wurde. Der Zorn wuchs tausendfach, und Abertausende von Hufen bewegten sich. Tausendfach erblickte Seruun die Angst auf den Gesichtern der Stammler, als sein Zorn wie ein unwiderstehlicher, alles fortreißender Strom den Paß hinabstürzte.

Der Schamane spürte, wie lange Speere in Leiber drangen und wie eiserne Schalen nicht zu schützen vermochten. Der Wall aus Dornen zersplitterte, so wie Seruuns Geist zersplittert war. Der Weg zu den Weiden seiner Träume war frei. Nichts vermochte die Herde noch aufzuhalten. Und nichts vermochte die Splitter von Seruuns Geist noch zusammenzufügen, denn er wußte: Seine Liebe war tot. Und so blieb nichts von ihm, als der Zorn verebbte.

Zwei Schriftstücke

In Mergano, dem kleinen Dorf am Eingang zum Lantinius-Tal,
am Morgen des 18. Tages im Wolkenmond des 461. Jahres
der Abwesenheit Gottes

Cosima hatte Francisco überrascht. Offenbar fand die *principa* in der Nacht vor ihrer ersten Schlacht keinen Schlaf. Schon zwei Stunden nachdem das Tribunal auseinandergegangen war, erreichte den *iudicator* ein Bote und brachte ihm das Schriftstück, mit dem Cosima das Wirken Franciscos in den vergangenen Jahren beurteilte. Und mit den Zeilen, die sie verfaßt hatte, überraschte die *principa* ihn ein weiteres Mal, denn was sie schrieb, war überaus freundlich und wohlwollend.

Eingesperrt in seiner Kammer im Bauernhaus, war Francisco gleichwohl zuversichtlich. Vor dem Gericht in Cantamo würde er seine Unschuld beweisen. Die Annahme, er habe Paolo getötet, war absurd. Und die Anschuldigungen gegen ihn würden verfliegen wie Rauch im Wind. Es war offensichtlich, daß die *corona* versuchte, auf diesem Weg Rache zu nehmen. Auch das Gericht in Cantamo würde dies erkennen!

Francisco sortierte die zahlreichen Akten, die er auf den Feldzug mitgenommen hatte. Wenn ein neuer *iudicator* sein Amt übernähme, sollte er alles in guter Ordnung vorfinden. Einige Schriftstücke, die – wie er hoffte – bei seinem Prozeß von Nutzen wären, hielt er zurück und legte sie auf den schmalen Tisch, auf dem er auch Cosimas Schreiben abgelegt hatte.

Im Morgengrauen vollendete Francisco seine Arbeit. Ganz oben auf dem Stapel an Dokumenten, die er mitnehmen wollte, lag die Nachricht, die ihn vor fast zwei Jahren zusammen mit dem Kopf von Arbenga Cano erreicht hatte. Jene Todesdrohung, ausgeführt in zierlicher, geübter Handschrift.

Du wirst der nächste sein, iudicator.
Alessandra Paresi

622

Das Schriftstück lag auf dem Bericht, den Cosima über ihn verfaßt hatte. Er wollte es schon einrollen und beiseite legen, als ihm die Ähnlichkeit der Handschrift auffiel.

Res gestae Francisci ...

Francisco hatte das Gefühl, als säße ein Igel in seinem Magen und richte alle Stacheln gleichzeitig auf. Beide Handschriften waren identisch. Und dann erinnerte er sich an das Bambusrohr, in dem die Morddrohung gesteckt hatte. War er denn blind gewesen? Woher hätte Alessandra in den Bergen ein Stück Bambusrohr nehmen sollen? Es war ihm nicht aufgefallen, weil die Kirchenoberen dieses Luxusgut aus dem fernen Katau ganz selbstverständlich benutzten.

Die Mosaiksteine, die Francisco schon so lange zum endgültigen Bild zusammenzusetzen versuchte, fügten sich nun von ganz allein an die richtigen Stellen.

Warum hätte Cosima für die *corona* einen solchen Drohbrief schreiben sollen? Dafür gab es nur einen Grund: Sie gehörte zur *corona*! Auch wenn die *collectorin* in ihrem Amt oft das Land bereist hatte, war sie doch die meiste Zeit in Monte Flora gewesen. War sie der Flüsterer von Monte Flora, der halblegendäre *honorius* der Hauptstadt? Francisco hatte nie davon gehört, daß eine Frau bei der *corona* diesen Titel erlangt hatte. Hätte Cosima dieses Amt bekleidet, dann wäre sie gezwungen gewesen zu flüstern, damit niemand außer ihrem engsten Vertrauten ihre Stimme als die Stimme einer Frau erkennen konnte.

Noch einmal verglich Francisco die beiden Schriftstücke. Der Verdacht schien absurd! Doch beide Handschriften stimmten ohne Zweifel überein. Aber war es denkbar, daß Cosima als Priesterin den Mord an den Ordensrittern befohlen hatte, die Arbenga damals begleitet hatten? Welchen Sinn ergab das?

Nach dem Tod Arbengas hatte Bernaldino beschlossen, keine weiteren Ordensritter in die Berge zu schicken. Dem Schwert, mit dem Francisco gegen die *corona* gekämpft hatte, war die Spitze genommen worden. Als *collectorin* hatte Cosima keinen Nutzen davon. Und als *honoria* von Monte Flora? Sollte ihr da nicht gleichgültig sein, was in den fernen Bergen geschah? Dies wäre nur dann nicht der Fall gewesen, wenn sie der *dux* wäre, der Usurpator des alten Fürstentitels. Der Erste unter den *honorii* von Cornia! Einem einzelnen *honorius* war es nach allem, was Francisco in den letzten beiden Jahren über die Ehrenwerten gelernt hatte, von Herzen einerlei, was fünfzig Meilen entfernt geschah. Allein der *dux* verfolgte Ziele, die sich auf die ganze Provinz erstreckten. Sie war das Haupt! Und jetzt war sie zugleich auch das Haupt der Kirche! Ein Schauder überlief den *iudicator*.

Seit er der Erste Richter war, hatte Cosima ihn im Kirchenrat bekämpft, und ebenso im verborgenen – als *dux* der *corona*. Sie mußte hinter dem Mord an Paolo stecken! Aber warum hatte sie ihn dann nicht verurteilt? Warum schickte sie ihn mit einer Eskorte nach Cantamo? Es konnte ihr kein Anliegen sein, daß er dort ankam.

Der Weg nach Cantamo war lang. Die Reise würde Monde dauern. Und wen würde es in Cornia noch kümmern, wenn nach mehr als einem halben Jahr die Nachricht einträfe, daß Francisco unterwegs an einem Fieber verstorben sei? Wer würde nachprüfen, ob ihn nicht in Wahrheit der Dolch eines Ritters der Eskorte getroffen hatte? Cosima aber stünde als großmütige *principa* da, die ihn hatte ziehen lassen. Niemand würde vermuten, daß sein Blut an ihren Händen klebte.

Das Bauernhaus erbebte. Der Tisch mit den Dokumenten stürzte um. Das Gebälk krachte. Staub rieselte von der Decke. Ein Erdbeben?

Ein zweiter Stoß erfolgte. Der Boden zitterte. Draußen erhob sich ein fürchterliches Getöse. Ein Schatten verdunkelte das kleine Fenster. Wieder bebte das Fachwerkhaus. Was – bei allen Heiligen – geschah?

Als Francisco aus dem kleinen Fenster blickte, war die Ebene voll von fremdartigen Tieren. Das Heerlager war verschwunden. Niedergetrampelt! Die wenigen Soldaten, die er sah, flohen in wilder Panik. Doch wer immer zu Fuß dem Unheil zu entgehen versuchte, war zum Tod verurteilt. Schwere Planwagen wurden zertrampelt, als bestünden sie aus wenig mehr als dünnem Reisig.

Gewaltige Ungeheuer wüteten auch im Dorf. In blindem Zorn rannten sie gegen die Fachwerkhäuser an. Welche Urgewalt hatten die Wilden entfesselt?

Verängstigt wich Francisco von dem Fenster zurück und kauerte sich in eine Ecke, um zu beten. Als die Herde vorübergezogen war, streifte er die Bauernkleider über, die er zusammen mit den Holzschuhen gefunden hatte. Dann trennte er die Beinknöpfe von seiner Soutane ab und sammelte die wichtigsten Dokumente ein.

Er mußte nach Cantamo. Ganz gleich, ob Cosima womöglich tot war, die Macht der *corona* würde weiter bestehen. Zu viele Häupter besaß dieses Ungeheuer! Die *primarchin* Altheia sollte erfahren, was in Cornia geschehen war.

Seruuns Traum hatte sich bewahrheitet. Nachdem sie das fruchtbare
Tal der Stammler durchquert und noch
einen letzten Paß überstiegen hatten,
fanden die Sturmreiter die weite Hochebene bedeckt mit wogendem Gras, von
dem der Schamane während der langen
Wanderschaft immer wieder gesprochen
hatte.

Doch der Preis war hoch gewesen. Fast
die Hälfte der Tiere war auf dem Weg
hierher oder in der Schlacht gegen die
Stammler gestorben. Und Seruun Zuudet, der Geistertänzer der Sturmreiter,
war nicht mehr erwacht, seit er eins geworden war mit den Büffeln und Speernasen der großen Herde. Auch wenn sein
Herz noch schwach schlug, so war sein
Geist doch von ihm gewichen.

Grasfeder hatte ihre Jurte auf einem kleinen Hügel nahe einem Bach aufgeschlagen. Seruun lag leblos auf dem Fell des
Schneelöwen, den er einst erlegt hatte.
Seit vier Tagen hatte er weder gegessen
noch getrunken. Grasfeder, Bärenhaut
und Steinfaust standen um ihn herum,
und die kleine Bajsaa lag auf einem
Lager aus Fellen ganz nahe bei ihrem
Vater, so hieß es.

Steinfaust war der Meinung, daß Seruun mit einer der Speernasen gestorben
sei und er seinen Weg zu den Ahnen

nicht finden könne, solange sein Herz
noch im Knochenkäfig seines Men-
schenleibs gefangen sei. Und Grasfeder
glaubte ihm. Steinfaust hatte schon damit begonnen, das Lied des Seelenflugs zu
singen, als Grasfeder sich über Seruun
beugte, um ihn ein letztes Mal zu küssen,
und ihre Tränen seine Wangen benetz-
ten. Als Steinfaust dann den kalten Stahl
auf Seruuns Brust setzte, um den Knochenkäfig des jungen Schamanen aufzubrechen, drang ein tiefer Seufzer über
Seruuns Lippen. Seine Augenlider flatterten, und das Leben kehrte in ihn zurück. Man sagt, daß der Streit darüber,
was Seruun wiedererweckte, noch heute
an den Lagerfeuern der Sturmreiter
ausgetragen wird. Sagen die einen, es
seien der Kuß und die Tränen gewesen,
die die tausend Splitter wieder zusam-
menfügten, so sind die anderen überzeugt, das Gefühl des kalten Stahls auf
der Brust und die stumme Freude Steinfausts hätten Seruuns Geist in seinen
Leib zurückgeführt. Ohne Maß war die
Freude des Schamanen darüber, Grasfeder lebend zu sehen. Und sie erzählte ihm
von einem großgewachsenen Krieger der
Stammler, der bei ihr war, als ein Teil der
Herde umkehrte und die Eisenreiter angriff. Sie berichtete von den Weißmän-
teln, die mit Tränen in den Augen zusa-

626

hen, wie Frauen und Kinder den Sta=
cheltod starben. Doch trotz der Qualen,
die sie litten, mordeten sie. Nur der groß=
gewachsene Krieger, dessen Lippen sich
nie öffneten und der mit seinen Augen
sprach, beteiligte sich nicht an den Mor=
den. Er stand bei den Pferden, als die
Speernasen die Weißmäntel angriffen,
und er hätte ohne weiteres fliehen kön=
nen. Doch als alle anderen zu den Pfer=
den eilten, verließ er seinen Posten. Und
er fand Grasfeder, die als einzige der Ge=
fangenen noch nicht dem Stacheltod
übergeben worden war. Der Krieger lö=
ste ihre Fesseln und schenkte ihr sein
Pferd. Er aber hob den Stachel auf, auf
dem Grasfeder hätte sterben sollen. Er
hielt ihn, wie man einen Speer hält, wenn
man Sauen jagt. Und er wartete stumm
auf den Ansturm der Speernasen und
Büffel. So kam es, daß Grasfeder dem
Tod entging, weil ein Stammler sein Le=
ben für sie gab.

Oft suchte Seruun den Geist dieses Krie=
gers auf den Pfaden der Ahnen, denn er
wollte ihm danken, doch es ist nicht be=
kannt, daß er ihm je begegnet wäre.

Alessandra mußte auf ihrem Weg nach
Norden den Sturmreitern ausweichen,
deren Herde das Lantinius=Tal ver=
heerte. Auch vermochte die Harpunierin
aufgrund ihrer Wunden nur wenige
Stunden am Tag im Sattel zu sitzen. So
kam es, daß Alessandra und Orlando das
Schlachtfeld am Paß erst Tage später er=
reichten. Lange mußten sie suchen, bis sie
fanden, wovor sie sich so sehr gefürchtet
hatten. Tormo lag halb begraben unter
dem Leib eines Speernasenbullen, dessen
Herz er mit einem langen Pfahl durch=
bohrt hatte. Sie bestatteten ihn auf der
Höhe des Passes, von wo aus man fast das
ganze Lantinius=Tal überblicken kann.

Sieben Wochen vergingen, und es war
während der ersten Tage des Blüten=
monds, als man im Pferdestall seines
Herrn den Mörder Valerio fand. Es
schien, als sei er von einem Hengst zu Tode
getrampelt worden. Juan de Najera aber
lag am nämlichen Morgen tot in seinem
Bett. Er war mit einer Seidenschnur erd=
rosselt worden, und auf seiner Wange
fand man einen tiefen Schnitt. Das Zei=
chen der CORONA für Verräter.

Eine weitere Woche verging, bis Ales=
sandra sich zur HONORIA der CO=
RONA von Gelsetta ernannte, und es gab
niemanden, der ihr den Titel der Ehren=
werten streitig zu machen wagte.«

SCHWESTER DOLORES,
CHRONIK EINER VERLORENEN
ZEIT, BD. 1, NIEDERGELEGT ZU
CANTAMO, IM 539. JAHR DER
ABWESENHEIT GOTTES

Anhang

Der Gotteskalender
(Der auf Ajuna gebräuchliche Kalender)

Das Jahr auf der Gezeitenwelt hat 365 Tage. Es ist in zwölf Monate zu dreißig Tagen untergliedert. Zusätzlich gibt es fünf Feiertage, die keinem der Monate zugeordnet sind. Alle vier Jahre wird als Schalttag ein weiterer Feiertag eingeschoben.

Ajunäisches Datum	*Entsprechendes Datum auf der Erde*
Fest der Rückkehr des Lichts	1. Januar
Wolkenmond	Januar
Sturmmond	Februar
Blütenmond	März
Fest der Segel	1. April
Händlermond	April
Dürremond	Mai
Roter Erntemond	Juni
Sternenfest★	1. Juli
Hitzemond	Juli
Sturzregenmond	August
Flutregenmond	September
Fest der Fleischwerdung	1. Oktober
Schwemmmond	Oktober
Mosquitomond	November
Grüner Erntemond	Dezember
Fest der Götzenschlacht	31. Dezember

★ (auch Fest der Entrückung Gottes, in Schaltjahren folgt das Fest der Erinnerung)

Zum *Fest der Götzenschlacht* erinnert man sich der großen Schlacht, in der Aionar und seine Heiligen das Heer der Götzen und ihrer verblendeten Anbeter in den Bergen von Nurandar besiegten. Um Aionar und seine Gefolgschaft zu bezwingen, hatten die Götzen die Sonne verdunkelt. Erst als der letzte falsche Gott besiegt war, kehrte das Licht zurück.

Diesem Wunder gedenkt man am folgenden Tag mit dem *Fest der Rückkehr des Lichts*. In der vorherigen Nacht werden alle Lichter und Feuer gelöscht, um dann in einem Festakt bei Sonnenaufgang neu entzündet zu werden.

Das *Fest der Segel* eröffnet die Jahreszeit, in der die Pfauenschiffe aus dem fernen Serkan Katau die Küsten Ajunas erreichen und die Überseehandelssaison beginnt. In den Hafenstädten des Merkantilischen Imperiums und der Ehernen Liga beginnen mit diesem Tag auch häufig Warenschauen.

Mit dem *Sternenfest* (auch Fest der Entrückung Gottes) feiert man jenen Tag, an dem Aionar, der Abwesende Gott, den Priestern die Welt zum Pfand gab, um dann zu den Sternen aufzusteigen.

Zum *Fest der Fleischwerdung Gottes* gedenkt man jenes Tages, an dem Aionar sich in Fleisch kleidete, um den Völkern Ajunas das Licht des wahren Glaubens zu bringen.

Alle vier Jahre gibt es einen Schalttag, der auf das Sternenfest folgt und der ebenfalls ein Festtag ist. Es ist das *Fest der Erinnerung*. An diesem seltensten aller Feiertage werden in den Bergen nahe Gondallo die ›Eisheiligen‹ in die Hauptbasilika des *ordo silentii mysteriorum* getragen. In langen Prozessionen ziehen sodann Pilger an den Märtyrern des Glaubens vorbei und beschenken sie mit einfachen Feldblumengebinden.

Danksagung

Mein Traum von der *Gezeitenwelt* begann vor mehr als drei Jahren. Gezeitenwelt, das sollte der Name einer Fantasy-Welt sein, die in meinen Träumen fast so groß und schillernd war, wie unsere Welt es ist.

Als ich schon glaubte, daß die Gezeitenwelt niemals Wirklichkeit würde, fand ich drei andere Autoren, die mit mir meinen Traum träumten. Es sind Hadmar von Wieser, Thomas Finn und Karl-Heinz Witzko, die auch die nächsten Bände dieser Reihe verfassen werden. Ich danke den dreien für so manche durchwachte Nacht und dafür, daß der Preis, ein Träumer zu sein, ihnen nie zu hoch erschien.

Fantasy ersetzt nicht die Logik – das war eine der Maximen bei der Entwicklung der Gezeitenwelt, und so gab es schon bald einen stetig wachsenden Stab an Beratern, die bei allen nur erdenklichen Aspekten der Weltenschöpfung Pate standen. Die Spanne reichte von Archäologen über Geophysiker, die buchstäblich das Antlitz der Gezeitenwelt prägten, bis hin zu einer Beraterin in zoologischen Fragen. Die Säulen dieses Romans waren:

Lars Nieradzik, Roland Martin, Bolorchimeg Enkhbat, Andrea Pauly, Karin Prusseit, Eymard Fäder und Dr. Nihat Balli.

Eine Welt zu erschaffen, ist eine Sache, ihr aber in einem Roman Leben einzuhauchen, ist manchmal noch viel schwieriger. Und so danke ich jenen Freunden, die manche Stunde über dem Romanmanuskript brüteten, um die Gezeitenwelt vor Bezugsfehlern, Stilblüten und allzu schrägen Metaphern zu bewahren. Diese unermüdlichen Helfer waren:

Elke Kasper, Heike Knopp, James Sullivan und mein Vater, Dr. Karl-Heinz Hennen.

Ein besonderer Dank gilt an dieser Stelle meiner Lektorin Friedel Wahren, die von dem immer umfangreicher werdenden Manuskript zuletzt noch bis in den Urlaub hineinverfolgt wurde und die auch dann, als die Zeit immer knapper wurde, nicht den Glauben daran verlor, daß ich noch vor der Drucklegung den Schlußpunkt setzen würde.

Inhalt

PIPER

Hadmar von Wieser
Himmlisches Feuer

Die Gezeitenwelt 2

Hg. von Bernhard Hennen. Roman. ca. 512 Seiten. Geb.

Auch auf der anderen Seite der Gezeitenwelt, im fernen
Serkan Katau, steht der neue Stern am Himmel – doch hier
sieht man ein neues Zeitalter heraufdämmern. Der Herrscher des mächtigsten Reiches des Planeten erkennt darin die
Aufforderung, das zu tun, was der sagenhafte erste Kaiser
einst tat, jener Kriegsherr der Geheimen Kammer, der die
Mantikoren bezwang und verspeiste.

Im zweiten Roman des großen Fantasy-Zyklus *Die Gezeitenwelt* nimmt Hadmar von Wieser die Fäden auf, die Bernhard Hennen in *Der Wahrträumer* entrollte, und spannt sie
rings um den Globus. Was immer Alessandra, Francisco und
Seruun erlebten, es war nur der Beginn zahlloser Entdeckun-
gen und Katastrophen, welche die Gezeitenwelt überziehen.
Nun treten neue Helden auf, deren Leben von Meteoriten
und Flutwellen, Rätseln und Geheimnissen bis in die
Grundfesten erschüttert wird. *Himmlisches Feuer* – das
ist die Geschichte der tollkühnen Jagd auf einen Gott. Die
Geschichte einer Liebe, die zwei Kontinente überspannt.
Die Geschichte der Suche nach einem Ich, das hinter
Rätseln und Horror verborgen liegt.

PIPER

Monika Felten

Die Macht des Elfenfeuers

Roman. 479 Seiten. Geb.

Fünf Generationen nachdem die Auserwählte Sunnivah ihr
Land aus der Knechtschaft des finsteren Herrschers befreite, stürmt erneut Unheil auf Menschen und Elfen zu. Asco-
Bahrran, einst Meistermagier des finsteren Herrschers, hat
den Tod durch Magie überwunden und sich das Volk der
gefürchteten Cha-Gurrline unterworfen. In den Gefilden
der Finstermark verborgen, versammelt er ein Heer der
schwarzen Krieger, schmiedet Pläne für seine Rache und
trifft heimlich Vorbereitungen für die Rückkehr seines
Herrn. Nur die Nebelelfe Naemy, die schon an Sunnivahs
Seite gegen den finsteren Herrscher kämpfte, spürt die dro-
hende Gefahr und reist nach Nimrod, um die Menschen zu
warnen. Erst stößt sie auf taube Ohren, doch dann über-
stürzen sich die Ereignisse, und aus der Vermutung wird
schreckliche Gewißheit ...

PIPER

Witali Rutschinski
Teufels Werke

Roman. Aus dem Russischen von Christiane Pöhlmann.
559 Seiten. Geb.

Moskau, Ende der Achtzigerjahre. Vergeblich versucht der
junge Schrifststeller Jakuschkin seinen ersten Roman zu
verlegen. Da erhält er unerwartete Hilfe. Der geheimnisvolle Professor Voland und sein skurriles Gefolge schlagen ihm
einen Pakt vor. Der arme Poet läßt sich darauf ein und ver-
brennt – wie befohlen – sein Manuskript. Zeitgleich tritt
das Kaninchen, eine Gestalt aus seinem Roman, in die
Realität. Mit katastrophalen Folgen: Ein Biß des
Höllentiers, und der Verletzte offenbart schamlos seine
Gedanken. Kein Wunder, daß sich schon bald das KGB an
Jakuschkins Fersen heftet. Um das Chaos perfekt zu
machen, greifen alle Teufel dieser und anderer Welten mit
hanebüchenem Schabernack in das Geschehen ein.

Eine phantastische Groteske und eine Liebeserklärung an
Michail Bulgakows weltberühmten Roman »Der Meister
und Margarita«.

PIPER

Wolfgang Hohlbein
Die Rückkehr der Zauberer

Roman. 621 Seiten. Geb.

Ein brennender Stern sei vom Himmel gefallen, habe alles in Flammen gesetzt und die unendlichen Weiten der Tunguska in eine Ödnis verwandelt. So erzählt man sich in den Hütten der sibirischen Tundra. Nur eine Handvoll Männer nähert sich dem Ort der Katastrophe und sieht ein geheimnisvolles bläuliches Licht am Horizont schimmern.

Fast ein Jahrhundert vergeht, bis Hendrick Vandermeer, ein Journalist unserer Tage, auf die Spur des Tunguska-Rätsels stößt. Er gerät in einen Strudel des Unfaßbaren und muß alles über Bord werfen, was er bisher für die Wirklichkeit gehalten hat ...

Sara Douglass
Die Sternenbraut

Unter dem Weltenbaum 1
Roman. 388 Seiten. Geb.

In einem fernen Land lebten einst vier Völker friedlich
nebeneinander – bis die Bruderschaft vom Seneschall den
Alleinanspruch ihres Gottes durchsetzte und die drei nicht-
menschlichen Völker nahezu ausrottete. Danach waren die
Menschen alleinige Herren der Welt.
Eine uralte Weissagung lebt jedoch weiter. Sie besagt, daß
eines Tages zwei Männer geboren werden – Söhne desselben Vaters, aber verschiedener Mütter. Der eine ein dämo-
nischer Zerstörer, der andere der Erlöser der Welt – sofern
es ihm gelingt, die verfeindeten Völker wieder zu vereinen.
Axis, ein ungestümer junger Adliger, verfemt und verachtet
als Bastard, hat seine Eltern nie gekannt. Trotzig verteidigt
er seinen Platz in der höfischen Gesellschaft Achars. Auf
der Flucht vor seinen Alpträumen stößt er auf den Wortlaut
einer uralten Prophezeiung, den nur er zu lesen vermag.
Noch weiß er den Hinweis nicht zu deuten und ahnt nicht,
daß er zum Werkzeug einer göttlichen Macht ausersehen
wurde ...

»Die Sternenbraut« ist der erste Roman des sechsbändigen
Zyklus »Unter dem Weltenbaum«.

der weg der

bittersee
BRAUNWASSER
frostfänge

esanuk

ozean
des
morgens

jaguarit

der weg der
sturmreiter

insula
dei
cita
gardiamara

500 km   1000 km   1500 km   2000 km